O amor em meio ao dissenso

ROMANCE DE UMA ÉPOCA DE EXTREMOS

Catalogação na Fonte
Elaborado por: Josefina A. S. Guedes
Bibliotecária CRB 9/870

P953a
2023

Primo, Newton Carneiro
O amor em meio ao dissenso: romance de uma época de extremos / Newton Carneiro Primo. – 1. ed. - Curitiba : Appris, 2023.
509 p. ; 23 cm.

ISBN 978-65-250-4430-9

1. Ficção brasileira. 2. Literatura brasileira – Romance. 3. Espiritualidade. I. Título.

CDD – B869.3

Editora e Livraria Appris Ltda.
Av. Manoel Ribas, 2265 – Mercês
Curitiba/PR – CEP: 80810-002
Tel. (41) 3156 - 4731
www.editoraappris.com.br

Printed in Brazil
Impresso no Brasil

Newton Carneiro Primo

O amor em meio ao dissenso

ROMANCE DE UMA ÉPOCA DE EXTREMOS

Appris editora

FICHA TÉCNICA

EDITORIAL	Augusto V. de A. Coelho Sara C. de Andrade Coelho
COMITÊ EDITORIAL	Marli Caetano Andréa Barbosa Gouveia - UFPR Edmeire C. Pereira - UFPR Iraneide da Silva - UFC Jacques de Lima Ferreira - UP
SUPERVISOR DA PRODUÇÃO	Renata Cristina Lopes Miccelli
PRODUÇÃO EDITORIAL	Nicolas da Silva Alves
REVISÃO	Paulo Cezar Machado Zanini Junior Stephanie Ferreira Lima
DIAGRAMAÇÃO	Bruno Ferreira Nascimento
CAPA	Lívia Weyl
OBRA DA CAPA	Thienne Johnson

À minha esposa, Roberta

Nota do autor

Esta é uma obra de ficção, embora sejam reais o cenário e o momento histórico em que ela se passa. Contar a presente estória em meio ao atual dissenso político-ideológico que assola o país jamais constituiu fator que animasse o autor a transmitir a seus leitores qualquer lição política ou ideológica, senão a desenvolver o enredo apresentando seus personagens, cada qual com suas crenças, questões internas e conflitos, além da sua própria forma de ver o mundo. Portanto, o que importa ao autor, na presente obra, é sobretudo a experiência humana, sob suas mais variadas formas e perspectivas.

Jamais, em todo o mundo, o ódio acabou com o ódio;
o que acaba com o ódio é o amor – e esta é uma lei eterna.
(Buda)

Talvez mais do que ser esteticamente sensíveis ou politicamente corretos,
o que nós devemos mesmo ser é ativamente bons.
(José Saramago)

Conflitos de interesses predominam por períodos curtos, porém conflitos de visões
dominam a História. Fazemos qualquer coisa a respeito das nossas visões,
exceto pensar a respeito delas, mas quando visões entram em conflito,
de forma irreconciliável, sociedades inteiras podem se dilacerar.
(Thomas Sowell).

Está no bom ajuste das respectivas ideias de coletivismo e individualismo que
repousam os problemas do mundo e suas soluções nos anos que estão por vir.
(Churchil)

Glossário

PGR	Procuradoria-Geral da República
PRR1	Procuradoria Regional da República da 1ª Região
Regional	PRR1
LBV	Legião da Boa Vontade
TRF-1	Tribunal Regional Federal da 1ª Região
STF	Supremo Tribunal Federal
MPF	Ministério Público Federal
MPDFT	Ministério Público do Distrito Federal e Territórios
OMS	Organização Mundial de Saúde
MP/Parquet	Ministério Púbico

Sumário

Capítulo 1

Não fosse a pandemia da Covid-19, aquele seria só mais um dia de junho em Brasília, quando o frio envolvia a cidade e, nos momentos de maior desconforto, impelia as pessoas a tirarem dos armários suas roupas de frio. Era, portanto, nessas condições geladas, debaixo das cobertas, que Tatiana se encontrava, naquele momento, na companhia de seus filhos, Lucas e Simone, em seu apartamento na Asa Sul.

O tumulto causado pela pandemia, assim como o pavor gerado pelo desconhecido, afetara a rotina de todos, e seus filhos, na esteira do que acontecia no mundo, foram obrigados a tomar aulas a distância, o mesmo acontecendo ao seu trabalho. Era uma realidade nova, em um contexto em que as pessoas acreditavam que a ameaça estava fora de casa, quando, na verdade, estava por toda parte, especialmente dentro delas mesmas.

Era como se o frio daquela época, que congelava as janelas, e impunha que elas fossem mantidas fechadas; que fazia os ossos tremerem; que afugentava as pessoas dentro de casa, não se restringisse apenas à estação. Era como se a humanidade tivesse sido submetida a uma friagem que lhe envolvesse a alma e lhe recobrisse de pânico e horror. Era como se tivessem sido congelados o cotidiano, a paz, a segurança, o ir e vir e até o pensar. O medo solidificava a vontade e a coragem, embora não houvesse solapado de todo a fé, a solidariedade e a esperança, geralmente as formas de se escapar de situações inusitadas como aquela. Historicamente, elas subsistiam, e assim deveria ser, pois, em ocasiões extremas, derretiam o gelo advindo do egoísmo e do medo e devolviam ao mundo a humanidade e o calor humano, indispensáveis à superação das crises.

Para Tatiana, os filhos não passavam de crianças, como esperar que entendessem mudanças tão bruscas e profundas? Assumir sozinha o papel de pai e mãe naquele momento era como ser lembrada de que suas novas provações estavam só começando.

Ela pensava constantemente na família, em Belém. Sua mãe lhe dizia, ao telefone, que muita gente havia morrido; asseverava estar se cuidando, embora seu pai, conforme ela lhe repassava, apesar de conhecer vítimas da Covid-19, minimizasse a doença.

Quando pensava no pai, vinha-lhe à mente sua convicção e teimosia. Com um senso ético inabalável, não admitia transgressões, no entanto, era radical e refratário a novas ideias. Comerciante, sempre fora pragmático e, tendo feito fortuna quando mais novo, acabou desandando nos negócios. Agora, ela, a filha estudiosa e dedicada, era quem o ajudava, a despeito de ter ouvido daquele mesmo pai que estudar muito era tolice e que ganhar um ordenado era renunciar à própria inteligência e capacidade de ganhar dinheiro. Apesar disso, não guardava ressentimento; sentia-se feliz em poder ajudar sua família.

Ainda era cedo quando Tatiana criou coragem, levantou-se e foi para o banheiro. Mais um dia de restrições, mistério e angústia, pensou enquanto escovava os dentes. Em seguida, pôs-se debaixo do chuveiro. Enquanto deixava a água quente cair sobre sua cabeça, na esperança de afugentar o frio, lavava-se e passava a esponja com sabonete sobre o corpo. Pensou em Rogério, que a deixara por uma jovem boba; lembrou do seu trabalho, o qual lhe gerara a falsa impressão de que, de repente, passaria a ser a pessoa mais realizada do mundo, e todos esses pensamentos começaram a se misturar e a encher sua cabeça, tornando seu banho um experimento sufocante, do qual desejou logo se livrar.

Em seguida, vestiu-se, penteou os cabelos e dirigiu-se à mesa da sala de jantar, onde costumavam ser servidas as refeições. Encontrou pão, café, leite e frutas sobre a mesa. Enquanto iniciava o desjejum, Jandira se aproximou trazendo o suco de laranja.

— Já são dez horas! Dona Lúcia ligou querendo saber de você. Diz que não responde às mensagens dela.

Olhou para a senhora que falava consigo e lembrou do quanto era mimada por ela. Jandira trabalhou por muitos anos em sua casa e ajudou em sua criação, desde que era um bebezinho. Quando casou e se mudou para Brasília, não hesitou em acompanhá-la.

— Todos parecem querer conversar sobre o que, na verdade, ninguém sabe nem compreende, e isso me angustia. Às vezes, prefiro me recolher um pouco.

— É, só que tenho achado você cada vez mais triste, e isso não é nada bom.

— O mundo inteiro foi afetado por esse vírus. Já se passaram meses e continuamos sem saber de nada. Quando sairemos desta tal segunda onda?

— Estamos no tempo das dores, já lhe disse. Temos de pedir misericórdia a Deus. Como eles fecharam as igrejas, precisamos orar dentro das nossas próprias casas.

Sorriu melancolicamente. Queria poder ter a fé de Jandira. Ela mesma era católica, mas já não se lembrava da última vez que fora à igreja. No entanto, apesar de suas hesitações, sabia que a vida era insondável demais para recusar Deus, e, por isso, não raro se pegava tentando buscá-lo e algumas vezes até tinha a impressão de alcançá-lo, mas como se tratava só de uma impressão, isso logo se dissipava; porém, e não sabia explicar como, de repente sentia a necessidade de abrir seu coração para tentar buscá-lo de novo.

— Procuro por Deus, Jan. Você sabe disso. Mas, às vezes, sinto como se me perdesse no caminho que leva até Ele.

— O que importa é não desistirmos Dele. Deus é paciente. É um momento ruim, mas como todos os outros, vai passar — disse Jandira, beijando-a na testa e saindo. Jandira era evangélica, e Tatiana não conhecia nenhum crente mais dedicado que ela.

Aquele seria mais um dia de *home office*. Embora tivessem liberado o retorno aos postos de trabalho, Tatiana sabia como isso vinha funcionando. Em um momento, liberavam as pessoas, depois, confinavam-nas de novo. Por isso, ainda preferia trabalhar de casa. Chegara a ficar 20 dias trancafiada com os filhos, saindo apenas para fazer compras. No auge da pandemia, não raro se ouvia notícia da morte de algum conhecido, e as ruas ficavam desertas, e era nessas ocasiões que a falta de seus pais e irmãos mais pesava em seu coração. Temia perdê-los e não poder sequer viajar para se despedir.

Subitamente, Simone apareceu diante de Tatiana e se sentou à mesa.

— Pois não, mocinha. Já tomou café? Não está tendo aula? — perguntou Tatiana ciente de que a filha tomava aulas a distância naquele momento.

— Já comi. Não teremos aula neste horário.

Sempre que olhava Simone, via Rogério estampado em seu rosto. Ela saíra a ele, embora achasse que tivesse um pouco do gênio teimoso do avô materno. Entretanto, o avô era o típico anticomunista, enquanto Simone era admiradora de Che Guevara.

Como podem ser tão parecidos e ao mesmo tempo tão diferentes?, pensava Tatiana achando que só uma mistura da inteligência do avô e do pai podia explicar a filha. Ávida por leitura, lia desde pequena, adorava política, história e filosofia. Sua pouca idade deixava qualquer um perplexo quando conversava com ela e deparava-se com suas ideias.

— O que está lendo? Começa e termina um livro tão depressa que nunca consigo te acompanhar — disse Tatiana sorrindo.

— O *Segundo Sexo*.

— Sua xará, de novo? Já deve ter lido várias vezes esse livro.

— E você não leu nenhuma.

— Não a quero fanática, filha. Você é muito jovem, precisa se dedicar aos estudos, formar-se, ter sua família. Sei que isso lhe parece antiquado e lhe soa chato e repetitivo, mas eu não vou parar de lhe lembrar a respeito dessas coisas.

Simone nunca se rendia ao discurso da mãe. Sabia que Tatiana era uma mulher madura, inteligente, bem-sucedida, no entanto, era centrada em um mundo equivocado, onde uns oprimiam os outros; onde trabalhadores eram explorados, e até escravizados, onde os governantes roubavam. Ora, em um cenário assim, como a mãe, que tinha o papel de defender a sociedade, podia se comportar de modo tão paternalista? Pelo menos o futuro estava nas mãos de jovens como ela, e por isso tinha esperança de um dia poder fazer a mãe enxergar o mal que o patriarcado e a cultura capitalista representavam.

— Eu não vou me casar!

Tatiana já tinha ouvido aquilo antes, mas não com tanta ênfase.

— Por que fala nesse tom?

— Ninguém precisa se casar para ser feliz. Nenhuma mulher deve ser obrigada a isso ou a qualquer coisa. Regras sociais não podem ditar nossa vida privada desse modo!

Tatiana colocou as mãos na cabeça e suspirou. Sabia que quando seus filhos se tornassem adolescentes precisaria de paciência, mas com Simone era pior. Era evidente que aquelas ideias não haviam brotado sozinhas na sua cabeça. Rogério tivera parte.

— Simone, no mundo coexistem várias formas de pensar. O que precisamos é conhecê-las e agir com ponderação. Extremismo é perigoso, seja de um lado ou de outro.

— Ah, mamãe, por favor! Já lhe disseram por acaso que sua função, em vez de ficar em cima do muro, é defender a sociedade?

Tatiana ficou quieta. Sabia como acabavam aquelas conversas, sem nenhuma delas chegando a lugar nenhum.

— Quero ser avó, viu? Não vou perder o bom humor com você.

— Para isso posso recorrer à inseminação artificial.

Ah, mas como se parecia com o pai! Na verdade, só se afastavam em um único ponto. É que embora Rogério se alinhasse à esquerda e até se envolvesse em projetos relacionados às minorias, nunca absorveu totalmente a inclusão dos gays na sociedade. O certo era que jamais se livrara do machismo e preconceito com os quais fora criado. Ela sabia muito bem que, neste tema, ele mantinha um conflito mal resolvido dentro dele.

De repente, então, lembrou do fim do seu casamento, quando descobriu o caso de Rogério com Verônica, assessora dele; desde que saíra de casa e fora viver com ela, passaram-se mais de seis meses. Relembrar daquilo era mexer em uma ferida aberta, que ainda a enchia de dor. Estudaram juntos, sonharam juntos e venceram juntos. Eram o casal perfeito, pelo menos sob os olhos alheios. O fato de Rogério não acreditar em Deus e achar que tudo terminava com o último suspiro não era nenhum empecilho, pois, embora fosse católica, não era assim tão praticante, de modo que os dois poderiam evoluir juntos espiritualmente. Mas a relação acabou definhando, afinal, e ela sabia que as diferenças de pensamento, somadas à militância do marido, contribuíram para o fim do casamento.

E agora, ali, via diante de si o próprio Rogério, só que de saia. O olhar, a teimosia, a convicção eram os mesmos, com o agravante de que o pai se esforçava para parecer educado, talvez pelo posto que ocupava, enquanto Simone não tinha preocupação nesse sentido. Como o pai, ela estava sempre com a razão e era incisiva e usava de deboche quando achava necessário. Aquilo não irritava Tatiana tanto quanto a entristecia.

— Sabe qual seu problema, Simone? O confinamento. Esta pandemia trouxe ansiedade, sedentarismo, e isso não é bom. Por que não procura ler algo mais edificante?

Simone não se conteve e riu. O mundo estava em ebulição, o país era governado por um fascista e a mãe, preocupada com sua ansiedade, indicava-lhe leitura de carola.

— Mamãe, não insista, não tenho tempo a perder com crendices, especialmente agora que o mundo está vindo abaixo e que precisamos derrubar este governo.

— Aonde vamos parar com esta radicalização? Se há um governo eleito, as pessoas deveriam se conformar com isso e permitir que ele executasse seu projeto.

Simone olhou para a mãe com pena. Achar que um governo miliciano podia estar a favor do Brasil era demais. No máximo, estava a favor da sua própria pele.

— Nenhum governo ditatorial está do lado do Brasil.

— A democracia requer o respeito à vontade da maioria.

— Tenho de voltar para aula — disse Simone, de repente, dando um beijo na mãe.

Quando os rostos se encontraram, era notável a diferença de semblantes; a jovem saiu da sala sem se deixar contaminar pela melancolia de sua mãe.

Capítulo 2

Aos poucos, as pessoas iam se adaptando à nova realidade e, assim, retomavam suas vidas, sem se descuidar das cautelas com a própria saúde. Na Procuradoria Regional da República, onde Tatiana trabalhava, membros e servidores retornavam paulatinamente a seus postos. As sessões de julgamento no Tribunal Regional Federal, no entanto, continuavam a ser realizadas de modo remoto.

Tatiana, que havia voltado a trabalhar em seu gabinete, examinava uma causa de natureza tributária, quando Maurício, seu assessor, adentrou sua sala e lhe disse que chegara uma demanda relativa ao ex-presidente Lula. Segundo ele, tratava-se de um recurso em que o ex-presidente pugnava pela anulação de um processo por corrupção que corria na primeira instância.

— Como a senhora quer que eu minute, doutora?

Era um processo rumoroso; o êxito do recurso favoreceria o ex-presidente, cuja possibilidade de se candidatar já era ventilada.

— Sabe muito bem que não diferencio processos.

— Sei. Mas é um caso midiático, alguns jornalistas já ligaram.

— Não adiantamos posições e neste caso não será diferente.

— Certo, mas...

— Não decidimos partidariamente neste ofício. Faça a minuta conforme a lei.

Tatiana acompanhou o vulto do assessor quando ele saiu. Lembrou-se de quando tinha a idade dele. Já era procuradora a esta altura. Ela e Rogério tinham certeza de que tornariam o mundo melhor e combateriam todas as injustiças. Ao passar no concurso, ao lado de quem jurou amar, pensou ter conquistado para sempre a felicidade. Mas a cada dia se dava conta de que as pessoas eram diferentes, de que a vida não era exata, de que cada um trazia um universo próprio dentro de si. Nesta toada, em um mundo em que não se compreendia nem a si mesmo, como mergulhar no universo alheio?

O telefone arrancou-a do seu devaneio. Atendeu à chamada.

— Oi, papai, saudade de vocês. Como vão aí em Belém?

— Oi, querida, estamos bem. Como estão todos?

— Simone continua voluntariosa. Lucas vive para o videogame.

— Rezamos todo dia por sua família, por uma reconciliação...

— Papai, seis meses pode parecer pouco, mas não é bem assim para quem está envolvido. Além disso, o senhor está atrasado, pois já demos entrada no divórcio.

— Ah, filha, não sabia; aquele cretino ainda vai me pagar.

— Ficar irritado ou ser violento não muda em nada as coisas, papai.

— E a vacina, tem feito o que falei, de não tomar por enquanto?

— Há os que não tomarão, os que tomarão e os que vão aguardar. Estou neste último grupo.

— Menina sensata. Só querem ganhar dinheiro, por isso demonizam o tratamento precoce. Muitos teriam se salvado se...

— Papai, alguns remédios realmente não foram testados cientificamente.

— Nada disso, querem acabar com o presidente, que é quem está imbuído de coragem para tirar este país da lama.

— Não, papai, por favor, já basta Simone...

— Tudo bem, mas e o processo do Lula?

— Como?

— Deixa disso, todo mundo já sabe que vocês estão decidindo se vão anular um dos processos que correm contra ele.

— Ah, papai, não gosto de conversar sobre trabalho ao telefone.

— Isso é sério, você tem de se posicionar contra a anulação desse processo. O Brasil precisa de decência, e esse cachaceiro acha que pode fazer o que quiser.

— Minha manifestação será conforme a lei. O senhor sabe como é minha atuação.

Conversaram mais um pouco sobre a mãe, uma futura viagem de Tatiana e os meninos a Belém e desligaram. Momentos depois, foi a vez de Rogério ligar pedindo que ela desse logo o parecer no processo de Lula, pois, segundo ele, a esquerda precisava voltar ao poder para tirar o quanto antes o país do retrocesso.

Às 2h da tarde, Tatiana concluiu o trabalho, pegou a bolsa, despediu-se dos servidores e rumou para o estacionamento.

O prédio da Regional ficava no Setor de Autarquias Sul e não estava dentre os mais bonitos de Brasília, mas era ali que Tatiana trabalhava. Ela e Rogério foram lotados em Brasília com planos de voltarem para Belém. No entanto, após a saudade do começo, a adaptação havia sido boa o bastante para decidirem ficar na cidade. Cerca de dez anos após a aprovação no concurso, foram promovidos a procuradores regionais e estavam agora a apenas um cargo de se tornarem subprocuradores gerais da República.

Enquanto cruzava o corredor e se dirigia ao elevador, Tatiana lembrava-se do sonho de ingressar na carreira. Comprazia-lhe ter passado no concurso após tanta dedicação, mas quando pensava em seu casamento, em sua família, era como se algo tivesse sido deslocado do lugar. E ainda por cima ela e Rogério trabalhavam no mesmo prédio, cruzavam um com o outro o tempo todo. Após se separarem, ele não demorou a posar com Verônica, sua assessora; mantinha-a no gabinete, descaradamente. A lei proibia isso, tratando-se de companheira ou mulher, mas como ainda era apenas namorada, ficava ao talante dele decidir o que era certo ou errado. Pensou então de que valia a lei em um país como o Brasil se ela só se aplicava contra pobres e desfavorecidos.

Tomou o elevador e agradeceu por estar vazio. Desde que se separaram, tinham se encontrado algumas vezes, e não havia sido nada bom. Reagira à separação se afundando no trabalho — primeiro em casa, depois, na Regional —, em suas leituras, nos assuntos dos filhos. Estivera no fundo do poço, no começo, mas ainda se sentia amortecida pelos fatos, com o coração fechado e a mente confusa. Carol e Juliana, suas colegas procuradoras, lembravam-lhe a todo momento o quanto era bonita e com uma vida inteira pela frente, mas não era o suficiente para fazê-la ficar bem. Era preciso tempo.

Saiu do elevador e, enquanto seguia pelo estacionamento, viu seu João, o servidor da limpeza, e acenou para ele, que, de longe, devolveu-lhe o aceno, sorrindo. Em seguida, adentrou seu Honda Fit e saiu do prédio da Regional, rumo à W3 Sul. O tempo estava frio e um pouco nublado, mas, como costumava acontecer em Brasília, o tráfego estava organizado. Em vez de ir direto para casa, preferiu se dedicar um pouco ao volante, que era o que gostava de fazer quando se sentia confusa e sozinha. Gostava de olhar os prédios, recordar de quando chegou em Brasília. Próximo da LBV (Legião da Boa Vontade), lembrou-se do som da cascata da biblioteca, onde, sob o mais absoluto silêncio (era proibido falar dentro da biblioteca), ela e Rogério se prepararam para as provas orais do concurso. Bons tempos, em que corriam atrás de um sonho. Que lugar estranho e ao mesmo tempo agradável era aquele, a LBV, onde tudo redundava no silêncio! Quando a quietude se tornava insuportável, tinham a visão do restaurante ao lado, por uma parede de vidro. Passaram pelo menos uma semana ali. Queria frequentar mais aquele lugar.

Quando alcançou a Esplanada dos Ministérios, sentiu-se no coração de Brasília. Prédios de um lado e de outro, Congresso ao centro, Palácio do Planalto e STF em lados opostos, mais ao fundo. Lembrou-se do quanto aqueles que vieram de Belém para sua posse estranharam Brasília. De fato, era uma cidade fria, desprovida de cultura própria.

Como já almoçara e sabia que Jandira já havia servido o almoço para os filhos, retornou mais calmamente para casa, mas não sem antes fazer uma oração por seu país. Sabia que um governo conservador, após décadas de esquerda, geraria resistências e dificuldades, o que se agravava com a pandemia. No entanto, gostaria que o atual presidente fosse mais conciliador, mesmo sabendo que isso não era do seu feitio.

Quando chegou em casa, encontrou Simone estudando na mesa da sala. Lucas dormia e Jandira tinha acabado de ir embora.

— Oi! — disse Tatiana, enquanto tirava o casaco.

— Oi, demorou um pouco, né? Foi dar sua voltinha?

Tatiana sorriu e disse:

— Você já me conhece, não é?

— Sim. Para mim isso só funcionaria se eu estivesse acompanhada.

— Por enquanto minha companhia são vocês e o trabalho — disse ela, removendo a máscara. O mundo perdera a leveza, e aquela falta de normalidade a perturbava. Ver pessoas usando máscaras só era compreensível diante do perigo do vírus. Embora questionassem o seu uso, preferia acreditar que elas poderiam deter o contágio.

— Não queria que se separassem, mas, como aconteceu, não deixe o tempo passar muito. Só se cura de um amor com outro.

Tatiana se aproximou da filha, e lhe deu um beijo na testa.

— E quanto ao processo do nosso futuro presidente?

— Estamos preparando o parecer.

— Como se manifestará? Você sabe que não deve desapontar a mim nem ao papai. Lula deve estar sem antecedentes quando...

— Vamos falar de outra coisa. Até seu avô me ligou de Belém para falar sobre isso. Que tal me dizer como está a faculdade?

— Gosto do curso que escolhi, a senhora sabe; não vou passar fome.

Tatiana e Rogério tentaram mais de uma vez demover Simone da ideia de fazer Ciências Sociais, mas em vão. Apesar da pouca idade, ela era muito resoluta. Tão jovem e tão prodigiosamente inteligente, pensou Tatiana ao se lembrar das circunstâncias que fizeram a filha se adiantar nos estudos e ingressar mais cedo na faculdade.

— Você é muito jovem; ainda pode mudar de ideia.

— Pessoas como a senhora e papai só conseguem enxergar um pequeno punhado de cursos como possíveis.

— Ah é? Não me diga! E a senhorita? Admite a possibilidade de ser um destes adoráveis exemplos de comunista de iPhone?

Simone torceu o nariz enquanto viu a mãe seguir para seu quarto, sorrindo.

Capítulo 3

Em julho o frio encontrou seu auge em Brasília, e, embora a seca fizesse os narizes sangrarem mais que em qualquer outra época do ano, encantava aos olhos o florir dos ipês, primeiro os roxos, depois os amarelos e os brancos. O surgimento dos pau-d'arcos naquele período era, realmente, encantador. Era comum ver pessoas junto a árvores floridas, para fotografar, ou simplesmente admirar a cena, como se pudessem assim eternizar o momento. Afinal, que força podia ter uma selva de pedra diante da beleza e verdade que provinham da natureza? Apesar das máscaras, dos álcoois em gel e da preocupação em não aglomerar, nada era capaz de conter o arrebatamento proporcionado por aquela estação, especialmente naquele ano, em que as pessoas recomeçavam a sair de suas casas e encontravam na paisagem um lenitivo para suas dores e angústias.

Tatiana apreciava muito essa estação e, sempre que podia, trazia os pais, de Belém, para estarem em sua companhia.

Como os casos de Covid-19 haviam diminuído e as companhias aéreas haviam restabelecido seus voos, conseguira organizar para trazê-los naquele inverno. Embora nada pudesse apagar o horror do auge da pandemia, as coisas pareciam melhorar. Era nisso que Tatiana acreditava, mormente quando lembrava de suas perdas; a que mais a abalara fora de seu padrinho, Manoel, que morrera aos 68 anos, mesma idade de seu pai.

Quando os pais chegaram em casa, Lúcia foi organizar as bagagens com Jandira no quarto de Lucas, onde costumavam ficar, e Tatiana sentou-se à mesa da sala de jantar, com o pai. Havia diante deles um lanche que incluía tapioca e pão de queijo.

Jandira passava de lá para cá. Ora ajudava Lúcia, ora espiava se estava tudo em ordem com o lanche que preparara, ora ia ver como estavam

Simone e Lucas. Rodrigo e Lúcia ficaram felizes de ver como Jandira permanecia a mesma alma boa de sempre.

— Esta não muda. Sempre teve prazer em ajudar, somar. Você é uma sortuda por ter sido escolhida como filha postiça dela.

— Filha postiça nada, Jandira é minha segunda mãe.

Rodrigo sorriu.

Jandira surgiu de repente, adicionando à mesa torrada e geleia. Depois disse:

— O senhor lembrou de trazer o açaí e os ingredientes da maniçoba, não é?

— Claro. E mais por mim do que por vocês, viu?

Jandira riu da brincadeira. Tatiana estava tão feliz de ver o pai comendo com gosto que não percebeu a entrada da mãe, que, enquanto ocupava seu lugar à mesa, disse:

— Esfomeado!

— Quem resiste aos dotes culinários de Jandira? — disse ele. — Pena ter nos deixado para vir para cá viver grudada em Tatiana.

Lúcia não via graça nas brincadeiras dele. Temia chatear a filha.

— Papai, Jandira está muito feliz aqui. Rodolfo, seu marido, pertence à sua igreja, e são felizes. Isso é o que importa, não é?

— É bem verdade que Deus sempre foi tudo na vida dela. Pelo menos para Ele acho que você perde — disse Rodrigo, zombeteiro.

Lúcia tentou mudar o rumo da conversa:

— Os meninos estão tão crescidos! Simone, uma moça, e Lucas, um rapazinho. Se Deus quiser, vamos aproveitar muito com eles.

— Voltaram à aula presencial, muito ruim terem ficado tanto tempo em casa, sem respirar ar puro ou interagir com as pessoas.

Lúcia imaginava o quanto a filha devia ter sofrido com o fim do casamento, sem mãe, sem pai, obrigada a ficar em casa. Passados tantos meses desde o rompimento com Rogério, Tatiana permanecia sozinha. Era natural que ela sentisse dificuldade de abrir seu coração novamente, mas não podia ficar assim para sempre.

— E nosso país, Tatiana? Você acha que...

— Nada de política hoje, Rodrigo! — interveio Lúcia.

— Não tem problema, mamãe — disse Tatiana com um leve sorriso. — Receber papai e não falar do que ele mais gosta seria demais. Além disso, nem a pandemia fez a política esfriar. Ao contrário, os ânimos infelizmente se exaltaram ainda mais.

— Vou ao ponto. Até quando aguentaremos tanto desmando?

— Como assim? — perguntou Tatiana.

— Ele está falando das decisões do Supremo, Tatiana, que vem causando polêmica — disse Lúcia enquanto terminava de se servir.

— Papai, há duas coisas em jogo quando falamos de decisão judicial. A primeira é que dificilmente agradará a todos; a segunda é que, no caso do STF, estamos falando da última instância.

Rodrigo acendeu um cigarro.

— Ora, então fecha os olhos para os abusos? Esses inquéritos, essas aberrações que criaram, não me diga que concorda com isso.

Tatiana ouvira falar daqueles inquéritos e sabia que em muito a Corte dava azo a ser acusada de fazer oposição ao governo. Às vezes, ficava perturbada com isso, entretanto, preferia não se envolver a fundo com assuntos políticos. A pandemia e o fim do seu casamento, por enquanto, bastavam-lhe. Mas com seu pai por perto, todavia, seria obrigada a refletir mais sobre aquelas questões.

— Esses inquéritos, de fato, estão sendo questionados no meio jurídico. Inclusive, o ministro Marco Aurélio o batizou de inquérito do fim do mundo. Alguns juristas publicaram livros sobre o tema.

— Falando em livro, o que tem lido, Tatiana? — disse Lúcia.

— Neste momento, estou relendo Dostoievski, *Crime e Castigo*.

Rodrigo assoviou, brincando e disse:

— Lembro de você lendo contos de fadas no meu colo.

Tatiana fitou o pai, enternecida. Sem o amor pelos livros, que eles haviam lhe transmitido, dificilmente teria chegado onde chegou.

— Não é uma leitura perturbadora demais, filha? — disse Lúcia.

— Dostoievski é labiríntico mesmo, mas gosto de sua profundidade psicológica. Isso me sacode, não sei explicar direito.

— E o trabalho? — indagou Lúcia, mudando de assunto.

— Passei a ir presencialmente.

— Já te vi mais animada — disse o pai, com sua franqueza habitual.

— Talvez esteja certo. Este vírus mexeu muito com a nossa vida.

— E o divórcio? — perguntou ele como uma lâmina cortante.

— Rodrigo! — interveio Lúcia, indignada com sua rudeza.

— Ele está certo, mamãe. É preciso falar sem cerimônia. Eu e Rogério não somos mais casados. Nosso divórcio foi aprovado e acordamos que morarei no apartamento até Lucas se formar.

— Mas...

— Continua com a amante, que é mantida como subordinada.

— Está explicado Dostoievski. Neste momento, para você, ele é mais uma fuga do que um prazer — disse Rodrigo, secamente.

Subitamente, Tatiana irrompeu em lágrimas, cobriu o rosto com as mãos e passou a chorar compulsivamente.

Por que os homens têm de ser tão brutos?, pensou Lúcia indo ao encontro da filha, consolá-la. Foi seguida pelo marido.

— Saiba de duas coisas, filha. Primeiro, eu encheria a cara de Rogério de porrada, se o visse na minha frente. Segundo, você é areia demais para o caminhãozinho dele.

— Ora, acho até que ela está indo bem, Rodrigo! — disse Lúcia passando a mão nas costas de Tatiana.— Ah, querida, quis estar com você desde o começo, mas não pude.

— Jamais permitiria que viessem no auge da pandemia. Estão entre os meus maiores tesouros. Agora poderão ficar o quanto quiserem — disse Tatiana permitindo que o pai lhe afagasse a cabeça, enquanto a mãe lhe dava o abraço mais esperado desde que tivera a primeira conversa com Rogério sobre a separação.

Capítulo 4

À medida que o tempo passava, mais controlada ficava a pandemia. Alguns países começavam a suspender o uso das máscaras e era atribuída à vacina o maior controle da Covid-19. No Brasil, todavia, a oposição estava prestes a instaurar uma CPI para apurar o número elevado de mortes, o atraso na vacinação, o uso de medicamentos sem comprovação científica e a difusão de *fake news*.

Seguindo a toada de uma guerra política que se mantinha mesmo no mais inconveniente dos momentos, o presidente, em outra frente, passou a exigir voto auditável para as próximas eleições, convertendo essa pauta em um verdadeiro cabo de guerra, com ele de um lado, denunciando a vulnerabilidade do sistema, e o presidente do Tribunal Superior Eleitoral, do outro, assegurando sua inviolabilidade.

Foi, no entanto, quando o presidente demonstrou que o sistema havia sido invadido e que o próprio TSE comunicou o fato à Polícia Federal, que o país se incendiou, abrindo margem para se discutir de modo concreto a vulnerabilidade do sistema. No mesmo contexto, o TSE solicitou a inclusão do presidente em inquérito por vazamento de informação sigilosa, gerando uma das maiores crises institucionais da República.

Tatiana não se lembrava de ver o país tão dividido, com tanta discórdia, e os últimos acontecimentos só lhe aclaravam os motivos de tão grande entrevero. A opção política do governo de diminuir verbas de financiamento e propaganda para segmentos, dentre outros, da classe artística e mídia, vinha suscitando as mais enraivecidas paixões, o que só servia para ampliar a crise. Ela mesma achava o presidente tosco e deselegante; jamais simpatizara com ele. Na verdade, jamais confiara em político algum. No Brasil, mais que em qualquer outro país, eles integravam uma classe muito desabonada.

Parte dos apoiadores da lava jato, até então a maior operação de combate à corrupção do país, apoiavam Bolsonaro, alguns o chamando de messias. Ela lamentava por essas pessoas, pois necessitavam encontrar um salvador, e era aí que costumavam ser mais enganadas e lesadas. Era como se vivessem sob ciclos de bandidagem, alimentado por um sistema amigo da corrupção, e preocupado com a manutenção da impunidade.

Embora política fosse o ar que todos respirassem naqueles tempos, Tatiana não gostava de se concentrar nesse assunto, pois sabia que pensar sobre isso no Brasil era como cair em um abismo sem fim; nunca se chegava a um consenso e o resultado era sempre o mesmo: vitória de um sistema carcomido à custa de inimizades.

Aquele, porém, era um dia especial. Alguns procuradores tinham combinado de almoçar juntos em um restaurante que inaugurara recentemente em uma entrequadra da Asa Sul. Além de Tatiana, compareceriam Carol, Juliana, David e Alexandre. Carol e Juliana, mais que colegas, eram suas amigas, de modo que acompanharam sua separação, e depois do que Rogério lhe fizera, afastaram-se dele como fiéis escudeiras.

Tatiana deixou seu gabinete por volta de meio-dia e, após cumprimentar seu João na garagem, entrou em seu carro e deixou o prédio. No caminho, pensou naquele servidor com quem acabara de falar. Viera do Ceará e fora efetivado sem concurso público, no tempo em que isso era possível. Era uma pessoa simples e amável, cumprimentava a todos, embora a recíproca não fosse verdadeira. Seus colegas costumavam passar às pressas, como se ele não existisse. Era o comportamento normal de muitos que ocupavam determinados cargos no Brasil. Tatiana se perguntava o que seria pior, pisar em um subalterno ou simplesmente fingir que ele não existia. Seu João pertencia à enorme parcela da população que sonhava com melhores condições e um tratamento mais digno.

Entrando na entrequadra da Asa Sul, após sair do Eixinho, encontrou os seus amigos já acomodados em uma mesa na parte externa do restaurante, sob um toldo verde grande. O clima, típico da época, era ameno. Estacionando às proximidades, ajeitou seu agasalho e se dirigiu até a mesa onde lhe aguardavam.

— Ah, então apareceu a margarida! — disse Carol, uma mulata baiana e rechonchuda, com um típico humor debochado.

— Aí está você! — disse Juliana, uma curitibana de olhos azuis.

Sorrindo, Tatiana cumprimentou a todos, sentando-se na cadeira reservada para ela. O restaurante não estava tão cheio.

Cessando a conversa que vinham travando, os dois procuradores pousaram os olhos em Tatiana.

— Bom, vocês sugeriram o lugar, agora me falem sobre ele — disse Tatiana enquanto corria os olhos pelo cardápio.

— Tudo aqui é muito bom, garanto — disse Juliana.

— É sua primeira vez aqui? — perguntou Alexandre.

— Sim — disse Tatiana.

— Você vai gostar — disse David, com seu jeito retraído.

Sorrindo, Tatiana olhou de um colega para o outro. David era alto, louro, enquanto Alexandre, moreno, de tipo atlético. Diferente das colegas, eles eram naturais de Brasília. Embora não costumassem sair juntos, Tatiana simpatizava com eles.

De repente, o garçom surgiu para anotar os pedidos. Logo que escolheram os pratos, Alexandre disse:

— Agora que pedimos, podemos descer a lenha no presidente?

— Meu pai só fala de política. Ia adorar conversar com você.

— Seu pai então é bolsominion? — gracejou Alexandre.

— Brincamos, mas é sério. O voto impresso não deve passar. Não sei mais o que este governo pode inventar — disse Carol.

— Mas, afinal, houve ou não uma invasão ao sistema eleitoral?

— Ah, Tati, convenhamos que isso não é tão preocupante quanto a deselegância do presidente. Veja o modo como ele vem tratando o ministro do TSE.

— Sabe, a forma como ele vem lidando com a pandemia é irresponsável demais — disse Juliana. — Não consigo detectar nenhuma humanidade nele.

— Mais cedo ou mais tarde, teremos que processar a União pelos danos causados por este governo, na pandemia — disse Carol.

— A postura dele realmente não é de um estadista — disse Tatiana. — Mas acho grave essa possível invasão ao sistema. Se aconteceu, o sistema não é tão seguro assim.

— Não adianta voto impresso — disse Carol —, a fraude sempre acaba encontrando um caminho.

— Mas o que se ventila é voto impresso ou auditável?

— É tudo a mesma coisa, Tati. Não se iluda.

Tatiana imaginou como seria o debate de um daqueles seus colegas com seu pai, pois ele não admitia qualquer posição contrária. De qualquer modo, ela sempre ficava perplexa diante daquele tema. Os fatos, fossem quais fossem, pareciam ser sempre deixados de lado, como se, na toada de Saramago, cegas, as pessoas não conseguissem acompanhar os acontecimentos com a devida distância.

Estavam todos rindo quando Tatiana retornou de seu devaneio.

— Sonhando com algum príncipe encantado? — disse Carol.

— Agora ela é uma mulher desimpedida — interveio Juliana.

Tatiana já estava acostumada com as brincadeiras das colegas. Como era grata por ter conseguido fazer amizade com aquelas duas. Carol fora casada e, após o divórcio, não conseguiu mais manter um relacionamento duradouro. Já Juliana, que só tivera dois relacionamentos sérios, era do tipo que, quando magoada, não abria mais o coração.

— As solteironas estão querendo alcovitar alguém para mim? Por que antes não encontram para si mesmas?

— Difícil encontrar uma pessoa legal em tempos normais, o que dizer agora!

Tatiana sabia bem do que Carol falava. Como no Brasil o machismo ainda era arraigado, em um cargo de mando, como o delas, ao contrário do que se podia imaginar, não era tão fácil atrair um homem. Era complexo lidar com a "superioridade masculina", pois os homens tinham dificuldade de "ser" menos ou "ganhar" menos. Porém, essa fórmula fora insuficiente no seu caso, pois, a despeito de ter sido casada com alguém da mesma profissão, percebeu que o amor estava além dessas contingências e dificuldades.

Com a voz pausada, falando em tom baixo, David disse:

— O país precisa de mudanças profundas, o que depende de alterações estruturais que passam pela renovação do Congresso.

À Tatiana, David sempre parecera meigo. Era o típico bom menino falando após ter a palavra. Embora fosse o oposto de Alexandre, os dois se davam bem um com o outro. David era mais inteligente e culto que qualquer um dos presentes. No entanto, as amigas esperavam que ela encontrasse um companheiro como Alexandre, mais jovial e cheio de vida. Achavam o acanhamento de David próximo à palermice.

O almoço transcorreu com alegria, e Tatiana gostou de estar na presença de seus colegas. Após comerem, Tatiana se despediu, felicitou o encontro, abraçou as amigas e se encaminhou para o seu carro. Quando ia passando a chave na ignição, alguém surgiu à porta. Virando-se para ver quem era, deu com David parado, ali, do lado de fora.

— Você me assustou!

— Desculpe. Não era minha intenção. Eu apenas...

— Você veio no seu carro?

— É justamente isso. Vim com Alexandre, mas houve um imprevisto. Daí pensei se não poderia ir com você.

Tatiana achou estranha a abordagem. Entretanto, como se tratava de David — era raro encontrar alguém tão educado —, não viu motivo para se assustar. Conhecia-o há anos e sabia que a mãe dele era médica e o pai procurador de justiça aposentado, assim como que aos 22 anos fora aprovado em primeiro lugar no concurso. Cruzavam pelos corredores da Regional, mas, ante sua timidez, não conversavam muito.

— Ora, David, entre, então. Bom que terei companhia — disse Tatiana, sorrindo, ao abrir a porta do passageiro para ele.

— Obrigado. Espero não ser um estorvo, pois sei que você mora aqui na Asa Sul, e eu, no Sudoeste. Mas Alexandre teve de...

— Não se preocupe. Dirigir, para mim, é uma terapia.

— É mesmo?

— Sim. Não sei dizer direito por quê. Há coisas que apenas vivenciamos, mas não somos capazes de explicar, concorda?

— Verdade.

Tatiana manobrou o automóvel para sair de onde estavam e pegar mais à frente a via para a W3Sul.

— Como estão seus pais, David?

— Bem. Papai já está curtindo a aposentadoria. Imagine hoje em dia alguém se aposentar antes dos 65, seria um sonho, hem?

— É verdade. Ele atuava no MPDFT, não é?

— Sim, enquanto nos ocupamos com os cachorros grandes, ele se concentrava nos ladrões de galinha. Hoje ele não quer nem advogar, diz que está quite com o Estado e com ele mesmo.

— Ainda chegaremos lá — disse ela sorrindo. — E sua mãe?

— Ela ainda mantém seus pacientes.

Tatiana se esforçava para deixar o colega à vontade. Ele, às vezes, era alvo de gozação, por seu jeitão calado, mas as chacotas não iam tão longe, talvez por conta do seu brilhantismo.

Quando ela já estava na metade da W3Sul, falou:

— Como é morar no Sudoeste?

— Ah, é muito bom. Bairro mais novo. Meus pais moram no mesmo condomínio. Eu no terceiro andar e eles no quinto.

— É mesmo? Que maravilha!

Aquilo a fez lembrar de como eram os prédios residenciais construídos no Plano Piloto. De pequena altura, atendiam exigências do projeto original da cidade. Lúcio Costa e Oscar Niemeyer realizaram um trabalho bastante minucioso, que tornava Brasília algo bem diferente das demais capitais do país, tanto em termos estéticos como organizacionais. Embora já acostumada, às vezes, ela ainda se perturbava com a artificialidade daquela cidade totalmente planejada.

— Também gosto do Sudoeste.

— Já pensou em se mudar para lá?

— A ideia não me desagrada. A mudança é que me atordoaria.

David ficou calado

— Os preços lá são mais altos, não é?

— É, mas em Brasília é assim. Na Asa Sul é caro também.

Enquanto conversavam, Tatiana fazia o que mais gostava. Deixava-se tomar pela paisagem, prédios, e, quando olhava os transeuntes andando em túneis ou se arriscando em algumas vias, convencia-se de que Brasília não fora feita para eles. Lembrou-se de quando começou a morar ali, após a posse. Estabelecera uma relação de amor e ódio com aquela cidade. No início, tinha pesadelos, tamanha era a saudade de casa. Com o tempo, porém, ela e Rogério se acostumaram e perceberam que, por ficar no centro do país, Brasília era um excelente ponto para se deslocarem para as demais capitais, além de contar com ótima infraestrutura. Aos poucos, ela foi se acostumando ao frio e até à secura.

David a olhava de soslaio. Ela era bonita, mas era sua meiguice e simpatia que o atraíam. Sua espontaneidade, seu ar reflexivo e profundo, que ele não encontrava em nenhuma outra mulher, encantavam-no. Havia um encanto próprio certamente ignorado por ela. As mulheres eram naturalmente sensíveis e intuitivas, mas em Tatiana isso era amplificado. Ela não se detinha no que não contivesse maior significação. Gostava de ponderar, de buscar as coisas na essência. A verdade era que sempre fora encantado por ela, e estava certo de que Tatiana não imaginava que era observada por alguém tão de perto e por tanto tempo. Ninguém além dele tinha ideia dos conflitos com os quais tivera de lidar diante de um amor que sequer ele mesmo podia compreender.

De repente, já haviam passado pelo Cruzeiro Velho, Cruzeiro Novo e o Sudoeste Econômico. Então, diante do prédio de David, ela disse:

— Pronto. Você está entregue.

— Muito obrigado. E me desculpe por alguma coisa.

Sorrindo, Tatiana lhe disse que fora um prazer lhe dar carona. Enquanto David ainda estava no carro, ela percebeu em como os óculos lhe faziam parecer mais sério. Aqueles minutos foram suficientes para confirmar o quanto ele era acanhado. Por que não estava casado? De repente, viu-se curiosa em saber se a solteirice decorria dele ou das moças com quem se relacionava.

David fez menção de abrir a porta, mas de repente estacou e, reunindo toda a coragem que podia ter, disse:

— Haverá uma fogueira na LBV no próximo final de semana. Vão montar barracas com comidas típicas de São João e arrecadar cestas básicas. Pensei se não gostaria de ir comigo.

Ela jamais imaginou receber um convite de David para sair. Em sua cabeça sempre estivera bem definido que ele era apenas um colega. Se algum procurador de seu círculo mais íntimo tivesse de cortejá-la, sempre imaginou que seria alguém como Alexandre.

— Obrigada pelo convite. Bom, você sabe que tenho dois filhos, não é? — Enquanto falava, Tatiana percebeu o rosto do colega minguar, sua expressão ficar repentinamente triste. — Não, calma! Gostei da ideia. Eu realmente preciso respirar ar puro. Verei como estão as coisas lá em casa, porque também estou com visitas e prometo lhe dar uma resposta. Tudo bem?

Iluminando o carro com um sorriso, apesar da máscara, ele agradeceu e disse que aguardaria a resposta. Como em Brasília os prédios não tinham muros, depois que David saiu do carro, Tatiana viu-o entrar no condomínio e se encaminhar para pegar o elevador. No hall ele deu com a mão, no que ela acenou de volta.

Pensou em Rogério e sentiu-se ridícula, mas no fundo sabia que não podia se cobrar tanto, afinal, ele fora seu marido por todos aqueles anos. E, a despeito do que as pessoas pudessem imaginar, estando as coisas melhores no tocante à pandemia, que mal poderia haver em ir a uma fogueira de São João, em boa companhia, numa noite gelada?

Capítulo 5

Quando chegou, Tatiana encontrou seus pais conversando na sala. Tirou a máscara e deixou suas coisas na bancada.

— Chegou, querida! Como foi o almoço? — disse Lúcia.

— Ótimo — disse, sentando-se no sofá. — E os meninos?

— É como se eu e seu pai estivéssemos sozinhos aqui.

Tatiana sorriu. Seus filhos eram um tanto esquisitos mesmo.

— Independentemente disso, Rodrigo provoca Simone. Você bem conhece a peça. Eu já insisti para ele parar, mas não adianta.

Tatiana olhou para o pai, até então calado, no sofá defronte.

— Não se preocupe, mamãe. Os dois gostam disso. O desafio é Simone respeitar a posição e os cabelos brancos de papai.

— E ele deve maneirar com ela também — disse Lúcia, olhando-o com severidade.

— Não há por que problematizar uma conversa transgeracional — disse Rodrigo. — Além disso, sinto que posso salvar esta jovem.

— Cria vergonha. Nem vai à igreja e fica falando de salvação.

— A modernidade não está nem aí para Deus, e por isso nunca é em vão levantar seu nome nos tempos atuais. As ideias abraçadas por estes jovens não encontram eco em Deus.

Tatiana ouvia o pai atentamente. Ele tinha alguma razão. Criara Simone para ser cristã, no entanto, o fato de Rogério não acreditar em Deus certamente havia influenciado a jovem, que se dizia ateia.

— A independência de Simone está além de nossos conselhos, papai. Saiu ao pai, tem orgulho de dizer que tem a mente aberta.

— Como os jovens em geral hoje em dia — observou Lúcia.

— Sim, e não é porque não concorde com tratamento de choque que não me preocupo com os excessos. O mundo de hoje está muito extremado. É incrível, mas discutimos política o tempo todo. A impressão é que estamos na boca de um furacão. Não sei se esta discórdia toda nos levará a um lugar melhor do que o que estamos, mas a despeito disso, ainda sou entusiasta da ponderação.

— Estamos no fim dos tempos, isso sim — disse Rodrigo. — A sociedade se transformou num antro de drogados, pederastas, corruptos, traficantes, bandidólatras. Tudo por causa de governos que minaram nossos valores. A pergunta a se fazer é a seguinte: sempre foi assim? Na ditadura militar era impensável esta realidade, mas hoje em dia o crime foi banalizado e as pessoas acham certo fazer o errado.

Muito se discutia naqueles tempos a respeito de uma eventual inversão de valores. Sob a batuta da liberdade, alguns se sentiam mais livres para praticar atos moralmente reprovados. As próprias instituições viviam em conflito permanente, um Poder interferindo no outro. Mas embora soubesse que aqueles assuntos estavam na alma do pai, Tatiana não o queria exaltado, pois sabia que não havia soluções prontas para as divergências correntes.

— O senhor está certo sob muitos aspectos, papai. Mas precisamos ir com calma...

— Calma? Veja como se comportam alguns togados! É uma vergonha! São cínicos, não toleram ser criticados. Quem eles pensam que são? Só podem se achar deuses para fazer o que estão fazendo. Não vê que as coisas só tendem a piorar?

— Pode até ser, mas a solução deve ocorrer sem rupturas.

— Isso é piada? Há dezenas de pedidos de impeachments e o presidente do Senado senta em cima! Temem, pois têm rabo preso! Se Deus quiser haverá intervenção militar!

Tatiana arregalou os olhos. Era isso que não queria, vê-lo exaltado. Embora proibidos de agir partidariamente, muitos de seus colegas eram verdadeiros militantes. Ela, no entanto, detestava radicalização. Imaginar em algum noticiário o pai defendendo uma intervenção militar era algo que lhe causava calafrios.

— Rodrigo! — interveio Lúcia. — Está assustando a Tatiana.

— Não se preocupem. Não vou para a rua pedir intervenção.

Rodrigo sabia que o gênio da filha era completamente diferente do seu, mas nem por isso estava disposto a deixar de abordar certos assuntos. Ainda teria a oportunidade de dizer umas boas verdades sobre a instituição em que ela trabalhava.

— Ele está assim porque acabou o cigarro — disse Lúcia. — Critica os drogados e acha que cigarro não mata e não faz mal. Você sabe do que são capazes os abstêmios, Tati. Dê um desconto.

Tatiana riu, depois pediu licença e foi para seu quarto. No caminho, passou pelo quarto de Simone; entreabriu a porta, e a encontrou lendo; depois foi ver Lucas, estava entretido na internet. Que paz sentia ao vê-los tão comportados em seus cantos!

Capítulo 6

Assim que Tatiana o deixou, David cumprimentou o porteiro e tomou o elevador diretamente para o seu apartamento, onde vivia sozinho desde que se tornara procurador da República. Sempre que chegava ao condomínio, costumava antes ir ao apartamento dos pais. Naquele dia, porém, preferiu fazer companhia a si mesmo.

Ao entrar em casa, foi direto para sua biblioteca e se sentou no sofá-cama que ficava ao lado da mesa em que trabalhava. Como Tatiana não lhe saía da cabeça, esforçou-se para desviar o pensamento. Quem era ele? Não podia saber de quem se tratava sem antes voltar aos tempos do menino esquisito, que costumava ter as melhores notas, mas era incapaz de se enturmar com os demais colegas como desejavam os pais e professores.

Diferentemente da maioria dos colegas de trabalho, costumava frequentar as missas aos domingos. Não que fosse um carola, mas desde sempre sua lembrança era de estar desenvolvendo sua fé e seguindo preceitos cristãos. Dividia sua vida entre trabalho, leituras e os pais, com quem costumava fazer suas refeições. Não sabia ao certo o porquê, mas também gostava de solidão, de silêncio, e eram nessas ocasiões, quando se isolava, que se reunia com seus mais fiéis amigos, os livros. E esse era ele, meio tímido, meio esquisito, alguém mal compreendido pelos demais e por si mesmo.

Cansando-se de devanear, olhou o celular, mas não encontrou nenhuma notícia interessante; pôs-se então a pensar no trabalho. Não era procurador por vocação ou sonho, diferentemente talvez da maioria dos seus colegas. Quando prestara o concurso admirava a instituição, mas ingressara na carreira realmente para agradar aos pais, que o queriam estável e em um bom posto. Quando deparou com o monstro que era a burocracia, porém, se desencantou completamente e foi dominado por um tédio que não conseguia aplacar. Estar em uma instituição repleta de frivolidades e disputas não lhe motivava em nada, e isso piorou quando foi promovido e, no novo posto, teve de abandonar o trabalho face a face com as pessoas para se limitar, basicamente, a elaborar pareceres. O que menos queria era desapontar os pais, mas eles sabiam no fundo que aquela atividade repetitiva, própria de repartição pública, não satisfazia os interesses mais profundos de sua alma desapegada.

Voltou a pensar então em Tatiana. Desde que pusera os olhos nela, percebera que era uma mulher diferente. Via-a envolta em uma aura brilhante, tinha luz própria. Nunca tiveram intimidade, mas sempre que cruzava ou conversava com ela, percebia sua integridade, o quanto era verdadeira. Como, em meio a uma pandemia, a uma crise política, alguém podia largar sua mulher? Jamais seria capaz de esfacelar sua família por luxúria, ambição ou qualquer outro motivo. Procuraria sempre manter seu amor. No fundo, não era isso o que todos precisavam, de aceitação e amor? Seus relacionamentos, entretanto, nunca passaram do ocasional; a diferença cultural e a falta de sinergia sempre os tornaram um fiasco.

Como que pressentindo alguma coisa, voltou ao celular. Deteve-se em uma notícia. O STF havia prendido um aliado do presidente, bem como ordenado a suspensão da monetização de canais conservadores. As providências vinham sendo tomadas monocraticamente em inquéritos questionados no meio jurídico.

David não simpatizava com o presidente. Não por lhe parecer falso ou desonesto, mas por lhe soar inculto e rude. Contra ele não pesavam maiores escândalos de corrupção, mas também não sabia até onde isso podia ser uma vantagem. O certo era que, desde que assumira, o presidente não tivera condições de governar, ante a perseguição que sofria, muito em decorrência de sua própria postura intransigente. Porém, os rumos que o Brasil estava tomando, com uma guerra aberta entre Poderes, poderiam levar o país a um colapso. Parte da população acreditava que algumas pessoas vinham sendo presas e perseguidas tão só por expressar o que pensavam.

Seu celular vibrou. Era uma mensagem de Alexandre.

"Comeu ela?".

David ficou furioso. Que deselegante!

"Você sabe que não. Ela foi muito gentil. Talvez ainda esteja ferida com tudo o que Rogério aprontou", respondeu David.

"Sabemos qual o remédio para isso", respondeu Alexandre.

David imaginou a expressão zombeteira do amigo. "Vão sair?".

"Aguardando resposta", escreveu David.

"Bingo!", escreveu Alexandre.

David foi para o seu quarto e entrou no banheiro. Depois de se despir, colocou-se debaixo da água quente. Enquanto se lavava, tornou a pensar em Tatiana, no almoço que tiveram, no fato de ela estar sozinha. Imaginou-se com ela, dividindo a mesma casa, convivendo com seus filhos. Eles nunca lhe pareceram fator impeditivo.

Após o banho, ele se vestiu, arrumou-se e foi para o apartamento dos pais. Como tinha a chave, simplesmente entrou. O relógio da sala indicava 4h da tarde, e, como imaginara, a mãe estava na cozinha e o pai fuçando o celular, no sofá da sala.

— Veja só quem chegou, Adelaide. O carro está na garagem faz tempo. Teve gente que preferiu se recolher na solidão do seu lar.

Adelaide, que preparava um bolo, pediu um minuto.

— E então, meu caro, e o almoço?

— Foi bom, pai.

— Sua colega estava presente, aquela que se divorciou?

— Sim.

David conversara sobre o almoço com a mãe, e ela certamente repassara os detalhes ao pai. Adelaide percebia há muito que Tatiana despertava em David uma admiração mais que especial. Ela conhecia alguns procuradores, pois eles se reuniam com certa frequência; eram um grupo que costumava ser visto não só em eventos oficiais ou acadêmicos, mas também em encontros informais. Tatiana realmente era uma mulher atraente. Longilínea, tinha traços paraenses, por parte do pai, e portugueses, por parte da mãe.

Afonso torcia para que o filho encontrasse uma boa mulher, mas não apetecia a Adelaide que David se casasse com uma divorciada com um par de filhos para criar. Por isso, desejava que o encontro daquele dia não a surpreendesse negativamente. Embora já houvesse conversado com o marido sobre essa questão, ainda não havia falado claramente com o filho. A verdade era que não acreditava que pudesse ser desapontada por David.

— Bom que as coisas melhoraram e podemos voltar a sair — disse Afonso.

— Sim, papai. Ainda não é como antes, mas se Deus quiser, será.

Afonso pensou no que David acabara de dizer. Voltar à vida como antes fora o que as pessoas mais desejaram até o final de 2020. Entretanto, quantas vidas haviam se perdido ao longo do ano anterior? Ele e Adelaide tinham um ao outro, procuravam se manter em casa, mas quantos amigos morreram, deixando suas famílias arrasadas? O fato de a doença estar dando uma trégua o alegrava, mas preferia pensar que a cautela ainda era necessária.

— Só Deus sabe o dia de amanhã. Mas até lá precisamos manter o cuidado — disse Afonso.

Adelaide apareceu, apressada, chamando-os para estar com ela na mesa da cozinha, a fim de que pudessem provar seu bolo.

Chegando à cozinha, Afonso sentou-se de frente para David, ambos fascinados com o bolo de abacaxi. As partes da fruta forravam o bolo por inteiro, a calda escorrendo. Adelaide serviu pai e filho.

— Vocês são dois sortudos, isso sim — disse Adelaide, servindo-se ao mesmo tempo em que ria do que dizia. — Uma mulher e uma mãe perfeita, para servir de médica e ainda por cima de cozinheira de forno e fogão. As feministas que não me escutem.

— Isso com café é muito bom — disse Afonso.

— Esta casa não é a mesma sem este bolo — disse David.

— Obrigada, mas conte mais sobre o almoço. Especialmente o porquê de o senhor haver chegado e, em vez de vir para cá, ter ido para sua casa.

— Ora, mamãe, nada demais. Só estava um pouco cansado.

— Não me engana com esta conversa fiada. Te conheço há quase 40 anos, senhor procurador. E então?

— Um almoço normal. Conversamos sobre política, pandemia, essas coisas das quais as pessoas não conseguem se desvencilhar.

— Li que Tatiana se defrontou com um recurso do Lula.

— É um caso sem controvérsia, a decisão é favorável ao Lula.

— Certo. E o que vocês acham desta crise maluca?

— Preocupante. Sem precedentes desde a redemocratização.

— Onde este país vai chegar, meu Deus? — disse Adelaide. — Entre os médicos a opinião é a mesma: estamos diante de um embate desnecessário entre Poderes no meio da pandemia.

— É uma ditadura de toga, querida — disse Afonso.

— Tomou partido entre o governo e o STF, David?

— É difícil dizer, pois a crise surge de mútuas provocações. Mas a reação do STF é perturbadora, afinal, é a Corte máxima de garantia de direitos fundamentais.

Enquanto olhava o filho devorar a fatia de bolo, Adelaide imaginou o almoço com a presença de Tatiana, que, embora pudesse despertar sua simpatia, não lhe agradava em nada como nora.

Capítulo 7

Tatiana resistira um pouco à ideia de sair com David, ainda que fosse para uma fogueira de São João, pois, com o casamento recém-terminado e a pandemia em curso, por mais que quisesse, ainda não se sentia totalmente à vontade para sair com alguém. Entretanto, após conversar com a mãe, convenceu-se de que realmente precisava se distrair e que aquele era um bom momento, pois David se mostrava educado e gentil.

David chegou no prédio de Tatiana às 7h da noite, como haviam combinado. Ela já o estava aguardando no hall do edifício. Assim que a avistou, ele desceu do carro, cumprimentou-a e, abrindo a porta do passageiro, convidou-a a entrar no veículo. Depois que ele fez a manobra e saiu da área do seu condomínio, rumaram para a LBV.

Enquanto ela sentia o quanto ele estava ansioso para agradá-la, David só conseguia achá-la linda no jeans básico e casaquinho de couro que ela usava.

— Você está linda!

— Como posso parecer bem, empacotada deste jeito? — disse ela, sorrindo. Ele usava, por debaixo do casaco de couro, uma camisa xadrez vermelha e bege.

— Os brasilienses já são acostumados a estas épocas geladas.

— Mas gosto do frio, viu? De onde venho não temos isso, daí talvez o fascínio — disse ela ajeitando com cuidado o cachecol.

Sorrindo, ele disse:

— Bem, vou falar um pouco de hoje. Como acontece nesta época, há fogueiras por toda parte, e a LBV vem montando a sua já há algum tempo. É muito legal. Oferecem comidas e bebidas, e, como lhe falei, algumas entidades recebem doações.

— Interessante. Qual a destinação da arrecadação?

— Vários lugares serão contemplados.

Após cruzarem o Eixão, passados uns instantes, chegaram ao seu destino. Como o estacionamento da LBV era grande e a céu aberto, logo encontraram um lugar para estacionar. Em seguida, foram em direção à fogueira, montada no próprio estacionamento, bem diante do templo.

À medida que se aproximavam, eles iam enxergando melhor a fogueira, armada bem no centro da aglomeração, circundada por barracas de madeira.

Tão logo chegavam, as pessoas se dirigiam para a fogueira, buscando se aquecer. Era admirável deparar com a altura das labaredas, queimando diante de todos, em meio a um frio cuja veemência era confirmada pelos termômetros da cidade.

Achando que fosse congelar, Tatiana agradeceu por estar agasalhada. Sua mãe insistira muito a esse respeito antes de sair de casa. Olhando em redor, notou, apesar do incômodo que os agasalhos ocasionavam, como algumas pessoas estavam elegantes.

Alguns erguiam as mãos diante do fogo, para se abrasar, e depois circundavam o lugar e iam em busca do que as barraquinhas tinham a oferecer. Era agradável ver algumas pessoas conversarem alegremente com os amigos e conhecidos que encontravam.

E, então, de repente, não eram mais só as roupas, ou a fogueira, era também o caminhar, as outras pessoas, as famílias, e, mesmo que contraindicados, os abraços e apertos de mão. Era como se o lugar fosse um aquecedor humano, e por isso mesmo um convite para que as pessoas estivessem ali. Naquela noite, portanto, enquanto as brasas tentavam oferecer algum conforto físico, as próprias pessoas, com seus entusiasmos, iam além, e buscavam garantir o seu aconchego espiritual. Era como se reconhecessem que a baixa temperatura as importunava, sim, mas muito menos que o frio que se instalara em suas almas com a pandemia, frio este que ali era amenizado pela animação daquela festa. Mas nem todos tinham consciência da beleza do quadro humano de que faziam parte naquele momento; a maioria limitava-se a desfrutar daquela flama, daquele comprazimento. E no fundo era isso o que realmente importava.

— Frio, não é? — disse David, ele próprio todo agasalhado.

— Bastante, mas esta fogueira é inspiradora — disse ela enquanto mantinha as mãos diante do fogo e olhava as outras pessoas fazendo o mesmo.

— Ficou grande — observou ele. — Muitos ajudaram a montar.

— Fogueiras são muito bem-vindas nesta época.

Ele se sentia como um menino na presença dela. Não só porque se tratava de uma linda mulher ou por ser uma autoridade. Era porque a queria, desejava-a. Poderiam até fazer troça dele, no entanto, só ele sabia de sua expectativa de estar ao lado dela.

— Vamos tomar uma bebida quente para ajudar a esquentar? — propôs ele — Que tal um vinho ou um quentão? Você gosta?

— Vamos dar uma olhada, sim.

Dando uma volta em torno da fogueira, os dois pararam em uma barraca. A senhora os saudou e perguntou o que desejavam. Quando ouviu que queriam uma bebida quente, disse que tinha o vinho e o quentão e que os dois eram ótimos para um casal tão bonito e apaixonado como eles. Os dois ficaram ruborizados. Ela explicou que o vinho quente contava com frutas, cravo e canela em pau, enquanto o quentão era feito com cachaça, mas levava mais ou menos aqueles mesmos ingredientes.

— Acho que cachaça será forte demais — disse Tatiana.

— Então vão de vinho, mais suave e romântico.

Ele comprou o vinho, e, após receberem as duas porções, afastaram-se lentamente, sorvendo aos poucos a bebida quente, enquanto acompanhavam as outras pessoas, todas vestidas como eles, com cachecóis, gorros e luvas.

— Já estudei aí — disse ela, apontando para a LBV.

— Eu também. É um lugar de que gosto muito.

— Mas não é místico demais para um católico?

— É, mas carrega a marca do ecumenismo, e isso é bom. Por outro lado, não nos enganemos: a igreja católica é uma das maiores expressões do misticismo.

— Sim — disse ela, ajeitando o cachecol, para se proteger de uma lufada de vento.

— A igreja católica se diz universal, mas, na verdade, ela se vê como única, como ocorre com outras religiões. Mantenho-me católico e procuro não tecer críticas mais profundas, mas admiro a congregação de todos em torno de um propósito comum.

— Sim. Se de Deus brota tão abundante amor, um amor sem fim, penso que é de sua essência que esteja ao alcance de todos.

Os dois caminhavam lado a lado. De longe, a mulher que os atendera os observava enquanto fumava um cigarro.

— Sabe — disse Tatiana —, você vai achar que é brincadeira, mas acredita que, mesmo antes do vinho, eu senti o frio diminuir?

— É verdade, esta fogueira...

— Não, não é só isso. Há muita gente aqui, é contagiante.

Ele ficou a pensar.

— Bem, é verdade...

— Falando no vinho, pensei em algo engraçado — disse ela, sorrindo.

— No quê?

— Você está dirigindo e, no entanto, está bebendo. Também estou. Como poderemos voltar para casa assim?

— Bem, eu não atentei para isso. Desculpe, por favor.

— Seu bobo, estou falando para provocar você. Mas de qualquer modo já imaginou uma manchete assim: procuradores da república são presos em blitz por estarem alcoolizados?

Ele desatou a rir.

— Pois é — disse ela, acompanhando-o na risada.

Quando chegaram mais próximo do templo, pararam e ficaram a observar a cúpula. Era através dela, por meio de um cristal, que diziam que a nave se enchia de energia. Tatiana ficou curiosa, combinaram de retornar outro dia ali. Encaminharam-se em seguida para o centro da aglomeração e resolveram se aquecer mais um pouco.

Prestes a ficar diante da fogueira, encontraram um colega e o cumprimentaram, era um procurador bastante afetado. Depois comentaram o quão atípico era encontrar membros do Ministério Público em lugares como aquele. Misturar-se com pessoas comuns, definitivamente, não era algo para todos.

Compraram milho quente em outra barraca e, enquanto comiam, ele falou:

— Já se perguntou por que quem ocupa cargos como os nossos costuma ser presunçoso?

— Poder?

— Sim, mas há mais; acho que envolve nossa existência espiritual.

— Hum...

— Será que se conseguíssemos atingir um nível maior de consciência de Deus, sei lá, se nos conectássemos a Ele em alguma medida, tendo noção da nossa missão na terra, compreendendo nossa transitoriedade e insignificância, ainda assim permaneceríamos nos achando melhor que os outros?

Ela deixou um pouco o milho e o olhou mais atentamente, como se demonstrasse interesse no que ele dizia.

— Entendo, mas as pessoas não se detêm nisso. Vivemos mais ocupados com nossas próprias coisas... Muitos até dizem acreditar em Deus, mas no final não conseguem viver afastados das coisas do mundo. Na verdade, nem se esforçam para isso.

— Exatamente. O que você acha disso?

— Eu? Bem, minhas ideias são simples. Você já notou...

— É a simplicidade que me interessa — disse ele. — E é neste sentido que me esforço para não me achar melhor que ninguém. Há um ditado que diz que nada melhor que um cargo para se saber de quem se trata a pessoa, porém não vejo orgulho em você.

— Olhe, eu não sou nenhuma santa, viu? Tenho meus erros, minhas falhas, e não são poucos — disse ela rindo.

— Nem eu desejaria uma mulher perfeita. Sonho com uma que esteja disposta a crescer e evoluir junto comigo.

Não esperava ouvi-lo dizer aquilo. Um tanto envergonhada, aproximou-se de um lixeiro e jogou fora o que restou do milho.

— Não sabemos quase nada um do outro. No entanto, estamos aqui, buscando nos conhecer, afirmar nossa amizade. Não sei você, mas creio que é possível extrair o melhor de alguém.

Os olhos dele cintilaram quando disse:

— Estou feliz em conhecer você. Sei que é muito querida, mas para mim é mais querida ainda.

Tatiana sentiu-se tocada com as palavras dele, proferidas quando seus olhos se encontraram. David falava com verdade; por ela, venceu a timidez. Ela sentiu que as qualidades espirituais dele sobrepujavam as intelectuais. Dele provinha algo indefinível, uma espécie de sensibilidade que a envolvia no fundo da alma. Era bom estar com ele, embora não soubesse explicar exatamente o porquê.

— Eu também, David. Fico feliz por poder te conhecer melhor.

Ele então pegou sua mão e fitou-a nos olhos. Era um momento singular, no qual um se abria para o outro. Tatiana então consentiu que ele acessasse seu coração e sentiu a força, o desejo que emanavam dele. Não chegou a ser sufocante, porque foi suave, não chegou a ser invasivo, porque foi gentil. Tinham-se encontrado pela primeira vez, mais intimamente; e gostaram do que sentiram.

De repente, Tatiana pediu para darem mais uma volta e os dois retornaram para o centro da fogueira, misturando-se àquela pequena multidão. Passaram novamente pelas barracas, ele mudando de um assunto a outro, procurando trazer leveza ao passeio. De vez em quando brincava, e ela ria descontraída.

Então encontraram, mais afastada, a barraca responsável pela arrecadação das doações. Tatiana aproximou-se e se deteve em uma placa onde estavam escritos os nomes de algumas entidades.

— Boa noite, senhora — disse um homem.

— Olá. Estes nomes na placa significam o quê?

— Ah, sim, indicam os lugares para onde serão destinadas as doações. Este ano incluímos abrigos.

Tatiana voltou-se para David e teve um sentimento estranho. Ajudar nunca foi novidade para ela, mas naquele dia tudo assumia um tom diferente. Era como se houvesse uma mágica, um mistério por trás das coisas. E David parecia fazer parte do encanto.

— Ouviu o que ele disse? Crianças serão ajudadas este ano.

— Trouxe minha colaboração — disse ele.

— Talvez eu não tenha trazido tanto quanto deveria...

— Muitos pensam assim e concluem que é melhor não contribuir. Porém, se todos colaborassem, com o que pudessem ou com o que tivessem em mãos, a arrecadação seria substancial.

— Você tem razão.

O homem da barraca lhe entregou um envelope, no qual ela colocou sua contribuição. Em seguida, David juntou o seu envelope ao dela e os entregou ao homem.

— Deus os abençoe e os cubra com muitas graças em suas jornadas — disse o homem recolhendo os envelopes.

— Está gostando? — perguntou David com certa ansiedade.

— Sim, muito! Confesso que estava congelando quando cheguei. Ainda faz frio, mas eu me sinto mais aquecida.

— Você dispôs seu coração para ajudar outras pessoas. É preciso que nosso coração esteja abrasado para que isso ocorra de verdade.

Como que instintivamente, ela chegou mais junto dele e, lado a lado, voltaram a passear, circundando a fogueira tão cuidadosamente montada para aquecer e reluzir aquela noite fria. De vez em quando um deles olhava para o céu e, ao perceber as estrelas, inspirava-se, voltando-se ora para si mesmo, ora para quem lhe acompanhava. E se sentiam impelidos a fazer preces. Dentre o que ela pediu, despontava seu desejo de ser amada de verdade. Achando-se um privilegiado por estar ao lado dela, ele não sentia necessidade de dinheiro, bens, carreira, nada. Tudo o que via, naquele átimo, o fogo, o frio, as estrelas, Deus, dizia-lhe de modo definitivo, que o que ele precisava, o que realmente importava, estava ali, junto dele, ao seu lado. Não pediu nada; só agradeceu.

E quando, à certa altura, David desejou que aquele instante não terminasse nunca mais, percebeu-se um tolo. Aquilo estava acontecendo diante do universo, já pertencia à eternidade. Os momentos felizes, por serem autênticos, não se apagavam jamais, e o amor, de cuja existência não duvidava, este, ele bem o sabia, era para sempre.

Capítulo 8

Nos dias que se seguiram ao encontro de David e Tatiana, a agitação popular era crescente diante da guerra entre Poderes. Para alguns, era como se a última instância da Justiça tivesse recebido competências inéditas, pois ora interferia em outros Poderes, ora impunha restrições à liberdade individual. Embora fosse tudo muito novo para se examinar mais profundamente as causas do que vinha acontecendo, o Brasil se tornava um dos poucos países do mundo no qual a última instância, assumindo poderes de juízes criminais, instaurava inquéritos de ofício. Para uns, a Corte só se defendia; para outros, a Constituição era atacada por quem deveria defendê-la.

Youtubers de direita e apoiadores do governo vinham sendo alvo de investigação por *fake news*. Quem fosse pego sob suspeita de propagar *fake news*, ainda que indiretamente, era forçado ao silêncio e sujeito à prisão. Ao menos dois deputados alegavam sofrer censura e perseguição, sendo que um estava preso por suas palavras, o que era vedado pela Constituição, enquanto o outro era alvo de busca e apreensão.

Diante do que acontecia, grandes manifestações, em protesto, foram convocadas para o dia da Independência. Paralelamente, o Palácio do Planalto, algo sem precedentes, enviara ao Senado um pedido de impeachment contra um Ministro do STF.

Enquanto lia, na Regional, as últimas notícias, Tatiana foi interrompida por Maurício que adentrou em seu gabinete, dizendo:

— Com licença, Dra., mas o Dr. David está aqui e deseja lhe ver.

Ela fez um gesto autorizando a entrada do colega.

— Olá! — disse ela assim que viu David. Convidou-o para irem para a área mais reservada do gabinete, onde ficavam os sofás.

— Oi. Não nos vimos mais desde a LBV.

— É verdade, não sei você, mas eu ando um pouco cheia de trabalho — disse Tatiana sorrindo.

— O segredo é não acumular. Esse é o lema no meu ofício.

Tatiana já se acostumara a falar com as pessoas usando máscara, mas naquela ocasião lhe soava indesejável falar com ele daquele jeito.

— E seus pais?

— Vão bem. Mamãe, por exemplo, é uma mulher incrível, assume variados papeis e com muita maestria.

— Excelente!

— E sua família?

— Estão bem, graças a Deus.

Ficaram em silêncio por um momento.

— E o Brasil? As coisas parecem estar degringolando, não é?

— As coisas fugiram ao controle. Às vezes, procuro ser otimista, mas os fatos parecem dizer que estamos longe de uma solução — disse ela desalentada.

— O pior é que muita gente só se preocupa em buscar uma interpretação que beneficie sua ideologia.

— Verdade. A maioria escolhe os representantes por interesses próprios, não ligam para conceitos vagos como democracia.

— O extremismo é o problema — disse ele.

— E o pedido de impeachment contra o ministro do STF?

— Dizem que não dará em nada, mas o que importa é que é o primeiro caso em nosso país. Certamente intensificará a crise.

— Pelo que andei sondando, a maioria dos nossos colegas entende que o governo deu azo a isso.

— Acho que de um lado e outro, tudo parece surreal — disse ele.

— Sei lá, às vezes, acho tão clara a inidoneidade do presidente para a diplomacia. Que sina esta de não termos um bom presidente?

— Ao mesmo tempo que temos as maiores riquezas naturais, temos os piores políticos. É uma sina mesmo.

— Agora corremos o risco de uma intervenção — disse ela enfadada.

— Isso é inaceitável. Ruim com a democracia, pior sem ela.

— Sem dúvida, mas, por outro lado, estes inquéritos são insubsistentes. Somos do meio jurídico e sabemos muito bem disso.

— No entanto, foi chancelado pelo Plenário do STF.

— Aí é que mora o perigo.

Ficaram em silêncio. Então, David a olhou nos olhos e disse:

— Você aceita almoçar comigo hoje?

Por um momento ficou confusa. Por que estava permitindo aquela aproximação? Era sem dúvida um bom rapaz, mas ela era uma mulher mais velha, divorciada, com dois filhos. Será que a família dele a aprovaria? Talvez estivesse sendo preconceituosa e, por um instante, pensou que, se mantivesse o seu coração fechado para sempre, estaria permanentemente em busca de motivos para não estar com ninguém, então o problema estaria nela mesma.

— Aceito, sim.

Os dois foram para o mezanino da Regional, onde procuradores e servidores costumavam fazer refeições, lanchar.

Serviram-se junto ao bufê, depois seguiram para a primeira mesa vazia. Enquanto comiam, acompanhavam as pessoas conversando e se movimentando de lá para cá.

Tatiana sabia que o fato de não cruzar com Rogério, naquele momento, não significava que aquele almoço, na companhia de David, não fosse chegar ao conhecimento do ex-marido. De outro lado, Carol e Juliana apenas ocasionalmente almoçavam naquele lugar, e aquele, certamente, não era dia de encontrá-las por ali.

— Você nem me falou direito sobre seus filhos — disse ele.

— Para quem teve o pai de repente fora de casa, em uma pandemia, as crianças estão até bem.

— Sinto muito.

— Tudo bem. Rogério os visita e eles têm a própria rotina.

Ficaram em silêncio por um instante, enquanto ajeitavam os guardanapos e sorviam suas bebidas.

— Fiquei receoso em levar você à LBV, naquele frio.

— Já pedi para não se preocupar com isso. Gostei de nossa conversa também, se é o que quer saber.

— Ah, sim — disse ele, satisfeito.

— Arrisco dizer que nos parecemos em algumas coisas.

— Sério? Em quê?

— Ah, não sei bem. Afora esta nossa vida de processo e juridiquês, sinto que temos preocupações parecidas. Por exemplo, estes que ocupam o mesmo posto que o nosso, será que eles vivem se perguntando se não precisam ser mais simples, ou se a vida tem algum outro sentido além de ganhar dinheiro e buscar poder? Certamente que não! Nem mesmo minhas amigas do peito se detém nessas reflexões. Nós, entretanto, temos um pouco disso. Não acha?

— Sim, é verdade.

— Não sei se consigo ir tão longe quanto você, mas essas coisas sempre me acompanharam. De vez em quando penso no pedinte paralítico do sinal, que tem a expectativa de receber dois reais, mas que quando ganha cinco, sentindo que aquilo lhe foi dado de coração, agradece a Deus de verdade, fazendo-nos vibrar com ele. O que torna o mendigo pior que o esmoler? E o que diferencia o esmoler dos que não doam ou dos que o fazem por fazer?

— Nossa, não estava preparado para ouvir isso!

— Essas meditações sempre me acompanharam, talvez depois que formei uma família elas tenham hibernado por um tempo.

— Você é sensível, verdadeira, boa.

— Ah, lá vem você querendo me santificar. Como assim?

— Bom, depois lhe explico melhor isso — disse ele, sem jeito.

— Tá bom — disse ela, sorrindo. — E como mais me define?

— Não sei ao certo, no Norte talvez as pessoas sejam mais alegres.

— E você não parece ser daqui. Em Brasília as pessoas são mais distantes.

Aquilo o alegrou; ele tomou a fala dela como um elogio.

Seguiram com o almoço observando as pessoas que chegavam e saíam, alguns lançando olhares curiosos para eles, outros fingindo que não os viam, até o momento de irem para os seus gabinetes.

Capítulo 9

Simone logo se adaptou ao dia a dia no campus, pois era lá que encontrava os melhores canais para suas ideias. Estava convencida de haver escolhido certo o curso de Ciências Sociais ao invés de Direito. Não dava muita bola para os pais; costumava decidir conforme o que ela mesma achava melhor para si.

Sempre fora decidida e muito disso devia ao pai. Aos cinco anos já estava lendo e, curiosa que era, desde cedo, mergulhou nesse universo. Seu lugar preferido para brincar era o escritório. Fora uma menina para quem bonecas não significavam muito. Diferente de Lucas, estabeleceu com os livros uma relação indissolúvel e aos 13 anos aprofundou-se em obras de cunho progressista.

Não sendo Tatiana muito interessada por política, Simone mimetizara o pai enquanto desenvolvia sua própria visão de mundo. Passou a não tolerar pensamentos reacionários e, rapidamente, assimilou a injustiça do mundo, aprendendo a distinguir os bons dos maus, convencendo-se de que precisava vencer os maus.

Para Simone, quando o assunto era política, a mãe não passava de uma tola. Tatiana era boa, mas isso de nada servia à causa da humanidade. Ler Victor Hugo ou Tolstoi, dissociado do marxismo, como a mãe costumava fazer, era inócuo. O que sua bondade podia render ao mundo? Sequer conseguira manter o casamento, que era o que ela valorizava. Não queria ser como ela. Queria dedicar sua vida à causa das minorias, elevar a bandeira LGBTQIA+, dar mais altivez às mulheres.

Quando se detinha no capitalismo, via que o mundo se tornava cada vez mais um lugar de compra e venda de produtos, onde se adquiria itens por se adquirir, sem necessidade ou utilidade, como se eles, por si mesmos, tivessem o poder de preencher a alma humana e torná-la feliz. Não entendia como as pessoas podiam se render àquela falsa felicidade. Era evidente que um mundo assim, em que a mercancia podia envolver até vidas humanas, não passava de servidão. Nesse sentido, havia o pensamento de Camus, segundo o qual as pessoas se julgavam livres, mas nunca o seriam enquanto houvesse flagelos no mundo. Nada podia ser mais verdadeiro.

Por essa forma de ver o mundo, iniciada com o pai e desenvolvida com os livros, fora que Simone escolhera Ciências Sociais. Precisava ter explicações políticas e sociais mais profundas, e isso não seria alcançado com um curso elitista e burguês como Direito, que só lhe ensinaria sobre instrumentos de opressão.

Simone não teria o último horário naquele dia, o que não era incomum naqueles tempos, em que muitos alunos assistiam à aula a distância e professores faltavam. A verdade era que as aulas haviam retornado no formato semipresencial apenas há poucas semanas.

Portanto, ela e Marcos foram para onde costumavam ir, nos intervalos, entre o ICC (Instituto Central de Ciências) e a Biblioteca.

Assim que chegaram, foram logo se acomodando junto à relva, e, sem perder tempo, Marcos preparou dois baseados. Ficou com um para si e passou o outro para ela. A universidade fazia vista grossa para o uso da erva, alguns inclusive consideravam importante o uso no campus, para a sociabilidade dos alunos.

— Não sei como eu conseguia viver sem isso — disse Simone, enquanto tragava o cigarro, preparando-se para sentir os efeitos.

Como acontecia desde que passara a experimentar a erva, de repente, sentiu-se mais leve, uma mistura de calma e felicidade, que, pouco a pouco, foi fazendo-a sentir-se livre de qualquer resquício de timidez ou polimento, no que um sorriso potente tomou conta de seu rosto até ir se transformando em um riso descontrolado.

— Calma, devagar! Isso é o dia a dia daqui, mas não podemos dar touca. Vista grossa tem limites, não estamos em Amsterdã.

As palavras que saíam dos lábios do colega pareciam vir de muito longe e se misturavam com os pensamentos que brotavam na cabeça de Simone; e as palavras e pensamentos, assim unidos, davam vida a outros pensamentos e imagens, que pareciam fruto de um bem-estar extraordinário.

— É uma sensação indescritível — disse Simone, rindo enquanto voltava a si. — Não deveria ser proibido, nem receber o nome de droga. Fascistas, isso é o que são os que lutam contra as drogas. Desde quando alguém tem o direito de controlar nossas vidas? Vamos todos morrer, então por que tanto ódio, desejo de manter os outros no cabresto? Cada um deve ser feliz como quiser.

— Parece que esta tragada te animou, hem?

— Você me acha uma filhinha de papai, mas no fundo sabe que nasci na família errada. Nunca aceitarei que me digam como viver. Estamos com vovô em casa agora, ele é contra aborto, drogas, se queixa de doutrinação e ignora a própria truculência. Hipócrita.

Marcos tinha 18 anos e vinha de Recife. Escolheu morar em Brasília com os tios. Conseguira impressionar Simone assim que se conheceram. Era o amigo com quem ela podia fumar maconha, falar mal do governo e, de vez em quando, trocar beijos.

— Universitários jovens e ricos vão para a linha de frente. Não é fácil, pois a luta deve começar em suas próprias casas.

— A família é uma bosta, mas não é o pior — disse ela. — O pior é acreditar em algo criado para nos imbecilizar, nos tornar idiotas. Acreditar em Deus é risível. Engessa, amarra. Nietzsche estava certo sobre o quão perigoso é se render ao cristianismo.

Eles estavam em um local verde, o qual tinham batizado de Paraíso. De onde estavam podiam observar os alunos passando.

— A questão é o tempo em que o cristianismo está no mundo.

— Nosso povo é muito passional, impressionável, precisa dessas coisas. Consegue imaginar o Brasil sem religiões?

— Nunca.

— Pois é... Mas e sua adaptação como vai?

— O clima fere meus lábios, e vocês são reservados demais. A cidade então é quase incompreensível para mim.

— Vai se acostumar — disse ela, sorrindo.

Pairou um silêncio, de repente. Aproximava-se das 6h da tarde, e a silhueta dos alunos em maior quantidade indicava o fim das aulas. Enquanto se levantavam para sair do Paraíso, Simone bendizia a faculdade, e Marcos felicitava-se por havê-la conhecido.

Capítulo 10

— E a Simone? — disse Tatiana indo ter com os pais, na sala.

— Não chegou ainda — disse Lúcia.

— E Jandira já foi?

— Sim, ainda agorinha.

— Hoje em dia, quando menos se espera, surgem as surpresas — disse Rodrigo. — Um amigo nosso, o Antônio, acho que você conhece, um belo dia soube que a neta de 14 anos estava grávida. Sua mãe está aí para confirmar. Isso para não falar dos jovens viciados em droga, o que se tornou comum nas universidades, onde eles mantêm até plantação de maconha. Acontecem coisas assombrosas das quais nem imaginamos.

— Observaram algo errado no comportamento da Simone?

Embora costumasse repreender o marido, Lúcia ficou calada, sinalizando que dessa vez ele talvez não estivesse sendo tão inconveniente. Tatiana sentiu que os dois já deveriam ter conversado sobre isso antes, e o silêncio que pairou na sala a deixou aflita.

— Bom, sinto Simone um pouco trancada — disse Lúcia.

— As conversas sobre política lhe revelaram alguma coisa, pai?

— Talvez ela esteja engajada e respondona demais.

— Vocês acham que isso é motivo para eu me preocupar?

— Acho que não deve se alarmar — disse Lúcia. — Apenas converse mais com ela e comece a observar melhor o comportamento dela. Simone é muito voluntariosa, mas ela lhe ama mais que tudo.

Simone entrou em casa em seguida, deu boa noite e passou direto para o quarto. Parecia descabelada, mas Tatiana achou que fosse só impressão sua, em razão da sugestão dos pais e da pressa com que a menina seguira pelo corredor. Voltando-se para seus interlocutores, deparou com a mãe muda e o pai dando de ombros.

Passado um instante, Tatiana foi falar com a filha. Ao entrar no quarto, encontrou-a deitada com um livro nas mãos.

— Como você está, filha?

Simone ergueu os olhos franzindo o cenho.

— Bem, por quê?

— Por nada. Só queria saber mesmo.

— Se quer saber da faculdade, estou adorando. Meu curso já legou até um presidente, o que confirma o acerto da minha escolha.

— Certo. E amigos? Já fez algum?

— Alguns.

— Paquera?

— Ah, mamãe, por favor. Estou lá para estudar.

Tatiana sorriu, ao tempo em que começou a passar a mão na cabeça da filha. Já era quase uma mulher. Era linda e inteligente, cheia de vontade. Enquanto Lucas era calmo, ela não se aquietava como se tivesse de dar logo sua cota por um mundo melhor.

— Qualquer coisa estou por aqui — disse Tatiana fazendo menção de se levantar.

— E o trabalho? — disse Simone como que querendo prolongar a conversa.

— Vai bem.

— Tem falado com papai?

— Só quando preciso conversar sobre você ou seu irmão.

— Queria que voltassem, mas você é livre. Livre para ser feliz.

Perguntou-se se estaria mesmo aberta a um novo relacionamento. Apesar das dificuldades, tinha consciência de que estava virando a página e que isso era o que deveria fazer.

— Obrigada — disse Tatiana beijando a filha. Olhando em redor, deteve-se na cama paralela e disse: — E seu irmão?

— *Best friends.*

Sorrindo, Tatiana saiu do quarto. Simone voltou-se à leitura de Judith Butler. Antes de reiniciar a leitura, porém, rememorou a conversa que tivera com Micheli, sua colega de faculdade. O primo dela, Alberto, de 17 anos, sofria um drama, pois, homossexual, não podia se assumir por pertencer a uma família tradicionalista. Micheli conversava muito com ele. Segundo ela, ele já saíra escondido com outros rapazes, mas se queixava de não ter o direito de ser feliz e, por isso, sofria intensamente e, diante da intransigência dos pais, já falara mais de uma vez em se matar. Antes de conversar com Micheli, Simone sempre manteve a opinião de que o preconceito que os gays sofriam, assim como a hostilidade e até mesmo a violência que suportavam eram inadmissíveis. Mas agora era diferente, pois estava diante de um caso concreto, um caso real, com detalhes. Por mais que quisesse, era impossível não se colocar no lugar do rapaz.

"Como viver em um mundo tão preconceituoso?", perguntava-se, ao retomar a leitura. Alberto despertou nela um desejo irrefreável de aprender mais, atualizar-se, aprofundar-se e, de alguma forma, ser mais uma voz em favor dos gays. Já tinha lido mais da metade do livro. A Teoria de Gênero, que Judith Butler tão brilhantemente explanava, era algo muito importante, pois era grande esperança para homossexuais, e jogava luz sobre a questão de gênero. Aquilo era tão dignificante e humano que só de pensar que podia haver quem se opusesse à teoria, sentia asco. "Não há outro meio", pensou ela. "Butler está certa. Temos que mudar a mentalidade das pessoas, e assim assegurar que pais não sejam carrascos dos próprios filhos".

Prosseguiu, animada para concluir a leitura do livro naquela madrugada.

Capítulo 11

À medida que os dias passavam, acirravam-se os ânimos de forma alarmante. A manifestação que se organizava para o dia da Independência, com o declarado intuito de defender a liberdade, só crescia em adesão e tomava corpo à medida que prisões, buscas e apreensões e outras restrições eram impostas a apoiadores do governo.

As palavras do presidente eram inequívocas no sentido de que o Brasil estava prestes a viver uma nova independência. Dizia saber onde estava o câncer do país, porém, segundo ele, era preciso ouvir do povo o desejo de mudança, o que só aconteceria no dia 7 de setembro. Era um discurso do qual não se sabia o que poderia advir.

Em meio ao caos político e sanitário, Tatiana precisou se deslocar até a sede do Tribunal para falar com o desembargador Ademauro Santos. Resolveu conversar pessoalmente com ele sobre uma ação penal rumorosa, que tivera início na Justiça Federal do Piauí, na qual um procurador da República fora assassinado por um réu denunciado por corrupção. O acusado, que jamais fora preso, era um cacique político. Ela já tinha dado seu parecer, mas precisava conversar sobre alguns aspectos do caso com Santos. Não lhe interessava quem era o acusado. A vítima fora um colega seu, e jamais ficaria em paz com sua consciência se não fizesse o que estivesse ao seu alcance por justiça.

Era quase meio-dia quando chegou no Tribunal. Conhecia bem aquele lugar. No entanto, andar por aqueles corredores, naqueles tempos de pandemia, era sinistro. Muitos trabalhavam de casa, e as sessões haviam sido suspensas, o que, de certo modo, fazia com que a Corte parecesse uma grande casa mal-assombrada.

Na recepção, cumprimentou os servidores, que a conheciam, e seguiu para o gabinete do desembargador. Na antessala, foi recebida por uma servidora que logo a introduziu no gabinete de Santos, pois a entrada de Tatiana já havia sido autorizada.

— Ora, vejamos se não é a nossa jovem e bela procuradora. Bom dia, sente-se, fique à vontade — disse o desembargador, um homem moreno, na casa dos 60 anos, de estatura baixa.

Embora o gabinete fosse maior que o dela, ele estendeu uma cadeira diante da sua mesa, em vez de convidá-la para conversar em um lugar mais reservado. Estava receptivo, mas não tanto.

— Bom dia, desembargador. Agradeço por me receber.

— Ora, mas o que é isso, minha cara? Não há cerimônia entre nós. Somos todos colegas. A família vai bem?

Os procuradores pertenciam a uma classe respeitada e ocupavam um cargo almejado, mas a realidade mostrava uma enorme diferença entre eles e juízes. Era como se estes últimos se achassem deuses, embora isso não fosse uma regra absoluta. Santos, por exemplo, parecia simples, mas gostava de ser bajulado.

— Está bem, graças a Deus. E a sua vai bem?

— Sim. Atentos aos cuidados com a pandemia, como deve ser.

— Bom, deixe-me ir direto ao ponto. Deve se lembrar do caso do procurador da República que foi assassinado, Mauro Botelho. Tinha 27 anos. Pois bem, o processo finalmente subiu e caiu comigo.

— Sei bem do que se trata — interveio o desembargador, bruscamente —, caso rumoroso, mas que o tempo vem se encarregando de fazer as pessoas esquecerem.

Sentindo um arrepio, ela engoliu em seco. Como assim passara muito tempo? Justamente este era o problema! A lentidão do sistema estava servindo à impunidade de um político poderoso.

— Sim, por isso o sistema de justiça deve se apressar para...

— Ora, minha querida, considerando o tempo que você tem de MP, deve saber que a justiça não pode decidir de modo açodado. É melhor ver assassinos soltos do que inocentes presos, não é?

— Desembargador, ele foi condenado pelo júri, mas o processo foi anulado. Em novo júri, voltou a ser condenado, e agora estamos diante de um novo recurso. Manifestei no sentido de que o recurso sequer seja recebido e, caso recebido, não seja acolhido.

— Sabemos que não raro os jurados se equivocam, não é?

A fala dele soava como uma recomendação por contenção. Para Tatiana, no entanto, não podiam fingir que discutiam algo abstrato; falavam sobre alguém cuja vida fora brutalmente ceifada.

— A família desse rapaz ainda está arrasada, desembargador. Ele era filho único e ajudava os pais. Mal tinha começado a vida.

— Entendo, mas devemos julgar consultando a razão e não o coração. A meu ver, a objetividade é essencial em um julgamento.

— Mas neste caso já temos duas decisões pela condenação.

— Uma anulada e outra que não sabemos se será anulada.

Tatiana não sabia como reagir a alguém que, a despeito de aceitar recebê-la, mostrava-se tão indiferente a um caso que envolvia o assassinato de alguém que perdera a vida por defender a sociedade. Ainda que fosse um caso desconhecido, não merecia aquele tratamento. Por um momento ela pensou em como lidava com seu próprio trabalho; para ela, todo feito era significativo, toda vida importava. Um processo não era um amontoado de papel.

— Como procuradora, atuando em segunda instância, venho clamar por justiça. O que aconteceu com o meu colega pode ocorrer com qualquer um de nós. Ele inclusive poderia ser seu filho.

Santos voltou os olhos para um dos porta-retratos sobre sua mesa, olhou para foto do filho recém-formado em Direito e, como que apressado para encerrar a conversa, disse:

— Prometo analisar cuidadosamente o recurso.

— Obrigada, desembargador — disse ela.

Após a saída de Tatiana, Santos pensou no quanto ela lhe parecia adorável. Ao mesmo tempo que dócil, transbordava integridade; deixara o orgulho de lado e fora atrás de justiça para o colega morto. Raro ver gente assim nos corredores do Tribunal.

Naquele dia, Tatiana fora convidada para almoçar na casa de David. Àquela altura, já tinham se encontrado pelo menos duas vezes, além dos momentos em que se falavam na Procuradoria.

Após ser anunciada, tomou o elevador e subiu para o apartamento. No trajeto, perguntou-se se não era estranho em poucos encontros já estar indo para a casa de um homem que mal conhecia. No entanto, ela sabia que as poucas vezes em que estiveram juntos foram suficientes para revelar a honradez dele.

Ao descer no andar de David, Tatiana saiu do elevador e tocou a campainha. Pelos adornos da entrada, confirmou o refinamento do condomínio. Aqueles edifícios do Sudoeste eram novos em folha.

David abriu a porta com um sorriso no rosto. Estava à vontade, em uma bermuda azul marinho e uma camisa branca confortável.

— Seja bem-vinda! Por favor, entre e fique à vontade.

— Obrigada — disse, beijando-o no rosto e entrando.

— Sei que deve estar com fome, mas antes vou lhe apresentar rapidamente o apartamento. Em seguida comemos, pode ser?

— Perfeitamente.

— Sei que mulheres gostam destas coisas de casa, decoração...

— É verdade.

— Bem, este apartamento tem três quartos, sala, cozinha e livros, muitos livros — disse enquanto ia conduzindo sua convidada.

De fato, ficou aturdida com a quantidade de livros. Havia exemplares na sala, no corredor. Ao entrar no que lhe foi apresentado como uma biblioteca ou escritório, convenceu-se de que suas prateleiras jamais seriam páreo para aquilo.

Em seguida, ele a acomodou na mesa e lhe serviu a refeição, filé ao molho madeira, com arroz muito bem temperado, e farofa.

— Quis ajudar, mas segundo mamãe eu mais atrapalhei.

— Só pelo cheiro, sei que deve estar saboroso.

— O que achou do apartamento?

— Lindo.

— Pequeno quando comparado ao seu, não é?

— Nem tanto. O meu tem um quarto a mais. O seu é grande para um solteiro.

— Por enquanto.

Ela corou levemente.

— Pensei ter uma biblioteca, mas hoje vi que me enganei.

David sorriu. Os livros faziam parte de sua vida. Mantinha com eles uma relação muito antiga e íntima, que ele não teria como explicar em um dia, mas sabia que ela compreenderia com o tempo.

— Acho que gente como nós não é normal, sabia? — disse ela.

— Por quê?

— O brasileiro é um povo que não lê. Gente como a gente não consegue ficar sem ler. Isso nos torna uma espécie de extraterrestre.

— Sim, quando vejo um livro esquecido sinto como se as pessoas estivessem abrindo mão de algo essencial a suas vidas.

— Conheço pessoas que veem livros como monstros e veem na leitura um pesadelo. Mas ler é tudo, menos tedioso.

— Sabe, esse é um tema que me fascina. O verdadeiro amante da leitura não é o que conta os enredos que leu, mas aquele que descreve o próprio processo de leitura, o significado que ela tem em sua vida. Quando lemos, navegamos por mares desconhecidos apenas em parte, pois os livros são espelhos de nós mesmos. Nós nos enxergamos neles e, quando temos consciência disso, no contexto do enredo, percebemos que estamos em um processo de autodescoberta e, assim, em melhores condições de sermos humanos.

— Magnífico! — disse Tatiana.

Após o almoço, David lhe serviu pudim de leite. Em seguida, foram para a biblioteca, lugar da casa em que David passava mais tempo. As paredes tinham livros de cima abaixo, o que a maravilhou.

— Estou encantada, você realmente tem muita coisa. Aqui é um paraíso. É uma tentação para quem gosta de ler.

Ele sorriu e disse:

— Que bom que gostou. São todos seus, também. Pode pegar qualquer um. Veja, gosto muito deste. Certamente, você o conhece.

Tatiana sorriu ao pegar o livro das mãos dele.

— Você só pode estar brincando. *A Morte de Ivan Ilítch* é um dos meus livros favoritos. Tolstoi é genial.

— Esta novela tem o poder de tocar fundo na alma, principalmente na alma de pessoas sensíveis — disse ele. — A propósito, não acha surpreendente que alguém tão genial como Tolstoi tenha enveredado para uma vida espiritual, a ponto de isso lhe fazer renegar a própria obra?

— Muitos o acusam de ter se perdido por ter ido em busca de respostas. Mas quem pode recriminar? Mesmo nessa fase ele manteve a genialidade. Este livro é a prova disso.

— Você leu nesta edição?

— Sim. Valorizo a tradução direta do russo.

Os dois pareciam dominados pelo encanto daquele momento. Falavam do que amavam, e David imaginava o quanto estava certo em pressentir que Tatiana era uma mulher dotada de inteligência.

— O mundo se ressente de autores assim — disse David.

— Sim. Creio que a loucura que permeia nossas vidas, atualmente, não favorece o surgimento de um novo Tolstoi. As pessoas transitam muito no superficial. A arte paga um preço alto.

— Hoje em dia o radicalismo dita o que pensar e o que fazer.

— Esta é a nossa época, o fanatismo a sufocar a criatividade, a inteligência, o espírito — lamentou ela.

— Tolstoi sentiu essa tensão em sua época, embora de forma diferente. Converteu isso numa angústia pessoal a partir de um mundo reduzido à disputa pelo poder.

Tatiana sorriu.

— Por que sorri, falei alguma besteira?

— Não — respondeu ela. — É que você parece estar lendo meus pensamentos e reproduzindo com sua voz.

Ele corou, mas em seguida continuou:

— Então deve concordar que, quando ele criou uma religião com base em princípios próprios, não estava necessariamente condenando o capitalismo ou refutando ideais socialistas.

— Sim. Acredito que ele tentou se colocar acima de tudo isso, buscando a essência humana em prol de um avanço espiritual.

David convidou-a a se sentarem no sofá-cama.

— Na minha opinião, Tolstoi viveu uma dura contradição. Ao mesmo tempo em que pregava busca espiritual, mantinha propriedades, títulos e servos. Porém, justamente por fazer parte da realidade que queria mudar é que acredito que enfrentou a crise de consciência que o lançou aos seus voos espirituais e filosóficos.

Conversavam de modo tão espontâneo e apaixonado que, embora parecesse que falavam sobre algo corriqueiro, o tema, na verdade, tinha um grande significado para eles.

— Embora pequeno, este é um grande livro. No entanto, nem todos conseguem penetrar fundo na obra, atravessar suas várias camadas e sentir tudo o que Ivan Ilítch sente. Seu arrependimento, sua desilusão, a consciência dolorosa de não ter sabido aproveitar sua vida enquanto havia tempo. Não há nada mais atual e perpétuo do que a morte, o sentido da vida, de como é premente o amor.

Tatiana o ouvia, fascinada. Ela pensava como ele e naquele instante sentia como se David lhe falasse com a alma.

— Isso foi tocante! — disse ela.

— Eu ou Tolstoi? — indagou ele, os olhos fitos nos dela. A confluência dos dois foi tão perfeita que ela jurou que ele fosse beijá-la. Embora estivesse preparada para isso, não aconteceu.

— Tolstoi é único...

— Certamente.

— Mas a amizade, o amor são maiores que tudo, pois são fluidos de Deus — disse ela, indo guardar o livro na estante.

David levantou-se também e, como que para descontrair, perguntou:

— E como vão Simone e Lucas? Mal falamos deles.

— Bom, eles estão bem, obrigada.

— Espero que a comida tenha realmente sido do seu agrado.

— Sua mãe cozinha bem. Bom, mas agora acho que preciso ir.

— Com certeza? Preparei um quarto para você, caso queira descansar — disse ele. A graça dela lhe despertava algo além do desejo e da admiração, uma vontade verdadeira e cada vez mais forte de poder estar com ela para sempre.

— Obrigada, mas realmente estão sentindo minha falta.

— Hoje foi um dos dias mais felizes para mim.

— Foi realmente muito bom — disse Tatiana. — Não falamos quase nada sobre pandemia, política ou teses jurídicas, reparou?

— Sim. Conseguimos fazer com que o dia fosse todo nosso.

Capítulo 12

Embora aos poucos o mundo estivesse voltando à normalidade, os dias continuavam a transcorrer com discussões sobre vacina e novas cepas. Porém, a falta de entendimento, um eufemismo para a discórdia entre Poderes, era o assunto principal naquele fim de agosto. Embora alguns acreditassem que arroubos do presidente não passassem de retórica para agitar suas bases, o certo era que o aumento da tensão vinha jogando o país em um clima de medo e incerteza. A oposição contestava o discurso inflamado do presidente e se colocava do lado do Supremo Tribunal Federal, temendo alguma ação inesperada, caso as manifestações do dia da Independência fossem grandes.

Com o país envolto em cuidados com a pandemia e, ao mesmo tempo, animado para protestar nas ruas, Tatiana seguia com seu trabalho na Regional, de forma presencial. Estava dando orientações ao assessor quando Carol entrou, com seu jeito baiano de ser.

— Já estou entrando.

Erguendo a cabeça, Tatiana logo reconheceu o sotaque baiano. Após despachar Maurício, foi ter com Carol na área mais reservada.

— E então, como vão as coisas? — perguntou Tatiana.

— Como sou uma solteirona, minha vida não é assim tão emocionante, pelo menos não como a sua, neste momento.

— Ora essa, também sou solteira.

— Não há coisa melhor do que solteirice com encontros...

Tatiana riu.

— Estamos só nos conhecendo. E você já sabe disso.

— Ok, mas "se conhecer" tem limite; não é para sempre...

— Estou me sentindo melhor se é isso o que quer saber.

— Isso está estampado em seu rosto. Já rolou beijinho?

— Não! — disse, envergonhada e dando ênfase à sua resposta.

Carol franziu o rosto e, pondo-se a pensar, disse:

— Ora, não acredito que seja verdade que ele seja um pateta.

Tatiana pensou em como as pessoas eram maldosas. David era rotulado de bobo sem que nem o conhecessem direito, unicamente por ser tímido e reservado.

— Não! Pare com isso, Carol. Ele é muito educado e sensível.

— Ah, bom. Não aguentava mais ver Rogério pelos corredores com a outra, agindo como se você não pudesse encontrar alguém.

— Você e Juliana são amigas de verdade. Sempre estiveram ao meu lado e procuraram me colocar para cima desde o início.

Carol sorriu e depois de um momento falou:

— Agora vamos mudar de assunto. Como foi com o desembargador? Falou sobre isso com David?

— Ah, sim — disse Tatiana, como que se lembrando de algo incômodo. — Não comentei com David, não quis estragar o momento. Bom, embora tenha me recebido, Santos foi lacônico.

— Quando se deparam com casos rumorosos, são covardes. Dá nojo, mas é assim. Sem falar que se acham superiores.

— Nosso colega tinha uma vida pela frente; foi um herói. Jamais ficaria bem se soubesse que poderia ter feito algo e não fiz.

— Conte sempre comigo.

Após um instante, Tatiana disse:

— E essas manifestações programadas para o dia sete?

— Ah, as coisas estão loucas que ninguém sabe o que dizer.

— É verdade. Papai está para ficar louco com tudo isso.

— Seu Rodrigo é muito inteligente, mas está equivocado em defender Bolsonaro.

— Você conhece a retórica do papai. Ele diz que defende o país da imoralidade e que Bolsonaro é o único capaz de limpar o Brasil.

— Bolsonaristas pensam igual. No entanto, não vejo como pode ser bom para o país se o presidente der um autogolpe.

— Você acha que isso poderia acontecer? — disse, surpresa.

— Acho.

Tatiana se pôs a pensar. Que o presidente era imprevisível, era certo, mas no fundo ela não acreditava que ele pudesse ir tão longe.

— Não sei se vai tão longe. Fala em intervenção...

— E não é disso que falo? Primeiro, intervenção, que ele diz que é constitucional, mas sabemos que não é. Depois, o autogolpe.

— Deus nos livre!

— Precisamos de mudanças, sim. Mas dentro da lei e com um presidente preparado, que saiba dialogar e tenha respeito.

— E esta manifestação do dia sete, acha que dará gente, afinal?

— Infelizmente, sim.

— Nenhum arbítrio é admissível, mas não podemos esquecer que as últimas decisões do STF são bastante polêmicas.

— Certas decisões são realmente questionáveis, mas isso ocorre em qualquer instância e deve seguir o devido processo legal, mediante recurso e, em último caso, via impeachment, pelo Senado.

— Sem dúvida, mas e se o Senado não agir? Aí o país fica em um impasse indesejável! O que fazer?

— Obedecer a lei.

— E quando a lei protege seus próprios infratores e alguns se põe contra a Constituição, isso não te assusta?

— Claro que assusta. Mas quando isso tudo começou? Surgiram manifestações em plena pandemia, em que se clamava pelo fechamento do STF. Será que não havia dedo do governo aí?

— No entanto, para deter essas manifestações, você acha que o STF podia ter instaurado aqueles inquéritos?

— Só estou situando você no tempo; nada disso começou gratuitamente. Esses inquéritos, a meu ver, são uma reação.

— Embora eu não me agarre a nenhum lado, quando analisamos com calma, especialmente para nós que somos do mundo jurídico, salta aos olhos as inovações do Supremo. Quanto às manifestações, que você sugere terem sido orquestradas, não sei dizer se isso ocorreu mesmo; porém, na minha visão, as pessoas que protestaram e levantaram placas contra o STF só manifestaram sua desaprovação. O fundamento para esses inquéritos é, portanto, insubsistente. Outros inquéritos, para apurar *fake news*, também são incabíveis, pois não há esse crime em nossa lei. Sem falar no modo como isso ocorreu, ou seja, com a própria Corte investigando, acusando e julgando fatos cuja vítima é ela mesma. Não se trata de gostarmos ou não de quem quer que seja, nada disso tem base jurídica e só está servindo para desestabilizar nossa democracia.

— Sim, mas Bolsonaro tem a força. Portanto, ele é que representa perigo.

— Você então tolera o errado para afastar um perigo, é isso?

— Mais ou menos.

Quando Carol saiu, deixou Tatiana a pensar no futuro do seu país.

Naquele dia, Simone foi a primeira a sentar-se à mesa para almoçar. Entusiasmada, quis aproveitar, pois sabia que não era fácil encontrar os ingredientes para os pratos paraenses que seriam servidos naquela ocasião. Rodrigo prometera à esposa que tiraria a barriga da miséria e, cumprindo a promessa, repetiu o prato.

— Não vai falar do que gosta, vovô? — disse Simone.

— Não tire brincadeira com seu avô, Simone — disse Tatiana.

— Deixe, Tati — disse Rodrigo.

— Por favor, vamos preservar a alegria deste almoço em família — disse Lúcia, suspirando.

— Não se preocupe — disse Rodrigo e, voltando-se para Lucas: — E você, há quanto tempo não brinca com moleques da sua idade?

— Eu... eu...

— Fala como homem, rapaz. Engrossa a voz e seja firme.

— Rodrigo! — gritou Lúcia, repreendendo o marido.

— Na ausência de Rogério, ele precisa de uma referência masculina. E como avô, devo participar da educação dele.

— Mas não precisa constranger o bichinho.

— Que bichinho o quê? Este menino já está com 12 anos!

— Você acha que está em Belém, onde meninos mal-educados vivem jogando bola na rua? — perguntou Lúcia.

— Quem é que está falando do meu Lucas? — disse Jandira se aproximando da mesa com a jarra de suco de taperebá.

— É disso que reclamo, deste paparicar.

— Mamãe tem um pouco de razão, pai. Por aqui não há tanta oportunidade para Lucas brincar, principalmente nestes tempos.

— Sei... — disse enquanto olhava para o neto, de soslaio.

Capítulo 13

David combinou com Tatiana de caminharem no Parque da Cidade Dona Sarah Kubitschek dois dias depois de ela ter almoçado com ele. Embora a ligação dos dois crescesse a cada dia, e a despeito de já ter ido ao apartamento dele, a verdade é que ainda se tratavam como amigos, e até então não se sentia à vontade para apresentá-lo à família.

O fato de David não ter tentado levá-la para a cama e também não parecer ser do tipo que sumia após ter conseguido isso fazia com que Tatiana o visse com bons olhos e aumentasse sua confiança nele. Não queria de modo algum entregar seu coração a quem não quisesse ficar com ela. Estava tentando curar sua alma e não a ferir ainda mais.

Ao chegarem no Parque e estacionarem o carro, foram para a pista de caminhada.

Enquanto se alongavam, Tatiana se lembrou do quanto aquele parque era grande. Antes da pandemia, ela o frequentava, às vezes; apreciava o lago e as árvores, que davam um frescor revigorante ao verão. Durante a semana, como naquele dia, era comum encontrar gente caminhando ali no fim da tarde.

— Gosto muito daqui — disse David, ao iniciarem a caminhada.

— Costumo vir também.

— O projeto deste parque foi elaborado por Lúcio Costa, Oscar Niemeyer e Burle Marx. O primeiro ficou com o urbanismo, o segundo com a arquitetura e o terceiro com o paisagismo. Os azulejos da parte externa dos banheiros, estes aí — disse apontando para os banheiros — são de Athos Bulcão.

— Fico grata de ter um nativo ao meu lado para me ensinar.

Ele sorriu e disse:

— Certo. Estou caminhando muito rápido?

— Não, tudo bem. Só não estou tão em forma quanto gostaria. Mas me diga: e quanto a essa história de você ser um atleta?

— Pois é, as aparências enganam — disse ele rindo.

— Sabe, gosto muito da localização do Parque.

— Sim. Daqui temos a visão dos prédios modernos que circundam o Parque. Estamos bem centralizados.

— Vamos mesmo finalizar no lago, como você prometeu?

— Certamente. Desde quando um cavalheiro não atende ao pedido de uma dama?

Enquanto caminhavam, ela se admirava de ouvi-lo discorrer sobre os mais variados assuntos. Às vezes, tinha a impressão de que ele fosse uma enciclopédia ambulante. Falaram sobre Brasília, mas também sobre Belém, cidade que ele dizia querer conhecer.

Durante a caminhada, Tatiana lembrou do passeio à Fogueira da LBV em que, por um momento, deram-se as mãos, olharam-se nos olhos, tendo acontecido de modo parecido no apartamento dele, e de repente sentiu vontade de que ele fosse mais além.

Enquanto seguiam com o exercício, a tarde ia morrendo no horizonte, em uma combinação de cores; aos poucos, e em distintas tonalidades, transmutava-se o laranja em azul. Naquele espetáculo visual, em que a noite começava a nascer, coincidia o pôr do sol com o término da caminhada. A experiência era tão bonita que se sentiram privilegiados de testemunhar a exibição da natureza.

De repente, Tatiana percebeu que estavam diante do lago. Por um momento ela sentiu que poderia se perder ali se tivesse que cruzar o parque sozinha; mas ele parecia conhecer bem o lugar.

Olhando em redor, ela viu que as pessoas estavam sentadas no gramado. Então, seguida por ele, sentou-se também naquele enorme tapete verde.

— Então, aqui estamos, diante do lago, como queria, mas, mais que isso, diante deste belo e único pôr do sol.

Ela agradeceu com um sorriso. Depois, voltou seus olhos para o céu, e para o lago. Passados alguns instantes, como que reunindo coragem, ele lhe disse:

— Fiz algo para você. Espero que não ache bobo.

Tatiana se sentiu apreensiva. Chegara o momento, afinal?

— Você sabe... gosto de ler, gosto de aprender, sinto prazer com essas coisas e embora não seja nenhum artista...

— Sim, mas...

Ele então colocou o dedo sobre o nariz, em menção de silêncio, retirou do bolso um pequeno bilhete e o entregou a ela.

— Todas as palavras que estão neste papel são verdadeiras.

Tatiana olhava do papel para ele, dele para o papel. Estava desconcertada, tudo aquilo era inusitado demais para ela. Aproveitando a iluminação dos postes, dado que anoitecia, ela quis ler em voz alta, mas ele pediu que não; então, leu para si mesma:

"*Tatiana,*

Desde que a vi pela primeira vez, percebi que somente com você eu realmente poderia ser feliz. Em seus olhos vi verdade, ternura, misericórdia. Em seus gestos vi leveza, gentileza, delicadeza. Em seus lábios vi graça, e docilidade. Em seu sorriso vi a luz que ilumina sua alegria. E em sua alma vi sintetizados a beleza, a verdade e o amor. Desde que nossos caminhos se cruzaram, nunca deixei um único dia de pensar em você, de me preocupar com você, de sonhar com você, mesmo sabendo que jamais poderia desposá-la. Se você não tivesse se desimpedido, jamais estaria lendo estas palavras, pois meu coração não teria autorização para se abrir para você. Meu amor seria um pecado a ser confessado unicamente a Deus. Se resolver me julgar, que não seja por uma falha, mas pelo que sinto por você. Jamais fui tocado dessa forma antes. Eu a amo e quero que ocupe o lugar mais importante na minha vida, para que possa fazê-la feliz como você me faz. Prometo estar sempre ao seu lado. Você me aceita como seu?".

Ao terminar de ler, Tatiana sentiu as mãos molhadas. Ela suava naquele frio, ali em frente ao lago. Sentia-se incapaz de dimensionar as palavras dele. Estava impressionada. Fora trocada por uma mulher mais nova, sem direito a outra chance, e agora estava ali, diante de alguém que precisara escrever para exprimir o tanto que a amava. Suas palavras faziam-na sentir-se digna de ser amada e, diferente do que pudera ter pensado em sua melancolia, digna de ser feliz.

— Oh, David! Não sei o que dizer, estou emocionada.

Ele a abraçou ali mesmo na grama. Afagou suavemente seu rosto, acariciou seus cabelos e a beijou como há tanto tempo sonhara fazer. O sol a esta altura já havia deixado o horizonte quase totalmente. Abraçados, ficaram daquele jeito, um aninhado no outro, por um tempo que mal sentiram passar, pois aquele amor finalmente comunicado tornara único o momento que os dois há muito sonhavam e que agora queriam que se prolongasse.

Saíram do parque rumo ao Sudoeste. A urgência que os envolvia era tão irrefreável que, quando entraram no apartamento, Tatiana não conseguia acompanhar a sucessão dos acontecimentos. Foi tudo muito rápido até o instante em que estavam juntos na cama, sentindo um ao outro, conhecendo-se mutuamente, como se fossem levados pelo embalo de uma onda possante, que os lançava a lugares recônditos, a paragens desconhecidas, cujo desbravar acabou por conduzi-los a um clímax até então ignorado, mas suficiente para alçá-los a uma regozijante sensação de completude. Depois, recomeçaram com mais vigor, mas mantendo o carinho e a atenção, para reviverem a mesma troca e sentirem novas emoções.

Quando Tatiana voltou para casa, anteviu um novo caminho se abrindo para ela e acreditou que poderia ser feliz de verdade.

Capítulo 14

À medida que se avizinhava o dia Sete de Setembro, o país se preparava de modo diferente para comemorar sua Independência. Algumas previsões sinalizavam manifestações do porte das que pediram o impeachment de Dilma Rousseff. As pessoas protestariam por liberdade, ao tempo em que criticariam alguns ministros do STF. A Corte nunca sofrera tanta oposição como naquele momento.

— Bom dia!

Às palavras de David, Tatiana teve um sobressalto. Estava sozinha com seus pensamentos quando ele adentrou seu gabinete.

— Nossa, parece que eu arranquei você de outro mundo.

Levantou-se para abraçá-lo, depois foram para os sofás.

— Confesso estar preocupada. O radicalismo se normalizou. De um lado veem o presidente como herói, de outro, como o pior dos homens. Sinto como se estivéssemos em uma guerra.

Tatiana falava com a voz embargada, mas se esforçava para parecer controlada.

— A situação realmente está fora do controle e a imprensa parece tornar as coisas piores. Mas não podemos permitir que isso nos afete tanto. Que tal irmos à missa nesse final de semana?

— Aceito, sim.

— Alguns dizem viver bem sem Deus, mas para mim o fazem muito como meio de fugir de suas próprias faltas; no fundo, sabem que não é possível viver sem Ele.

— Concordo. E em meio a este caos, alguns estados estão inclusive fechando as igrejas. Isso não é nada bom.

— Isso é terrível, pois, no desconsolo, as pessoas necessitam de Deus, e certas coisas só são feitas na igreja, como comungar.

— A Suprema Corte americana é contrária a isso.

— Eles estão à nossa frente, em termos de liberdades. Esta celeuma religiosa, no âmbito da pandemia, é só mais um aspecto desta confusão ideológica que enfrentamos. O cerne da questão é cultural, ou seja, mais profundo do que se imagina. As pessoas, no entanto, estão empenhadas em travar uma discussão superficial, estéril. Esta própria briga entre Poderes é tacanha demais.

— Sim, não é nada útil; pode trazer consequências desastrosas.

— Conforme se vê na internet, o presidente dá a entender que pode promover uma intervenção militar. Mas seria esse o remédio? E antes de tudo: isso tem respaldo constitucional?

— O que você acha?

— Bom, acho que não importa tanto o que eu ache quanto o que os grandes juristas acham — disse ele.

— Sabe, tento entender a situação. Alguns acham que o presidente é inculto e desumano. Outros acham que, se desagrada tanto um sistema nefasto, é porque ele é o único que pode com ele.

— Sim, há quem diga que é autêntico. Desconfio de pessoas que atiçam as massas, mas há coisas que aprecio nele, como a preocupação com a família. Embora evidentemente não saia dizendo isso, sob pena de cometer suicídio político, a esquerda, neste ponto, e isso podemos confirmar em várias obras, prega a inexistência de Deus e o fim da família. Assim, embora não seja possível atestar sua sinceridade, ao menos ele defende essas pautas.

— Sente-se um conservador?

— Como disse antes, para mim os problemas do Brasil transcendem essa dicotomia. Porém, como acredito em Deus e defendo valores cristãos, tendo a não transigir com certos valores e princípios. Posso por isso ser taxado de conservador, mas defender valores não me impede, por exemplo, de apoiar políticas sociais.

— É incrível como nos parecemos — disse ela sorrindo —, mas não acredita na teoria da conspiração do Foro de São Paulo, não é?

— Embora a mídia não tenha lhe dado a cobertura desejável, a própria esquerda admite a existência do Foro de São Paulo.

— Está falando igual ao papai, ele iria adorar conversar contigo — disse ela sorrindo.

— O Foro de São Paulo congrega a esquerda da América Latina. Reúnem-se para estabelecer diretrizes.

— Quer dizer que o comunismo permanece vivo por meio desse Foro? Olhe lá, pois dizem que o comunismo é só um fantasma.

— Mandávamos dinheiro para ditaduras comunistas. Os políticos nunca quiseram saber do Brasil; para eles isso aqui não tem jeito, só querem saber do lucro. O governo atual parece ter freado esquemas de corrupção, porém, há algo muito pior que a pilhagem. É que além de roubar, destroem nossos valores. Levantam a bandeira do progresso, só que em sua sanha eles põe em risco nosso processo civilizatório. Tenho críticas ao governo, mas quanto a preservar valores e conter a roubalheira, creio estarmos melhores.

— E o que você acha que ocorrerá dia sete?

— Acho que será uma manifestação expressiva.

— Homens! Enquanto querem guerra, nós queremos paz.

— Há várias guerras em curso, no campo político, cultural e até no espiritual, esta última é a que mais deveria ser levada a sério.

Ela se pôs pensativa.

— E quem, nesta suposta guerra, são os bons e os maus?

— Esta é uma questão complexa, pois penso que o bem e o mal estão em todos nós. Pessoas tidas como boas pecam tanto quanto pessoas tidas como más praticam boas ações. Isso é tão contraditório quanto humano. Somos duais, ou seja, corpo e espírito. Quando nos enxergamos como corpo e só nos concentramos nas sensações da matéria, a tarefa de encontrar a verdade é muito mais difícil. Mas quando nos reconhecemos como espírito, elevando-nos mais facilmente sobre as paixões, nos aproximamos da verdade. É aí que encontramos melhores condições de discernir entre o bem e o mal. O que mais vemos por aí são jovens sendo levados de um lado para o outro, cooptados, ludibriados, sobretudo pela inconsciência de sua espiritualidade. Só que esses mesmos jovens trazem, assim como nós, o bem e o mal dentro deles. E isso é de nossa essência, faz parte do caminho que percorremos para nos aperfeiçoarmos. O importante é nos elevarmos, para que, aprendendo a discernir, consigamos trilhar o caminho da verdade.

— Que profundo!

— Gosto de conversar sobre essas coisas. Espero que não se surpreenda com algumas esquisitices minhas!

— Com o que exatamente?

— Bom, sempre fui muito sensível com algumas coisas. Nunca soube lidar com isso direito, mas acho que não é o melhor momento para falarmos sobre isso.

— Ah, você tocou no assunto, agora vai ter que falar.

— Se você prometer não fazer chacota...

— Sim, claro!

— Vou tentar falar do começo.

Ela passou a observá-lo mais atentamente.

— Não vim ao mundo sozinho; tive um irmão gêmeo. Ele se chamava Mateus. Éramos muito próximos um do outro. Difícil explicar, não era só por sermos gêmeos. Aos seis anos eu adoeci, peguei dengue. Isso frustrou um passeio que costumávamos fazer para um sítio de um amigo dos meus pais, em Valparaíso. No entanto, ainda assim, papai resolveu ir e levou Mateus com ele. Papai sempre foi excelente motorista. Na véspera de eles irem, eu tive um sonho muito ruim com Mateus. No sonho ele me chamava e eu ia perdendo o ar enquanto a voz dele ia sumindo até eu não o ouvir mais. No dia que eles foram para o sítio, aconteceu algo inesperado. Eles saíram cedo, foram só os dois. Mesmo contrariada, mamãe se despediu deles. Mateus me beijou e disse que logo voltaria. Você não vai acreditar, mas quando eles saíram, eu voltei a dormir. E segui dormindo, com minha mãe velando meu sono. Ela cochilou também. Por volta de 9h da manhã, acordei subitamente. Tinha acabado de sonhar com Mateus. No sonho ele aparecia em uma estrada, ao lado do carro do papai, corria em minha direção e estendia a mão. O gesto foi absolutamente real, mas quando acordei não soube ao certo se ele queria me cumprimentar ou se despedir. Depois senti em meu coração que era uma despedida. Mamãe não estava mais no quarto. Chamei por ela. Ela voltou aos prantos. Uma carreta colidira com o carro em que eles estavam e Mateus morreu na hora. Papai estava muito grave na UTI. Depois disso, meu irmão nunca mais me abandonou. É como se ele não tivesse morrido, mas ficado mais perto de mim. Passei a sonhar com ele sempre. São pressentimentos, premonições. Nunca contei isso a ninguém. As pessoas não entendem, não acreditam.

— Meu Deus! Você tinha um irmão! Como deve ter sofrido com a perda dele! Não se preocupe, eu acredito em você. Por que duvidaria? Na verdade, há muitas histórias assim. Você já pensou em ir a um Centro Espírita? Talvez...

— Não. Embora eu respeite todas as religiões, como sou católico, prefiro continuar professando minha fé na minha Igreja.

— Entendo.

— Nossa, a conversa descambou. Espero que me desculpe.

— Não! Fico grata por dividir isso comigo.

Capítulo 15

Simone vivia cada vez mais grudada a Marcos. Eram vistos no campus da Universidade como um casal de namorados, embora não mantivessem de fato um relacionamento amoroso. Ele não era tão culto ou inteligente quanto ela, mas era esforçado e quase sempre concordava com suas ideias. O fato de não ser rico a entusiasmava, pois isso fazia de Marcos um verdadeiro laboratório para ela. A partir da realidade dele, portanto, entendia melhor as desigualdades sociais e, sempre que calhava de acontecer, protegia-o dos narizes empinados dos burgueses do campus.

Quando pensava que o salário dos seus pais correspondia a 40, 50 vezes o menor salário pago no país, sentia-se mal. Por que tanta discrepância? Alguns diziam que seu modo de pensar era distorcido, pois o correto seria elevar o menor salário e não reduzir o maior. Pensamento capitalista cínico! Todos deveriam ganhar igual, ainda que seus pais tivessem que ganhar menos. O Brasil ainda era cheio de castas, o sangue azul correndo livremente nas veias do funcionalismo, ricos cada vez mais ricos, e a massa explorada trabalhando para sustentar as benesses dos parasitas. Ela odiava aquela situação desigual, queria poder tornar as coisas mais justas.

Hipócritas de direita palestravam sobre moralidade, valores, mas se esqueciam do que realmente importava, que era a justiça social. Afora isso, o resto era desperdício de tempo. Suas leituras eram claras nesse sentido, a consciência que desenvolvia era inequívoca, e só quem pensava como ela podia compreendê-la.

E Deus, quem era, além de uma pedra em seu caminho? Onde ele se escondia, que ninguém podia vê-lo? Para Simone, Deus não passava de uma invenção para conter as pessoas e tolher o progresso, uma desculpa para proteger a humanidade de seus próprios excessos. Seus pais sabiam que ela não acreditava em Deus, mas, a despeito disso, sua mãe não perdia a esperança de torná-la uma carola. Porém, ela pensava, se defendiam tanto a liberdade, não podiam ser incoerentes a ponto de impedi-la de escolher ser ateia.

Simone tinha orgulho de suas convicções. Enquanto jovens da sua idade sequer haviam lido um livro relevante na vida, desde os 12 ela já se inclinava para uma concepção mais materialista de mundo. Para ela, demolir o mito de Deus era fundamental, pois via o cristianismo como um dos principais fatores de desigualdade.

Os desafios ainda eram grandes, mas de mais longe já se tinha vindo, pois, derrotada a ditadura, restava agora cuidar da nova geração, e isso, na sua visão, deveria ser feito a partir dos currículos escolares. Era preciso vigilância, pois se se relaxasse de novo e o governo se reelegesse, seriam destruídos valores como educação e arte, minando-se instrumentos essenciais da luta antifascista.

Por qualquer ângulo que olhasse, Simone só imaginava o país sem Bolsonaro. O que fosse preciso para tirá-lo do poder teria de ser feito. Era por isso que, naquele momento, deitada com Marcos na relva do "Paraíso", entre uma aula e outra, ela disse:

— Gente na rua não quer dizer nada. O que importa é educação, inclusão e comida no prato. O governo oferece isso? Não!

No campus, professores e alunos estavam indignados com a manifestação que se organizava. Entendiam que era um meio de alienar as pessoas, que, portanto, deveriam atentar para isso.

— São marionetes — disse ele com a cabeça no colo dela.

— Sim, e nosso dever é despertar essas pessoas. Não aguento mais youtubers mentirosos. Quem difunde *fake news* deve ser preso mesmo. Propalar notícia falsa não é liberdade de expressão. Bolsonaro quer voto impresso, para quê? O STF está freando os abusos, e ainda assim o Bozo ameaça com ditadura?

Os olhos de Marcos brilhavam quando observava a paixão que provinha de Simone. Estar com ela era muito agradável para ele, não importava se os encontros se davam no Paraíso, diante dos belos ipês do campus, ou em outro lugar. Ele acreditava estarem a um passo de ficar juntos, e o que antes parecia um sonho agora estava mais próximo de se tornar realidade. Àquela altura, para realizar o seu desejo, não precisava fazer nada além de concordar com tudo o que ela dizia.

Capítulo 16

Às vésperas do dia Sete de Setembro, a sensação era de que o país fora lançado em um furacão de incertezas e tensões políticas. Embora o pior da pandemia tivesse ficado para trás e a economia apresentasse sinais de reação, o cenário político se mostrava descontrolado. Não bastasse o confronto aberto entre Poderes, o STF tornara sem efeito a condenação de Lula, retirando, assim, o favoritismo de Bolsonaro para as eleições. Neste quadro, Bolsonaro convocara apoiadores para irem às ruas e declarar sua insatisfação.

Diante do cenário político e sanitário, portanto, o Brasil se encontrava em plena ebulição, com autoridades e cidadãos sobressaltados, sem saber o que aconteceria ao país. A iminência de uma guerra civil, que pudesse levar a medidas mais enérgicas, como uma intervenção militar ou um autogolpe, não era totalmente descartada. A alimentar a crise, uma parcela significativa da população demonstrava cansaço com os rumos que vinha tomando o país, farta de um sistema que acreditavam estar pré-ordenado para a prática de esquemas colossais de corrupção e sempre disposto a encontrar filigranas jurídicas para garantir a impunidade.

Falava-se na presença de milhões nas ruas naquele Sete de Setembro, especialmente em São Paulo e Brasília. No fundo, sabia-se que era aquilo que atemorizava algumas autoridades, pois, havendo um certo consenso em torno dos excessos, a depender do tamanho das manifestações, o protesto poderia atingir um eco imprevisível.

Em sua impulsividade, o presidente demonstrava coragem, pelo menos diante dos apoiadores. Sem margem para dúvida, era visivelmente talhado para a guerra. Naquele momento, porém, seu desassombro conduzia o país para um lugar ignorado, para uma solução obscura — isso se houvesse alguma solução cogitada.

Na véspera das manifestações, Tatiana organizou um almoço para receber David, de modo que, na mesma oportunidade em que ele seria apresentado à família, teria pela primeira vez a chance de provar a famosa comida de Jandira.

Ele chegou pontualmente e, um tanto nervoso, decidiu policiar suas falas. Tendo entrado com máscara, logo foi demovido dessa ideia por Tatiana, que pediu que ficasse à vontade. Foi apresentado a Rodrigo e Lúcia, depois, a Simone e Lucas e, por fim, a Jandira.

David se surpreendeu com Simone, pois, apesar de ter apenas 16 anos, falava e se comportava como uma adulta. Rodrigo lhe pareceu um homem convicto do que dizia e muito enfático nas colocações. Dona Lúcia era uma senhora pacata, mas atenta aos excessos de linguagem do marido. Todos lhe receberam muito bem, o que aos poucos foi deixando-o à vontade, de modo que, quando se sentaram à mesa, já não se sentia tão ansioso.

Após ocuparem seus lugares para comer, Tatiana disse a David:

— O almoço hoje foi feito especialmente para você. Jandira providenciou pratos paraenses, mas não se preocupe, pois sabemos que, embora nossa comida seja saborosa, ela não gera amor à primeira vista. Por isso ela também preparou filé ao molho madeira.

— Fico honrado com a acolhida.

Durante a refeição, a anfitriã direcionou as conversas para temas amenos. Sempre que Rodrigo tentava falar de política, cutucava-o, e Lúcia o olhava com o cenho fechado.

Simone, a seu turno, examinava David cuidadosamente. Era bonito, educado, com bons modos, talvez um tanto tímido ou contido, não sabia ao certo. Mas estava curiosa para ouvir o que ele tinha a dizer, embora não tivesse maiores expectativas, pois, pelo pouco que a mãe comentara, parecia ser muito antiquado.

Como Tatiana imaginara, David não conseguiu comer a maniçoba, aquele prato de aspecto feio, meio feijoada, meio folha verde, mas prometeu tentar uma outra vez. Todavia, provou um pouco do pato no tucupi, mas com cuidado, pois o jambu lhe fazia tremer a boca. À parte a estranheza, gostou do suco de cupuaçu.

Tatiana convidou a todos para se reunirem na sala de estar, ao fim do almoço. Atendendo ao pedido da mãe, Simone e Lucas também ficaram entre os adultos. Jandira providenciou um café feito na hora, que foi do agrado de todos.

— Temos que esperar a digestão para conversar sobre certos assuntos?

— Rodrigo! — interveio Lúcia.

— Deixe, mãe. Eu já o castiguei muito durante o almoço.

— Ah, deixe de frescura, Tati. É assim que você quer deixar o rapaz à vontade?

— Estou bem à vontade, seu Rodrigo. Obrigado. Vocês realmente são uma bela família. Tatiana estava certa.

— Paraenses gostam de ficar à vontade, David — disse Lúcia.

— Às vezes, até demais — falou Tatiana.

— Num condomínio em Belém geralmente nos tratamos como parentes — disse Lúcia. — Mas em geral brasileiro é assim, não é?

— Sim, é verdade — respondeu David.

— Torce para que time, David? — perguntou Rodrigo.

— Sou Fluminense, mas não sou torcedor fanático.

— Nossa família é toda papão — disse Rodrigo, orgulhoso.

— Papão é Paysandu, David — explicou Tatiana.

Mudando de assunto, Rodrigo disse:

— Tatiana nos falou que você não é destes que, só por passar num concurso, acha que é melhor que os outros. É verdade?

— Se o que o senhor diz é no sentido de que tenho consciência de que ter sido aprovado em um concurso não me torna um sabe-tudo ou um pode-tudo, está certo.

— O trabalho de vocês assegura que estudem fora, não é?

— Sim, oferece mestrados e doutorados fora do país.

— Ora aí está... — começou Rodrigo.

Simone, que acompanhava atentamente a conversa, disse:

— Vovô, qual o problema em o MP oferecer cursos?

— A questão não é os cursos, mas o aparelhamento do órgão.

— Eu lhe falei que meu pai tem umas ideias diferentes, David...

De vez em quando David pousava os olhos em Lucas. Ele era calado e tímido, e aquilo lhe fazia lembrar de si mesmo naquela idade. Mas havia algo estranho: o menino também o olhava.

— Sabe minha opinião sobre este país. Perdemos nossa democracia quando os militares entregaram o poder para ladrões.

Simone fechou os olhos, envergonhada. Aturdida, Lúcia se calou. Tatiana ficou chateada, mas ao lembrar que era David quem estava naquela sala e não um outro procurador, se acalmou.

— Eu entendo seu ponto de vista, seu Rodrigo. Mas convenhamos que é melhor uma democracia na qual se combata e corrija problemas a uma ditadura que os oculte e sufoque a todos.

— Que ditadura, rapaz! Eu vivi sob o regime militar. Naquela época tínhamos paz, segurança. Todos podiam opinar, o que não se aceitava era mentira plantada na mídia em colaboração com terroristas. Aquilo, sim, era *fake news*. Vocês não sabem da missa um terço. Mas como poderiam saber, se nem eram nascidos ou, quando nascidos, eram crianças? O que sabem é o que foi escrito pelos próprios criminosos, pois, quando houve a abertura, foram os próprios terroristas que assumiram o país!

— Mas há de convir que houve excesso dos dois lados.

— Isso é o que eles enfiam na cabeça de vocês. O povo foi para as ruas clamar para que os militares não permitissem o comunismo. Os militares só fizeram o que o povo pediu. Só que os militares erraram, pois permitiram que a esquerda se infiltrasse nas universidades e idiotizasse as novas gerações. Mas isso não é tão chocante quando pensamos na cooptação da instituição de vocês.

— Mas direita e esquerda não podem conviver?

— E desde quando elas convivem em nosso país?

— Vovô, já lhe ocorreu que se o pensamento de esquerda domina as universidades é porque talvez ele seja o certo?

— Óbvio que não! — disse Rodrigo. — A esquerda avançou porque agiu na surdina, e os militares dormiram no ponto. Você já ouviu falar em Gramsci, não é nenhuma bobinha.

— Papai, assim David vai achar que o senhor é um extremista!

David achou graça e disse:

— Seu pai tem argumentos. Os debates assim são sempre ricos — depois, para Simone: — Não acho que seja o caso de dizer qual forma de pensar é certa ou errada. Acho que devemos deixar fluir livremente as diferentes formas de ver as coisas.

— Onde paramos? — retomou Rodrigo, confuso. — Ah, sim, no Ministério Público. Você me pareceu reticente quanto à instituição estar sendo dirigida. Vejamos. Antes de 88, o MP era como é hoje? Nunca! Com a Constituinte o MP se tornou uma instituição completamente nova. Quem fez isso e por quê? Não tenho dúvida de que o MP se tornou um órgão com função político-ideológica.

— Papai, o MP investiga e acusa poderosos o tempo todo.

Rodrigo soltou uma risada.

— Você está no Brasil, minha filha. Aqui não se processa nem pune poderosos. A lava jato foi um ponto fora da curva. E já está sendo demolida. Veja os processos sendo anulados um a um.

— Sobre essa sua tese, como isso foi planejado e executado?

— Não há tese, David. Há fatos. O MP atual é fruto de um movimento de esquerda que se iniciou lá atrás e que agora pretende abraçar o mundo. A Constituinte, liderada por guerrilheiros, estabeleceu isso. Já estão colhendo os frutos. O MP hoje defende gaysismo, ideologia de gênero e todo tipo de ideia permissiva sob a pecha de Direitos Humanos. Vocês já se perguntaram por que tem mais vantagens que juízes, por que passaram a ocupar tanto espaço? O MP chegou ao ponto de dizer que promove a cidadania — só se for a cidadania da esquerda. O que vejo é ativismo puro, e para todo lado. Juízes legislando, promotores mudando o mundo. De repente, o MP se converteu em defensor de mulheres, negros, índios, gays. Gramsci realmente rompeu com a tradição: a mudança começou pela superestrutura ideológica. Mas onde isso vai parar? Até onde defender gay deve ser promover gaysismo? Até onde prevenir o preconceito deve ser prejudicar a formação das crianças em tenra idade? Até onde incluir mulheres deve ser colocá-las contra os homens? Chegamos ao ponto de recriminar pessoas heterossexuais, brancas e do sexo masculino só porque são como são. Quem não é minoria deve se conformar em ser um pária, com medo de ser mal interpretado e até preso e processado. Os integrantes da família tradicional têm se sentido cada vez mais cidadãos de segunda classe. Liberação de drogas, aborto, são causas da simpatia de muitos procuradores. Mas vou ser justo, acho que a maioria de vocês não tem consciência de que é usada. No fundo, vocês acham que estão cumprindo a contento o nobre papel que lhes foi reservado.

Quando Rodrigo terminou, todos tinham os olhos arregalados.

— Gostaria de falar — disse Simone.

Tatiana começou a rezar para que aquilo não descambasse para um desentendimento.

— Eu o entendo, pois, o senhor pertence a outra geração, e pessoas mais velhas não costumam ter a mente aberta para mudanças. O Brasil não é uma ilha isolada; ele faz parte do mundo e está em um contexto global. O preconceito, que em sua época era algo normal, não tem mais vez nos tempos atuais. Isso está sendo varrido e acho até que demorou muito para despertarmos. Esses cursos que procuradores fazem no exterior, por exemplo, servem para formar profissionais que possam promover Direitos Humanos, igualdade social e romper com preconceitos. A causa das "minorias" não é nenhuma frescura. É muito fácil alguém que nasceu rico ou na classe média dizer que um pobre ou negro tem as mesmas oportunidades e é tratado da mesma maneira. Não é! Nunca foi!

— O problema hoje em dia é a exclusão de quem não é minoria sob pretexto de combater o preconceito. Ora, fala-se em gay, só que já ultrapassamos isso. Hoje há infinitas possibilidades. Se defende troca de sexo até em crianças; e quando se tornam adultas, que se arrependem? Não há como voltar atrás, muitas se suicidam. E os homens que dizem que são mulheres e as mulheres que dizem que são homens, tão só por "se sentirem do outro sexo"? Não basta mais ser gay. É preciso transgredir a natureza, a biologia, a realidade. Essa autora que você anda lendo é uma pervertida. Ora, como ela pode desenvolver uma teoria para justificar sexualidade, contrariando a biologia? Falam tanto em ciência, mas só quando é conveniente. Não perdemos o bom senso, meus amigos; mas a própria sanidade.

— O nome da autora é Judith Butler, e ela é uma das maiores filósofas contemporâneas e vem ajudando a acabar com este mundo patriarcal e cheio de ódio em que vivemos, mundo este defendido por pessoas como o senhor.

— Este mundo é o que Deus criou. Como mudar a natureza se sequer a compreendemos? Sem humildade para reconhecer nossa pequenez e aceitar a Deus, não passamos de arrogantes.

— Sendo o mundo injusto, deve ser modificado, sim. Jamais me conformarei com injustiça. Quanto a Deus, ele é tão sem respaldo científico quanto a teoria de gênero. Com a diferença de que ele atrasa o mundo, e Judith Butler não.

— Como ousa falar assim? Comparar Deus a uma pervertida!

— Calma, pai. Assim estamos assustando David.

Em seguida, Tatiana se esforçou para que as conversas gravitassem em torno de assuntos mais triviais. Quando os demais se recolheram nos quartos, Tatiana apresentou o escritório a David.

David se sentiu em casa ao conhecer o ambiente. Não havia tantos livros ali como em sua biblioteca, mas isso não o impedia de se entreter com os que ia passando a vista, pegando e manuseando.

— Você os organizou?

— Eu e Rogério. Montamos esta biblioteca ao longo dos anos.

— Quem ficou com o acervo?

— Entramos em acordo. Os livros ficarão comigo até as crianças concluírem os estudos.

— E o que temos aqui?

— Embora seja um acervo menor que o seu, temos de tudo.

— Tem um gênero predileto?

— Gosto muito dos clássicos. Simone lê desde os cinco anos, acredita? Ela lê tanto por prazer, como por engajamento. Enfim, espero que não tenha tido uma má impressão dela e do papai.

— Não. Os dois têm muita personalidade e são inteligentes. Preferi ficar acompanhando o debate — disse ele sorrindo. — Mas há um problema.

— Qual?

— Extremos opostos.

Os dois começaram a rir.

— Quanto aos clássicos, são realmente formidáveis. Mais profundos, tocam-nos a alma. Acho que isso ocorre com todos, à medida que se tornam leitores mais experientes.

— Temos um gosto muito parecido.

— Vejo que você tem de tudo mesmo — disse ele continuando a esquadrinhar o lugar. — O que você está lendo agora?

— *Ana Karenina*. É uma releitura.

— Não é fácil reler livros densos. Este tem quase mil páginas.

— É verdade. Eu o li há mais de dez anos. Estou no começo.

— Quando leio Tolstoi, sinto como se estivesse participando da vida real. Mas algo em especial lhe fez retornar a ele?

Ela hesitou e pensou um pouco.

— Não sei ao certo. Desde que conheci você, minha vida tomou outro rumo. Mas o passado continua lá; está lá, na verdade. Meu casamento, meus filhos. No começo foi muito duro. Meus pais angustiados, querendo vir sem poder. Eu só tinha Carol e Juliana, mas a pandemia dificultou muito a interação. Fiquei sem entender o que tinha feito para merecer aquilo, mas pouco a pouco fui vendo que as coisas haviam esfriado entre mim e ele, não que isso pudesse me confortar totalmente. Me vejo um pouco como Ana Karenina. Como você viu, venho de uma família conservadora, me apaixonei por Rogério. Acho que ele também gostava de mim, mas com o tempo fomos nos desligando um do outro, não sei ao certo o motivo. Talvez o modo de pensar, as concepções de vida, os ideais. Não houve esforço para salvar a relação, e antes do fim, hoje me dou conta, eu já estava sozinha. Ana Karenina se casou por conveniência, não amava o marido. Porém, quando surgiu uma oportunidade, ela resolveu se dar uma chance e, à exceção do filho, abandonou tudo por ela mesma. Entre a aparência e a felicidade, ela escolheu a felicidade, mas acabou pagando um preço muito alto, no qual estava incluído o filho. A estória se passa em outro tempo, a mulher não tinha a posição que ocupa hoje, o que faz de Ana uma heroína para mim. É como ser Ana Karenina um pouco, no sentido de estar em busca da minha felicidade, de encontrar alguém que me ame e em quem eu possa confiar para recomeçar. Espero ter um final feliz.

David abraçou-a, recostando a cabeça dela em seu peito. Se ela estava lendo aquele livro para compreender melhor a si mesma ou para se confortar, não sabia. No entanto, sentir o quanto o afeto e a confiança dela cresciam em relação a ele era algo que o deixava radiante.

Capítulo 17

No sábado que antecedeu às manifestações, os jornais noticiavam a expedição de mandados de prisão, expedidos pelo STF, em desfavor de um jornalista e um líder caminhoneiro. As notícias não explicitavam o fundamento das prisões, mas, considerando outras detenções, deduzia-se terem decorrido de *fake news* ou atos antidemocráticos, fatos não tipificados como crime no Brasil. Para muitos, os investigados eram perseguidos por suas opiniões.

A verdade era que aquelas prisões assustavam as pessoas, pois demonstravam uma escalada incomum e, afora isso, eram rechaçadas por muitos juristas, que afirmavam o comprometimento da liberdade de expressão. E era aí que aumentava o número das pessoas indignadas, dispostas a protestar nas ruas por liberdade.

Acompanhando tudo com atenção, David tinha consciência de que não era fácil compreender, em toda a sua dimensão, o que estava acontecendo, ou qual desfecho aquilo poderia ter. Não lhe agradavam prisões e tampouco uma ruptura institucional.

Chamando-o para almoçar, Adelaide o tirou de seus pensamentos. Era sempre assim, comiam juntos todos os dias e compartilhavam os finais de semana. Não decidiram morar à toa no mesmo condomínio. Os pais sempre foram parte indissociável de sua vida. Não que não tivesse autonomia, mas, desde que se lembrava, sempre vivera essencialmente imbricado com eles. Era empurrado para a casa dos pais por motivos que o acompanhavam desde sempre e que, talvez, por isso parecessem intransponíveis.

— Como está Tatiana? — perguntou Adelaide, observando o filho devorar o frango à havaiana que havia preparado.

— Bem. Hoje possivelmente vamos sair.

— O que será que significa "possivelmente"?

— Significa que, se der tudo certo, iremos nos encontrar.

— Está pensando em se casar com ela? — perguntou Adelaide.

David olhou para a mãe, desconcertado.

— Foi só uma pergunta. Essa senhora...

— A senhora não precisa lembrar que ela é mais velha que eu — atalhou ele —, afinal de contas, nem parece.

— Deixe o menino, Adelaide — disse Afonso. — Além do mais, nem estão juntos há tanto tempo para se falar em casamento.

Aqueles almoços não costumavam ser agitados, mas ultimamente um novo clima pairava sobre eles. David procurava não ligar para os acessos da mãe, afinal, ela sempre esteve no controle, e não seria naquele momento que isso mudaria.

— Não quero levar ninguém à indigestão — disse Adelaide.

— Vão ver só. Vão se apaixonar por Tatiana tanto quanto eu.

— Se ela te faz feliz, você tem minha benção — disse Afonso.

— Muito precipitado, você, Afonso. Deve ter levado muito inocente à condenação quando atuava como promotor. É evidente que se ela for boa para David, nós a aprovaremos. Só que antes é necessário conhecê-la, refletir sobre sua situação familiar.

— Que tem a família dela? — disse David.

— Depois você diz que quer evitar uma indigestão, Adelaide!

— A pandemia esfria e o caldeirão político esquenta. Será que teremos uma ditadura? — disse David mudando de assunto.

— Credo, David! Não diga isso! — protestou Adelaide.

— Mas os reacionários sentem saudade do período militar.

— Época em que jovens desapareciam de repente — disse ela.

— Mais ou menos como acontece hoje? — perguntou David.

— Como assim? — disse Adelaide espantada.

— A senhora deve estar acompanhando o tanto de gente que começou a ser presa. De repente, começaram a prender por opinião. Alguns parecem não estar gostando de serem criticados, mas quem ocupa cargo público deve estar preparado para isso.

— É — disse Adelaide —, tenho acompanhado os fatos.

— Acho que o presidente está sendo forçado a reagir. — disse Afonso. — Assim, ele é acusado de ditador e facilitam sua saída.

— Pode ser — disse David.

— Não gosto do presidente. — disse ela. — É autoritário. Além disso, nunca esqueci do vídeo em que ele briga com a deputada.

Afonso riu, depois disse:

— Foi lamentável, agiu assim porque é explosivo, mas pelo menos não faz parte de bandalheira. Se o sistema todo, que é podre, está contra, é sinal de que, no mínimo, ele é melhor que o sistema. Além disso, não há outra opção, infelizmente.

— Ok, mas não pensem que, se houver uma intervenção ou algo do tipo, vou aplaudir. Este país já sofreu demais em sua história.

Às vezes, David sentia como se estivessem vivendo sob um karma coletivo. Como era possível que um país como o Brasil fosse incapaz de gerenciar seus problemas, expurgar seus corruptos, pacificar sua população? Como um lugar podia ser tão rico em recursos naturais e manter tanta gente na fome? Quem era o responsável por isso? Aqueles protestos abririam as consciências humanas ou só dividiriam ainda mais as pessoas?

Naquele dia, David e Tatiana combinaram de ir, à tarde, ao maior centro de lazer e entretenimento de Brasília. Localizado ao longo do Lago Paranoá, o Pontão era um dos destinos turísticos mais importantes da cidade, além de um animado ponto de encontro, em meio a alamedas, palmeiras, e aos mais variados cafés, restaurantes e quiosques.

Assim que chegaram, misturaram-se às pessoas, puseram-se a caminhar pelas alamedas, sem direção, admirando as palmeiras distribuídas por todo o lugar. Depois se encaminharam para a beira do lago. Fazia um clima ameno, e, enquanto caminhavam, admiravam encantados a imagem única da subida gradual do sol no horizonte.

Para Tatiana, era regenerador estar ali. Sentia-se encantada por ser valorizada por quem demonstrava lhe amar de verdade. Olhando para trás, lembrou-se de que esteve no fundo do poço, mas dava graças por não haver se entregado, fosse pelos filhos, fosse por si mesma. Conhecia histórias de mulheres que, até mais bem-sucedidas que ela, haviam enlouquecido e de outras que, sem nada, refizeram-se. Assim, pensou no quanto a vida era inexata. Percebeu então de que a condução do destino dependia mais da força interior da pessoa, para superar a dor e se abrir a um novo amor, do que de qualquer outra coisa.

— Aqui é lindo! — disse ela olhando para o horizonte.

— Sim. E creio que não seja só pelo pôr do sol.

— Ah, não. São várias coisas. O lago, o clima, a Ermida.

— Conheço. Um lugar espiritual.

— Sem dúvida. É um lugar de paz, em que a mística se mistura aos encantos da natureza. Sempre me senti em paz lá, mas em uma vez isso foi ainda mais especial.

— Você deve ter tido uma experiência mística, provavelmente.

Ela sorriu. Não que não acreditasse, era só que não entendia.

— Sabe, quando penso em Brasília, imagino como pôde ter sido construída tão rapidamente. Não lhe parece incrível?

— Sim. É como se tivessem feito mágica aqui. E, brincadeiras à parte, é isso que eu acho que aconteceu de fato.

— Que modo de ver as coisas! Está tentando ser poeta.

— Todos temos um pouco de arte, um pouco de magia.

— Eu concordo com você.

— Sabe, à parte os esforços para levantarem esta cidade, a energia aqui é muito pesada. Gente poderosa transita em Brasília, a grande maioria sem escrúpulos. Nunca foi tão ruim como agora, em que os abusos, antes praticados no escuro, ocorrem às claras.

— Talvez por isso lugares como Ermida e LBV façam tão bem. São canais especiais de paz e equilíbrio.

— Exato.

Quando o sol começou a se pôr, levando consigo seus últimos raios e as cores que pintavam o céu, Tatiana e David se abraçaram. Quem os visse se enterneceria com a forma como se davam as mãos e se beijavam, o modo como se fitavam, sem jamais desviar os olhos um do outro, como se fossem dois jovens apaixonados.

Acompanhando outras pessoas, foram para um dos restaurantes espalhados por ali e pediram dois refrigerantes. Em seguida, ele a envolveu em um abraço forte e carinhosamente recostou a cabeça dela na sua, em uma tentativa de afugentar o frio. E assim ficaram até o momento de partirem, observando o vai e vem das pessoas e, em especial, colhendo a reação de cada um que passava e testificava o seu amor.

Naquela noite, David se surpreendeu ao encontrar a mãe em seu apartamento, esperando-o no sofá. Em algum momento ela o abordaria de modo mais incisivo, ele já esperava por isso.

Ao vê-lo, guardou o celular e fez sinal para que se aproximasse. Ele a beijou, sentando-se ao seu lado.

— Sou mulher e sei que ela reina sobre seu coração. Não sou boba, este dia chegaria, e sabia que podia estar próximo.

— Mamãe, veja como papai reage a...

— Seu pai é seu pai. Eu sou sua mãe.

— O que quero dizer é que papai também se preocupa comigo, mas procura dar crédito às minhas escolhas. Ele...

— Ele sabe o quanto você é especial e precisa de nossa atenção.

— Não sou inválido, mamãe.

— Não estou dizendo isso.

— Fale logo o que quer dizer, por favor.

Adelaide pediu que ele deitasse a cabeça em seu colo, e ele obedeceu. Era um homem bonito, inteligente, sensível e, no entanto, frágil. Conhecia muito bem seus dilemas e necessidades.

— Você contou a ela sobre seu irmão?

— Sim.

— O que ela achou?

— Ficou penalizada, naturalmente.

— Ela sabe como isso ainda o afeta?

— Sim, mas não quero que toque neste assunto com ela. Não quero que ela fique assustada com isso.

— E sua saúde?

Não falavam sobre isso há algum tempo. Obviamente, aquele silêncio vinha alarmando Adelaide, pois era uma novidade que surgira desde que ele passara a se relacionar com Tatiana.

— Estou bem, tá tudo bem. A senhora mesma pode ver, não é?

Ele vinha bem há um bom tempo, sim. Às vezes, tinha a impressão de o achar levemente melancólico, ensimesmado, mas em dois ou três dias passava.

— O fato de ela ser divorciada...

— Não importa ela ser mais velha, divorciada. Para mim o que importa é que seja desimpedida e esteja disposta a ser feliz comigo.

Ela afagou a cabeça do filho, pensando se ele era capaz de saber o quanto representava para ela. Ele era o que lhe sobrara, ela dedicara sua vida a ele. Tornara-se médica por causa dele. Diferente do marido, jamais poderia "se aposentar".

Como que mudando de assunto, ela falou casualmente:

— A cidade parece estar especialmente mais agitada.

— Sim, haverá atos em todo o país, mas em São Paulo e aqui dizem que haverá mais gente. O governador reforçou a segurança.

— Já parou para pensar em como será o país de seus filhos, diante desta balbúrdia? Isso se Tatiana puder ter filhos, pois...

— Ela é saudável. Se quisermos filhos, não vai haver problema.

— Esse romance interferiu em sua visita aos meninos?

— Não! Como pode pensar em algo assim? Você sabe perfeitamente o quanto são essenciais para mim.

— Só me ocorreu... Sabe, eu e seu pai desejamos ter netos.

— Certo, mas cada coisa no seu tempo.

David sentiu que precisava se impor. Conquanto a amasse, chegara o momento de discutir os assuntos ao invés de simplesmente acatar o que ela dizia.

Quando Adelaide foi embora, por haver percebido não ter conseguido ir tão longe quanto desejava, ele se pôs a ler as últimas notícias. Segundo um portal, além da investida sobre dois deputados, um jornalista e um cantor, o STF prendera um professor, assim como mandara intimar uma deputada governista para depor perante a polícia federal. Tudo nas vésperas da manifestação. Pensou no que seu pai dissera, sobre estarem forçando uma situação para que o governo cometesse algum desatino.

E assim caminhava o país, naqueles tempos; com as instituições se digladiando até as últimas consequências.

Capítulo 18

Quando chegou o tão esperado dia da Independência, todos estavam na expectativa de ouvir o pronunciamento do presidente. Os principais jornais do país retratavam uma situação crucial da qual não era fácil prever o que poderia acontecer. O presidente apoiava abertamente os atos cujo alvo, tudo indicava, eram alguns ministros do STF.

Nas últimas semanas algumas pessoas foram presas por opinião, palavras e votos, inclusive quem detinha imunidade, tudo fundado em investigações controversas. Para muitos, jamais havia acontecido nada parecido desde a redemocratização.

Como o sentimento era de que direitos estavam sendo suprimidos, em meio à disputa de Poderes, parte da população via no presidente o único capaz de pôr limite à exorbitância, mas não se tinha a menor ideia de como isso poderia acontecer. Era a incerteza, o não saber como a coisa iria terminar, que elevava a tensão nas vésperas e transformava o país em um barril de pólvora.

Simone estava entre os que desejavam que o STF prendesse Bolsonaro e, por este e outros motivos, ela e Marcos aderiram à manifestação contrária ao governo, marcada para o mesmo dia, na Torre de Brasília.

Na véspera do ato, em uma sala da universidade, um veterano chamado Pedro, um rapaz alto, tatuado, vestindo a camisa de Che Guevara, convocara para uma reunião estudantes que quisessem participar da manifestação contrária ao governo.

Além de Simone e Marcos, compareceram ao encontro mais cinco pessoas que na ocasião ouviram Pedro dizer:

— Nosso protesto será na Torre, mas nosso plano vai além e inclui infiltrarmos alguns dos nossos na manifestação dos coxinhas.

Simone achou aquilo perigoso, mas, ao pensar em si mesma ajudando a boicotar aquela manifestação fascista, regozijou-se com a ideia. Nada poderia valer mais à pena.

— Alguém disposto? — disse Pedro, a voz era impostada e alta.

Ergueram a mão primeiro Simone e Marcos; os demais, depois.

— Perfeito. Contaremos então com o casal aqui. Os outros ficarão na manifestação da Torre, para despistar.

Pedro respondeu a algumas perguntas e depois aproximou-se do casal. Simone ouvira dizer que era filiado ao Partido Comunista.

— Vocês são namorados?

Os dois responderam ao mesmo tempo:

—Não — disse Simone.

— Sim — disse Marcos.

Ele olhou de um para o outro e soltou um riso cínico.

— A missão de vocês é se infiltrar na manifestação da Esplanada. Haverá policiais, mas não conseguirão controlar todo mundo. Alguns soltarão bombinhas, o que servirá para tumultuar o ato. Outros cortarão algumas pessoas, e isso é o que vocês farão. Usarão uma faca como esta — disse erguendo o artefato.

Então era por isso que se reuniram em uma sala tão afastada, se duvidar até interditada, pensou Simone.

— Isso é crime! — disse Simone. — Prefiro soltar bombinhas!

— Precisamos diversificar. Quanto mais confusão, pior para Bolsonaro, que foi quem convocou estes atos idiotas. Ele será responsabilizado pelo que ocorrer, e isso é o que nos interessa.

— Não posso usar a faca sozinho? — perguntou Marcos.

— Duvido que a mocinha aí vai querer ficar de fora. Ela me parece uma camarada legítima. Conheço este tipo de longe.

Simone ficou lisonjeada com as palavras dele. A verdade era que, desde o princípio, sentira-se fascinada por aquele líder, que, firme e decidido, parecia-lhe um modelo que o país precisava para mudar.

— Eu vou participar — disse Simone.

Após receberem os artefatos e algumas instruções, Pedro recomendou silêncio absoluto e, ao se despedir, entregou, discretamente, um papel para Simone com um número de telefone.

Ao saírem da sala e se dirigirem para a parte externa, Simone pensou em Bolsonaro. Muita gente, ilustre ou não, desejava abertamente sua morte. Lembrou-se de repente de alguns casos como o do promotor de justiça de São Paulo, que desejara a morte de Bolsonaro por Covid-19; o do jornalista Anderson França, que dissera que o único caminho para sua felicidade seria matar Bolsonaro e sua família a tiros, além de trucidar seus apoiadores no fogo; o do jornalista Hélio Schwartsman, que se valeu do consequencialismo para consentir na morte de Bolsonaro por Covid-19; o do escritor Sergio Santanna, que disse que se houvesse justiça divina, o coronavírus dizimaria todo o clã Bolsonaro e seus sequazes. Todos eles estavam mais do que cobertos de razão.

A despeito das críticas que pudessem receber, as pessoas que faziam essas declarações eram justamente as que conseguiam manter a lucidez e sabiam o que era melhor para o país. Na verdade, elas precisavam da ajuda de jovens com a disposição dela. E Simone se sentia, principalmente sob essa perspectiva, feliz em ajudar o país. E, embora pudesse parecer chocante — desejar a morte de Bolsonaro ou frustrar, do modo como idealizavam, manifestações antidemocráticas —, tais planos, desejos, ideias, eram, na verdade, a última réstia de sanidade em um país conduzido por alguém tão desatinado.

Bolsonaro fora alvo de uma facada que por pouco não lhe ceifou a vida. Era justamente por causa da incompetência humana que ainda pelejavam com ele. Sentiu com a mão o artefato que colocara no bolso e súbita e inesperadamente foi tomada pelo desejo irresistível de ultimar com melhor proveito o que lá atrás fora iniciado por Adelio Bispo.

Pela televisão, via-se que não só Brasília e São Paulo, mas todas as capitais do país tinham as ruas tomadas de gente, em sua maioria de verde e amarelo. No Rio de Janeiro, desde cedo, a concentração chamava a atenção. A Avenida Atlântica transformou-se em um mar de gente. Não havia como negar a dimensão daqueles atos. São Paulo desde cedo já contava com gente na Avenida Paulista, embora os atos houvessem sido convocados somente para o turno da tarde.

O que acontecia em Brasília, porém, era único. À noite, na véspera do dia 7, os manifestantes romperam a barreira da Polícia Militar e invadiram a Esplanada. Milhares de pessoas armaram tendas, barracas e se ajeitaram para passar a noite ali. A agitação continuou até altas horas, muitos ficando acordados até o momento em que fossem ouvir o pronunciamento do presidente. Caminhões, vãs, ônibus, vinham de todo o país. Eram famílias inteiras, pessoas idosas, caminhoneiros, uma massa impressionante.

Na véspera dos atos, Simone explicara à mãe que precisaria sair cedo para estudar na casa de uma colega. Tatiana objetara, mas Simone prometera passar longe da manifestação. Então, tendo recebido autorização, saiu de casa às oito em uma vã, levando consigo a faquinha, no bolso direito. Ouvira dizer que as pessoas que entrassem na Esplanada seriam revistadas, mas duvidava disso. Os idiotas tinham conseguido atingir um número tão grande que certamente comprometeria as revistas. Não passam de gado do Bolsonaro, pensava a jovem cada vez que imaginava a multidão.

Assim que desembarcou na Torre de Brasília, onde havia combinado de se encontrar com Marcos, não demorou a avistar o colega. Ficou pasma com a quantidade de gente que estava ali. Não havia quase ninguém. Meia dúzia de gatos pingados, pensou ela, indignada. Era por isso que ela, Marcos e tantos outros deveriam radicalizar. Como salvariam o país se as pessoas eram estúpidas e sequer protestavam? Eram por coisas assim que se sentia encorajada a cumprir sua missão.

Como Simone, Marcos estava de calça jeans e camiseta vermelha. Quando fossem se deslocar para a Esplanada, vestiriam a camiseta do Brasil que traziam nas mochilas.

— Viu algum conhecido? — disse Simone.

— Não.

— Tem um trago aí?

Ele lhe entregou um cigarro de maconha. Era uma ótima forma de manter a calma, arrefecer a tensão e desligá-la, ainda que por um momento, do mundo de repreensões em que estava inserida. Assim que terminou de fumar, ela olhou em redor. A torre de Brasília era alta, e em seu entorno ficava um extenso gramado. De onde estavam podiam ver as pessoas, vestindo camisetas do Brasil, a pé, de carro, encaminhando-se para a Esplanada.

Não podiam perder mais tempo, o relógio indicava 8h30. Com a máxima discrição, vestiram a camisa do Brasil por cima das camisas vermelhas e foram andando até a Esplanada dos Ministérios, onde acontecia a outra manifestação. Enquanto caminhavam, Simone, em meio ao intenso movimento das pessoas, pensou nos pais. Sua mãe ficaria transtornada caso soubesse do que estava prestes a fazer, enquanto seu pai, embora pudesse compreendê-la, jamais aprovaria sua conduta. Certamente, em razão do cargo que ocupavam, poderiam ser prejudicados. Mas por que se preocuparia com os privilégios deles, diante de toda miséria e injustiça do mundo? Os pais não ligariam para o seu ideal mesmo, só para a decepção a que seriam submetidos. Olhou em torno, as vias estavam apinhadas de gente. Sem dúvida, aqueles ali não faziam ideia do que aconteceria.

— Lotado! — admirou-se Marcos, em meio à multidão.

Ao perguntarem para algumas pessoas, já próximo à entrada do ato, descobriram que não havia revista e, quando se deram conta disso, olharam um para o outro, triunfantes.

Próximo à Catedral, a aglomeração aumentou, no entanto, a massa ainda estava dispersa naquela altura, e por isso teriam de continuar. Prosseguindo, deixaram a igreja para trás, e enquanto continuavam avançando, Simone pensou que, à exceção do Círio de Nazaré, nunca tinha estado no meio de tanta gente. Como as pessoas podiam ser tão estúpidas? Protestar em favor de um golpe? Quem precisa de maconha para se encorajar perante um quadro deste?, pensava ela, sentindo-se cada vez mais no dever de agir.

No meio da Esplanada, depois de muita dificuldade e sufoco, Simone fez sinal para Marcos. Precisavam se separar a partir dali. Cada um faria sua parte apartado do outro, pois, assim, individualmente, as ações tinham mais chance de êxito. De outro lado, sendo mulher, estava em situação melhor que ele, pois, se fossem apanhados juntos, a tendência era que a culpa recaísse unicamente sobre ele, e, ainda que pudesse ser diferente, como era menor de idade, logo seria liberada. Portanto, além de salvaguardar o plano original, dessa forma, Marcos poderia atuar com mais segurança.

Deveriam agir sem perda de tempo. Ou seja, logo após usar a faquinha, precisavam sair rapidamente do local acompanhando o grito da vítima. O que poderia acontecer, afinal? As vítimas não morreriam, ficariam apenas lesionadas. Caso fosse apanhada, como era menor, seus pais logo a tirariam da cadeia. O mais difícil não era ser presa, mas lidar com os pais. Mas ela precisava acreditar que era capaz de fazer isso.

Quando perdeu Marcos de vista, Simone se deu conta de que chegara a hora de proceder. Enquanto se preparava para agir, porém, uma voz que vinha de dentro de si, cada vez mais alta, tentou dissuadi-la do que estava prestes a fazer, como que lhe lembrando de que aquilo era errado e de que seus pais não mereciam o sofrimento que ela estava prestes a lhes impor. Mas, como que afastando um inseto que a estava perturbando, desviou o pensamento, colocou a mão no bolso e puxou o pequeno artefato. Até ali, a despeito de as batidas de seu coração terem aumentado significativamente, mantinha o controle da situação.

Uma multidão se amontoava em sua volta. Ela tentou encontrar mulheres, era preferível que não desferisse o golpe em homem, e pensava nisso como forma de evitar uma reação mais efetiva. Não havia bombinhas! Concluiu então que se não estavam em sincronia com quem as soltaria, era porque deveriam agir por conta própria. Pensou em Marcos. Será que ele estaria aguardando ela agir primeiro? Por quê? O combinado era que agissem simultaneamente, tão logo se separassem.

Não estava mais andando, mas apenas girando em torno de si mesma, em busca de um alvo, no meio daquela gigantesca concentração de gente. Procurava meticulosamente em quem pousar a faca, para que aquele ato fosse desmoralizado, para que pudesse ser taxado de violento, para que Bolsonaro fosse responsabilizado. Eram tantos em torno de si que começou a ficar confusa sobre quem esfaquear. Havia muitas pessoas, mas decidiu que alvejaria só uma, no máximo duas. Via muito mais homens que mulheres, e isso a deixou insegura. Caso não encontrasse nenhuma mulher, decidiu que esfaquearia o primeiro homem que estivesse a sua frente. Não seria por aquele detalhe que o plano não seria executado ou que seria em vão os esforços tomados até ali.

— Mas o que é isso aqui? — disse em voz alta, de repente, um homem que, nas voltas de Simone, acabou ficando de frente com a jovem.

As pessoas pararam de fazer o que estavam fazendo e se voltaram para o homem que fizera a pergunta. Era um caminhoneiro de mais ou menos 40 anos, alto e corpulento. Simone compreendeu imediatamente o que tinha acontecido. Enquanto procurava por um alvo, dando volta, distraída, acabou encostando levemente a faca no alto da coxa do homem, que ao sentir tratou de imobilizá-la e lhe arrancar o estoque.

— Ora, ora, o que você iria fazer com isso? — disse o caminhoneiro puxando a faca que Simone empunhava na altura da cintura — mas vejam só, há uma comunista aqui! E olhem, pessoal, ela veste blusa vermelha por debaixo desta camisa do Brasil.

Simone então foi sendo cercada pelos manifestantes, que a xingavam, pediam que não a deixassem escapar, falavam em chamar a polícia. Ela ficou estática, não esboçou qualquer reação. Manteve-se fria e em silêncio, a despeito de achar que o coração sairia pela boca a qualquer momento. Não podia redarguir, a menos que quisesse ser linchada.

Enquanto tentava se manter firme diante daquele brutamontes e de outros que começavam a chegar de toda parte, suas pernas começaram a falhar, sua vista embaçou, e então, de repente, tudo enegreceu à sua frente. A última coisa de que se lembrou antes de perder completamente os sentidos e cair ao chão foi de ter saído de casa sem dar ouvidos à Jandira, quanto à recomendação de tomar seu café da manhã.

Assistiam à TV, reunidos na sala, Tatiana e os pais. Os noticiários informavam sobre manifestações tanto a favor, como contra o governo. No entanto, as manifestações substanciais eram as abonatórias ao governo. Multidões protestavam em favor de liberdade, por transparência nas eleições e contra ministros do STF.

— Está bonito de ver — disse Rodrigo, entusiasmado — embora essas manifestações sejam tardias, pois chegamos ao ponto de perseguir e prender por opinião, como ocorre nos países que caíram nas garras do comunismo. Crime: se manifestar.

— Eu me preocupo com tudo isso — disse Lúcia.

— Aquele youtuber teve prisão decretada de novo.

— Aquele jornalista que ficou um ano preso e depois foi solto paraplégico?

— Esse mesmo — disse Rodrigo. — Está em uma cadeira de rodas. O ministro o prendeu de novo porque não gostou de ele ter feito uma live. É evidente que algo há de ser feito para frear isso.

— Papai, as coisas não estão nada boas, mas temos de torcer por um entendimento e não por um entrevero maior.

— Acha certo prenderem as pessoas só por apoiarem o governo e terem público na internet? Essa nova geração pensa estar defendendo o que tem, mas, na verdade, defendem o que não existe. O restinho de democracia que tínhamos perdemos com os militares.

Tatiana e Lúcia ficaram caladas. Aquelas multidões retratavam a gravidade da situação. Os mais indignados exigiam deposição dos ministros, no entanto, ao contrário do que fora dito, os atos ocorriam sem violência. E Tatiana dava graças a Deus por isso.

— Tati, estamos em uma revolução. Os engomadinhos que vivem em bolhas precisam entender isso. A população não aceita abuso por parte de nenhuma autoridade.

— Papai, concordo com algumas de suas ponderações, mas essa história de golpe, intervenção, nada disso faz sentido para mim.

De vez em quando Jandira comparecia e punha, sobre a mesa de centro, café, água, pão de queijo. Estavam impressionados com o ato, havia uma multidão na Esplanada.

— Vejam, a TV está noticiando um incidente — disse Lúcia.

Ficaram em silêncio e ouviram a notícia. A repórter estava dizendo que as manifestações transcorriam normalmente, mas que um único incidente ainda não apurado tinha sido registrado. Segundo constava, um caminhoneiro havia flagrado uma menor com uma faca, ocasião em que tomou o artefato da jovem, a qual chegou a desmaiar. Ainda não identificada, fora encaminhada para a Polícia e depois para o hospital. O bom, falava a repórter, era que ninguém saíra ferido, e a manifestação prosseguia normalmente.

— É isto que me assusta, gente promovendo caos — disse Tatiana. — Graças a Deus, Simone está estudando com uma amiga.

— Quem costuma agir assim são os comunistas, minha filha. Uma moça tão jovem e com a mente já cooptada por esses vagabundos! Por lei o que pode acontecer com ela?

— Como é menor será levada à delegacia especializada.

— E ficará presa? — perguntou Lúcia.

— Vai depender de como o promotor entender a situação.

— Para mim, a partir dos 16 todos esses marmanjos deveriam ir para a cadeia. Já pensou, juízes e promotores destacados unicamente para passar a mão na cabeça desses delinquentes? Ora, se votam por que não respondem por seus atos? — disse Rodrigo.

Quando Jandira apareceu de novo para levar os pratos vazios, Rodrigo perguntou:

— E tu e teu marido, o que acham de Bolsonaro?

— Deixe Jandira em paz, Rodrigo — falou Lúcia.

— Muitas igrejas evangélicas aderiram a esses atos — disse Jandira.

— Deus está conosco! Com este governo resgataremos os tempos áureos do regime militar — disse Rodrigo.

— Ah, papai, o senhor é o próprio reacionário.

Lúcia riu, como se só lhe restasse rir das sandices do marido.

O telefone tocou, e Jandira atendeu à ligação. Era para Tatiana.

— Pois não? Sim, aqui é Tatiana Marins. Com quem? Como? Quando isso aconteceu? Mas... Mas...

Aos poucos, Tatiana foi entrando em desespero, até desabar em lágrimas e perder o controle.

— Não! — gritou ela.

— Pelo amor de Deus, Tatiana, o que houve? — perguntou Lúcia correndo ao encontro da filha.

— Onde? Ok, estou a caminho! — disse desligando o telefone.

Tentou falar, mas não conseguiu; o corpo todo tremia. Lúcia abraçou a filha, procurando acalmá-la, ao passo que Rodrigo observava a cena, paralisado. Pressentia que fosse algo com Simone. No fundo, ele sabia que a neta um dia decepcionaria, pois esquerdistas eram pessoas desnorteadas que viviam num constante e completo desatino, numa ilusão desmesurada. Buscavam a justiça, a igualdade, mas como esses eram valores impossíveis de se obter da forma como eles desejavam, entravam em paranoia, perdiam o bom senso e cometiam atrocidades, terminando quase sempre infelizes.

— Te mexe, Rodrigo, pelo amor de Deus. Faz alguma coisa.

Àquela altura, Jandira e Lúcia já tinham levantado Tatiana, sentando-a numa cadeira. Enquanto Jandira tentava fazê-la beber um copo de água, Tatiana dizia:

— Era da Delegacia. Simone foi apreendida.

Chocada, Lúcia pôs a mão na boca e esboçou um olhar de incredulidade.

— Ela sofreu alguma agressão? — perguntou Rodrigo.

— Desmaiou na hora, mas foi atendida e agora está bem. Era dela que a reportagem falava. Ela compareceu aos atos com uma faca. Certamente acham que ela planejava esfaquear alguém.

Jandira fazia uma oração silenciosa. De repente, falou:

— Calma! O que parece terrível, às vezes, é um mal que vem para o bem. Observe bem como Deus é bom. Impediu que o pior acontecesse. A polícia é um aborrecimento, mas muito menor do que o que foi evitado. Como trabalham na área saberão o que fazer.

As palavras de Jandira surtiram efeito em Tatiana. Realmente, podia ter sido pior. Com discrição, aquilo poderia se converter em uma experiência que logo ficaria para trás.

— Sábias palavras, Jandira — disse Rodrigo.

Tatiana ergueu-se e disse decidida:

— Tenho de ligar para Rogério.

Como Rogério conhecia o delegado, pois fizeram um curso juntos, e Tatiana conhecia o irmão da promotora de justiça, um defensor público, tiveram esperança de conversar diretamente com eles e serem ouvidos com atenção e sensibilidade.

Descobriram depois que Simone realmente estava com o artefato, mas em seu favor militavam primariedade e o fato de não haver esfaqueado ninguém. Em casos tais, normalmente o adolescente era liberado mediante termo de compromisso.

Enquanto os pais tentavam liberá-la, Simone estava em uma sala com uma assistente social. Em nenhum momento fora colocada junto com os demais adolescentes apreendidos. A jovem considerava aquilo como um privilégio odioso e ficou revoltada. A lei não admitia punição a menores infratores como ocorre com maiores, mas muitos jovens eram largados em celas imundas, enquanto burgueses como ela eram protegidos.

Após assinarem o termo e se comprometerem a apresentar Simone caso houvesse um processo, Tatiana e Rogério agradeceram ao delegado e à promotora. Eram gratos, sobretudo, pelo fato de o incidente não ter se tornado um escândalo maior e naquele momento não estarem sendo alvo de perseguições midiáticas.

No retorno para casa, no carro, Simone ficou em silêncio durante todo o trajeto. Quando chegaram ao apartamento, Jandira, que decidiu dormir aquela noite com eles, ajudou com o banho e refeição de Simone. Quando a jovem foi colocada para dormir, Rogério foi embora dizendo que conversariam melhor no dia seguinte.

Jandira nunca vira Simone naquele estado. Sabia que a jovem era rebelde e nos últimos tempos estava mais respondona e impaciente, mas era como se as coisas tivessem fugido totalmente ao controle. A menina fedia a cigarro, e Jandira se angustiava ao achar que ela podia estar usando droga ou se envolvendo com homens. Aqueles eram tempos em que os jovens se conduziam cada vez mais sem regras.

Na manhã seguinte, passava das nove quando Simone foi tomar café e realmente ficou surpresa ao ver os pais, à mesa, aguardando-a. Não contava em conversar com eles tão cedo. Não havia mais ninguém ali, e ela sentiu que aquilo não era por acaso.

— Sente-se, vamos tomar café — disse Rogério, calmamente.

Tatiana, que estava sentada diante de Rogério, estava calada. Simone sentia a angústia da mãe. Bastava olhar nos seus olhos e ver como as mãos dela se movimentavam rapidamente. Era como se a tensão também estivesse à mesa com eles. Beijou primeiro o pai, depois, a mãe e se sentou. Pressentia que aquela seria uma refeição indigesta.

— Não estamos aqui para ser seus carrascos. Mas não vamos fingir que nada aconteceu. Você ainda é jovem, mas em breve será uma adulta, por isso conduzirei nossa conversa como se estivesse diante de uma adulta. O que queremos é só saber o que houve ontem. Podemos ver que agora você está melhor, mas precisamos de uma explicação.

— Quem lhe fez andar com aquela faca? — disse Rogério, servindo-se enquanto falava. Tatiana parecia ser a que tinha mais dificuldade de lidar com a situação.

— Ninguém me obrigou a nada de que eu não quisesse. Eu...

— Vou tentar ser didático, Simone. Neste momento você está figurando como investigada. Caso o MP se convença de que há indícios suficientes e ofereça uma representação, seu status piora.

Simone não conseguia comer nada, mas tomou um pouco de café com leite para não desagradar o pai.

— A única chance de livrar você é identificando quem colocou na sua cabeça essa ideia imbecil. Você tem convicções, mas não cogitaria fazer algo assim. Não é psicopata.

De repente, Simone sentiu um pouco de falta de ar, tinha dificuldade de lidar com aquela pressão. Olhou do pai para a mãe, em busca de alguma condescendência, mas estavam inflexíveis, e embora ela acreditasse estar certa, não os convenceria do contrário.

— O senhor sabe que corremos risco de voltar a ser uma ditadura. Muitos são usados e precisam ser esclarecidos, mas como isso leva tempo, brecar manifestações é uma saída. Minha geração tem uma visão mais atual, trocamos ideia. Ninguém me mandou fazer nada. Isso partiu da minha cabeça após muitas conversas no campus...

Rogério olhou seriamente para a filha. Era evidente que mentia.

— Quer dizer então que estar na universidade é algo nocivo para você, já que está aprendendo a abraçar a violência, é isso? Por um acaso viu algum outro colega seu tentando esfaquear alguém ontem? Será que tem algum estudante detido por isso? Se alguém prometeu fazer isso com você, para lhe encorajar, sinto lhe dizer, mas você foi enganada. Seu ideal lhe moveu para algo errado, e sua ingenuidade acabou mostrando que quando falta lucidez sobra loucura. Podia estar atrás das grades agora, já parou para pensar sobre isso? Por outro lado, isso só não virou um escândalo midiático, porque seu desmaio ganhou uma dimensão maior que seu plano insano. Tanto que quem lhe mandou para a polícia, depois que você foi atendida no hospital, disse ao delegado que lhe viu mais como alguém com perturbação mental do que com intenção de ferir os outros.

— Só queremos seu bem, Simone. Tentar mostrar a você o equívoco que cometeu — disse Tatiana.

— Pensei que ontem sua mãe fosse ter um ataque do coração — disse Rogério. — O que você tem a dizer sobre isso?

— Talvez tenha agido irrefletidamente e acabei decepcionando. Não queria ver vocês desse jeito por minha causa.

— Mas você tem noção do tamanho do erro que cometeu?

— Sim.

— Há formas mais inteligentes de se opor a um governo como este. Nem eu, nem sua mãe aceitaremos que você repita o que fez.

Como que chegando ao limite, Simone desabou em choro. Era evidente que amava os pais e não queria decepcioná-los, muito menos fazê-los sofrer. Porém, à parte o que havia em seu coração, estava sujeita a erros de avaliação, apesar de procurar se conduzir de acordo com o que acreditava ser certo. Podia ter se equivocado na forma, mas não estava errada em ficar contra um homem mau, que já dissera várias vezes que "bandido bom é bandido morto". Alguém que não dialogava, que pretendia armar a população para formar milícias; que ignorava as causas verdadeiras dos problemas sociais. Não, manteria a indignação e continuaria a fazer o que estivesse ao seu alcance para defender a democracia brasileira. Só tomaria cuidado para não magoar mais os pais.

Tatiana e Rogério abraçaram a filha, deixando-a chorar em seus braços. Em seguida, Rogério foi para a Regional. Ao se despedir do ex-marido, Tatiana quis saber por que ele não havia abordado o uso de droga com Simone, no que ele preferiu não falar sobre isso naquele momento, afirmando que, a seu ver, um ou outro cigarro de maconha não era determinante para o que a filha fizera. Tatiana pensava justamente o contrário.

Capítulo 19

Os dias que se seguiram às manifestações da Independência foram de ansiedade. Embora o presidente houvesse dito que agiria se o povo fosse às ruas, nada aconteceu nos dias seguintes. Contudo, centenas de caminhoneiros permaneceram em Brasília acampados em protesto, o que era indesejável, pois a paralisação impactava a vida das pessoas.

No dia nove de setembro foi divulgada uma nota, redigida por Michel Temer e assinada por Bolsonaro, na qual o presidente reconhecia divergências, mas reiterava seu apreço às instituições e se desculpava pelo que chamou de excessos de linguagem. A economia reagiu imediata e positivamente. Os apoiadores do presidente, no entanto, tomaram o gesto como traição, e o clima entre a militância foi de perplexidade e indignação.

Ao longo do dia nove, porém, foi-se espalhando a versão de que a nota fazia parte de um acordo cujo resultado era mais benéfico ao país do que uma ruptura institucional. Já no dia seguinte, um jornalista conservador famoso teve sua prisão revogada. Enquanto para alguns aquilo era pouco, para outros significava o começo do entendimento entre Poderes e a retomada de uma normalidade institucional da qual não se podia abrir mão.

Simone passou os dias seguintes à sua apreensão em casa. Seus pais resolveram submetê-la a sessões com psicólogo pelo menos duas vezes por semana, e ela aceitou.

Desde que recebera a ligação da Delegacia, a mente de Tatiana não descansava um minuto sequer. O que levara Simone a fazer aquilo? Procurava dar carinho e atenção aos filhos, jamais apanharam ou foram castigados imoderadamente. Em que momento Simone havia se perdido? Será que o excesso de leitura afetara seu juízo? Será que o que fizera decorria do momento por que passava o país? Tatiana precisava entender, pois sempre que revolvia os acontecimentos, sentia-se culpada, fracassada como mãe e, o que era pior, sem saber como as coisas chegaram naquele ponto.

Jandira se prontificara a dormir com eles aqueles dias. Simone achou o fato ridículo, mas não protestou, pois sabia que naquele momento não tinha condição de se opor a nada.

Manter Simone sob a vigilância de Jandira era um meio de Tatiana se sentir mais tranquila. Andava tão nervosa que, na falta de uma medida mais eficaz, queria poder trancafiar seus pensamentos e assim fazer com que eles não a perturbassem pelo menos por um tempo. Carol e Juliana estiveram em sua companhia, o que era bom. Conversara com David também, mas não em detalhes, pois, como ele andava resfriado, não queria importuná-lo.

Naquele dia, após o trabalho, iria ao Sudoeste. Estava um pouco confusa com o resfriado de David; ele tinha se afastado do trabalho, mas ninguém costumava se licenciar por algo assim. Precisava vê-lo. Temia que ele pudesse estar enfrentando algum problema com os pais ou outra situação que ela não soubesse.

Quando chegou ao condomínio de David, cumprimentou o porteiro e tomou o elevador. Ao chegar no andar dele, assim que abriu a porta do elevador, deparou com Adelaide. A médica entrou rapidamente no elevador, impedindo-a de sair. Em seguida, apertou no número do seu próprio andar e disse a Tatiana:

— Preciso conversar a sós com você. Afonso não está em casa.

— Aconteceu alguma coisa?

— Não se preocupe, não é nada demais.

Desceram do elevador e, após Adelaide abrir a porta, entraram no apartamento. A médica pediu que Tatiana ocupasse um lugar na sala. Era um apartamento idêntico ao de David, com uma decoração mais sóbria e elegante, com móveis mais sofisticados. Em seguida de Tatiana se acomodar, Adelaide sentou-se no sofá diante da procuradora.

— David não está muito bem. Teve um resfriado e não se curou direito. Ele tem uma boa saúde, mas estamos sujeitos a isso, não é? Está com o pai agora. Não se preocupe, não é covid.

Adelaide tentava falar com segurança, mas não parecia convicta a respeito do que dizia e isso desconcertava Tatiana.

— Ele não quer me ver?

Adelaide ficou em silêncio, depois disse:

— Ele a ama de uma forma que eu jamais imaginei.

— Por que a senhora não me diz o que está acontecendo?

— Não se trata disso. É só cuidado de mãe.

— Certo, mas não estou entendendo nada.

Adelaide acendeu um cigarro e aproximou um cinzeiro.

— Não se incomoda, não é? — disse mostrando o cigarro.

— Não.

— Esta situação política mexeu com a cabeça de muita gente — disse Adelaide. — David não é engajado politicamente, muito menos extremista. No entanto, preocupa-se demais com o país, com a nação, com as pessoas, com o futuro. Ele é muito sensível, Tatiana. Na verdade, é um homem muito especial.

— Sim, ele sempre me pareceu assim.

— Embora as manifestações tenham sido pacíficas, após o dia sete, o país foi tomado por uma tensão, uma expectativa diferente...

— É verdade, mas...

— Ninguém soube o que aconteceria — continuou Adelaide. — Não sei exatamente o que David pensou, ou que expectativas pôde ter. Ele não admira o presidente, embora também não veja os demais políticos com bons olhos. Mas uma ruptura significaria um retrocesso completo, e ele se angustiou muito com essa perspectiva, embora já na terça tenha sido divulgada aquela nota.

— Mas vocês não estavam juntos nesse período?

— Pouquíssimo. Ele se isolou no apartamento.

Tatiana voltou a estranhar aquela conversa. Não fazia sentido.

— Não quero aborrecer você, por favor, não me entenda errado. Mas quando veio à tona o que ocorreu com sua filha, ele se afundou mais ainda. Mas evidentemente seu marido era quem tinha mesmo de tomar a frente e resolver o problema.

Tatiana fitou Adelaide, surpresa.

— Rogério não é meu marido. E David não me falou nada disso.

— Ele não é do tipo que se abre totalmente.

— Mas a senhora acha que esses fatos são motivo para tanto?

— Não posso falar pelos outros, mas apenas por meu filho. E se tratando de David, sim. Você irá se surpreender muito com ele.

Tatiana cruzou as mãos e apertou-as, entrelaçando seus dedos. Seus pensamentos viajaram longe, a par de tudo o que ouvira. Foi como se por alguns segundos ela tivesse decidido se ausentar da sala e ir ao encontro de alguma resposta para o que acontecia ao país, a Simone, a David, e agora, a ela também. Era como se todos eles estivessem compartilhando uma mesma crise.

— A senhora tem algo mais a me dizer?

Naquele instante a porta principal se abriu e Afonso entrou. Ao ver as mulheres na sala, ele desejou boa tarde, disse que David aguardava Tatiana e, pedindo licença, sumiu de suas vistas.

— Seja cuidadosa, não o pressione demais e, principalmente, não o sobrecarregue com os seus problemas familiares.

— Não se preocupe. David sempre me pareceu compreensivo. Jamais se comportou como se meus filhos fossem um fardo para ele.

— Certamente, ele foi muito bem-educado. Eu e o pai dele concentramos todos os esforços na sua criação. Mas lembre-se, por favor, ele é um menino de ouro, e com meninos de ouro nunca é bom abusar. Agora você pode ir, ele está lhe esperando.

Adelaide a acompanhou até a porta. Tatiana deixou o apartamento com a impressão de estar sendo submetida a um teste.

Quando chegou ao andar de David, sentiu-se verdadeiramente aflita, desde que o conhecera. Estava nervosa, ansiosa e não sabia ao certo por quê.

Apertou a campainha e aguardou. Quando a porta se abriu, ela deparou com um David pálido, desanimado, bem diferente do homem que conhecia. Parecia se esforçar para tudo, ou seja, para sorrir, para pedir que ela entrasse, para fechar a porta.

Abraçou-o e em seguida foram para o quarto dele. Sentaram-se na cama, e então ele disse:

— Mamãe deve ter enchido sua cabeça com besteiras.

— O que há, David?

Ele se deixou cair na cama, como se ficar sentado por muito tempo fosse lhe demandar uma energia que não dispunha.

— Não há nada. Só não estou em um dia bom.

— Isso vejo, mas preciso da causa. As coisas não acontecem com a gente sem uma razão. Algo no trabalho, doença na família?

— Não.

Ela se deitou ao seu lado.

— Estou preocupada em lhe ver assim.

Recostou a cabeça na dele e segurou firme sua mão. Deixou-se ficar daquele jeito, sem dizer nada; apenas rezando para que sua presença o ajudasse de algum modo. Queria que ele se desse conta do seu amor e do quanto ela se importava com o seu bem-estar. Esperava poder ajudá-lo a abrir mais facilmente o coração para ela.

David acabou adormecendo nos braços de Tatiana. Quando acordou, viu-se sozinho na cama e imaginou que ela tivesse ido embora. Sentiu-se um tolo por ter dormido tanto, mas sabia que não podia controlar seu sono, especialmente naquele momento.

Indo a cozinha, surpreendeu-se com a mesa do jantar posta.

— Pensei que já tivesse ido!

— Dormirei hoje com você.

— Mas e seus filhos?

— Estão em ótimas mãos. Não se preocupe. Só ficarei bem quando o vir melhor. Agora trate de se sentar, temos macarronada.

Enquanto comiam, conversaram sobre amenidades. Tatiana sentiu-o mais à vontade, embora ainda parecesse abatido. Seu semblante era o de um soldado que ficara alguns dias sem dormir após uma batalha. Parecia sugado, o riso não se fazia espontâneo.

Após a refeição, David convidou-a para irem à biblioteca. Ao entrarem ali, olhando as prateleiras, Tatiana imaginou os livros como amigos deixados de lado por David.

Sentaram-se no sofá-cama e, enquanto ela pensava no que conversar, David disse:

— E Simone?

— Por favor, eu preferiria não...

— Saber notícias dela acalmará meu coração.

— Eu e Rogério conversamos com ela. Nesta semana ela não voltará para a faculdade e passará a fazer sessões com psicólogo.

— Muito bom. Todos realmente temos o que dizer.

Ela achou que ali ele também falava um pouco de si mesmo.

— Você, talvez, ache que esta balbúrdia política possa não ser um bom assunto para falarmos neste momento.

— Sim, acho que não devemos falar disso.

— Mas esse assunto está em um contexto que envolve o meu estado de ânimo. Sei que estamos falando de mim, mas o que ocorre ao país explica um pouco o que se passa comigo, pois, na minha percepção, o Brasil não está bem de saúde: as crises são contínuas e não param, embora às vezes tenhamos uma trégua. À parte isso, espero que não me veja só como homem fraco e problemático.

— Não, David. Eu...

— As reviravoltas que vêm ocorrendo mexeram muito comigo, pois embora eu não vivencie diretamente a política, recebo de modo mais amplificado o impacto do que vem acontecendo. Veja Simone, sei que você prefere não falar nela, mas é inevitável. É uma jovem que se deixou levar por este momento, esta onda violenta. Fala-se em guerra cultural, mas eu acho que isso é muito superficial. Acho que estamos vivendo uma guerra espiritual na qual forças antagônicas se impõem uma à outra de forma implacável. Você pode pensar que eu sou adulto e que Simone é uma adolescente e que é ridículo pensar que eu e ela possamos estar sendo afetados da mesma maneira, mas, guardadas algumas diferenças, é isso mesmo.

Tatiana percebeu que ele resolvera pôr para fora o que sentia e ela achou que aquilo era positivo.

— Minha concepção de mundo passa pela conservação de valores, mas nem por isso me fecho a novas ideias. Entretanto, é difícil para mim ouvir falar em coisas como aborto, drogas, erotização de crianças. Essas são pautas defendidas em nome da liberdade, mas para mim isso não passa de atropelo de valores. Quando imagino o planeta todo assim, tomado pela degeneração e decadência, me antevejo esmagado.

David falava naquele momento com tanta sinceridade, que era como se Tatiana estivesse acessando seu coração.

— Também discordo de posições extremadas, mas você não pode permitir que isso te afete assim de um modo tão profundo.

— Isso é atentar contra Deus.

Ela hesitou. Ele entrava agora no campo da religião. Sabia estar diante de alguém espiritualizado, até chegaram a ir juntos a algumas missas, o que lhe fez muito bem, mas misturar política com Deus era algo estranho para ela; algo com que não sabia lidar.

— Acha conveniente misturar religião com política?

— Difunde-se o pensamento de que não há como provar a existência de Deus e que ter fé é abdicar da vida e só serve para tornar nossas existências ainda mais sem sentido. Mas quem defende isso se esquece que a natureza é o próprio retrato de Deus. Sermos feitos à semelhança de Deus não decorre de Ele ter braços, ou pernas, e sim de sermos criados para o amor, de nossa inteligência representar uma fagulha da inteligência divina. Nada pode ser mais divino do que nossa existência; do que o amor que nos liga uns aos outros e assegura a possibilidade de nos perpetuarmos por meio dos nossos filhos; do que o sol que nasce e se põe, sagradamente, todos os dias. Quem nega Deus não consegue explicar sequer as estrelas que temos condições de admirar, o que dizer o que ainda não fomos capazes de descobrir. O dom da vida nos foi dado junto com nossa capacidade de pensar, raciocinar, intuir, sonhar e, inclusive, de sentir a presença de Deus. Não é pouca coisa. Mas creio que a maior demonstração do espírito divino é mesmo o amor, uma chama que jamais poderá ser apagada, pois é do que Ele mesmo é feito.

Ter vivido com um materialista lhe rendera outra experiência, mas ali, diante dele, era como se despertassem dentro dela coisas adormecidas.

— Quando fala assim, é como se me conduzisse a reflexões que sempre quis fazer, mas para as quais nunca me senti preparada.

— A autodescoberta ocorre aos poucos. Querer descobrir quem somos é o primeiro passo.

— Você se sente neste processo?

— Acho que sim. Desde que me lembro, minha existência é muito marcada pela reflexão. Mas não se engane, mesmo pessoas reflexivas, sensitivas e até santas têm suas mazelas. Ninguém pode evitar a própria cruz. Esse é um fardo pessoal difícil e que ninguém pode carregar por nós.

— Sei que pode parecer bobo, mas queria que esta loucura política e a pandemia passassem, enfim, que nada disso estivesse acontecendo, que estivéssemos mais leves, como antes.

— Entendo, mas isso esbarra na cruz a que me referi. O nosso país também carrega sua cruz, e neste momento é como se o Brasil estivesse caindo com a cruz nas costas, não dando conta de continuar. Precisa ser erguido para prosseguir, mas são poucos os que lhe estendem a mão.

— Você concorda com o recuo do governo?

— Se for fruto de um acordo, é bom para todos. Resta saber se garantirá a paz de modo duradouro — disse ele, de repente, indo até uma das estantes e pegando dois livros para ela.

— Já leu?

Ela olhou os livros e se certificou de que eram duas obras de Olavo de Carvalho, *O Imbecil Coletivo* e *O Jardim das Aflições*.

— Este escritor é muito controverso — disse ela.

— Mais que controverso, ele é odiado.

— O que você já leu dele?

— Um bocado.

— Ele é tido como conspiracionista. Confia nas ideias dele?

— Em parte. Ele foi o responsável por despertar o pensamento conservador no Brasil. Antes, a esquerda era hegemônica. A ironia é que a maioria dos brasileiros carrega valores de direita, mas não têm voz na mídia ou nas universidades. Se hoje há um contraponto, isso se deve a Olavo. Quero lhe entregar estes dois livros, pois assim você mesma poderá tirar suas conclusões.

Depois que ela separou os livros, foram para o quarto dele e, enquanto conversavam sobre amenidades, de repente, ele adormeceu de novo. Ela se viu aturdida, ele não parecia nada bem. Além de Simone, agora David. Chorou baixinho. Desde que o conhecera, aquela era a primeira vez que chorava por ele. Rememorou a conversa deles e então pensou no quanto era pertinente o que ele dissera, sobre cada um carregar sua cruz.

Passaram o final de semana juntos, mas David não comeu direito e não quis sair de casa. Era visível o seu estado melancólico, e isso inquietava Tatiana, pois, ao que sabia, questões políticas indignavam, mas não adoeciam, pelo menos não daquela forma. Durante aqueles dias não fizeram nada de extraordinário.

Tatiana retornou para casa no domingo, e, após tomar banho e se trocar, foi até o quarto de Lucas. Beijando-o, tirou-o por um momento da leitura de uma HQ. Simone estava lendo um livro.

— Como você está, Simone?

— Ansiosa para voltar para a faculdade.

— Você voltará em breve. As sessões com o psicólogo continuarão normalmente. Estamos combinadas?

— Ok.

Nunca fora fácil lidar com Simone. Não era só o seu voluntarismo, ela estava se tornando adulta! Via-a como um passarinho já crescido e no ponto de voar, mas recusava deixá-la escapar, mormente diante dos últimos acontecimentos.

Encontrou os pais na sala, cada qual envolvido com o próprio celular. Ainda que de outras gerações, eles se adaptavam bem a uma realidade impensável uma década atrás.

Sentou-se no sofá diante deles.

— David ainda está resfriado? — perguntou Rodrigo.

— Sim, e também um pouco triste.

— Não é para menos. O presidente enganou todo mundo e decidiu manter o país nesta ditadura.

— Você está abatida, Tati. Sente-se aqui conosco — disse Lúcia deixando o celular de lado.

— Quando acho que estou saindo por cima, que conheço alguém que goste de mim, de repente tudo se complica. Lutei tanto, estudei, me dediquei, passei em concurso, casei e, tolamente, achei que, por ter formado uma família e me tornado procuradora, já era feliz... como fui infantil... Rogério se radicalizando, Simone indo no mesmo rumo. E David, que parecia centrado, de repente entra em um estado que eu não consigo decifrar. Sabe... às vezes, eu me puno por pensar certas coisas, como se estivesse arrumando um novo problema. Mas eu já amo David...

Tatiana parou subitamente de falar, e as lágrimas irromperam. Lúcia a abraçou, tentando consolá-la.

— Não estamos aqui à toa, viu? Nós te amamos muito!

— Estou prendendo vocês aqui, isso sim.

— Não, senhora! — disse Rodrigo — Estar aqui não é nenhum sacrifício, muito pelo contrário. Estamos aqui para o que der e vier...

— E quanto a David, é um bom rapaz. Está passando por alguma dificuldade e, se houver algo a dizer, ele se abrirá com você.

— Já já ele fica bom e vocês vão estar por aí passeando de mãos dadas — disse Rodrigo tentando dissolver a tristeza da filha.

Lúcia não conseguiu segurar o riso, no que foi seguida por Tatiana, que não se conteve diante da brincadeira do pai.

Em seu quarto, após o banho, Tatiana se preparou para dormir. Ao se deitar, pensou que por um bom tempo aquela fora a cama dela e de Rogério. Ao lembrar-se dele, deu-se conta de que só sua imaturidade e autoilusão podiam explicar como não notara que havia algo de errado no casamento deles. A verdade é que se acostumara à relação. Por um momento imaginou se o divórcio tivesse partido dela. Ah, que escândalo teria sido! No entanto, ele lhe dera seus filhos, e era grata por isso. Sentia que podia ser uma mãe melhor, mas, a despeito disso, amava os filhos mais que tudo na vida. Lucas estava entrando na puberdade, era praticamente um adolescente. Simone em breve seria uma adulta. Lembrou-se de quando escolheram o nome da filha e sorriu. Rogério queria um nome forte, que não pudesse passar em branco. Foi quando sugeriu Simone, em referência a Simone de Beauvoir. Tatiana agora receava que ela se tornasse uma ativista ainda mais aguerrida que sua homônima francesa. Seus pensamentos mudaram de repente de direção, e então começou a pensar no mundo em que seus filhos viveriam. Não era nenhuma radical e muito menos idiota, sabia que vivia em um mundo de constantes mudanças. Mas isso não a impedia de se inquietar sobre certas coisas, especialmente quando imaginava os filhos envolvidos com elas. Ficava atemorizada com a confusão entre liberdade e libertinagem, com o rompimento cada vez mais violento com certos princípios morais. Para ela, os gays, por exemplo, deviam ser respeitados e nunca julgados a partir de sua sexualidade; o que a inquietava, porém, não era a inclusão deles, mas a forma como ela parecia ocorrer. Diferentemente de Simone, nunca estudara ideologia de gênero, mas será que isso era necessário para que discordasse de certos aspectos do tema? Às vezes, tinha a impressão de que buscavam a mudança compulsória da cultura mediante a abolição do debate. Será que não havia uma forma mais conciliatória de se conscientizar as pessoas?

Aos poucos, ela foi sentindo seus pensamentos desacelerarem enquanto uma voz lá longe lhe chamava. Parecia querer dizer algo urgente. O certo era que, subitamente, passara a ouvir aquela voz distante, conhecida de quando estamos prestes a dormir, voz que naquele momento lhe fazia compartilhar de modo estranho da angústia de David.

Capítulo 20

Tatiana recusou a autocomiseração e recorreu às próprias forças para lidar com os problemas de Simone e David. Dessa forma, mantendo as sessões com o psicólogo, a filha voltou à faculdade, enquanto David teve mais uns dias de abatimento e, melhor, voltou ao trabalho, embora preferisse não falar sobre o que havia acontecido com ele.

Tatiana trabalhava, em casa, quando, por volta de dez horas, seu celular tocou. Era do colégio de Lucas. Teve um sobressalto, pois nunca lhe ligaram do colégio dele, muito menos em horário de aula. Lucas era um menino calado, tímido, mas muito bonzinho, não dava trabalho a ninguém. Atendeu na segunda chamada. Era da direção, queriam falar com ela. Tatiana perguntou se era grave, algum acidente, ao que lhe disseram que não, que Lucas estava bem, mas que o assunto era sério e precisavam da presença dos pais. Se ele estava bem, o resto poderia ser resolvido, pensou ela se acalmando.

Pegou sua bolsa e, falando que precisava tratar de um assunto no trabalho, saiu rapidamente e seguiu no carro rumo ao colégio.

Enquanto parava nos sinais da W3Sul, aquela via de nome futurista e própria de um lugar que parecia tudo menos uma cidade, seus pensamentos voltavam-se para Lucas. Ele nasceu gordinho, chorou alto e trouxe uma felicidade indescritível para a família. Rogério ficou tão orgulhoso que quis apresentá-lo, um bebezinho, para todo mundo. A relação entre pai e filho, no entanto, foi se desenvolvendo de um modo inusitado, pois, à medida que Lucas ia crescendo, Rogério ia se afastando do menino, e Simone acabou se consolidando como a preferida do pai. Lucas tinha 12 anos, mas Tatiana não era capaz de dizer o que ele pensava, sentia ou queria. Ela e Rogério chegaram a desconfiar se ele não tinha algum déficit cognitivo, mas, submetido a testes, descobriram que tinha inteligência normal. Lembrou-se de Rodrigo reclamando que o neto precisava socializar mais. Entretanto, quando isso era ventilado, a inibição de Lucas aumentava, e ele se fechava mais ainda. Tatiana tinha dificuldade de ver o filho como um adolescente e esse inconveniente, aliado a outro que ainda não sabia exatamente qual era, a seu ver, podia estar prejudicando Lucas. Depois de deslocar o carro para a outra asa do avião que era Brasília, já próximo do colégio, começou então a conjecturar no que tinha se metido o filho. Furto, droga, briga? Embora não conseguisse vê-lo cometendo nada disso, uma briga lhe parecia provável. Devia ser algo assim, ela não precisava ficar tão nervosa.

Tatiana entrou no colégio e, ao estacionar o carro, encaminhou-se às pressas, direto para a diretoria. Quando chegou, foi conduzida a uma antessala, onde aguardaria por alguns minutos. Segundo a secretária, o diretor logo a atenderia. Perguntou por Lucas, e lhe foi dito que ele estava conversando com a psicóloga.

Enquanto aguardava, sentada em uma das cadeiras ali dispostas, perguntava-se por que não chamara Rogério. Quando as coisas começam a se resolver com Simone, sou surpreendida com isso, pensava, sentindo as mãos frias. Por mais que quisesse, não conseguia controlar a ansiedade. Num esforço para se acalmar, olhando em torno de si, dizia a si mesma que aquela era uma das melhores escolas de Brasília e que o corpo docente e administrativo era altamente qualificado, o que era muito bom, pois significava que, fosse o que fosse, a situação seria bem encaminhada. Olhou para um lado e viu um casal falando baixinho sobre algo que ela não conseguia ouvir. Do outro, via uma mulher com uma criança. Todos seriam atendidos, mas, segundo a secretária, ela seria a próxima.

Tatiana ainda esperou por mais alguns minutos, tempo em que tentou se distrair com o celular e as revistas que estavam sobre a mesa de centro, quando, então, de repente, a porta se abriu, e um homem grande, de cerca de 50 anos e com um semblante leve, a despeito das dificuldades do seu ofício, apareceu. Logo que as pessoas com quem ele conversava saíram de sua sala, ele falou:

— Bom dia, dona Tatiana! Entre, por favor!

Tatiana entrou na sala do diretor. Era um espaço amplo, com estantes repletas de livros. A mesa era grande, e sobre ela repousavam livros de pedagogia e também alguns paradidáticos, além de adornos e porta-canetas. Não era um ambiente aberto e alegre, e as circunstâncias amplificavam essa impressão.

— Acho que só nos vimos uma ou duas vezes. Meu nome é Bruno, como a senhora já deve saber. Sou o atual diretor da escola.

Olhou para a mão dele e viu uma aliança. Era casado, certamente tinha filhos.

— A senhora aceita um café, uma água?

— Não, senhor, eu não suporto mais este suspense. Preciso saber de uma vez o que aconteceu com o meu filho, por favor.

— O seu marido não pôde vir?

— A presença dele era necessária?

— Sim, mas podemos designar outra reunião posteriormente. Lucas está neste momento em atendimento psicológico. O fato que vou lhe reportar aconteceu hoje mais cedo. Sente-se, por favor.

— Ok — disse ela, sentando-se na cadeira diante dele.

Sentando-se em sua cadeira, por detrás da mesa, ele disse:

— O seu filho foi encontrado no banheiro, em um box, com um outro aluno, mais velho, praticando sexo...

Lívida, Tatiana não conseguia concatenar as ideias, nem proferir nenhuma palavra. Evidentemente se tratava de um mal-entendido que logo seria esclarecido.

O diretor continuava falando:

— ...outro aluno estava em um box ao lado e, escutando sons estranhos, se colocou em cima do vaso e flagrou tudo. Tão logo pôde, comunicou à escola...

— Lucas não faria isso! Onde ele está? Quero meu filho!

Enquanto ela aumentava o tom de voz, o diretor disse:

— Lamento. Mas é verdade. Eu mesmo fui ao banheiro e vi seu filho e o outro aluno. Não a chamaríamos por nada.

Ela teve a impressão de que estava tendo uma vertigem. Segurou-se na quina da mesa à sua frente e gritou:

— Meu filho! Quero meu filho!

— Calma, senhora. Saiba que tomamos todas as providências. Já encaminhamos o caso para a polícia. Lucas está na sala ao lado. Vou ver se o atendimento foi concluído.

O homem se levantou, contornou a mesa e deu duas batidas na porta ao lado. Em seguida, falou com a psicóloga e ela entrou na sala trazendo o menino. Ao ver o filho, Tatiana saltou da cadeira e foi ao seu encontro, abraçando-o.

— Ah, meu filho! O que aconteceu?

Ele permaneceu mudo, deixando-se abraçar pela mãe.

— Creio que a senhora precisará comparecer à delegacia com ele. Saiba que estamos à inteira disposição. Eu mesmo irei testemunhar também. Esse fato lamentável ocorreu nesta escola sem absolutamente nenhum precedente.

Tatiana estava completamente atordoada. Eles estavam falando de seu filho, uma criança. A escola era corresponsável pelo que tinha acontecido.

— Eu e o pai dele avaliaremos que medidas tomar. Receberam um menino ileso e agora devolvem uma vítima de abuso sexual.

— Eu ainda não relatei tudo o que aconteceu, dona Tatiana.

— Mas vai falar na frente dele? — perguntou ela, indignada.

O diretor olhou para a psicóloga e depois disse:

— Em outras circunstâncias eu pediria para ele sair, mas neste caso ele quer ficar. Disse isso expressamente para a psicóloga. De qualquer modo, como mãe, a senhora deve decidir, evidentemente.

— Como assim?

Lucas confirmou o que o homem dissera e falou que iria ficar.

— Sentem-se, por favor — disse o diretor voltando ao seu lugar.

Tatiana e Lucas se sentaram diante daquele homem enorme, enquanto a psicóloga ficou de pé, acompanhando a conversa.

— Lucas foi ouvido por dois psicólogos imediatamente ao fato. A que está presente aqui conosco é a Lenice. O outro, Paulo, teve que sair mais cedo. Lenice, por favor, relate suas impressões.

Tatiana olhou para a psicóloga, uma mulher de cerca de 30 anos, alta, elegante. Após olhar suas anotações, ela disse:

— Bom dia, senhora. Quero reiterar que este é um caso sem precedentes em nossa escola. Pois bem. Lucas foi ouvido por mim e pelo Paulo e, de modo tranquilo e espontâneo, disse que foi consensual o que aconteceu entre ele e o outro aluno.

O sangue subiu à cabeça de Tatiana, que, já indignada com a presença do menino na sala, sem conseguir se deter, gritou:

— Ele é uma criança!

— Certamente, dona Tatiana. Mas ainda há outros detalhes. Lucas diz que ele e o outro jovem vêm praticando sexo já há algum tempo e que, na verdade, foi ele quem procurou o outro aluno!

— O outro aluno não tem nome? — perguntou Tatiana, furiosa.

— Sim, se chama Maurício, senhora. É do penúltimo ano do ensino médio. Ele tem boas notas, é um bom aluno.

— Não me interessa o currículo do agressor! — vociferou ela.

— Bom, ele alega que foi assediado por seu filho.

Mesmo quando seu nome era mencionado, Lucas permanecia impassível, olhando para o nada. Aquela postura apática, diante de algo tão grave, não importava se era o normal do menino ou não, fez com que Tatiana desejasse sacudir o filho, não só diante dos que estavam naquela sala, mas de todas as pessoas do mundo, e obrigá-lo a negar aquela história, a dizer que ele é que era a vítima. Tanto quanto o fato e a postura do colégio, estava inconformada com a indolência do menino.

— Maurício confirmou tudo o que Lucas disse, além de ter demonstrado arrependimento — disse Lenice.

— Quando expulsarão o outro aluno? — disse Tatiana.

— O caso está em aberto, senhora. Haverá uma investigação e...

— Meu filho foi estuprado! Será que estou mesmo sentindo que a escola está disposta a lavar as mãos para o que aconteceu?

— Não, absolutamente. Veja bem, fizemos o que nos competia, mas o caso não está encerrado.

— Me tire deste colégio, mas não façam nada com Maurício — disse Lucas.

— Só tem 12 anos, Lucas! Ainda que tenha partido de você a ideia, entenda que você não tem idade para decidir algo assim.

— Eles têm razão, eu quis o que aconteceu.

Arrependendo-se de ter permitido que o menino estivesse presente, bem como de não ter comparecido com Rogério, Tatiana não tinha a menor ideia de onde estava tirando forças para lidar com aquela situação. Pensar em seu filho, uma criança, envolvendo-se sexualmente com um garoto mais velho, era esdrúxulo demais. Sua raiva inicial começou a se transformar em vergonha. De repente, viu-se sem saber mais o que dizer ou que fazer.

— Dona Tatiana, por favor, eu gostaria de dar duas palavrinhas a sós com a senhora — disse a psicóloga.

Tatiana olhou para o diretor, que assentiu com a cabeça.

— Pode ir, senhora. Lucas aguardará a senhora aqui comigo.

— Quero ir — disse Lucas.

— Não, filho. Aguarde aqui — disse Tatiana.

Entrando na sala contígua, Tatiana sentou-se diante de uma mesa pequena, enquanto Lenice ocupou um lugar atrás da mesa.

— Esta, sem dúvida, é uma situação delicada, pois vejo que a atitude do seu filho contraria totalmente a forma como ele é criado.

— Exatamente.

— Bom, vou lhe passar meu relatório e o atendimento dele. Na verdade, apenas o recebemos aqui e deixamos que ele falasse o que quisesse. Não o forçamos, nem induzimos nada. Ele nos disse que o outro garoto desempenhava o papel ativo na relação...

— Pelo amor de Deus, no que isto pode importar?

— Veja bem. Vivemos em uma época diferente, onde os costumes mudam e a legislação vem se adequando a eles. Homossexuais sofriam muito preconceito e eram excluídos da...

— Você está louca? O meu filho não é homossexual!

— Em nenhum momento disse isso. O que estou falando é que ele teve experiências homossexuais, embora ainda seja só um garoto. E aparentemente ele buscou isso. Não quero ser inquisidora e muito menos intrometida, mas a senhora já avaliou se em sua casa as coisas estão indo bem, se ele recebe a atenção necessária?

— Da educação dele cuido eu.

— Certo. Quero dizer que o serviço psicossocial do colégio está aberto para o caso, inclusive para um atendimento familiar.

— Muito obrigada pela preocupação.

No trajeto de volta para casa, pensou no quão difícil seria relatar tudo aquilo para Rogério; pessoalmente, não conhecia ninguém mais contraditório quando o assunto envolvia homossexualidade. Porém, à parte o seu profundo amor de mãe, o que mais a perturbava naquele momento era a companhia daquele estranho sentado ao seu lado.

Capítulo 21

Quando Tatiana chegou em casa com Lucas, todos aguardavam na sala. Simone já havia chegado da faculdade, e Rogério estava presente, pois ela o acionara assim que ela deixou o colégio.

— Jandira, suspenda o almoço — disse Tatiana.

Jandira meneou a cabeça e foi para a cozinha.

— Simone, vá para o quarto com Lucas — disse Tatiana observando a jovem deixar a sala com o irmão. Ela então voltou-se para Rogério com um olhar de desalento.

— Sente-se, Tati. Jandira, traga água, por favor! — disse Lúcia.

Tatiana obedeceu, sendo seguida pelos demais. Olhou para o ex-marido, ele estava como de costume, frio, controlado. Imaginava se ele tinha ideia do que estava prestes a ouvir. Mesmo o conhecendo, não sabia como ele reagiria. Virou para o lado e encontrou comiseração no rosto da mãe. Mas era quando olhava para o pai que ficava mais perturbada. Fora ele quem primeiro e mais claramente chamara sua atenção para Lucas.

— Aconteceu algo horrível! — disse Tatiana colando as duas mãos no rosto e baixando a cabeça. Não era capaz de encarar nenhum deles. Nunca imaginou ter de lidar com algo assim. Sentia vergonha do mundo todo. — Lucas transou com outro aluno!

— O quê?! — gritou Rogério. — Meu filho não é veado!

À medida em que foi ouvindo os gritos de Rogério, Tatiana foi tendo consciência do tamanho do problema que se abatera sobre sua família. O ex-marido primava pelo autocontrole, mas ela sabia o quanto ele podia ser imprevisível diante daquele assunto, em relação ao qual vivia em conflito. Desatou a chorar e não conseguiu mais parar.

— Ele... ele é só uma criança, Rogério! — balbuciou Tatiana.

— Cala a boca! Eu sei muito bem do que ele precisa!

Rodrigo e Lúcia estavam paralisados diante do que tinham ouvido a filha dizer.

— Por ora não quero ouvir mais nada. Agora preciso ter uma conversa com ele — disse Rogério, levantando-se, bruscamente. — O problema é que vive cercado de mulheres, paparicado, achando que pode fazer o que quiser. Agora vai saber o que é bom.

Enquanto Rogério se punha de pé e começava a tirar o cinto, Tatiana partiu para cima dele, agarrando suas mãos, gritando, implorando que deixasse seu filho em paz, argumentando que não seria daquele jeito que resolveriam as coisas, que se ele quisesse poderia até mesmo espancá-la, mas que não encostasse o dedo em seu filho.

Lúcia se levantou num impulso e se pôs diante do genro, dizendo:

— Por favor, Rogério, não faça isso. Ele é só uma criança, isso agravará a situação.

— Uma criança que faz o que fez!

Rodrigo segurou o braço de Lúcia, dizendo-lhe em voz baixa:

— Ele é o pai, Lúcia. Ninguém tem mais autoridade que ele.

Quando Tatiana viu que não demoveria Rogério com palavras, agarrou-se às pernas dele, suplicando. Ele, porém, desvencilhou-se dela bruscamente e seguiu furioso, com o cinto na mão, para o quarto do filho. Estava trancado, gritou para que Lucas abrisse a porta, ameaçando arrombá-la caso o menino o desobedecesse. Jandira e Simone imploravam para que ele não batesse no menino, no que ele as afastava com a mão e continuava gritando para que o filho o obedecesse. Estava possuído e agia como que teleguiado por uma fúria inexplicável a quem tentasse detê-lo naquele momento.

Em um misto de medo e valentia, Lucas abriu a porta e Rogério entrou rapidamente, tornando a trancá-la.

Com o cinto na mão e os olhos ensandecidos, Rogério disse para o menino:

— Então é isso? Você é uma bichinha, um veadinho?

O olhar furioso de Rogério, bem como as palavras ásperas que ecoavam em gritos altos, sem dúvida, constituíram as primeiras vergastadas sofridas por Lucas.

— Responde, moleque! Estou falando contigo!

Lucas nunca o vira naquele estado. Na verdade, não se lembrava de ver o pai em quase nenhum estado. Rogério sempre estava ocupado com seu trabalho, com sua carreira ou com outra coisa qualquer, menos com ele; só parecia ter tempo para Simone. E agora estava ali, diante dele, não para dar o seu amor ou perguntar como ele estava, e sim para agredi-lo. Por que agia dessa forma? Será que era para confirmar que Lucas não tinha valor nenhum ou, quem sabe, para corroborar sua própria incompetência paterna?

— Sabe qual é o teu problema? Tens tudo fácil. Isso te colocou fora da realidade.

Lucas lembrou dos colegas, quando contavam que seus pais brincavam de videogame, passeavam ou jogavam bola com eles. Nunca tivera nada disso com seu pai.

— Sua vontade é de me matar, então vá em frente — disse o menino. — Quem sabe assim o senhor se convença de que é um bom pai.

Rogério se surpreendeu com a coragem do filho que, taciturno como era, nunca havia lhe respondido assim. Sentiu então aquelas palavras elevarem sua raiva e, tendo agora mais um motivo para açoitá-lo, ergueu o cinto e, com toda a força, começou a vergastar o menino, atingindo-o continuamente, nas pernas, no dorso, nos braços, enfim, em toda região que o cinto alcançasse. Contava em voz alta as lambadas, cada estalo ribombando nos ouvidos de quem estivesse do lado de fora. A cada cipoada, chamejava uma parte diferente do corpo de Lucas, que chorando só conseguia pedir para o pai parar.

Do lado de fora as mulheres imploravam para que abrissem a porta, mas Rogério seguiu com a surra, até o momento em que contou sete lambadas e julgou suficiente e bem dada a pisa.

— Quero ver se ainda tem coragem de dar a bunda. Tu envergonhas a mim, tua mãe e toda a tua família. Se fizeres esta brincadeira de novo, vais te arrepender.

No chão, Lucas arquejava e se mexia com dificuldade. Seu corpo estava todo machucado.

Rogério abriu a porta e deparou com os demais. Confrangida, Tatiana chorava compulsivamente e não conseguia articular palavra.

— Precisamos terminar a conversa — disse Rogério. — Vamos para o escritório.

— Vou socorrer meu filho! — gritou Tatiana, afastando-o e entrando no quarto. Sentou-se no chão e abraçou Lucas. Todos estavam chocados com o estado do menino.

— Eu cuido dele. Ele vai ficar bem. Vá falar com o pai dele — disse Jandira.

Tatiana deixou o filho aos cuidados de Jandira e Simone e seguiu, furiosa, ao lado de Rogério, para o escritório. Após puxarem cada qual uma cadeira, ele disse:

— Agora me fale tudo o que conversou com o diretor.

Ainda contrariada com o que o ex-marido fizera ao filho, ela resumiu a conversa que tivera no colégio.

— Merda! O que aconteceu a Simone é pinto perto disso.

— Tem mais. Lucas não quer prejudicar o outro menino e deseja sair da escola.

Rogério respirou fundo, levantou-se e se pôs a andar, de um lado para o outro.

— Lucas é o último a ser ouvido nesta história imunda.

— Eu sei que você não vai concordar com isso, mas a psicóloga me abordou, se dispôs a conversar conosco. Disse que deveríamos atentar para a mudança dos tempos, para o fato, bom, ela não disse claramente, só sugeriu, de Lucas ser homossexual.

— Ninguém vai dizer o que meu filho é ou não é!

Após um momento, Tatiana retomou:

— O que ele fez foi decepcionante, mas...

Ele ergueu os olhos e fitou-a fixamente, aguardando o que ela tinha a dizer.

— Você se sente de algum modo responsável pelo que está acontecendo com nossos filhos? — disse Tatiana.

— Ora, não me venha com essa...

— Já te ocorreu que nos separamos e eles sequer tiveram apoio psicológico? Já te ocorreu que, talvez, não tenhamos sido tão presentes na vida deles como eles necessitam?

— Quer me convencer que algum de nós é culpado por ele ter feito o que fez? Lucas já nasceu problemático. Talvez eu tenha observado isso primeiro que você.

— Então só conseguiu observar que ele é problemático? Nada mais? As coisas não são tão simples assim, Rogério. Ele só tem 12 anos. O que sabemos é que ele buscou experiências homossexuais. Quem sabe não foi uma forma de chamar atenção?

— E por que não foi com menina?

— Não sei! Eu não sou psicóloga, estou apenas tentando compreender.

— Você quer me culpar, não é? Diga logo, porra!

— Pare com isso. Eu estou sofrendo tanto quanto você.

Ele se calou. Ela então disse o que vinha guardando:

— De qualquer forma, não foi certo bater nele. Quero deixar isso bem claro. Não concordo com este modo de lidar com o que aconteceu. Sei que a sua criação...

— Que ótimo, agora vai bancar a psicanalista! Fiz o que era certo e pronto.

— E o que o faz pensar que agiu certo? E se por acaso ele for gay? Vamos nos desfazer dele? Você defende no trabalho bandeiras de esquerda, dentre elas a causa gay, então por que não admite na sua vida familiar o que defende publicamente? Vive em mesas de discussão contra o preconceito, e, no entanto, reage assim com seu filho? Você é assim tão engajado só para poder ser aceito em um meio? Me diga, por favor!

Rogério então lembrou da sua própria criação. Quantas vezes apanhara dos pais por menos que aquilo? Quantas vezes ouvira deles que o que Lucas fizera era errado e motivo de vergonha? Quantas vezes ele mesmo não maltratara gays? Sabia que o mundo mudara, mas como aceitar assim tão facilmente que seu filho fosse gay? O que Lucas fizera fora uma travessura e por isso recebera aquela lição — a mesma que Rogério teria recebido dos pais, caso tivesse agido assim. Não entraria no jogo de Tatiana, pois acreditava — ou precisava acreditar — que o menino não era gay. Lucas era só um garoto problemático que precisava de correção antes que fizesse um mal maior a si mesmo.

— Não vou aceitar sua provocação — disse ele. — E quanto às suas insinuações, precisa lembrar que ele ainda é um menino para que possamos afirmar qualquer coisa!

Tatiana então se lembrou das cirurgias de transição de gênero em crianças, tema muito polêmico, que o próprio marido já havia discutido com ela, e que vinha sendo objeto de debate mundo afora, e, indignada com o que julgou ser uma hipocrisia, disse:

— Não percebe que há algo errado contigo? Sequer sabe se ele é gay, mas, diante da mera possibilidade, o espanca. E Simone? Ela fuma maconha, não tenho dúvida disso, além de ter se envolvido em um ato de violência. Você se preocupou, mas não bateu nela. Uma filha maconheira sim, um filho gay, não. Não importa como você se apresenta, quando o assunto envolve gays, no fundo continua o mesmo Rogério que conheci em Belém.

— Está confundindo os assuntos.

— Vai fugir da discussão?

— Quer que eu me entregue em sacrifício para a mãe perfeita?

— Ao contrário, estou longe de ser perfeita. E sofro com isso...

Rogério preferiu conversar depois sobre a necessidade de Lucas ir a um psicólogo, o andamento do inquérito que fora instaurado, além da conveniência de Lucas mudar de colégio e das providências que tomariam contra a escola. Realmente não estava em condições de raciocinar sobre aqueles assuntos, não depois da surra que aplicara no filho.

Tatiana passou o resto do dia com Lucas, acalentando-o e tentando fazê-lo comer alguma coisa. Quando ele finalmente dormiu, eram quase 9h da noite. Então, deixou-o no quarto e foi ter com Jandira, na cozinha. Seus pais e Simone já haviam se recolhido.

— O que está acontecendo, Jandira? É como se eu estivesse perdendo as rédeas em relação aos meus filhos.

— Não fale assim. O mal está solto no mundo, Tati, mas nada é maior do que Deus. Vou incluir o nome dele em oração. Tenha fé!

Tatiana voltou a chorar, sentada à mesa. Jandira deixou seu lugar e foi preparar um chá de camomila para ela.

— Tome devagar. Vai ver como vai ficar melhor.

Tomou o chá quente, sorvendo a bebida aos poucos. Não sabia o que seria de si sem Jandira, que deixara sua terra só para acompanhá-la. Ela a amava como a uma filha. Além de tudo, era uma boa alma, uma dessas inteiramente dedicadas a Deus.

De repente, enquanto Tatiana tomava o chá, Jandira iniciou uma oração. Com os olhos fechados, as palavras saindo de sua boca com ênfase, clamava a Deus pelos meninos e para que os demais conseguissem suportar fardos tão pesados. Pedia para que Deus afastasse qualquer influência ruim que estivesse dominando aquela casa.

Tatiana fechou os olhos para acompanhar a oração. Ao fim, Jandira abraçou-a, trazendo-a para junto de seu peito.

— Não estamos aqui para gozar de boa vida, mas para passar por provações, o que inclui atravessar o vale da morte. Mas tudo isso é para nos pôr no colo de Deus. Pois Ele é maior; ainda que todos do mal se unam contra Ele, Deus os derrubará e vencerá.

— Obrigada, Jan. Sua oração, seu chá, me fortaleceram muito.

— Não se preocupe, lembre-se que eu carreguei esses meninos no colo, desde que nasceram. Dormirei com eles estes dias.

Lembrou-se de quando ela mesma ainda era uma menininha, sendo embalada na rede por Jandira, recebendo seus mimos e afagos, sentindo seu cheiro, sua respiração, seu calor, enquanto ela a colocava para dormir ou a apaziguava em outra situação. Sempre ao seu lado, Jandira a acompanhava desde que se lembrava.

Já na cama, preparados para dormir, Rodrigo e Lúcia, como de costume, entabulavam sua conversa noturna. Mas naquele dia a pauta era diferente. Seus netos passavam por problemas, e isso estava mexendo com os nervos de toda a família.

— Ele vai ficar bem — disse Lúcia.

— Com o psicólogo e o amor da mãe, sim. O problema é o pai.

— Como assim?

— Não o recrimino quanto à surra, entretanto, Lucas não conta com a presença do pai; ele não tem uma referência masculina.

— Eu não sei nem o que dizer diante de tudo isso. Essa criança transando com outro menino. Meu Deus! Que horror!

— É duro dizer isso, mas nunca senti felicidade no Lucas. Diferente de Simone, ele sempre me pareceu apático, inerte.

— Temo que tudo seja posto nas costas dela.

— Se Rogério é culpado, não sei, mas que falha como pai, falha.

— Ah, meu Deus, estamos julgando outra pessoa...

— Ora, bolas. Tive três filhos, trabalhei minha vida inteira e nem por isso deixei de estar com eles, acompanhar seu crescimento.

Diferente do que costumava acontecer, o casal não dormiu logo que cessou a conversa. O sono demorou a chegar para os dois, e a noite, naquele dia, não só para eles, mas para todos daquela casa, estendeu-se por mais tempo do que de costume.

Capítulo 22

Tatiana ficou em casa, cuidando de Lucas, pelos três dias seguintes. Ele foi ouvido na Delegacia, em sua companhia e na de Rogério, e ela deu graças a Deus por isso, pois, assim, sentia que pelo menos começavam a virar a página policial daquela história.

Enquanto Rogério evitava Lucas, Tatiana dedicava-se integralmente ao filho e, em algumas ocasiões, capturava alguns gostos e ideias do menino. À medida que sua entrada ia sendo permitida no mundo particular de Lucas, mais o conhecia e compreendia.

Paralelamente, Tatiana e Rogério providenciaram mudança de escola para o filho, sessões com psicólogo e um advogado para ficar à frente do caso.

Embora Tatiana estivesse colocando David a par de tudo o que acontecera, ele se mantivera à distância, mostrando saber seu lugar quando o assunto eram os filhos de Rogério. Falaram somente o essencial a respeito do ocorrido e, naquele dia, passado os piores momentos, combinaram de se encontrar no apartamento dele.

Quando chegou ao Sudoeste, encontrou-o à vontade, apenas de short e camiseta, com um sorriso estampado no rosto. Então ele a abraçou com paixão e beijou-a em seguida, o que a cobriu de alegria, não só por estar diante dele, mas por ver o quanto ele estava bem. Ótimo, na verdade. Corado e disposto, era bem diferente daquele com quem estivera nos dias que se seguiram às manifestações.

— Fome? — ele perguntou.

— Não, lanchei há pouco.

— Prefere o quarto ou o nosso refúgio, onde repousam os adoráveis seres repletos de páginas?

Ela riu. Ele estava de muito bom humor.

— Podemos ir para o seu esconderijo, apesar de seus amigos estarem espalhados por toda a casa.

Dirigiram-se ao escritório e, assim que entraram, puxaram o sofá-cama e se deitaram um ao lado do outro, abraçados, em silêncio. Naquele instante, ele sentiu que, mais que qualquer palavra, sua presença, seu calor, sua existência, eram para ela mais poderosos do que qualquer declaração dita de improviso. A verdade era que, apesar dos problemas que cada um enfrentava, já não podiam ficar separados, pois logo eram tomados pela falta um do outro.

— Chegou sua vez de cuidar de mim — disse Tatiana, com a cabeça no peito dele.

— Certamente. Quer falar um pouco sobre o que aconteceu?

— Ah, David, foi horrível. E ter sabido que ele procurou por isso. É terrível! Meu filho está com problemas que eu não consigo entender. Faço um esforço enorme, mas sinto que ele não abre totalmente o coração para mim. Ele fará terapia também.

— É realmente uma situação delicada. Mas como ocorreu com Simone, vai se resolver. Talvez só demande um pouco mais de envolvimento, de esforço.

— Acho que Rogério vai se afastar mais ainda do filho. E quando penso que ele promove a defesa da causa LGBTQIA+.... Assim agindo, ele acaba confessando que assume algumas posições unicamente por pertencimento e não por consciência. Mesmo o conhecendo, fico indignada com este comportamento incoerente e hipócrita.

David ficou calado, não julgaria Rogério diante dela.

— Ah, quando penso na surra que ele deu no menino! — disse ela, pondo as mãos no rosto — Queria ter podido evitar, mas não consegui. Ele é muito maior e mais forte que eu. Ele agiu mal.

Ele se compadecia do seu sofrimento. Ela estava arrasada.

— Ah, David, será que meu filho é gay?

Ele hesitou, depois falou:

— É cedo para dizer isso. Ele é um garoto carente.

— Sei que no aspecto religioso isso é abominável e inaceitável.

David tornou a se calar, e ela sentiu como se ele estivesse escolhendo as palavras.

— É um assunto sensível, até o debate em torno dele é delimitado e, às vezes, interditado. Civil e socialmente o tema recebe um tratamento diferente do religioso. Alguns dizem que a *Bíblia* não prevê a homossexualidade, mas não é verdade. Em mais de uma passagem ela reprova a homossexualidade, o que, em princípio, é coerente com o plano de Deus. Do contrário, por que teríamos sido feitos homem e mulher? A procriação dá seguimento à obra divina.

— Sei. Então, como você vê os homossexuais?

— Para mim, são pessoas como nós, e merecem todo o respeito. Não acho que devam ser colocados à margem da sociedade ou tolhidos de viver conforme sua consciência. No entanto, assim como há preconceito contra eles, e ele é odioso, há excessos por parte deles, também. Não acho certo, por exemplo, colocarem crucifixos no ânus com a desculpa de que precisam chamar atenção. Certamente há meios mais inteligentes e educados de se obter respeito, e acho que você concorda comigo neste ponto.

— Sinto como se as coisas tivessem degringolado ontem, mas acho que o processo é mais antigo.

— A resposta que lhe darei não é uma verdade absoluta, mas apenas fruto de algumas leituras. O mundo atual é global, e o globalismo, que se diferencia da globalização, é um movimento que toma conta do planeta e que, por meio de organismos internacionais, interfere em governos, valendo-se de diretrizes uniformizadas que já se tornaram consensuais. Esse movimento preconiza o gradativo fim da soberania dos Estados, a inclusão social plena, envolvendo raça, sexo, gênero, condição social etc. Dizem que esse novo mundo, também chamado de nova ordem mundial, é uma nova roupagem do socialismo. Nesse processo, o cristianismo, que é a base da nossa cultura, se esfarela, e isso acontece porque ele sempre esteve na contramão desse novo modelo, sempre foi combatido por aqueles que querem um mundo sem Deus. No entanto, é do cristianismo que provém os valores que alicerçam nossa cultura, pensamento e costumes.

— Será que só eu acho isso absurdo demais para ser verdade?

— Não, muitos realmente dizem que se trata de uma teoria da conspiração. A ordem é dizer que qualquer questionamento significa óbice ao progresso do mundo.

— Se não é teoria da conspiração, quem está por trás disso?

— Os que sonham com um governo mundial. O poder econômico concentra dinheiro nas mãos de burocratas progressistas, ou seja, bilionários de toda parte do mundo estão financiando esse projeto.

— Com qual objetivo?

— Controle. Buscam controlar tudo, a começar pela globalização, que, por ser um processo diferente do globalismo, se desenvolve desordenadamente. Ordenam, portanto, a própria globalização, o que enseja controle, porém, como as pessoas normalmente não gostam de ser controladas, para alcançarem o objetivo, precisam inculcar nas mentes que ações de alcance mundial são tomadas pelo bem de todos, e do próprio mundo.

À medida que David falava Tatiana ficava mais aturdida. O que ele lhe dizia era uma perfeita premissa de enredo distópico.

— Sei que você resiste em acreditar no que eu digo. Eu mesmo tive de estudar muito até me convencer de que o mundo caminha rapidamente para uma transformação que provavelmente varrerá nossos costumes e cultura. Estamos em meio a uma transição, e ela é bem mais angustiante para quem a percebe.

— Falou em socialismo, mas como se há ricos por trás disso?

— Com o globalismo, busca-se a reestruturação dinâmica da economia global, que, bem gerida, proporcionaria um mundo melhor. Nessa "reestruturação" verificamos modificações na engrenagem do capitalismo; na "melhoria de vida", repousa o aspecto socialista. Para evitar reações de alguns países ao processo, criam-se as regulações, controlando-se mercados e vidas. Nesse contexto, essas forças globais se sobrepõem, muitas vezes, aos Parlamentos locais. O que se vislumbra é um futuro no qual todos sejamos "cidadãos globais", obedecendo o que estabelecerem os organismos supranacionais. Essa nova ordem demanda a exclusão do patriotismo, da família e, essencialmente, do cristianismo. Tudo isso já está acontecendo, as pessoas só não se dão conta, por acharem normal.

Por outro lado, se os aspectos positivos da mudança estão à mostra, os deletérios estão muito bem escondidos.

— Então, movimentos como feminismo, antirracismo tem relação com isso?

— Não só esses, como LGBTQIA+, meio ambiente, liberação de aborto e de drogas, dentre outros. Esses movimentos relativizam nossos valores e ajudam a nos tornar mais dependentes de um estado global. É como dispensar este mundo e criar outro, mas não é um processo rápido, pois requer a destruição de nosso legado cultural, o enfraquecimento das bases da nossa civilização.

— Mas esses movimentos têm sua importância!

— Sim, e por sua importância, servem de fundamento para um movimento maior.

— Será que tudo isso tem relação com a atual pandemia?

— O certo é que, intencionalmente ou não, com a pandemia, o mundo entrou na maior experimentação humana da história.

— O que você acha dessas vacinas?

— Sou a favor da vacinação, mas hesito quanto à obrigatoriedade, pois são desconhecidos os efeitos e o impacto que terão sobre a nossa saúde, a médio e longo prazo. Muitos fabricantes deixam claro que desconhecem os riscos e não se responsabilizam por eles. Então, penso que a vacina deve ficar a critério de cada pessoa. Agora, imagine comigo. Será que esta pandemia não é nosso passaporte definitivo para um mundo bem diferente do que o que conhecemos?

— Ah, não, pare; estou me sentindo em um livro de Philip K. Dick. Meu Deus! Fomos longe! Começamos com Lucas e viemos parar quase no fim do mundo!

Ele riu, concordando. Então, ela perguntou, de repente:

— Acha que um gay hoje sofre menos do que no passado?

David a olhou nos olhos. Apesar de suas conversas mais amenas, ou especulativas, era inequívoco o quanto ela sofria. Era como se, diante da perspectiva de o filho padecer, ela tentasse encontrar saídas para que Lucas sofresse menos, para se convencer de que aquilo que lhe acontecia não representava o fim do mundo.

— Se fosse ateu seria muito mais fácil falar sobre isso com você.

— Sim, mas conheço pessoas que frequentam a igreja, que defendem os gays.

— Todos temos direito a uma opinião, mas isso não significa que todas as opiniões refletem a verdade.

— Mas e a dignidade dos gays?

— Toda pessoa humana tem dignidade.

— Falo do preconceito. A sexualidade justifica dividir as pessoas em castas?

— Acho odioso o preconceito. Porém, muitos gays não se sentem representados pelo movimento LGBTQIA+. Por outro lado, alguns heterossexuais começam a achar que estão sendo colocados em um nível abaixo do dos gays. Acredito que toda essa confusão seja fruto justamente desta transição por que passa o mundo.

— Ah, David, quando penso em Lucas, na novidade que pode ser essa possível homossexualidade, eu me volto contra o pai dele, contra mim mesma e até contra Deus.

— Como humanos temos o impulso de encontrar culpados. Não se culpe. A questão é mais abrangente.

— Se as coisas estão tão erradas, os valores tão invertidos, será possível que Deus seja tão indiferente com sua criação?

— É o contrário. Deus nos ama tanto, nos quer tão bem, que nos deu liberdade para escolhermos por nós mesmos que caminhos seguir. Se interferisse em nossas escolhas, Ele acabaria com o propósito que deu para sua criação. Nossa vida está em nossas mãos, foi assim que Deus quis. Não podemos encontrar culpados para tudo nem pedir que Deus viva nossa vida por nós.

Ela olhou para ele e lembrou do que a mãe dele lhe dissera, sobre ele ser especial. Adelaide tinha razão. David buscava melhorar enquanto ser humano e se aproximar de Deus. Ela se sentia segura e protegida com ele, pois suas palavras lhe transmitiam paz, compreensão e carinho — o que mais precisava naquele momento. Mesmo quando divergia, era respeitoso. Sua visão de mundo era próxima da dela, e, quando ele falava, sentia-se tocada no fundo da alma. Ele a ajudava a se conhecer melhor, a descobrir aspectos que sempre estiveram consigo, e, mesmo sem saber explicar, acreditava não ser um acaso tê-lo encontrado, assim como ele ter se sentido ligado a ela desde o princípio.

— Será um acaso o que está acontecendo com Lucas?

— Acredito que em nossa vida pouca coisa seja fruto do acaso.

— Então, você acredita que alguém já nasce gay?

— A ciência nos dá respostas diferentes para isso. Deus, no entanto, que só nos deseja o bem e nos ama, sabe que nenhum gay, se pudesse, escolheria ser gay em um mundo tão preconceituoso e cruel. No entanto, a despeito de sexualidade, em maior ou menor medida, somos falhos, cada um à sua maneira, com sua própria cruz para carregar.

A cruz de novo, pensou Tatiana.

— Quando fala em Deus, você refere sempre ao amor. Acha que os gays não são capazes de amar, de receber amor, não são criaturas de Deus?

— Em termos de amor, Deus nos confere a máxima plenitude e, quanto a isso, estamos muito longe de saber a respeito de tudo o que é possível.

— Então, não terá preconceito com Lucas caso ele seja gay?

— Eu? — disse ele, subitamente, surpreso. — De onde tirou isso? Não! Jamais permitirei que ele seja objeto de preconceito. Se for gay, só por isso, não será pior que ninguém. O orgulho, por exemplo, é algo que nos corrói, alimentando o mal e a perversidade, sendo, portanto, muito pior do que qualquer outra coisa. O que Lucas precisa é ser um bom cristão, o que se faz com amor e compreensão, e não com recriminação. Não nos compete julgar os outros, senão acolher a todos com amor.

A despeito de sua própria dificuldade em assimilar e aceitar o que acontecia ao filho, ela o abraçou, emocionada.

— Obrigada por estar comigo, obrigada por me amar, obrigada por me aceitar com meus problemas.

— Eu é que sou afortunado por ter você em minha vida.

Capítulo 23

Simone vinha tendo sessões semanais com psicólogo. Na faculdade, rompera com Marcos, o que o deixou em um estado de quase desespero. Para ela, ele não fora capaz de lutar por suas convicções; era só mais um covarde, dos quais ela queria distância. Continuou a encontrá-lo no campus, mas o seu único impulso era de se esquivar dele.

Ter sido submetida à Polícia e ainda ter de fazer sessões com psicólogo eram coisas que decidira não receber, de modo algum, como lição no sentido de que devesse abandonar suas convicções. Na verdade, o êxito daquela manifestação, convenceu-a da necessidade de se manter firme em sua luta pela justiça social.

Naquele dia, houve apenas um horário de aula, razão por que Simone combinara com o pai de almoçarem juntos. Rogério ficara de buscá-la ao meio-dia, e, por isso, tão logo recolheu seus pertences, ela se dirigiu até a cantina, onde ele ficou de apanhá-la.

Enquanto o aguardava, sentada em uma mesa, alguém começou a falar:

— Isso não é justo! Não se chuta ninguém assim.

Outras pessoas que passavam por eles olhavam curiosas, mas Simone agia como se Marcos não estivesse falando com ela, repetindo a conduta que vinha adotando toda vez que cruzava com ele.

— Não tive a chance de me explicar ou me defender. Mas quando a confusão explodiu naquele dia eu estava prestes a seguir você, mas a multidão não permitiu. Você precisa acreditar em mim. Sinto muito a sua falta, me preocupei com o que lhe aconteceu.

Ela se levantou e foi se afastando, lentamente, com a intenção de deixá-lo para trás, falando sozinho. Olhou o relógio, seu pai estava prestes a chegar, ele era pontual.

— Diz se preocupar com pessoas de classe baixa, detestar a desigualdade, mas comigo, que sou pobre, me trata como o que você realmente é, ou seja, uma burguesa mimada e elitista. Você é o que diz reprovar. Só isso.

Ela estacou. Cada palavra fora escolhida para lhe magoar.

— O que quer de mim? — indagou ela, virando-se para ele.

— Sua amizade de volta.

— Não quer só minha amizade. Não há nenhuma criança aqui.

— Eu amo você.

— Não repita mais isso. Prometo suspender a hostilidade, só.

Quando Marcos pensou em responder, Rogério surgiu e de longe fez sinal para a filha. O carro estava bem próximo. Despedindo-se de qualquer jeito do colega, Simone foi ao encontro do pai, entrou no carro e deixou o campus.

Resolveram ir a uma lanchonete nova, no Sudoeste. Embora simples, o lugar era conhecido por servir uma pizza gostosa. Após fazerem o pedido, Rogério comentou:

— Você está linda como sempre.

— Obrigada.

— Quem era aquele cara com quem você conversava?

— Um colega de turma, ninguém importante.

— Você não está namorando com ele, está?

— Não, Dr. Rogério — disse ela em tom brincalhão. — Não se preocupe.

— Sei que sabe da importância da camisinha, mas é bom reforçar. Certas doenças dão mais dor de cabeça que gravidez.

Ele tratava o aborto como uma prática legalizada, como se não houvesse qualquer polêmica envolvendo o assunto, e costumava conversar com ela abertamente sobre isso.

— Fique tranquilo, pai.

— E a faculdade?

— Estou gostando do curso.

— E o retorno financeiro? Sei que é chato nos ouvir falando sobre isso, mas não é possível que você não pense a respeito.

— Você consegue me ver estudando Direito, me concentrando naqueles códigos entediantes, limitada a regras e jurisprudência? Eu morreria de tédio. Há áreas muito mais gratificantes.

— Sei.

— Posso dar aula e também trabalhar em outros campos. O que preciso é ser a melhor, e confio em mim para isso.

— Eu também — disse ele, sorrindo, enquanto o garçom chegava com a cerveja e o refrigerante. O lugar não estava cheio, e Rogério achava melhor assim.

— Falei com a promotora de justiça do seu caso. Ela está inclinada a lhe propor remissão com advertência. Nestes casos, a regra é o juiz acatar o pedido e suspender o processo. Daí viramos a página.

— Que bom. Mas e quanto a Lucas?

Rogério suspirou:

— Além de ele sair do colégio, entramos com um processo. Isso se arrastará por mais um tempo. Sabe, vou falar só para você: eu até me arrependi da surra que dei nele. Mas é que fiquei muito transtornado com o que ele aprontou.

— Realmente não tinha visto você tão brabo quanto naquele dia — disse Simone de modo suave, preferindo não entrar em confronto com o pai. — Mas foi tudo muito inesperado mesmo. Ele tem conversado mais. Sinto que tem melhorado depois da terapia.

— Ele fala sobre o que fez?

— Muito pouco. Mas mamãe tem esperança de ele se abrir com o psicólogo.

— Se pelo menos ele tivesse nascido com sua inteligência e autoconfiança...

Simone deixou-o à vontade para desabafar. Embora não passasse de uma adolescente, depois que ele e Tatiana se separaram, era com ela que ele dividia seus sentimentos.

— Não consigo aceitar que ele seja gay. Eu acho que não se trata disso.

— Acho que o importante é ele melhorar, a questão da sexualidade vem depois —disse Simone, voltando a contemporizar. — De mais longe já viemos.

Ele aceitava os filhos dos outros serem gays, mas não os seus. Essa era uma situação com a qual tinha dificuldade de lidar. Fora criado sob o sistema patriarcal, onde homossexuais eram inadmissíveis. Por mais que posasse como progressista, no fundo continuava carregando as marcas deixadas por sua criação preconceituosa e machista.

— O seu irmão está perturbado, Simone.

Ela não discordou.

— Como vai sua mãe?

Simone recebeu a pergunta como se ele tivesse dito: "Tatiana está feliz no novo relacionamento?".

— Se quer saber se ela se encontra com David, a resposta é sim.

— Não, eu não perguntei isso...

— Gosta dele?

— Bem... É caladão, não se enturma muito. É considerado esquisito pelos demais procuradores. Sempre pareceu melancólico, estranho. Mas parece ser religioso e também culto e inteligente.

— Ele tem qualidades, então?

— Pode ser, mas tenho minhas dúvidas se serve para sua mãe.

— Por quê?

— Ora, Tatiana já é apática demais. Ele é assim também, mas, além disso, é carola. Pode arrastá-la para as barras do fanatismo.

— Deus só serve para atrasar o mundo, e não me sinto nada constrangida em dizer isso. Você conhece minha opinião a respeito.

— Segundo Nietzsche, jamais teremos nosso super-homem enquanto houver um Deus impedindo nossas potencialidades.

— Certamente. E o senhor, como vai com Verônica?

— Bem.

Após o almoço, detiveram-se ainda em algumas platitudes, desfrutando o quanto mais puderam da companhia um do outro. Ela amava muito aquele pai, pois, além dele, não havia, em sua família, mais ninguém em tão perfeita sintonia com ela.

Capítulo 24

À medida que o tempo transcorria, os casos de Covid-19 seguiam em queda. No TRF-1 e na Regional, à exceção dos servidores de grupo de risco, todos haviam voltado ao trabalho presencial. As sessões de julgamento seguiam semipresenciais com alguns magistrados voltando a se deslocar para a sede do Tribunal.

Foi assim, portanto, com os desembargadores voltando a participar das sessões na sede do Tribunal, que uma denúncia da lavra de Tatiana, noticiando crimes contra um prefeito, foi recebida.

O caso ocorrera em uma cidade do interior onde o gestor, fraudando contratos, superfaturara e não entregara insumos para combater a pandemia, como respiradores. Embora não fosse o único, aquele era um feito que despertara a atenção por haver sido um dos primeiros a entrar em evidência, expondo, em detalhes, a sordidez de alguns políticos, que não hesitavam em se consorciar até mesmo com a morte, para enriquecer e se manter no poder.

Aquela era a forma normal de se fazer política no Brasil, e Tatiana, por dever de ofício, conhecia o *modus operandi*, embora nunca tivesse chegado a um acordo sobre o que era pior, se a deterioração econômica ou a degradação moral das pessoas.

Para aquele processo, antes de oferecer sua denúncia, Tatiana passou algumas semanas estudando o caso. Maurício, assessorou-a, naturalmente, mas foi David quem a ajudou de modo decisivo, assegurando a excelência do trabalho apresentado ao TRF-1.

Quando o desembargador-presidente encerrou a sessão, bastante emocionada e com a sensação de dever cumprido, Tatiana desceu da bancada onde tinha assento ao lado de quem presidia a sessão, para ir ao encontro de David, que a tudo assistia, na plateia. Alguns jornalistas, no entanto, cercaram-na antes, com perguntas.

— A senhora esperava que a denúncia fosse recebida tão rapidamente pelo Tribunal?

— Qual a expectativa do Ministério Público para o caso, agora?

— A senhora acredita que, como este, haverá outros processos, contra gestores que abusaram durante a pandemia?

— O Ministério Público cumpriu sua missão ao oferecer denúncia contra um gestor não só ímprobo, como infrator da lei penal. Em um momento de calamidade como o atual, não podemos tolerar desmandos da parte de quem tem o dever de assegurar a saúde das pessoas. Se antes já nos posicionávamos de modo implacável contra corrupção e crime organizado, agora, no contexto da pandemia, por representarem essas condutas crimes muito mais reprováveis, estamos mais que vigilantes. Não podemos admitir que em nosso país, onde infelizmente a prática de corrupção é habitual, as pessoas enfrentem a pandemia de um modo ainda mais doloroso. Espero que esta denúncia, que acaba de ser recebida com muita serenidade pelos juízes desta Corte, seja representativa da reprovação que nosso Estado reserva a políticos não compromissados com a coisa pública e com a vida dos cidadãos.

Tatiana prosseguiu respondendo às perguntas até encontrar uma brecha e escapar dos repórteres. David a aguardava encostado em uma parede, próxima de onde ela estava com os jornalistas. Correu ao seu encontro e o abraçou efusivamente.

— Parabéns! — disse ele, os olhos brilhando de alegria.

— Obrigada! Obrigada!

Sem ele não teria conseguido se sair tão bem. Tinham estudado juntos documentos, depoimentos, perícias. Era uma vitória dos dois, o que tornava a conquista ainda mais especial.

— Agora, fiquemos atentos à instrução — disse ele.

Ela sabia bem do que ele falava, pois era na instrução que acusados poderosos, como aquele cuja denúncia acabara de ser aceita, se safavam. Aproveitavam-se de infinitos expedientes e recursos para procrastinarem o feito, até alcançarem a mais conveniente das saídas, a prescrição. Alguns processos tramitavam por décadas. O processo penal, a depender da forma como manejado, era um excelente instrumento a serviço da impunidade.

Ao deixarem a Corte, saíram para comer. Eram quase 8h da noite quando chegaram ao Vitorino's, um elegante restaurante, na Asa Sul. Muitos juízes e procuradores eram vistos ali jantando ou simplesmente tomando um drink no bar.

Ao adentrarem o recinto, foram conduzidos a uma mesa, pelo maître, que os deixou à vontade para fazerem os pedidos. A casa estava cheia, foi o que ela notou, ao passar pelas mesas, a maioria ocupada por homens e mulheres alinhados. Tatiana gostava daquele restaurante, pois além da música ser agradável, o cardápio era diversificado.

Como aquela fora uma semana de muito trabalho, com intervalo curto entre o último caso rumoroso e aquele, jantar em um lugar de seu gosto vinha muito a calhar.

— Hoje é o seu dia — disse David cheio de ternura.

— Hoje é o nosso dia — corrigiu ela. — Sabe que me sinto cheia de confiança? É como se essa vitória indicasse um bom auguro. Apesar do que nossas conversas mais profundas possam sinalizar, sobre o caminho que o mundo está trilhando, sinto-me propensa a acreditar que haja motivos para prosseguirmos lutando pelo bem.

— É assim que deve ser. Estou feliz em te ver assim.

Ela sorriu.

— Você é linda, mas hoje está deslumbrante.

Ele dissera aquilo com veemência e brilho nos olhos.

— Estou lisonjeada.

— Os elogios a você não se restringem à seara profissional, e você sabe disso. Sinto orgulho de tê-la ao meu lado e hoje você me orgulhou mais ainda, pois mostrou que não age apenas por dever de ofício, mas imbuída por um senso de justiça verdadeiro.

A noite transcorreu de forma muito agradável. Comemorando o sucesso dela, mas também a harmonia que existia entre eles, conversaram sobre coisas leves e divertidas. Durante o jantar também encontraram com um juiz e um procurador conhecidos, com quem falaram brevemente, todos parabenizando Tatiana.

Deixaram o restaurante por volta das 11h da noite e foram para a casa de David. Precisavam dar seguimento à comemoração, cada qual buscando sua própria maneira de demonstrar ao outro o tanto que o amava. David a abraçou, vigorosamente, enquanto a cobria de beijos. Surpresa com seu ímpeto, mas grata pela paixão que vinha do companheiro, deixou-se levar por ele. De repente, porém, ela notou algo estranho, pouco sutil. David estava diferente, parecia mais impaciente, mais ousado, ela não compreendia direito o que acontecia. Aquele brilho intenso nos olhos dele, notado por ela desde o restaurante, continuava a invadi-la, de modo quase licencioso. E agora ali, na cama, lugar em que trocavam carícias e se amavam, aquilo não só persistia como recrudescia. Enquanto divagava, a um só tempo, era tomada por ele, que, mesmo com toda aquela tenacidade, procurava ser gentil. Deixou-se ser beijada, possuída e amada de um jeito que nunca imaginou ser possível. Se já vinha se sentindo mais amada por David do que por Rogério, era como se ali David a amasse mais e melhor do que jamais ousara fazer.

Nos braços dele, foi tomada pela sensação reconfortante de que ele lhe guiava os passos, ajudava-lhe a ver as coisas por ângulos até então desconhecidos. Sentia como se suas almas se interpenetrassem, confundindo-se uma com a outra.

Agradecidos por aquela noite inesquecível, dormiram abraçados até que despontasse o dia, para lembrá-los de que, a despeito do sentido que encontravam um no outro, continuavam ativos naquela luta inglória e cada vez mais incompreensível e desumana como só a vida naqueles tempos podia ser.

Capítulo 25

No dia seguinte, após o banho, David encontrou Tatiana na cozinha preparando o café da manhã. Beijou-a e disse:

— Bom dia! Parece que tenho uma colaboradora.

— Contei com a ajuda de alguém melhor que eu — disse Tatiana sorrindo.

Ele franziu a testa demonstrando incompreensão, e então ouviu Adelaide, de algum lugar da despensa, dizendo:

— Bom dia. Já parabenizei Tatiana pelo trabalho de ontem.

— Eu a convidei, David — disse Tatiana.

David beijou Adelaide assim que esta surgiu, com alguns itens de cozinha na mão, e em seguida sentou-se à mesa para tomar café.

— Novidade? — disse Tatiana a David, que mexia no celular.

— Estão dizendo que a vacinação no Brasil "despiorou", pois já estamos em terceiro lugar no ranking mundial.

Adelaide riu e comentou:

— Do jeito que vai este país, só resta a molecagem mesmo.

— Às vezes, tenho a impressão de que a torcida contrária ao governo é maior que o engajamento — disse Tatiana enquanto partia o mamão, para servi-lo a David.

— Não temos alternativa, não há político digno de confiança. O cinismo que envolve esse meio é terrível. Vivemos num país de mentira. Lá em casa, eu e Afonso já não aguentamos mais, e vocês também devem sentir náusea com tudo isso.

— Papai é mais sensível e envolvido com política. Já mamãe conversa, mas não se consome tanto — disse Tatiana.

— Mamãe é uma cientista política — brincou David.

— É mesmo?

— Ele está brincando. Minhas convicções, na verdade, são formadas muito a partir do que ele mesmo conversa comigo.

— Se é assim, deve ter uma opinião sobre Deus.

Adelaide não esperava por aquele comentário, mas disse:

— Ele vem sendo renegado a todo instante, mas se enganam os que esperam pelo seu fim! Deus nunca deixará de existir, senão para os que o renegam e assim demonstram só precisarem de si mesmos. Mas afinal o que podemos conseguir esnobando a Deus senão subir num pedestal de vaidade e arrogância? Como disse Santo Agostinho, Deus se humilhou, e o homem permanece soberbo.

Era como se Tatiana tivesse ouvido David, com a diferença de que o filho era mais gentil que a mãe.

— Não disse que ela é promissora? — brincou ele.

— Tenho minhas convicções, mas no fundo não passo de uma velha pecadora.

Tatiana sorriu e, em seguida, disse a David:

— Estou lendo um dos livros que você me emprestou.

Um sorriso iluminou o rosto do procurador.

— Qual dos dois?

— *O Imbecil Coletivo*.

— Por que deu para ela ler um autor tão polêmico?

— Esse livro não fala propriamente de política, mamãe.

— Pelo que estou lendo, é uma crítica cultural — disse Tatiana.

— As críticas a esse Olavo ressoam mais que os elogios — disse Adelaide. — Mas se ele tiver algo de útil a ensinar, que assim seja, pois, se formos depender dos jovens esquerdistas de hoje...

David olhou para Tatiana, apreensivo.

— Penso que o problema não é tanto a juventude ser de esquerda ou de direita quanto ser extremista, dona Adelaide. Simone é esquerdista.

— Sinto muito pelo que aconteceu a ela, minha filha. Torço para que resolva a situação o quanto antes — disse Adelaide olhando o relógio. — Agora preciso ir. Tenho de estar em meu consultório em meia hora.

Adelaide deu um beijo em cada um, despediu-se e saiu.

— Por que você a chamou?

— Porque o amo e quero conviver com quem te ama.

David esboçou um meio-sorriso, que Tatiana não conseguiu decifrar, mas que lhe soou como receio de que ela estivesse se aproximando demais de Adelaide e, assim, de algumas intimidades com as quais ele ainda não desejava que ela tivesse contato.

Quando Tatiana chegou em casa, no dia seguinte, foi recebida com festa. Estavam todos ao redor da mesa. Jandira apareceu de repente com um bolo imenso de cupuaçu, predileto da procuradora. A mesa estava posta com sucos de frutas típicas do Pará, bolos e outros quitutes. Quando Tatiana se aproximou, começaram a lhe abraçar e beijar.

Quando se sentaram à mesa, Lucas falou:

— A senhora estava muito bonita na televisão.

Olhou com ternura para o filho. Não sabia se era devido à terapia ou à atenção especial que vinha recebendo, mas o certo era que ele estava melhor.

— Obrigada, meu filho!

— Pelas imagens, era a mais bonita — disse Simone.

— Calma, gente. É só meu trabalho.

— Nem tanto, Tatiana — disse Rodrigo. — Muitos dos seus colegas estão mais preocupados com carreira e cartilha globalista.

Simone não conseguiu conter uma careta.

— Você faz parte dos que sabem qual é o verdadeiro papel do Ministério Público. Temos motivos para ter orgulho de você, sim.

— Seus irmãos já ligaram de Belém — disse Lúcia. — Querem muito lhe dar os parabéns. Você saiu em muitos noticiários.

Sorrindo para a mãe, pegou em sua mão. Era gratificante deixá-los felizes com o resultado do seu trabalho. Ela era acostumada com o barulho de jornalistas em casos rumorosos, mas, realmente, este fora, até então, o caso mais importante de sua carreira. O investigado, transformado em réu a partir da sua denúncia, estava entre os que se achavam inatingíveis, convictos de que o Judiciário era sua eterna tábua de salvação.

Sabia que processar alguém poderoso não significava o fim da impunidade, mas tinha consciência de que sua coragem em encaminhar aquela acusação ia de encontro às bandeiras pelo fim da corrupção e da impunidade, chagas terríveis ao país. Aquela era a sua cota, e, por menor que fosse, este era um mérito que ninguém poderia lhe tirar.

— Vocês realmente são surpreendentes. Esta torta Maria Izabel parece estar divina. E o que mais poderia esperar vindo de Jandira?

— E como vai David? — perguntou Rodrigo.

— Vai bem, papai. Bom o senhor lembrar, pois a ajuda dele foi fundamental, assim como de Maurício e do estagiário.

— Isso é que é trabalho em equipe — disse Rodrigo.

Jandira surgiu à mesa com tapioquinhas e disse:

— Sei que anda de dieta, mas queria que provasse um pouco.

Tatiana provou uma tapioquinha para deixar a mãe postiça feliz. Enquanto comiam, o pai, orgulhoso, mostrou a Tatiana a manchete do jornal que estava lendo: "Procuradora consegue instaurar processo penal contra ex-vice-presidente da Câmara".

— Vou guardar isso aqui — disse ele, brandindo o jornal. —, para não esquecer jamais que minha filha só se curva à lei e à sua consciência.

— Oh, papai, é só o meu trabalho!

— Não, senhora. Outros nem denunciariam. — disse ele, orgulhoso. Depois, mudando de assunto: — E o Olavo, leu?

Ela primeiro sorriu diante do elogio, depois respondeu à pergunta:

— Falei sobre isso com David. Concluí *O Imbecil Coletivo*.

— E então?

— Ele tem ideias intrigantes. Achei corajosa sua crítica à hipocrisia da mídia e dos intelectuais. Mas adianto que não concordo com tudo o que ele pensa, não, viu?

— Não tenho muita paciência de ler, prefiro assistir aos vídeos.

— Ele previu muitas coisas, talvez por isso seja tão execrado.

— A mídia aproveita o fato de ele não ter nível superior para descer o pau, mas não se debruça sobre nada do que ele escreve.

— Não sei se conseguiria ler esse autor — disse Lúcia.

— Afirma que os jovens de hoje não são educados para pensar por si mesmos, senão a aceitar o que lhes é imposto — disse Tatiana.

Simone e Lucas estavam na sala acompanhando a conversa.

— Quer se pronunciar, Simone? — perguntou Tatiana.

Lamentando o excesso de democracia da filha, Rodrigo olhou seriamente para a neta, como se dissesse: "olha lá o que vai falar".

— Embora em minoria, preciso dar minha opinião — disse Simone. — Pessoas como vocês, mais alinhadas à direita, esquecem que novas ideias, novas concepções, sempre fizeram parte do mundo, sempre acompanharam o progresso da civilização. Resistir cegamente a elas não passa de obscurantismo. Olavo é um prepotente que subestima a inteligência dos jovens. Por acaso eu pareço não pensar por mim mesma? Então, quem não pensa como Olavo, só por isso, não pensa por si mesmo? Conservadores são obscurantistas por definição. Vejamos as vacinas. O mundo todo está vacinando, mas sempre há os negacionistas que defendem que as pessoas não se vacinem. Falam tanto em preservar nosso legado cultural, mas será que é negando a ciência que isso vai acontecer? Como alguém como Olavo, um fanfarrão sem formação superior, cujo passado de astrólogo não nega sua verdadeira natureza, pode dizer que os jovens são imbecis, teleguiados? Será que vocês não veem que isso é um desrespeito com a nova geração? É assim que ele ou qualquer um da laia dele quer convencer os jovens de alguma coisa? Que método perfeito esse, hem? Não gosta de ser reduzido a astrólogo, mas gosta de chamar os jovens de idiotas. Sei que para vocês eu não passo de uma pirralha, de uma rebelde, mas, embora não tenha vivência, tenho leitura e inteligência, e elas me mostram que Olavo é um dos maiores charlatões que este país já viu. E não venham me perguntar qual livro dele eu já li. Ora, bolas, não preciso ler nada dele, basta saber o que ele pensa. Será que é preciso ler o que Mussolini ou Hitler escreveram para saber que eram fascistas totalitários? Olavo quer nos convencer que utilizam feto para fazer Pepsi! Como vocês podem levar a sério alguém desse nível, alguém que só se preocupa com o tamanho das polêmicas que cria? E se querem saber, eu nunca li um livro dele de cabo a rabo, mas já li passagens e detestei as ideias dele, o raciocínio, tudo nele não passa de embuste. O futuro está com a minha geração. Certas ilusões, dogmas, têm de cair. Há séculos estamos abandonando as trevas, mas não conseguimos nos livrar totalmente delas porque seres trevosos como Olavo não permitem. Olavo fala em globalismo, será que há maior exemplo de teoria da conspiração do que essa? Ora, existem organismos internacionais, sim, mas para assegurar paz e difundir valores que agreguem o mundo. Não há nada premeditado ou previamente organizado. Esta Nova Ordem vem para melhorar o planeta, pois, combatendo preconceitos e mentiras, põe o ser humano acima de tudo. Ora, sendo a vida única e finita temos mesmo que procurar um meio, uma forma, que nos assegure a felicidade aqui e agora. Há gente em pleno século XXI que acredita em Deus! Alguém já se perguntou por que Deus se esqueceu de nós há mais de 2 mil anos? Não acredito em Deus simplesmente porque não o vejo, e o que não vejo não existe. Temos que nos ocupar com o que nos traz progresso e não com o que nos faz estagnar ou retroceder.

Lúcia não conseguia entender como a neta, aquela mocinha, podia fazer um discurso como aquele e, principalmente, ser tão friamente convicta em sua descrença.

— Você falou em civilização — disse Rodrigo —, mas o que entende por civilização? Será que sabe que só estamos aqui, nestas condições, em razão dos esforços dos nossos antepassados? Não há o que se falar em estagnação, pois o próprio legado que temos é fruto de evolução. O que conservadores defendem é a preservação do que deu certo e nos trouxe até aqui. No entanto, a relativização moral com a qual convivemos é preocupante. A vida, por exemplo, é essencial e deve ser protegida e preservada de todas as formas, mas eis que surge o relativista de plantão e diz que uma mulher com seis meses de grávida pode abortar, por ser dona do seu corpo, ou por este ser um assunto de saúde pública. Será que ninguém vê a loucura por trás disso? E veja bem o nível de contradição: os mesmos que defendem o aborto são os que lutam pelo direito de se preservar os ovos da tartaruga! A vida humana passou a valer menos que um ovo de tartaruga! Isso não te soa pelo menos um pouco aberrante? E olha que nem falei em Deus, ou seja, naquele que nos ensina a *amar uns aos outros*, e consequentemente a *não matar*. Esse preceito foi substituído pelo ecologismo, que reprova a falta de cuidado com os animais, mas tolera o assassinato de bebês. Isso me choca, mas passa indiferente à nova geração, simplesmente porque a nova geração não está fincada em valores. Os jovens confundem liberdade com libertinagem, e a liberdade verdadeira, bom, esta eles entregam ao Estado. Você fala em dogmas, artifícios, ilusões, mas não percebe que neste bolo está nossa cultura, nossa riqueza, nosso pensamento, nossa evolução. Vejamos um ponto fundamental, dentro de sua abordagem sobre ciência. Você defende a ciência e critica o que chama de obscurantismo, mas não fala nada, por exemplo, da ideologia de gênero. Será que pode haver maior exemplo de hipocrisia por parte de quem critica o anticientificismo? Pode-se, então, sem ciência, dizer que homem é mulher e vice-versa, mas não se pode ter fé em Deus, é isso? Como podemos aceitar que crianças sejam bombardeadas com cartilhas que digam que elas não são menino nem menina? Será que a escola é o lugar adequado para inocular isso em suas cabeças, em tão tenra idade? Será que o melhor não é que sua sexualidade se desenvolva naturalmente, na fase própria, em meio à sua família, com os modelos paterno e materno? Por que acabar com a pureza das crianças? Jesus não pediu para irem a Ele as criancinhas e não disse que quem não fosse como elas não entraria no reino de Deus? Então querem acabar com a pureza desses seres pequeninos para que com isso ninguém mais seja como elas e as portas do céu se fechem definitivamente? Este mundo que você defende, Simone, é hedonista, pois não vê nada além desta vida e por isso quer aproveitá-la de qualquer jeito e a qualquer custo. Só que o hedonismo não nos trouxe até aqui e não nos levará a lugar nenhum; ao contrário, guiados por ele seremos lançados na perdição.

Enquanto ouvia o avô, Simone observava Lucas, que estava ao seu lado, atento, ouvindo tudo. Rodrigo falara de ideologia de gênero na frente do menino, que já estava mergulhado demais em conflitos, o que a deixou indignada com a falta de tato.

Para Simone, o avô não passava de um reacionário intolerante. Quanto à teoria de gênero, aplicava-se exatamente a casos como o do irmão, em que se era inclinado a gostar do mesmo sexo e por isso acabava oprimido no seio da própria família. Era uma teoria tão perfeita quanto absolutamente necessária. Ela já havia lido pelo menos dois livros de Butler e sentia-se encantada com aquelas ideias. O ser humano precisava ser compreendido e respeitado pelos outros e ela sabia que isso jamais seria alcançado na ignorância e obscuridade em que viviam a maioria das pessoas. Muitas barreiras teriam de ser rompidas para que coisas simples fossem assimiladas, como entender que as pessoas podiam ser o que desejassem, em consonância com sua orientação sexual e autonomia de vontade. O contrário disso era opressão, nada mais. Defendia a ciência, mas sabia que, sob certa perspectiva, até mesmo ela podia ser cruel. Afinal, o que era a biologia quando examinada sob números, equações e estatísticas? Essa disciplina não admitia que alguém nascido como XX pudesse se tornar XY e vice-versa. No entanto, o que podia interessar para a dignidade humana, senão a saúde mental, a autodeterminação e a felicidade das pessoas? Para Simone, nem mesmo Deus podia estar acima da felicidade humana, e não seria a biologia a lançar as pessoas na tristeza, fomentando ódio e preconceito. Estava convencida de que nada podia ser mais essencial do que teorias como aquela, pois, se Deus e religião não passavam de invencionices que até ali só serviram à infelicidade, por que não admitir uma teoria que restituísse a dignidade de seres humanos que, ao longo da história, foram tão espezinhados e humilhados?

— Embora não concorde com o senhor, respeito suas opiniões — disse Simone, pegando Lucas pelo braço e deixando a sala.

Aquele era um bate-boca que se repetia na maioria das famílias, fruto não só do dissenso de gerações, mas de uma guerra instaurada definitivamente a partir de pontos de vista profundamente dissonantes, e Tatiana tinha consciência de que, se boa parte dos jovens tendia à esquerda por sua própria impetuosidade, com a filha era um pouco diferente, pois, ao contrário de uma parcela apática e alienada, Simone, estudiosa e focada, tinha posições firmes e consistentes. E ver a filha debater com tanta propriedade certas questões fazia Tatiana sentir-se não propriamente orgulhosa, pois ainda mantinha reserva sobre alguns dos seus posicionamentos, mas obrigada a refletir melhor sobre algumas perspectivas. Em meio ao embate que acabara de presenciar, diante de pontos tão nevrálgicos, sentiu que o impasse girava em torno do que se deveria aproveitar e descartar em relação a valores e princípios. Enquanto uns queriam manter tudo como estava, outros desejavam criar um mundo novo. E então ela concluiu que a estagnação representaria um atraso, e um mundo totalmente novo não necessariamente seria melhor.

Capítulo 26

Simone foi para o quarto com Lucas, indignada com a indelicadeza do avô. Ela vinha intensificando cada vez mais o contato com o irmão, iniciando-se uma cumplicidade entre os dois. Odiava a situação pela qual o irmão estava passando, a reação hipócrita do pai, o olhar reprovador do avô, a comiseração da avó, a angústia da mãe, o apelo religioso de Jandira. Todos agiam como se o menino fosse um pecador, alguém depravado, cujo diabo deveria ser exorcizado do corpo. Conseguira desenvolver com o irmão uma conexão que lhe permitia compreender melhor o que ele estava enfrentando. Via-o como um menino que estava se descobrindo, mas também atormentado pela ausência do pai. Sentia que nem mesmo a mãe conseguia dedicar-lhe a atenção necessária, e, desde a separação dos pais, Lucas vinha se sentindo mais perdido e recolhido em si mesmo. No entanto, ele estava dividindo com ela o que falava com o psicólogo, e, pelo que conversavam, ela estava convicta de que o irmão era homossexual e se penalizava com o quanto ele sofria com a incompreensão e recusa da família. Era nesse contexto que Simone odiava a falta de tato do avô, muitas vezes um ogro insensível. Falar em ideologia de gênero na frente de Lucas, justo naqueles tempos! Quando pensava na mãe, pessoa que Lucas certamente mais amava na vida, Simone se perguntava de que modo ela poderia ajudar, já que além de ter uma criação opressora e preconceituosa, fora abandonada pelo marido e, naquele momento, a seu ver acertadamente, tentava refazer sua própria vida. Até chegara a comentar com Tatiana a respeito de suas conversas com Lucas e notara que a mãe ficara feliz, pois, assim, dizia ela, abriam-se mais caminhos até o coração do filho. No entanto, Simone contava para a mãe apenas o que não prejudicasse o irmão.

— Não liga para o vovô. Às vezes, ele realmente é muito chato.

— Tudo bem.

— O mundo está mudando e isso independe da vontade deles. Só que como vivemos em uma família careta, não podemos bater de frente. Mas você sairá por cima no final. Vai ver só.

Como de costume, Lucas não disse nada. O fato de ele parecer viver em um mundo próprio, como se os demais não existissem, irritava Simone. Ela mesma gostava de se isolar, para ler, ouvir música, mas, diante de outras pessoas, a interação era natural, o que não se aplicava ao irmão. Crescera ouvindo as pessoas dizerem que era assim mesmo, que ele era estranho. Mas aquilo estava mudando, pois sentia que estava conseguindo conversar melhor com ele, embora consciente de que ainda estava distante de derrubar completamente os muros que ele erguera em torno de si.

Quando lembrava do quanto o irmão chorara após a surra dada pelo pai, buscava na memória algum momento em que tenha visto alguma lágrima no rosto dele, mas não encontrava nenhum. Ele não era de chorar, entretanto, por estar sendo confrontado com quem realmente era, talvez por isso não tenha conseguido mais esconder o sentimento que tão cuidadosamente vinha guardando.

— Estamos conversando bastante desde o que aconteceu no colégio, e desde lá quero perguntar uma coisa. Mas agora acho que isso é possível: desde quando sente que gosta de meninos?

Lucas, que estava quieto em sua cama, surpreendeu-se com a pergunta, tanto que ergueu rapidamente os olhos para ela, que, em sua própria cama, parecia haver cruzado uma fronteira proibida.

— Por que quer saber isso?

— Porque sou sua amiga e para ajudar preciso te entender.

— Não se contenta com o que a gente vem conversando?

— Você não é obrigado a responder.

— Por acaso quer saber das coisas para falar para eles?

Simone sentiu-se ofendida.

— Jamais faria isso. Você me conhece.

Ele hesitou.

— Nunca teve interesse em se aproximar de mim. Agora vive grudada em mim.

— Isso lhe aborrece?

— Não.

— Então? ...

— Então não sei o que quer perguntando isso.

— O que aconteceu com você não é fácil, mas você precisa ser forte. Por isso quero ajudar você, na verdade, preciso ajudar você. De toda a família, certamente sou a única totalmente ao seu lado.

Ficou em silêncio, pensando no que ela dissera. Realmente, Simone era a única mente verdadeiramente aberta naquela casa. Mas aquilo tudo o deixava confuso, pois, afinal, talvez não quisesse ser tão protegido por ela quanto compreendido pelos pais.

— Obrigado.

— De nada, senhor lacônico — disse ela rindo.

— O que significa essa palavra?

— Quer dizer alguém calado, que fala pouco.

— Todos dizem isso de mim.

— Porque é verdade, você não se abre. Imagino que seu terapeuta deva ter um trabalhão para tirar alguma coisa aí de dentro.

— Você mesma tem seus problemas. O seu terapeuta também deve ter muito trabalho.

— Está certo, mas não sou lacônica. Quem se cala e guarda o sofrimento acaba sufocado. Além de qualquer outra coisa, como revolucionária que sou, jamais poderia abrir mão do poder de falar.

— Somos diferentes, eu e você. E essas coisas de política são muito chatas. Todo mundo vive falando disso o tempo todo. Isso só gera briga, no final. Não vê você e vovô, toda hora discutindo?

— Não podemos fugir da política, do contrário vamos autorizar outros a decidirem por nós.

— Você acredita que a pandemia foi um plano executado de caso pensado?

— Ah, não, Lucas. Até você? Isso é teoria da conspiração!

— É, eu sei, mas muita gente fala isso.

— *Fake news*. O que o mundo enfrenta é uma disputa entre o progresso e a estagnação. Só isso.

— Hum. E você com certeza está do lado do progresso?

— Obviamente que sim.

Os dois riram. Em seguida, ele disse:

— Quando vejo vovô e papai, sinto como se cada um fosse de um planeta diferente.

— Eles vivem em mundos diferentes mesmo. Papai, embora com seus deslizes, está no mundo certo. Vovô pertence ao passado.

— E mamãe?

— Estava em cima do muro, mas agora com David acho que vai ficar do lado errado. Queria que ela e papai continuassem juntos?

— Sim — respondeu ele imediatamente. — Mesmo papai não gostando de mim, era melhor quando todos estávamos juntos.

— Papai gosta de você, mas do jeito dele.

Ele meneou a cabeça em negação, depois disse subitamente:

— Eu quis morrer quando papai me bateu daquele jeito.

— Não repita isso, Lucas.

— Eu sei, mas quis morrer, mesmo assim. Ele me bateu demais.

— Como é de outra época, tem ideias que não correspondem ao mundo de hoje, mas nesse ponto eu discordo dele, entendeu?

— Entendi. Acha que eles podem voltar a viver juntos?

— Acho que não, Lucas. Não se amam mais.

Em silêncio, ele demonstrou desapontamento.

— E quanto à pergunta que lhe fiz?

— Não sei responder, Simone.

Ele era delicado. Não chegava a ser afeminado, mas era tímido, um tanto quanto apático. Ela o via como um garoto que, na hora da disputa com os outros meninos, preferia fugir a encarar o desforço.

— Mas você sabe dizer se gosta de meninas?

— Acho que gosto mais de meninos.

— Como assim?

— Não sei como explicar, estou dizendo o que sinto.

— Partiu da sua cabeça fazer aquilo no banheiro do colégio?

Ele ficou em silêncio, baixou os olhos, como que em vergonha, depois, como se já se sentisse suficientemente à vontade com ela, meneou a cabeça afirmativamente.

— Mas você procurava outros meninos?

— Não.

— Ah... Então, foi ele que lhe obrigou...

— Não! Por que vocês querem me obrigar a falar uma mentira? Eu não estou protegendo ninguém. Ele olhava para mim. Uma vez estava no banheiro e eu entrei no box que ele estava e pronto...

— Você gostava dele?

— Não sei.

— Aconteceu muitas vezes?

— Não muitas.

— Você não teve medo?

— Um pouco, depois passou.

— Usaram camisinha?

— Não.

— Pois ninguém deve manter relações sexuais sem camisinha.

— Não se preocupe, não vou engravidar — disse Lucas com sarcasmo.

— Ei, calma, estou só te ensinando. Você é só um menino.

De repente, como se tivesse tomando coragem, erguendo o rosto, uma mistura de fúria com irresignação, disse à irmã:

— Por que eu sou gay, Simone? Será que sou amaldiçoado, será que mereço morrer? Por que Deus me fez assim, por que Deus permitiu que eu fosse uma vergonha para nossa família?

— Calma aí. Em primeiro lugar, jamais tenha vergonha de ser quem você é. Nunca condicione sua felicidade ao talante de ninguém. Você não precisa da autorização dos outros para ser quem você é. Quem nos ama deve saber nos aceitar como somos. Nosso valor está dentro de nós e não no respeito a convenções ou a outro fator externo. Quem vira a cara para a inclusão social, para a diversidade, e ignora a evolução do mundo é digno de pena, Lucas. Esse sim está nas trevas, pois não consegue enxergar o outro enquanto ser humano, com direito à própria personalidade. É chegado o momento do fim do preconceito, do machismo, da misoginia, da opressão. Vivemos tempos de liberdade, tempos em que não se admite mais julgamentos baratos a partir de critérios como cor, credo ou orientação sexual. Eu amo você e — já disse — estarei a seu lado até o fim nem que para isso tenha de brigar com nossa família. Jamais permitirei que alguém te impeça de ser feliz.

— Mas e se eu for castigado?

— Por quem?

— Por papai, mamãe, por Deus.

— Admiro papai, mas não passa de um hipócrita neste assunto. Defende a causa LGBTQIA+, mas para ele essa bandeira só vale para quem não pertence à sua família; é o saldo do machismo que ele traz com ele, fruto da criação que teve. Quanto a Deus, não acredito. De outro lado, se gosta de meninos, deve assumir isso. Papai e mamãe não querem aceitar, mas não terão outra saída. O máximo que pode acontecer é você ter de aguardar até fazer 18 anos.

— Por que você não acredita em Deus?

— Porque não o vejo, não o pego e não diálogo com ele.

— Será que é tão simples assim?

— Sim — respondeu Simone naturalmente. — E quem passa uma vida dedicada ao que não existe desperdiça sua existência a troco de nada. Nossa vida já é complexa demais para ilusões.

— Jandira diz que...

— Amo Jandira, mas, convenhamos, não passa de uma fanática. Casou inesperadamente e vive ajoelhada e cantando hinos.

— Mas ela é feliz assim.

— Ela crê no que não existe. Não vê que a religião oprime?

— Mas eu acredito em Deus.

Que pena, pensou Simone.

— Então, terá de passar uma vida em conflito, pois Deus não aceita gays. Homossexuais são uma aberração segundo as Escrituras.

— Mas sinto que Deus é bom.

— Pois vá com um padre ou um pastor para ver o que lhes dirão.

— Você acredita que a posição deles é a posição de Deus?

— Não, pois antes disso eu não creio em Deus.

Ficou desconcertado. Ela parecia segura no que dizia, mas não o convencia. Talvez ele tivesse uma religiosidade maior que a dela.

— Você fica triste comigo por eu acreditar em Deus?

— Acho que está desperdiçando sua vida, mas não fico triste não. A vida é feita de escolhas, e escolhemos quais caminhos seguir.

— O que garante que não há coisas inexplicáveis aos nossos sentidos e que só encontram explicação em Deus?

— Besteira. Já fui agnóstica, hoje sou ateia. Tenho convicção de que ele não existe. Se existisse seria bom e não mal a ponto de nos abandonar por tanto tempo.

— Mas, se fosse assim, não acabaria o sentido da fé?

— Lembre-se, no seu caso, Deus e a igreja representarão um tormento muito maior do que qualquer outra coisa, pois te obrigarão a viver uma vida inteira sob conflito.

— Esses livros de ideologia de gênero falam sobre gays?

— Sim, mas a abordagem é complexa e densa demais para você.

— Vovó e Jandira dizem que isso é coisa do diabo...

Simone não conseguiu se deter e soltou uma gargalhada.

— Elas vivem nos tempos medievais. Vê se mamãe me proíbe de ler Judith Butler... Nunca, pois sabe que isso faz parte do meu curso. O problema é que antes somente a dignidade das classes dominantes era respeitada, as minorias eram oprimidas. Só que um gay deve ser respeitado enquanto tal; um homem que se sente mulher pode optar por ser mulher e ser respeitada por isso.

Ele ficou um pouco confuso.

— Mas como eu posso ser mulher se sou um homem?

— Não lhe disse que era um pouco demais para a tua cabeça?

— Ora, isso é demais para qualquer um...

— Nosso mundo é diferente. As pessoas estão se libertando de imposições retrógradas que só as faziam sofrer. Agora passamos a ter dignidade e eu luto por isso com todas as minhas forças.

— Respeitar uma pessoa por ser o que ela não é?

— Na hora certa você vai entender — disse ela, levantando-se e beijando o irmão. — Eu amo você, Sr. Lacônico.

Lucas sorriu enquanto a observava sair do quarto. Sentiu que, realmente, as conversas dela eram muito avançadas para ele.

Era fim de tarde e Jandira terminava de arrumar a cozinha. Ela acompanhava de perto os acontecimentos e orava continuamente para que os problemas naquela casa fossem superados da melhor forma possível. Preferia não repetir isso o tempo todo, mas acreditava firmemente que aquela série de infortúnios era obra do inimigo. Era por isso que, embora Tatiana repetisse que as coisas estavam melhorando, ela não se deixava enganar: os artifícios do diabo só podiam ser arrostados mediante muito joelho no chão, pois o propósito do inimigo era mostrar a Deus que sua criação era capaz de lhe dar as costas. Por que outro meio, senão o espiritual, poderia entender o que sucedeu com Simone, menina inteligente e educada, que ajudou a criar? À evidência que ela não estava em si quando portava aquela faca ou quando usava droga — aquela maldição que vinha destruindo as pessoas. E quanto ao que fez Lucas, um ato abominável aos olhos de Deus! Seu coração doía quando pensava no desvio de pessoas tão jovens. Ao menos tinha a compreensão do marido que lhe permitia ficar maiores períodos ao lado de Tatiana.

De repente, Tatiana surgiu, toda arrumada, na cozinha. Jandira, que contava com a ajudante, Mirian, uma moça de cerca de 20 anos de idade, irmã da Igreja, voltou-se para a procuradora. Tatiana já se acostumara com as auxiliares que surgiam de vez em quando, e confiava totalmente nas escolhas de Jandira, pois, na verdade, há muito Jandira era a verdadeira encarregada da casa.

Desde sempre, Tatiana se lembrava de Jandira ao seu lado, sempre cuidadosa e cheia de amor, colocando-a para dormir, amarrando seu cadarço, ajeitando seu laço, penteando seu cabelo. Era grande o amor que tinha por ela e, embora lhe remunerasse com um excelente salário, seu desejo era poder pagar mais. Mas sabia que, a despeito do que achasse justo, o amor jamais poderia ser convertido em dinheiro; no máximo, era retribuído com ele mesmo.

— Bonita! — disse Jandira, deixando de lado as louças.

— Você é parcial para julgar. E a ajudante nova, tudo certo?

— Sim. Dona Lúcia é que insiste em querer ajudar.

Tatiana riu.

— Você a conhece bem. Não quer parecer um peso.

— Ah, como conheço! Quando fui morar com ela, tinha 13 anos, você não tinha nem um, e seus irmãos não eram nem nascidos.

Tatiana riu. Jandira adorava lembrar do passado.

— E como vai Luís?

— Está bem. Ele entende o que está acontecendo. Tem orado muito por esta casa. Nossa igreja está dia e noite em oração.

— Obrigada, Jan. Não sei o que seria desta família sem você.

Jandira riu.

— Como podia ser diferente? Sempre esteve no meu colo! Acho que dona Lúcia se contentou em dividir a filha com a empregada. Não há mais ciúmes.

Tatiana riu. Depois falou:

— E os meninos?

— Lucas está bem. Simone é que só vive enrabichada com ele. Têm conversado muito, mas não sei sobre o que falam.

— É bom os irmãos estarem próximos, não acha?

— Não sei. Eu não sei tudo.

— Hum, lá vem você com mistério. Pelo jeito não concorda.

— Lucas tem sido muito pressionado, mas é só um menino.

— Como assim?

— Veja bem, teve de sair da escola, perdeu colegas, tem de ir ao psicólogo, dorme comigo e ainda está no raio da Simone.

Tatiana ficou pensativa.

— Simone não é só mais velha que ele, é muito mais esperta. Embora ela não creia em Deus, Lucas acredita e eu e ele oramos juntos. Do que ele menos precisa neste momento é se afastar de Deus, pois Deus é o único meio de superar estes problemas.

— Simone é incorrigível. Não sei como lidar com ela. Ter um filho sem fé é algo muito duro para mim. Às vezes, estamos mais descrentes, fraquejamos, mas negar Deus é realmente demais.

— Calma, tenha paciência. Estamos aqui, antes de tudo, para sermos provados. Ela é menina, você é adulta. Não permita que ela te tire do sério. Ela ainda vai crescer e aprender. As pancadas da vida ensinam mais do que esses livros mentirosos que ela lê.

— Você está certa, Jan. Resiliência, essa é a palavra de ordem.

— Palavra bonita, mas a verdadeira palavra é Deus.

Sorrindo, Tatiana se despediu e saiu. Tinha um encontro com David naquela noite. Iriam ao cinema.

Prestes a concluir o serviço, Jandira topou com Simone.

— Ai, menina, você me assustou.

— Se estou parecendo um fantasma, não se assuste. É fome.

— Você não corre risco de ver fantasma.

— E sou mais feliz assim.

— Você já é bem grandinha para saber o que quer, mas fique ciente que independentemente disso oro para Deus se apiedar de você.

— Queria poder agradecer, mas não vejo muita utilidade nisso.

— Ah, não blasfeme — disse Jandira enquanto colocava o bolo de chocolate sobre a mesa. — Pode provar, já está frio.

Jandira ficou observando a jovem se servir. Então, lembrou-se de algo. Na verdade, já devia ter falado antes sobre esse assunto com ela, mas ainda não havia encontrado o momento certo.

Quando Simone terminou sua fatia, disse à Jandira:

— Estava delicioso.

— Antes de você ir quero lhe dizer uma coisa.

— O que foi?

— Não quero que fale que Deus não existe para o seu irmão.

Simone não se impressionou com a abordagem. Jandira, às vezes, queria ficar acima até mesmo de Tatiana. Ninguém ousava questionar sua autoridade.

— Ele lhe falou alguma coisa?

— Estou dormindo estes dias com vocês, esqueceu? Mas, afinal, há alguma coisa a falar?

— Tá bom, Jan. Não se preocupe.

— Se já falou besteira, não toque mais no assunto com ele.

— Certo — disse Simone fazendo menção de ir para o quarto.

Jandira, então, disse em uma voz cavernosa:

— "Ai de vós, que não entrais, nem deixais entrar".

Ao escutar aquilo, Simone foi tomada por um sentimento desagradável, algo que a pegou desprevenida, e, sem se deter, seguiu ainda mais rapidamente para o quarto.

Capítulo 27

O Centro Cultural Banco do Brasil reabrira sua sala de cinema com a mostra *Estúdio Hammer: A fantástica fábrica de horror*, e David adquirira ingressos online para que ele e Tatiana pudessem assistir juntos a um filme. Ao chegarem, ficaram na parte externa, aguardando a sessão começar. Fazia frio e estavam agasalhados.

— A mostra inclui filmes de terror produzidos nos anos 50, 60 e 70, desde as primeiras produções até o início da sua decadência.

Tatiana não gostava daquele gênero, mas preferiu não dizer nada para não o descontentar.

— Não deve gostar de terror, mas acho que já leu Stevenson.

— Gosto dele, realmente, mas confesso que fiquei aterrorizada com a programação daqui. Drácula, Frankstein, Múmia, Zumbis...

Ele riu.

— No Brasil, o livro de Stevenson ficou conhecido como *O Médico e o Monstro*, só que o título original é diferente, *O Estranho Caso do Dr. Jekyll e o Senhor Hyde*.

— Essa foi uma leitura que me marcou muito. Fiquei fascinada com a escrita de Stevenson, assim como com a dicotomia da obra.

— É uma obra fantástica mesmo, virou um clássico e alçou o autor à fama. Você sabia que Borges apreciava o Stevenson?

— Não.

— Pois é. Borges, que recusava a superficialidade, valorizava-o. Enquanto alguns críticos de meia-tigela sugerem que Stevenson é autor de estorinhas para adolescentes, alguém da envergadura de Borges os desmente e mostra que o tesouro não está na superfície, e sim no fundo — disse ele, empolgado.

Tatiana sorriu diante do modo apressado como ele falava. Já há um tempo vinha notando nele aquelas alterações de ânimo. Às vezes, quase imperceptíveis, outras, mais acentuadas. Agora, ali, ele falava com um entusiasmo exacerbado, os olhos brilhando. Se estivesse sob outro humor, ela não tinha dúvida, não a teria convidado para assistir àquele tipo de filme. Aliás, não a teria convidado para ir a lugar nenhum. Mas ali, naquele momento, era como se não importasse o conteúdo ou a atmosfera que envolvia o filme. Era como se encontrasse em si mesmo motivo para estar alegre e disposto. Embora achasse que já o conhecia razoavelmente bem, seu comportamento, às vezes, deixava-a confusa. Mas procurava não se impressionar com isso. Como jamais se envolvera com outro homem além de Rogério, estranhava estar com alguém diferente. Era só isso.

Enquanto assistiam ao filme, tomaram alguns sustos, mas David estava sempre ao seu lado para abraçá-la. Acabou gostando do programa, que serviu também para aliviar suas preocupações.

Tatiana se sentiu uma tola por achar que ser convidada para assistir a um filme tão fora do seu gosto pudesse indicar algo errado com David. Era só que ele era culto e ela ainda não estava totalmente acostumada com isso.

Depois, foram lanchar no McDonald's. Falaram sobre o filme enquanto comiam, e Tatiana teve a impressão de que ele ainda estava um pouco acelerado. Mais ou menos às dez horas, quando terminaram de lanchar, David a convidou para ir ao seu apartamento. Ela estranhou, pois em dias úteis não costumavam dormir juntos. Era como que uma regra tácita entre eles. Mas ela aceitou, pois não queria comprometer uma noite tão agradável.

Ao chegarem no apartamento, David levou-a diretamente para o quarto. Ele se despiu rapidamente e, em seguida, foi a vez dela. Como que no embalo da agitação que o envolvia desde o cinema, com os olhos vidrados em Tatiana, ele a amou de um modo ligeiro, açodado. E tão rápido concluíram o que se propuseram a fazer, recomeçaram, uma, duas, várias vezes. No final, quase exausta, ela teve a impressão de que o que fizeram ali, a despeito de quantas vezes tivessem sido, tinha durado muito menos do que em outras ocasiões. Estava surpresa com a atitude dele. Contudo, ainda assim sentia que o coração de David lhe abrangia por completo, e, no final, apesar daquele comportamento desconhecido, era isso o que lhe importava, a certeza de ser amada.

Capítulo 28

Tatiana gostava de trabalhar em seu gabinete, porque, especialmente naquele momento, isso a afastava de seus problemas e lhe assegurava uma concentração melhor para analisar os processos que ficavam a seu cargo. Porém, comparecer ao seu gabinete, além disso, contava com outro motivo: havia sempre um pretexto para visitar David.

Entretanto, a despeito do amor que os unia, o que os ligava também era envolto por um mistério que Tatiana pressentia, mas ainda não descobrira. Vinha tendo sonhos estranhos. Embora não fosse a primeira vez que aquilo acontecia, nem sempre comentava com ele, até porque algumas vezes esquecia o que sonhara.

Mas aquele sonho em especial ela se lembrava perfeitamente. David aparecia todo iluminado, diante dela, montado em um cavalo branco e, com uma espada poderosa na mão, fazia uma mesura. Ambos sorriam um para o outro, mas quando ela se aproximava para ir até ele, David caía do cavalo e passava por uma transformação incrível. Sua roupa começava a se esfarelar, sua face transparecia dor e sofrimento e algo a impedia de socorrê-lo. Ela não conseguia saber que forças eram aquelas que a detinham de forma tão irresistível. E então todo o esplendor no qual ele surgia no começo do sonho se desmanchava diante dos seus olhos, até que ficasse desnudo e macilento, momento em que começava a chorar miseravelmente, como um mendigo desamparado. O sonho acabava com ele buscando socorro diante dela e gritando enquanto estendia a mão, do chão onde se encontrava. Era como se ela tivesse vivido aquilo.

Naquele dia, após atualizar alguns processos, Tatiana foi ao encontro de David. Ele estava desde cedo em seu gabinete, pois finalizava com sua assessoria um processo ambiental rumoroso.

Na antessala, deparou com Eunice, secretária do Ofício. Ia passando por ela quando foi barrada pela mulher.

— Doutora, acho que não é uma boa hora.

Tatiana ficou perplexa com a obstrução.

— O que aconteceu?

— Nada. Estão muito envolvidos no trabalho. É só isso.

— Mas ele está aqui desde as oito e entrará também pela tarde. Já deve estar adiantado. Não vejo por que não possa falar comigo.

— Se eu lhe pedir para voltar um pouco mais tarde...

— Mas já são meio-dia. Almoçaremos juntos.

Alguém soltou um grito. Tatiana pensou que, obviamente, devia ser de outro gabinete.

— O que é isso?

— Eu lhe avisei para vir depois.

Outro grito. Era perceptível o descontrole.

— Isso é aqui?

— Onde mais seria, doutora?

— Mas não há motivo para ele estar assim tão nervoso.

Reunindo coragem, Tatiana entrou na sala. David estava de pé, em frente à mesa, olhos vidrados no assessor, Otávio, um rapaz de cerca de 35 anos. A estagiária, Janet, estava mais adiante. Como David estava de costas, não a viu entrar. Com os olhos arregalados, ela ficou acuada diante dos gritos, sem coragem de se mover. Era como se sua bravura tivesse encontrado um limite. Quem era aquele procurador, por que ainda não fora apresentada para ele?

— Sabiam que esta parte já tinha de estar pronta. Passei a semana fazendo correções e ainda vejo coisas erradas.

Parecia que ali todos tinham problema de audição.

— Doutor, eu... — começou a estagiária.

— Por favor! — disse David. — Ainda estou falando!

— Olá. Vamos almoçar? — disse Tatiana, fazendo-se notar.

Otávio e Janet aproveitaram o ensejo, pediram licença e saíram.

— Tudo bem, David? Aconteceu alguma coisa?

Dando-se conta de quem estava na sala, David se voltou para ela. Ele viu que os olhos de Tatiana estavam cheios de aflição. Não esperava vê-la ali, naquele momento, inclusive pedira para que a secretária não deixasse ninguém entrar. O que será que tinha passado pela cabeça de Eunice? Será que ninguém percebia que ele precisava se concentrar para terminar o trabalho, cujo prazo se esgotava naquele dia? Precisava de tranquilidade para trabalhar.

— Você sabe que hoje é um dia cheio, eu lhe falei.

— Falou, de fato. Mas combinamos comer juntos, esqueceu? Este não é o seu primeiro caso rumoroso, por que está assim tão...

— Tão o quê?

— Descontrolado.

— Ora, não venha com essa. Sabe a pressão que é isso tudo.

— Pressão? O seu gabinete é o mais enxuto da Regional, você é considerado de longe o procurador mais produtivo e competente.

Quanto mais ela desarmava seus argumentos, mais ele ficava impaciente.

— E por acaso você acha que isso tudo não tem um custo?

— Nada está fora de controle, David.

Quando ele estava se preparando para redarguir, ela o puxou pelo braço e o levou para a parte reservada do gabinete, onde se sentaram nos sofás.

— Você percebe que está eufórico?

— Está me chamando de louco, é?

— Lógico que não! Só estou preocupada em te ver assim. Não há motivo para nervosismo. Quantos anos você tem de procurador?

Ele levantou-se, subitamente, foi até sua mesa, como se tivesse se esquecido de algo, e depois simplesmente voltou, mas não se sentou, ficou em pé por detrás da poltrona, olhando para ela.

— Sente, por favor.

— Não. Gostaria que me deixasse a sós com minha equipe.

— Então, vamos pelo menos almoçar e depois você retorna.

— Por que você está me atormentando?

Ela fitou-o, atônita. Ele estava irreconhecível. Ora acelerado, ora nervoso. Ela não conseguia definir. Era desproporcional, parecia que ele tinha de apresentar um trabalho que se não atendesse um alto padrão acarretaria o fim de sua carreira. Lembrava-se, em outras ocasiões, de tê-lo visto melancólico, para baixo, mas não daquele jeito. Realmente, vinha fissurado naquele processo, mas era como se tivesse transformado uma preocupação em uma fixação e em torno disso estivesse fazendo uma tempestade em copo d'água.

— Você está me ofendendo, David!

Voltou a se sentar diante dela. Examinou-a. Era uma linda mulher. Sentiu-se excitado, mas procurou refrear-se. Por que ela se interessara por ele? Sua mãe lhe alertara, sempre lembrando da inconveniência daquela relação. Ela, afinal, estaria certa?

— Eu estou sem cabeça para nada. Desculpa.

Ela olhou-o, meticulosamente. Estaria doente? Sentiu como se aquela gangorra em que ele vivia começasse a afetá-la também.

— Certo. Também errei, entrei sem avisar e te atrapalhei.

— A gente se fala amanhã. É só que hoje é um dia complicado.

Tatiana começou a se levantar enquanto o viu pular da cadeira. Ele a abraçou. Sua inquietude era manifesta. Era como se as células do corpo dele estivessem todas agitadas, se mexendo rapidamente.

Em seguida, ela saiu do gabinete e, já no corredor, foi tomada por uma tristeza repentina, uma melancolia indefinível, como se estivesse sendo lançada a um novo estado, a uma espécie de desesperança. As lágrimas surgiram sem que ela pudesse evitar, rolando de seus olhos enquanto servidores cruzavam por ela.

— Tati!

Aquela voz animada e ao mesmo tempo debochada pegou-a desprevenida. Virando-se, deu com Carol. Ela parecia estar indo para o restaurante. Tão logo viu o desconsolo da amiga, disse:

— O que houve, Tati?

— Oi, Carol. Nada que valha a sua preocupação.

— Você saiu do gabinete do David, o que foi?

— Não é nada, não. Apenas não estou me sentindo muito bem.

— Já almoçou?

— Não.

— Então, vamos comer.

No mezanino, cumprimentaram os procuradores que encontraram pelo caminho e foram até o *self-service*. Depois, sentaram-se em uma mesa mais afastada.

Enquanto comiam, Carol disse:

— Não quero te ver desse jeito, pois você não é assim.

— Realmente, não sou assim. Mas é que não bastasse os meninos, eu e David estamos enfrentando alguns problemas. Ele é maravilhoso, mas de uns tempos para cá está esquisito.

— Como assim?

— Tipo, em um período está um amor e, depois, é como se fosse outra pessoa, entende? Impaciente, irritado.

— Compreendo, mas isso não acontece com todos nós?

— Bem, sim. Mas com ele é mais acentuado, será que entende?

— Talvez o esteja apenas conhecendo melhor...

Tatiana baixou os olhos; não estava muito convencida disso.

— Porém...

— O que foi?

— Nada que você já não saiba. Como David tem muitos anos de casa, é bem conhecido por aqui. É unânime que ele enfrenta dificuldade social. No entanto, sempre achei David um *gentleman*.

— Não vejo gravidade no fato de ele ser reservado.

— Certo, mas, com seu jeito trancado, acaba dando azo a fofocas. Você sabe como são as pessoas.

— Eu o aceitei como ele é, com sua timidez, mas quando penso que talvez precisemos de terapia de casal fico arrasada. De um certo modo, escolhi David exatamente para escapar disso.

— Pense que se vocês se amam, superarão isso juntos. Ele não está com aquele caso ambiental? Deve estar se cobrando muito.

Tatiana foi para casa com o pensamento em David. Imaginava se já não havia motivos suficientes para pular fora do barco, mas no fundo sabia que já o amava demais para não lutar por ele.

Aquele era o dia da terapia de Simone. Rogério se comprometera em levar os filhos às consultas, no Setor de Autarquia Sul, bem como a acompanhar Tatiana quando fossem chamados para receber o retorno das sessões. Era a terceira consulta de Simone.

Ao entrar no consultório, Simone cumprimentou o psicólogo, Dr. Eduardo Brandão. Em seguida, sentou-se em uma poltrona diante dele. Estava ali para agradar aos pais, então, assim o faria, mas tomando cuidado para não revelar segredos que não podiam ser compartilhados.

— Olá, Simone, como tem passado?

Embora jovem, Dr. Brandão era conceituado, com pós-graduação fora do país e considerável experiência clínica.

— Olá. Tudo bem.

— Sobre o que quer falar hoje?

Ela deu de ombros.

— Que tal falarmos um pouco sobre a família?

— Mamãe segue com o namorado, papai aparenta estar feliz com sua namorada, e Lucas segue o martírio dele.

— Você gostaria de falar sobre o seu irmão?

— Sinto como se ele fosse uma presa de papai e mamãe. Papai age com hipocrisia, pois defende bandeira LGBTQIA+, mas não concebe isso em casa. Mamãe, com sua formação católica, então, nem se fala.

Acompanhava-a atentamente. Ela o surpreendia a cada sessão, fosse pela entonação, fosse pelas palavras, fosse pela segurança que imprimia ao que dizia. Parecia ter mais de 16 anos.

— Como você avalia o que seu irmão fez?

— Lucas transou consensualmente, algo normal a quem está descobrindo a sexualidade. Se fosse com menina não haveria tanto problema, mas como é alguém do mesmo sexo o mundo caiu. Machismo e hipocrisia juntos. A única coisa fora do lugar nesse caso é o preconceito que ele está sofrendo, problema que o mundo atual se esforça para resolver, mas que ainda encontra fortes barreiras. Mas eu o estou ajudando muito, ele vai sair dessa.

— Que ótimo que tem um relacionamento bom com o seu irmão. E como pandemia e política têm afetado neste momento?

— Política e pandemia são duas enfermidades; para a pandemia, há as vacinas, mas para a outra não sei se há solução.

— Isso lhe afeta de alguma forma?

— Sim, pois a correção da injustiça social passa pela política. É por isso que digo que me preocupo com o país, mas, mais do que com ele, preocupo-me com as pessoas. Elas sofrem com o que ainda há de podre e opressivo no mundo.

— Esse é um sentimento natural quando nos defrontamos com a miséria humana, e, embora muito jovem, você se envolve fortemente com esses assuntos. Sente interesse por outros temas?

— Como disse em outras sessões, herdei dos meus pais o interesse pela leitura; leio de tudo. Às vezes, mamãe e até Jandira me mandam fazer outra coisa, mas não dou bola. Também gosto de arte, música. Mas, quando o assunto é música, hoje em dia parece que só importa o hino nacional — disse ela, sarcástica.

Ele a acompanhou no riso.

— O que acha disso?

— Ufanismo. — disse ela. — Pretende-se fazer renascer estes sentimentos retrógrados por meio de *fake news*. Aliás, *fake news* é algo promissor, sabia? Bolsonaro se elegeu assim.

— Falemos de política, então. Que perspectiva você vê?

— Se você está falando de terceira via, isso é um engodo.

— Talvez precisemos de pacificação.

— A esquerda defende o avanço. Nada é melhor que isso.

— Mas alguns representantes da esquerda não lhe parecem coisa do passado?

— Se a esquerda estivesse no poder, por exemplo, Lucas estaria em melhor situação, a começar em nossa casa. Este governo é um péssimo exemplo e influencia da pior forma possível.

— Mas você não consegue ver nada de bom neste governo?

— Sinceramente, não. Ele só se esforça para aumentar o dissenso. Na faculdade debatemos isso permanentemente.

— Escolheu bem seu curso, dado o seu interesse por política...

— Sim. Queriam me ver cursando Direito, mas Direito oferece uma visão estreita demais. Eu certamente não concluiria a faculdade.

— É muito decidida, além de inteligente. Nesses termos, é natural que não siga opiniões muito contrárias às suas. Mas certamente não é só neste ponto que você e sua família divergem.

Ela ficou a pensar, depois, imaginando o que dizer, falou:

— Lá em casa, papai é um agnóstico e o resto é católico. Minha família é da terra do Círio de Nazaré, daí você imagina.

— É uma das maiores festas católicas do mundo, não é isso?

— Sim, mas não creio em Deus. Sou o patinho feio.

— Isso te incomoda?

— Não muito.

— Os demais respeitam sua escolha?

— Papai, sim, mamãe, não. Ela diz: "vamos ver se em algum momento da vida você não vai precisar de Deus". Meus avós me veem como uma espécie de herege, de blasfemadora, mas isso não me abala tanto quanto a hipocrisia dos cristãos.

— Então, você realmente não tem uma religião?

— Talvez o marxismo, talvez o feminismo.

— Você considera essas filosofias como religião?

— Eu disse "talvez".

— Prefere ser evasiva neste tema?

— Não posso dizer exatamente se marxismo ou feminismo são minhas religiões. Mas as sigo com o coração, pois fazem mais sentido para mim do que uma abstração como Deus.

— Perfeito. Simone, você acha cedo falarmos sobre rapazes?

— Acho que isso não é assim tão urgente em minha vida.

— E quanto ao amigo que você falou na nossa primeira sessão?

— Marcos?

— Isso, Marcos. Como vai a amizade de vocês?

— Fiquei muito indignada com ele, você sabe. Mas depois fizemos as pazes. Marcos não conseguiria ficar sem mim e eu não saberia lidar com alguém na minha cola o tempo todo, como ele estava. Em um certo dia nos reencontramos e voltamos a conversar nos intervalos em nosso lugar preferido na faculdade.

— O "Paraíso"?

—Isso. Sei que ele quer me levar para a cama, mas como boa virgem, estou adiando a consumação. Não que eu ache errado ou tenha medo, mas porque não sei se ele é a pessoa certa, embora o fato de irmos para a cama não nos obrigue a namorar.

— Você o acha um bom rapaz?

— Não estou atrás de bons rapazes. Talvez esteja atrás de quem me aceite como sou, me respeite e me faça feliz.

— E ele atende a esses predicados?

— Sim, quer dizer, talvez não para mim, mas de qualquer modo ele não seria bem recebido lá em casa. É muito pobre para isso.

— E como se sente a respeito?

— Indignada com o nível de hipocrisia. Me relaciono com quem quiser, rico ou pobre, pois não é isso que ditará minha escolha.

O psicólogo olhou o relógio e percebeu que estavam próximos do fim da sessão. Aquela moça era realmente espantosa. Tinha uma mente ágil e ideias sedimentadas. Ele se impressionava com seu nível de autoconfiança e em especial em como excluía facilmente Deus de sua vida, como se tivesse certeza de que Ele não existisse. Por outro lado, ele era experiente demais para não perceber que ela optava por não se abrir completamente. Descobrir o que poderia estar por trás de toda aquela autossuficiência demandaria um pouco mais de tempo, porém o que mais o preocupava era não saber se Simone estava de fato a salvo de sua própria veia revolucionária.

— Por hoje acabamos — disse ele observando a satisfação no rosto da jovem.

Capítulo 29

Desde a ocasião em que Tatiana vira David nervoso no gabinete dele, transcorreram alguns dias até que ele voltasse a Regional e, ainda assim, ele compareceu rapidamente e não falou com ela. Embora ligasse e enviasse mensagens de WhatsApp, todos os dias, não obtinha qualquer resposta da parte dele.

Naquele dia, porém, ela finalmente recebeu uma mensagem de WhatsApp, em que ele dizia: "Foram muito estafantes estes dias. Sobrou até para o pessoal do gabinete. Estou com saudade. Se puder, venha aqui hoje, por favor. E me desculpe qualquer coisa". O coração dela bateu mais forte ao ler aquilo. Sentiu que o sorriso lhe voltava ao rosto, pois aqueles tinham sido dias escuros e vazios.

Quando bateu à porta do apartamento, David a esperava com uma garrafa de champanhe e duas taças. Tatiana podia sentir a vibração que emanava dele, o excesso de energia. Era impossível não se contagiar. Ele a pôs para dentro, beijou-a, disse que a amava, que ela era seu tesouro, que a queria a seu lado para sempre, que ela não se decepcionaria com ele de novo, que viajariam o mundo, que aproveitariam cada dia, cada hora, cada segundo, sem nada desperdiçar; jamais ficariam separados novamente; teriam um filho, não, um não, na verdade, dois...

David falava como que em golfos, uma palavra seguida da outra ininterruptamente, num ritmo tão acelerado que impossibilitava Tatiana de compreender perfeitamente o que ele dizia. O curioso era que aquele desenfreio, aquela confusão, da forma como empreendida, contagiou-a, em um primeiro momento, deixando-a quase tão eufórica quanto ele. Embora não compreendesse direito, com aquele desenrolar frenético, ela fora, na verdade, dominada por um misto estranho de alegria e assombro.

Rapidamente, David encheu as taças de champanhe e forçou-a a beber com ele, mas não sem antes fazer um brinde pela felicidade dos seus queridos filhos, que já não eram dois, mas três, e que ainda não tinham vindo ao mundo, mas estavam prestes a vir.

Ele a abraçava e logo se desvencilhava, para falar alguma coisa, depois a abraçava de novo, ria por tempo demais ou sem um motivo claro que justificasse tanta alegria. Demorou um pouco até que a levasse para a sala e a fizesse sentar no sofá, pois ainda estavam em pé na entrada do apartamento desde que ela fora colocada para dentro.

— Feliz em me ver? — disse David, agitado, a testa porejando.

— Sim. Não foi nada bom esse período sem você.

— Estou livre, leve e solto. Sabe, acho que é hora de viajar.

— Calma, David. Você está falando muito rápido, atropelando as palavras. Não consigo acompanhar você. Quanto à viagem, essas coisas precisam de um mínimo de planejamento.

— Desculpe a afobação, é que estou feliz, aliás, muito feliz, por ter você de volta. Se ficou com saudade de mim, imagine eu de você.

Ela começou a ficar angustiada com o comportamento dele. Não conhecia aquele homem ali diante dela. Não se parecia em nada com a pessoa com quem estivera pela última vez. Era como se aquela irritação e fissura de antes tivessem sido substituídas por aquele prazer sôfrego, repleto de vontade de viver.

— Por que ficou sem falar comigo? O David com que estive por último era responsável em excesso, este agora me parece inconsequente. O que está acontecendo? Me diga, por favor!

David não esperava aquela pergunta, tampouco a acolheu como uma tentativa de ordenar a conversa. Para ele, ao invés de embarcar na felicidade que ele propunha, ela preferia bancar a chata.

— Aquele processo consumiu minhas energias. Mas não se preocupe, não se repetirá. Nós viajaremos, faremos amor...

— Pare!

Ele estacou, surpreso.

— Eu o amo, David; sou capaz de muita coisa por você, por nós, mas preciso saber o que está acontecendo. Você ficou sem falar comigo sem motivo. E agora está tão eufórico que fico confusa e não sei se está tudo bem ou se na verdade está tudo mal.

David ficou em silêncio. Era como se Tatiana o estivesse obrigando a ficar nos trilhos. Só que aquilo o deixava confuso, pois não havia nada de errado com ele. Ao contrário, nunca estivera mais feliz, pois ela era sua fonte permanente de alegria, de desejo, de amor. O que ele poderia dizer a ela? O que ela realmente queria saber? Por que ela se sentia angustiada, se não havia motivo? Ora, ele não podia se enxergar da mesma forma como o enxergavam, mas ele estava bem! Talvez ela pensasse que ele não estivesse sendo um bom cavalheiro. Mas não era isso o que ele achava! Estava feliz demais para não saber como tratá-la; sentia-se até um pouco mais inspirado, mais inteligente! Mas mesmo sabendo que nunca estivera melhor e que agia com acerto, não poderia desapontá-la. Eles se complementavam, e não poderia permitir que ela o achasse um descontrolado, um confuso, pois, do contrário, colocaria em risco aquele presente precioso, que era ela mesma, e que lhe viera das mãos de Deus. Se a perdesse, seria como perder a si mesmo, e nada mais lhe restaria, essa era uma das poucas certezas que tinha.

— Não sei o que dizer e muito menos o que você espera ouvir.

— Só quero a verdade. Quero que você abra o seu coração.

— Sou diferente, não sei explicar. Calado, soturno. No entanto, há momentos em que me sinto feliz, como este, agora, aqui, com você. E em ocasiões assim meu desejo é que a alegria nunca acabe.

— Mas não parece estar feliz por mim, mas, sim, por tudo!

— Você é a fonte da minha alegria! Sabe...há quem duvide que haja pessoas que vivem dentro de si mesmas, mas muitas delas estão ao nosso lado e não percebemos.

Era difícil acompanhá-lo. Ele estava sendo ambíguo e fugidio. Então, resolveu confrontá-lo:

— Na sua concepção, ser retraído é ser fraco?

— No meu caso, talvez, sim. Mas a força de que preciso eu encontro em você. É inegável que somos o tipo de casal que transforma e complementa um ao outro.

— Amável você é sempre, mas hoje quer se superar.

— Só a verdade sai de meus lábios quando se trata de você.

Os olhos dele estavam vidrados nos dela, como se a fixação no trabalho tivesse sido direcionada para ela. Mas não era só isso. Ele parecia superfeliz, até saltitante em alguns momentos, e tão seguro de si que se comportava como se tivesse poderes especiais. Parecia que tudo o que ele dizia, aconteceria, e da melhor maneira possível. Tinha um sorriso sedutor nos lábios, bem diferente da expressão meiga que lhe era peculiar.

— Você vai rir, mas sinto como se aquele David que vi por último fosse uma moeda virada em cara e que hoje é coroa.

David riu, e Tatiana o acompanhou no riso; mas, quando ela se recompôs, ele ainda ria, e descontroladamente, num arroubo do qual ele parecia jamais querer se livrar.

— David, não há motivo para rir tanto.

— Desculpe, é que foi engraçado.

— Quero saber uma coisa, perdoe se eu parecer insistente.

— Diga.

— Por que você se preocupou tanto com aquele processo?

— Detectei erros da assessoria, mas isso já está superado.

À evidência, ele não queria falar sobre sua estranha decisão de ficar uns dias sem encontrá-la.

— O que fez nesses dias em que não nos vimos?

— Pensei em você, mas agora, sinceramente, não quero perder tempo, pois estou com muita saudade.

Aproximou-se dela, beijou-a e a levou para o seu quarto. Tatiana foi tomada por uma estranha sensação de que já sabia o que aconteceria em seguida. E aconteceu como pressentiu. David se apresentou bravio e voraz, não demonstrando maior cuidado e, ao final, tomando-a para si, disse que a amava, embora até ali manifestasse estar preocupado apenas consigo mesmo, como se Tatiana não passasse de um meio para sua satisfação.

Era como se a cordialidade e a gentileza já não estivessem mais presentes, como se o desvelo, que vinha ao encontro do que ela precisava para ser amada, como se tudo isso houvesse abandonado a relação deles de uma forma quase misteriosa, de modo que a gangorra que de repente se tornou a vida com ele cada vez mais parecesse o ensaio para uma montanha russa em relação a qual ela sinceramente não sabia se queria entrar.

E diante de um quadro cuja pintura lhe parecia irreversível, torturava-se por já amar aquele homem. Era aí que residia seu drama. Se era difícil descobrir por que ele parecia tão atordoado, pior era abrir mão dele, deixando para trás o que já estava consolidado em seu coração. Cumpria-lhe, portanto, saber o que o atormentava, uma aflição que vinha com queixa, quando ele estava para baixo, ou com entusiasmo quando estava para cima, pois acreditava estar aí, no elucidar dessa questão, a chave para adentrar sua alma e descobrir o mistério que ele guardava dentro de si.

No dia seguinte, Tatiana foi à cozinha e preparou o café. Fez ovos mexidos, separou a torrada de que ele gostava e organizou a mesa da melhor maneira possível, para que pudessem comer contentes, um ao lado do outro.

Quando ele se sentou à mesa, estava um pouco agitado. Desgrenhado, parecia não ter tomado banho. Disse que gostara muito da noite anterior, que estava com saudades, que passara por dias ruins, mas que agora, com ela ali ao seu lado, tudo ficaria bem.

Após o primeiro gole de café com leite, em seguida à bocada na torrada, repetiu que os dois não se separariam mais e que naquele sábado poderiam ir ao parque da cidade, ou então passear no Lago, mas Tatiana não se sentiu atraída a nada disso. Não queria passear, no que ele disse não haver problema algum, pois poderiam passar um final de semana caseiro, namorando, lendo, ouvindo música, assistindo a filmes.

Tatiana cogitava conversar com Adelaide, mas lhe faltava coragem. Não podia correr o risco de constrangê-lo à toa e muito menos de dar à Adelaide o gostinho de dizer que fora alertada quanto à relação deles. Não, logo tudo voltaria aos eixos. Precisava acreditar nisso. Ela falaria com a mãe dele somente em último caso.

Após o café, David foi para o escritório, e Tatiana se pôs a lavar os pratos. Enquanto executava a tarefa, seu pensamento fugiu um pouco e de repente se viu imaginando que talvez ainda pudesse escapar daquela relação, mas logo tirou isso da cabeça. Embora se sentisse angustiada, não podia se deixar levar pelo desespero.

Quando Tatiana entrou no escritório, encontrou-o sentado no sofá-cama com um livro nas mãos. Pensou que, talvez, a leitura pudesse ajudá-lo a relaxar.

David fez sinal para que ela se sentasse ao seu lado.

— O que está lendo?

— *O Imoralista*, de Gide, vencedor do Prêmio Nobel. Já o leu?

— Não.

— É um bom livro, mas discordo de alguns pontos. Como se isso fosse possível em uma obra artística... Ele consegue nos tocar lá no fundo, mas, na verdade, essa é a intenção de todos os escritores.

— Eu o estou atrapalhando, pois faltam poucas páginas e vejo que você está entusiasmado para terminar.

— Sua presença nunca é demais. Vou adorar ler estas derradeiras páginas com você ao meu lado — disse ele, rindo, em tom empolado.

— Enquanto isso, vou passear por suas prateleiras.

À medida que ele lia, ela ia correndo os olhos pelas prateleiras. David organizava seus livros por coleção, tema, assunto, nacionalidade. Verificou que o livro que ele lia era do gênero de literatura francesa. Indo até essa seção, encontrou autores como Victor Hugo, Bernanos, Mauriac, Gide, Sartre, Marguerite Yourcenar e Simone de Beauvoir. Ao verificar os livros de Simone de Beauvoir, lembrou da filha e sorriu. Continuando a verificar os franceses, deteve-se em um exemplar de François Mauriac, *O Filho do Homem*. Não era um romance, mas uma espécie de biografia espiritual de Jesus. A ilustração da capa, o rosto de Jesus, impactou-a e, talvez, tenha sido determinante para querer pegar o exemplar. Sentou-se ao lado de David e começou a folhear o livro.

Quando já estava compenetrada na leitura, ouviu-o dizer:

— Terminei. É bom. O que você está lendo?

Ela mostrou-lhe o livro que tinha em mãos, no que ele disse:

— Esse é extraordinário. Os escritores franceses têm muito a nos dizer e o fazem de uma forma muito própria, com muita profundidade.

Guardam similitude em sua mensagem, principalmente os católicos, como Mauriac e Bernanos.

— De Bernanos li *O Diário de um Pároco da Aldeia.*

— Todos deveriam ler esse livro.

— Mas você estava fazendo um paralelo...

— Sim — ele continuava afoito —, há uma semelhança na abordagem psicológica, espiritual. Bernanos não foi laureado com o Nobel, o que é uma injustiça, haja vista que está em um nível igual ou superior a Gide e Mauriac. Bernanos escrevia com a alma, e concordo com Mauriac quando diz que Bernanos põe no papel todo o seu potencial para santidade.

— Eram homens de fé, algo em extinção hoje em dia.

— Sim, e a fé que expressaram permanece como um presente para nós. Esse que tem em mãos é curto, mas muito belo.

— Parece uma biografia, mas pelo que vejo é mais que isso.

— É um texto apologético. A maioria das pessoas não liga para questões filosóficas, teológicas ou existenciais. No entanto, não sabemos quase nada sobre nós mesmos. Nossas capacidades humanas são dons que só compreendemos em parte.

— Ou seja, este livro tem cunho filosófico-existencial?

— Mais que isso, tem uma profunda natureza espiritual. Nesse ponto é bem diferente de Gide, que aborda mais a essência humana.

— Certo, mas me fale um pouco sobre este do Mauriac.

— Além de perfeita, o que mais sabemos da Natureza? Será que fomos feitos para o vício ou na verdade o vício não passa de um caminho para a degeneração, que nos afasta da nossa verdadeira vocação? Será que o prazer físico, que nos foi concedido para garantir a procriação e que comumente desvirtuamos, não é só um dos elementos a mostrar que nossa continuidade não é um acidente, senão parte de um plano maior, cujos termos ainda nos escapam? As demandas de uma vida sem virtudes, como a de hoje em dia, envolvem drogas, sexo pelo sexo, trair aos outros e a nós mesmos. Vencidos pela concupiscência e cupidez, alguns se sentem obrigados a pensar que o mundo é assim mesmo e que precisam aderir ao que não presta para não serem os únicos perdedores. François

Mauriac, nesse livrinho escrito há décadas, mas atualíssimo, enfrenta, a seu modo, algumas dessas questões. Segundo ele, nós professamos a fé cristã contraditoriamente, pois não enxergamos no miserável, no torturado, no injustiçado, o mesmo homem que levou a cruz, malgrado Ele tenha nos dito que poderia ser ele próprio o mendigo que bateria à nossa porta, ou o preso que necessitaria de visita. A verdade é que Jesus está em toda parte, mas nossos olhos não são capazes de enxergá-lo de nenhum modo. Ninguém trouxe ao mundo de forma tão coerente a razão da nossa existência como aquele que carregou consigo os nossos pecados, males e enfermidades. Mauriac se abisma, com razão, da circunstância de muitos se afirmarem cristãos sem acolher o cristianismo. E olhe que o nosso mundo é muito diferente daquele em que vivia Mauriac. As coisas, na verdade, estão muito piores, pois hoje não convivemos só com os que se ajoelham no altar e em seguida dão as costas a um pedinte; hoje, o mundo não erra dentro da doutrina cristã, o mundo se aparta dela, recusa-a e busca o atendimento dos seus anseios, o sentido da vida, no material, na superficialidade, no imediatismo.

— Vivemos sem amor, em resumo, é isso o que você quer dizer.

— Exatamente. A solidariedade, como convencionada hoje, é um acordo tácito de preservação da ordem. Deveria, no entanto, ser compreendida como uma transformação espiritual que nos levasse a nos enxergarmos uns nos outros. Deus se fez de carne e osso para nos mostrar o essencial, que é o amor. E este é incondicional, não se confunde com pactos, ainda que sociais. Pode-se até encontrar o altruísmo fora das lições de quem tomou sob sua cruz nossos males e pecados, mas nunca o amor em sua genuína acepção cristã, aquele que representa um sacrifício desinteressado, uma devoção incondicional a um Deus que não costumamos ver, mas que está conosco sempre, nas profundezas de nossa alma, nos falando ora ao ouvido, ora ao coração. É disso que a humanidade está abrindo mão, de sua identidade espiritual, de sua porção divina, de seu pertencimento a uma ordem maior das coisas. Trocar a eternidade da alma pelos prazeres fugazes e transitórios da terra, embora possa nos dar satisfação imediata, nos arranca o mais precioso, que é o elo com Deus. E sem isso ficamos reduzidos ao vazio e à solidão.

— Isso tudo me parece tão profundo!...

— E, no entanto, nos foi ensinado por alguém tão simples!... O que nos resta saber é até quando, em um mundo tão desigual e injusto, como é e sempre foi o nosso, essas tremendas lições, transmitidas há mais de 2 mil anos, por um simples aprendiz de carpinteiro, continuarão sendo aceitas como aprendizagem para melhorar a humanidade.

Tatiana já estava acostumada às abordagens de David. Elas lhe mostravam que coisas como fé, filosofia e literatura precediam temas superficiais como política partidária, e conduziam a uma vida mais plena. Na verdade, vinha aprendendo com ele que o que acontecia no cenário político era mero sintoma de como andava a cultura do país. E então de repente pensou na filha. Sentia que ela estava em uma posição equivocada, não necessariamente por se alinhar à esquerda, mas por fincar os pés no radicalismo. Seu ideal, porque beirava o extremo, impedia-lhe de ver os próprios erros.

— O que foi? Você se calou. Eu disse alguma coisa errada?

— Não. Você foi coerente, brilhante como sempre.

— E por que você ficou amuada?

— Você falou tanto em Deus, em espiritualidade... Minha filha renega Deus. Eu a sinto perdida e não sei o que fazer...

E Tatiana desatou a chorar, agarrando-se a ele. David acolheu-a em seus braços. Quando a sentiu melhor, disse:

— Ela está sendo acompanhada por psicólogo. Você mesma me disse que a sente melhor. Precisa ter fé.

— Um filho dificilmente engana sua mãe. Sei que hoje só se pensa em política, mas com ela é diferente. Ela fez da política a razão da vida dela. E isso não é bom.

— Não se aflija, tenha esperança. Ela vai amadurecer.

Agarrada a ele, ela pensava no quanto o ser humano era frágil e em como mudava e reagia diferentemente. Até então agia como a forte, tentando descobrir o que ele tinha, o que porventura escondia, e agora buscava abrigo nos braços dele.

Ele não era o David de antes. Ela era capaz de senti-lo se esforçar para não a desapontar. Ele se segurava por dentro, e ela sabia que ele fazia daquela forma por ela.

— Ok, foi só uma reação maternal. Posso levar este do Mauriac comigo? Pergunto porque já tenho dois lá em casa.

— Pode levar tantos livros quanto quiser — disse ele em um gracejo. — Mas já que falou, que tal dizer o que achou dos do Olavo?

— Esperava outra coisa de *O Imbecil Coletivo*.

— Como o quê?

— Bom, é um misto de artigos compilados, uma crítica cultural. Achei corajoso, mas fiquei com a impressão de que o maior mérito do livro é a bravura do autor.

No escritório havia uma vitrola amarela, de modelo antigo, que ficava em uma bancada na parte lateral da mesa. Ele colecionava vários discos vinis. Já os tinha mostrado a ela, mas não tinham escutado muitos até então; a maior parte era música clássica.

— Posso colocar uma música para a gente? — indagou ele.

— Claro.

— Você aceita Bach? É leve, calmante...

— Ok, mas você sente que precisa se acalmar?

— Só um pouquinho.

Ele foi à vitrola, colocou o disco, e a melodia envolveu o ambiente magicamente, em uma harmonia leve e envolta em espiritualidade. A música era parte da vida de David e, naquele momento, por algum motivo, ele parecia querer dividir isso com ela.

David se esforçava para se manter na linha. Não queria desapontá-la como acontecera em seu gabinete. Não que estivesse fora de si, na verdade, sentia-se ótimo. Entretanto, ele já havia percebido que a forma como via a si mesmo não coincidia com a forma que ela o via. A verdade era que, por alguma razão, as pessoas não o estavam compreendendo, e isso tanto o entristecia como o irritava. Ele passava por pequenos altos e baixos, nada mais. As oscilações principiaram pouco depois que começara a se relacionar com Tatiana, mais precisamente depois do dia

Sete de Setembro. De fato, certas perspectivas o angustiavam, como o receio de o país cair nas mãos de um governo que destruísse valores tão duramente conquistados. Mas, a despeito disso, ela estava ali, e era nela que ele encontrava apoio, via razão para não cair, com quem acreditava que valia a pena viver e formar uma família. E agora estava tão feliz, tão animado e disposto! De qualquer modo, tinha de tomar cuidado para que Adelaide não metesse o bedelho em seu relacionamento com Tatiana. Só ele e Tatiana sabiam o que sentiam um pelo outro. Se renunciasse a Tatiana cairia em uma infelicidade que o levaria a um estado muito pior, pois, na verdade, ninguém além dela caberia inteiro em sua solidão.

— Onde estávamos? — perguntou ela.

— Falávamos sobre Olavo.

— Ah, sim, o que o fez querer ler os livros dele?

— Bom, quando explodiu a onda de protestos pelo Brasil, quando vieram à tona os escândalos de corrupção, alguns vídeos de Olavo começaram a circular. Assisti casualmente a um, e isso despertou meu interesse para assistir a outros. Não fiz o curso dele, mas li alguns livros. Ele desvendou boa parte dos desmandos dos governos passados. Muitos o acusam de ser conspiracionista, mas foi o único que denunciou esta mistura de ideologia com corrupção, que dominou a América Latina. Mas, ao contrário do que as pessoas possam pensar, o trabalho dele não é de análise política, interessa-lhe mais a análise do pensamento, da cultura brasileira. Não concordo com tudo o que ele diz, entretanto, ele é quem melhor examina a derrocada dos nossos valores. Com ele me dei conta, com muito pesar, de que Brasília não passa de um lugar onde se trama contra o Brasil, contra as pessoas, e que um plano maligno está por trás disso, plano esse travestido de ideologia, mas que na verdade corrompe quem quer que seja, para se eternizar no poder, aniquilar com a nossa cultura e desfazer nosso elo com Deus. E assim agem porque sabem que, enquanto Deus permanecer vivo em nossos corações, nada podem contra nós. Para fazerem o mal, precisam ridicularizar nossa fé em Deus. A politicagem, o partidarismo, que só existem na superfície, nas primeiras camadas e que tomamos como causa e origem de tudo, nos degrada um pouco mais a cada dia. Presas nas garras das feras sedentas, não vemos que o fato de estarmos em lados opostos serve mais aos propósitos de quem quer nos subjugar do que à defesa da nossa liberdade e cidadania.

— Quando o ouço falar, lembro desta onda de prisões.

— Devemos ser um dos poucos países ocidentais onde clamar por liberdade é um atentado à democracia. Por outro lado, a delicadeza com que se trata certos bandidos acende luz sobre a dimensão do problema em que nos encontramos. Vemos processos de corruptos serem anulados para eles voltarem confortavelmente aos antigos postos e repetirem tudo o que fizeram. Embora se assemelhe a uma tragédia de Sófocles, não é nada além do nosso cotidiano, a nos lembrar de nossa condescendência com o mal que permitimos que façam a nós mesmos.

— Quando penso em impunidade, pergunto-me se o problema não está no garantismo ou no ativismo judicial.

— Não, isso é só um efeito, ou, se preferir, só um instrumento a serviço do mal. O que vivemos decorre da subida da esquerda ao poder e não podemos nos furtar à avaliação isenta disso. É evidente que governos conservadores não nos legaram um país de conto de fadas, eles também praticaram desmandos, e não foram poucos. Mas nossos problemas atuais, especialmente a derrocada de nossos valores, não deriva deles. Como o país esteve nas mãos da esquerda nas últimas décadas, é sobre ideias, políticas, e ações da esquerda que devemos nos debruçar para avaliar nosso atual estágio. É muito claro que com eles a decência, a moral, o bom senso, perderam muito de seu significado. Nossos jovens foram cooptados; mídia, universidades, foram dominadas. Alguns dizem que o que querem é só um avanço. Isso não é verdade quando o tal progresso depende da aniquilação dos valores essenciais da sociedade. Utilizam-se de expedientes como o relativismo, por meio do qual se sentem à vontade para questionar e derrubar normas de conduta e princípios que nos são muito caros, como honestidade, decência e ética.

— Eis a substância de *O Imbecil Coletivo*.

David sorriu e disse:

— É verdade.

— Você acredita neste governo?

— A sabedoria nos ensina a não confiar totalmente nos homens. Mas nem por isso podemos perder a esperança.

— Ainda não me acostumei a conversar sobre política como se fosse trivial. Parece tolo, mas sinto saudade da calmaria de antes.

— Mas isso é uma falsa percepção. Jamais discutimos política com isenção ou profundidade. Para nos manterem no cabresto, nos alienam tanto quanto podem. Acreditamos ser cidadãos, mas não passamos de seres confusos e manietados.

— Sabe, sei que tememos certas mudanças, mas às vezes penso até que ponto elas não são inevitáveis.

Ele hesitou.

— O que mais me aflige não é o fato de a humanidade mudar de tempos em tempos. O que realmente me aflige é estarmos prestes a abrir mão de Deus, de nossa espiritualidade, de nossos valores. A própria família parece estar com os dias contados. Você usa o termo inevitável, e, infelizmente, acho que em alguns pontos já perdemos, mas, em outros, ainda lutamos. No final, creio que o avanço será maior que a resistência, mas minha preocupação é sobre quais valores seremos capazes de salvar.

— Não sabia que Olavo era católico. Vemos a imprensa o atacando com tanta força, que pensamos que ele é o capeta.

David riu.

— Ele sabe que o que realmente importa é a essência divina, o amor de Deus, e não o egoísmo ou a vaidade humana. Muitos afirmam que a religiosidade é um dos fatores que levam ao subdesenvolvimento, mas estão errados. Deus é a base de tudo. Forças se encontram em luta em um outro plano e nós somos puxados de um lado para o outro. Tudo isso está escrito em detalhes, e, embora não compreendamos direito, não saibamos como se sucederá exatamente, ao menos a sensação de que um mundo, uma época, está ficando para trás, nós temos. Veja como vivemos hoje e como vivíamos antes. Estamos mais avançados tecnologicamente, mas será que nos relacionamos uns com os outros como antes, que conseguimos estabelecer uma relação satisfatória com Deus, com o absoluto? No mundo de hoje vivemos correndo de um lado para o outro, lutando contra o tempo, em busca de dinheiro e posição, com medo da pandemia, angustiados com a política. Não há mais tempo para admirar a paisagem, para orar, para o amor, para nada. A partir de quando certas ideias passaram a interferir na vida e no espírito das pessoas com o propósito cada vez mais claro de mudar a cultura, de derrubar fronteiras para intrometer-se nos assuntos internos das nações? Que nova Babel é esta? Uma miscelânea, uma mixórdia! E nós, que estamos em um limbo, somos os mais afetados, não só por termos de nos adequar a mudanças, mas por não concordarmos com boa parte delas.

David se animava ao discorrer sobre aqueles assuntos, mas, contraditoriamente, ao cabo de sua explanação, quase sempre caía em desalento. Não se tratava só do país, ou de valores, mas também da humanidade e do amor de Deus, e a perspectiva de se perder esse conjunto de coisas, preciosas demais a seu juízo, dilacerava-o.

No entanto, a despeito de suas próprias incongruências, era a mulher que estava ali, ao seu lado, disposta a lutar por ele, ou melhor, por eles, quem o fortalecia e o estimulava a prosseguir.

Capítulo 30

No dia seguinte, Tatiana foi surpreendida com David todo arrumado, de banho tomado e barba feita, cabelo impecavelmente penteado e perfumado, dizendo que, após o café, iriam à missa. Ao perguntar em qual igreja iriam, ele respondeu que iriam na paróquia da Nossa Senhora das Dores, no Cruzeiro, na missa do meio-dia.

Apesar de ter ficado atordoada por não ter sido avisada com antecedência, Tatiana tomou banho às pressas e, rapidamente, pôs um vestido que trouxera para uma ocasião como aquela.

Ao encontrar com ele na cozinha, ouviu-o dizer que já havia comido, mas que comeria de novo, para lhe fazer companhia. Tatiana então o viu devorar rapidamente o sanduíche que ele preparara e, depois, enquanto ela ainda tomava o seu café, teve de suportar a desagradável sensação de ser apressada por ele.

Quando Tatiana terminou de comer, David de repente tomou-a pelo braço, com uma força descomunal, e a levou rapidamente para o carro. Após abrir a porta do passageiro e colocá-la no assento ao seu lado, em uma velocidade inabitual, David foi para o banco do motorista, e de repente já estavam a caminho da igreja.

Já tinham assistido à missa naquela paróquia. Tatiana gostava da homilia do padre, mas a questão não era essa, e sim a pressa de David, a decisão tomada tão repentinamente. Pela primeira vez, estava realmente alarmada. Adelaide voltou a habitar seus pensamentos, mas àquela altura tinha dúvidas sobre o que poderia ser feito. Como não sabia exatamente o que estava acontecendo, preferiu não se precipitar, tomando alguma decisão que pudesse agitá-lo ainda mais.

No trajeto, ele ligou o som e escolheu para ouvir *Smells Like Teen Spirit*, do Nirvana, música que sempre lhe pareceu um misto de agitação e melancolia.

Enquanto dirigia, David, de repente, começou a se mexer e sacudir o corpo e a cabeça, de cima para baixo, de um lado para o outro, como se estivesse numa pista de dança, ao som desordenado e amalucado da música, o que era chocante para Tatiana e qualquer um que o conhecesse. Parecia um adolescente. Quando ela pediu para diminuir um pouco o som, ouviu-o dizer que aquilo lhe fazia bem e que ela não precisava ser chata. Se não soubesse para onde estavam indo, jamais diria que era para uma igreja.

Ao chegarem no Cruzeiro Velho, David não custou a estacionar em uma vaga localizada próximo à igreja. Ao descerem do carro, Tatiana notou que ele ia ligeiramente na frente, deixando-a para trás. Ele nunca tinha agido daquela forma com ela antes.

— David, por que a pressa? Espere, por favor!

David estacou e se virou, como que se dando conta do que estava acontecendo. Quando Tatiana o alcançou, ele se desculpou e prosseguiu com ela de mãos dadas. Mas enquanto se encaminhavam para a paróquia, ela sentia como se estivesse sendo arrastada e obrigada a acompanhar seus passos ligeiros, tamanha era a pressa com que ele andava.

Quando entraram na igreja, faltava pouco para o meio-dia. Não havia quase ninguém ali, então Tatiana pensou que isso se devia por ser horário de almoço.

David buscou assento próximo da porta de entrada, em um banco localizado à direita de quem adentrava a igreja pela porta principal. O padre era um homem de meia-idade, de Belém, e ouvi-lo celebrar a missa, deixava-a nostálgica. Naquele momento, porém, a apreensão que sentia afastava qualquer possibilidade de pensar em sua terra.

Enquanto aguardavam o início da missa, Tatiana disse:

— Sabe, David, ontem eu o achei até bem, mas hoje...

— Por favor, não fale nada. Estou aqui por minha saúde.

— Deus está pronto a nos ouvir, mas não podemos dispensar o médico, quando necessário. Às vezes, pode nos faltar uma bobagem, sei lá, uma enzima, um hormônio.

Tatiana nunca tinha falado assim tão diretamente sobre a saúde dele, e aquilo o abalou. Ele não soube o que dizer nem como reagir. Sentir que ela começava a achá-lo um louco era justamente o que ele não queria. Mas agora, talvez, isso tivesse se tornado impossível de evitar. O que lhe restava fazer? Uma tristeza misturada com um sentimento de que não estava sendo compreendido sequer por Tatiana começou a tomar conta dele. Sentia como se estivesse sendo perseguido por alguém, aliás, por alguém não, por alguma coisa, quem sabe por alguma entidade do mal, algum comunista criminoso desses que acabou com o país. Mas ele não era louco só porque sentia as coisas melhor que os outros. Sim, ultimamente seus pensamentos abundavam e estavam incontroláveis, mas decorriam de sua inteligência, nada mais. Era um homem especial, só isso. Alguém cujo nível de leitura superava em muito o da maioria das pessoas e por isso estava em um patamar cultural acima dos demais. Que culpa ele tinha de ser assim tão diferente dos outros? Ele sempre fora assim e isso sempre esteve muito claro para ele, principalmente depois que seu irmão morreu. Agora Tatiana, com toda a sua beleza e encanto, estava ali, ao seu lado, sugerindo que ele na verdade não passava de um demente, um insano, alguém que não deveria ocupar o cargo que ocupava e muito menos estar com uma mulher como ela. Por que ela pensava isso dele? Já estavam há um bom tempo juntos, já se conheciam. Ela provavelmente não o amava de verdade, devia sentir inveja por não sentir as coisas que ele sentia e era por isso que queria negar os atributos dele. Por que ela resolvera mexer com o equilíbrio dele daquela forma? Por um acaso ela queria que ele se humilhasse para ela? Que culpa ele podia ter de seus dons serem assim tão grandes? Seria ele o responsável pelo aparelhamento do Estado? Seria ele o responsável pela alienação dos jovens, ou por acabarem com a cultura, a ética e os valores? Por que ela está fazendo isso comigo? perguntava-se David, pondo as mãos na cabeça e finalmente sentindo como se não tivesse mais o perfeito controle do seu corpo, dos seus movimentos, dos seus pensamentos. Foi aí então, neste instante, que ele de fato percebeu que já não tinha mais o domínio de sua mente. Seus pensamentos se aceleraram ainda mais, e depois foi como se tudo tivesse se misturado dentro dele. Se antes ele se achava inteligente, agora era como se fosse superinteligente, os tons de cores lhe pareciam ainda mais nítidos e vivos do que antes, a compreensão de tudo era incrivelmente mais rápida e facilitada. Era como se os pensamentos tivessem ganhado vida própria e, por si mesmos, começado a se concatenar uns com os outros, muito velozmente. Como acompanhar aquilo, o que fazer? Era como se guiasse um carro e repentinamente a direção lhe faltasse, levando o veículo a bambear de um lado para o outro, sem controle. Era tudo o que não queria, mas estava acontecendo, e a sensação era de que aquele carro, cuja direção fora roubada por seus pensamentos, estava prestes a lhe fazer cair da ribanceira. De repente, teve a impressão de ver seu irmão andando pela igreja, depois sentiu que os comunistas estavam prestes a aparecer.

— David, você está se sentindo bem?

Ele então se voltou para ela e, de repente, despejou algumas palavras, atropelando uma frase na outra; suava enquanto dizia coisas desconexas e incompreensíveis.

A explosão que aconteceu dentro dele foi como uma bomba, mas sem potencial para destruí-lo ou colocá-lo para baixo; ao contrário, lançou-o a um patamar tão alto como nunca imaginou ser possível. Foi como se a aceleração que se principiara tivesse sido só um prenúncio do que estava por vir. Antes havia um resquício de autocontrole, agora nem isso. Começou a se sentir mais forte, mais poderoso, mais capaz. Então, era isso, não havia nada de errado com ele, afinal. Eram só seus dons espirituais, que eram tão grandes que nem mesmo ele podia dimensionar. Então, sentiu como se sua mente estivesse inteiramente voltada para encontrar soluções para a humanidade e de repente percebeu que começavam a surgir em sua mente as mais diferentes soluções viáveis para os problemas do mundo. Converteu-se então na única pessoa capaz de salvar o planeta.

— Você não parece bem, David...

Tatiana então sentiu como se ele estivesse sofrendo algum tipo de colapso. Meio agitado, meio alheio, andava de um lado para o outro. Ela, então, lembrou-se do sonho que vinha tendo com ele. Sentiu no fundo do coração que, de algum modo, já vinha experimentando, vivenciando, o que estava acontecendo. E ficou ainda mais angustiada.

De repente, em meio ao descontrole de David, o padre surgiu na porta de entrada acompanhado de seus auxiliares, cada qual carregando um ornamento próprio da cerimônia. Os presentes, cerca de 20 pessoas espalhadas pela igreja, entoaram alegremente uma canção para receber a pequena procissão. Tatiana teve um impulso de agarrar o braço de David, mas aquilo era inútil, pois além de ele ser muito maior e mais forte que ela, sentia como se ele estivesse tomado por uma força superior.

Estando bem diante do corredor, David se voltou totalmente para a procissão. Pousou os olhos sobre cada um do séquito do padre. Não havia dúvidas, na frente do padre estava seu irmão e em volta alguns vultos estranhos. Eram espíritos maus, certamente, pois seguiam ameaçando seu irmão e, de longe, falavam obscenidades.

O padre, em sua batina branca, seguia lentamente, cumprimentando os fiéis de um lado e de outro. Quando de repente olhou para David, e fitou sua face alucinada, estacou, assustado. A reação do sacerdote foi como um sinal para David, que o acolheu, obedientemente. Lançou-se então sobre o padre, derrubando-o facilmente, pouco além da entrada. Quando se ouviu o baque dos dois homens caindo ao chão, as pessoas começaram a gritar, umas correndo para saber o que estava acontecendo, outras fugindo pelas portas laterais da igreja. O séquito do religioso ficou perplexo, incapaz de falar ou se mover. A esta altura Tatiana estava congelada, atônita demais para fazer ou dizer qualquer coisa.

— Largue-me, quem é você? O que você quer? — gritava o padre franzino, tentando se desvencilhar do homem que estava sobre si.

David sabia que o padre iria reclamar, mas era preciso. Aquela era a única forma de protegê-lo dos demônios que rondavam a igreja e zombavam de David, dizendo-lhe em seus ouvidos que aquele era um esforço ineficaz, pois o padre acabaria se voltando contra ele. Do chão, David procurava Mateus, mas só via o movimento de espíritos maus.

— Pelo amor de Deus, me largue! Você está louco?

David agarrava o padre com as duas mãos, prendendo-o a partir da região torácica. Já não havia quase ninguém na igreja, boa parte das pessoas tinham saído assim que a confusão se instalara. Alguns dos que ficaram, porém, recuperando-se do choque inicial, aproximaram-se e cercaram os dois homens que estavam no chão.

— Rapaz, solte o padre. O que você quer? Você está bem? — perguntou um senhor de idade, aproximando-se de David.

Mas era isso que os espíritos queriam, confundir a todos. David não permitiria que o padre fosse dominado pelo mal.

As pessoas se aproximavam cada vez mais e pediam que David largasse o religioso, e, diante de sua resistência, algumas senhoras imploravam e choravam.

A despeito de sua dificuldade de lidar com aquilo, Tatiana aproximou-se de David e, neste meio tempo, o padre gritou:

— Você está me machucando, não consigo respirar direito.

Alguns homens se aproximaram para tentar liberar o padre, mas David era uma rocha. Era incrível como mesmo vários homens eram incapazes de contê-lo.

Quando Tatiana estava diante dele, tentou ser suave ao dizer:

— Solte o padre, David. Por favor. Você não quer levantar a ira de Deus, não é?

Como que perturbado, ele ergueu a cabeça e fitou-a nos olhos. Ela então esboçou um sorriso e engoliu as lágrimas.

— Tatiana, eu...

— Solte o padre, David!

Todos na igreja estavam em silêncio, com a respiração suspensa, rezando para que aquela moça conseguisse detê-lo.

David então abriu os braços e liberou o padre, que resvalou para o lado e se levantou, afastando-se rapidamente do procurador. Tatiana estendeu a mão, mas, ao invés de pegá-la, David se pôs de pé. Na sequência, ficou andando de um lado para o outro, falando consigo mesmo. Dizia que estava ali para ajudar a todos, que era escolhido por Deus, que tinha a maior inteligência dentre os homens, que queria usá-la para o bem, que já espantara alguns fantasmas e que agora seu foco seria salvar o Brasil dos comunistas.

De repente, um rapaz que estava um pouco mais afastado, próximo de um ícone que ficava na lateral esquerda da igreja, pegou um celular para gravar a cena, mas Tatiana, temendo a reação de David, foi em sua direção e pediu que não fizesse aquilo.

— Ele está com algum problema sério — disse um senhor.

— Isso é algum tipo de surto! — disse um homem mais jovem.

— Ele é um perigo para si mesmo, precisa de socorro — disse um homem que estava no séquito do padre.

— Agora que ele largou o padre, devemos chamar a polícia — disse um rapaz, que parecia ser funcionário da paróquia.

Temendo um possível linchamento, Tatiana irrompeu em lágrimas, ao tempo em que dizia em alto e bom som que David não era assim, que o que acontecera fora fortuito, que ele era um rapaz bom, que era seu companheiro e o amava muito. À medida que falava, porém, ia se sentindo cada vez mais sem forças, mais cansada; as pessoas pareciam estar muito próximas umas das outras, e isso tornava o ambiente abafado. Começou a se sentir sem ar, sua cabeça passou a girar, e, faltando-lhe os pés, subitamente caiu ao chão.

O padre ordenou que seu assistente pegasse água com açúcar e trouxesse para ela. Em seguida, aproximou-se de Tatiana e, falando-lhe suavemente, disse que se acalmasse, que as coisas iriam se resolver. Aos primeiros goles da água, Tatiana sentiu-se melhor.

— Acredite, padre, por favor. Minha surpresa é tão grande quanto a sua.

— Pensei que fosse um assalto ou algo parecido, mas agora vejo que não se trata de nada disso. Vamos resolver com o mínimo de alarde — disse o padre.

Tatiana ergueu a cabeça e encontrou David andando no altar, próximo ao sacrário, de um lado para o outro. Em meio às coisas desconexas que ele dizia, às vezes ela tinha a impressão de o ouvir pronunciar o nome do irmão que já havia falecido.

Sentindo-se melhor, Tatiana pegou o celular e mandou uma mensagem para os pais de David: "Por favor, venham à igreja Nossa Senhora das Dores, no Cruzeiro. David está descontrolado dentro da igreja. É urgente". Adelaide respondeu praticamente em seguida: "Não o provoquem de nenhuma forma. Estamos chegando".

Respirando aliviada, Tatiana disse ao padre:

— O socorro está a caminho.

Atendendo aos apelos do padre, muitos foram embora, de modo que ficaram apenas o pároco, Tatiana e alguns fiéis, para o caso de David ter alguma reação violenta.

— O senhor está ferido? — disse Tatiana ao padre.

— Creio que não, mas não nos preocupemos com isso, por ora. Antes nos voltemos para o rapaz que está visivelmente fora de si.

Ela engoliu em seco.

— Será que ele não lhe escuta se a senhora falar com ele?

— Padre, este não é o meu David. Não entendo o que ele diz.

— Quem está vindo?

— Os pais dele.

— Mas não reagirão como a gente, sem saber o que fazer?

— A mãe dele é médica.

— Ah, bom. Se é assim, vamos rezar para dar tudo certo.

Como era domingo e a igreja era vizinha ao Sudoeste, Adelaide e Afonso chegaram rapidamente. Ao entrarem na igreja, as conversas cessaram e as atenções se voltaram para eles.

— Adelaide, graças a Deus! — gritou Tatiana se dirigindo até a mãe de David.

— Onde ele está? — perguntou Adelaide, imediatamente.

Afonso, que mirava mais adiante, viu o filho em frente ao altar, parado diante de uma imagem do Sagrado Coração de Jesus. Parecia conversar com a estátua.

— Ali está ele! — gritou Afonso apontando para o filho.

Adelaide correu para junto de David, seguida por Afonso. Quando ficaram diante dele, pararam. De longe, Tatiana e os demais viram quando Adelaide retirou uma seringa da bolsa. Pelo que podiam perceber, a injeção já estava preparada.

— Meu filho, venha cá — disse Afonso calmamente.

— Papai, mamãe, o que fazem aqui? É perigoso, precisam ir embora — disse David em uma agitação e descontrole torturantes.

— Sim, é perigoso. E por isso viemos pegar você para podermos ir para casa.

Compassiva, a voz de Afonso passava segurança. Tatiana teve a impressão de que eles já chegaram na igreja sabendo o que fazer.

— Ainda há pouco falei com Deus.

O padre olhava compadecido para o procurador, ao passo que Afonso parecia se perturbar quanto ao que David falava. Adelaide, no entanto, embora diante do próprio filho, agia com uma frieza tão grande quanto a vontade de tê-lo a salvo em seus braços.

Adelaide escondia a injeção, embora soubesse que em casos como aquele a percepção da pessoa, assim como a força e reação física, ficavam muito mais aguçadas.

Afonso aproximou-se do filho, mas David se afastou.

— Não venha, papai. É perigoso!

Com os olhos arregalados, agitado, David não conseguia parar quieto; era como se suas células estivessem vibrando e sua vida acontecesse em um nível superior ao daquela gente ali presente. Em sua agitação, ele se sentia acima das outras pessoas e tinha certeza, naquele momento, de que tinha poderes extrassensoriais.

— Vamos pelo menos conversar, meu filho.

Enquanto ia de lá para cá, falando e gesticulando, David parecia atento a quem estava em seu entorno. Estava preparado para qualquer abordagem indevida contra a sua pessoa. Não permitiria que ninguém o detivesse, pois ele era o único que podia salvar o mundo.

— Permita que eu e sua mãe possamos falar com você.

David de repente temeu que seus pais estivessem tomados pelo mal.

— Não, vocês têm de ir embora. O mal fala por sua boca.

— Certo, então me deixe pelo menos lhe dar um abraço.

Afonso estava perto de David e, quando se aproximou um pouco mais para abraçá-lo, Adelaide, que vinha logo atrás, posicionou-se. O que se seguiu aconteceu em uma fração de segundo. O pai envolveu o filho e no instante seguinte, sem tempo para que o procurador pudesse reagir, a mãe cravou a injeção no braço de David, aplicando-lhe o antipsicótico. A técnica e rapidez com que ela agiu deixaram a todos impressionados.

— O que foi isso no meu braço? — disse David se esquivando.

Seus pais se afastaram um pouco. Adelaide sabia exatamente o que ocorreria a partir daquele momento, bem como o que fazer.

Aproximando-se dos pais de David, Tatiana desatou a falar:

— Ele de repente ficou agitado, falando muito, e...

Adelaide fez sinal de silêncio.

— Ele se acalmará agora.

— Certo, mas eu preciso estar junto...

— Se o ama, compreenderá que ele precisa ser tratado em paz.

Tatiana queria protestar, dizer que não concordava, que ela poderia fazer parte da recuperação dele, mas sabia que naquele momento estava derrotada. Aquela com quem falava, a que assumia o controle, não era só a mãe dele, era também a médica.

À medida que a medicação ia fazendo efeito, a euforia, o descontrole, a agitação de David iam cedendo à vista de todos. Quando Afonso sentiu que David estava prestes a cambalear, dirigiu-se ao carro junto com o filho, com a ajuda de um dos presentes.

Adelaide foi até o padre e falou:

— Reverendo, sou a mãe do rapaz. Ele certamente teve um colapso, e todos estamos tão estarrecidos quanto o senhor. Peço desculpas e me ponho à disposição em termos de socorro médico e de reparo pelos danos materiais. O senhor está ferido?

— Minha senhora, não estou ferido e não há danos materiais. Chegaram a dizer para eu dar parte à polícia, mas depois do que vi, estou convencido de que não é este o caso. Somos todos cristãos e queremos o bem uns dos outros. Vou rezar pelo seu filho.

Adelaide abraçou o padre, profundamente agradecida. Sabia melhor que ninguém que, em casos assim, pior que o episódio, só mesmo as consequências que podiam advir para a vida da pessoa.

Capítulo 31

Tatiana tomou um táxi para casa e ainda era impossível segurar as lágrimas quando chegou no condomínio. Ao entrar no apartamento, foi direto para o seu quarto. Queria ficar sozinha, livre de qualquer perturbação. E realmente ninguém deu conta de sua chegada.

Deitou-se em sua cama e agradeceu por ter um lugar onde pudesse se esconder. Não vendo nem ouvindo mais nada, deixou-se levar pelo marasmo daquele dia inútil e desabou em um sono profundo.

Tatiana só voltou a si quando Jandira entrou no quarto com sua mãe. Lúcia se aproximou e, percebendo que a filha havia acordado, disse:

— Por que não falou conosco quando chegou e ainda por cima está enrolada nos lençóis desse jeito? Jandira soube que você subiu e nem cumprimentou o porteiro. O que houve?

Desatou a chorar. Lúcia abraçou a filha, ao tempo em que pediu que Jandira trouxesse um copo de água. Ao sair do quarto, Jandira cruzou com Simone, que perguntou o que havia, no que disse que não se preocupasse. Ao retornar, fez Tatiana beber a água.

— Foi horrível. Ele perdeu o controle sobre os próprios atos...

— Como assim? — perguntou Lúcia.

— Na igreja, mamãe. Na igreja...

— Que tem a igreja? — perguntou Jandira.

— Eu já o vinha notando estranho. Acho que o que aconteceu foi só o estopim. Estou tão angustiada. Não sei mais o que fazer.

— Calma, conte devagar o que houve — disse Lúcia.

— O humor dele vem oscilando, não sei bem desde quando. Não liguei. O humor de todo mundo oscila. Mas, quando as oscilações começaram a ficar menos espaçadas e mais intensas, eu conversei com ele, disse que deveria ver aquilo. Ele minimizou...

— Não me diga que ele surtou? — disse Lúcia aturdida.

— Não sei direito, mas acho que sim.

— Não! — disse Jandira. — Se isso aconteceu numa igreja não foi só um problema de cabeça. Ele está com alguma perturbação espiritual.

— Espiritual ou não, ele precisa de um médico — disse Lúcia. — Não tem ideia do que possa ter contribuído para isso, Tati?

— Não. Alguns o acham esquisito, mas para mim nunca passou de alguém tímido e solitário. Todos somos um pouco assim, afinal, não somos? Ele é sensível, espiritualizado, não se conforma com o mundo e as pessoas do jeito que são — movidos por ódio e egoísmo. Acho que isso não aconteceu porque ele é fraco, ou doente, mas porque é bom; bom demais para o mundo, para este país e quem sabe até para mim...

— Calma aí. Ele é um bom rapaz, sim, mas você é uma mulher excelente. Sei que agora está para baixo, mas essa melancolia vai passar. Precisamos saber o que houve. Surtar em uma igreja é sério.

Tatiana contou sucintamente o que acontecera. Lúcia levou a mão à boca, espantada. Sentiu pena da filha. Certamente aquele rapaz devia ter algum problema grave e omitira o fato de Tatiana.

— A senhora acha que ele é louco, não é, mamãe?

— Não sou médica, filha; mas, sinceramente, preocupo-me mais com você do que com ele. Quem sabe isso tenha ocorrido para mostrar que ele não é a pessoa certa. Ele é o segundo com quem você se relaciona, mas você pode conhecer outro...

Tatiana fez um sinal para que a mãe parasse. Aquele era um discurso que só servia para aumentar sua aflição. Será que ela não via o quanto o amava e estava disposta a ficar com ele? Por que desistiria dele diante da primeira dificuldade? Decerto, não tivera muitos relacionamentos, mas será que isso era imprescindível para encontrar a pessoa certa? Não, depois de Rogério, bastou David para que soubesse quem de fato poderia lhe fazer feliz. Nunca se relacionou com alguém que admirasse tanto, e em relação a quem se sentisse admirada na mesma medida. Como abrir mão tão facilmente do que não teve por anos? Vivera com Rogério sem saber o que era ser feliz e, agora que encontrara seu amor, abandoná-lo-ia justamente quando ele mais precisava dela? Que tipo de amor seria esse? Caso fizesse isso, como ficaria sua consciência? Não, não era um relacionamento calmo que a aproximaria da felicidade, não necessariamente. O amor não era isso que inoculavam na mente das pessoas. O amor exigia sacrifício, abnegação, desprendimento, tudo o que ela estava disposta a fazer por ele, tudo, portanto, que confirmava que o amava. Livrá-lo do que o perturbava era urgente; uma réstia de esperança de voltar a ser feliz com ele. Amava sua mãe e Jandira, mas era dela o coração que estava ligado a David.

— Não posso optar pelo caminho mais fácil diante de uma situação como esta, na qual David está no fundo do poço e precisa de mim ao lado dele.

— Eu sei, filha. Apenas pensei nas questões aqui em casa...

— Meus filhos já estão sendo ajudados, mamãe. Por outro lado, se me acontecesse alguma coisa, David moveria mundos e fundos para me ajudar. Não imagina o quanto sofro por não saber como ele está.

— Tenha fé, Tati — disse Jandira. — Depois da tempestade vem a bonança. Vou pedir oração para o meu pastor.

Enquanto Lúcia pegava a mão da filha, tentando lhe passar força, Tatiana agradecia a Jandira, com os olhos marejados de lágrimas.

— Não, Sílvio, não vou fazer isso — estava dizendo Adelaide. — Lembre-se de que ele é um procurador e a mídia está prontinha para acabar com a carreira dele.

— Calma, não acha melhor passar o telefone para Afonso?

— Ah, Sílvio! Por favor! Desde quando Afonso cuida disso?

— Bom, você sabe o que acho. Ele precisa ficar em um lugar adequado e na clínica ele será atendido em tudo o que necessitar.

— Não, Sílvio! Você é como um irmão para mim, e sei que estará sempre aberto para nos ajudar, mas ele vai ficar aqui em casa. Já até despachei meus pacientes pelos próximos meses.

— Em algumas situações uma mãe é mais importante que um médico, mas no tratamento ainda fico hesitante. Sabemos das implicações decorrentes do envolvimento emocional...

— Seu teimoso. Se precisar de sua ajuda, prometo te procurar.

— Ok, não insistirei. Ele vai ficar logo bom. Vai dar tudo certo.

O homem do outro lado da linha era Sílvio Camarro, psiquiatra conceituado nacionalmente. Adelaide estava feliz em ter conseguido falar com ele. Era alguém que conhecia desde a faculdade, com quem já trabalhara, um amigo mais que um colega.

Adelaide foi para o quarto onde David estava. Afonso estava sentado em uma cadeira de embalar diante da cama do filho. Eram quase 4h da tarde, mas era como se tivessem acabado de chegar da igreja, tamanha a loucura que envolvera os acontecimentos.

Apesar de sua experiência, desta vez o paciente era quem Adelaide mais amava na vida. Justo por isso sabia que seu estudo ou trabalho não tinham tanto peso quanto sua obstinação e frieza, estes sim fatores decisivos para conseguir lidar com aquilo.

— Tudo bem? — perguntou ela, voz baixa, ao entrar no quarto.

— Sim, ele dorme. E o Silvio? Quer que o internemos, não é?

Adelaide assentiu com a cabeça, depois, como quem não estivesse com disposição para dar trela ao marido, aproximou-se de David e ficou ali, a observá-lo. Ele não devia estar passando por isso.

Sentou-se em uma cadeira próxima à cama. Com David dormindo daquele jeito, dava-se conta do seu próprio cansaço. Tudo ocorrera logo depois do almoço. Jurara que fosse ter uma congestão, um infarto ou qualquer coisa assim. A perplexidade tomara conta dela e de Afonso assim que leram a mensagem de Tatiana. Na ocasião, ela e Afonso entreolharam-se, apavorados. Arrumaram-se às pressas, ela reclamando da lerdeza dele, ele dizendo que não adiantava perderem a cabeça. Agora, ali, com o filho a salvo, sob seus cuidados, respirava mais aliviada.

— Sei qual sua opinião, mas você não acha que Sílvio...

— Não falemos mais nisso. Não vou permitir que esse incidente se torne maior. Sou médica também, sei o que é melhor para David. Médicos costumam ser frios e distantes, e isso decorre da nossa formação. Imagine se eu vou permitir que ele seja submetido a camisa de força ou veja isso acontecer com outras pessoas.

Ele se calou.

— E espero que você não esteja mais preocupado com sua comodidade do que com a recuperação de David.

— Ah, tenha paciência. Ele é tão meu filho quanto seu, Adelaide.

Não dando bola para o marido, Adelaide voltou a observar o filho. Não o deixaria sob os cuidados de quem quer que fosse. Não tinham a menor ideia dos gostos ou necessidades dele. Ela era a mãe, ninguém podia se importar com ele mais do que ela.

— E Tatiana?

— Não toque no nome dessa mulher nesta casa. Por favor!

Ele ficou surpreso com o tom agressivo da esposa.

— Tatiana é a companheira dele! Era assim que eles se apresentavam. Você não tem o direito de impedir que ela o veja.

— Direitos! Se quer saber, na minha lista de visitação muita gente vem antes de Tatiana.

— Por que age assim, Adelaide?

— Ainda pergunta?

— Por um acaso você a acha culpada?

— É evidente.

— Por Deus! Não viu o estado da moça? Você perdeu o juízo?

— Ah, que mocinha que ela é! Eu nunca engoli essa mulher, e você sabe muito bem disso. Divorciada com filhos problemáticos e ainda por cima mais velha que ele. Se me esforcei para ser amistosa com ela, foi pelo amor que tenho por meu filho, mas aí está o resultado — disse Adelaide estendendo a mão para David.

— David é adulto, independente. Ele é quem deve escolher com quem se relaciona. Isso não é da nossa conta. Você não enxerga a felicidade no rosto dele quando está com ela?

— Ela enfeitiçou você também!

— Às vezes, acho que você tem ciúme de Tatiana.

— Ah, é? Por quê?

— Você a recrimina o tempo inteiro, mas já se perguntou se agiu certo em nunca ter conversado com ela sobre o problema dele?

— Não seja injusto. Como eu faria isso passando por cima dele?

— Será que não foi por sua causa que ele ainda não se abriu com ela? Na verdade, ela não precisa de novos problemas. Se quer ficar com ele mesmo depois do que presenciou, e ela já deu sinais disso, é porque ama o nosso filho de verdade.

Adelaide se calou.

— E já consultou sua consciência a respeito do quanto ela deve estar mal, especialmente pelo amor que deve nutrir por David?

Adelaide pediu ao marido que fosse esticar as pernas. Precisava de um tempo para raciocinar. Tinha de requerer a licença médica de David e pensar cuidadosamente sobre o que deveria fazer para afastá-lo de Tatiana. Ela que fosse atrás de soluções para os problemas da família dela, em vez de criar dificuldades para a sua.

Quando David despertou, na manhã de segunda-feira, seus pais estavam sentados diante da cama onde ele repousava. Adelaide sabia que era imprevisível a forma como ele acordaria. Como aplicara uma boa dose da medicação, tinha esperança de que retornasse fora dos delírios e alucinações, mas não havia garantia quanto a isso.

Ao abrir os olhos, o primeiro rosto que David viu, repleto de expectativa, foi o da mãe. Sorriu para ela, depois, voltando-se para o pai, sorriu de novo.

— Veja só, então os dois estão comigo em tempo integral?

Ao deparar com o bom humor do filho, Adelaide se aproximou, emocionada.

— Ah, meu Deus, sabia que voltaria bem. Graças a Deus, nós o temos de volta. Eu sabia que conseguiria cuidar de você.

— Meu garoto, você nos deu um susto enorme.

Era visível sua melhora, a despeito do semblante marcado pela luta que travara consigo mesmo na véspera.

— Eu... Mas e Tatiana?

— Você se lembra do que aconteceu, não é, David?

Calou-se por um instante e, depois de pensar um pouco, disse:

— Sim, mamãe, acho que sim.

Adelaide sabia que, embora perdessem por completo o controle naqueles episódios, as pessoas guardavam na memória boa parte dos acontecimentos.

— Você teve uma crise, filho.

— Eu sei. Mas já estou bem.

— Não, filho. Não fale isso. Crises assim podem custar a vida, o trabalho, os relacionamentos. Você ainda está sob meus cuidados.

— Quero falar com vocês, mas antes preciso falar com Tatiana.

— Você sabe o quanto eu e seu pai nos esforçamos por você...

— Onde está Tatiana?

— Filho, escute sua mãe — disse Afonso.

— Ok. O que querem que eu faça? — disse David contrafeito.

— Gostaria de saber sobre a medicação. Algo me diz que...

— Que fui irresponsável...

— Talvez descuidado.

Ele ficou em silêncio.

— Quanto à Tatiana, calma. Quando melhorar, falará com ela.

— E por que não agora?

— Não percebe que foi esta união que desencadeou tudo isso?

— Não, mamãe!

— Como não, filho? Esqueceu que vinha bem até ela surgir?

— Não vou lhe contrariar se a senhora prometer que conversará com ela. Não quero que ela fique angustiada.

— Estou autorizada a falar sobre tudo com ela?

Ele assentiu.

— Tudo mesmo?

— Sim. Diga tudo.

Afonso sorriu. Quando Adelaide percebeu seu sorriso, ele logo fechou a cara com medo de ser chamado atenção.

— Certo, prometo falar com ela o quanto antes.

— Obrigado.

Fora o melhor que conseguira. Embora não pudesse estar com ela, ao menos garantia que fosse informada sobre como ele estava.

Tatiana comparecera ao seu gabinete na terça. Convencera-se de que se dedicar aos processos e lidar diretamente com os servidores colaboraria para que desanuviasse a mente. Por mais que quisesse, não conseguiria trabalhar a distância naquele dia.

Orientava sua assessoria, examinava minutas finalizadas, empreendia, enfim, todos os esforços para arrefecer a angústia que a dominava. De fato, isso até ajudava a esquecer David por alguns momentos, mas não o tempo todo. Ele ocupava um espaço grande demais em sua vida para que o esquecesse assim facilmente.

Permanecia arrasada com o que acontecera, porém, o que realmente a desconcertava era a forma como vinha sendo tratada. Adelaide devia culpá-la pelo que aconteceu, mas como ela podia ser culpada? Ela sequer sabia com o que estava lidando!

Carol adentrou o gabinete de repente e pegou a amiga justamente no momento em que devaneava, entre uma tentativa e outra de se concentrar no trabalho.

— Bom dia!

No dia anterior Tatiana ligara para as amigas e contara brevemente o que acontecera.

— Oi, bom te ver. Sente-se.

— Juliana não pôde vir, você sabe, hoje é o dia dela no Tribunal; mas pediu para dizer que a verá assim que puder.

— Tudo bem, tudo bem. Preciso conversar, Carol. Estou para ficar doida. Vamos sentar ali no sofá, quero falar sem interrupção.

Ao se sentarem, Tatiana se sentiu feliz por poder contar com a amiga. Carol e Juliana eram umas das poucas pessoas a quem podia recorrer em momentos como aquele.

— Está abatida, Tati. Mas se quiser, fale. Estou aqui para isso.

Tatiana suspirou.

— Só contei a você e à Juliana porque são minhas amigas. Se não pudesse dividir nem com vocês, ficaria louca.

— Calma. Deixa dizer uma coisa que nunca te falei. Um primo meu, na Bahia, teve um surto, ficou internado e tudo. Mas se tratou e nunca mais teve nada. Hoje em dia a medicina está avançada. Com um bom tratamento, David se recuperará, vai ver só.

— Adelaide não me atende. Deve me culpar pelo que houve.

— Não dê bola para isso. Ela deve estar querendo proteger o filho. Quando a poeira baixar, as coisas se ajustarão.

— Você acredita que mamãe sugeriu ontem que eu aproveitasse o momento para abandonar David?

— Não se impressione, Tati. Em momentos assim, mães têm impulsos imprevisíveis para proteger os filhos. Você devia saber disso melhor que eu...

— É...

— Você ama David, então está certa em lutar por seu amor! Não importa o que a mãe dele ou a sua diga ou pense. Importa o que sentem um pelo outro.

Tatiana sorriu. Era disso que precisava, palavras amigas. Após conversarem mais um pouco, Carol se despediu e foi embora.

No horário do almoço, Tatiana deu as últimas instruções para os servidores, despediu-se e tomou o caminho da garagem. Enquanto ia em direção ao carro, cruzou com seu João, que a cumprimentou e disse que, tão logo recebesse, lhe pagaria o dinheiro que tomara emprestado com ela.

Ao ouvi-la dizer que ele não se preocupasse, seu João, que costumava se sentir contagiado com a alegria da procuradora, achou-a um tanto quanto triste.

— Deus abençoe a senhora e o Dr. David, Dra. Tatiana.

Tatiana sorriu para seu João, realmente gostava daquele senhor. Para muitos ele não passava de um pé-rapado, alguém invisível, embora estivesse no serviço público há tanto tempo. Era uma pessoa simples, como ela, como David, com a diferença, talvez, de não ter tido as mesmas oportunidades, de não ter galgado um posto tão alto. Mas afora isso, o que a distinguia daquele senhor? Sua posição, seus bens, seu dinheiro? Nada disso importava, bastava olhar para a situação atual de David para se certificar disso. Títulos, dinheiro, propriedades, não acompanhavam as pessoas para sempre nem faziam parte da personalidade humana. Entretanto, eram naquelas coisas materiais, finitas, que o ser humano mais se agarrava, onde julgava encontrar um sentido para sua vida. Mas ela estava convencida de que nada daquilo era suficiente para fazer alguém feliz. Ajudar seu João, com parte de seu salário, sem dúvida, fazia muito mais sentido do que simplesmente acumular em banco ou na forma de bens. De que vale o que ganhamos senão a partir da destinação que lhe damos? pensou Tatiana profundamente grata por haver proporcionado àquele senhor conforto e alegria com o dinheiro que pusera em suas mãos.

Por volta das 7h da noite, deparou com uma mensagem de WhatsApp de Adelaide. Pedia que se encontrasse com ela no seu condomínio. Com o coração aos saltos, seguiu para o Sudoeste.

Capítulo 32

Quando entrou no hall do edifício, Tatiana foi orientada pelo porteiro a ir direto para o apartamento de David. Sem compreender direito, ela tomou o elevador e subiu para o andar dele.

Ao primeiro toque da campainha, Adelaide abriu a porta e a convidou a entrar. A mãe de David estava vestida sobriamente e tinha um sorriso forçado no rosto.

Adelaide ofereceu algo para Tatiana beber, mas esta, agradecendo, recusou. Em seguida, percorreram o caminho que Tatiana tão bem conhecia, até a sala de estar. Apenas o abajur estava ligado, o que fazia o ambiente mergulhar na penumbra.

Sentando-se no sofá, Tatiana sentiu-se feliz por estar de volta àquele lugar. Porém não conseguia entender o motivo de conversarem justamente na casa dele. Ele certamente não estava li. E então algo que sempre a inquietou voltou a dominar seus pensamentos. Por que, afinal, ele vivia tão atrelado aos pais?

— Nossa conversa não será muito agradável — disse Adelaide, sentando-se em frente à Tatiana. Ela trazia um saco plástico consigo, o que despertou a curiosidade da procuradora. — Hoje você ficará sabendo de coisas não só a respeito de David, mas da minha família.

O cinzeiro já estava posicionado na mesinha onde ficava o abajur. Adelaide puxou um cigarro da carteira, acendeu-o e tragou profundamente, deixando o lugar encoberto por uma nuvem diáfana que logo se dissipou e tomou conta do ambiente, conferindo à atmosfera um ar ainda mais sombrio e impenetrável.

— Deve querer saber por que eu, uma médica, não me livrei deste vício maldito.

— Não.

— Então, deve se perguntar por que David vive grudado aos pais ou de que forma minha profissão pode estar ligada a ele.

Tatiana não respondeu que sim, nem que não. Ficou em silêncio observando os modos de Adelaide, a postura empertigada, o ar altivo e superior, próprios de quem presidia a conversa.

— Tive dois filhos, Tatiana. Gêmeos. David e Mateus. Sempre foram a razão da minha vida. Você é mãe, certamente me entende. Aos seis anos, Mateus sofreu um acidente de carro e morreu. Afonso sobreviveu ao acidente por um milagre. No momento do sinistro, David diz ter mantido contato com o irmão, e de nada adiantou falarmos para ele que foi um sonho. A verdade é que ele nunca mais deixou de sonhar com o irmão, a pessoa a quem ele era mais ligado nesta vida. David nunca mais foi o mesmo. A perda do irmão acionou alguma coisa dentro dele. Ele passou a ter premonições, sonhos, coisas estranhas. Levei-o ao médico, mas não foi detectado nada de errado com ele. Minha intuição era de que meu filho precisaria de mim, o que se confirmou quando aos 15 anos ele teve uma depressão que o deixou na cama por seis meses. Aos 18, quando achamos que o pior tinha passado, ele teve um surto psicótico. Na verdade, antes disso eu já vinha vendo algumas coisas estranhas, mas não queria admitir o pior. Ironicamente, fui eu mesma quem o diagnostiquei. Quer saber o que ele tem?

— Claro.

— Ele é bipolar. Sim, David é um maníaco-depressivo, Tatiana.

Adelaide observou Tatiana para verificar se suas palavras tiveram o impacto desejado, e, ao notar a incredulidade no rosto da procuradora, ficou satisfeita, porém, esforçou-se para tentar esconder o comprazimento expresso em seu rosto.

— Na primeira crise de mania ele teve alucinações e delírios, como ocorreu na igreja. Dizia falar com Mateus, ter poderes mágicos. O ápice da euforia aconteceu em casa, mas conseguimos contornar tudo. Ele ficou dez dias internado. Era jovem, podia retomar a vida como se o que lhe aconteceра tivesse sido um mero arroubo juvenil. E foi o que ocorreu. Só que ele nunca mais poderia viver sem medicação...

Por que David nunca lhe falara sobre isso? Sentia-se culpada, pois achava que de algum modo não o deixara à vontade para que ele se abrisse com ela sobre algo tão importante como aquilo.

— Ele sofre da forma mais grave da doença — disse Adelaide atenta à reação de Tatiana. — A maior causa de recaída é o desleixo com a medicação. Por isso, eu e Afonso sempre estivemos vigilantes. Conosco David nunca deixou de tomar a medicação.

Tatiana sentiu de repente um tom acusador por trás daquelas palavras. Era como se a mulher à sua frente estivesse apontando-lhe o dedo, embora de um modo sutil.

— Iniciado o tratamento, David se estabilizou completamente. Ou seja, quase 20 anos sem crises. Passou em vários concursos.

— Há alguma cura para essa doença?

Adelaide sorriu diante da pergunta da criatura à sua frente, que lhe parecia completamente despreparada para lidar com David, um homem brilhante, que precisava de alguém não só para dividir a cama, mas sobretudo para estar ao seu lado nos momentos difíceis.

— Não seja ingênua, querida. Nunca lhe disseram que doenças mentais não têm cura? Não sabemos quase nada sobre o cérebro. Ele é tão misterioso quanto o universo.

— Então, você quer dizer que...

— Sim, quero dizer que bipolaridade, depressão, esquizofrenia precisam de tratamento contínuo, são para a vida toda.

— Então, David... não voltará a ser como antes?

— No transtorno bipolar, após a crise, os pacientes costumam voltar mais ou menos inteiros para a normalidade. Porém sofrem muito a cada crise, e uma sequência delas pode prejudicar significativamente suas vidas.

— Eu não sei o que dizer. Estou impressionada com tudo o que a senhora está falando. Por que não fiquei sabendo disso? Eu...

— Por quê? Ora, porque as pessoas são preconceituosas, porque quem sofre de doenças mentais é estigmatizado.

— Ele não confiou em mim, então?

— Pelo jeito não.

Adelaide sabia que estava sendo cruel, mas precisava agir daquela maneira. Não poderia jogar fora todo o trabalho que empreendera até ali; não anulara em vão sua vida.

— A sensação dos bipolares é de viver em uma montanha russa. Sofrem muito, mas quem convive com eles sofre igual ou pior.

Angustiada e tentando segurar as lágrimas, Tatiana disse:

— Por que a senhora está fazendo isso comigo?

— Toda minha vida foi dedicada ao meu filho. Você surgiu colocando tudo a perder. Não vê que já tem problemas demais para lidar? Como acha que David suportará o stress da sua vida, os problemas dos seus filhos, do seu marido?

— Eu não sou mais casada com Rogério! — protestou Tatiana.

— Exerce um cargo de mando, mas é uma tola. Pouco me importa o seu estado civil. Somos uma família católica. Você permanece casada no religioso. Você o está desviando da igreja.

Tatiana ficou em silêncio, não sabia ao certo se estava perplexa ou indignada diante da ruindade da mulher à sua frente. Ela e David sabiam que havia um obstáculo em relação a um casamento religioso, mas, embora acreditassem não ser aquilo algo que pudesse impedir seu amor, pois poderiam encontrar um meio de resolver a questão, eis que surgia Adelaide buscando os motivos mais sensíveis para afastá-los um do outro.

— Meu filho não nasceu para ficar com você. Não me entenda mal, eu até a acho uma boa pessoa. E é por isso que sei que você se afastará dele. Mesmo que cruze com ele no trabalho, não lhe dirigirá mais a palavra. Só esperaria o contrário disso se estivesse diante de uma mulher vulgar, mas você não é uma mulher vulgar.

Tatiana sentia como se estivesse sendo tangida definitivamente para fora da vida de David. Temia cair naquele fosso e não retomar mais o controle de sua vida.

— Você não me falou sobre como ele está.

Adelaide hesitou. Não podia falar a verdade, tampouco mentir deliberadamente.

— Ele está melhor. Mas ainda está sob observação.

— Ele está aqui?

— Não. Não podem se ver. Isso atrasaria sua recuperação.

— Li em algum lugar que pessoas com esta doença podem levar uma vida normal.

— O caso dele é grave, mas há controle, desde que haja adesão ao tratamento.

— Então é possível conviver com esse transtorno...

— Sim. Há bipolares em todas as profissões, e, uma vez tratados, são tão normais quanto as demais pessoas. David sempre conviveu bem com a doença, mas só até você surgir na vida dele. Ele quis acreditar que deixar de tomar os remédios o faria descobrir que não precisava deles. Quis sonhar com uma vida "normal" com você.

— Como sabe disso? Ele lhe disse?

— Não, mas fui ao quarto verificar a medicação. Depois de muito fuçar, descobri os remédios escondidos. Aqui estão as cartelas.

E Adelaide ergueu o saco plástico que trazia consigo, virou-o e despejou as caixas de carbolitium no tapete, diante de Tatiana.

— Parou de tomar o remédio por sua causa. Pela primeira vez na vida agiu de modo irresponsável. Não podem mais ficar juntos.

— Não vou me interpor entre você e ele. Muito menos vou atrapalhar o seu trabalho no tocante ao tratamento dele. Entretanto, quero que fique ciente de que nada me fará desistir de David, não enquanto nossos corações estiverem ligados.

Adelaide quis dizer algo, mas Tatiana não lhe deu chance. Levantou-se bruscamente, disse que precisava ir e atravessou rapidamente a sala até a porta de entrada do apartamento.

Ao deixar o apartamento e entrar no elevador, Tatiana foi invadida por uma sensação de alívio. Era como se tivesse deixado para trás as energias negativas que a tinham envolvido durante a conversa. Sentindo-se mais leve, agradeceu por finalmente saber o que David tinha e confirmar que muitas pessoas com aquela doença podiam levar uma vida normal, o que renovava suas esperanças de que ele se recuperasse. Em parte, compreendia a obstinação de Adelaide, que a qualquer custo queria proteger David. Era como se proteger o filho fosse uma missão sagrada da qual ela não pudesse se afastar por nada. Todavia, aquela renitência não era suficiente para dissuadir Tatiana de ser feliz.

Capítulo 33

O tempo se arrastou tanto para David como para Tatiana. Nas duas semanas seguintes à conversa com Adelaide, a procuradora não pôde acompanhá-lo de perto, ou, de qualquer outra forma, ajudá-lo com o seu amor. Adelaide confiscara o celular do filho, dificultando ao máximo o contato com Tatiana. Apesar disso, Tatiana clamava para que a médica lhe deixasse pelo menos ouvir a voz de David. No entanto, Adelaide mantinha-os afastados, afirmando que a medida era essencial para a recuperação dele.

Embora atordoada, Tatiana se esforçava para se agarrar ao fio de esperança que vislumbrara após o último encontro com Adelaide. Lendo, descobrira que pessoas ilustres conviviam com aquela doença, o que a enchia ainda mais de confiança.

Ao chegar em casa após o encontro com Adelaide, relatou à mãe e à Jandira como fora a conversa com a mãe de David. Queria poder dizer que, apesar de tudo, havia esperança, mas em vez disso sentiu sua humanidade falar mais alto e desabou em lágrimas. Embora penalizadas, as duas mulheres ficaram assustadas, o que era esperado diante do preconceito e da aversão que envolviam as doenças mentais. Para a maioria das pessoas, doenças como aquela significava loucura e exclusão social, e a compaixão, decerto, ainda não era suficiente para superar o preconceito. Esse tipo de doente ainda precisava esconder seu infortúnio, digerir e administrar, sozinho, no máximo com um médico e uns poucos familiares e amigos, uma situação muitas vezes devastadora, para a qual não concorrera, não sendo justo, por isso mesmo, ser por ela punido.

Até então, Tatiana sabia pouco sobre doenças mentais e seu impacto na sociedade e vida das pessoas. Agora, porém, percebia mais de perto o quanto tudo que envolvia aquele tema era clandestino. Muitos, mesmo no século XXI, ainda precisavam esconder esse aspecto de suas vidas, para poderem ser aceitos no meio em que viviam. Portanto, derrubar a pecha de louco, de quem padecia de uma doença assim, era algo ainda distante.

Dessa maneira, a doença de David não era nada fácil de se entender ou aceitar; ele sofria, os pais dele sofriam, ela sofria. No entanto, o padecimento dele despertava em Tatiana uma necessidade de encarar a situação de modo pessoal e direto, de ver com outros olhos a enfermidade, de buscar soluções tanto para ele como para outros bipolares.

Tatiana então dedicou-se a ler tudo o que encontrava sobre transtorno bipolar. À medida que estudava e aprendia mais sobre a doença, pensava nos desiquilíbrios de David, a dor que ele carregava na alma. Entendia finalmente o porquê de suas estranhas e súbitas oscilações de humor, a razão de em certos dias não querer sair da cama e de em outros querer passear de carro escutando Nirvana a toda altura. Surpreendia-se em saber o modo aleatório que a doença podia se apresentar, com sintomas ocorrendo em momentos muito espaçados ou muito próximos. A cada dia descobria um aspecto novo da doença, uma forma diferente de abordar o tema, uma descoberta científica promissora. No entanto, nada lhe fazia procurar mais sobre bipolaridade do que o desejo incontrolável de encontrar uma cura definitiva. Nesse ponto, porém, lamentava ter de se curvar à Adelaide: doenças mentais eram tratáveis, mas não tinham cura.

Tatiana descobriu que, dentre as doenças mentais, o transtorno bipolar era uma das mais graves. Não tratada corretamente, podia levar o paciente a estados de difícil controle. Envolvendo muito sofrimento, ela ia da mais terrível depressão à mais descontrolada euforia. Quando pensava em Virginia Wolf, Ernest Hemingway, Abraham Lincoln, Ulisses Guimarães, dentre tantos outros ilustres da política e meio artístico, que foram acometidas desse mal, não sabia se isso era motivo para comemorar ou chorar.

Era uma doença crônica, como a diabetes ou hipertensão, mas, por ser psíquica, não era admitida socialmente. Para Tatiana, nada podia ser mais brutal, pois, com a medicação, bipolares podiam levar uma vida normal e produtiva. Descobriu, porém, que aderir ao tratamento, no transtorno bipolar, não era assim tão simples, pois, como voltavam inteiros à normalidade, após as crises, os bipolares tendiam a abandonar o tratamento.

Tatiana não cansava de se perguntar por que David deixara de tomar a medicação. Em alguns momentos, ela se punia, pois temia que Adelaide estivesse certa quando lhe acusava de tê-lo afastado do tratamento. Em outras vezes, porém, entrava em contradição: se o amava, como podia ter feito isso a ele? Sequer sabia que ele sofria daquele mal!

— Mamãe está para ficar louca com David — disse Simone para Marcos, no Paraíso, enquanto se deixava levar pelos efeitos do baseado. Já era quase noite, mas quando a erva lhe invadia por completo, como naquele momento, era como se ainda fosse dia e estivessem aproveitando o verão em alguma praia paradisíaca.

— Esqueça sua mãe. Deixe a coroa ser feliz.

— Sim, mas sofrer não é sinônimo de felicidade.

— Não há vida e muito menos amor de verdade sem dor.

Ela se virou rindo para ele:

— Essa é boa. Desde quando frequenta Letras e Artes?

— A poesia faz parte da vida. Veja nossa amizade, antes colorida, agora ardente.

— Não seja ridículo. Isso que você está preparando aí é que segura nossa amizade, e você sabe muito bem. Mas estou realmente preocupada com mamãe. Pelo que descobri, David ficou louco de pedra. Resta saber se ele sempre foi louco ou se isso surgiu agora.

— Que romântico seria se tivesse surgido agora, como fruto do amor que sua mãe despertou nele.

— Falo sério. No começo apoiei, pois achei que o namoro vinha em favor da liberdade feminina. Mas depois vi o quanto essa relação é tóxica. Ele é muito reacionário, e ela aceita as sandices dele. Espero que esse surto sirva para ajudar mamãe a escapar dessa relação.

— Ou quem sabe para se entregar totalmente a ela.

— Um casal assim é uma temeridade. Não canso de pensar no que se fiam para resistir ao progresso. Mas sei que é em Deus.

— Que não se sabe se existe ou não.

— Ah, lá vem o agnóstico. Ser agnóstico, no meu conceito, é estar acima dos carolas, mas abaixo dos ateus, viu?

— Você ama sua mãe, não ama?

— Lógico que sim. Que pergunta!

— Então, torça pela felicidade dela. Não interessa se você acha que eles estão errados no que pensam sobre o mundo. Acho que o que importa é que encontrem uma forma de serem felizes.

— Ora, ora. Um conselheiro sentimental. O que quer com isso?

— Dizer que você não sai dos meus pensamentos. Que sermos amigos é bom, mas que nada se compara a vivermos um amor. Que quero muito uma chance para poder te fazer feliz.

Ela sentia que aquela era uma brincadeira com fundo de verdade e se incomodou com isso.

— Marcos, não confunda as coisas.

Ambos estavam, como de costume, estirados sobre a relva. Virando-se rapidamente para cima dela, ele a beijou.

— Pare, por favor!

— Quero você.

— Está louco.

Voltou a beijá-la. As pessoas que passavam por ali, algumas acostumadas a ver o casal conversando e rindo, voltavam-se para olhá-los se beijando e depois seguiam seu caminho tranquilamente, como se estivessem diante de uma cena mais que esperada.

Naquele mesmo dia, Simone foi até o quarto de Tatiana.

— Ah, é você! Como foi na faculdade? E seu irmão?

— Tudo ok. Quanto a Lucas, está cada dia melhor.

— Verdade. Falei com seu pai sobre isso. Ele é muito novo e...

— Podem ter conversado sobre o que for, mas a orientação sexual dele já está definida.

— Não, Simone, o que menos preciso agora é de suas lições feministas — disse Tatiana enquanto se despia para tomar banho.

— Pelo menos nesse assunto, eu a entendo mais que a papai.

Tatiana ergueu os olhos em busca de uma explicação.

— Ele defende a causa LGBTQIA+, mas se põe contra Lucas. A senhora, no entanto, age de modo coerente com o que pensa.

— Já pensou que seu irmão pode estar apenas confuso?

— Lucas é homossexual, mamãe.

— Lucas é uma criança, Simone! — protestou Tatiana.

— Não quero lhe atazanar, mas Lucas é gay e não deve ser julgado por isso. Embora eu ame a senhora e papai, jamais ficarei do lado de vocês quanto a isso. A senhora, por exemplo, fala tanto em amor, mas não se dá conta de como a vida dele pode se tornar um inferno caso vocês não o aceitem como ele é. Para mim nada pode ser mais injusto do que isso, especialmente nos tempos em que vivemos. Vocês precisam se despir do preconceito.

— Olhe aqui, menina, vou lhe falar uma coisa. Eu não me ponho contra homossexuais. Só que sou mãe e me preocupo. Será que não vê que é muito cedo para dizermos qualquer coisa? Por outro lado, não vou negar, fico sim com o coração apertado com a perspectiva de ele ser gay, com a vida de sofrimento que ele levará.

— Não se enfrenta preconceito assim. A senhora luta para que Lucas não admita ser gay, ao invés de o aceitar e o acolher como é. Por outro lado, embora ainda sofram preconceito, os gays hoje ocupam um espaço muito maior do que antes.

— Ah, Simone, você sabe que certos assuntos são mais complicados para mim. Para você, que é de outra geração e lê e estuda essas coisas, é fácil admitir que cada um pode ser o que quiser, mas para mim não. Li recentemente alguns casos de meninos que removem o órgão sexual e, ao se arrependerem e constatarem que nunca mais poderão ser como antes, acabam se suicidando. Lucas pode vir a ser um menino desse.

— O mundo está cheio de gente preconceituosa buscando argumentos para tolher autonomia da vontade das pessoas em razão de falsas convenções. Somos humanos, sentimos prazer, e ele dá sentido à nossa vida, relaciona-se com nossa felicidade. Como eu posso impedir alguém de ser feliz? Se um homem se sente mulher e não consegue se desenvolver em sociedade como homem, caso queira, ele deve, sim, fazer cirurgia e implementar sua verdadeira identidade. Tem a ver com a dignidade dele. É realmente um assunto muito mais amplo e complexo do que simplesmente aceitar a homossexualidade de alguém. Já passamos desse estágio.

— Você me acha preconceituosa ou hipócrita, Simone?

— Acabou de dizer que respeita gays, mas quanto a Lucas...

— Lucas é meu filho, uma criança. Está em tratamento. Esse é um assunto delicado demais para sermos definitivos.

— Tratamento? Não há tratamento para deixar de ser gay.

— Você entendeu o que quis dizer. Ele está fazendo terapia.

— Bastaria aceitar o outro como ele é, mas não aceitam porque o preconceito é maior do que simplesmente dizer "meu filho é gay". Admitir isso é impensável, pois na cabeça de vocês "não é normal", mas este é o problema: é normal, sim. Complicam o que é fácil.

Simone a deixava atônita. Era muito audaciosa e assertiva.

— Você é muito jovem para compreender certas coisas. Deus, por exemplo, é um elemento inexistente na sua vida. Para me compreender você teria primeiramente de levar Deus em conta.

— Eu respeito sua religiosidade, mamãe, mas por favor não venha com Deus para tentar fundamentar o preconceito.

— Respeita mesmo? Então, por que não aceita a fé dos outros?

— Para mim, enquanto se admitir Deus como norte, estaremos fadados ao fracasso. Nós temos de andar por nós mesmos.

— De onde você tira isso, Simone? Não me diga que é da sua cabeça, porque se for é mais preocupante ainda.

— Nietzsche explica! Darwin explica! Freud explica!

— Admiro sua preocupação social, mas certas questões não são de fácil ou imediata resolução. Sofremos na vida e é em Deus que encontramos amparo. A fé é o melhor remédio para nossa angústia e solidão. Com o tempo buscará a Deus, acredite em mim.

Simone sorriu.

— Deve cultivar mesmo sua fé se ela lhe faz bem. Afinal de contas, ela aumentou depois que a senhora se envolveu com David, não é isso?

Tatiana ficou, de repente, taciturna, à menção de David.

— Como ele está?

Tatiana hesitou por um momento. Depois disse:

— Melhorando.

— E por que não o encontra mais, não o traz mais aqui?

— Ah, menina curiosa. Nem tudo é da sua conta. Agora saia, preciso tomar banho. Hoje tive um dia cansativo.

Simone deu um beijo na mãe e saiu do quarto, deixando Tatiana com seus pensamentos. Aquela jovem fazia parte da nova geração. Sem Deus, sem preocupação em manter certos valores, e, embora isso não se aplicasse inteiramente a Simone, sem profundidade, em uma existência tomada pela aparência e superficialidade.

Como já tinha realizado a tarefa escolar, Lucas estava naquele momento navegando na internet. Há pouco tempo no novo colégio, ele mal conhecia os colegas. Se antes se sentia excluído, ridicularizado, diante de colegas que gostavam de tirar sarro com a sua cara, agora se sentia muito pior. Estava mais sozinho do que nunca, na companhia de suas dúvidas, medos e vergonhas.

Não sabia ao certo porque fizera aquilo com o outro garoto; ao mesmo tempo em que desejara, não conseguia compreender o passo que dera. Começava a descobrir seu corpo e a sentir necessidades físicas inexistentes até então. Era como se precisasse tornar as coisas mais movimentadas, imprimir mais emoção, conferir mais brilho à sua vida. Contara isso para o psicólogo, assim mesmo, de forma abstrata e sucinta, mas não gostava das sessões. A todo tempo era lembrado de que as sessões não tinham como foco sua sexualidade, antes de tudo servindo para ajudá-lo a se conhecer melhor. Mas não era isso que Lucas sentia. Ademais, não era com o psicólogo que ele realmente queria conversar, e sim com a mãe, sempre ocupada com o trabalho ou com as pesquisas relacionadas a David; e com o pai, que quase nunca estava disponível para ele.

Que saudade sentia do carinho que a mãe lhe fazia quando era mais novo. No entanto, a cada ano transcorrido, era como se uma distância maior os separasse um do outro. Não se lembrava quando fora a última vez que a mãe o mimara ou rezara com ele antes de dormir. Ela ainda era carinhosa, só que estava cada vez mais distante, como que mergulhada em suas próprias demandas; mudara bastante desde que se unira a David, mas, na verdade, ela vinha mudando desde que começara a se desentender com o pai.

Não havia irmão de sua idade com quem pudesse brincar. Simone era mulher e, além disso, mais velha. Crescia triste por não ter um pai presente e mais triste ainda por saber que não atendia às expectativas. Sabia que não era o filho dos sonhos, entretanto, o problema não era sua falta de brilhantismo; o que atormentava o pai era o seu modo de ser. Quando saíam para algum lugar, o pai olhava com reprovação sempre que ele se comportava de forma contrária ao que esperava ser o comportamento de um menino.

Mas o fato era que desde os sete anos, oito talvez, ele começou a se sentir diferente. Nunca soube explicar, até porque não via aquilo acontecer a outros meninos. Sentia-se diferente quando estava diante de homens. Não conseguia assimilar aquela atração. Fora algo que crescera com o tempo, tomando forma, apoderando-se completamente da sua vida, ditando-lhe o comportamento, as emoções e o desejo. De repente, começou a fantasiar, e daí em diante as fantasias passaram a se repetir, expandir-se, tomando conta de sua mente, até atrair o rapaz para o banheiro da escola.

Por que ele tinha que ser assim? Por que, em vez de compreendê-lo, os pais o empurravam para o psicólogo? Sentia-se, na maior parte das vezes, o pior ser humano do mundo. Questionava-se o tempo todo: "e se não existir Deus, será que há uma chance de eu ser feliz?". Mas logo imaginava Jandira, censurando-o, e voltava a achar que de fato o problema estava nele. Não conseguia decidir se naquele momento tinha mais necessidade de se impor ou de contar com o carinho dos pais, e, lembrando de suas conversas com a irmã, pensava: "se eles me amam, por que não me aceitam? Se cada um é o que é, por que comigo é diferente"

? Então, viera ao mundo não para viver sua vida, mas para evitar que seus familiares fossem constrangidos? Era motivo de vergonha o fato de ele não gostar de menina? Lucas se entregava aos devaneios, e mesmo com o auxílio da terapia, não conseguia ficar totalmente em paz, pois, por mais que quisesse, jamais seria capaz de conversar com o psicólogo abertamente sobre tudo o que lhe afligia.

Tatiana entrou no quarto do filho enquanto o menino pensava. Apenas de camisola, seu perfume impregnou o ambiente, atraindo a atenção de Lucas.

— Boa noite, rapazinho. Daqui a pouco Jandira servirá o jantar — disse, aproximando-se do filho, e beijando-o na cabeça. Ele estava com um aspecto bom, até um pouco mais gordo. Porém, trazia no rosto uma expressão meio sombria.

— E a escola nova? — disse, sentando-se ao lado dele na cama.

— Bem.

— Não seja tão monossilábico. Simone tem te perturbado?

— Sim.

— Gosta de conversar com ela?

— Sim, mas não concordo com certas ideias dela.

— Quais?

— Ela não acredita em Deus, só que sei que Ele existe. Converso com Ele, à noite, quando faço minhas orações com Jandira.

— Não ligue para ela — disse ela. Depois, mudando de assunto: — Tenho falado com seu terapeuta. Ele tem me dito dos seus progressos.

Lucas detestava falar da terapia com os pais, pois era como falar de uma mentira providenciada por eles para eles mesmos, um meio indireto de comunicação, quando na verdade queria se comunicar diretamente com eles.

— Sim.

Tatiana correu os olhos pelo quarto que o filho dividia com Simone, desde que seus pais haviam chegado de Belém. Estava tudo arrumado e limpo. Jandira, que não permitia nada fora do lugar e incutia em Lucas lições bíblicas, era uma perfeita pedagoga. E ao pensar nisso Tatiana sorriu.

— Seu quarto está impecável.

— O lema de Jandira é: "pegou, brincou, guardou".

Tatiana riu ao lembrar-se de que essa era disciplina que Jandira impunha a ela mesma quando tinha a idade do filho.

— Você gosta da companhia dela?

— Sim, principalmente quando lemos a *Bíblia*.

— A *Bíblia* é um livro muito importante.

— Simone diz que a *Bíblia*, como livro que é, não pode ser colocada acima de outros livros. Diz que muita coisa que tem nela é invenção. E que o valor maior que dão para ela, que é o religioso, não tem fundamento, porque Deus não existe.

— Você acredita nisso?

Ele meneou a cabeça negativamente.

— Pois você está certo. Espero você para jantarmos.

Tatiana rumou para a cozinha com o filho na mente, um menino envolto por um muro. Ela queria desesperadamente derrubar aquele muro, para poder ter acesso ao seu coração, mas ainda não descobrira como fazê-lo e isso a afligia sobremaneira.

Capítulo 34

Ainda demorou mais um tempo até que Tatiana finalmente voltasse a escutar a voz de David. Nesse ínterim, ela se dedicou à família e ao trabalho. Uma ou outra vez aceitou sair com Carol e Juliana. Mas mesmo na companhia das amigas, não conseguia se distrair ou acalmar seu coração. Vinha tendo alguns sonhos estranhos e ficava desnorteada por não poder dividi-los com David.

Prestes a fazer um mês do afastamento de David do trabalho, ainda não tinha informações precisas sobre ele. Empreendendo esforços para escapar do desespero, Tatiana, às vezes, escolhia um livro que pressentia ser do agrado dele; até conseguia dar início à leitura, mas logo a interrompia. Era como se ele devesse estar ao seu lado para trocar ideia sobre a obra, dizer alguma coisa sobre o autor, comparar o livro com outro trabalho. Gostava de ler, mas na ausência dele não era a mesma coisa.

E quando lembrava de como ficavam, após lerem ou passearem, ou assistirem à TV, sempre ávidos um pelo outro, incapazes de refrear a necessidade de se entregarem mutuamente, chorava ao mesmo tempo em que sentia a dor que provinha da sua ausência.

Adelaide continuava lacônica. Dizia simplesmente que ele estava melhor, mas que ainda precisava se afastar de estressores. Já não acreditava mais em nada do que ela lhe falava e desejava urgentemente vê-lo, pois intuía que ele também queria vê-la.

Enquanto movia o dedo sobre a tela do seu celular, em seu quarto, passando pelas notícias sobre política — era só sobre aquela guerra entre Poderes que se falava no país —, Tatiana pensou no quanto aquilo o perturbaria, caso ele tivesse acesso àquelas informações.

Sentia-se cada vez mais consciente de que o conflito de valores que assolava o mundo era inescapável e de efeitos e consequências incalculáveis, no entanto, nem todos reagiam do mesmo modo. David, por exemplo, sofria diante da degradação das pessoas, da decadência cultural e da negação do espírito, o que em parte explicava sua crise.

Desde que o conhecera, Tatiana percebeu melhor a transição pela qual passava o mundo. Em meio àquela balbúrdia, de um lado via pessoas se indignando com a destruição de valores, enquanto outras, geralmente mais jovens, como sua filha, transigindo com o que quer que fosse, para assegurar profundas mudanças nos costumes. Eram tempos em que a política dominava as rodas de conversas, mas que a Tatiana não despertava mais tanta atenção. Fora aquela guerra política que colaborou para que David caísse em crise; era ela que desafiava o amor, fomentava o ódio e separava as pessoas.

Que tempos eram aqueles cuja tomada de posição supunha renúncia ao respeito, à amizade, ao calor humano? Sem dúvida, os brasileiros tinham se tornado mais arrogantes, mais vazios, mais tristes. Dentro e fora das redes sociais as pessoas tinham perdido o respeito, o bom senso; ninguém se importava mais com equilíbrio e harmonia. E tudo isso para que, se a política era só a primeira camada da discussão?

Estranhamente, algo a fez relacionar os altos e baixos de David aos extremos da realidade brasileira. Era desconcertante como as situações se assemelhavam em suas polaridades. Ademais, havia um tipo de relação entre elas. Era como se David absorvesse a verdade do Brasil, que se transmutava em sua doença. Era como se nessa simbiose ela pudesse sentir todo o desequilíbrio político, cultural e espiritual que envolvia o Brasil.

Enquanto pensava nele, subitamente, chegou uma mensagem de WhatsApp. Ela dizia: "Estou em casa. O pior já passou. Se puder vir, venha. Não se preocupe com mamãe, ela está ciente. Muita saudade". Seu coração disparou. Impressionou-se em como pensaram ao mesmo tempo. Era como se estivessem conectados naquele momento.

Tatiana respondeu dizendo que estava indo. Com o coração aos saltos e lágrimas nos olhos, saiu para vê-lo e agradeceu a Deus por finalmente poder reencontrá-lo.

Quando desceu do elevador e tocou a campainha de David, Tatiana estava com a respiração ofegante. Queria poder constatar com os próprios olhos como ele estava, ajudá-lo em tudo que ele precisasse. Não podia falar de coisas pesadas, escolheria com muito cuidado os assuntos. Queria poder aproveitar cada momento, mas com cautela. Não permitiria nada que viesse a prejudicá-lo. Não agora que estava a par do problema dele.

Quando David abriu a porta, Tatiana se lançou sobre ele e o envolveu em um dos abraços mais fortes que já havia dado em alguém. Beijava-o e chorava, emocionada, enquanto dizia que tinha certeza de que ele ficaria logo bom, para ela.

Aquela reação esfuziante o contagiou. Sentiu-se lisonjeado por ser o causador de tanta felicidade.

— Ah, meu Deus! — disse Tatiana — Você está bem!

— Sim.

— Temos tanto o que conversar.

— Sim, sim. Com certeza. Preciso me desculpar também...

— Do que está falando?

— De algumas coisas que eu deveria ter falado e não falei.

— Mas não precisamos falar disso agora. Eu quero...

— Sei que mamãe deve ter lhe enchido nesse meio tempo...

— Por mais que em alguns momentos eu possa ter ficado impaciente, ela é sua mãe, e como mãe, eu a compreendo.

— Sim. Mas não se preocupe. Ela há de perceber que o que me faz feliz, o que dá significado à minha vida, não pode me fazer mal.

David recostou a cabeça dela em seu peito e, beijando-a, fez com que ficassem assim, na entrada do apartamento, abraçados, sentindo um ao outro, convictos de não ter sido em vão o tempo que esperaram, de como, a despeito da saudade e solidão em que se encontravam, valera a pena saber esperar por aquele reencontro.

David a conduziu para o quarto. Sabiam o que significava seguir para aquele lugar. Estavam separados por um período no qual sequer puderam ouvir a voz um do outro. A felicidade que os dominava naquele momento era maior do que podiam imaginar. Conheciam aquela urgência, mas agora era diferente, pois a saudade, o desejo, haviam crescido demais.

Ao entrarem no quarto, Tatiana entreviu as coisas dele; era como se estivesse retornando a cada momento que se sentira amada. Tornando a beijá-la, ele sentiu toda sua delicadeza, sua alma. E então, aconteceu, lenta e carinhosamente. Ela estava mais que preparada, aquele talvez fosse o momento mais esperado desde que o conhecera. Levados por uma necessidade terna e urgente, uniram-se num ato milagroso, que entregava para ela a força e a determinação que provinham dele, e asseguravam para ele o frescor e a doçura que vinham dela. Como que sabendo das expectativas de Tatiana, ele a amou ternamente. Ser carinhoso e gentil, essas foram as formas encontradas por ele para mostrar como também sentiu sua falta. Eram como duas partes, duas metades que, juntas, ali, aperfeiçoavam-se e se complementavam, unidas pela força e mágica do amor, para perpetuar a obra divina, para se sentirem preenchidas como de nenhum outro modo, e, plenas de si mesmas, pudessem aproveitar cada segundo e instante da vida. Quando finalmente foram tomados pelo arrebatamento, deixaram-se ficar ali, mais recompensados que exaustos, abraçados, sem nada dizer, apenas assim, sentindo a respiração, o cheiro e o coração um do outro. Ao menos ali, naquele instante, era como se nada mais os preocupasse.

Quando David adormeceu em seus braços, Tatiana perguntou a si mesma se não estava apenas vivendo um sonho. Fez então uma prece para que os dias que se seguissem fossem sem montanhas-russas e gangorras, mas, sendo isso impossível, que então soubesse lidar com elas e, após cada curva ou altura inesperadas, que saísse mais sábia e forte. Então, juntou-se a ele em um descanso glorioso.

Ao acordarem, Tatiana se levantou para preparar alguma coisa para comerem. Assim que ele surgiu na cozinha, a vitamina de banana e maçã tinha acabado de ficar pronta. Embora ele tivesse perdido alguns quilos, ela o estava achando bem. Ao vê-lo tomar toda a bebida que estava no copo, ficou impressionada.

— Estava bom?

— Delicioso. Obrigado. Com você ao meu lado, terei motivos mais que suficientes para estar em forma e com energia.

— Engraçadinho — disse ela rindo enquanto recolhia o copo.

Vendo-a ali, ele chegou a duvidar que estiveram distantes por tanto tempo.

— Se sentir-se melhor, podemos sair. Jantar, ir ao parque.

— Sim, com certeza.

— Acho que você precisa de ar livre, passear — disse ela enquanto ia limpando umas poucas louças e empilhando as que iam ficando secas no aparador.

Ele levantou-se e a envolveu pelas costas, passando seus braços em torno de sua cintura. Beijou-lhe a orelha e sentiu o corpo dela estremecer. Tomado pela deliciosa sensação de ter sua companheira de volta, envolveu-a com todo o corpo e, encostando o rosto em sua cabeça, foi tomado pela fragrância de seu perfume.

Na sequência, seguiram para o escritório, e, quando se sentaram no sofá-cama, Tatiana foi logo dizendo:

— Vou fazer perguntas. Promete não me achar uma chata?

— Não tenho o direito de achar chata a mulher da minha vida.

— Não vale elogios exagerados para escapar das perguntas. Agora é sério. Se diz que me ama, não pode ter segredos para mim.

— Não se preocupe, eu não vou te esconder nada.

— Como você está realmente agora?

— Muito bem.

— Por que me omitiu sua doença?

Ele ficou cabisbaixo. Hesitou. Depois falou:

— O próprio nome já diz tudo, não é? "Doença"...

— Ah, desculpe. Eu...

— Não precisa se preocupar. Eu lido com isso desde que tive minha primeira crise. Na verdade... desde que nasci, eu acho...

— Preciso entender. Li muito sobre transtorno bipolar e...

— Por mais que se estude, só quem passa sabe exatamente a dor e o sofrimento envolvidos. Sabe por que a doença passou a se chamar transtorno afetivo bipolar?

— Sim, a doença se manifesta em duas fases e...

— Não me refiro a isso. Falo sobre a razão de a doença mudar de nome. O primeiro nome foi substituído pelo atual para tentar diminuir o estigma. Imagine um procurador, um presidente se apresentando como maníaco-depressivo.

Ela ficou calada.

— Não é uma doença qualquer. Não é fácil conviver com a possibilidade de a vida de repente virar do avesso. Sofrer física e mentalmente é horrível, mas ser estigmatizado também é ruim. Ser bem-sucedido dá autoconfiança, mas não basta, pois, apesar da admiração que possamos despertar, nunca seremos aceitos caso a doença venha à tona. Não bastasse tudo isso, há o autopreconceito, um dos piores problemas da doença.

— Você sente que tem autopreconceito?

— Acho que a maioria dos bipolares tem. A sociedade repudia o doente, então, ele tende a negar. Quando diagnosticado, o bipolar se trata e esconde essa parte da sua vida, ou então nega a doença, pois só assim, fugindo à ideia de que é um doente mental, consegue ficar em paz consigo mesmo.

— Compreendo. Mas o paciente não é a doença.

— É. Isso é o que os especialistas gostam de dizer, mas não é algo tão facilmente assimilado por quem sente na pele o problema.

— Como esta dificuldade de assimilar o problema te afetou?

— De muitas formas. Só não estou pior por causa da mamãe. Ela foi incansável comigo. Fez medicina por minha causa. Depois de perder um filho, ela ficou desnorteada e seguiu dizendo que não enterraria o outro. Nunca permitiu que eu relaxasse com o remédio. Assim, consegui concluir meus estudos e passar nos concursos.

— Adelaide é mais do que mãe.

— Sim, só peca quando acha que é minha proprietária.

Tatiana sorriu.

— Acho que toda mãe é um pouco proprietária de seus filhos.

— É... Umas mais do que outras. Principalmente as que tem um filho com temperamento maleável, como eu.

— Por que parou de tomar o remédio justo depois de me conhecer?

— Autopreconceito. Hoje tenho mais consciência disso. Nunca tinha encontrado uma mulher que me amasse de verdade. Não quis correr o risco de te ver fugir de mim por causa da doença. Entendeu?

— E por isso decidiu abandonar o remédio que te mantém bem?

— Bom, esta doença é enigmática. Alguns têm apenas um ou dois episódios na vida. Até então eu só tinha tido dois, e do penúltimo até este passaram-se quase 20 anos. Convivia com alterações imperceptíveis. Achei que tivesse me livrado desse mal.

— Acha que a retirada do remédio ocasionou o fato na igreja?

— Não ter tomado o remédio determinou minhas alterações de humor, que vinham ocorrendo desde antes do que aconteceu na igreja. Até na cama passou a ser diferente. Você não percebeu?

— No começo não, mas depois, sim. Nota quando está tendo o episódio?

— Sim e não.

— Como assim?

— Quando estou para baixo, melancólico ou depressivo, imediatamente sei que não estou bem. Mas quando estou em hipomania, ou mania, é mais difícil saber, pois, ao contrário da depressão, estar para cima nos dá uma falsa sensação de bem-estar. Digo falsa, porque não pode ser bom o que não está ajustado.

— Você lembra do que fez na igreja?

Ela pôde identificar um certo constrangimento por parte dele.

— Quase tudo.

— E mesmo assim não conseguiu deter suas próprias ações?

— É como se naquele momento houvesse um descontrole — disse ele dando uma pausa. — Desculpe por tudo o que fiz. Eu...

— Esta conversa não é para lhe constranger. Quero saber como a doença se manifesta em você. Sua medicação parece ser boa.

— Sim. Lítio. O transtorno não tem cura, mas há tratamento. Você sabe, posso levar uma vida normal. Aquela velha ladainha...

— Sei que só quem passa sabe como é, mas se se pode levar uma vida normal, é fundamental o senso de responsabilidade.

— Fui interrogado. Agora é minha vez de perguntar. Quer realmente ficar com alguém com uma doença mental, incurável?

— Eu amo você, David, e não a doença. Esta é um aspecto tratável e separável de você. Quero viver com você, já te aceitei.

Ele a abraçou, depois colocou a cabeça sobre seu ombro.

— Sua mãe me falou sobre o início dos sintomas, as causas...

— É complexo falar sobre causas para esse transtorno. A medicina entende que alguns fatores estão combinados, como o genético e o ambiental. Mamãe, por exemplo, acha que isso eclodiu em mim com a morte de Mateus. Ela pode até estar certa, mas acho que não devemos ignorar a gama de possibilidades diante do mistério que envolve essa doença.

— Sua mãe deve ter um pouco de razão. A morte de seu irmão foi muito violenta e traumática para todos vocês.

— Sim.

— Antes do acidente do seu irmão você já tinha....

— Estas coisas de sonho e previsão?

— Desculpe, não quis confundir os assuntos.

— Tudo bem. O problema é que coisas como bipolaridade e sensitividade, costumam ser incompreensíveis tanto para quem as tem como para quem não as tem.

— É, inclusive vejo que cada campo tenta explicar de um modo diferente a espiritualidade. A ciência de um jeito, a religião de outro.

— Por isso não gosto de conversar sobre esse assunto nem mesmo com meus pais. Eles sabem que tenho estas coisas, mas falar disso é tão ruim quanto falar do transtorno, pois a tendência é acharem que tudo decorre da doença, o que me deixa para baixo.

Tatiana lembrou-se do sonho recorrente que vinha tendo com ele. Sentiu que aquela era uma boa hora de revelá-lo.

— Inclusive... — começou ela.

— Ah, desculpe, mas preciso lhe falar outra coisa que já era para lhe dizer há um tempo. Como tocou nesse assunto, vou falar. De uns tempos para cá tenho tido um sonho recorrente com você. Neste sonho, eu estou em um cavalo branco, e, com uma grande espada na mão, faço uma reverência a você, que sorri para mim e eu sorrio de volta. No entanto, quando você quer se aproximar, eu caio do cavalo. Minha roupa se desintegra, meu rosto é dor e sofrimento e, embora queira, você não consegue me socorrer. Não fica claro o que lhe impede, só dá para sentir que é algo muito forte. Você achará que estou inventando, mas o fulgor com o qual eu apareço no começo do sonho se desfaz até eu ficar nu e descarnado. O sonho acabava comigo chorando e gritando por socorro.

Chocada, ela disse:

— Meu Deus! É incrível. Tive esse mesmo sonho duas ou três vezes, mas nunca consegui contá-lo a você.

— É mesmo?

— Por que você acha que isso aconteceu?

— Não sei, mas há relatos de pessoas que, de algum modo, se encontram em sonhos. Talvez esses sonhos estejam relacionados com a crise que tive.

— Estou impressionada com tudo isso — dizia Tatiana, atônita.

— Comigo é diferente, pois já tive muitas experiências assim.

— Por que não consigo lhe ajudar nesses sonhos?

— Nem sempre conseguimos desvendar o significado. No sonho eu era reduzido a um estado de indigência.

— Não sei o que pensar. Isso está para além da psicanálise. Será que viver com você vai requerer de mim estudos esotéricos?

— Acho que a pergunta correta não é essa, mas se estar comigo compensa conhecer e lidar com psiquiatria e esoterismo.

— Não consegue lembrar como tudo isso começou para você?

— Não há erro em dizer que me tornei mais sensível desde a morte de Mateus. Ele começou a surgir para mim em sonho, depois as coisas foram tomando proporções maiores. Passei a sonhar com coisas que eu desconhecia, mas que já estavam acontecendo ou com coisas que ainda não tinham acontecido, mas que aconteceriam.

— Fale sobre essas experiências.

David não gostava de conversar sobre aquilo. No entanto, não podia continuar omitindo esse aspecto da sua vida para ela.

— Me encontrei com Mateus no momento que ele faleceu. Foi como se eu estivesse no local do acidente. Isso é sonhar com uma situação que está acontecendo, entendeu? Em outros sonhos, estive em outros lugares e me encontrei com outras pessoas. Uma vez sonhei com uma tia que mora no Sul, com a qual não falávamos há muito tempo; ela estava desesperada. No dia seguinte, descobrimos que ela tinha ficado viúva. Uma vez fui com uma menina a um motel, lugar que não costumo ir, e lá chegando, por alguma razão, resolvemos dormir no lugar. Ao adormecer, algo terrível apareceu para mim e, de repente, começou a me esganar, enquanto dizia que iria me matar. Nunca tinha sonhado com coisa tão horrenda e odiosa, mas depois me dei conta de que o que vi no sonho tinha a ver com o lugar, um antro cheio de energias ruins. Sei que o que vou dizer pode lhe assustar, mas o que eu tinha visto ali, naquele dia, tinha sido uma espécie de demônio.

Aturdida, Tatiana não sabia o que dizer diante daquilo. Ter sonhado o mesmo sonho que ele já era algo suficientemente perturbador. Podia estar diante de uma situação entremeada de loucura e fantasia e, como o amava, sentia-se por demais aflita com isso.

— Não pense que perdi o juízo, por favor. Estou bem. Prometi e vou lhe contar tudo de mim. Posso prosseguir?

— Sim.

— Às vezes, quando estou sozinho, concentrado, lendo ou, de qualquer outro modo, em estado meditativo, começo espontaneamente a recuperar sonhos antigos dos quais tinha me esquecido ou quem sabe deles eu nem mesmo tivesse lembrança, mas que mesmo assim ressurgem na minha mente, como se fossem experiências já vividas, não sei explicar. Acontece o tempo todo e não tenho a menor noção de qual seja o propósito disso. Não compreendo a lógica por trás dessas coisas, no entanto, sinto que elas estão muito além desta vida. Como o Arquiteto do Universo não quer que saibamos de tudo, então, nos dá algumas pistas. Em qualquer caso, ninguém jamais alcançou o exato significado desse enigma, que, por isso mesmo, continua envolto em mistério. Pelo menos para mim essas coisas mostram que o material, que tendemos a dar tanto valor, tem importância muito menor do que nosso espírito. Somos muito mais insignificantes do que supomos. E daí concluímos que não há outro caminho que não seja o do equilíbrio. Nós dois, por exemplo, aprendemos um pouco sobre harmonia. Você esteve comigo nas minhas oscilações e na minha eutimia. Em qual desses estados te amei melhor e te fiz feliz? Certamente, no equilíbrio, pois quando saí da eutimia, em vez de te amar, flertei com o meu autoaniquilamento. Se somos vocacionados ao bem, por que as pessoas estão trilhando um caminho tão dissonante? É porque vivemos em um mundo doente, um mundo de extremos. E eu sei bem o que é estar em um extremo. Para baixo, você se sente no fundo do poço e, quando o sofrimento excede suas forças, a ponto de lhe fazer achar que não voltará mais ao normal, você cogita se matar. Para cima, você sente uma satisfação estrondosa e crescente, que te dá certeza sobre coisas das quais você não faz a mínima ideia, até te levar a um estado irresistível cujo resultado é a perda do controle sobre si mesmo. A doença não é privilégio de quem tem o gene. Ela está solta, contagiando o mundo. Basta ver as pessoas, movidas cada vez mais pelo ódio e ressentimento, muitas das quais sem a menor consciência de que estão sufocando o amor e com isso aniquilando a humanidade.

— É incrível como você de repente engata a primeira e vai embora — disse ela sorrindo.

— Agora você já conhece o meu segredo... Mente bipolar...

— Deve ser irônico estar em um mundo tão polarizado sendo bipolar.

— Sim, mas isso me dá condições de compreender melhor o que se passa.

— Temo que certas preocupações possam precipitar alguma crise em você...

— Preocupações constituem, realmente, fator importante para desencadear uma crise, e nos tempos atuais isso é sempre um risco.

— Mas nem todos são bipolares ou passam por crises...

— Correto, mas todos estão sujeitos a crises. Como acha que as pessoas se sentem vendo alguns se desviando de suas funções e cometendo absurdos? E a guerra de ideias que permeia a sociedade, em que cada um quer ter sua própria verdade? Isso faz as pessoas caírem em melancolia, o que inclui peixes fora d'água, como eu e você.

— O mundo foi dividido em nós e eles. O que o outro diz está sempre errado. Como pode haver liberdade diante desse quadro e, sem ela, como pode haver democracia?

— Exatamente.

— Vivencio isso todos os dias. Basta ver papai e Simone. É uma luta constante, um querendo provar ao outro que está com a razão.

— A razão não é estabelecida pela força. Estar com a razão depende de estar com a verdade, e como esta tende a prevalecer, em algum momento as narrativas cairão. Portanto, a briga é por controle, por poder, por tudo, menos por verdade.

— Carol, Juliana, Rogério dizem que mudanças são inevitáveis e que é perda de tempo não acompanharmos o mundo.

— Não acompanharmos o mundo em quê? Em liberação de drogas e aborto, desrespeito a crianças, doutrinação ideológica? Não, isso não é evolução; é involução. E esse diagnóstico é muito fácil de fazer. Basta verificarmos o que globalistas estão fazendo para nos dar esse mundo maravilhoso. Estão aniquilando com o legado cultural do ocidente especialmente na parte em que jamais deveriam ousar mexer, naquilo que deu certo. Quem pode ser contrário ao progresso? Chegamos até aqui pelo progresso. O que não se admite é o aniquilamento de valores essenciais. O que as pessoas deveriam entender é que o problema não está propriamente em ser direita ou esquerda, mas em ser radical. Defender a família é tão ou mais necessário quanto assegurar políticas em favor do meio ambiente e contra preconceito. O que não pode ter vez é o extremismo pura e simplesmente. — Parou como se se lembrasse de algo e disse: — Você quis falar sobre meu problema de saúde e veja onde paramos. E Simone e Lucas, não me falou deles.

— Graças a Deus estão bem.

— Não bastasse seus filhos, agora sou eu com meus problemas. Tanta coisa na sua vida em tão pouco tempo.

— Não se preocupe com isso. É muito mais fácil quando se ama.

David lhe sorriu com ternura e a abraçou, fazendo-a se sentir invadida por uma reconfortante sensação de paz e segurança. Era como se, finalmente, estar ali, ao lado daquele homem gentil, de volta aos seus braços, significasse que de alguma forma as coisas voltariam a ficar bem.

Capítulo 35

Tatiana e David resolveram jantar fora naquele dia, mas antes David quis ir com ela na LBV. Afora o dia da fogueira, voltaram poucas vezes ali, embora ele sempre manifestasse o desejo de retornarem com mais calma naquele que era um dos lugares mais visitados de Brasília. Em princípio, Tatiana estranhou como David era capaz de admirar um ambiente assim, tendo uma religião, no que ele lhe disse que, embora católico, aceitava a ideia de que cada um fosse uma igreja em si mesmo e que os templos de pedra existiam essencialmente para que as pessoas pudessem se congregar.

Quando chegaram, Tatiana, que fora guiando o carro dele, percebeu que o enorme estacionamento a céu aberto, diante do templo, estava praticamente vazio. Ainda não eram 7h da noite e era possível ver algumas pessoas saindo da biblioteca.

— Então, estamos em algum tipo de aventura? — disse ela.

— É um modo de ver a coisa.

Tatiana ficou um tanto quanto sem jeito.

— É impressão minha ou você não está querendo vir comigo?

— Não, é só que é estranho virmos a um templo esotérico justo agora.

— Ecumênico — disse ele.

— Dá na mesma...

David desceu do carro e se aproximou da fachada da LBV. Bem diante dele estava a Pirâmide das Almas Benditas, um símbolo do Ecumenismo Irrestrito. Do lado esquerdo ficava a biblioteca, que, na verdade, era uma sala de estudos ligada a um restaurante por meio de uma parede de vidro.

Era de lá que algumas pessoas saíam, naquele momento, com suas mochilas e cadernos. Alguns deles iam em direção a seus carros, que estavam estacionados ali mesmo, enquanto outros atravessavam a rua e caminhavam um pouco mais até chegarem na parada de ônibus que ficava na W3Sul.

— Pronto, me convenceu. E agora? — disse ela, já fora do carro.

Havia dois seguranças de terno preto diante da pirâmide. Ele a pegou pelo braço, cumprimentou os seguranças, passou por eles e desceu a rampa que dava para o interior da pirâmide. Indo em direção à parte subterrânea, de mãos dadas, caminhavam sobre o carpete vermelho, enquanto observavam as paredes revestidas de madeira. Ao chegarem na nave, ela percebeu que não havia ninguém ali, o silêncio envolvia completamente o lugar. Lembrou-se de haver entrado uma única vez naquele local, rapidamente.

David disse que a LBV era especial, mas que aquele era um lugar único. Esclareceu que ali havia energias muito boas e que, naquele templo, inexplicavelmente, sentia-se conectado com o infinito. Tatiana ficou um pouco alarmada com a conversa, haja vista a experiência no Cruzeiro, mas preferiu se conter, afinal ele lhe parecia bem.

— Cada um pode ter sua própria experiência. Está vendo a marca de cor preta no piso, em espiral, que leva até o centro, onde se encontra o cristal no alto? — disse ele. Ela fez que sim. — Primeiro vou eu, depois você. Basta fazer o que eu fizer. Após tirar o sapato, seguirei a marca escura em círculo até o centro. Lá irei fechar os olhos e tentar sentir a energia, depois voltarei pela marca clara.

Tatiana o foi seguindo, em sentido anti-horário, pela faixa preta, enquanto observava o Trono e Altar de Deus, onde se encerrava a caminhada. Quando chegaram ao centro, ele se pôs debaixo do cristal em busca de boas energias. Enquanto para Tatiana aquilo se tratava de uma aventura, para David era uma experiência sensorial de verdade.

Após voltarem pela faixa mais clara, foram para uma bancada onde poderiam depositar seus pedidos. Cada qual pegou um papel e uma caneta, fez o seu e depositou na urna, ela pedindo pela saúde dele, e ele, pelo amor dos dois, depois beberam a água catalisadora e, sentando-se em um dos bancos, fecharam os olhos e fizeram suas preces.

Quando terminaram na nave, saíram por onde entraram e, enquanto andavam, David comentou:

— Este é um lugar aberto a qualquer momento, pois, segundo eles, "a dor não tem hora para bater às portas do coração". Cada pessoa que vem aqui sente e se beneficia do lugar de um modo diferente, a depender de sua fé, de seu nível de espiritualidade.

— Incrível.

— Sim, e a simbologia deste lugar também é fascinante. A nave se situa em uma pirâmide de sete lados, o que representa a perfeição, a Espiral que fica no centro da Nave possui sete faixas escuras e sete faixas claras, havendo ainda sete bancos de cada lado e o Trono e Altar de Deus, cuja escada possui sete degraus.

— Fascinante. Eles também têm pirâmide, sala egípcia. Valorizam o Egito.

— Bom, estamos em um dos maiores templos Ecumênicos do mundo. Em lugares assim a ideia é justamente difundir o conhecimento, a harmonia e o amor. E como a tradição mística do Egito é muito antiga e rica, é natural que tenha sido incluída.

— Confesso que quando aceitei vir para cá com você eu não esperava conhecer e sentir coisas tão curiosas e diferentes.

— E olha que agora só podemos visitar a Nave e a biblioteca, mas ainda há algo que quero lhe dizer sobre a nave. O caminho em espiral que leva ao cristal tem ainda um significado de que não lhe falei. Retrata uma jornada humana por um ponto de equilíbrio. Para mim, em especial, você sabe, é muito representativo; mas para o mundo, também. Quando chegamos no centro da Pirâmide, bem embaixo do cristal, descobrimos a luz; e o retorno pelo caminho mais claro, em sentido horário, representa uma trilha iluminada por valores morais e espirituais.

— Nossa! Já parou para pensar que, se aceita estar aqui, deveria também estar mais aberto, por exemplo, a uma explicação espírita para a sua doença ou para seus sonhos?

— Eu me sinto bem aqui, em meio a esta paz e bons fluidos, mas já tenho minha religião.

— Entendo.

Chegaram no outro lado e, descendo a rampa, deram com a biblioteca. A par das regras, após serem autorizados, adentraram o lugar, e, caminhando entre as mesas, umas próximas às outras, observaram os rostos compenetrados. Ali o silêncio só era quebrado pelo som uniforme da cascata posicionada ao fundo. Admiravam o empenho daqueles jovens. Quais acreditariam suficientemente em si mesmos e se renderiam à força do universo para realizar seus sonhos e vencer na vida? Quais ainda estavam no começo de seus esforços, diante de um caminho que deveriam percorrer sem esmorecer ou desistir, para, ao final, poderem colher os frutos?

O silêncio era tão desconcertante que a impressão que se tinha era de que, com um pouco mais de esforço, os pensamentos daquelas pessoas estariam ao alcance de quem fosse passando por ali. Olhando cada um daqueles rostos, David sentia como se suas mentes lhe dissessem estar ansiosas para passarem logo no concurso público almejado, dar o passo para começarem suas vidas.

Lembraram de quando eles mesmos se doaram por um sonho e recordaram dos momentos de sacrifício e insegurança, do quanto tiveram que renunciar para chegar onde chegaram. Sentiram-se, então, acometidos da nostálgica sensação de que há pouco tempo eram eles que estavam no lugar daqueles jovens, lutando para garantir o futuro, e, no entanto, quantos anos haviam se passado?

Estudaram para ser alguém, para levar justiça às pessoas, à sociedade. Mas agora Tatiana sabia que não bastava passar no concurso, tampouco o cargo representava a certeza de felicidade para seu detentor. Salário, poder, posição, tudo ilusão, bastava um ano para pessoas como ela e David descobrirem que juiz, procurador, eram termos mais condizentes com o cargo criado por lei do que com a pessoa que o ocupava. Não, não bastava passar em concurso para ser feliz. Ser aprovado em um certame era só uma etapa, importante, decerto, mas só um dos desafios a serem enfrentados. E como aqueles jovens, ali, cheios de vida, disposição, desejavam aquilo! Cada qual com sua expectativa e ideia a respeito do cargo que queria ocupar, do trabalho que queria desempenhar, da vida que queria levar. E assim deveria ser, pois, como crianças que acreditavam em contos de fadas, aqueles jovens precisavam de suas próprias ilusões, quiçá porque, nesta fase, elas os impulsionavam.

Tatiana então pensou em si mesma para além de sua aprovação no concurso. Para ela, encontrar a pessoa certa e formar uma família sempre foram tão ou mais importantes do que ser procuradora. No entanto, não se casar, não ter filhos, não constituir família eram as novas possibilidades de vida feliz. E ela sabia que muitos daqueles jovens pensavam assim e também estavam traçando suas vidas daquela maneira. Era uma escolha incompreensível para ela, mas consentânea com os novos tempos.

Depois que saíram da biblioteca, foram até o restaurante e ocuparam uma mesa. Ele pediu um refrigerante, e ela, uma água.

— Estar em um lugar assim é nostálgico, nos faz sentir quando tínhamos esta idade. Bonito os ver lutar pelo amanhã — disse ela.

— Realmente. Sabe, este lugar foi minha segunda casa.

— Acho que continua sendo — disse ela, sorrindo.

— Sim. Deixei muito de mim aqui e levei muito daqui comigo.

— É visível como você está feliz.

— Meu pai me trouxe aqui pela primeira vez. Gostei muito, a energia deste lugar sempre me envolveu positivamente. Mesmo depois de adulto, continuei a estudar aqui.

— Então, quando vê estes jovens, deve lembrar de si mesmo...

— Claro! É uma fase boa, a de sonhar, de acreditar, de lutar.

— É verdade. Mas nós ainda temos muito o que realizar, certo?

Ele a olhou com os olhos brilhando.

— Principalmente quando temos alguém a quem amamos, aí sempre haverá motivos para prosseguir com sonhos e projetos.

— Aqui não é lugar para flertar; é um espaço de meditação.

Ele riu.

— Sabe, você vê muito de si quando vem para cá. Eu também, porém, quando estou em meio a jovens, penso em Simone. Esta geração é tão diferente, sei lá, parece mais egoísta, irresponsável.

— Nossos pais diziam o mesmo e os pais deles também. Em geral, juventude traz consigo a marca da rebeldia, da necessidade de mudar, de se impor e de autoafirmar.

— Mas neste mundo, em que pessoas param de se falar por divergências políticas, acho que a situação é mais delicada.

— Goethe diz que "nada no mundo torna o homem mais necessário do que o amor". Não é da nossa essência sermos egoístas ou mesquinhos. Ainda que prefiramos viver na nossa própria toca, precisamos amar e ser amados. Somos vocacionados para isso.

— Que belo! Poucos espíritos foram tão livres como Goethe.

— Sim. Ele também disse algo mais ou menos assim: "o mais inquieto vagante acaba encontrando em sua cabana, no peito da esposa, entre os filhos, no trabalho que o sustenta, o prazer que em vão procurou pela vastidão do mundo".

Ela pegou na mão dele, os olhos, enternecidos.

— Lindo! Como faz para memorizar trechos assim?

— Como marco alguns trechos e estou sempre voltando a eles, alguns acabam ficando comigo. Mas que bom que com isso eu pude alegrar seu coração.

— E como! Gostei de ter vindo aqui com você.

— Bom. Tive a impressão de que você chegou desconfiada.

— Sim, medo de coisas sobrenaturais!... — disse ela em tom de brincadeira.

— Na verdade, Brasília fica bem no meio do Brasil, o que faz daqui um lugar importante do ponto de vista esotérico.

— Sim, já ouvi dizer, mas nunca levei isso muito a sério.

— Bom, esta é uma cidade nova. Há uma tese de que sua criação obedece ao padrão de uma criação egípcia de milênios, por isso dizem que aqui transitam diferentes e poderosas energias.

— Que medo! — gracejou ela.

De repente alguns jovens que estavam estudando na biblioteca, sentaram-se em uma mesa diante deles. Eram dois rapazes e uma moça, pareciam bastante entrosados.

— Gente, sinceramente, o Código Civil é muito cansativo — disse a moça enquanto comia. Era morena, corpulenta e tinha olhos inteligentes.

— Chato mesmo — disse o rapaz que se sentara diante dela. Parecia sério.

O outro rapaz se limitava a rir. Cada um parecia ser de um lugar diferente do Brasil, pois tinham sotaques distintos.

— As pessoas aqui não sabem se estudam ou se falam de política — disse um dos rapazes enquanto comia uma broa de milho.

— Sem dúvida — disse a moça —, mas, quanto aos políticos, é mais eficaz fazer como na Ucrânia e jogar um a um no lixo.

Os três riram diante do comentário.

— Este presidente aí também não tá com nada. Que adianta dizer que não rouba se não sabe governar?

— Não é que não saiba, é que não deixam.

— E nem vão deixar — disse a moça. — Acho que as coisas vão piorar. Tempos de alta impunidade ressurgirão, anotem o que digo.

— Ah, o combate à corrupção que poupou os tucanos — debochou o outro rapaz. — Toda a legislação deveria mudar, mas como são eles mesmo que aprovam...

— Não adianta só sonhar. Precisamos de uma reforma legislativa, sim, mas como isso vai ocorrer? Nada que o governo queira será implementado se o Judiciário não quiser.

— Esse é um dos nossos calos — disse a moça.

— Calo nada, este é o nosso câncer. E nós que não nos cuidemos... além dos censurados, os presos políticos estão aí para quem quiser ver.

— Se o PT voltar, o Brasil acaba — disse o outro rapaz. — É uma vergonha alguém sair da cadeia para ser presidente. E digo mais: uma parte da população não vai aceitar, e o país se transformará numa grande mixórdia, com protestos constantes. Já estou até vendo como este país ficará depois das eleições caso isso aconteça.

— Sei não, o povo se acostuma com os políticos. Vejamos Bolsonaro: sua falta de tato não é nada inspiradora, e mesmo assim está cheio de seguidores.

Em seguida, os três saíram e voltaram para a biblioteca.

— Será que um dia teremos nosso país de volta, aquele cujas posições políticas não nos impediam de confraternizar com quem pensava diferente? — disse Tatiana.

— Você sabe o que acho sobre isso. Essas discussões têm mais a ver com transformações culturais do que com qualquer outra coisa.

Ela ficou em silêncio, com seus pensamentos. Então ele disse:

— Mas, à parte o extremismo das pessoas, a loucura do mundo, do Brasil, nós vamos viver um para o outro, dia por dia. Prometo — e tocou sua mão com ternura.

— Vou cobrar — disse ela, sorrindo.

Na verdade, Tatiana sabia que, apesar de suas falhas e conflitos, a integridade era como uma planta que tinha raízes profundas nele, e sua correção de caráter e senso de justiça eram inquebrantáveis. Ela imaginou o quanto seria maravilhoso se a força daquele espírito pudesse envolver outras pessoas, fazendo-as perceber por si mesmas o valor da honradez. Mas quem era ele além de alguém cuja vida podia ser facilmente arruinada se descobrissem sua enfermidade? Por outro lado, era como se aquela doença tivesse uma função bem estabelecida em sua existência. Ou seja, nem mesmo a bipolaridade era capaz de desconstruir seu espírito; na verdade, sentia como se a doença fosse um elemento a indicar que ele deveria encontrar equilíbrio em sua jornada. Então lembrou-se do percurso que haviam feito, pouco antes, até o cristal, na Nave do Templo.

No dia seguinte, ficaram em casa a maior parte do tempo. Leram juntos, discutiram literatura e poesia e ouviram música clássica. À tarde, resolveram explorar o mundo de Niemeyer e Lúcio Costa e saíram pela cidade, com Tatiana ao volante. Foram até a Esplanada, onde se detiveram na Praça dos Três Poderes, depois seguiram para a ponte JK e continuaram até o Setor de Embaixadas.

David apreciava o passeio, em meio ao céu sem nuvens, embora não tivesse as mesmas impressões que ela, já que nascera e se criara naquele lugar repleto de pistas e tesourinhas. Chegaram a cogitar ir à missa, mas como a lembrança do que ocorrera no Cruzeiro ainda estava viva demais em suas memórias, logo abandonaram essa ideia.

De volta ao Sudoeste, no fim da tarde, Tatiana estacionou o carro na entrada do prédio de David, de onde olharam o laranja do céu que aos poucos ia se desfazendo em um azul escuro.

— Mais um dia, mais um pôr do sol, mais um fim de semana — disse ele, fitando-a nos olhos.

— Esse foi um dos melhores finais de semana da minha vida. Tem ideia de como estou feliz pela sua recuperação? Tive medo, mas nunca deixei de acreditar que voltaríamos a nos ver. Aprendi com você a ter esperança e a viver com alegria cada momento. E é isso o que procuro aplicar quando estamos juntos — disse ela com os olhos marejados de lágrimas.

— Eu a amo muito, Tatiana.

Ela riu sobre as próprias lágrimas.

David a envolveu em um abraço carinhoso, e, fechando os olhos, Tatiana quis ficar assim, em silêncio, apenas sentindo a respiração dele e as batidas do seu coração junto ao dela, e, daquela forma, era como se nunca tivessem estado separados, como se suas ausências tivessem servido unicamente para fortalecê-los e mostrar-lhes o quanto se tornara inabalável o que tinham construído juntos para suas vidas.

Capítulo 36

Naquela mesma noite, assim que chegou em casa, Tatiana foi ter com a mãe. O final de semana transcorrera normalmente. Seus filhos haviam se comportado bem e seu pai passara o dia em casa.

Sua mãe lhe contou, todavia, ter sabido por Jandira que Simone andava diferente, e que achava que a menina podia estar se relacionando com alguém. Pelo que conhecia de Jandira, o comentário era um eufemismo para "acho que ela não é mais virgem".

Em seguida, Tatiana foi ao encontro de Lucas, que lhe falou sobre o seu final de semana. Como o pai não tinha vindo visitá-los, fizera o que mais gostava, que era jogar videogame. Tatiana o deixava à vontade para brincar, nos finais de semana, desde que estivesse em dia com os deveres. Tentou falar com ele sobre a terapia, o novo colégio, mas ele se limitou a dizer que estava tudo bem.

Por um momento ela se deteve naquele quarto de menino, cuja decoração ela escolhera pessoalmente. E de pensar que agora sua sexualidade era indefinida — seu único filho! Seu pai, Rogério, os homens da casa não davam atenção para o menino; ela sentia isso em seu coração. As mulheres da casa eram as únicas que tentavam algum diálogo com ele. O que ele devia sofrer por dentro, diante daquela situação, não devia ser pouco. Aos 13 anos, ele já estava bem crescido. Era alto para a idade, sua voz estava engrossando, e, à medida que crescia, ia ficando mais magro e desengonçado. Para além das transformações físicas, via no filho um menino incompreendido, mas nem por isso desinteressado em encontrar a si mesmo e a Deus.

Tatiana tinha dificuldade em aceitar que o filho pudesse ser diferente; quando se detinha nesse aspecto, chorava e quase sempre trancada em seu quarto. Havia constrangimento, sim; mas não era só isso, era também um inconformismo com a dor que o filho teria de suportar. Começava a perceber que o fato de ele ter nascido naquela época não tornava as coisas assim tão mais fáceis. Rogério, com seu machismo e hipocrisia, era a prova viva disso.

Lucas era diferente de Simone. Com a filha, costumava conversar sobre livros, política, cultura, assuntos impensáveis de tratar com ele. Sua dificuldade não era só por ele ser menino, mas por sentir que não conseguia penetrar em seu universo. Nunca conseguira, essa era a verdade. Lucas crescera guardando para si os próprios sentimentos. Sua esperança era de que a terapia o ajudasse a se conhecer e a se abrir, mas, e tinha vergonha de pensar assim, desejava também que ele se desse conta de que não era gay.

As conversas que tinha com o psicólogo, porém, deixavam-lhe cada vez mais apreensiva, pois o terapeuta lhe dizia que ele melhorava do ponto de vista emocional, mas se fechava quando se tentava falar do episódio no colégio. Comentando isso com Rogério, ouvira dele que deveriam ir atrás de outro psicólogo, mas não podiam aceitar passivamente que um menino da idade do filho fosse gay só porque ele dizia que era gay.

Agora ali, diante do filho, sentia-se ainda mais penalizada, e se punia por isso, Ainda ficou mais um pouco com ele, depois foi encontrar Simone, no escritório.

— Boa noite, mocinha!

Com o aparelho celular em mãos, sentada na poltrona, parecia se comunicar com alguém pelo WhatsApp.

— Que susto! — disse Simone largando o celular sobre a mesa.

Tatiana puxou uma cadeira e se sentou diante da filha.

— Como vão as coisas?

— Tudo bem. Papai não veio nesse final de semana.

— Lucas já me disse. Conversou algo mais com Rogério?

— Sim, ele me cobrou a vacinação. Acha um absurdo não termos nos vacinado.

Tatiana já havia conversado com Rogério sobre aquele assunto e pedido para aguardarem um pouco antes de iniciarem a vacinação de Lucas e Simone.

— Ele não vai desistir nunca...

— Estou com ele, mãe. Vacinas salvam vidas há anos. Não aceitar é negacionismo.

— Não sou contra a vacina, mas há reações graves, e o vírus não é um problema na faixa etária de vocês. Por que o desespero?

— Porque meus colegas estão se vacinando, porque as escolas exigirão passaporte vacinal. Porque, afinal, todos devem se vacinar.

— Para a OMS não é prioritário vacinar a faixa etária de vocês.

— Antes a OMS era criticada, agora ela serve. Ora, a verdade é que ela não contraindica a vacina para nossa faixa etária. A saúde deve ser uma luta de todos; ficar procurando cabelo em ovo é maluquice.

— Tomar cuidado nunca é demais.

— A pandemia está acabando, será que a vacina não ajudou?

— Pode ser, mas se se leva anos para aprovar uma vacina, devemos ficar atentos quando esse prazo é reduzido para meses.

Simone torceu o nariz.

— Na verdade, acho que temos de dar graças a Deus, pois, mesmo neste governo negacionista, há vacina para todos.

Tatiana suspirou.

— Pandemia e política são assuntos que consomem muito. Estou cansada de falar sobre isso. É como se as pessoas tivessem caído no conto do radicalismo, e o pior de tudo é que, enquanto brigamos uns com os outros, inclusive com quem mais amamos, por ideologia, política e até bandido de estimação, os gatunos continuam fazendo das suas. No fundo não passamos de marionetes e ainda assim nos achamos os espertalhões.

— A luta por justiça social realmente não é para todos.

— Você passou o fim de semana em casa?

Simone arregalou os olhos, como quem foi pega de surpresa.

— Sim, só fui à faculdade ontem. Tinha de fazer um trabalho.

— Fez o trabalho sozinha?

— Que foi? Que fofoca Jandira já levou ao seu ouvido?

— Jandira é a maior santa que já conheci. Vive em função da igreja, do marido e da gente. Portanto, pare de falar dela assim. Mas me diga, por que não estava lendo quando entrei aqui?

— Ih... desde quando isso é uma regra?

— Não seja chata. Sempre que a encontro você está lendo. Com quem falava pelo WhatsApp?

— Ah não, mamãe, desde quando a senhora faz interrogatório?

— Desde quando mantemos segredo uma com a outra?

— Estava falando com um rapaz da faculdade com quem por sinal estou namorando.

Tatiana sabia que podia descobrir algo, mas não tão rápido.

— E eu ia ser a última a saber?

— É só um namorico.

— Quem é ele, de onde ele é?

— É um colega de faculdade, o Marcos. Já falei dele aqui.

— Você falava com ele agora?

— Sim.

— Entendi... Eu fico feliz. Quando o conhecerei?

— Logo, mas sem expectativas, ok? Estamos só nos curtindo.

— Não fale assim, Simone. É vulgar.

— Se tiver que ser será.

Tatiana olhou-a, horrorizada.

— Mamãe, não acredito em casamento e a senhora sabe muito bem. Eu creio na liberdade que cada um tem de decidir sobre sua própria vida. Ora, casa quem quiser, tem filho quem quiser.

— Mas por que não se casar, não ter filhos e uma família?

— Por exemplo, para não estragar o corpo.

— De novo com essa desculpa? Não acha isso fútil demais?

— Não, pois cada um planeja sua vida como quiser. Ninguém é obrigado a achar que, para ser feliz, tem de se casar ou ter filhos. Quem quiser, que se case, desde que não seja uma imposição.

— A vida pertence a cada um, nisso você está certa. Mas se todos desejassem não ter filhos, o que seria do legado de Deus?

— Esse é o problema, pôr Deus em tudo.

— Não sei o que fazer com você. Já nasceu teimosa. Quando aprenderá que precisamos encontrar um sentido para nossas vidas?

— Nossa sina é buscar um sentido para uma vida que não tem nenhum sentido, não era isso que dizia Camus? Aproveitemos a vida como pudermos. Amarras só servem para nos reprimir. Vivamos o aqui e agora, sim, pois em algum momento que não sabemos quando será, não contaremos mais com um amanhã.

Pousando os olhos sobre a mesa, Tatiana descobriu o livro que David lhe emprestara, *O Imbecil Coletivo*.

— O que isto está fazendo aqui?

— Encontrei no seu quarto e resolvi folhear. Li todo.

— Sinal de que gostou.

— Sinal de que detestei! Ele é um asqueroso nojento. Li porque ele a todo tempo diz que temos de ler seus livros para poder criticar. Acho que depois de ter lido tenho mais raiva dele.

— Não devemos alimentar ódio em nosso coração.

— David tem por hábito este tipo de leitura, é?

— Ele lê muita coisa.

— Olavo de Carvalho é um embusteiro, um astrólogo que se passa por filósofo. Estes artigos só servem para o ego dele mesmo. Ele se vangloria de não ter formação e assim mesmo se acha mais que doutores da USP. Esse homem é um ressentido, isso sim.

— Este livro denuncia uma classe fechada que pretende ditar a cultura do país a partir do marxismo e outras formas preconcebidas de pensar.

— E imbecilizam-se umas às outras e blá... blá... blá... blá... Tudo o que ele refuta em relação aos intelectuais que critica não passa de sátira barata. Imagine, querer se equiparar a doutores da USP!

— Quem diria! Com preconceito com quem não é formado...

— Não, tanto que li. Só que o máximo que consegui foi vomitar. Ele jamais me convencerá de que ter uma formação é ruim.

— O que ele diz é que a formação atual precisa melhorar e professores universitários mais adestram do que ensinam.

— A universidade deve mesmo nos abrir os olhos para este mundo opressivo. Desmascarar farsantes como Olavo e nos mostrar os erros do passado para que não sejam repetidos no futuro.

— E quanto às coisas boas, serão mostradas ou soterradas?

— Mamãe, o mundo é nosso, o futuro nos pertence. Somos livres para rever valores conforme nossa própria época. Ler esta porcaria nos levará aonde? A troco de que a senhora leu isso?

— Não confunda os papeis. Sou sua mãe. Leio o que quiser.

— A propósito, há um artigo neste livro que eu achei grotesco. O que fala sobre sexualidade, onde diz que a homossexualidade é um desejo e não uma orientação. Ele praticamente culpa os gays por serem gays. Por acaso não lembrou de Lucas ao ler isto?

Tatiana sentiu como que uma facada no coração. Também tinha discordado daquela passagem. Tudo o que lhe remetia ao filho mexia demais com sua estrutura.

— No geral, apreciei a perspicácia do autor. Ele refuta posições realmente questionáveis, mas neste artigo ele não foi feliz.

— A esquerda vem para colmatar esses buracos. Ou seja, para aclarar a incompreensão sobre nossa sexualidade. Butler, por exemplo, esclarece o que este livro torna ainda mais obscuro.

— Pois é. Mas você se refere a este ponto. E quanto aos outros?

— Se pegar este livro inteiro, não dá um prefácio dos de Butler.

— Tá bom. Já que tocamos neste ponto, me fale do seu irmão.

— É simples. Ele é gay e não se assume por causa de vocês.

— Por acaso você acha que não amo o seu irmão?

— Ama, sim, mas não o compreende; acho que nem o sente.

Tatiana olhou chocada para a filha.

— O que quero dizer é apenas que, enquanto você e papai fingirem que o que se passa com Lucas é frescura, invenção, algo reversível, estarão dando as costas para ele e aumentando seu sofrimento. Papai quase nem vem aqui. Já a senhora, quando está com tempo livre, prefere se encontrar com o seu namorado.

— Sei que estamos todos sem saber direito, mas Lucas parece estar confuso. Não dá para dizer se ele é gay, afinal. Entendeu?

— Ele manteve relações sexuais por mais de uma vez com outro garoto. Sente com ele e peça para ele se abrir com você. Sei que a senhora tem medo do que possa ouvir, mas...

— Pare! Chega! Ele já está no psicólogo!

— Estão em negação; não podem ficar assim para sempre.

Tatiana se pôs a pensar. Enganava-se ao achar que a situação dos filhos estava sob controle. E o pior, no tocante a Lucas, sentia-o deixado de lado. Era como se o pai o tivesse largado em suas mãos. E ela não sabia o que fazer quando levantasse as mangas e se sentasse para conversar de verdade, pois, no fundo, temia o que pudesse ouvir dele.

De repente, Tatiana desatou a chorar. Achando que podia ter exagerado nas palavras, Simone foi ao encontro da mãe e a abraçou. Era uma carga pesada.

Quando estava no Sudoeste com David, Tatiana sentia-se mais leve e feliz. Voltar para casa era como retornar para um lugar do qual às vezes queria, mas não podia escapar.

Capítulo 37

Na manhã seguinte, Tatiana foi logo cedo para a Regional, pois assim poderia retornar a tempo de almoçar em casa. Com a recuperação de David, queria se dedicar mais aos filhos e a aos pais, pois, pela primeira vez, ouvira de sua mãe que era chegada a hora de eles retornarem para Belém.

Quando chegou à Regional, cumprimentou a todos e se dirigiu à sua sala. Como entrou às pressas, não atentou para o que estavam tentando lhe avisar na antessala. Só se deu conta do que era ao ver Rogério sentado no sofá com os olhos fixos no celular.

— Ah, então chegou — disse ele guardando o celular.

— Aconteceu alguma coisa?

— Nada sério, apenas gostaria de conversar com você.

Ela colocou suas coisas sobre a mesa e se aproximou dele. Desde o divórcio, suas conversas costumavam ser por telefone ou aplicativo de mensagem, por isso ela achou que a presença dele ali se devia a algum assunto mais delicado.

— Você não vai se sentar? — disse ele.

Rogério estava impecavelmente vestido em um terno cinza; a mesma autoestima de sempre. Depois de David, as coisas entre ela e ele haviam finalmente ficado para trás, a despeito de todos os esforços que Tatiana empreendera para manter o casamento. Quem sabe o correto não fosse ter seguido a cartilha de Simone e encerrado de uma vez por todas uma relação fadada ao insucesso, indo em busca de sua felicidade? Mas certas coisas não eram tão simples assim. Para ela, a família sempre estivera à frente de tudo.

Tatiana sentou-se diante dele e aguardou que ele falasse.

— Não quero encher o seu saco, mas realmente há algo importante a tratar. Já falamos sobre isso e já conversei com Simone. Não estou falando meramente de vacina, na verdade, estou falando de saúde, de vida. Nossos filhos têm de se vacinar, Tatiana.

— Certo, mas a OMS diz não ser prioritário na idade deles.

— A faixa etária deles já está sendo vacinada. Quer que ouçam dos amigos que os pais são negacionistas?

— Está preocupado com a vacinação ou com o que dirá às pessoas?

— Não vim aqui para nos desentendermos, e sim para chegarmos a um denominador razoável.

— Preciso de tempo para pensar. Se estou pensativa é porque temo por eles. São meus filhos!

— Nossos filhos! — disse ele, enfático. — Não precisamos estar diante de um juiz para resolver isso, não é?

— Você está me ameaçando?

— Não, por enquanto estou só conversando — disse ele fazendo uma pequena pausa. Depois falou: — há ainda outro assunto a tratar e que indiretamente envolve os meninos. Você sabe, é sobre David.

— Era só o que faltava, se meter em meus relacionamentos.

— Não se trata disso. Você tem direito a se relacionar com quem quiser. No entanto, me preocupo com nossos filhos. É visível que David tem problemas psicológicos.

— O que isso tem a ver com você?

— Por que essa rispidez?

— Não acha que sou adulta o bastante para cuidar de mim, ou mesmo fora da minha vida vai continuar me tratando como idiota?

Ele ficou perplexo. Tatiana não era do tipo explosiva.

— Eu nunca a achei idiota.

— Já lhe ocorreu que eu posso ser feliz, posso me virar sem você? Ou acha que não sou digna de ser amada por outro homem?

— Você está confundindo as coisas.

— Você é que está confuso ao misturar meu relacionamento com nossos filhos.

— Posso falar?

Ela o fitou no fundo dos olhos, como se quisesse descobrir qual a verdadeira razão de ele estar ali.

— Não é só o fato de ele parecer doido. Ele tem pensamentos fascistas que depõe até mesmo contra nossa instituição.

— Ah, não Rogério, pare, por favor.

— Você não é como ele. Eu te conheço bem, Tatiana.

— Será que conhece mesmo?

— Conheço suficientemente bem para saber que não é uma maluca extremista, que se não segue uma linha de pensamento como a minha, pelo menos não é uma fascista. Para mim, você sempre foi uma pessoa sensata.

— Sei, sou uma "sensata idiota". Primeiro as crianças, depois David e vamos terminar com política. Tão previsível. Quer saber? Você também nunca foi nenhum radical quando eu te conheci.

— Me acha radical? Ora, não sou, nem nunca fui como alguns que vivem escondidos sob armadura conservadora, mas que na verdade não passam de fascistas.

— Ótimo. Ser como você é ser democrático; ser diferente de você é ser fascista.

— Não foi bem isso que eu quis dizer.

— Rogério, você veio aqui para dizer que não gosta de David, que tem ciúme dele ou o quê? Não estamos mais juntos. Minhas posições políticas ou filosóficas não lhe dizem respeito.

— Se ele tivesse enfrentado algum problema, me falaria?

Ela hesitou. Ele finalmente jogara a pista.

— Do que você está falando?

— Responda à pergunta.

— Isso não lhe interessa.

— Se você ficar com esse cara, ele conviverá mais com os meus filhos do que eu. Acha realmente que isso não me interessa?

— Se sabe de alguma coisa, por que não diz logo?

— Sei que ele pirou numa igreja no Cruzeiro e que, por algum milagre, o surto foi abafado. Um subprocurador que mora lá comentou o caso com outro colega, que me falou.

Subitamente, foi tomada por uma tristeza. Não queria que, em seu retorno, David cruzasse com pessoas olhando-o enviesado.

— Ele realmente não passou bem na igreja, mas já está bem.

— Não quero um louco convivendo com meus filhos. Não quero que você se deixe influenciar por esse desequilibrado.

— Não há motivo algum para se preocupar.

— Por acaso ele tem botado você para ler porcarias?

— Simone anda fazendo fofoca? Pedi tanto a ela...

— Embora jovem, e mesmo tendo se envolvido em um ato errado, Simone é a mais ajuizada daquela casa. Não aceita opressão nem retrocesso e luta pelo que acredita ser certo. Mas me diga, você não anda lendo Olavo de Carvalho, não é? Saiba que não passa de um medíocre antidemocrático. Além disso, eu me preocupo com Lucas, que...

— Pense bem antes de falar de Lucas. Ele sempre foi uma criança retraída e no primeiro sinal de que podia ser diferente, ainda pequenino, você o abandonou. Meu pai e meus irmãos não moravam aqui para ocupar o seu lugar. Então, não o coloque em sua narrativa, pois sei muito bem como te fazer enxergar suas próprias falhas. Ele já tem 12 anos e nunca conviveu direito contigo. Sabe por quê? Porque nunca foi pai de verdade. E agora vens dizer que teme que a pessoa com quem me relaciono faça mal a ele. Ora, mal quem faz a ele é você, que sempre o abandonou afetivamente. Justo você, o progressista, o defensor das causas sociais... Não, David jamais prejudicará Lucas mais do que você mesmo faz.

Ele ficou aturdido. Não esperava um dia ouvir aquilo dela e muito menos vê-la com aquele nível de autossuficiência. Como que mais consciente de seu próprio valor, ela de fato tinha mudado.

Pedindo licença, Maurício entrou e avisou que chegara o delegado da Polícia Federal, que agendara uma audiência com Tatiana naquele horário.

Tatiana não teve tempo de pedir desculpas e dizer que não tivera intenção de ofendê-lo. Rogério levantou-se bruscamente e saiu da sala, passando por Maurício como se ele não existisse.

David almoçou com os pais naquele dia. Adelaide tinha consciência de que o filho havia saído da crise e que agora era preciso que ele se mantivesse eutímico, e a médica sabia que isso jamais seria alcançado sem antes conversar com Tatiana.

— Que acha de estendermos seu atestado mais um pouco? — disse Adelaide para o filho, à mesa, enquanto comiam.

— Por mim recomeço a trabalhar agora mesmo.

— Vamos organizar seu retorno com tranquilidade. Não precisa voltar abruptamente. O que acha, Afonso?

— Acho que ele está ótimo — disse Afonso de modo ambíguo.

— Sim, mas para se manter assim precisa de responsabilidade. Com ele já conversei bastante, agora preciso falar com Tatiana.

Os dois olharam-na, de repente, como que assustados.

— O que foi? Por que me olham com cara de espanto?

— Nada. Estou farejando uma trégua, só isso — disse Afonso.

— Nunca persegui Tatiana. Apenas defendo o bem-estar do meu filho. Continuo achando que ela tem problemas demais, mas...

— Por que a senhora implica tanto com Tatiana? O preço de ser doido é não poder ficar com a mulher que eu gosto?

— Gostaria que você soubesse que eu começo a reconhecer que minha preocupação com você, se não for bem dosada, pode realmente atrapalhar sua vida. Você nunca ficou tanto tempo com alguém, e talvez por isso eu tenha interpretado errado algumas coisas. No entanto, vocês parecem se amar de verdade, e acredito que podem ser felizes, desde que tomem alguns cuidados.

Afonso ficou impressionado com a fala da mulher. Não esperava que ela evoluísse em suas ideias, não tão rapidamente.

David se emocionou. Os pais olhavam-no com interesse. Ele quis falar alguma coisa, mas não conseguiu. Tatiana se tornara a coisa mais importante de sua vida, e o que ele mais esperava era que os pais entendessem isso e apoiassem o seu relacionamento.

— Deixou um marmanjo sem jeito, Adelaide — disse Afonso sorrindo ao tempo em que via David se levantar e ir abraçar mãe.

Embora não pudesse negar que David e Tatiana se gostassem, Adelaide não tinha noção da dimensão do amor dos dois. A médica jamais se deteve nesse aspecto da vida do filho. Para ela, a doença de David era grave e demandava adesão ao tratamento. Era pragmática quanto a essa premissa, que colocava acima de tudo.

— Agora que mãe e filho estão se entendendo, quero ter a chance de comer uma maniçoba ou um pato no tucupi por ocasião do casamento — disse Afonso em um gracejo.

Capítulo 38

Como de costume, decorrido o período de estiagem, o aguaceiro caiu em Brasília, arrastando consigo o pior da seca e do calor. Neste momento, no qual as cigarras viviam sua própria estória de amor, originada dentro da terra e difundida através de uma das mais características cantorias, prenunciando as fortes torrentes que irromperiam do céu, David e Tatiana firmaram mais ainda sua relação.

De vota à Regional, David retomou o ritmo de trabalho; passou a visitar com mais frequência a casa de Tatiana e a conversar com Rodrigo, aproximando-se inclusive de Lucas. Tatiana procurava estar sempre que podia com os pais de David e sentia que Adelaide começava a aceitar a relação dos dois. Era como se a obstinação da médica começasse a ceder diante da felicidade estampada no rosto do filho.

Nas vésperas do Natal, Rogério passou a cobrar de Tatiana com mais veemência a vacinação dos filhos. Ela tinha uma desagradável impressão de que, com aquela insistência, ele até queria vaciná-los, mas também via naquilo um meio de ele manifestar sua perturbação com a felicidade dela. Simone lhe dissera que ele não estava nada satisfeito com as visitas de David. Tatiana, porém, evitava alimentar animosidade, afinal, tratava-se do pai dos seus filhos. Não acreditava que ele ainda gostasse dela, no máximo devia manter algum sentimento de posse ou apego.

Naquele dia, Tatiana fora ao shopping com a mãe para comprar os presentes de Natal. Quando retornaram, sentaram-se aos pés da árvore de Natal, para embalar os presentes.

— Nesta época, as lojas ficam cheias, mas é sempre tão triste...

— O Natal é um pouco melancólico mesmo, mas precisamos saber transformá-lo em um momento alegre. Se nesta época não temos uma festa efusiva como réveillon ou carnaval, temos o nascimento do filho de Deus para comemorar, e isso não é pouco.

— Eu sei... eu sei... — disse Lúcia, terminando de fazer o laço do presente que tinha em mãos. — Acho que fiquei saudosa dos seus irmãos. Sei que são dois marmanjos, mas...

Tatiana ergueu os olhos do que estava fazendo, deixou um pouco de lado a tesoura com a qual cortava as fitas que eram utilizadas para os laços e disse:

— O que é, dona Lúcia? Você realmente está tristonha!

— É bobagem, Tati. Deixa para lá. Quem sou eu? Uma velha caduca conversando com uma procuradora regional da república.

— Nunca a verei como velha caduca, mesmo que um dia você fique gagá. Você me trouxe ao mundo — disse, abraçando-a.

— Você não tem noção do que é ser mãe de uma mulher importante. Alguém que está na televisão — disse Lúcia agora com os olhos marejados. — Sempre foi tão boa conosco. Nunca se esqueceu da gente. Mesmo a distância sempre esteve presente. Sei que sofreu muito, mas, agora, se Deus quiser, será feliz com David.

— Que é isso, dona Lúcia? A senhora não é de chorar...

— Olhe... Veja, estes, dos seus irmãos. Tenho certeza de que eles gostarão. Quando voltarmos, eu mesma darei para eles.

— Sim, vão adorar, e em breve eu vou lhes visitar em Belém. Eu amo a senhora, nunca se esqueça disso — disse Tatiana, irrompendo em lágrimas e juntando-se à mãe naquele momento.

— Eu também amo você, querida. Desde que nasceu...

De repente, viram-se, abraçadas, entre risos e lágrimas.

Na manhã seguinte, Tatiana estava em seu gabinete, tentando colocar os processos em ordem, faltando poucos dias para o Natal, quando Maurício adentrou, de repente, e disse:

— Com licença, doutora.

— Pois não, Maurício.

— A senhora tem visita. É o seu João.

Tatiana pediu que o assessor o fizesse entrar.

Maurício saiu e introduziu seu João na sala. Desejando boa tarde, meio tímido, mas parecendo seguro em relação ao que tinha ido fazer ali, seu João pediu licença e sentou-se diante de Tatiana.

— A que devo a honra, seu João?

— Perdoe se for uma hora incômoda para a senhora...

— Que é isso? Como vai a família?

— Está bem. Mas estou aqui para lhe dizer que, graças a Deus, consegui reunir o valor que lhe devo.

Era um homem bom e cordial. Ele falava naquele momento com moderação, mas ao mesmo tempo com uma espécie de reserva, de contenção. Tatiana sentiu que aquele esforço para reunir o dinheiro antes do fim do ano não devia ter sido fácil.

— O senhor fez bom uso do dinheiro, seu João?

— Fiz a metade da reforma, como tinha dito para a senhora, mas como minha esposa adoeceu, direcionei o restante do dinheiro para as despesas médicas dela.

— Mas por que se avexou em me pagar nessas circunstâncias?

— Bem, porque foi assim que ajustamos.

Em silêncio, ela continuou a olhá-lo.

— Bom, embora meu salário não seja ruim quando comparado ao salário-mínimo, sempre me aperreio, doutora, pois muitos dependem de mim. Minha esposa descobriu um câncer. Está fazendo o tratamento, a senhora sabe o quanto isso abala a gente.

Gaguejando, os olhos dele ficaram marejados.

— Estamos casados há 36 anos. Deve ser sua idade, não é? São cinco filhos e oito netos. Ela sempre me ajudou em tudo. Caso ela parta, não sei o que será da minha vida.

Era um baque para quem tinha a idade dele e vivia sozinho com a esposa, além de ajudar outros parentes. Tatiana lembrou-se do que passara com David, da doença do companheiro, do terror de não saber como seria o dia seguinte, e se sentiu pesarosa.

Levantou-se, foi até ele e o abraçou. Queria poder passar para ele um pouco da perspectiva boa que envolvia o seu próprio futuro. Podia ser seu pai, e quando pensou nisso, sua comoção aumentou.

Naquele momento, Rogério abriu a porta inesperadamente e adentrou a sala. Quando viu a cena à sua frente, estacou e franziu a testa, incrédulo. Não tinha como afirmar o que estavam fazendo, mas achou aquilo no mínimo inapropriado. A cada dia Tatiana o surpreendia mais. Aquilo lhe deixava claro que Tatiana perdera a compostura.

— Boa tarde.

Tatiana voltou-se para ele, surpresa. Ele não tinha sido anunciado, certamente porque devia ter invadido a antessala.

— Doutor David! Ah, desculpe, é o doutor Rogério.

Àquelas palavras, Rogério sentiu seu desagrado se transformar em raiva. Só faltava aquilo, ser confundido com o doido da Regional.

— Preciso falar com você, Tatiana.

— É urgente?

— Muito.

Voltou-se para seu João e disse, sem receio, diante de Rogério:

— Não aceitarei seu dinheiro, principalmente em razão do seu momento atual. Estou lhe comunicando que o valor que lhe emprestei será o meu presente de Natal para o senhor e sua família.

As lágrimas rolaram dos olhos de Seu João, que não contava com aquilo, embora estivesse, talvez, no momento mais difícil de sua vida. Era como estar diante de um anjo tão bom que não conseguia sequer agradecer.

— Eu... Doutora... Não posso aceitar! São 15 mil reais!

Rogério arregalou os olhos, estupefato. Ela definitivamente precisava ser internada. Estava demente igual ao namorado louco.

— Agora o senhor terá um fim de ano mais leve.

— Sou muito grato, doutora. Não sei o que dizer diante de sua bondade. Só alguém com o seu coração para me estender a mão desse jeito. Deus esteja com a senhora e o doutor David. São jovens e ainda têm muito o que ser feliz...

Rogério se inquietava diante do agradecimento de Seu João, que, àquela altura, estava em um enlevo tão grande que havia perdido até mesmo a vergonha.

— Se não nos falarmos até o fim do ano, boas festas, seu João.

— Obrigado, Deus lhe abençoe.

Quando seu João se retirou, Rogério fez menção de se encaminhar para a área dos sofás, mas Tatiana o deteve.

— Vamos conversar aqui mesmo. Não tenho muito tempo hoje — disse ela indicando a cadeira diante de sua mesa.

Sem discutir, ele se sentou diante dela.

— Por que colocou tanto dinheiro na mão desse homem?

— Não quero parecer ríspida, mas isso não é da sua conta. Agora, por favor, diga o que você veio fazer aqui, Rogério.

— Preciso lhe comunicar uma coisa importante, Tatiana.

— Pois não.

— Hoje, eu providenciei a vacinação dos nossos filhos.

Ela teve um sobressalto. Pensou não ter escutado direito.

— O que você disse?

— Isso mesmo que você ouviu. Nossos colegas já vacinaram seus filhos. Fiz o que qualquer pessoa normal teria feito em meu lugar. Estamos prestes a instituir o passaporte vacinal.

— Não podia ter feito isso sem o meu consentimento.

— Claro que sim. Tanto que fiz. Já vinha falando com Simone e ela concordou e também convenceu Lucas a aceitar.

— Rogério, eles moram comigo, estão sob minha supervisão. O que você fez foi errado. Eu não disse que não seriam vacinados, apenas falei que esperaria um pouco.

— Este vírus age por ondas. Não poderia como pai deixar meus filhos desprotegidos por causa do seu negacionismo.

— Essas vacinas foram feitas a toque de caixa; as fabricantes desconhecem os efeitos e se recusam a assumir responsabilidades.

— Não discuto com a ciência e, até onde eu sabia, você também não discutia..

Estava indignada com a ousadia dele. Agora teria de monitorar seus filhos de perto pelos próximos dias, meses, talvez anos.

— Há casos de efeitos graves e até morte.

— Você se prende a casos isolados. Tirei um peso da consciência e evitei um desgaste desnecessário, pois seria obrigado a mover uma ação contra você. Ação que você perderia, e sabe disso.

Por que ele tinha de ostentar aquele ar de sabe-tudo? Sempre fora assim, meio cínico, meio hipócrita, meio entediante. Depois que a perdera, parecia querer mostrar força em relação aos filhos.

— Obrigada por avisar à mãe de seus filhos, com quem inclusive eles moram, que você os vacinou.

— Não vamos dramatizar algo tão trivial quanto tomar vacina.

Enquanto ouvia aquele homem petulante falar, ela absorvia, processava a informação, pois a verdade era que ainda estava sofrendo o impacto inicial. Queria poder afastar aquela preocupação que começava a brotar dentro dela, contra sua vontade.

— Vou sair mais cedo hoje para poder estar com eles.

— O mundo passa por uma pandemia; a imunização é fundamental. Não há razão para temer vacinas, que são feitas para salvar vidas. O mundo inteiro está se vacinando. Você precisa recobrar a lucidez. Depois que se envolveu com esse cara, começou a dar mostra de que perdeu o juízo. Não estou pedindo que você seja progressista, esquerdista, nada disso. Você nunca foi alguém de "lado", de paixão, mas agora está tomando decisões completamente equivocadas.

— Esqueça o David, Rogério. Quando nos separamos mal nos falávamos, e agora você começa a querer me importunar. Se não se contiver vou começar a achar que está com ciúme dele. Qual o seu problema com ele? É por que ele é mais jovem, mais bonito e mais inteligente que você? Pois, se for isso, saiba que não foi por esses predicados que ele me conquistou. Ele me conquistou com sua gentileza, carinho, respeito e, sobretudo, com a admiração que demonstra ter por mim.

Desde que soubera de David e Tatiana, Rogério sentira algo que nunca compreendera ao certo. Incomodava-se com a harmonia que havia entre eles, com a alegria que esboçavam onde quer que estivessem. Mas será que o que ele sentia era ciúme? Embora nunca quisesse saber, era consciente de que a resposta àquela pergunta estava ali, dentro dele. E agora se via diante dela, usando os filhos como pretexto. Estavam divorciados, o que tornava ainda mais difícil admitir seu despeito. Ora, ele foi quem saiu por cima e foi viver com Verônica, quem sabe até contando com a possibilidade de voltar para casa quando enjoasse da amante. E agora estavam ali, ele cada vez mais incompleto, sem ela, sem os filhos, sem o lar, sem nada, enquanto ela, cada vez mais segura de si, tinha viço no rosto, ânimo no espírito e alegria na alma.

— Não quero brigar, Rogério.

— Tudo bem. Antes de ir quero tocar em outro assunto. É sobre a terapia das crianças. Simone está quase de alta. Quanto a Lucas, não estou satisfeito com o psicólogo. Precisamos procurar outro...

— Sou contra.

Ele ergueu as sobrancelhas em assombro.

— Como assim é contra? Há profissionais muito bons que...

— Ninguém sofre ou entra mais em parafuso do que eu quando o assunto é a sexualidade do Lucas. As mães costumam querer que os filhos se casem, lhes deem netos. Enfim, minha formação católica toda é nesse sentido. Entretanto, como mãe, não posso ser insensível a nenhum de meus filhos. A situação de Lucas nos tira o sono, pois no fundo queremos ouvir que ele não é gay, mas não podemos esquecer o quanto ele vem sofrendo ao longo desses meses. Ele está cansado dessas sessões, dessa pressão.

— Não podemos desistir de tirar isso da cabeça dele.

— Como procurador, tem trabalhos relacionados à causa LGBTQIA+. Caso Lucas seja gay, seria tão difícil assim o aceitar?

Rogério não soube o que responder. Não esperava que Tatiana levasse a conversa para aquele lado, afinal, ela era religiosa, frequentava a igreja católica. Nunca imaginou que ela pudesse desistir de tentar ajudar

Lucas. Mas era como se Tatiana tivesse estado com Rogério até ali e, tão cansada quanto Lucas, perdida entre duas concepções diferentes de mundo, começasse a pender para uma atitude mais próxima ao amor que sentia pelo filho.

— Você quer desistir dele, é isso? Eu estou entendendo bem?

— Não, não é nada disso. É que, sobre Lucas, estou cansada. Conversei com algumas pessoas sobre isso.

Com David, pensou Rogério.

— Penso que gays têm tanta dignidade quanto nós. Do ponto de vista religioso reconheço que a questão é mais complexa, mas, apesar disso, defendo sua autonomia de vontade e direitos. Não sei onde Lucas está em tudo isso, mas, caso ele seja homossexual, nunca deixarei de amar o meu filho e estar ao lado dele.

— Estou perplexo. Você realmente parece ter chutado o balde.

— Nunca vou chutar o balde em relação a meus filhos.

— Não vê que ele é muito jovem para se reconhecer gay?

— Vejo que vamos sempre querer que sejam heterossexuais.

Ele se calou.

— Ao fim das sessões, se ele me disser que é gay, o que mais poderei fazer a não ser aceitar meu filho e torcer para que seja feliz? — disse ela, sentindo as palavras saírem diretamente do coração.

Rogério se levantou, de súbito, furioso. Com os olhos cheios de raiva, olhou para Tatiana e, apontando o dedo em riste, esbravejou:

— Fraca! Não se diz crente? Pois para Deus isso é abominação, sabia? Ele é tão seu filho quanto meu. E não deixarei que seja prejudicado só porque mora com você. Lutarei até o fim por ele.

Ato contínuo, Rogério deu a volta e saiu da sala, mas Tatiana sabia que não era por Lucas que ele lutava. Agarrando-se ao preconceito do qual nunca conseguira se livrar, envidava esforços para fugir da pecha de ter um filho gay.

Capítulo 39

Naquele dia, Tatiana foi almoçar em casa. Precisava encontrar com Lucas e Simone, saber como estavam. Não conseguia esconder o medo que sentia em razão de os filhos haverem sido vacinados.

No trajeto até o apartamento, ao passar pelo Setor de Autarquias Sul, enquanto parava e retomava a cada sinal, pensou em Rogério. Ele parecia se interpor entre ela e sua felicidade. Não sentia raiva dele; no máximo, comiseração. Um homem que se utilizava, consciente ou inconscientemente, dos próprios filhos para atingir a ex-mulher, por despeito ou outro motivo, só podia ser digno de pena. Afastando-o de seus pensamentos, voltou a pensar nos filhos e tornou a temer a possibilidade de algo ruim acontecer a eles.

Em casa, foi direto para o quarto de Lucas. Encontrou os irmãos rindo diante do que parecia uma notícia do Facebook.

— Que cara é essa? Parece que sobreviveu a um terremoto. Aconteceu alguma coisa? — disse Simone assim que viu a mãe.

Lucas espiou a mãe, sem jeito. Estava esbaforida, cabelos despenteados com um ar de assustada.

— Preciso conversar com os dois.

Simone e Lucas se entreolharam um tanto preocupados.

— Desde quando você sabe dessa intenção do seu pai, de vacinar vocês? — disse para a filha, enquanto tirava o casaco e o colocava sobre a bancada do quarto. Em seguida, puxou a cadeira e sentou-se diante deles.

— A senhora sempre soube da posição dele, e, embora eu e Lucas sejamos menores, sempre fomos favoráveis à vacina.

— Vocês moram comigo, eu sequer fui avisada. Esta pandemia está quase no fim, e justo agora vamos correr riscos?

— A pandemia para terminar precisa da colaboração de todos. Se hoje está melhor é porque muitos se vacinaram. Não é justo que nossa família não dê sua cota.

— Não sou contra a vacina, sou cautelosa apenas quando se trata de jovens e crianças. Há casos sendo relatados...

— Sei. Um em um milhão.

— Não vou mais falar sobre isso, pois já se vacinaram. No entanto, precisam ser monitorados. Consegui uma consulta com uma médica amiga da Juliana. Ela prometeu nos atender amanhã.

— Por mim tudo bem, mas acho que isso só gera mais estresse.

Lucas olhou para a mãe e deu de ombros, como se dissesse que o que ela decidisse estava decidido.

— Agora me digam do que estavam rindo quando entrei aqui.

— Para escândalo dos conservadores hipócritas e alegria dos progressistas, está sendo idealizada uma HQ onde o Superman se descobre bissexual e namora um negro.

Lucas sorria enquanto via a irmã narrar o enredo da nova HQ.

— Até onde sei as pessoas não buscam HQs para encontrar acolhimento ou afirmação de ideologias. As pessoas buscam essas histórias pela aventura, pelo prazer; não para serem educadas.

— Não vejo problema algum fazerem novas versões. O mundo de hoje é diferente. Crianças têm direito a se descobrirem.

— Simone, não é bom falar essas coisas na frente do Lucas.

— Lucas não é um bebê. A cada dia ele sabe mais o que quer...

— Não faz sentido enchermos a cabeça de Lucas com besteira.

— Ele já é um adolescente, e já conversamos sobre muita coisa.

Então, como que se dando conta da presença de Lucas, Tatiana se voltou para o filho e, com olhos enternecidos, disse:

— Meu filho, eu só quero o seu bem. Sei que você passa por um momento difícil, mas meu papel é lhe orientar. Conversei com seu pai hoje, falamos sobre as impressões do psicólogo. Eu realmente o acho muito novo para afirmar certas coisas, mas saiba que, independentemente de qualquer coisa, eu estou do seu lado.

Tatiana afirmava claramente que estaria ao lado do filho fosse qual fosse sua sexualidade. Pela primeira vez ela conseguira demonstrar que, diante de um tema tão difícil e complexo, o seu amor era capaz de sobrepujar qualquer preconceito.

Ao ver mãe e filho se abraçarem, Simone lembrou dos dias em que acalentara o irmão e, mais que isso, instara-o a ser forte, e agora, ali, presenciando aquela cena, ou seja, até onde o amor de uma mãe poderia ir para romper a barreira do preconceito, sentia-se emocionada, cheia de uma gratificante sensação de dever cumprido.

Naquela mesma semana, Tatiana levara os filhos à médica imunologista, Dra. Patrícia Marques, que atendia em um consultório localizado em um prédio comercial no Setor de Autarquias Sul.

Simpática, a médica era meiga e agradável. Na ocasião, a doutora examinou fisicamente Lucas e Simone e prescreveu exames.

No retorno, Tatiana compareceu sozinha. Diante dos resultados, Dra. Patrícia começou a dizer:

— Então, Tatiana, como lhe disse na vez passada em que esteve comigo, diante de algo tão novo como a Covid-19, com potencial para matar, não há alternativa mais segura e eficaz do que a vacina.

— Li que elas têm duração de, no máximo, dois meses.

— Não é bem assim. O efeito maior ocorre dentro desse tempo, mas depois o corpo mantém uma certa proteção — bem maior do que antes de se imunizar.

— E a imunidade natural, não é melhor que a da vacina?

— Certamente que sim. No entanto, diante da letalidade da doença, a vacina é recomendada pela comunidade científica de modo praticamente unânime.

— Essas vacinas, afinal de contas, são ou não experimentais?

— Não, isso é outra distorção. Elas passam por testes e obedecem a fases protocolares. O que acontece é que o tempo normalmente levado para esse processo é diminuído, e isso ocorre por um motivo mais que justificado: a emergência da pandemia. Minha família toda se vacinou, estamos todos bem, graças a Deus.

Dra. Patrícia era uma médica do tipo que passava confiança naturalmente para o paciente. Aquilo fazia bem à Tatiana, embora não fosse suficiente para livrá-la totalmente do seu medo.

— Reconheço que estou nervosa, mas é que trabalhei em minha cabeça os vacinar depois.

— Entendo. Atendo muitas mães como você. O medo, a proteção, tudo isso faz parte do nosso papel de mãe. Nossos maiores monstros, porém, são imaginários. Lembre-se disso.

— Mas crianças não têm indicação para se vacinar, não é isso?

— Crianças têm indicação a partir de 5 anos, mas de acordo com os novos estudos, em breve vacinaremos bebês. O custo-benefício diz em favor da vacinação.

— Mas e as mortes?

— Podem ocorrer, não vou negar. Mas será que ocorrem mais do que aquelas decorrentes de quem toma outras vacinas?

Tatiana silenciou, e a mulher olhou-a com a tranquilidade de sempre. Após um breve momento, Dra. Patrícia disse:

— Agora vamos ver os exames. E lembre-se de que estamos fazendo este acompanhamento só para acalmar você.

A médica verificou um a um os resultados. Tanto Simone quanto Lucas ostentavam uma saúde perfeita; não precisavam sequer de vitaminas. Patrícia explicou que esta era regra mesmo, ou seja, que crianças e jovens tivessem ótima saúde. Em seguida, explicou passo a passo o que Tatiana deveria fazer se vislumbrasse alguma anormalidade, mas reforçou que isso seria excepcionalíssimo e que ela mesma ainda não se deparara com nenhuma reação adversa grave envolvendo seus pacientes.

No fim da consulta, faltando poucos dias para o Natal, a médica lhe desejou boas festas, caso não voltassem a se ver.

Tatiana agradeceu e, ao deixar o consultório, embora mais despreocupada, sentia-se tola, perdida, talvez, diante de um mundo tão dividido, no qual as pessoas já não contavam mais umas com as outras e, ao contrário, por pensarem diferente, debochavam das angústias alheias. Era como se a empáfia tivesse, afinal, tomado conta dos seres humanos; como se o ódio estivesse conduzindo o mundo a um estado de desforço permanente, a uma guerra de ideias cada vez mais cruenta. Sentia-se um joguete, uma vítima de narrativas, levada de um lado para o outro, para crer e descrer em todo tipo de coisa, recebendo dessas versões e informações tudo, menos o que mais precisava, que era a verdade indispensável à sua paz de espírito.

Capítulo 40

Ao chegar em casa, Tatiana reuniu-se com os filhos na sala e lhes repassou a conversa que tivera com Dra. Patrícia. Explicou-lhes que a médica lhe tranquilizara, orientando-a, entretanto, a observar possíveis efeitos colaterais da vacina. Disse-lhes ainda que diante de alguma anormalidade, a médica deveria ser avisada imediatamente.

Ao fim da conversa, Simone acompanhou a mãe até o quarto da procuradora.

— Não fique tão nervosa assim, mamãe. Não vale a pena. Países como Austrália, por exemplo, caminham para a vacinação de toda a população. Se essas vacinas apresentassem tantos riscos, será que um país tão desenvolvido aceitaria uma morte coletiva? Não acompanhe mais esses sites e perfis negacionistas.

— Quando tiver seus próprios filhos, talvez, me entenda.

— Certo. Agora preciso falar sobre outra coisa com a senhora.

Tatiana estranhou o ar de Simone. A filha estava um pouco pálida, um tanto quanto nervosa. Aquele não era o seu modo de ser.

— É a vacina? Já está se sentindo mal? Me diga logo!

— Não, mamãe. Não se trata de vacina. Mas o que vou lhe dizer é o tipo de coisa que gera diferentes reações.

— Não gosto de charadas, Simone. O que aconteceu?

— Não posso conversar sobre isso aqui no corredor, mamãe.

— Ok. Entre.

No quarto, Tatiana pediu que Simone aguardasse um pouco enquanto trocava de roupa. A jovem, então, sentou-se na cama, aproveitando o ensejo para tentar ficar o mais calma possível.

Sempre que ficava só com Tatiana, admirava a beleza da mãe. Ela mesma era uma moça bonita, mas ao lado da mãe era quase invisível. Queria ter um pouco da altura e das curvas de Tatiana, que era o tipo de mulher que chamava a atenção. Não à toa, quando saíam juntas, os homens costumavam olhar mais para a mãe. Nunca conseguiria entender o que passara na cabeça do pai para a abandonar. Os homens eram normalmente idiotas, inconsequentes, era convicta quanto a isso, mas, no caso dos seus pais, sempre ficara à margem das razões de Rogério. No fundo, achava que a separação decorrera de alguma necessidade tola do pai, de se impor como macho, certo de que após sua aventura, achando que a mãe seria boba, voltaria como se nada tivesse acontecido. Simone conteve o riso ao pensar nisso. A despeito de o amar, não podia ignorar que, sendo de outra geração, ele ainda mantinha certos preconceitos.

Já de robe, mais confortável, Tatiana se juntou à Simone na cama e suspirou. Estava cansada. Comprar presentes, resolver questões de casa, não deixar trabalho pendente, dar atenção a David, e agora aquelas preocupações relacionadas à vacina.

— Diga, Simone.

— Estou grávida.

Silêncio.

Pensou se não se tratava de algum tipo de piada, mas a filha não era dada a brincadeiras. Era verdade, portanto. De quantos meses ela deveria estar? Quem era o pai? Engravidar na adolescência não era algo inédito, no entanto, aquilo não fazia sentido. Ela era a culpada, já não tinha pulso com os filhos e, depois que Rogério saíra de casa, perdera completamente as rédeas. Só de imaginar que Rogério já podia estar a par daquilo, ficava arrasada, na medida em que significava que a filha se sentia mais à vontade para conversar com o pai do que com ela, sobre algo tão delicado.

— A senhora entendeu o que eu disse?

— Sim.

Por que os jovens, mesmo recebendo orientação, precisam estragar suas vidas?, pensou ela enquanto olhava para a moça bonita, bem-educada e inteligente à sua frente.

— Eu... não quis que isso acontecesse. Estou envergonhada.

— Como isso aconteceu?

Simone segurou-lhe as mãos e disse:

— Sou a única responsável, eu terei de resolver isso sozinha. Eu falei com a senhora, porque não podia lhe esconder. Papai me disse para lhe contar. E ele está certo. A senhora é minha mãe e...

As lágrimas começaram a fluir no rosto da procuradora e, fechando os olhos, ela fez um gesto para que Simone se calasse.

— Você não confia em mim, não é, Simone?

— Não. É só que papai é mais objetivo. Além disso, a senhora já vem de uma série de preocupações...

— Eu sou sua mãe! Você vive comigo!

Simone se calou.

— Por que você só encontra alento em seu pai? Por quê?

— Eu amo os dois. Mas ele é tão meu pai quanto a senhora é minha mãe. E eu penso mais como ele do que como a senhora.

— Eu sou uma mãe ruim para você, Simone?

— Não, por favor...

— Pelo que pude entender, você iria escapar de mim, resolver tudo com seu pai. Posso saber como resolveriam tudo sem mim?

Simone não respondeu, apenas baixou a cabeça.

— Você não é de baixar a cabeça. Por que faz isso agora? Eu sei a razão. É porque no fundo dessa sua alma imatura você sabe que está errada e não só por ter engravidado. Conheço Rogério. Você e seu pai estão planejando abortar essa criança!

— Mamãe, hoje em dia...

— Os tempos hoje são melhores, é isso que quer me dizer? Melhores para quem? Para quem usa droga, para quem mata bebês?

— Discurso moralizante não, mamãe. A hipocrisia...

— Vou lhe falar uma coisa. A hipocrisia permeia toda a sociedade, tem a ver com a natureza humana. Ela não é privilégio de direita, nem de esquerda. Se você identifica hipocrisia no pensamento conservador, por que fecha os olhos para a hipocrisia da esquerda? Por acaso não enxerga as contradições de seu pai?

— A senhora está ficando nervosa. Bem que falei para papai...

— Não seja ridícula, como acha que ia esconder isso de mim? Um episódio assim deveria servir para te mostrar que a vida não é uma brincadeira e assim te ajudar a amadurecer. Mas pelo que estou vendo, pode ser que essa experiência só te prejudique.

— Por favor, mamãe, não torne as coisas piores do que são.

— Não pode fazer isso. Não é só indecente; é crime; é pecado.

— Será que existe pecado para quem não acredita em Deus?

— Ainda que você seja ateia, como dormirá em paz sabendo que impediu uma alma de vir ao mundo? Não vê gravidade nisso?

— Quer que destrua a minha vida com um filho que não quero, que não planejei? Será fruto de quê? De amor é que não é!

— Pensasse antes de engravidar. Conversei várias vezes sobre gravidez, sobre se preservar. Pensar em si mesma acima da vida que carrega no ventre é hediondo. Veja bem, perceba, pelo amor de Deus. Neste mundo, devemos responder por nossos atos, assumir nossos erros. Ninguém pode, simplesmente, apagar uma falta, como se ela nunca tivesse existido. Se despreza o fundamento religioso, então, siga a moral, os valores, o seu senso de humanidade. Siga sua consciência! Ela nunca vai lhe enganar. Você pensa nas suas conveniências, mas elas não estão acima da vida humana. O que quer fazer atenta contra Deus, e, se não crê Nele, veja ao menos o quanto isso viola a Natureza.

— Há contra-argumentos para tudo o que falou. Devo estar no máximo com três meses. Um embrião não é uma pessoa.

Enquanto limpava as lágrimas para olhá-la melhor, disse-lhe com firmeza:

— Isso é inumano, Simone. Eu jamais aprovarei algo assim. Seu pai será um assassino se compactuar com isso, pois sabe melhor que ninguém que é crime. Não cabe a nós dizer o que é vida ou não.

— A senhora me denunciaria à polícia?

— Não se iluda, minha filha. Não seria a polícia que lhe tiraria a paz. Você carregaria um peso tão grande em sua consciência, caso aceitasse fazer isso, que ele lhe acompanharia para o resto da vida.

— Mas não há ser humano. Essa é a questão.

— Seu filho, você mataria seu filho!

— Nunca verei sob essa perspectiva.

— Você já imaginou se eu tivesse engravidado de você antes de me casar e se seu pai tivesse me obrigado a te abortar?

— Mas não aconteceu como está sugerindo. Por outro lado, é direito em outros países, uma questão de saúde pública.

— Saúde pública não é matar bebês. Por que defender essa atrocidade em vez de promover campanhas contraceptivas?

— Está falando sobre "o antes". Estou "no agora e no depois".

— É crime! Será que isso é pouco?

— Chega! Chega! — gritou Simone, desabando de sua fortaleza e começando a chorar — A senhora só tem seus princípios, sua moral. A senhora já se perguntou se eu teria condições de criar esta criança? Não terminei a faculdade; dependo de vocês. Isso vai impactar a minha vida. Estou com medo! Quero carinho, compreensão. Depois se queixa de eu recorrer ao papai.

— Nem maior de idade você é. Além disso, não pode abortar essa criança nem com a autorização dos seus pais. É crime. Minha filha, você é muito jovem para lidar com isso. Qualquer decisão precipitada pode lhe gerar um trauma com o qual terá de conviver e que poderá lhe perturbar mais do que ter de criar um filho.

— Eu não quero este filho. Entenda!

— Você sabe dos riscos que você mesma corre fazendo um procedimento assim?

— Sim, e assumo todos para ficar bem. Para virar esta página.

— Como sua mãe eu lhe dou todo o suporte necessário para criar essa criança.

Simone levantou-se, subitamente, e foi até a porta do quarto.

— Disse para o papai que seria muito complicado falar com a senhora sobre isso. Às vezes, me pergunto se ele não forçou este clima ruim propositadamente, por alguma razão que eu não sei. Só que eu não sou joguete nas mãos de vocês. Diferente do que carrego na barriga, eu, sim, sou um ser humano de carne e osso, com sentimentos, que precisa de atenção. Mas sua preocupação se concentra unicamente em uma pequena massa dentro de mim.

Quando a filha ia fazendo menção de sair, Tatiana interveio:

— Quem é o pai da criança, Simone? É seu namorado Marcos?

— Quer saber mesmo? Não, não é o Marcos. Eu e ele não estamos mais juntos.

E saiu batendo a porta.

Jandira ia passando quando viu Simone correndo para o quarto de Lucas. Observando que a moça estava nervosa, largou a vassoura que tinha nas mãos e foi ao seu encontro. Ao entrar no quarto, achou-a deitada na cama, chorando compulsivamente, com as mãos sobre os olhos. Aproximando-se, sentou-se ao seu lado, e afagou sua cabeça.

— Chore, Simone. Chorar é bom.

— Vá embora! Não quero ninguém aqui. Por favor! Estou farta de ficar entre papai e mamãe.

— Se você quiser só chorar sem falar nada, chore.

Simone chorava com o rosto enterrado no travesseiro, enquanto Jandira acompanhava sua angústia. Quando se acalmou, voltou-se para a outra mulher e disse:

— Queria poder acreditar no seu Deus.

— Ele existe independentemente de você acreditar.

— Mas como pode saber? Só por umas palavras no papel?

— Elas nos abrem o caminho até Ele.

— Palavras bonitas, o mundo está cheio delas. Pena não termos também, na mesma medida, gestos bonitos.

— Sabe por que você não tem fé?

Simone levantou os olhos, curiosa.

— Porque esses livros que você lê enchem sua cabeça com besteira. A Palavra ensina que se não vigiarmos seremos levados pelas ilusões e mentiras do mundo

Simone amava Jandira, mas, como acontecia em relação à mãe, ela tinha uma concepção de mundo, de vida, totalmente diferente da sua, e isso era como um abismo entre elas.

— Cadê os milagres, cadê o Deus que falava com os homens?

— Deus está aqui conosco, Simone. E mais... sua própria vida é um milagre; o amor que eu tenho por você, que sua mãe tem por você, que seu pai tem por você, são milagres diante dos seus olhos.

— Quero dizer uma coisa para você, preciso desabafar.

— Eu posso imaginar o que seja.

Simone olhou-a, perturbada.

— Sei muitas coisas a seu respeito, Simone. E não preciso conversar com você e tampouco xeretar sua vida para isso. Sei que você usa drogas; que você já mantém relações sexuais. Sei até que você pode estar grávida.

— Sim. Estou grávida, Jandira.

— Sei de sua angústia. Você está visivelmente perdida, minha filha. É faca para ferir, é defesa de coisas erradas, é gravidez. Precisa de Deus, e quando o encontrar garanto que sua vida melhorará.

— Quero abortar.

Jandira fechou imediatamente os olhos e, em seguida, começou a fazer uma oração em voz alta. Foi como se tivesse sido apoderada por uma força irresistível, imediatamente à fala da moça.

— Repreende, meu Deus. Não permita que o diabo fale pela boca desta criança, que o mal não tome conta da sua vida. Mostre pra ela que não estamos autorizados a matar uns aos outros e o quanto é abominável uma mãe matar seu próprio filho.

— Eu não sou nenhum monstro, Jandira. Você é pior que mamãe, mais intolerante e cabeça fechada que ela. Eu...

— Nós não viemos ao mundo para fazer o mal.

— Errei em lhe contar, assim como errei em contar a mamãe.

— Não faça isso, Simone. Será o pior erro da sua vida. Nada desagrada a Deus mais que isso. Quem é o pai?

— Ele não sabe de nada, nem vai saber.

— Você não pode fazer isso.

— Este feto não é gente, além do que só me encontrei duas vezes com ele.

Jandira fechou os olhos e voltou a orar, silenciosamente.

— Eu não presto, não é? Fale, diga logo o que acha.

— Não. Acho só que está desviada. Procure descansar. Vou preparar alguma coisa. Quem sabe um doce possa te ajudar a pensar melhor — disse, beijando-a na testa.

Ao deixar o quarto, Jandira recostou-se na parede do corredor e deixou os pensamentos fluírem. Tatiana comia o pão que o diabo amassou, e isso não provinha só do fim do seu casamento. Fora depois que começara a se relacionar com David que sua vida virara de cabeça para baixo, que seus dias se tornaram mais penosos; que os problemas se acumularam. Por que os dois não podiam ficar em paz? Era evidente que algo muito ruim desejava forçar situações que pudessem separá-los, impedi-los de ficar juntos. Não viam o que ela via, no entanto, sabia que nada podia desagradar mais ao inimigo do que a visão de um casal cheio de amor, ansioso por formar uma família.

Tatiana marcou de se encontrar em um Café, à noite, naquele mesmo dia, na Asa Sul, com Rogério. Ela sabia que não podia perder o controle da situação, mas era impossível não se indignar com o que pai e filha fizeram pelas suas costas.

Quando chegou ao estabelecimento, Rogério já a esperava. Era um café elegante, com um ambiente aconchegante. Não estava cheio, mas ainda assim ela preferiu um lugar mais reservado. Pediu um chocolate quente, e ele, um cappuccino. Estava uma noite fria.

Rogério vestia uma calça jeans comum e um moletom; usava um perfume diferente, de fragrância marcante.

— Ainda estou atônita com tudo isso.

— Não permitiria que nada acontecesse sem sua participação.

— Obrigada por não permitir que minha filha, menor, que mora comigo, aborte pelas minhas costas, como se não tivesse mãe.

— Você anda apavorada, desde a questão da vacina.

— Não misture os assuntos. Não aceito aborto, Rogério. Não estou criando meus filhos para serem assassinos.

— Sei que as coisas ficam mais difíceis quando envolvem um filho, mas você não pode ser tão emocional. Em alguns países...

— Estamos no Brasil, e aqui aborto é crime. Me conhece bem para saber que jamais aceitarei isso. Ela já se envolveu com aquele problema, e agora a está empurrando para uma experiência pior?

— Calma! Estamos conversando.

A garçonete apareceu de repente, pediu licença e pôs sobre a mesa o chocolate quente e o cappuccino. Em seguida, fez uma anotação e saiu.

— Simone é jovem, mas tem uma mente aberta e nasceu em outra geração. Além disso, é muito inteligente. Você não pode ignorar isso, assim como não pode ignorar o que ela está sofrendo com esta gravidez absolutamente indesejada.

— Depois de tudo o que eu ensinei sobre se preservar, ela engravida e ainda temos que agir como se ela não precisasse assumir seus atos?

— Será que percebe que está pondo seus apelos emocionais, morais, religiosos, acima do bem-estar da nossa filha?

— Você também vai negar vigência à lei penal, Rogério?

Rogério a examinava atentamente. Lembrou-se de quando se casaram. Ela sempre fora linda e suas qualidades suplantavam os defeitos. Ele havia se perdido dela, mas agora gostaria de voltar para casa. Para o lar. Tatiana precisava dele para ajudá-la com os filhos e quem sabe recuperassem o amor que se perdera sem que se dessem conta. Àquela altura, já não conseguia aceitar com tanta resignação perder a mãe de seus filhos, para um doido como David, que se aproveitara de um deslize seu para lhe roubar a esposa.

— É lamentável que esta situação esteja ocorrendo no Natal. Mas posso conversar com ela, segurar a situação mais um tempo, até que possamos encontrar uma solução. O que acha? — disse ele.

— Não sei, gostaria de resolver isso o quanto antes. Você sabia que ela tinha um namorado, um tal de Marcos?

— Não.

— Ela disse que o pai não é ele. Rogério, estou alarmada com tudo isso. Depois que entrou para a faculdade, tudo desandou. Droga, sexo, radicalismo político, gravidez... e agora aborto...

— Nós vamos encontrar uma solução, você vai ver só — disse ele colocando a mão sobre a dela. O toque funcionou como um pequeno choque. Ela rapidamente tirou a mão.

— O que foi?

— Nada.

— E os preparativos para a ceia?

— Estavam indo bem até acontecer tudo isso.

Ele se calou por um momento, depois disse:

— Você não perguntou onde passarei a ceia...

— Acredito que deva passar na casa de sua companheira.

— Que companheira?

— Tem mais de uma?

— Já não estamos mais juntos.

Ela olhou-o, surpresa.

— Desde quando?

— Tem uns dias já. Eu a exonerei.

Tatiana não soube o que dizer.

— Você pensa em ir para Belém?

— Minha cidade é Brasília agora. Quando voltava a Belém, era para alegrar vocês. Não tenho mais pais, nada mais me liga a Belém.

Sentiu um tom triste vindo dele. Era como se tivesse chegado o momento de ele lhe dizer algo que vinha guardando consigo.

— Eu sinto saudade de casa.

— Do que você está falando, Rogério?

— De você, das crianças.

— Desculpe, eu não posso e também não quero ouvir isso.

— Por favor, Tati. Não quero constranger você a nada.

Ela ficou calada, temeu piorar a situação se falasse.

— Temos uma história juntos. Veronica, como David, são pessoas de momento em nossas vidas.

— Somos diferentes, Rogério. Não queira comparar sua namorada com David. Fez sua escolha; decisões têm implicações...

— Sim, mas também sei que na vida nada é definitivo. Penso que vivemos um momento atípico no Brasil e até no mundo, pandemia, dissensos políticos, mas isso tudo também passa. As pessoas se acomodarão com os novos tempos, com as mudanças, e retornarão a seus objetivos, suas vidas... seus amores...

— O que você está insinuando?

— Acho que fui imaturo com você, mas sinto que podemos voltar a nos entender. Pelas crianças e por nós.

— Nossa história teve um ponto-final. Eu amo outro homem.

Ele engoliu em seco.

— Ok. Desculpe se a ofendi. Talvez tivesse sido melhor guardar o que sinto ou quem sabe falar em outro momento. Mas fique tranquila, encontraremos uma solução para Simone.

Ele fez um sinal para a garçonete, efetuou o pagamento e a acompanhou até o carro. Em seguida, despediram-se, cada um tomando um caminho diferente.

Seus pais a esperavam na sala quando Tatiana retornou. Rodrigo não gostou nada de ouvir da filha sobre a forma condescendente que Rogério conduzia a situação de Simone; sua vontade era de esganá-lo. Lúcia sentiu a filha ainda mais angustiada do que quando saiu para ir conversar com Rogério.

Sem estender a conversa, Tatiana se despediu e seguiu para o seu quarto. Lá viu duas mensagens de David. A primeira dizia que ele estava com muita saudade, e a segunda perguntava o que estava acontecendo, pois ela não lhe respondia.

Decidiu que um pouco de água quente lhe relaxaria. Desse modo, enquanto se despia, lembrou-se dos tempos em que Rogério a cercara até conseguir conquistá-la. No começo fora como um conto de fadas: passaram no concurso, casaram-se, tiveram filhos, foram para Brasília. Em qual instante haviam se perdido, ela não sabia. A verdade era que a pandemia, de um modo geral, fora causa de discórdia e rompimento, não só para eles.

Ela entrou no chuveiro, pôs água quente e iniciou seu banho delicada e lentamente, como gostava de fazer. Ensaboou todo o seu corpo, lavou os cabelos, depois ficou um pouco ali, debaixo do chuveiro, respirando aquele vapor quente, calmamente. Tentando esvaziar a mente, concentrava-se só no que estava fazendo. Inspirava e expirava lentamente. E muitos pensam que meditar só é possível em posição de lótus, pensou ela.

Deitou-se após o banho. Quis ligar a TV, mas desistiu. O país tinha se transformado em uma arena e não queria participar daquilo nem mesmo como espectadora. Seus olhos começaram a se fechar lentamente; era algo que ela não podia evitar; seu corpo suplicava por descanso, por uma pausa, mas a mente teimava em se manter ativa. David então ocupou seus pensamentos. Amava-o muito e desejava viver o resto de sua vida com ele, dar-lhe filhos.... Ela foi perdendo os sentidos devagar, até adormecer por completo. De repente, Tatiana se viu com David, em outro lugar, era uma praia; era no Pará, parecia ser em Salinas, ela não tinha certeza; era ano novo ou algo assim; as pessoas estavam todas de branco; a praia estava repleta de carros; ela e ele corriam próximo ao mar, rindo, de mãos dadas; o ambiente era de paz, de alegria; as pessoas que ali estavam olhavam para eles e se sentiam tocados diante da felicidade dos dois; muitas pareciam querer sentir o que eles sentiam; de repente, de modo abrupto, um tubarão surgiu na beira da praia; todos gritaram em uníssono, mas não foi suficiente para evitar que David fosse engolido pelo peixe e levado para o além-mar; desesperada, Tatiana começava a se agitar, gritar, chorar, pedir socorro; até que o mesmo tubarão ressurgiu e vomitou David de volta; as pessoas da praia aproximaram-se, aguardando, até que o tubarão terminasse de regurgitar David; quando David foi totalmente expelido, as palmas explodiram, haviam risos, gritos de alegria, até que, uma a uma, as pessoas se afastaram; David levantou de onde fora cuspido e foi retornando para ela; cada passo que o trazia de volta deixava Tatiana mais emocionada; até que ele a alcançou e se beijaram; ao erguer o rosto para fazer com que seus olhos se encontrassem, porém, Tatiana teve um sobressalto; não era David aquele que fora vomitado pelo tubarão; era Rogério...

No dia seguinte, ao entrar em seu gabinete, Tatiana deu com David, sentado no sofá, aguardando-a. Ao deparar com ela, ele disse:

— Bom dia! Você está linda!

— Obrigada — respondeu ela acomodando sua bolsa sobre a mesa e inclinando-se para beijá-lo. — Está tudo bem?

— Sim, sim...

— Desculpe não ter respondido às suas mensagens, mas é que, quando acho que está tudo certo, as coisas parecem desandar.

— O que houve?

— Simone...

— Ela se meteu em alguma encrenca novamente?

— Está grávida!

Ele arregalou os olhos.

— Como assim, você não me falou que ela tem namorado!

— Ela tinha um namoradinho, mas terminou, e o filho é de outro. Não diz quem é. Ah, por que passo por tanta coisa junta?

— Calma. Problemas existem para serem resolvidos. Ela está com quantos meses?

— Dois, três... Nem ela sabe ao certo.

— Vocês conversaram? Como resolveram?

— Ela quer abortar.

Ele ficou perplexo.

— Não! Isso não! Precisa demovê-la dessa ideia.

— Estamos todos chocados. Conversei com ela, mas, às vezes, acho que depois da universidade ela ficou ainda mais teimosa.

— É um pecado gravíssimo. Não sou o pai dela, mas esse realmente é um assunto que reputo grave.

— Tudo bem. A situação é delicada mesmo. Estou conversando com Rogério. Ontem nos encontramos...

— Ah, então estava com ele ontem, por isso não me respondeu...

— Estava tão preocupada. Quando me deitei, capotei.

— Verônica não é mais assessora dele, é o que comentam.

— Ele me disse.

— Por um lado é bom, pois escapa de uma acusação de nepotismo, não é?

— Na verdade, eles não estão mais juntos.

—Ah... entendi. Ele está solteiro de novo. Então, vocês...

— Por favor, David. Eu e ele não temos mais nada. Quanto a Simone, posso contar com sua ajuda, não é?

— Sim, certamente.

—Você está tomando a medicação direitinho?

David ficou mortificado ao ouvi-la falar daquele jeito; sentiu-se como uma criança ou um louco mesmo, um inválido. Não queria ser lembrado a todo instante de que não era bom da cabeça e muito menos se sujeitar ao controle dela sobre os comprimidos que tomava. O certo era que, embora já estivesse ciente, àquela altura, da necessidade de aderir a um tratamento, a sombra de Rogério, desimpedido e inclusive já se encontrando com ela, tornava insuportável para ele, mais uma vez, a consciência de sua doença.

— Não se preocupe com a minha medicação. Você já está cheia de problemas, não quero ser mais um.

— Você nunca será um problema para mim, David. Eu...

— Não está me achando bem?

— Sim, ótimo. Não quero ser chata. É que sua mãe...

Sua mãe! Agora era lembrado de que pelo menos duas pessoas o patrulhavam.

— Prefiro que concentre suas energias em Simone.

— Você se ofendeu. Desculpe. Vamos falar de seus pais.

— Estão bem, graças a Deus.

— Já convidei sua mãe. Passaremos o Natal juntos este ano.

— Ok, mas Rogério não estará presente, não é?

Ela hesitou. Com quem Rogério passaria o Natal, afinal? Não estava mais com Verônica, dissera que não iria para Belém.

— Não, David. Não há nada acertado quanto a isso.

— Certo, pois se ele for eu gostaria que me avisasse com antecedência. Não gostaria de passar o Natal com ele.

— Tudo bem, não se preocupe — disse, acalmando-o. E depois: — Ah, David, e minha filha? Às vezes, penso se tudo isso não é fruto desta nova geração.

— Cada época tem suas próprias dificuldades. A época de Jesus, por exemplo, foi uma das mais traumáticas para a humanidade. O império romano era uma força global que dominava o mundo, e foi justamente nesse contexto que Deus nos mandou seu Filho. O que passamos agora é diferente do que o mundo enfrentou naquele período, mas o alvo é o mesmo: os alicerces do cristianismo. É uma batalha difícil, mas, por incrível que pareça, estamos em melhores condições de travá-la do que na época de Jesus.

Ela estava com saudade de ouvi-lo em suas digressões.

— Pelo menos, tenho você ao meu lado — disse ela.

— Sim. E o amor é maior que tudo, e estou aqui para dizer que te amo. Espero que não se incomode de eu lhe lembrar isso.

— Óbvio que não!

— Tente passar em casa, hoje. Estou com saudade.

— Prometo que vou tentar.

Ele a beijou, e, depois que deixou a sala, ela continuou olhando para a porta por onde ele saiu. Amava-o muito e desejava poder começar logo uma vida com ele; sabia que isso não estava distante, mas antes precisava resolver algumas questões.

Capítulo 41

Simone estava com os olhos fixos no computador, passando de uma informação a outra. Ora pesquisava sobre gravidez, ora sobre aborto, ora sobre feto. Passava a maior parte do tempo no quarto e em geral se alimentava ali, em sua cama, salvo quando cedia aos apelos da mãe e comparecia na sala para alguma refeição.

Desde que contara para a mãe sobre sua gravidez, por insistência do pai, não sabia mais o que era paz. Estar prestes a atingir a maioridade aumentava o seu tormento, pois, ainda assim, era obrigada a lidar com a caretice da mãe e das demais pessoas da casa. Viam sua decisão de interromper a gravidez como o fim do mundo, sua ida para o inferno. De vez em quando lamentava por sua família. Já não bastava o que o irmão estava passando nas mãos de tantos reacionários e agora ela mesma era submetida a isso. Muitos debochavam do slogan "meu corpo, minhas regras", mas a verdade era que, por trás dele, havia um direito natural, e ela não estava disposta a abrir mão dele. Como admitir que alguém diga a uma mulher o que ela pode ou não fazer com o próprio corpo? Isso era absurdo, principalmente porque, em mundo machista e patriarcal, se fosse o homem a engravidar, há muito o aborto já teria sido legalizado. Assim como não era obrigada a ter filhos, não podia ser forçada a manter um feto na barriga. Imagine, parir uma criança de um pai que mal conhecia e com quem fora para a cama no calor do momento. A despeito do que os pais decidissem, abortaria aquilo que crescia dentro dela. Por que teria de levar adiante uma gravidez que resultaria em embaraço para ela e, no final das contas, para todos esses que lhe criticavam? "Um feto é um ser humano", era o que diziam. Bando de hipócritas. Um amontoado de massa não é um ser humano coisa nenhuma; seres humanos são aqueles que estão na rua pedindo esmola e que são ignorados por falsos moralistas.

O que ela tinha em seu ventre não podia lhe gerar culpa caso fizesse o aborto, pois aquela massinha não sentia dor. Pelo menos fora isso o que descobrira em suas buscas na internet. Era certo que havia entendimento em contrário, mas isso não a impressionava, pois já tomara sua decisão, e ela coincidia com a do mundo civilizado.

Já passava das 7h da noite quando bateram à porta. Perguntou quem era, no que a mãe pediu que a deixasse entrar. Simone foi até a porta e a abriu, dando de cara com a mãe e David. Pediu que aguardassem enquanto vestia um robe. Depois, abriu a porta.

— Oi, filha!

— Oi, mamãe. Boa noite, David.

— Boa noite — disse ele.

— Podem se sentar na minha cama. Estou bem aqui na cadeira.

Sentaram-se na cama diante da jovem.

— Sua avó me disse que hoje você não comeu direito, então resolvemos trazer um sanduíche para você.

Simone não escondeu a satisfação ao pegar o lanche. Grata, passou a comer o sanduíche ali mesmo, na frente dos dois.

— Obrigada. Estava com fome mesmo — disse a jovem imaginando que David já devia saber de sua gravidez.

— Como vai sua faculdade? — perguntou ele.

— Bem. Escolhi um curso com o qual me identifico.

— Ela sempre foi muito inteligente — disse Tatiana. — Está lendo alguma coisa agora, além de Judith Butler?

— Por quê? Você tem algo contra a Butler?

— Você sabe a resposta, Simone.

— O que já leu dela? — disse David tentado quebrar a tensão entre mãe e filha.

— Muita coisa. As feministas são fundamentais para mim.

— Você concluiu seu inglês?

— Sim.

— E se interessa por outra língua?

— Estou no nível intermediário de francês.

— Ótimo. Saber uma língua facilita o caminho para outra.

— Sim. Mamãe disse que você fala uma porção de línguas.

— Gosto de estudar idiomas.

— Quais?

— Além do inglês, espanhol e italiano e um pouco de francês.

— Uau, que gênio! — disse Simone levemente sarcástica.

— Que tal conversarmos um pouco em francês?

— Certo. Mas posso entender melhor do que responder.

— *Vous êtes une fille très cultivée et intelligente. Avez-vous trouvé un sens à votre vie?*

— *Merci pour les compliments. Je suis trop jeune pour avoir trouvé un sens à ma vie, mais je pense que la liberté est une valeur non négociable.*

Ele virou-se para Tatiana, sorrindo:

— Parabéns, você tem uma filha que fala bem o francês.

Tatiana sorriu.

— Algo me diz que não me perguntou em outro idioma qual o sentido que eu encontro na vida só para verificar minha proficiência.

— Você está certa. Talvez eu tenha curiosidade em saber um pouco sobre sua concepção de mundo. Você me parece muito atenta às coisas.

— Gostou da minha resposta?

— Do conteúdo ou da resposta em si?

— Como assim?

— Admiro a firmeza de suas ideias, mas não concordo inteiramente com elas.

— O que tem de errado com minha resposta? Não valoriza a liberdade?

— Muito mais do que você imagina. Só que eu acho que hoje em dia a liberdade se tornou um valor deturpado. Alguns acham que ela é o direito de se manifestar amplamente, caso em que os excessos devem ser apurados posteriormente. Outros acham que é poder protestar sem roupa na rua, inclusive fazendo necessidades fisiológicas e vilipendiando símbolos religiosos. Mas há quem ache ainda que a liberdade pode ser calada, mediante censura prévia, por algo vago como *fake news*. A verdade, porém, é que, se a liberdade não envolver responsabilidade, não há como subsistir, pois não há liberdade sem responsabilidade. E os seus limites devem ser observados tanto por quem a exerce como por quem a controla.

— Certas coisas deveriam dizer respeito unicamente à autonomia da vontade, sem interferência da moral ou do Estado.

— Para mim, o sentido da vida é mais profundo e dele decorrem valores como a própria liberdade. Já leu Goethe?

— Romântico demais para o meu gosto.

— Segundo ele, a liberdade deve ser procurada nos sentimentos, pois esses é que são a essência da alma. Ele diz que é melhor estar triste com amor do que alegre sem ele.

— Mas isso não é entrar demais no campo sentimental para tratar de um assunto que pertence a outro departamento?

— Menciono Goethe porque, de modo simples, ele nos mostra que, afora o amor, o resto é de somenos importância.

— Mamãe deve ter lhe dito que sigo mais o existencialismo. Para mim, Sartre é irreparável quando diz que nasceu para satisfazer a grande necessidade que tinha dele mesmo. Penso que nós devemos nos bastar, assim deve ser.

— Já reparou que as pessoas costumam concordar em parte sobre as coisas, convergir sobre certos pontos ou temas?

— É verdade.

— Embora tenhamos uma linha de pensamento, costumamos sair pinçando um pensamento daqui outro dali. Sabe o que penso? Que o que estamos realmente fazendo é buscando a essência das coisas. Se todos conseguissem perceber como o que buscam é, essencialmente, o mesmo, não haveria tanta divergência no mundo.

— Posso estar enganada, mas acho que está tentando me aproximar de Deus.

— Não necessariamente.

— Para mim ele é dispensável.

— Simone! — protestou Tatiana.

— Ela tem o direito de não acreditar em Deus, Tatiana.

— Não foi minha intenção ser grosseira. Procuro respeitar a fé das pessoas, mas falar sobre isso é muito difícil para mim, pois me parece débil demais acreditar em Deus; principalmente quando isso acarreta darmos as costas para o nosso atraso.

Ele a ouvia atentamente.

— Como pode existir um Deus que ninguém vê? Sartre diz que "quando, alguma vez, a liberdade irrompe numa alma humana, os deuses deixam de poder, seja o que for, contra esse homem". É nisso que acredito. É isso que me enche os olhos, que preenche meu coração. O resto, para mim, infelizmente, não tem sentido. Pessoas são de carne e osso e estão no mundo, boa parte passando necessidade. E para que serve esse Deus, senão para manter esse estado de coisas, impedir que nos rebelemos contra as injustiças?

Tatiana olhava para David como que pedindo desculpas.

— Simone...

— Mamãe, estamos debatendo ideias. Filosofia é isso, sabia?

— Ela tem razão — disse David.

— De nada vale falarmos de amor se fingirmos que não há opressão. Os oprimidos precisam sair do cativeiro. E isso só acontece com liberdade, mas, se esta for reservada a uns poucos, não será liberdade, mas privilégio.

— Você fala em opressão, mas não acha que se as mudanças forem superficiais haverá outras formas de opressão e subjugação? Lembro-me, quanto a isso, de outro pensamento de Goethe. Ninguém é mais escravo que aquele que se julga livre sem o ser.

— O mundo caminha para mais liberdade, mais respeito. Disso deve vir a perspectiva de melhoria.

— E o que lhe faz pensar isso?

— Basta ver as políticas de inclusão social, de combate à violência doméstica, ao racismo e ao preconceito em geral. Além disso, em breve cairão certas proibições anacrônicas.

— Realmente caminhamos para um novo estágio, um governo global. Mas será que nesse modelo seremos realmente livres? Como ficarão o amor, o respeito, a moral?

— Acredita em governo global? — disse desdenhosamente.

— Hoje em dia ou as coisas são *fake news* ou teoria da conspiração. Já notou? Narrativas vêm na frente de gestos nobres. É por isso que no mundo de hoje acho imprescindível a sensibilidade de espíritos livres como Goethe. Ele diz ainda que o homem não é feliz enquanto o seu esforço indeterminado não fixar a si mesmo os seus limites. Muitas vezes, buscamos obsessivamente por uma coisa e até abandonamos nossa vida por isso. Enquanto não lhe fixarmos limite, no entanto, estaremos fora dos trilhos, apartados de nós mesmos, ansiosos e angustiados por algo que não depende só de nós. Perdemos de conviver com amigos, familiares. É quando começamos a agir impensadamente e a dar as costas para as únicas pessoas que nos amam de verdade.

— Se você está falando de minha gravidez...

— Não interprete errado. Estou falando sobre a mudança do mundo e de como reagimos a isso. Por outro lado, o que estou tentando lhe mostrar é que as coisas não precisam ser um problema, elas podem ser simples, mas isso depende de nós. "O homem deseja tantas coisas e, no entanto, precisa de tão pouco".

— Goethe também?

— Sim. Sua mãe conversa muito comigo sobre você e Lucas. Hoje estávamos lanchando, e ela disse que teria de vir mais cedo. Eu quis vir. Não pense que partiu dela me trazer.

— Tudo bem. Na verdade, eu gostei do papo.

— Gostaria muito de lhe dar um livro de presente. Eu já o li e já até falei sobre ele com sua mãe, mas este exemplar comprei especialmente para você. O autor é um apologista cristão, mas não leia com esse foco. A obra é mais profunda e abrangente.

Simone pegou o livro, desconfiada. *Cartas de Um Diabo a seu Aprendiz*, de C. S. Lewis. Era uma edição bonita, de capa dura.

— Obrigada, David.

David sorriu para a jovem e voltou-se para Tatiana, dizendo-lhe com os olhos que a reunião, talvez, tivesse chegado ao fim.

— Estamos indo. Mesmo sem avisar, acho que gostou.

— Eu gostei, sim.

— Principalmente do sanduíche — disse David sorrindo.

— Também — disse ela sorrindo.

David voltou para a casa naquela noite pensando em Simone. À parte sua inteligência, ela era a adolescente típica, cujo ideal salvaria o mundo desde que fosse abolido o estado vigente. Embora não conseguisse ter dito tudo o que queria, pelo menos entregara o livro. Isso haveria de ajudá-la a enxergar as coisas sob outro ângulo.

Sem perder tempo, tomou banho, vestiu um pijama e pulou na cama. Apanhou o celular, mas, à exceção de algumas reportagens informando o aumento de casos de influenza e da variante ômicron, não havia outras notícias em destaque. Deixando o celular no criado mudo, rolou na cama de um lado para o outro, tentando em vão encontrar uma posição para dormir. Sabia, porém, qual o motivo do seu desassossego. Desde que Rogério passara a usar os filhos como pretexto para se aproximar de Tatiana, começara a se inquietar. Temia que Rogério estivesse se movimentando para ocupar o antigo posto, e, sob essa perspectiva, quem era ele senão o doido que dava expediente na Regional?

De outro lado, por algum motivo que não compreendia, desde que passara a se relacionar com Tatiana, era como se a medicação tivesse perdido parte de sua importância. Depois da última crise, voltou a tomar cuidadosamente os comprimidos; entretanto, passadas uma, duas semanas, voltando a sentir-se bem, tornou a ficar relapso e, quando não esquecia por completo, em vez de dois, tomava apenas um comprimido ao dia e, depois, sem perceber, já não tinha qualquer controle sobre as tomadas. Sentia-se como se não padecesse da doença quando estava bem. Além disso, a novidade que fora a reaproximação de Rogério passou a consumi-lo inevitavelmente, embaraçando, ainda mais, os cuidados que deveria ter consigo mesmo. E assim seguia, pois não achava, pelo menos não naquele momento, que o maior desajuste estivesse na sua saúde. Para ele, o verdadeiro desequilíbrio decorria do medo de ser derrotado e perder o amor da sua vida.

De repente, David parou de se mexer na cama e lembrou que seu estagiário tinha andado resfriado. Brasília estava sofrendo com uma onda de gripes e novas cepas de Covid. No caso do estagiário, era um tipo de virose sem febre, com moleza e indisposição. Embora tivesse dispensado o rapaz, tinha tido contato direto com ele. E justo naquele dia começara a se sentir um pouco mole. Certamente, havia pegado o resfriado. Mas diante dos desafios do momento, esse era um problema menor, se é que podia ser chamado de problema. Bastava tomar uma vitamina e procurar reforçar a alimentação; assim não precisaria sequer de repouso. Tinha de estar bem para a ceia de Tatiana.

David ainda demorou para adormecer, em sua inquietude, mas não sem antes se ver diante da dúvida sobre ter ou não tomado seus comprimidos naquele dia.

Capítulo 42

Os dias seguintes passaram tão rapidamente que a véspera do Natal chegou quase despercebida. Tatiana se esforçou ao máximo para tornar aquele um dia inesquecível tanto para a sua família como a de David, uma oportunidade para homenagear Aquele que se colocou entre os homens para ensinar verdadeiramente o que era o amor. Queria contagiar a todos com aquele ensinamento, aproximando as famílias e trazendo aconchego para os presentes.

Era nesse espírito que Tatiana preparava a noite de Natal, contando com a ajuda de Jandira, de uma ajudante de cozinha e de um garçom. Na verdade, tudo já vinha sendo planejado com antecedência, tendo contratado os auxiliares, comprado o necessário e selecionado seus convidados. Afora ela, apenas Jandira sabia de todos os detalhes do que aconteceria naquela noite.

Em meio à pandemia, e hostilidades políticas, queria promover um clima capaz de aquecer os corações. Idealizava aquele dia, também, como uma chance de introduzir definitivamente David em sua família. Ele e os pais haviam confirmado presença. Carol e Juliana tinham viajado para suas cidades natais e não poderiam participar, mas haviam mandado presentes. Não convidara Rogério, mesmo sabendo que ele passaria o Natal sozinho, pois, além de ele não ter pedido, isso constrangeria David e seus pais. Caso Rogério desejasse passar algum momento com as crianças, ela compreenderia perfeitamente, entretanto, a última coisa que desejava naquela noite era um clima hostil em sua casa.

A tarde estava perto do fim quando Jandira chamou Tatiana em um canto e falou:

— Acho que está tudo pronto. E os meninos?

— Estão em um lugar seguro — disse Tatiana, rindo.

Jandira retribuiu o sorriso meio que cúmplice.

— Luís vem, né?

— Ele já chegou. Não era nem doido de não atender ao chamado de uma procuradora.

Tatiana soltou uma risada e disse:

— Ai dele se faltasse; e Lucas e Simone?

— Simone vai com o vestido rosa e Lucas com a roupa nova.

— Ótimo. Você precisa descansar, Jandira.

— Que descansar que nada, ainda tenho um cabeça de nego no fogo — disse, referindo-se ao bolo tradicional da família nos Natais.

No quarto dos pais, Tatiana encontrou a mãe se arrumando.

— E então, como vai a matriarca?

— Oi, querida. Estou em dúvida sobre estas duas blusas.

— Experimente as duas, daí escolhemos juntas.

— Ah, ok — disse Lúcia vestindo inicialmente a blusa bege.

— Estou notando a senhora meio tristonha.

— Eu? Não, você está vendo coisas. Como posso ficar triste em uma ceia de Natal preparada com tanto amor?

— Pode até ser verdade, só que a família não está completa.

— Besteira. A vida não é perfeita, Tatiana.

— Sim, sim. Mas passar um Natal longe dos filhos, pela primeira vez, mexe um pouco com a gente, não mexe?

— Quantos Natais já não passei longe de você? Em breve estarei com eles. E então, gostou desta?

— Ficou ok. Vamos ver a outra agora.

Lúcia tirou a blusa bege e vestiu a verde clara. Tatiana olhou com cuidado. Era tão bonita quanto a outra, só que mais viva, mais chamativa.

— Essa fica melhor. É mais alegre.

— Ah, não sei não. Acho que vou com a outra. Mais sóbria.

— Que é isso, mamãe? Natal é alegria também. Essa última blusa é muito mais alegre. Por acaso não está feliz?

— Já sou uma senhora.

— Deixe de preconceito com sua idade. A verde, aliás, nem é tão chamativa assim. A outra é que é séria demais.

Beijou a mãe e, em seguida, foi para o quarto de Lucas. Encontrou-o jogando videogame, enquanto Simone estava deitada.

— Dormindo, filha? Hoje é véspera de Natal. Não quero ver você para baixo. Neste Natal vamos levar nossas intenções de paz e resolução de conflitos a Deus. Quero meus dois filhos bem.

— Tudo bem.

— Começarão a chegar às sete e meia, portanto quero ver você arrumada nesse horário e bem melhor do que lhe vejo agora.

— Ok.

— E o livro que David lhe deu, você o leu?

— Sim.

— Ótimo. O que achou?

— Alegórico demais, mas o entendi, se é o que quer saber.

— Perfeito, assim teremos assunto para conversar.

Beijou os filhos e saiu do quarto. Simone pegou o celular imediatamente e mandou uma mensagem de WhatsApp.

Eram quase sete horas quando Tatiana foi se arrumar. Separara um vestido vermelho tubinho para aquela noite. Ao vesti-lo, viu diante do espelho o quanto cada detalhe do seu corpo ficava valorizado. Não costumava se vestir daquela forma, mas gostou da ideia de parecer bonita para David. Em seguida, dedicou-se à maquiagem, algo que ela gostava de fazer e, quando finalizou, estava quase pronta. Sentou-se na cama, experimentou o salto preto e achou bom; depois, ajeitou o cabelo. Não se lembrava da última vez em que havia se arrumado com tanto capricho.

Jandira entrou afoita, mas, tão logo viu Tatiana, estacou.

— O que foi, Jan?

— Não, eu... eu... vim só perguntar se Lucas não podia ir com uma calça mais confortável, pois a outra tá um pouco apertada. E...

— Sabe que confio totalmente nas suas escolhas.

— Está tão bonita! E de pensar que te vi pequenininha.

Tatiana se inquietou com aquele comentário. Será que exagerara? Será que não estava adequada para uma ceia de Natal?

— Você está me achando fora de tom?

— Fora de tom? Você está linda! Deus é bom, pena que Ele só é benevolente assim com alguns.

Tatiana riu.

— Ah, você é suspeita. Não estou exagerada?

— De jeito nenhum. O vestido é um pouco colado, mas não expõe demais seu corpo. Minha igreja reprovaria, mas você não é da minha igreja, e uma vez na vida pode, não é? Espero que David tenha noção da joia que tem. Agora já vou, que estou atrasada...

Eram quase 8h da noite quando David enviou uma mensagem informando que eles já estavam a caminho. Simone e Lucas, devidamente arrumados, aguardavam na sala com os avós. A casa estava impecavelmente limpa e arrumada. Na sala de jantar, onde ceariam, petiscos diversos estavam sobre a mesa, como uva passa, nozes e castanha do Pará. Havia cerveja, vinho tinto, licor e refrigerante, além de suco de cupuaçu e bacuri.

— Eles já devem estar chegando — disse Tatiana.

— Garanto que quando colocar os olhos em você, David nem ligará para a comida — disse Rodrigo, gracioso.

— Vamos ver, papai...

Simone escutava a mãe atentamente, embora fingisse estar concentrada no celular. Ver Tatiana ansiosa como uma adolescente que aguarda o namorado era estranho. Era para ela estar naquele papel, e não a mãe. As coisas, porém, tomaram um rumo diferente, e agora estava ali, grávida, sem ter a menor ideia do que lhe sucederia.

— Esses homens não chegam logo para biritarmos? Cansado de ficar no meio de mulher tagarela — disse Rodrigo.

— Até no Natal você fica falando besteiras, Rodrigo — disse Lúcia, que, depois de Tatiana, chamava atenção com sua blusa verde.

— Tatiana, estou lhe achando muito nervosa.

— Deve ser impressão sua, papai — disse, indo para a cozinha.

— Está diferente mesmo. O que acha, Simone? — disse Lúcia.

— Oi? — disse Simone, como que distraída.

— Essa aí está mais perdida que bumbum de nenê — disse Rodrigo, já na segunda cerveja. — Posso estar errado, mas algo me diz que esta noite será inesquecível.

Capítulo 43

David chegou com os pais por volta das 8h da noite. Tatiana foi recebê-los na porta e os acompanhou até a sala. Ao vê-la, David não reagiu da forma que Tatiana esperava. Achou-o triste, mas não permitiu que isso a perturbasse naquele momento.

Após acomodar David e os pais na sala, pediu licença e foi resolver algo com Jandira. Lúcia estranhou a pressa da filha, que deixou a sala quase correndo.

— E então, onde eles estão? — disse Tatiana, esbaforida.

O garçom e a ajudante de Jandira sorriam diante da situação, pois já tinham sido colocados a par do que estava acontecendo.

— Estamos aqui — disse Eduardo, o mais novo e extrovertido, aparecendo de repente. Renato, o mais velho, surgiu logo depois.

Ela os abraçou, segurando as lágrimas. Não se viam há anos. Comprara as passagens e providenciara junto a David para que aguardassem até o momento da ceia na casa dele.

— Correu tudo bem na casa de David?

— Esse povo do Ministério Público é muito chique; não tinha como não tratar bem as visitas, né? — disse Eduardo.

Renato riu do irmão.

— E já pediram a benção da outra mãe de vocês?

— Já abracei estes dois. Pensei que nem lembrassem mais desta velha — disse Jandira, brincando, ao lado do marido.

Tatiana riu.

— Vou na frente e quando sentar vocês aparecem, certo?

Os dois concordaram.

— Então, você trabalha até na véspera de Natal, Adelaide? — estava dizendo Lúcia quando Tatiana se juntou a eles novamente.

— Ah, sim, vida de médico é bem complicada, precisamos estar sempre de sobreaviso para alguma emergência.

— Eu compreendo. Exige renúncia.

— Ah, sim, muita.

— Mas vejamos pelo lado bom. Sua profissão salva vidas...

De repente os dois rapazes ficaram diante dos sofás, sob a vista de todos. Eduardo, o mais descontraído, disse:

— Com licença, boa noite.

Lúcia não precisou erguer os olhos para saber de quem era aquela voz. Levantou-se, imediatamente, e foi em direção dos filhos. Abraçando-os, começou a chorar.

— Meu Deus! Meus meninos, não acredito. Vocês estão aqui! Vocês vieram! Mas como, como? Só me digam isso, por favor, como?

Rodrigo levantou-se e juntou-se à esposa naquele abraço.

— Não precisa saber como, basta ver com os próprios olhos o presente que Deus lhe deu — disse Tatiana.

— Não pode haver presente maior para uma mãe do que ter os filhos junto de si, especialmente hoje — disse Adelaide.

— Meu Deus! Estou farejando um complô nisso tudo.

Lúcia foi até a filha e a abraçou, as lágrimas rolando.

— Isso parece um sonho! Jandira, sua traidora! — gritou Lúcia.

— Não fiz nada. A senhora sabe que essas ideias não saem da minha cabeça — disse Jandira, aparecendo.

— Mas foi cúmplice!

Jandira voltou rindo para a cozinha.

Tatiana pediu aos irmãos que tomassem assento. Comendo um pouco dos petiscos, eles procuraram participar da conversa. Ela então voltou um pouco mais a atenção para David. Ele tentava ser simpático, mas parecia se esforçar para estar ali. Seu semblante era de alguém doente, como se estivesse com alguma virose ou algo do tipo.

Quando o relógio passou um pouco das dez, a campainha tocou, o que intrigou Tatiana. Quem seria àquela hora? Ela mesma se levantou e foi ver de quem se tratava.

Diante da porta, olhou no olho mágico e sentiu um calafrio ao ver quem estava do outro lado. Não tinha a mínima ideia de como agir diante daquela situação. Enquanto pensava no que fazer, a campainha tocou de novo. Então, abriu a porta de uma vez.

— Boa noite!

— Já tinha lhe dito da inconveniência de sua presença aqui.

— Por favor, eu não vim para brigar ou atrapalhar a ceia.

Rogério trazia um saco de presentes. Tatiana queria que aquilo não estivesse acontecendo.

— Sua presença constrangerá a família de David. Será que você não percebe o quanto isso é fora de propósito?

Ela falava baixo, esforçando-se para não fazer alarde.

— Entendo sua preocupação, mas sei que posso contar com sua compreensão no tocante a um pai ver os filhos na noite de Natal.

— Estamos divorciados. Você não mora mais aqui. Além disso, tenho a guarda deles. Para os ver você deve combinar comigo.

— Vai chamar a polícia?

— Não seja ridículo. O que eu deveria chamar aqui era o seu bom senso, mas receio que isso não seja possível.

Ele permaneceu na porta e não arredou o pé.

— Trouxe presentes.

— Não se preocupe, eu os coloco na árvore e na hora da ceia eles serão entregues. Mas vá embora, por favor.

— Um deles é para você.

Simone ia cruzando o corredor quando ouviu a voz do pai. Dirigiu-se até a porta. Em seguida, abraçou-o, efusivamente e disse:

— Oba! Ainda bem que veio! Entre!

Ela então puxou o pai pelo braço e o arrastou para dentro da casa, indo com ele até a sala. Tatiana os seguiu logo atrás. Ela não podia permitir que todo o seu esforço fosse desperdiçado.

— Com licença, gente. Este aqui é meu pai. Ele veio para passar a noite de Natal conosco. Tenho certeza de que gostarão da presença dele. Me dê os presentes, pai. Eu os colocarei na árvore.

— Boa noite! — disse Rogério, sentando-se, à vontade.

Os pais de David cumprimentaram Rogério educadamente, mas à distância. Rogério logo entrou na conversa que estava sendo entabulada. Tatiana sentou-se ao lado da mãe, sem conseguir esconder a perturbação. Simone se sentou ao lado do pai.

— Aquele ministro mandou prender aquele jornalista que foi morar nos EUA. Vocês viram? — disse Eduardo.

— Jamais tivemos uma Corte como esta. Vivi mais que vocês e garanto que o STF era mais respeitável — disse Rodrigo.

— Ele não é jornalista, é só um blogueiro — disse Simone.

Eduardo franziu o cenho.

— Mas ele não é formado e inscrito como jornalista?

— Pode até ser, mas não é jornalismo o que ele faz. Ficar puxando o saco do presidente... isso não é jornalismo...

— Simone está certa. Esse cara não vale nada — disse Rogério.

— Já vi vídeos dele. Ele incomoda opositores do governo.

— Não é isso não, Eduardo. Ele desinforma, muita gente nesta pandemia morreu por conta dessas mentiras — disse Rogério.

— E você, David, o que acha disso tudo? — disse Rodrigo.

— Ele é acusado de *fake news*. Porém isso não é crime, e condutas não tipificadas não podem ser objeto de investigação.

— Acha então que é uma perseguição? — perguntou Rodrigo.

— Infelizmente, assistimos à redução de nossos direitos e garantias fundamentais sob o pretexto de salvar a democracia. Porém, não se salva a democracia mediante a ofensa à democracia. Isso é um contrassenso. Todos podem se manifestar, os excessos são apurados posteriormente. Não há censura prévia no Brasil.

— Mas e se a pessoa usar de sua liberdade de expressão para criar mentira e com isso prejudicar a saúde pública? — disse Rogério.

— No caso, há uma posição política que incomoda alguns.

— Por que alguns ministros não fazem o jogo do presidente, nós temos que demonizar o STF? Isso é ridículo — disse Rogério.

Rodrigo olhou para David esperando que este redarguisse.

— É absurdo em uma democracia um Poder exercer competências que lhe são estranhas. O Supremo inaugurou esses inquéritos sem respaldo. Se admitirmos que o STF assuma funções de acusação e investigação, então o Executivo também poderá assumir competências alheias? É muito perigosa essa trilha.

— Bobagem — disse Rogério com ar de enfado. — Este país entrou em retrocesso com este governo, essa que é a verdade. Estávamos em um ótimo nível de liberdade. Mais gente estudando, andando de avião, com carro e com casa. Avançamos na proteção das mulheres e principalmente na salvaguarda dos direitos dos...

Tatiana ouvia-o atentamente, e, quando seus olhares se cruzaram, ele se calou. Ela olhou em redor e não viu o filho.

— Com licença, eu vou ver se está tudo bem com o Lucas. Já, já volto — disse Tatiana. — Por favor, David, me acompanhe.

David se levantou prontamente e seguiu Tatiana.

— Me perdoe, por favor. Eu disse para ele não vir.

— Não se preocupe.

— E seus pais?

— Já são bem grandinhos para saber lidar com essas coisas.

— Deve ter sido a Simone. Essa menina é muito astuta.

Entrou no quarto e viu o filho dormindo profundamente.

— Oh, meu Deus, parece um anjo! Por que crianças têm de nascer em um mundo como este, cheio de perversidade?

Ela beijou o filho e depois disse:

— Vamos até o escritório, quero falar com você.

— Sim, claro.

No escritório, tentou abraçá-lo, mas ele se esquivou.

— Por quê? O que houve?

— Não pense besteira, é que estou com alguma virose.

— Isso já dura quanto tempo?

— Mais de uma semana.

— Está abatido mesmo. Sente febre, congestão? Será Covid?

— Fiz o teste, não é Covid. Não se preocupe.

Ela ficou desapontada. Era como se tudo o que tivesse planejado estivesse vindo por água abaixo.

— Você jura para mim que isso não tem a ver com Rogério?

— Juro.

— Tenho uma notícia ótima. Jandira pode ficar com Lucas e Simone no ano novo. Isso me libera para viajar com você.

Ele sorriu, mas sem entusiasmo. Era como se tivesse perdido a frequência exata. No fundo era o que ele mais desejava e agora, ali, o máximo que conseguia esboçar era um meio-sorriso.

— O que foi? Não quer ir comigo? Pensei em irmos a Belém. Você sempre disse que queria conhecer a minha cidade.

— Sim, vai ser legal — disse, apático.

Ele devia estar resfriado mesmo, e Rogério ali, entre eles, certamente não era o melhor remédio para o seu mal-estar.

Capítulo 44

Ao retornarem para a sala, Tatiana sentiu uma pontada de angústia ao identificar o incômodo no rosto dos pais de David. Porém, seu mal-estar se ampliou quando notou que Rogério bebia de modo tão ou mais entusiasmado que o pai. Não era de beber, e, quando isso acontecia, ele costumava ficar insuportável.

— Simone me disse que você deu um livro para ela — disse Rogério.

— Sim — disse David. — Já leu C. S. Lewis?

— Com o devido respeito, mas os apologistas cristãos estão em último lugar em minha lista de leituras.

— Por quê? — intrometeu-se Adelaide. — Livros que nos transmitem lições cristãs têm valor, e, embora não seja católico, C. S. Lewis é brilhante. Li muitos dele. Qual você deu para ela, querido?

— *Cartas de Um Diabo ao seu Aprendiz.*

— Ah, esse é magnífico.

— Dona Adelaide é o seu nome, não é? — perguntou Rogério

— Sim, senhor — respondeu a médica em um tom altivo enquanto sentia a mão do marido em sua perna.

— Senhora, obrigado por sua explicação, mas é que os jovens hoje estão em uma realidade muito diferente. Não que desdenhem de Deus, necessariamente; apenas são mais exigentes no quesito fé.

— Muitos não creem. No entanto, a vida os levará a crer.

David voltou-se para Simone.

— E então, Simone, me diga o que achou?

Simone que, desde a chegada de Rogério, estava mais entusiasmada, olhou para o pai, que assentiu com a cabeça, e disse:

— Eu o achei no geral meio bobinho.

David não queria acreditar que ela pudesse ter conversado com Rogério e sido instruída sobre como deveria responder.

— Alguma coisa específica de que queira falar?

— Na verdade, não.

— Simone! David lhe deu o livro com carinho — disse Tatiana.

— Tati, você não pode obrigar a menina a gostar de um livro só porque a pessoa a ou b a presenteou com ele — disse Rogério.

— Não sei por que acho que Simone não está totalmente livre para dar suas impressões — disse Tatiana, voltando-se para o ex-marido, indignada por estar sendo chamada de Tati naquele tom.

— Esse é um livro que pode ser lido a partir de várias camadas — disse David. — E também pode ser interpretado de várias formas.

— Bom, C. S. Lewis usou de uma alegoria para nos fazer entender o mundo, as pessoas, a vida; para isso se serve do diabo, de como ele nos tenta, como nos empurra para o que não presta, como explora nossas fraquezas... Coisas assim — disse Simone.

Rodrigo disse que parecia ser interessante, no que foi acompanhado por seus dois filhos, que concordaram.

— Certo, e qual lição você tirou? — perguntou Adelaide.

— Se considerar a obra do ponto de vista alegórico, como um livro voltado para nos dar lições de moral, não me impressionou.

— É jovem ainda; mudará de opinião ao longo da vida. Eu, por exemplo, compreendo Deus como experiência — disse Adelaide.

— David perdeu um irmão. Por que Deus não o salvou?

Tatiana não acreditou que ela dissera aquilo. Quando olhou para Rogério, teve a impressão de que ele vibrava por dentro. Já David, apático, não teve coragem de olhar para os pais.

— Minha filha, veja como fala. Você...

— Tudo bem, Tatiana! — disse Adelaide. — Simone, perdi meu filho há muitos anos. A dor que eu senti foi tão violenta que pensei que não seria capaz de sobreviver. No entanto, veja como Deus é maravilhoso. Consentiu que eu perdesse um filho, ou seja, uma parte de mim, e no momento mais duro, mais difícil, fui forçada a enxergar que, de antemão, Ele já tinha me dado outro, igualzinho ao que partiu. E que esse outro precisava de mim mais do que tudo na vida. E que eu também precisava dele mais que tudo. David foi o maior amparo que Deus poderia ter me dado. Aprendi que, por mais excruciante que nossa dor nos pareça, nada neste mundo será páreo para o poder de Deus. Esta foi minha experiência pessoal, e com ela aprendi que nenhuma noite de treva dura além do amanhecer. O problema não é Deus, que é perfeito; somos nós.

— Desculpe se disse alguma coisa que lhe entristeceu.

— Não tem problema. Já fui jovem como você. As coisas da vida só sabemos com o tempo.

— Por esse livro — disse David. — Lewis nos revela cartas por meio das quais um diabo ensina seu aprendiz passo a passo a como tentar os homens (confundir, desviar dos caminhos retos, enganar), tirando sua salvação. Nos mostra fraquezas humanas e espirituais, desvios morais, ocorridos no dia a dia, assim como acontecimentos de grande dimensão, dos quais não temos consciência.

— Deus não entra na estória? — perguntou Renato.

— Nada escapa a Deus — disse David. — Em certa passagem o diabo explica a seu aprendiz que Deus ama tanto seus filhos que os quer livres e, portanto, permite que façam suas escolhas por si mesmos, surgindo daí a oportunidade de serem tentados, a qual deve ser aproveitada logo, pois após o momento inicial de deserto e dificuldades, os seres humanos são mais resistentes à tentação.

— Deus quer sempre o nosso bem, nós é que não prestamos — disse Rogério, um sorriso sardônico estampado no rosto.

— Sinto que Deus me acompanha desde que nasci, e mesmo assim passo por bons e maus momentos em minha fé. Por isso, compreendo Simone. Fé é pessoal, deve vir de dentro. É impossível exigir de alguém algo que deve brotar naturalmente — disse David.

— Cada um deve saber o momento de abrir o coração — disse Adelaide.

— Embora sejamos criação divina, tendemos a afastar Deus de nossas vidas. Mas será que há prova maior da sua existência do que nossas próprias vidas, cada qual uma chama com todo o potencial de iluminar o mundo e o tirar das trevas? — disse David.

— O obscurantismo que está se assanhando e se levantando, no mundo atual, não pode iluminar nada — disse Rogério.

— A perspectiva é outra, Rogério! — interveio Tatiana.

— E o que mais diz o livro, David? — perguntou Eduardo.

— O diabo diz ao aprendiz que é sempre bom fazer os seres humanos abrirem mão de sua personalidade, lançando as pessoas no gosto e moda do mundo, pois assim é mais fácil roubar sua personalidade, impedindo que elas sejam elas mesmas. O diabo ensina que Deus não deseja que o homem entregue seu coração ao futuro e deposite nele o seu tesouro. O ideal de Deus é um homem que, tendo trabalhado o dia todo, entrega todo o assunto e confusão ao céu, retornando ao cultivo da paciência ou da gratidão exigida pelo momento que está passando. "Nós, no entanto", diz o diabo, "desejamos um homem dominado pelo futuro — assombrado por visões de um Céu ou de um Inferno iminentes sobre a Terra — prontos para quebrar os mandamentos de Deus no presente".

— Como sabe de cor essa passagem? — disse Eduardo.

— Li muitas vezes — falou David. — Gosto muito desse livro.

Rogério torceu o nariz, e Tatiana o olhou de cara feia.

— Esse é um livro que retrata muito bem a degeneração do mundo atual e o faz trazendo à baila intenções discutíveis como "tornar iguais os desiguais", sob a justificativa de igualdade e democracia, desfazendo-se, assim, a realidade e louvando-se a inveja.

Rogério se contorcia enquanto escutava David falar.

— Isso parece política — disse Renato.

— E é isso mesmo — disse Simone. — Fica claro que já naquele tempo trabalhos literários eram utilizados para doutrinação.

— Não fale assim, Simone — disse Tatiana.

— Por que, é mentira por acaso? — indagou Rogério.

— Naquele tempo a realidade era outra; as pessoas não eram tão desonestas intelectualmente como são hoje — disse Tatiana.

— Besteira. O mundo sempre foi palco de disputas. Quem sempre penou neste palco foram os mais pobres — disse Rogério.

— C. S. Lewis seria cancelado nos dias de hoje. Isso mesmo, nações civilizadas o cancelariam simplesmente por emitir sua opinião e escrever um livro coadunado com o que acredita. Vou ser franca com vocês: estou cansada de viver em um mundo onde ninguém pode divergir, onde não se pode alcançar uma solução conciliatória, onde uma ideia sensata não pode ser produzida a partir do debate adulto de ideias discordantes — desabafou Tatiana.

— C. S. Lewis está certo. Como podemos ser iguais se ninguém é igual? O mundo tá tomado pelo diabo, isso sim — disse Rodrigo.

Rogério sorriu e, de vez em quando, piscava para Simone.

— O livro parece atual. Prossiga, David — pediu Renato.

David pediu que Simone trouxesse o livro para que ele lesse uma passagem, no que a jovem o atendeu.

— O livro sugere que os medíocres tendem a puxar todos para baixo; nessa visão, o mundo seria "antidemocrático" se alunos ignorantes e preguiçosos se sentissem inferiores aos inteligentes e esforçados. Assim, os mais preparados, por medo de serem taxados de antidemocráticos, deixariam os cargos e posições mais importantes para os medíocres. Vou ler algumas passagens. "Não é lindo de ver", diz o diabo velho, "como a 'democracia' está fazendo para nós todo o trabalho das antigas ditaduras e pelos mesmos métodos? Deve-se passar a régua em todos, para ficarem no mesmo nível; todos escravos, todos números, todos Zés-ninguéns. Todos iguais. Assim os tiranos podem praticar a democracia. Mas agora a democracia pode fazer o trabalho sem nenhuma outra tirania que não seja ela própria [...]. O que se tem de dar conta é que este tipo de democracia ('eu sou tão bom quanto você', 'ser como todo mundo', 'pertença ao grupo') é o instrumento mais refinado que podemos ter para extirpar as democracias políticas da face da terra. Pois a 'democracia' ou o 'espírito democrático' (no sentido diabólico) produz uma nação desprovida de grandes homens, uma nação composta essencialmente de analfabetos, seres moralmente frouxos pela falta de disciplina na juventude, cheios de autoconfiança que as bajulações criaram em cima da ignorância, e molengas em virtude de toda uma vida de medos. E é nisso que o Inferno deseja que todas as pessoas democráticas se tornem [...]. Nada mais útil do que o 'eu sou tão bom quanto você' para destruir sociedades verdadeiramente democráticas". Lewis é brilhante ao abordar nossas falhas morais, nossos conflitos com Deus e com nós mesmos, e, além de tudo, o caminho que o mundo vem trilhando.

— Vejo as coisas sob outra perspectiva. O mundo sempre esteve em evolução; e ele caminha como caminham as aspirações das pessoas. E esta marcha para frente é positiva — disse Rogério.

— Concordo com papai — disse Simone. — A humanidade está em franco progresso. Na Idade Média, exceto eclesiásticos, quase ninguém lia. Hoje temos a universalização da alfabetização.

— Temos a mania de dizer que o que vem da Idade Média não presta — disse David. — Isso é falso. O Ocidente nasceu da Idade Média! Não é um período de trevas; o que surgiu nessa época se comunica conosco até hoje. É nossa cultura, nossa identidade; mas o que se vê é uma sanha de destruir as bases da nossa civilização.

— Qual o problema em abandonar o ruim? — disse Simone.

— Nenhum, o difícil é separar a joio do trigo — disse David.

— Pois se quer saber, acredito que algumas instituições estão mortas e se esqueceram de enterrar. Vejamos o casamento; se não der certo, ainda assim deve ser mantido. Tenho certeza de que rirão da gente no futuro, quando souberem que, no passado, o casamento podia ser uma condenação a viver de modo infeliz. Sou totalmente contrária ao casamento.

Tatiana suspirou. A filha, propositadamente ou não, tocara numa ferida. Amava demais David, mas esse era um amor que, pelo menos naquele momento, não podia contar com a benção da Igreja. A despeito disso, porém, recusavam-se a desistir um do outro.

Eduardo olhou para a sobrinha e disse:

— Então, você concorda totalmente com o mundo de hoje?

— Acho que o mundo caminha para mudanças positivas, e já estamos vivenciando muitas delas.

— Mas concorda com tudo o que acontece? — disse Renato.

— Sim, com a maior parte. Hoje gays têm mais respeito, assim como mulheres e idosos. A discussão sobre aborto e liberação de drogas está avançando...

— Você é a favor do aborto e de liberação de drogas? — disse Renato arregalando os olhos.

— Por que não? Há décadas a Holanda permite casamento gay, uso de drogas, aborto, eutanásia.

— Uso de método anticonceptivo não seria uma alternativa ao aborto? — indagou Eduardo.

— Os homens seriam os primeiros a não colaborar, tio.

— Não deveríamos falar sobre isso como se as mulheres devessem se relacionar desregradamente — disse David.

— A mulher é exatamente igual ao homem. Se o homem é livre sexualmente, a mulher também é. Ela pode e deve se relacionar com quem bem entender, até com outra mulher, se for o caso.

Lúcia ficou chocada com as palavras da neta. Era incrível como a jovem, além de opinar naturalmente sobre aborto, estando grávida, também não encontrava dificuldade em falar de relação lésbica. Ficava atemorizada por viver naqueles tempos e tinha dificuldade de imaginar como seria, por exemplo, a geração seguinte à de Simone.

— O que nos diferencia dos animais é nossa inteligência e a forma como lidamos com nosso prazer e felicidade. Simone Beauvoir disse que podemos fugir do nosso destino biológico. Esse é um dos modos de resolver essa questão.

— Mas até onde o feminismo quis tornar a mulher mais digna, quando trabalha para estender a elas os vícios masculinos? — disse David.
— Quando falei em regramento, não tive intenção de excluir o homem.

— Não acredito nesse virtuosismo todo que você quer sustentar ao se queixar dos vícios humanos. Para mim, e quando digo isso não incluo necessariamente você, por trás de toda esta preocupação puritana se esconde muita hipocrisia e opressão.

— Escutando vocês debaterem, cada vez me dou mais conta de que este nosso mundo está acabado — disse Rodrigo. — Não há mais como deter o processo. Meus bisnetos viverão sob um Estado em que não poderão opinar, onde será ditado o que poderão ou não fazer. Quiçá até lá a China não venha a ser a dona do mundo?

Jandira surgiu de repente e falou ao ouvido de Tatiana.

— Perdemos a hora conversando — disse Tatiana. — Não falta muito para a meia-noite. Enquanto Jandira organiza as coisas, vou ver Lucas.

Tatiana deixou a sala e foi ver o filho. Dormia como um anjo. Pôs a mão em sua testa, não havia febre. Pensou em alguma reação da vacina, mas logo afastou a ideia. Não permitiria que aquela preocupação estragasse a noite. Apagou o abajur e saiu do quarto.

No corredor, topou com Simone.

— Para onde você vai?

— Vim ver se Lucas estava acordado.

— Dormindo.... Ajudou seu pai a vir, não foi?

— Se se separaram, eu e Lucas não nos separamos de vocês. Você não podia nos impedir de estar com ele na noite de hoje.

— Como se o Natal representasse alguma coisa para você. Além disso, não me disseram que queriam ficar com ele hoje.

— Será que adiantaria?

— Não sei se adiantaria, o que sei é que aqui quem manda sou eu. E pensei nesta noite para a gente, o que não inclui Rogério.

— Pensou mesmo na gente, ou na verdade só em David?

Por que tinha de lidar com aquilo? Simone estava sendo injusta. Seus filhos eram o que havia de mais importante para ela.

— Peça desculpa.

A mãe não era do tipo inflexível. Cheia de calma e paciência, talvez fosse isso o que mais incomodasse Simone. Não tinha como competir com alguém com aquela ponderação. Não era só autoridade materna; era o que Tatiana trazia com ela, o que recendia a quem lhe dedicasse um minuto que fosse. Era aquele tipo indefinível de nobreza, que fazia Simone capitular sempre.

— Desculpe. É que eu e Lucas, às vezes, nos sentimos esquecidos...

Simone começou a chorar, as lágrimas irrompendo. Tatiana abraçou a filha e recostou a cabeça dela em seu peito.

— Você e seu irmão são minha vida. Não precisam ter ciúmes. É Natal, me faça sentir recompensada, através de sua alegria.

Simone quis continuar enlaçada naquele abraço, recebendo os afagos da mãe. Depois de mais alguns instantes, falou:

— Vou lhe fazer feliz desde agora.

Tatiana olhou-a, surpresa.

— O livro que David me deu não é tão ruim assim. Encontrei ali algumas coisas interessantes. Depois converso melhor com ele.

— Por que não disse isso na frente de todo mundo?

— Não sei. Eu... acho que quis ser chata mesmo.

— Pois então fale a David quando puder.

— Ok — disse, indo para o quarto de Lucas limpar as lágrimas.

Tatiana ficou ali, no corredor, parada por um momento. Nunca duvidara que a filha fosse capaz de demonstrar afeto, e, naquela ocasião, ao abrir um pouquinho do seu coração, Simone lhe mostrou claramente que, nas camadas mais profundas do seu ser, existia, sim, alguém com uma alma, capaz de amar e de ser amada. As coisas não estavam perdidas, portanto. Havia esperança para Simone, havia esperança para sua família!

Ao voltar para a sala, Tatiana se aproximou da mesa onde seria servida a ceia. Estava exatamente como planejara, os dois candelabros compridos, com as velas vermelhas acesas, pratos, taças e talheres, tudo perfeitamente arrumado. Havia ainda guardanapos e sousplats vermelhos, a deixar a mesa, em seu conjunto, especialmente bela.

Quando Jandira veio lhe falar, Tatiana pediu atenção dos demais. Era quase meia-noite. Após dizer que Lucas dormia, ela viu Simone surgir e ocupar um lugar ao lado do pai.

— Estou muito feliz por estar na companhia de vocês. Planejei tudo com muito carinho e contei com a ajuda valiosa e inestimável de pessoas como mamãe e Jandira. Quero sinceramente que hoje, cada um a seu modo, possa apreender o significado do Natal e vivenciar o amor que Jesus nos ensinou. Vamos agora fazer uma oração e agradecer principalmente por nossa vida, saúde e paz. Que este ciclo que começa a se fechar nos prepare para um muito melhor, com bênçãos e aprendizados. Que tenhamos o apoio de Deus para passar com sabedoria por este momento difícil que assola o mundo. Alguém gostaria de dizer mais algumas palavras?

David ergueu a mão e, apesar do seu mal-estar, disse:

— Gostaria de agradecer a Tatiana por convidar a mim e a meus pais para participar desta ceia. É uma honra muito grande para os Martins se juntarem aos Marins nesta que é a mais especial das datas. Rogo a Deus para que nos cubra com sua misericórdia, e que neste dia, tão significativo para nós cristãos, muitas bênçãos também cheguem aos corações dos mais necessitados, enchendo-os de amor e esperança.

Ao ouvir as palavras de David, Jandira, que estava presente na sala com o esposo, sentiu-se emocionada. Ele estendera sua oração a quem não estava ali, a quem não contava com uma ceia como aquela, o que a fez achá-lo uma pessoa sensível e abençoada.

— Deseja falar, Jandira? — perguntou Tatiana.

— Sim. Eu e meu esposo não somos pessoas ricas, nem estudadas, mas fazer parte desta família é um presente de Deus. Nada nunca me fez me sentir tão bem como ajudar a criar as crianças desta família. E sei que fiz o certo, pois fui criada com o mesmo amor, desde novinha, por seu Rodrigo e dona Lúcia. Para esta ceia, dei tudo de mim. E estou emocionada de ver tanta gente, até os meninos, que vieram de Belém. David pediu a Deus bênçãos para nós, mas foi além e rogou também pelos necessitados. Na nossa igreja aprendemos que muitas vezes Jesus se coloca como necessitado para testar nosso coração. Pois amar o próximo é amar a si mesmo e a Deus. Nossas Igrejas são diferentes, mas Deus é um só. Que Ele faça despertar o amor no coração de todos.

Afonso e Lúcia se impressionaram com as palavras de Jandira.

— Para quem não sabe, Jandira e seu marido são evangélicos muito fiéis a Deus. Obrigada, Jandira. Alguém mais? — disse Tatiana. À mão estendida da filha: — pode falar, Simone.

— Estou feliz por estar entre as pessoas que mais amo. Vi David falar em estar contente por participar de uma ceia que envolve as famílias

Marins e Martins. Isso é muito bom. No entanto, quero lembrar que além da família Marins e Martins também se faz presente a família Rodrigues. Ainda que meu pai não estivesse aqui, eu e Lucas somos Rodrigues. Portanto, gostaria de destacar este ponto, para que ninguém seja esquecido.

Tatiana então conclamou todos a rezarem um Pai Nosso, o que foi feito de modo respeitoso e diligente, inclusive por Simone e Rogério. Ao fim, perceberam que Lucas tinha acordado e estava no meio deles. Ao ver Lucas, Rogério foi até o filho e o abraçou.

Em seguida, todos começaram a se servir, escolhendo a comida de sua preferência dentre as travessas organizadas sobre a mesa. A toalha, feita especialmente para a ocasião, assim como guardanapos e velas dos candelabros, no centro da mesa, eram vermelhas. Sobre um aparador, via-se um belo presépio de Natal.

Rogério, Simone e Lucas comiam os pratos paraenses. Iam de pato no tucupi à maniçoba. Esses são verdadeiros paraenses, pensou Tatiana. Sabem como aproveitar uma das comidas mais saborosas do mundo. Seus pais e irmãos seguiam na mesma toada.

Após a sobremesa, Tatiana disse:

— Bom, agora vou gerenciar os presentes.

Dirigiu-se então para a árvore de Natal, onde estavam os embrulhos, acompanhada por Lucas. Ao se sentar no chão, junto à árvore, ela apanhou um dos presentes e começou a dizer:

— Este é meu para Simone.

Simone se aproximou e apanhou o presente. Abriu a embalagem e deparou com uma gargantilha de ouro com um porta-foto com fotos sua e de Tatiana, uma de cada lado. No fundo do porta-foto os seguintes dizeres tinham sido inscritos: "Tudo o que recebi de minha mãe com amor transmito a você". Simone aproximou-se da mãe e a abraçou, sem conseguir conter as lágrimas.

Em seguida, Tatiana pegou uma embalagem grande, era de Rogério para Lucas. Chamou pelo menino, que recebeu o embrulho, rasgou o papel e deparou com o videogame que ele tanto queria. Não se lembrava de ver o filho tão feliz como naquele momento. Lucas partiu para cima do pai e o enlaçou em um abraço forte.

Olhando em redor, Tatiana percebeu que a imagem de pai e filho havia atingido a todos. Lembrou-se então da mágica que diziam acontecer no Natal e, por um momento, acreditou na sinceridade de Rogério.

O próximo presente era de David para ela. Anunciou-o, abriu a embalagem e encontrou seu perfume francês predileto, com um cartão de Natal cuja mensagem era: "De alguém que te ama e deseja passar muitos Natais com você. Feliz Natal".

— Ah, querido. Adorei. Obrigada.

David sorriu de longe, sem conseguir esconder o quanto estava para baixo. Ela aproveitou a ocasião e entregou-lhe seu presente, um livro de Charles Dickens encadernado em couro, obra que ele não tinha. Recebendo-o das mãos dela, ele agradeceu.

Quando David voltou ao seu lugar, Tatiana pegou o próximo embrulho. Rogério viu que era o seu. Ao ler o nome dele, ela fez menção de que apanharia outro, mas foi interpelada pelo ex-marido:

— Opa, esse presente é meu. Gostaria que o anunciasse.

Olhou-o intrigada. Por que comprara um presente para ela? Não era apropriado que recebesse presente dele na frente de David.

— Prefiro ver depois.

— Quer dizer que se eu não estivesse de olho você poderia até ter dado fim nele? Ainda bem que não a deixei infringir as regras.

Constrangida, retirou a embalagem e encontrou uma caixa de joia. Abriu-a e deparou com um colar de diamantes extraordinário. Nunca tinha visto uma peça tão bonita, pelo menos não pessoalmente. Preferiu não o tirar da caixa. Sentiu-se ultrajada. Ele a confundia com uma meretriz! Quanto não devia ter custado aquilo!

— Obrigada, Rogério.

— Não vai mostrar aos demais?

— Não, eu não acho necessário.

— Mamãe, quero ver o que papai lhe deu — disse Lucas.

— Eu também — disse Simone.

Esquadrinhando a sala, seus olhos pousaram em David. Os olhos dele iam da tristeza à desolação. Ele parecia arrasado e isso a enfureceu, pois sabia perfeitamente que, caso David fizesse uma leitura errada da situação, isso daria a Rogério o que ele queria.

Ela retirou a joia da caixa e, de onde estava, no chão, ergueu o colar diante de todos. Apesar de ser noite, a iluminação da sala era suficiente para fazer resplandecer os brilhantes que cravejavam o colar.

— Por favor, leia meu cartão.

— Não. Eu...

— Por favor, Tatiana, leia. Você é uma mulher educada, não se recusaria a ler um cartão de Natal — disse David subitamente.

Ela pegou o envelope, tirou o cartão e começou a lê-lo:

— "Tati, este é o primeiro Natal que passamos separados, por culpa minha, sem dúvida. No entanto, o mínimo que poderia fazer era estar mais uma vez com você e nossos filhos. Sei que atualmente você tem um novo companheiro e respeito muito isso, pois o importante para mim é vê-la feliz e em paz. Isso, porém, não muda o fato de que, em função de nossos filhos, nossa ligação é para sempre. E é por isso, orgulhoso de tê-la escolhido para mãe de nossos Lucas e Simone, que lhe dou este presente. Feliz Natal".

Era como se todos tivessem esperado por palavras mais inconvenientes, mas Tatiana sabia que não eram as palavras que repercutiriam, naquele caso. Era o fato de Rogério estar ali, na hora errada; de posar como ex-marido arrependido; de ter parecido afável com o filho com quem era distante; de ter entregado diante de todos um presente caro demais para alguém conformado com o fim do casamento. Aflita, não conseguia imaginar o que se passava no espírito de David, que decidira comparecer aquela ceia, com a família, em muito para agradá-la, ainda que não estivesse se sentindo bem.

Tatiana sabia que, se não remediasse logo aquilo, poderia perder o controle das coisas. Então, voltou a anunciar os presentes e os destinatários, até a última embalagem.

Quando acabou de anunciar os presentes, David e sua família sinalizaram ir embora. Conquanto Tatiana desejasse que Rogério saísse antes de David, ele continuou no apartamento com os filhos.

— Já vamos. Está tarde para papai e mamãe — disse David.

— Oh, eu entendo, eu entendo. A vinda deles me fez muito feliz. David, eu... não sei direito como....

— Por favor, não fale nada. Você foi fantástica como sempre, e para mim é só isso que importa — disse ele.

Fora combinado que os irmãos de Tatiana dormiriam com David, no entanto, o procurador pediu a compreensão dela para que eles ficassem na casa dela, pois não sabia em qual estado acordaria.

Quando o viu sair com os pais, sentiu como se aquela noite tivesse se convertido em um enredo com o pior dos finais.

Pôs Simone para dormir consigo e deu um jeito de instalar os irmãos no quarto com Lucas.

Tatiana não acreditou quando Rogério a abordou para conversar, após as pessoas já terem ido embora. Será que achou que depois de tudo ainda teria uma atenção especial? Livrou-se dele da forma mais rápida e enfática possível.

Somente quando se recolheu para dormir é que Tatiana meditou mais calmamente sobre o que havia acontecido. Sabia que o que Rogério aprontara não acarretaria reação enérgica por parte de David; no entanto, ele devia estar arrasado e decepcionado com ela. Talvez achasse que ela tivesse parte naquilo. Não queria nem imaginar o arsenal que Rogério pusera à disposição de Adelaide. Afinal, embora não tivessem consciência disso, eles — Rogério e Adelaide — colaboravam um com a causa do outro, pois tinham o mesmo objetivo, que era separá-la de David. Dedicara-se tanto e, no final, terminara ali, desolada, sem saber como seria o dia seguinte.

Capítulo 45

Enquanto retornavam para o Sudoeste, Adelaide começou a falar sobre como era difícil para alguém divorciado separar sua vida antiga da nova, tentando assim abrir um caminho para conversarem sobre o que haviam acabado de presenciar na casa de Tatiana. David, porém, preferiu não alimentar a intenção da mãe e mudou de assunto.

Chegando ao condomínio, Adelaide e Afonso desceram no andar deles e, na sequência, David aguardou, esmorecido, o elevador o deixar no seu próprio andar.

Ao entrar em casa, atravessou devagar o apartamento, e seguiu para o seu quarto. Em vez de ir para o banheiro, como costumava fazer, despiu-se e deitou-se na cama, só de cueca. Seu estado era o de alguém cujo corpo tinha sido atropelado por um caminhão.

Em dado momento, apanhou sua calça, que ficara estendida no chão, ao lado da cama, e retirou do bolso a caixinha de veludo. Ao abri-la, deparou com o par de alianças. Era para ter sido o dia mais feliz da sua vida, o dia em que a pediria em casamento. Elas eram de ouro maciço, bem boleadas. Teria tanto orgulho de ser visto como noivo dela! Casar-se-iam, inclusive, no religioso, pois, quando chegasse o momento, Deus haveria de lhes abrir o caminho. Agora, no entanto, depois do que vira Rogério fazer naquela ceia, não restava qualquer dúvida de que o seu acesso a Tatiana estava bloqueado para sempre.

De repente, era como se tivesse se convertido num estorvo. Começou a se sentir cada vez mais para baixo, como se fosse a última pessoa do mundo. Tatiana certamente voltaria para Rogério, pois só se divorciara dele por se sentir humilhada, porém, agora já não havia motivo para não se reconciliar com o pai de seus filhos. Ele a perdera para sempre e tinha de se conformar com isso. Por que acreditou que poderia ser feliz com uma mulher tão adorável como ela? Decerto porque não passava de um doente, um fraco, alguém iludido acerca de si mesmo. Mas não estragaria a vida dela, não consentiria que ela vivesse ao lado de um tolo que um dia achou que poderia ser um homem de verdade.

Exausto daquela torrente negativa de pensamentos e tentando escapar daquele exercício ingrato e tortuoso, David deixou a caixa com as alianças sobre o criado mudo e resolveu assistir alguma coisa na TV. Foi mudando de canal até encontrar *Amistad*, um filme que retratava a história de um motim de escravos em um navio nos EUA.

À medida que acompanhava a insurreição dos escravos, e a violência ia tomando forma na tela, seu abatimento aumentava. Era como se o clima sombrio que vinha da televisão se misturasse à sua tristeza e ampliasse sua prostração. Não entendia o que lhe acontecia. À dor de sua alma, juntava-se uma debilidade física, uma fraqueza indefinível.

No momento em que os amotinados começaram a ser submetidos a julgamento, indo de lá para cá, acorrentados, David sentiu, de repente, algo se aproximando cada vez mais rápido e possante. Aquilo então seguiu num crescendo irresistível, até desaguar numa torrente inexplicável e descontrolada. Era como se alguma coisa tivesse rompido e o que ele viesse sentindo até ali fosse só uma gota do que agora se avolumava e, de repente, explodia dentro dele. Era como uma enxurrada que, arrebentando a barreira, inundava sua alma, encharcando-a por completo. Em meio à instalação daquela desordem, porém, teve um lampejo do que podia ser aquilo. De alguma forma, sentia, no seu íntimo, já haver passado por algo semelhante quando ainda era um adolescente.

Quando cessou o impacto inicial daquela rebentação, para não se sentir soterrado em meio ao que lhe parecia um desabamento, David reuniu forças e se levantou da cama. Estava diante da pior crise de sua vida, nada prestava, nada fazia sentido. Sua mente estava em parafuso, seus pensamentos falhavam, começava a sentir dificuldade em concatenar as ideias. O bem-estar, a alegria de viver, se antes estavam embotados, agora haviam sumido totalmente, restando apenas sombras. Aquilo que explodira dentro dele o contagiara de tal modo que parecia ter comprometido cada porção da sua alma.

O que está acontecendo, meu Deus? perguntava-se David, aflito, enquanto voltava a pensar no colar de diamantes que Rogério havia dado para Tatiana. Também tinha uma joia, pensou ao voltar os olhos para as alianças. Por que não as entregou para ela? Então, ocorreu-lhe que talvez pudesse estar sendo castigado. Sim, era isso. Cobiçara Tatiana enquanto ainda era casada. Pecara. Rogério tinha todo o direito de restabelecer sua família, enquanto ele, David, deveria ser punido por ter se levantado contra Deus.

Por mais simples que fossem, mesmo aqueles pensamentos eram formulados com dificuldade, e quanto mais se dava conta disso, mais se desesperava. Aquela água com a qual fora encharcado prejudicava-lhe o raciocínio. Não entendia como isso podia ser possível, mas de repente estava com a capacidade de pensar reduzida. Era, agora, uma alma combalida, atingida por um tsunami que passara a ditar seu comportamento.

Pensou em pegar o celular e ligar para alguém. Mas com quem falaria naquele horário e o que diria? Sentiu, então, que não só este como todo o seu esforço era em vão. Seus pais estavam prestes a partir, Mateus já partira. Todos, afinal, partiriam. Que motivo tinha para viver? A perplexidade inicial que se apossara do seu espírito foi gradativamente se convertendo em um negativismo generalizado. E o mundo, o que dizer do mundo? Um planeta de cabeça para baixo, que renegava Deus, debochava de sua obra, destruía os valores, premiava os piores e aniquilava os melhores! Um mundo onde as invencionices superavam o bom senso e o amor cedia lugar ao ódio e à indiferença. Não, não quero viver em um mundo assim, não posso. Não conseguirei ajudar ninguém e a esta altura cada um deve enxergar com seus próprios olhos. Então, ao pensar na carreira, perguntou-se de que importava cargo, salário ou prerrogativas se lhe era negado o mais importante.

Sob forte impacto do que lhe acontecia, David pegou o celular e viu uma foto de Mateus. Fechando os olhos, pediu que o irmão o levasse para junto dele. Então, sentando-se na cama, manteve os olhos fechados e tentou imaginá-lo diante de si. Precisava de sua ajuda, e, se isso não fosse possível, ao menos de sua indulgência e perdão.

Estava agora do outro lado da gangorra, e era como se o diabo colocasse o pé sobre a sua cabeça e ditasse que ele só poderia se erguer até um certo ponto, enquanto aquela dor irrompia cada vez mais forte, sem cessar. Não era mais o mesmo, estava embebido demais para ser o mesmo; embebido de medo, embebido de covardia, embebido de solidão. Era inequívoca sua ausência de coragem, a absurdidade de sua dor.

David continuava formulando pensamentos pessimistas e deletérios. O seu estado de espírito impedia-o de esboçar um único pensamento alegre ou otimista que fosse; tudo o que pensava era condicionado pelo que lhe jorrava. E o que lhe jorrava superdimensionava suas impressões negativas e arrastava sua esperança para longe. Não havia luz diante de seus olhos, ou motivos para reacender a chama da fé e da esperança.

Em sua agonia, queria poder fechar os olhos e, quando os abrisse, voltar a ser como antes, mas sempre que o fazia deparava com aquele véu negro que suprimia o brilho da vida e camuflava a beleza das coisas. Estava despido de qualquer vontade de viver.

Às 5h da manhã, David ainda estava acordado, e, àquela altura, a par da dor que já consumia sua alma, nada lhe demovia da ideia de pôr fim à sua vida. Embora faltasse-lhe coragem, convencia-se de que precisava pensar em algo, até que, de repente, uma ideia despontou em sua cabeça.

Lembrou-se de que seguia à risca o seu tratamento, até conhecer Tatiana, quando percebeu não haver sentido em continuar sendo um doente mental. Desse modo, enquanto meditava sobre a relação conflituosa que mantinha com o lítio, viu-se diante da maior ironia de sua vida: até ali o remédio lhe ajudara a viver e agora lhe ajudaria a morrer.

Levantou-se, abriu a porta do armário e apanhou a caixa de remédios. Tentou abri-la, mas não conseguiu. Devia ser porque estava com pressa, afobado. A caixa abria levantando duas alavancas, mas não conseguia, parecia-lhe difícil resolver aquilo naquele momento. Depois de muito esforço, lembrou que a tarefa não demandava força, mas jeito, e, então, quando o empregou, a caixa se abriu e encontrou duas cartelas incompletas de lítio. Procurou por caixas intactas, porém, lembrou-se que, de tempos em tempos, dava um jeito de se livrar delas, para evitar que fossem encontradas por sua mãe ou Tatiana.

Pegou então as duas cartelas incompletas e separou os comprimidos que restavam em cada uma delas. Sabia que o que estava prestes a fazer era um pecado contra a vida, pois, no fundo, o que estava empreendendo era a renúncia da cruz que Ele lhe reservara. Mas seria assim mesmo, iria pagar por sua fraqueza e covardia diante da vida.

Apesar de sua intenção, hesitou por um momento. Foi quando ouviu uma voz sussurrar em seu ouvido: "dê logo cabo disso. Não queira dividir este fardo com os outros, pois se você mesmo não o suporta, tampouco os outros o suportarão".

Em seu coração, no fundo de sua alma, algo lhe dava a certeza de que o que estava na iminência de fazer era errado, mas seu desconsolo, a dor e o sofrimento que já se apoderavam completamente do seu espírito, impediam-no de desertar de seu propósito.

Estivesse eu num extremo ou noutro, estaria sujeito a isso. O caminho do meio é o único admissível, pena não o ter encontrado. Apanhou uma caneta e uma folha de papel na gaveta da mesinha de cabeceira e escreveu um bilhete. Costumava dormir com uma garrafa de água e um copo, e eles estavam ao seu alcance. Após terminar de escrever, encheu o copo, pôs alguns dos comprimidos na boca, e os tomou com a água. Em seguida, repetiu o ato, ingerindo todos os comprimidos que sobraram nas cartelas.

Deitou-se na cama. Os primeiros efeitos vieram mais rápidos do que esperara. Náusea, cólica, calafrio e ânsia de vômito. Em seguida, surgiram os espasmos, e logo David foi tomado pelas convulsões, sua visão escureceu, e ele perdeu os sentidos.

Capítulo 46

Quando Tatiana acordou, no dia seguinte, eram 9h da manhã e o apartamento estava tomado pelo silêncio. A impressão era de que a quietude se repetia do lado de fora e até o barulho dos carros havia diminuído. Pela brecha da cortina, pôde ver que chovia e o céu estava meio escuro.

Como não precisava se levantar tão cedo naquele dia, decidiu ficar mais um pouco na cama. Mas de repente sentiu frio. Então, olhou para o ar-condicionado e deparou ali talvez com o verdadeiro motivo para continuar debaixo das cobertas. Desse modo, pegou o controle remoto e desligou o aparelho de ar. Em seguida, levantou-se e afastou as cortinas. O céu estava ainda mais escuro do que imaginava, e aquela chuva insistente, cujos pingos inundavam a janela, lhe trouxe uma estranha e indesejável sensação de melancolia.

Acendeu a luz do quarto e neste momento teve um mau pressentimento, algo que pesou em seu coração. Sentiu-se oprimida, como se uma coisa muito ruim estivesse acontecendo. Seria com seus filhos? Observou Simone, ao seu lado. Estava tudo bem com ela. Em seguida, vestiu seu robe, e saiu do quarto com o rosto ainda marcado pelo sono.

Encontrou Jandira na cozinha.

— Bom dia, flor do dia! Pensei que fosse acordar mais tarde.

— Bom dia, Jan. Por que está chovendo assim?

— Estamos em dezembro; é mês de chuva, esqueceu? — disse Jandira, voltando-se para água que pusera no fogo. — Não estou gostando do seu jeito, Tati. Você tá bem?

— Lucas está bem?

— Sim. Só faltava essa agora, ter medo de chuva.

— E o seu marido?

— Ele foi cedo. Agradeceu muito. Vou depois que aprontar o almoço. Ou você quer que eu fique hoje também?

— Não, pelo amor de Deus! Você deve estar acabada. Não era nem para terem dormido aqui.

— Que nada! Resolvi fazer um café, quer me acompanhar?

Tatiana assentiu. Tomaram café e conversaram um pouco, mas, por alguma razão, Tatiana não quis dividir com Jandira o que estava sentindo naquele momento.

Ao deixar a cozinha, Tatiana foi ao quarto de Lucas e constatou que ele dormia. Não conseguia entender por que se sentia desse jeito. Devia ser só um mal-estar. Voltou para o seu quarto e ficou a observar a chuva cair do céu escuro e a embaçar a janela.

De repente, resolveu verificar se havia alguma mensagem de David. Tirou o carregador da tomada, enrolou-o e o deixou sobre a mesa. Ligou o aparelho e aquela espera, subitamente, pareceu-lhe insuportável. Teve a impressão de que seu coração começou a bater um pouco mais forte. O que está acontecendo comigo?, pensou aturdida. Assim que o telefone ligou observou as mensagens de WhatsApp que estavam se acumulando e sentiu um frio na espinha; certamente era ali que estava a resposta para o que estava sentindo.

Constavam três mensagens apagadas por Adelaide, o que a intrigou. Passou para Afonso e nele encontrou o que procurava. Ele pedia para relevar Adelaide, que estava muito nervosa e, por isso, apagara algumas mensagens dela. Dizia estarem no Hospital do Exército, pois David sofrera um mal súbito e tivera de ser socorrido.

Começou a tremer e a sentir calafrios; seu coração disparou. Quando recuperou um pouco mais o controle, abriu o armário, pegou a primeira roupa que viu pela frente, um vestido de chita bege, separou sandálias baixas e se vestiu rapidamente. De repente, já estava atravessando o corredor e dizendo para Jandira que algo grave acontecera a David e que depois lhe daria notícias.

Ao chegar no hospital, explicaram-lhe na recepção que não estavam em horário de visita e que por isso deveria retornar depois.

Embora jamais tivesse procedido daquela maneira antes, Tatiana cogitou mostrar sua carteira funcional, que lhe dava livre acesso a locais como aquele. Porém, Afonso surgiu como que adivinhando que ela ficaria embarreirada na recepção e falou com a atendente, explicando que Tatiana era companheira de seu filho.

Tão logo a recepção lhe franqueou a entrada, Tatiana adentrou o hospital e seguiu pelo corredor, na companhia de Afonso. Estava abatido. Seu rosto era de quem tinha chorado e seu semblante mantinha a angústia que devia ter sentido ao ver o filho.

— O que foi que houve, seu Afonso, pelo amor de Deus?

— Por favor, se acalme. Prometo lhe explicar tudo...

Ao chegarem próximo à CTI, aproximaram-se de onde ficavam dispostos alguns bancos de espera. Sentaram-se, e ele disse:

— Adelaide tem entrada livre na UTI. Ela já deve ter entrado umas três vezes. O plantonista, que é nosso amigo, veio me dizer que ela precisa se acalmar, pois pode prejudicar os pacientes. Tentei argumentar, mas ela está descontrolada. Não lembro de ela precisar tomar remédio para os nervos, mas acabou aceitando um ansiolítico. Passou remédio para os outros a vida toda e agora é a vez dela.

— Mas o que houve com David? Diga logo, por favor...

— Como ele não respondeu às mensagens, achei que ainda estivesse dormindo. Porém, Adelaide insistiu que mesmo dormindo tarde, ele acordava cedo. Então descemos. Nós o encontramos no quarto, imóvel na cama. Parecia dormindo, mas Adelaide, que estava logo atrás de mim, dizia o tempo todo que ele não poderia estar dormindo, pois ele não estava bem coberto, o que era impensável, especialmente porque, além do ar ligado, estava chovendo e isso tornava o ambiente mais frio. Comecei a mexer nele, mas ele não se movia. Não me atendia, parecia respirar fraco. Corri os olhos no quarto em busca de alguma pista. Foi quando vi no chão...

Ela arregalou os olhos, esperando que ele continuasse, mas Afonso desabou a chorar. Depois continuou:

— Encontramos no chão cartelas vazias do remédio...

— Do lítio?

Ele assentiu.

— Mas o que houve?

— Você não compreende? Ele tentou se matar!

Ela arregalou os olhos, alarmada. Aquilo não fazia o menor sentido. Ele era uma pessoa espiritualizada, de princípios. Eles se amavam, tinham uma vida inteira pela frente. O que poderia fazer alguém com uma perspectiva tão boa dar cabo da própria vida?

— Não acredito, ele não tinha motivos para fazer isso!

— David sempre viveu dilemas. Foi aprovado em um concurso que nunca encheu seus olhos. A verdade é que nunca o senti como alguém deste mundo. Às vezes, acho que se não tivesse pai e mãe, largaria tudo e se tornaria um monge. Quando começou a ver nosso país derrocar, os valores se esvanecerem, sua vida foi perdendo o sentido. Sei que pode dizer que todo mundo se impacta com isso e que todas as famílias sofrem em alguma medida, e que isso não é motivo para tanto. Também acho que não, mas David colocou o espírito em um estado permanente de alerta, e isso pode ser algo explosivo quando não é bem dosado. Ele era muito sensível...

O homem voltou a chorar diante de Tatiana.

— Ele "é" sensível, seu Afonso — corrigiu ela. — E continuará sendo, por muito tempo.

— Nunca vi David mais feliz do que quando começou a se relacionar com você. Depois que surgiu na vida dele foi como se os dilemas, as inquietações dele pudessem ser superadas. Não sei ao certo, mas é como se você tivesse trazido uma esperança para ele.

Ela fechou os olhos, deixando as lágrimas correrem.

— Mas quem bateu o martelo quanto à medicação?

— Fui eu — disse Adelaide.

Estavam tão concentrados na conversa que não notaram que, próxima a eles, com o rosto inchado de tanto chorar, Adelaide acompanhava tudo o que diziam.

— A situação é grave — disse a médica com os olhos cravados em Tatiana.

Tatiana começou a sentir o corpo todo tremer.

— Havia duas cartelas de lítio no chão. Os médicos concordam quanto à superdosagem, o quadro é típico. A depender de quantos comprimidos ele tenha tomado, há poucas esperanças.

Tatiana pôs as mãos sobre o rosto e baixou a cabeça. Em seguida, pôs-se a andar de um lado para o outro. Mais adiante viu um funcionário do hospital trabalhando em uma mesa. Pensou em quantas cenas como aquela ele já não devia ter acompanhado.

— Ele não tinha por que fazer isso! — insistiu Tatiana.

— Provavelmente você está certa — disse a médica. — Afinal, era você quem ia para a cama com ele. Eu não passo da mãe dele.

Tatiana ficou chocada. Afonso segurou o braço da mulher.

— Não faça isso. Desconsidere, Tatiana. Estamos nervosos.

— Vá embora daqui! Não aguento mais te ver! Suma das nossas vistas! — gritou Adelaide, perdendo o controle e assustando o funcionário, que ergueu os olhos das fichas que examinava.

— Pode me ofender, nunca gostou de mim mesmo. Mas não abandonarei David; ele faria o mesmo por mim. E saiba que se eu não posso medir sua dor, você também não pode medir a minha.

Adelaide pegou um cigarro da bolsa e o pousou nos lábios. Quando ia pegando o isqueiro, um funcionário do hospital, que ia passando, disse:

— Não é permitido cigarro, senhora. Por favor, ponha sua máscara.

— Ah... Perdão, perdão.

Adelaide estava completamente fora de si. Suas mãos tremiam e seu rosto era de um desespero mal contido.

— Por que ele fez isso? Por quê? — disse Tatiana, aflita.

— Alguém já lhe falou que ele é bipolar? — perguntou a médica, irônica. — Não precisa estar aqui, Tatiana.

— Ela é companheira dele, Adelaide.

— Companheira coisa nenhuma. Ela só tinha um caso com meu filho, e se ele está assim agora é por culpa dela. Combinou com o marido para afrontar meu filho e a gente ontem à noite?

— Rogério não é meu marido! Ele apareceu de repente. Ele subiu... Simone surgiu na porta e o colocou para dentro... Eu...

— Ótimo, a culpada por tudo é uma adolescente.

— Conversei depois com David e ele estava bem...

— Ah, é? Você o achou bem na sua casa?

Tatiana hesitou.

— Bem... Ele parecia resfriado, mas...

— Não era resfriado, sua tonta!

— Adelaide, por favor. Está sendo ofensiva! — disse Afonso.

— Ela quase o matou e você ainda se põe ao lado dela?

— Eu amo David, a senhora não...

— Não me venha com romantismo!

Afonso se aproximou e se colocou entre as duas mulheres.

— David estava deprimido... — disse Adelaide aumentando o tom de voz. — Deprimido, entendeu bem?

— Como assim? Eu... Ele... Não!

— Ah, ótimo, agora você vai querer me ensinar psiquiatria?

Baixando a cabeça, Tatiana tentou segurar o choro. Então era preciso culpa-la pelo ocorrido. Adelaide não perdia oportunidade de lhe apontar o dedo.

— Já devia vir deprimido, negligenciou de novo a medicação, como eu temia. Crises se deflagram de modo diferente. No caso dele ocorrem paulatinamente, o que pode dificultar a identificação de um processo depressivo já instalado.

Surpresa, Tatiana ergueu os olhos. Como assim negligenciou a medicação? Não sabia de nada disso!

— Escute bem, Tatiana, quando reprovei a união de vocês, lá atrás, o fiz como mãe, como médica. Sabia que você não era a pessoa ideal para ele. Espero que perceba que eu estava certa.

Tatiana fez menção de falar, mas Adelaide continuou:

— Ele precisa de uma mulher que seja o contrário de você. Sabia que um rapaz como ele, jovem, inteligente e promissor, mas com uma doença grave, embora tratável, poderia, com um mínimo de descuido, se arruinar. Você é uma mulher bonita, madura, bem-sucedida. Pode ter quem quiser, certamente a maioria dos homens não se assustará com seus problemas familiares, mas mesmo diante da minha posição, você ignorou o que eu disse. Esta é a segunda vez que ele escapa das suas garras. Poderia estar morto agora.

— Eu não fiz nada! — protestou Tatiana.

— E os remédios, parou de exigir que ele tomasse?

— Não! Ele me disse que tomava regularmente. Eu sempre perguntava. E a senhora, como mãe e médica, exigiu dele?

— Nunca descuidei do meu filho. Só que depois que você o tirou da gente, ele se rebelou contra nós. Nossa entrada no quarto dele era dificultada, sob a desculpa de que agora ele convivia com você. Tudo para não inspecionarmos a medicação. Às vezes, basta três, quatro dias sem o remédio para os sintomas voltarem. Com você, minha cara, ele foi da euforia extrema ao fundo do poço.

Então era isso, não havia virose alguma. Ele estava deprimido quando chegou a sua casa. Como era enganosa essa doença! A verdade era que a depressão nem sempre vinha estampada no rosto e quando isso acontecia nem sempre era na exata medida da aflição de quem a sentia. Nesse último caso, só quem padecia do mal era capaz de saber o tamanho da sua dor.

Capítulo 47

Tatiana despertou do que parecia ter sido um cochilo quando uma enfermeira surgiu de repente e informou que o plantonista gostaria de falar com a família. Consultando o celular, Tatiana viu que eram 11 horas. Então, levantou-se e foi com os pais de David por um corredor até a ala da CTI, onde o médico os esperava.

— Bom dia, Paulo — disse Adelaide demonstrando intimidade com o médico, um senhor de cerca de 60 anos, de estatura mediana.

— Oi — disse o médico olhando em seguida para Tatiana.

— É a companheira de David — apressou-se em dizer Afonso.

Adelaide fez uma cara feia para o marido e voltou-se ao médico que, com alguns exames em mãos, começou a falar:

— Como terei de explicar para vocês dois também, que são leigos, vou tentar ser menos técnico. Os pacientes com intoxicação por lítio costumam apresentar, de início, sintomas gastrintestinais como anorexia, náuseas e diarreia, que podem cursar com piora da função renal, o que, por sua vez, agrava a intoxicação. Os sintomas neurológicos são tardios e, quando aparecem, o paciente normalmente já está melhor dos sintomas gastrintestinais, podendo, entretanto, ter convulsões, e até mesmo encefalopatia.

Tatiana se viu cada vez mais ansiosa diante do homem de jaleco branco à sua frente, que, embora inicialmente tenha demonstrado boa vontade, não conseguira evitar parecer um professor diante de sua turma de acadêmicos de medicina.

— A disfunção renal é um dos efeitos da toxicidade do lítio e detectamos um certo nível em David, além de pequenas alterações no eletrocardiograma. Ele também apresenta certo desconforto respiratório, que é normal à toxicidade. Verificamos ainda outras alterações, mas dentro do esperado, ou seja, dentro da margem de recuperação do paciente. O exame clínico revela sinais vitais e funcionamento cerebral regular. Quanto às medidas para desintoxicação, todas estão sendo tomadas. Embora eu ache que ele não tenha tomado todos os comprimidos das duas cartelas, certamente ele não tomou só um ou dois. Trata-se de uma intoxicação importante, por isso, ante uma insuficiência respiratória ou colapso cardiovascular, permanecemos em constante monitoramento. A notícia boa é que, mesmo em casos graves como o dele, superados os riscos de sequela, a maioria dos pacientes se recupera com efeitos tóxicos se resolvendo com a diminuição da litemia sérica. O único exame pendente, para batermos o martelo quanto a ocorrência de lesões mais graves, é a tomografia cerebral.

— E se vier ok, podemos ficar tranquilos? — disse Tatiana.

Adelaide riu em relação à pergunta, que considerou estúpida.

— Infelizmente, não — disse o médico. — Se ela vier ok ainda pode haver alguma intercorrência ou sequela menor. Mas sejamos confiantes, ele é jovem e saudável, as chances de ele sair dessa são grandes.

Deveriam aguardar pelo menos uma hora até que o resultado da tomografia fosse liberado. Era visível o incômodo de Adelaide com a presença de Tatiana, por isso Tatiana pediu licença, indo em busca da capela do hospital. Precisava de um espaço onde pudesse estar com Deus e sabia que ali havia um lugar com esse propósito.

Após algumas incursões, descobriu onde ficava a capela. Ao adentrar nela, deparou com um singelo e silencioso recanto. Foi tomada por uma sensação diferente, como se o peso e a agonia que lhe afligiam não encontrassem guarida na quietude daquele lugar. Aquela placidez a fez lembrar da Ermida do Lago. Era uma igreja em miniatura. Não havia ninguém sentado nos bancos, e ao fundo, no altar, era possível ver imagens de Nossa Senhora e de Jesus. Este, em uma cruz, acima do altar, mirava a face de Tatiana.

Percorreu a capela e avançou até o altar onde fechou os olhos e começou a orar: "oh, Deus, sou imperfeita e pecadora, mas peço sua misericórdia. Se for de sua vontade, salve David. Ele falhou em um momento de fraqueza, mas só Tu conheces os tormentos que cada um tem de enfrentar. Salve David, em nome de Jesus".

À medida que desabafava e entregava a Deus o controle dos acontecimentos, sentia diminuir o peso que trazia na alma. Em seguida, abriu os olhos, respirou profundamente e, mais tranquila, foi até o altar, onde encontrou uma *Bíblia* no púlpito de madeira. Abriu-a aleatoriamente e, no Livro de Isaías, deu com a exortação para que os homens se voltassem a Deus enquanto jovens, antes que se rompesse o laço de prata. Pensou na juventude de David e mais uma vez pediu por sua vida. Tornou a abri-la e deu com o Livro dos Salmos. Passou a lê-los, sentindo as palavras adentrarem em sua alma e transbordarem em seu coração. De repente, sentiu arrefecer o medo que a acometia. Era como se anjos a envolvessem, iluminando o ambiente para que ela lesse melhor e sussurrassem em seus ouvidos que Deus era bom e que nada ocorreria contra a vontade Dele. Não se lembrava de ter se sentido tão em paz e encorajada como naquela ocasião.

Tatiana ainda estava na capela sob o poder calmante dos salmos quando Afonso entrou no recinto.

— Graças a Deus! Não há anormalidades na tomografia. O médico nos disse que, quando os níveis séricos se normalizarem mais um pouco, tirará a sedação, o que ocorrerá no máximo até amanhã.

Emocionada, Tatiana fechou os olhos, ajoelhou-se, olhou para o altar e agradeceu a Deus. Sentiu no fundo da alma que fora atendida em sua prece, que fora digna de receber uma graça.

— Passa de meio-dia, é bom ir almoçar. Não pode ficar tanto tempo neste hospital, principalmente em tempos de pandemia.

— E Adelaide?

— Está lá fora. Voltaremos de tarde para a visita. Pensei em você ser a primeira, mas, por ser médica, ela quer entrar primeiro.

— Mas ela já tem livre acesso à CTI.

— Sim. Mas fique tranquila. Pois acho que amanhã de tarde ele já estará acordado e vai fazer questão de te ver.

Ela suspirou desapontada. Não era de briga, mas, às vezes, tinha vontade de esganar Adelaide. Como ela podia achar que tinha direito de separar duas pessoas que se amavam?

— Bom, já estamos saindo, então. Até mais — disse Afonso.

— Por favor, atenda minhas ligações e mensagens.

— Tudo bem, fique tranquila — disse ele olhando para os olhos de Jesus, na cruz, a mirá-lo. — Você acertou em vir aqui.

Afonso se dirigiu para a entrada da capela, onde parou e, após fazer o sinal da cruz, foi embora. Antes de sair, Tatiana pensou em como as pessoas podiam ser capazes de dar as costas a um lugar como aquele. Depois daquele dia, ela teria ainda mais dificuldade em compreender isso. Deus não era só o último apelo diante da morte, mas o derradeiro recurso em todos os momentos da vida.

Em casa, Tatiana foi cercada por todos, que queriam informações sobre David. Sufocada, limitou-se a dizer que ele estava fora de perigo, mas continuava sedado e que mais tarde ou amanhã iria visitá-lo. Preferiu não entrar em detalhes sobre o ocorrido.

Durante o almoço sentiu que todos estavam desconfiados com o seu comportamento, mas tentou mudar de assunto e falar sobre outras coisas. Simone lhe disse que o pai mantivera contato várias vezes para saber sobre David. Seus irmãos, que viajariam naquele dia à noite, colocaram-se à disposição de Tatiana, para, inclusive, adiar a viagem. Tatiana agradeceu, mas recusou.

Mais tarde Tatiana chorou no colo de Lúcia e Jandira, ao relatar o que acontecera

David não despertou naquele dia e tampouco no seguinte. Os médicos até queriam retirar a sedação, mas, quando tentavam, David apresentava um quadro convulsivo e voltava a ser sedado. Os médicos explicaram que, embora não fosse esperado, diante do exame de imagem, aquela era uma situação possível de acontecer.

Passados três dias de UTI, Tatiana, que comparecia diariamente ao hospital, voltou a ficar ansiosa. Sua angústia aumentava à medida que observava Adelaide se acabrunhar, justo ela, forte por natureza; e Afonso definhar. Os plantonistas não davam maiores explicações para a persistência das convulsões.

Em uma visita o médico chegou a mencionar, de modo vago, que o corpo humano era muito complexo e que a medicina estava longe de compreendê-lo, especialmente o cérebro, que era um verdadeiro mistério e muitas vezes agia contra as expectativas. Foi a partir daí que Tatiana começou a chorar pelos cantos, no hospital.

À medida que os dias passavam, Tatiana foi ficando cada vez mais nervosa. Isolou-se, deixou de comer e, não raro, era encontrada chorando. E mesmo no sofrimento, próprio de sua condição humana, recusava-se a acreditar que perderia David ou que Deus não tivesse reservado uma vida de amor para os dois.

Tatiana nem se deu conta quando chegou a véspera do ano novo. Seus irmãos tinham voltado para Belém, e seus pais, que já deveriam ter partido, remarcaram a viagem só para ficar com ela aqueles dias. Ela não quis festa naquele réveillon.

Às 10h da noite, porém, Tatiana recebeu uma mensagem de Afonso em seu celular. Teve um sobressalto. Teria acontecido algo com David? Abriu a mensagem e leu: "Ótimas notícias. A sedação foi suspensa e o neurologista gostou muito do que viu. Prescreveu um anticonvulsivante e deu alta para ele. Ele está consciente. Este é um dos momentos mais felizes de nossas vidas. Amanhã à noite ele deve receber alta, então venha amanhã neste horário. Abraços".

Tatiana desatou a rir e a chorar ao mesmo tempo. Era a alegria que começava a renascer dentro dela.

Capítulo 48

Aquele já era o melhor ano novo da vida de Tatiana. Tão logo soube da notícia, contou para todos que, esfuziantes, convenceram-na de que a melhora de David era motivo para comemoração. Jandira então comprou o champagne e providenciou a ceia, às pressas.

Naquela noite, Tatiana ficou acordada até tarde e, de tão feliz que estava, tirou fotos com a família e postou nas redes sociais. Com a esperança de volta ao seu coração, queria um ano novo sem pandemia, um país com mais entendimento e harmonia entre as pessoas. Sabia que era um sonho acreditar que isso tudo pudesse acontecer de um dia para o outro, mas esse era o seu desejo e o de David. Casaria com ele e lhe daria o filho com o qual ele sempre sonhara e, assim, constituiriam sua própria família.

No dia seguinte, pela manhã, Tatiana foi ao Hospital para ver David, mas foi barrada na recepção, porque, segundo constava, David havia passado para o quarto no dia anterior, pela manhã, e no começo da tarde recebera alta. Ela argumentou que podia ser um engano, pois mantinha contato com Afonso e ele não tinha lhe informado nada sobre isso, no que uma enfermeira do plantão que estava de saída confirmou tudo o que o funcionário lhe dissera.

Tatiana deixou o hospital desnorteada demais para saber o que fazer; primeiro pensou em ir ao prédio de David, depois em ir para sua casa e, por fim, apenas entrou no carro e seguiu sem rumo. Sendo um dia tranquilo, o tráfego estava mais confortável.

Contornou a Esplanada, observou os ministérios, um por um, o prédio do Congresso com suas cúpulas côncava e convexa, e depois tomou o caminho da Procuradoria Geral da República. Quando passou diante da PGR, a casa a qual ela e David pertenciam, pensou na corrupção, um dos piores males do país, cujo combate era atribuição de pessoas como eles. Era um crime nefasto que não raro atingia até os órgãos essenciais à justiça, porém, assim como David, jamais se corrompera e se orgulhava disso.

Como Afonso não havia respondido às mensagens, já tomando o caminho de volta, Tatiana encostou o carro próximo ao Congresso Nacional e resolveu ligar. O telefone tocou até cair na caixa postal. Não era justo cortar o contato daquela forma.

Então, tomou a direção do Eixão no sentido da Asa Sul. Brasília estava deserta, e dirigir se tornava melancólico demais naquela circunstância, até mesmo para seu propósito terapêutico. Não obstante, como precisava se distrair, esvaziar a cabeça, continuou a guiar. Começou a ir para lá e para cá, subir e descer vias, exercitando sua atenção na direção, na cidade que se expandia cada vez mais sob sua vista. Quando lhe dava na telha, entrava em uma tesourinha, fazia o contorno, pegava a pista de sentido contrário e assim prosseguia na tentativa de entreter a si mesma. Não estava perdida, ficara para trás a época em que se sentia desnorteada em Brasília. Estava apenas dando um tempo a si mesma, dirigindo por vias que se encontravam, contornos que levavam a retornos; lançando-se a outras tesourinhas, que novamente a levavam ao Eixão ou aos Eixinhos. E então, quando se descuidava de sua distração, por um momento que fosse, via-se, de repente, voltando a David e ao eixo dele mesmo. Continuou naquelas idas e vindas por mais um tempo e, quando se cansou de entremear sua mente entre o fluxo de carros e o trânsito de suas angústias, finalmente resolveu voltar para casa.

Ao chegar em casa, seguiu para o quarto, pedindo para não ser incomodada, o que desagradou a Jandira, para quem as preocupações deviam ser entregues a Deus.

Eram quase meia-noite quando a porta do quarto de Tatiana abriu e alguém entrou. A única iluminação ali era a do abajur. Ela tentara ler alguma coisa, mas não conseguira, pelo que se depreendia do livro abandonado no criado mudo.

Jandira entrou devagar e pousou a xícara de chá suavemente no criado mudo. Não que achasse que Tatiana estivesse dormindo, pois sabia que ela estava acordada. Só não queria perturbá-la.

— Para onde você vai? — disse Tatiana, olhando para Jandira.

— Deixei o chá ao seu lado. É bom tomar, acalma.

— Ah, Jandira, o que seria de mim sem você?

— Ele saiu do hospital antes de você chegar lá, não foi?

— Sim.

— Ela o trata como se fosse um bebê. Todas as mães enxergam seus filhos assim, mas no caso dela parece doença.

— Acha que ela está sendo deliberadamente cruel comigo?

— Se tiver de ser cruel, ela vai ser, e o quanto for preciso.

— Estou pagando por amar o filho dela.

Sorvendo o chá, Tatiana foi se sentindo mais calma.

— Adelaide quer, ela mesma, escolher a companheira dele. Como ele entrou em crise duas vezes comigo, ela se sente por cima.

Estava tão angustiada! Jandira teve vontade de embalá-la até que dormisse, como fazia quando era novinha.

— Aliás, não era para estar com o seu marido, minha senhora?

— Se tivesse ido para casa, quem estaria aqui com você agora?

Com os olhos marejados de lágrimas, Tatiana sorriu para Jandira, e as duas mulheres se uniram em um abraço apertado.

Os dias foram passando sem que Tatiana recebesse qualquer notícia de David, o que só serviu para aumentar sua tristeza. Embora contasse com o amor de sua família e sua fé em Deus, nada parecia suficiente para que restabelecesse completamente a paz de espírito.

Rogério comparecia para almoçar com ela e os filhos, mas, embora o cumprimentasse educadamente, logo o deixava para se recolher em seu quarto, ou então procurava alguma coisa para resolver fora de casa. Não queria dar azo a interpretações erradas.

Ela voltou a se ocupar de seus processos, inclusive por período maior do que o habitual, assim que terminou o recesso judiciário. Conversava com Carol e Juliana, que sugeriam programas, tentando animá-la, mas não conseguia se entregar a distrações. Era como se não houvesse espaço para nenhuma conversa que não incluísse David.

Rogério sempre arranjava um pretexto para ir ao seu gabinete, só para tentar descobrir se no coração dela ainda havia espaço para ele. Em algumas ocasiões, tentando encontrar um meio de agradá-la, chegava a dizer que vinha ponderando alguns excessos da esquerda. Ela sabia perfeitamente que aquilo tudo era falso. O mundo estava de cabeça para baixo, as pessoas não mantinham mais coerência consigo mesmas, eram arrastadas pela loucura de posições contraditórias em seus próprios termos, e, naquele estado de coisas, Rogério lhe parecia só mais um. Porém, embora lhe fosse impensável reatar com ele, sentia-se pressionada a fazer isso. Seus filhos tinham a expectativa de que ao menos o ouvisse com o coração leve, para que descobrisse se realmente não podiam reatar.

O mês de janeiro se arrastou para Tatiana. Ela passava a maior parte do tempo pensando em David. Quando deparava com situações que lhe remetiam à política, à literatura ou à filosofia, era como se ele estivesse ao seu lado, dando sua opinião. Via-o nos corredores da Regional; adentrando seu gabinete; passeando com ela no Pontão; visitando a LBV; conversando sobre a Ermida. Era como se aquelas imagens fossem, ao mesmo tempo, lembrança e sonho de que eles pudessem viver aqueles momentos de novo.

Capítulo 49

Se, por um lado, a pandemia se aproximava do fim, com as pessoas começando a acreditar ser possível retomar suas vidas, por outro o dissenso político-ideológico recrudescia, e o extremismo e a intolerância se intensificavam no país, comprometendo a permanência de valores consolidados e impedindo o debate de novas visões de mundo.

Tatiana concordava com um mundo mais inclusivo e sem preconceitos; o que temia, contudo, era a forma como aconteciam as mudanças. Para ela, a transição deveria ocorrer com debate e respeito, pois a imposição de uma única forma de pensar sempre enfrentaria resistência enfática de uma parte da população. Temia que as coisas se radicalizassem a ponto de se chegar a um nível em que o Estado detivesse poder absoluto sobre as pessoas, arrancando filhos de pais, calando vozes, fechando igrejas. Mas afinal, que época era aquela? Ah, como queria David ali ao seu lado, para dividir com ele suas aflições. Aquilo tudo era tão difícil de assimilar que às vezes pensava estar nela o problema, por não conseguir acompanhar a mudança dos tempos. Era nessa hora que se apegava a Deus e se esforçava o máximo que podia para não se deixar dominar pela angústia.

Simone, sem dúvida, diria que ela estava perdida no meio do processo e que na verdade andava em círculos em torno dos seus próprios medos e preconceitos. Será que sou tão má assim, a ponto de ignorar as minorias? Não, de forma alguma. Seu João é de uma classe inferior, e não tenho qualquer discriminação com ele. Jandira é quase negra e é uma das pessoas que mais amo na vida. Caso Lucas seja gay, jamais o abandonarei. David padece de doença mental e é a pessoa com quem quero viver para sempre.

O certo é que era impossível pensar naquele tema sem incluir Lucas, e a verdade era que sempre voltava a ele essencialmente por causa do filho. Por muito tempo quis que Lucas se descobrisse heterossexual, mas, naquele momento, já não se iludia tanto assim. A perspectiva de ele ser gay a forçava a uma posição de aceite e compreensão, mas era quando pensava em Deus que se sentia impedida de dar um passo adiante. Justo Deus, que era tudo para ela e que naquele momento a empurrava para uma de suas mais difíceis crises de consciência. Sentia seu coração despedaçar.

No fim de janeiro, enquanto Tatiana examinava um processo, recebeu uma mensagem de WhatsApp. Era de Afonso: "Boa tarde. Desculpe por não dar notícias antes, as coisas ficaram complicadas. Mas agora convenci Adelaide a conversar com você. Você pode ir ao consultório dela hoje às 4h da tarde? Quanto a ele, está reagindo, mas ainda não saiu da depressão. Fala sempre em você".

Tatiana começou a chorar. O assessor entrou e se assustou com a cena, perguntando se havia algo de errado, se podia ajudar de algum modo. Ela agradeceu, mas disse que queria ficar sozinha.

Estava reagindo e perguntava por ela! O que podia ser mais importante que isso? Sentindo-se tomada pela emoção, não conseguia controlar o choro. Não havia um segundo que não pensasse nele, que não quisesse estar com ele, dar seu amor, cuidar dele, estar em seus braços, ouvir sua voz. Quis acreditar que aquilo estava perto do fim e que em breve estariam juntos novamente.

Naquele dia, Tatiana não retornou para casa, pediu refeição do mezanino e almoçou em seu gabinete. Mais tarde, depois de encaminhar seu trabalho, dirigiu-se ao consultório de Adelaide.

Quando chegou, logo foi atendida por uma jovem, que parecia ser a secretária. Ela pediu que Tatiana esperasse um momento e, enquanto isso, ela fez uma ligação e, após murmurar umas palavras baixinho, voltou-se para Tatiana, dizendo:

— A senhora terá de aguardar um pouco.

— Tudo bem. Eu aguardo.

Tatiana pegou uma revista que estava na mesa de centro e começou a ler. Mesmo tentando, não conseguia se concentrar. Tratando-se de Adelaide, tinha de estar preparada para tudo.

Pouco antes das 4h da tarde, um homem saiu do consultório, trocou umas palavras com a secretária e foi embora. Tatiana ergueu os olhos na esperança de entrar, mas a secretária não a chamou.

Após meia hora, Tatiana foi até o balcão e perguntou se Adelaide realmente a atenderia, no que a secretária disse que sim.

A poucos minutos das 5h da tarde, Adelaide saiu da sala e cravou o olhar em Tatiana. A procuradora sentiu como que um raio traspassando seu corpo.

— Ah, sim... — disse Adelaide, voltando-se em seguida para a secretária. — Márcia, o paciente das cinco não veio?

— Ele vai se atrasar um pouco, doutora.

— Ótimo, assim temos tempo — falou Adelaide, voltando-se em seguida para Tatiana. — Entre.

Tatiana levantou-se, cumprimentou Adelaide e entrou na sala.

— Sente onde achar melhor.

Sentou-se numa das poltronas diante da mesa de Adelaide. Estava muito frio, o ar-condicionado parecia estar no máximo. Teve vontade de cruzar os braços sobre os ombros, numa tentativa de se aquecer.

— Estes nossos encontros não são novidade, não é mesmo?

— David certamente quer que nos entendamos.

— O que sei é do estado do meu filho, e não é nada bom.

Tatiana tossiu. Parecia estar cada vez mais frio.

— Você está bem?

— Não se preocupe comigo. Preciso saber de David.

— Bom, o que posso dizer? Sobreviveu por um milagre, ingeriu menos comprimidos do que imaginamos.

— Graças a Deus! — Tatiana fechou os olhos e fez uma prece.

— Por que meu filho parou de tomar a medicação novamente? Por que assumiu o risco de ter uma nova crise? Por que, afinal, tentou se matar? São muitas as perguntas.

— Mas ele...

— Está se recuperando, mas permanece deprimido. Crises assim duram muito tempo e levam a muito sofrimento — disse Adelaide, satisfeita por interromper Tatiana.

— Tenho rezado muito por ele. Ele me faz muita falta. Você nos deixou muito tempo separados.

— É para o bem dele e para o seu e de sua família.

— Se você estiver falando de Rogério...

— Não falo de ninguém em especial; na verdade, minha preocupação é mais com o meu filho mesmo.

— Ele quer me ver?

— Ele não está em condições de dizer o que quer.

— Como assim?

— Está em depressão profunda. Você já ouviu falar nisso?

A procuradora não soube o que responder.

— Ele não podia ter negligenciado o remédio. Ele me disse que foi se esquecendo, pois começou a se sentir bem. Isso é o que todos os bipolares costumam fazer; melhoram, acham que não são doentes e caem com tudo. O bipolar tem uma capacidade incrível de se esquecer da gravidade da sua doença. Você o deixou cair na primeira crise; eu a perdoei. Só que agora é muito pior. Quando um bipolar cai no fundo do poço, ele não sai em curto espaço de tempo.

Tatiana começou a chorar. Ouvir aquelas coisas sobre David, saber que ele sofria, dilacerava-a, mas vindo daquela mulher, que mais parecia uma rocha, despertava nela um sentimento de impotência com o qual não sabia lidar.

— Eu preciso ver o David, Adelaide!

Os olhos de Adelaide se abrandaram. Para a médica era como se Tatiana fosse uma criança que não conseguia compreender que a brincadeira, por ter ido longe demais, precisava ser encerrada.

— Não haverá nova chance. Vocês não se verão nunca mais.

Tatiana arregalou os olhos e protestou:

— Você não tem esse direito!

— Por quê? Só por que estou diante de uma procuradora?

— Não seja ridícula. David é meu companheiro...

— Ele não é e nunca foi seu companheiro.

Tatiana ficou aturdida diante das palavras de Adelaide.

— Você não pode falar por ele. David é maior de idade.

— Tem uma família para cuidar, e meu filho tem uma vida para tocar. Esta montanha-russa em que ele vive depois que a conheceu precisa acabar. Ele parou de tomar o lítio por sua causa.

— Como ousa?

— Ele apresenta autopreconceito. É comum nos bipolares, mas você tornou isso insuportável para ele. Você quase o matou.

— Isso não é verdade. Eu...

— Não quero que se vejam nunca mais, Tatiana. Esta é a última vez que você conversa com um membro da minha família. Esqueça o meu filho, meu marido ou eu. Siga com a sua vida.

De repente, a secretária adentrou o consultório.

— Com licença, doutora. Seu paciente chegou.

— Certo, Márcia! Acompanhe a doutora Tatiana. Terminamos.

Sorrindo, a secretária pousou os olhos em Tatiana que, ao se levantar para acompanhá-la, viu-se, finalmente, livre do frio que parecia tomar conta daquele lugar.

Capítulo 50

Os dias seguintes à conversa com Adelaide foram insuportáveis para Tatiana. Embora se refugiasse no trabalho para tentar esquecer um pouco do que ocorrera, eram inevitáveis as crises de choro e os momentos de desolação. Sentia-se de mãos atadas com o que havia acontecido. Às vezes, David lhe aparecia em sonho e em seu rosto se viam refletidas as mesmas angústias e tristezas pelas quais ela passava.

Não conseguia deixar de rezar, de ir à igreja. Crer em Deus era a única coisa que lhe restava naquele momento, haja vista que não podia invadir a casa de Adelaide para estar com o filho dela e muito menos adentrar a casa de David, não só por saber que ele não estava lá, como por desconfiar seriamente que Adelaide tivesse trocado a fechadura. Às vezes, punia-se por achar que seus pedidos eram pequenos demais para serem apresentados diante de Deus. Mas quando conseguia manter um elo mínimo com Ele, sentia as coisas de outro modo. Nada podia ser mais importante perante Deus do que a causa do amor; era para o amor que tudo convergia, era dele que despontava o bem.

Rogério continuava a almoçar no apartamento de Tatiana, além de encontrá-la em seu gabinete, e suas conversas não se restringiam aos filhos. Não tinha coragem de impedi-lo de estar em sua casa, pois os filhos queriam cada vez mais estar na companhia do pai. Com Tatiana, porém, seu comportamento era ambíguo, pois se com as crianças ele se esforçava para desempenhar o papel de pai, com ela não podia se comportar como marido. No entanto, isso não o impedia de fazer certos gracejos, proferir certas piadas, agir de modo cavalheiresco. Nos almoços, se ela esquecia o celular ou um guardanapo, ele próprio se levantava e trazia o que ela precisava. Certa vez, bastou que ela comentasse que precisava providenciar uma beca nova para que, em poucos dias, ele lhe entregasse uma nova em folha, deixando-a intrigada sobre como tinha conseguido descobrir suas medidas exatas. Aos primeiros convites que ele lhe fez para lanchar, dar uma volta, jantar em um restaurante diferente, ela recusou; até que chegou uma ocasião em que ela resolveu aceitar. Nas primeiras vezes conversavam sobre os filhos, basicamente; depois, sobre outros assuntos e por fim sobre eles mesmos. Rogério demonstrava muita solidariedade em relação a David, dizendo que estava à disposição para ajudar no que fosse preciso. Não que com isso ele a comovesse, mas a demonstração de respeito, ainda que forçada, soava-lhe muito melhor que o cinismo costumeiro. E assim as coisas passaram a caminhar, com ela e ele se reaproximando ao menos como pais amigos de seus filhos; e ela tinha que ser justa, ele nunca se recusou a ajudá-la em nada. A única vez em que ele se aproximou dela de modo diferente foi na Regional; ela estava concentrada no trabalho quando ele entrou dizendo que se conservara muito bem e que David era sortudo. Tatiana reagiu à investida, dizendo que eram amigos e assim deveria ser. Ele recuou; mas nenhum dos dois acreditou que não haveria novas investidas.

Em um fim de semana, Simone não voltou para casa depois da visita ao pai, o que era inusitado, já que, quando pegava os filhos, Rogério costumava devolvê-los sagradamente aos domingos. Simone disse ter partido do pai o convite para estender a visita, pois ele queria passar mais tempo com ela. A princípio, Tatiana não viu problema.

No dia seguinte, porém, Tatiana estranhou a ausência de Rogério à Regional. Sondou com a assessoria dele e descobriu que o ex-marido dissera que estava indisposto. Ao mandar uma mensagem para a filha, não obteve resposta. Resolveu ligar, e então o próprio Rogério atendeu e a acalmou, dizendo que, como Simone tinha uma prova na faculdade, estava compenetrada estudando. Tatiana, então, despreocupou-se e seguiu com o seu dia de trabalho.

Prestes a ir para casa, Tatiana foi ao gabinete de David em busca de notícias e mais uma vez ouviu que não havia nenhuma novidade. Não tinha vergonha de comparecer perante os servidores de David para saber notícias dele, pois somente ela sabia o quanto vinha sofrendo com sua ausência.

Na Regional, Alexandre era o único amigo de David, mas como retomara o doutorado na Europa, Tatiana estava momentaneamente impedida de buscar sua ajuda. Embora se sentisse num beco sem saída, procurava não esmorecer.

Quando chegou em casa, passavam das 2h da tarde. Falou rapidamente com Lucas e seus pais e em seguida foi tomar banho, pois ainda conversaria com Jandira sobre assuntos da casa. Naquele dia, Jandira sairia mais ou menos no horário do retorno de Simone.

Após tomar banho, de cabelos ainda molhados, encontrou Jandira na cozinha. Só que ela não estava pronta para ir embora.

— Por que não está arrumada ainda, Jandira?

— Porque acho que você precisará de mim.

— Como assim?

— É algo que está comigo desde aquele dia que Simone deveria ter voltado e não voltou.

Tatiana se aproximou da mesa e tomou assento.

— Pare com isso, Jandira. Assim me deixa assustada.

— Estranho ele levar a menina assim. Nunca aconteceu antes.

— Certo. Mas ele é pai dela, tem direito de estar com ela.

— Tem, sim. Como pai ele deve ter direitos muito maiores que esse. Falo em direitos porque você falou primeiro, mas longe de mim querer ensinar direito a uma procuradora da república.

Tatiana enviou mensagem de WhatsApp para a filha; sem resposta, enviou outra mensagem para Rogério, que respondeu dizendo que em breve voltaria a falar.

— Tem algo errado, Jandira — disse Tatiana, vendo que eram 5h da tarde.

Entraram na cozinha Rodrigo e Lúcia, cada um se sentando em uma cadeira. Seu pai, espirituoso, assoviava uma música.

— Então, Jandira, cadê nosso lanche? — perguntou ele.

Jandira se levantou e começou a servi-los. Fizera bolo de fubá e havia passado o café.

— O que vocês têm, hem? — quis saber Rodrigo.

— O que houve? É algo com David? — disse Lúcia.

— É Simone. Ela não me atende.

— Calma! — disse Lúcia. — Deve estar só um pouco atrasada.

Tatiana e Jandira trocaram um olhar, como se buscassem uma na outra uma possível resposta.

— Vocês sabem de alguma coisa? — disse Lúcia, desconfiada.

— Por enquanto não, mamãe.

— Diga logo o que está pensando, Tatiana — disse Rodrigo.

— Não sei, pai, não quero pensar em nada que possa me deixar mal. Não sei o que faria diante de novas surpresas. Primeiro o meu casamento, depois Simone, depois Lucas, na sequência David, e agora Simone de novo. É muita coisa em pouco tempo.

— Isso tudo é tempestade em copo d'água — disse Rodrigo enquanto bebia seu café com leite. — O dia ainda não acabou.

— Talvez seu pai esteja certo, minha filha, não se apoquente.

— O problema não é o horário, mamãe. O problema é ela ir dormir com o pai em dia útil, e eles não responderem minhas mensagens. Isso nunca aconteceu.

Em seguida, o celular de Tatiana tocou e ela imediatamente o atendeu.

— Tati — era Rogério do outro lado da linha.

— Sim.

— Preciso muito falar com você.

— É urgente?

— Sim.

— Diga logo o que aconteceu. Onde está minha filha? — Ela foi se desesperando enquanto se levantava e andava de lá para cá.

Jandira começou a fechar os olhos e orar, enquanto Lúcia e Rodrigo, sobressaltados, mudaram totalmente o semblante.

— Não! — ia dizendo Tatiana nervosa, com as mãos tremendo. — Não vou a lugar nenhum. Quero minha filha! Como ela está?

— Calma — disse Rogério do outro lado da linha. — Houve um problema que...

— Traga minha filha para cá!

— No momento isso não é possível.

— Então venha você aqui. Estou muito nervosa para dirigir.

Ela desligou, chorando. Lúcia foi abraçá-la.

— O que aconteceu?

— Algo aconteceu, mas ele diz que ela está bem. Está vindo...

Levaram-na para a sala e tentaram acalmá-la até que Rogério chegasse. Tatiana pensava mil coisas ao mesmo tempo; em droga, em efeito da vacina. Por que permitiu que ela ficasse com o pai?

Quando chegou, ele estava pálido. Ao aguardar Tatiana pedir que os demais saíssem, para ele ficar a sós com ela, foi surpreendido com as palavras da ex-mulher:

— Se você acha que alguém sairá desta sala, está muito enganado. Todos ficam. Simone é tão minha quanto deles.

— Mas...

— Sente, Rogério.

Ele se sentou e disse, tentando desviar dos olhares inquisitivos:

— Ela está bem.

— Pelo amor de Deus, o que aconteceu?

— Não pude mais evitar. Você conhece Simone. Embora escondesse de você, me aporrinhava todos os dias. Não queria esse filho e tinha o direito de não levar a gravidez adiante.

— Você está me dizendo que levou minha filha para praticar um aborto sem o meu conhecimento?

— Já sabia da intenção dela. Além disso, ela é quase adulta.

— Mas é legalmente incapaz. E mesmo que fosse adulta, jamais lhe aconselharia a isso. Tirar uma vida, desse jeito, é crime!

— Respeito seu ponto de vista, assim como também deve respeitar quem pensa diferente.

Tatiana não conseguiu segurar as lágrimas.

— Você sabia que eles sofrem, esses bebês? — disse ela.

— Ele é reincidente... Já tinha vacinado sem te comunicar — disse Rodrigo.

— São meus filhos também, seu Rodrigo. E não admito que...

— Papai, não se intrometa. E você, Rogério, respeite meu pai.

— Tudo bem, Tati. Mas você não quer saber de Simone?

— É evidente que quero, Rogério! Minha filha me importa da mesma forma que me importava o que ela carregava no ventre.

Rogério olhou em torno e fitou cada um dos presentes. Seu Rodrigo, Dona Lúcia, Jandira. Ele identificava naqueles semblantes incredulidade, perplexidade e até mesmo revolta. Mas quem eram eles senão um bando de antiquados e reacionários?

— Você pôs minha neta em risco! — berrou Rodrigo, erguendo-se. — Além de ter tirado a vida de alguém!

Imediatamente, Tatiana interveio:

— Não, papai, por favor. O senhor não está mais indignado do que eu. Neste momento, precisamos manter a cabeça no lugar.

O idoso se sentou, sem conseguir controlar a raiva.

— O procedimento teve uma pequena intercorrência, mas já foi contornada. O médico me garantiu que ela está fora de perigo.

— Médico? — perguntou Tatiana com desdém. — Não deve ser chamado de médico quem faz uma coisa dessa.

— Entende por que o aborto precisa ser legalizado? É por isso que ele é uma questão de saúde pública. E...

— Cale-se! — bradou Tatiana. — Tirou uma vida, pôs a própria filha em perigo e ainda encontra espaço para defender algo tão abominável. Não temos esse poder, Rogério. Perceba! Será possível que não basta ao ser humano negar a Deus, também tem que se substituir a Ele?

— Não ponha Deus em tudo, Tatiana.

— Vai querer mandar na fé alheia agora?

— Não vou discutir religião com você. Vim porque me pediu. Ela está fora de perigo, mas precisa de mais um tempo.

— Quero ver minha filha agora.

— Creio que não seja possível, mas não se preocupe. Ela ficará bem. Agora preciso ir. Me deem licença, por favor — disse Rogério, retirando-se como um animal que precisava fugir de um abate.

Rogério não podia afirmar que não estava atordoado, mas estava certo de que aquilo era normal no mundo civilizado e que deveria, sim, ser permitido no Brasil. Compreendia o motivo religioso de Tatiana; porém, o mundo não podia continuar assombrado por fantasmas que só existiam em cabeças fechadas. Quem pretendesse continuar acreditando em Deus teria de se acostumar com o fato de que sua fé, por maior que fosse, não poderia ferir o direito alheio.

Quando Rogério saiu, Tatiana preferiu se recolher em seu quarto. Não conseguia controlar os pensamentos. Sua filha saíra bem de casa e, entregue a um irresponsável, o próprio pai, estava em um estado que ela não fazia ideia. O pior era que ele se aproximara de todos, dela em especial, conquistara sua confiança e, não conseguindo reatar o relacionamento, resolvera agir daquela forma. A possibilidade de que, em algum momento, de alguma forma, a filha acabou sendo usada por ele, em uma espécie de barganha para que ele se reaproximasse dela, causava-lhe náusea. Ele fora dissimulado, traíra sua confiança, e tudo isso para, afinal, fazer mal à própria filha. Perguntava-se por que lhe era tão difícil entender como, para alguns, algo era um crime grave, enquanto para outros era um direito. Defendia o caminho do meio, a ponderação, a fuga dos extremos, mas em casos como aquele, em que a vida estava envolvida, como transigir, como não ser categórica? Por que David não estava ao seu lado? Será que tinha esquecido dela, não gostava mais dela? Não, isso não, pois se assim fosse ele não habitaria tanto seus sonhos e pensamentos. Ele devia estar passando por momentos tortuosos. E quando o imaginava assim, sofrendo, lamentava por não poder estar em sua companhia, ajudando-o a se curar. Se estivesse ao seu lado, naquele momento, por mais que não estivesse bem, ele lhe diria palavras encorajadoras. Esse era ele, amoroso e verdadeiro, alguém capaz de senti-la como nenhuma outra pessoa; que a aceitava como ela era; e em quem ela se via refletida. Em nenhum momento, pensou em romper ou de qualquer outro modo desfazer a história que eles estavam construindo. O que havia entre eles era forte demais para que isso acontecesse; não importava o que pudesse ocorrer, pertenceriam sempre um ao outro.

Capítulo 51

David estava deitado no quarto reservado para ele na casa dos pais. Desde que recebera alta do hospital não voltara para o seu apartamento. Embora tenha protestado, Adelaide contratara dois enfermeiros, que se revezavam para auxiliá-lo no que fosse preciso. Ela mandava limpar o quarto escrupulosamente; preparava pessoalmente a comida de David, assim como ela mesma organizava suas roupas. Tentava de todas as formas arrefecer a tristeza e irritação do filho.

À medida que os dias passavam, Adelaide crescia em expectativa para que David esquecesse Tatiana. Não demorou para ele perceber que, enquanto estava na casa dos pais, estes não tocavam no nome de Tatiana. Quando David mencionava o nome dela, a mãe logo desconversava e arranjava um meio de distraí-lo.

Desde que recebera alta, embora ainda estivesse atravessando a dor da fase aguda de sua depressão, David não passou um dia sequer sem manifestar seu desejo de ver Tatiana, mas Adelaide dizia que primeiro ele deveria ficar bem, quando então poderiam voltar a conversar sobre isso. Quando ele insistia muito é que Adelaide recorria à chantagem, dizendo que morreria se ele não colaborasse com sua própria recuperação.

David passava a maior parte do tempo deitado. Ele sabia que estava fora de perigo, que se salvara, que não fora bem-sucedido em sua tentativa de dar cabo à própria vida, já que as cartelas estavam com poucos comprimidos, mas isso não era suficiente para devolver-lhe o ânimo ou restituir-lhe a alegria de viver. Não raro ele lembrava de sua primeira depressão; por ser muito jovem, à época, havia se esquecido de alguns detalhes, mas agora era como se tudo viesse à tona e o que ele sentira naquele momento se misturasse com sua dor atual. Embora a dor fosse a mesma, era diferente a forma como lidava com ela, pois, como já havia sido acometido pelo mesmo mal, tinha consciência de que o esperado era que em algum momento a normalidade lhe acenasse de volta. No entanto, essa consciência não era suficiente para fazer com que se alegrasse de repente, com que se levantasse e fosse apreciar o canto dos pássaros ou o pôr do sol. Ela lhe dava esperança, mas não aliviava por completo aquilo que se estabelecera em sua alma após aquela noite fatídica. Não era dor do corpo, como se tivesse tombado ou levado um soco, caso em que um analgésico ajudaria. Não, não era nada disso. Vinha de dentro, envolvia seus sentimentos, sua percepção das coisas, seu ânimo, sua vontade, sua coragem! Às vezes, ele queria se levantar mais cedo, mas era impossível. No escuro do quarto, onde preferia estar, sob lençóis que o esquentavam, que o escondiam, era infinitamente melhor do que sair para qualquer outro lugar. A perspectiva de se juntar à luz, às pessoas, deixava-o ainda mais acabrunhado. Essas eram circunstâncias que lhe faziam compreender melhor a existência de um vampiro, que não podia sair de seu ataúde para se expor ao sol, sob pena de queimar até o último resquício de seu ser. De igual modo, ele também preferia viver escondido, dentro de si mesmo, nas sombras, bem longe do sol e dos seres humanos. Não, ele não conseguia acordar cedo. Na verdade, preferia não se levantar em horário nenhum, mas Adelaide só aceitava que ele ficasse na cama até o meio-dia, momento em que almoçava com os pais, para então voltar para o seu isolamento. Havia dias em que almoçava sozinho, pois, do poço de onde tirava coragem, o balde, às vezes, vinha tão vazio que ele não encontrava forças sequer para abrir os olhos.

David, às vezes, ouvia os pais conversando sobre sua situação. Um dia ouviu o pai dizer para a mãe que ela o estava paparicando demais, e que não podia ser tão intransigente em relação a ele ter acesso a celular e, principalmente, a receber visita de Tatiana, pois aquela série de restrições poderiam afundá-lo ainda mais, no que Adelaide disse: "quem é o médico aqui? Esqueceu que ela quase o matou por duas vezes? Quer que ela finalize o trabalho, é isso?". Ao que ouviu o pai redarguir: "você é a médica, mas lembre-se de que é a mãe dele também e que seus próprios colegas não consideram apropriada a mistura desses papéis". Ela respondeu: "de novo com isso? Quantas vezes preciso dizer que não fere a ética eu tratar

David? Por outro lado, um pai entregar o filho nas mãos de quem pode lhe matar viola todas as leis do mundo". Afonso se recusou a prosseguir, mas, como em outras ocasiões, tanto um quanto o outro se arrependeram de discutir em voz alta, pois sabiam que o que diziam podia chegar aos ouvidos de David.

Em meio à solidão, alguns poucos amigos mantinham contato para saber como David estava. Adelaide os atendia com educação, dizia que ele estava melhorando, sem, porém, abrir margem para que se falasse sobre visita. Ela jamais passava o telefone ao filho, ficando este apenas com as informações que ela achava prudente que ele soubesse. Uma única vez foi diferente: quando Alexandre ligou para saber de David. Embora Adelaide tenha lhe dito coisas boas a respeito do filho, ele insistiu em falar com David. Ela negou, mas como ele continuou ligando, ela foi obrigada a falar com o filho. David então decidiu que o atenderia, pois Alexandre era, de fato, seu único amigo, e não poderia se privar totalmente das poucas pessoas com quem mantinha intimidade. Adelaide então foi obrigada a ceder, pois de fato não havia qualquer impertinência no pedido do filho. Ela só precisava ficar atenta para que a proximidade com alguém da Regional de modo algum chegasse ao conhecimento de Tatiana. Nenhum canal poderia ser reaberto entre eles.

David não tinha mais telefone, ficara sabendo que na confusão do seu socorro, quando ele tentara se matar, o aparelho fora perdido. Por isso, as poucas vezes em que falava com alguém era pelo celular dos pais. No fundo, ele sabia que aquilo provavelmente fazia parte de algum plano de Adelaide, para afastá-lo de Tatiana e do mundo exterior, entretanto, era algo que lhe impactava muito pouco, pois a melancolia que o envolvia lhe roubava a vontade de se inteirar do que acontecia ou de manter contato com os outros. Obviamente, sentia muitas saudades de Tatiana, mas era como se sua depressão militasse em favor da mãe e, mesmo consciente disso, ainda não conseguia encontrar força e coragem suficientes para se livrar das amarras e sair daquele cativeiro.

Quando Alexandre ligou, portanto, David falou com o amigo a partir do celular da mãe.

— Que bom falar com você, cara. Ouvir sua voz. Fiquei muito preocupado com essa história toda.

— As coisas estão entrando no eixo. E o doutorado?

— Cara, o curso dura dois anos; completei um. Estou em uma espécie de recesso. Nos primeiros meses não comparecemos, por causa da pandemia. Portugal está muito gostoso, como sempre. Clima ameno, aquele ar medieval. Mulheres bonitas...

— Não encontrou nenhuma portuguesa para você?

Adelaide, que estava próxima de David, ficou um tanto quanto espantada com a irreverência do filho. Não o via assim tão descontraído desde que o trouxera para casa.

— Ainda não, mas calma. Quem sabe em breve você não esteja falando com um homem casado.

David riu e tornou a surpreender a mãe.

— Agora, sério, por que você está entocado na casa dos seus pais? O que está acontecendo? Não tente me enganar. Sua mãe me fala com uma calma esquisita. Onde está a verdade, meu chapa?

— Não, amigo, as coisas não são tão simples...

— Hum... tô sacando, você não pode falar, é isso?

— Sim, sim...

— Então, responda com sim ou não. O que você tem é grave?

David hesitou. Ergueu a cabeça, depois virou para o lado, como se estivesse em busca do que responder.

— Não sei.

— Tá de graça.

— Não, é verdade.

—Você está bem agora?

— Mais ou menos.

— Hum... Tatiana está te visitando?

— Não.

— O quê? Como assim?

David ficou em silêncio.

— Você ainda gosta dela?

— Muito.

— Ela te abandonou?

— Acho que não.

— Você está podendo estar com ela?

— Não.

— Isso é loucura. Não faz sentido.

Adelaide, que não arredara o pé, fingia folhear uma revista.

— Você realmente tentou se matar?

— Sim.

— Meu Deus, David, você ficou louco? Por que fez isso? Nada falta a você. É boa pinta, tem bons pais, cargo do sonho, é culto...

David se manteve calado.

— Você está na fossa?

— Sim.

— Depressão?

— Sim.

— Entendi. Quem estiver aí deve estar estranhando este horror de sim. Para encurtar nossa conversa, vou aí. Pode ser?

— Pode sim. Mantenho contato lhe dizendo quando.

— Ok. Você vai sair dessa. Se cuida. Tchau.

David entregou o celular à mãe.

— Ele quer vir um dia, para estar comigo.

— Você quer?

— Quero sim.

— Então podemos organizar — disse beijando a testa do filho.

Antes de sair, inspecionou o quarto. Tudo devidamente arrumado, limpo. Só aquelas cortinas que ficavam o tempo todo fechadas. Quantas vezes ela as abrisse, quantas ele as fechava. A escuridão parecia ter se tornado uma parte indissociável de David.

Capítulo 52

Simone voltou para casa no dia seguinte à visita de Rogério. Trazida pelo pai, ela parecia pálida e abatida. Jandira já tinha organizado o quarto para ela, conforme Tatiana pedira, de modo que tudo que Simone precisasse estivesse ao alcance dela e de quem porventura estivesse em sua companhia.

Ao receber a filha, Tatiana agradeceu a Rogério, secamente, despedindo-se, em seguida, sem abrir margem para que ele entabulasse conversa.

Quando Tatiana entrou no quarto, assustou-se com a quantidade de pessoas em torno de Simone. Expulsou a todos, dizendo que precisava ficar a sós com a filha.

— Que susto você nos deu, menina!

Simone fez um esforço para sorrir, tentando arquear os lábios, no entanto, aquilo só serviu para revelar como ela realmente estava. A despeito de o seu coração lhe obrigar a dar colo para a filha, Tatiana sentiu que precisava antes conversar com a jovem. O que Simone fez não podia ser apagado, porém, a depender de como ela se conduziria diante do que fizera, talvez conseguisse administrar o que havia acontecido.

— Tá decepcionada, eu sei. É horrível ficar vendo sua cara de boazinha, enquanto em seu coração eu não passo de uma criminosa.

— Não se agite. Você fez uma operação e...

— Um aborto. Não deveria me denunciar à Polícia?

— Sabe muito bem o que acho sobre o que você fez. Mas aconteceu, e como sua mãe não me cabe te abandonar.

— Eu vou para o Inferno?

— Não fale essas coisas.

— Acha que mais tarde vou sofrer com o que fiz, sei disso.

— A experiência nos ajuda a lidar com os percalços da vida.

Na beira da cama, Tatiana procurava falar com a voz baixa, enquanto afagava os cabelos de Simone. Ela era uma moça tão bonita, tão inteligente. Mas quando lembrava de seu voluntarismo, que desde pequenina a colocava em apuros, dava-se conta de que agora não era tão diferente de quando ela era uma menina.

Simone de repente começou a chorar e então agarrou o braço da mãe e despejou, entre soluços:

— Prometi que não ia lhe contar, mas não consigo! Não consigo! Eu ouvi tudo. Tudo. Estava consciente quando eles tiraram aquilo de dentro de mim. Era um médico e uma assistente. À medida que retirava aquilo, ele ia dizendo: "olhe, é um bebezinho, já tinha as mãozinhas formadas, e outras partes também". Escutei tudo, tudinho. Foi horrível. Quis tapar o ouvido, quis parar de ouvir; até desejei ser surda naquele momento. Cada vez que eles falavam sobre aquilo, que era uma criança, um bebezinho formado, pequenino, mas com forma humana, eu queria morrer. Não, mãe, eu não queria que tivesse sido assim. Eu não previ que seria assim. Não era para ter sido assim. Depois... depois parece que fizeram alguma coisa errada, pois eu fiquei sangrando, tive febre, tiveram que fazer tudo de novo. Eu queria morrer, juro! Queria morrer junto com aquilo que trazia dentro de mim e eu continuo querendo morrer, sumir, desaparecer.

À medida que as palavras eram entornadas, sob choro contínuo e soluços altos, Tatiana foi sentindo uma vertigem, um mal-estar, uma angústia no peito. Simone era pouco mais que uma menina. Como Rogério se prestou àquilo? Submeter a filha àquele festival de horrores, além de tudo. Decerto, um lugar que praticava algo tão horrendo devia mesmo ser clandestino e sem estrutura adequada, mas precisava ter acontecido daquele jeito?

Simone então se sentou e enlaçou a mãe em um abraço.

— Chore, chore tudo o que tiver de chorar. Fale tudo o que quiser falar. Ponha tudo para fora, minha filha. Só chore, só fale.

— Era muito cedo para eu ter um bebê, mamãe. Fiquei com vergonha de aparecer grávida na faculdade. O que iria dizer? Como encararia o pai, que estuda lá também? Não é o Marcos, mamãe; o pai é um que nos orientou a como agir na manifestação. Eu estive com ele duas vezes. Desculpe, mamãe, desculpe!

Passava a mão na cabeça da filha, deixando-a falar à vontade.

— Não consigo tirar da cabeça o que aconteceu, não consigo! É como se o que aquelas pessoas falavam tivesse de chegar até mim.

— Calma. Agora é preciso viver um dia de cada vez. Lembre-se de que você tem a mim, Jandira e sua avó Lúcia.

— Não concordam com o que fiz. Nunca vão achar que o que fiz tem perdão. Quanto mais eu as vir, agora, mais vou me sentir mal.

— Ninguém é a palmatória do mundo, Simone, muito menos as mulheres desta casa. Temos nossas convicções religiosas, mas isso não nos dá o direito de julgar você como se fossemos Deus. Se conseguir perceber que errou e pedir perdão para Deus do fundo do coração, será perdoada. É nisso que acredito e sempre acreditei.

Simone então se calou, parou de chorar e lentamente voltou a se deitar na cama, cobrindo-se com o lençol até o pescoço.

— Até estaria disposta a acreditar em Deus se tivesse uma prova mínima. Há alguns documentos, mas exceto que as pessoas de antes viviam de mitos e lendas, eles não dizem mais nada. O povo precisava disso no passado e, pelo jeito, mesmo com televisão e internet, precisa até hoje. Por que Deus não se comunicou mais conosco?

— Mas quem lhe disse que ele não se comunica conosco? Você já parou para pensar que o que ouviu naquela sala de operação pode não ter sido fruto do acaso? Deus se comunica conosco das formas mais inusitadas. Ele nos dá muitas provas ao longo de nossas vidas, mas nem sempre estamos atentos para elas, pois nossa atenção tende a se voltar para as coisas do mundo. A fé nada tem a ver com prova material. É um dom que precisa ser exercitado.

— Sabe, acho que eu poderia levar um pouco mais a sério a religião se ela não fosse o principal fator de opressão.

— Estamos descambando a conversa — disse Tatiana sorrindo. — Mas você vai melhorar, se Deus quiser. E saiba que o fato de eu não concordar com algumas de suas decisões não me faz menos sua mãe. E isso vale para você e para o seu irmão. Descanse.

Tatiana beijou-a e em seguida saiu do quarto.

No dia seguinte, Carol visitou Tatiana e lhe disse que Alexandre voltara para estar com a família, pois seu doutorado estava em recesso. Como Carol acompanhava de perto o drama de Tatiana, tentando encontrar um meio que viabilizasse uma reaproximação com David, procurou Tatiana para dar a notícia.

— Cruzei com ele, continua bonachão, metido a conquistador.

— Certo, e acha que ele conseguiu falar com David?

— Tenho certeza. São muito amigos, você sabe.

— Você não conhece Adelaide!

— Mas Alexandre não é você. Ele é amigo do filho dela.

Carol pegou na mão da amiga e olhou-a com ternura.

— Você pensa que não, Tati, mas você é mais valente do que imagina. Se está tendo de enfrentar tudo o que está enfrentando, é porque é muito forte. E vai sair mais forte de tudo isso.

— Obrigada, amiga.

— Como vai Simone?

— Recebendo o nosso apoio, mas ainda sofre muito.

— Ela vai superar. Não é a primeira, nem a última a abortar.

Tatiana, de repente, arregalou os olhos para a amiga.

— Ah, perdoe, às vezes, não meço as palavras direito. Eu não...

— Tudo bem — disse Tatiana fazendo um gesto com a mão. — De vez em quando eu me sinto mesmo como uma extraterrestre neste planeta.

— E sua relação com Rogério?

— Péssima.

— Entre você e a filha, ele se inclinou para Simone.

— Besteira. Se ele é realmente fiel ao que prega, por que não aceitou a sexualidade do filho?

— Mas ele está mudando, não está?

— Não quero ser leviana, mas nada dele me soa convincente.

— E de pensar que foram casados por anos...

— Pois é. Para ver como podemos estar em uma relação que achamos sólida, mas que na verdade é frágil; e que muitas vezes nos mantém em autoengano e nos obriga a nos acostumarmos com ela. Não pode haver inferno pior, principalmente quando conhecemos, em seguida, o amor da nossa vida e vemos como tudo realmente poderia ter sido diferente desde o princípio.

— Ah, Tati. É tão bonito ver o brilho em seus olhos quando fala do seu amor. Você é uma inspiração...

— Você e Juliana encontrarão o amor de vocês também.

Carol sorriu e, mudando de assunto, perguntou por Lucas.

— Ele está bem, afinal, não convive mais com meu lamento nem com a cólera de Rogério.

— Você tem conversado com ele?

— Sim, mas você sabe que a situação de Lucas configura um dos conflitos mais difíceis da minha vida. Não fui preparada para isso.

— A depender de como você e o Rogério reagem ao modo de ser de Simone e Lucas, eles poderão ou não ser adultos felizes. Você está evoluindo, pois embora tenha algumas dificuldades, não age mais como se elas não existissem ou não devessem existir.

— É, sou mãe, afinal...

— Ah, é? Pois garanto que algumas mães abandonariam, deserdariam, enfim, fariam de tudo para forçar os filhos a serem como a sociedade quer que eles sejam e não como eles realmente são. Conheço muitos casos e tenho certeza que você também.

— É, mas embora defenda valores, creio que o amor está sempre um passinho à frente da razão e da moral.

— Entre você, que não dá as costas aos filhos, mesmo que isso contrarie seus princípios, e Rogério, que canta aos quatro ventos ser progressista e defensor de minorias, mas que, na hora do "pega pra capá", prefere castigar o próprio filho, fico com você.

— Pensamos diferente sob muitos aspectos e apesar disso conseguimos manter nossa amizade. Acho que discordar não deve acarretar violência, censura ou cancelamento. Como podemos admitir a diversidade recusando a pluralidade de ideias? Divergências deveriam enriquecer e não gerar melindre ou ódio. As maiores descobertas são justamente as que vêm da convergência sobre ideias diferentes. Nunca seremos iguais uns aos outros, jamais pensaremos da mesma maneira, e essa diferença é o que nos enriquece. Acho que o valor não está no ponto de vista em si — este muda, é superado —; o valor está nas pessoas, no diálogo, na nossa capacidade de evoluir. Não há como a humanidade se beneficiar com uma única forma de pensar. A tensão entre pontos diferentes sempre foi essencial para a evolução, para o progresso. Ora, não é acabando com o dissenso que encontraremos a paz, mas, ao contrário, elevando o debate, e isso só será alcançado se a palavra for assegurada a todos. É como vejo este assunto.

— Sempre foi a mais reflexiva de nós, mas, depois de David, se tornou uma filósofa. Queria ser assim, mas não consigo viver sem objetividade. Porém, concordo com sua ponderação.

— O que chama atenção hoje em dia é o cerceamento da liberdade de expressão. Quem discorda do pensamento vigente é automaticamente acusado de preconceituoso e antidemocrático. As pessoas vêm perdendo empregos, sendo presas, mas não se pode prender alguém pelo que pensa; isso é censura prévia. Caso isso se banalize, o que restará do que chamamos de democracia?

— Acho que há excessos dos dois lados. Mas pontualmente sou favorável a algumas medidas contra desinformação e *fake news*.

— Mas o que é *fake news* e desinformação? Não há lei que os preveja. Percebe onde quero chegar? Não concordo com as besteiras que muitos dizem por aí. Só que não posso tolher o direito que eles têm de dizê-las! Os excessos deverão ser resolvidos nas esferas cabíveis, posteriormente. O contrário é censura prévia.

— Quanto à desinformação, acredito que mereça um tratamento mais enérgico, pois notícias falsas hoje em dia, com um clique, podem chegar a milhões de pessoas, e isso pode custar vidas.

— Posso concordar com isso, no entanto, nada pode acarretar investigação e punição se não for tipificado como crime. E também há outro aspecto: até lá quem definirá o que é *fake news*?

— Reconheço que esse tema é polêmico. Estamos em permanente choque uns com os outros, o que inclusive nos faz ter saudade do passado. Mas antes certos segmentos eram humilhados. E o mundo de agora, queiramos ou não, é um mundo mais inclusivo.

— Gostaria de poder acreditar nisso, mas será que este mundo hoje é realmente agregador? Assistimos diariamente a filhos se voltando contra pais, alunos contra professores, gays contra heteros, homem contra mulher, raça contra raça.

— Entendo seu ponto de vista, mas penso que estamos vivendo uma transição, como aconteceu em outros momentos. Estamos no meio do caminho. Mudanças são acompanhadas de temores, pois são carregadas de incertezas, o que gera reações.

— Ah, Carol, quando penso na minha família, sinto que ela está se desintegrando justamente neste momento que não compreendemos muito bem.

— Imagine que está sabendo lidar com o novo e que as coisas se ajustarão. Veja a pandemia, já esteve bem pior.

— Sim, mas para mim não está nada fácil. Talvez se ache feliz por não ter se casado e tido filhos. Convivendo com meus problemas, de certa forma, pode sentir do que acabou escapando.

— Nunca fui muito romântica, você sabe. Por algum tempo achei que liberdade e independência casavam melhor com solteirice. Mas hoje vejo que há vantagens em ter alguém. Solteiras como eu, quando não estão se divertindo, acabam se dedicando ao trabalho; porém, no meu caso, processos não têm coração, não são feitos de carne e osso. — disse Carol, rindo. — Mas, olhe, vou tentar falar com ele. Se der certo eu mando uma mensagem por WhatsApp.

— Tudo bem, amiga. Obrigada.

Depois que se despediram, Tatiana voltou a ficar sozinha e, até que se confirmasse a vinda de Alexandre, tentou se concentrar na análise de uns processos que haviam chegado.

Agarrava-se a momentos como aquele para tentar se alhear dos problemas, em especial da falta de David, mas, no final, seu espírito sempre lhe lembrava de que aquela era uma luta inglória para ela. Por mais que tentasse, não conseguia ficar sem pensar em David. Via o rosto dele, e então, de repente, tudo se desvanecia e voltava ao estágio anterior, de saudade, ausência de notícias. Vivia uma inconstância que a desorientava, uma indefinição que a exasperava, e tendo consciência disso tudo, temia enlouquecer.

Quando ele lhe vinha à mente, era quase sempre da mesma forma. No começo, a ausência física dele lhe corroía a alma e lhe lançava num estado de prostração. Depois, prorrompiam os pensamentos em sua mente, e o imaginava sofrendo, angustiado, mas também querendo encontrar forças para superar o que sentia. Às vezes, Tatiana se perguntava por que ele não se esforçava, não dobrava a mãe, não agia como homem, mas logo se dava conta de que isso não devia ser tão fácil em seu estado atual. Embora não soubesse exatamente o que David sentia, podia imaginar o quanto de dor ele devia estar carregando. Ah, como ela queria poder saber por que aquilo acontecia a algumas pessoas, por que depressivos eram afetados de uma forma tal que a própria vontade de viver se extinguia; como se, por mais que quisessem, não fossem capazes de vislumbrar uma perspectiva, uma saída viável, que não a autossabotagem. Lidar com isso a partir de uma ciência atrasada nesse campo era ainda mais desolador. Doenças mentais não tinham cura e, certamente, era por isso que recebiam a pecha de doenças da alma. Mas como esse mal realmente se ligava à alma da pessoa, a ponto de fazê-la sofrer por um tempo além do concebível, por alguma razão que transcendia a percepção e compreensão humana?

Decerto, David não ficaria bom de repente; no entanto, acreditava que, se pudesse ficar ao lado dele, conversar, buscar encorajá-lo, tocando doce e sutilmente em uma parte invisível, naquela que não era a dor em si, mas da qual a dor se irradiava, conseguiria tornar a caminhada dele mais leve e feliz.

— Boa tarde. Espero não lhe tirar de algum devaneio bom.

Voltando-se para a porta, Tatiana deu com Alexandre.

— Ah, é você! Carol disse que me mandaria uma mensagem.

— Se mandou, aposto que você não viu.

— É verdade, estava distraída. Tudo bem? Sente-se.

Ele beijou-a no rosto e demonstrou alegria por revê-la.

— E então, você está gostando de Portugal?

— Sim — disse, sentando-se. — Ele pensa muito em você.

— Oi, como?

— David pensa em você. Sente sua falta.

— Como você pode saber?

— Falei com ele ao telefone. Combinamos de nos ver. Não gostei dessa estória de ele tentar se matar. Isso é grave! Mas há outra coisa que me incomodou. Ainda que ele não esteja bem, não pode ser mantido prisioneiro. Por que você ainda não foi com ele?

Ela não soube o que responder.

— Pergunto porque comigo também houve uma barreira.

— Depois que saiu da minha casa, no Natal, ele fez isso. Não nos vemos desde então. Adelaide não permite. Não sei o que fazer...

— Mas ela não pode fazer isso!

— Lógico que ela não pode, só que ela usa a doença dele. Ela me disse que quer me ver bem longe dele. Eu...

— Não tentou falar com ele nem pelo telefone?

— Não. Ela deu fim no telefone dele. Só que manter ele trancado só dificulta a saída dele do estado em que se encontra.

— Sem dúvida. Vou me encontrar com ele nesses dias. Quer que eu dê algum recado a ele?

— Sua presença aqui é tão inusitada, tão improvável, que nem acredito. Só pode ter sido providenciada por um anjo.

— Um anjo chamado Carol — disse ele rindo.

— Sim... sim... Diz para ele que estou com saudade, que o amo e que o quero ver... quero não, preciso...

— Ok. Vamos resolver isso da forma mais tranquila possível.

— Obrigada, Alexandre.

— Manteremos contato — disse, erguendo-se e beijando-a.

Acompanhou o colega em sua saída do gabinete. Ele era sua derradeira esperança de pelo menos poder ter notícias de David.

Capítulo 53

Embora tivesse acreditado ter ultrapassado as barreiras que lhe impediam de estar na companhia de David, Alexandre se deu conta de que não era bem assim. Adelaide continuou a dificultar seu contato com o amigo. Quando não dizia que o filho estava indisposto, falava que ele amanhecera resfriado ou inventava outra desculpa qualquer.

Enquanto isso, a médica mantinha David sob seu estrito cuidado e proteção. Não negligenciava nada que dissesse respeito ao filho e envolvia-se com todas as suas necessidades, fiscalizando a medicação, escolhendo cuidadosamente o que ele deveria comer, dando instruções aos enfermeiros, vigiando para que ele não tivesse acesso a celular algum. Não obstante, permitia ao filho que ele estivesse na companhia dos seus maiores amigos e para isso mandava buscar seus livros, no apartamento dele. Proibido de quase tudo, e ainda dominado pela depressão, sem qualquer ânimo ou disposição de entrar em embate com a mãe ou de realizar outra coisa que não fosse ficar no escuro do quarto, o máximo que David conseguia fazer era folhear os livros que Adelaide lhe trazia.

Sempre que deparava com ele lendo, Adelaide ficava feliz. Aquelas coisas feitas de papel não ofereciam o mesmo risco de pessoas de carne e osso e serviam para entretê-lo naquele momento e protegê-lo de perigos impensáveis a alguém sensível como ele.

Adelaide pensava no quanto Tatiana e Alexandre eram tolos por acharem que ela permitiria que eles fizessem mal a seu filho. Nem imaginavam que ela dispunha de meios para descobrir que eles confabulavam para que David se encontrasse com Tatiana.

Tatiana era tudo o que Adelaide procurara desviar do caminho de David. Podia perfeitamente ter encontrado um homem compatível com ela, por que havia cismado com seu filho? Concordara com o relacionamento, no início, para não afrontar demais a David, mas sempre soube que aquilo não daria certo — como de fato não deu. Quando lembrava o estado em que seu filho ficou, por duas vezes, após se envolver com ela, seu desejo era de que Tatiana sumisse da face da Terra. Se ao menos David não fosse ligado à carreira e pudesse sair do país. Mas ela não se via derrotada quanto a isso; um pós-doutorado era uma boa opção. Como ele falava várias línguas, poderia escolher o país que quisesse.

Embora soubesse da gravidade que era uma tentativa de suicídio, Adelaide não forçou o filho a falar a respeito; deixou que partisse dele o momento certo para declinar seus motivos. No entanto, ele ainda não havia tocado no assunto. O que sabia e sem medo de errar era que nunca perdoaria Tatiana por ter levado seu filho à beira do precipício.

Quando seu David caiu doente, ainda novinho, foi como se tivessem arrancado o que tinha sobrado dentro de si, após a morte de Mateus. Vê-lo sofrer como sofreu, saber que não havia cura para o seu mal e que cada uma das crises poderia se repetir, iguais ou piores, era o que faltava para torná-la mais seca e distante. Tornar-se médica foi como que um modo de salvar a própria vida e a do filho. Não importava se os outros diziam que a vida não era assim; foi desse modo que achou que deveria ser e foi como aconteceu.

E agora estava ali, diante do que sabia que poderia ocorrer, a despeito dos seus críticos. A vida lhe ensinara o que era perder um filho, o tamanho da dor que isso representava. E então aparecia Tatiana ignorando a história de sua família. Quem ela achava que era para lhe impor a perda do outro filho? Ora, se David morresse, ela morreria junto com ele. Havia limites para a dor, e ela sabia muito bem qual era o seu. David era como Mateus, um espírito bom. Privar-se dos dois seria privar-se de si mesma, pois sem eles não haveria mais qualquer sentido em viver. David lhe ajudava com a lacuna deixada por Mateus, mas Afonso não seria suficiente para fazê-la lidar com a perda dos dois.

Além dela mesma, ninguém mais era capaz de dizer o que David significava em sua vida. Amava-o pelo simples fato de o ter dado à luz.

Mas ele não era uma pessoa comum, e ninguém melhor que ela para atestar isso. Desde cedo apresentava versões esquisitas para as coisas, afirmava sonhar com fatos que habitavam o passado ou o futuro. Quando David pedia explicação, ela e Afonso se entreolhavam achando que o menino perdera o juízo; no entanto, muitos dos sonhos encontravam eco em coisas que já haviam acontecido, das quais ele não poderia saber, ou prenunciavam fatos que se confirmavam depois. Com o tempo, esse seu sentido se aguçou, de um modo inexplicável.

Não, ele não era uma pessoa comum, e Adelaide não encontrava explicações para isso, talvez porque não houvesse mesmo como encontrá-las. Se pouco se sabia do ser humano, da vida, tampouco ela podia descobrir o que se passava com o filho. Ademais, como eram católicos, nunca buscaram explicações em outras doutrinas ou religiões. Médium, vidente, sensitivo, empata, nada disso lhe era aceitável. Para Adelaide, David era uma pessoa diferente, sensível, quem sabe com a mesma vocação dos santos, mas que precisava de cuidados especiais diante de suas peculiaridades. Não se impressionaria se um espírita dissesse que ele tinha um karma e precisava resgatar dívidas, ou que fosse um médium que precisava empregar corretamente os seus dons; para Adelaide, porém, se ainda não se esclarecera perfeitamente a missão do filho, ela, enquanto mãe, sabia muito bem qual era seu dever: não permitir que ele fenecesse.

Afonso não encontrava forças para demover a mulher dos excessos cometidos contra o filho. Seguindo a postura de uma vida inteira, preferia não se intrometer; era pai, também, é claro, e amava David, não suportando admitir o seu mal, mas tinha uma razão psicológica para não se sobrepor à Adelaide. Era um acordo tácito travado entre os dois e que vigia há muitos anos. Desde o acidente, não era cobrado pela morte de Mateus, e, em compensação, David passara aos cuidados exclusivos da mãe. Pai de verdade fora somente enquanto Mateus era vivo. Por isso, se colocar contra ela era difícil para ele.

Naqueles primeiros meses, David sentia como se o sofrimento tivesse se instalado para não o deixar nunca mais. Sua rotina de sono se modificara totalmente, mas Adelaide sabia que esse era um dos sintomas mais característicos da doença. À noite, antes das 10h, o sono o dominava por completo e, como chumbo, desabava, só acordando no dia seguinte por volta das 11h da manhã. Não ficava fora do quarto por muito tempo, não comia entre as refeições e em regra não tinha apetite. Tentando dar ao filho alguma energia, Adelaide comprou uma esteira para que ele se exercitasse, mas ele raramente a utilizava.

Embora Adelaide, às vezes, detectasse uma pequena melhora em David, ele ainda conservava o ar embotado e sofrido que mantinha desde o início da depressão; seu semblante sinalizava que ainda estava num mar de tormenta, cuja travessia demandava coragem e paciência, sem as quais ele não reencontraria o caminho do qual se perdera.

No lento transcurso do tempo, tudo parecia se arrastar para David. Cada dia era um mal à parte e, a despeito dos altos e baixos da política e da pandemia, ele continuava apartado do mundo exterior e atado à sua própria melancolia. Embora não saísse de casa, em razão da insistência da mãe, mas mais ainda pela prostração que sua própria depressão lhe causava, tudo de que necessitava era posto à sua disposição. Tudo que quisesse, pensava ele, menos Tatiana. O encontro com Alexandre não fora possível. Ou ele andava ocupado, ou surgia um imprevisto qualquer. Adelaide dizia que coisas assim aconteciam, mas que quando Alexandre voltasse da Europa, eles iriam matar a saudade. Não ter estado com o amigo não fez nada bem a David, pois, embora ainda atravessasse a depressão e permanecesse sem ânimo para nada, precisava pelo menos saber se Tatiana estava bem.

David começou a melhorar, esboçando um pouco mais de energia e disposição, somente alguns meses após cair naquela crise. Até esse momento, no entanto, estar no meio de gente era o que menos lhe animava. Saber que havia pessoas que não tinham noção do que era estar deprimido, muitas dizendo tratar-se de frescura, só agravava sua dor. À medida que se recuperava, percebia, também, o quanto a depressão era mais dolorosa e perturbadora que a euforia, pois enquanto esta lhe conferia uma falsa sensação de bem-estar, aquela o lançava no fundo de um poço escuro e gelado.

Naquele momento, porém, como se estivesse vivendo uma mágica que ia acontecendo aos poucos, recomeçava a ver o colorido e o brilho das coisas, por isso conseguia entender melhor sua enfermidade, distinguir uma fase da outra, fosse pelo que sentia, fosse pelo que racionalizava. Um touro desenfreado, um leão dono do mundo, ambos em meio a um carnaval, era assim que ele se sentia na euforia; mas na melancolia, era como se ele estivesse preso a uma desolação permanente. Mas agora, após aqueles meses, embora ainda um pouco para baixo, sentia-se reagindo; enxergava as coisas com outros olhos; já conseguia pensar, raciocinar e até sorrir melhor.

Acreditava que a medicação estivesse finalmente fazendo efeito e combatendo sua depressão. Sua mãe reintroduzira o lítio e prescrevera um antidepressivo. Ele não sentira nenhuma melhora nas primeiras semanas — era sempre a mesma vontade de sumir —, embora Adelaide explicasse que os efeitos só viriam depois de 20 dias. Mas ela também estava errada quanto a isso. Seu sofrimento, sua dor, seguiram por meses.

Naquele instante, porém, no qual a medicação, enfim, detinha de modo mais efetivo a dor de sua alma, David sentiu que havia chegado o momento de conversar com a mãe, e decidiu fazê-lo na companhia do pai.

Quando achou os pais satisfeitos por realmente notarem sua melhora, David resolveu abordar o assunto. Chamou-os à sala.

— Vejo viço no rosto deste rapaz! — disse Adelaide.

Afonso sorriu. Estava sentado ao lado da esposa, enquanto o filho se acomodava no sofá diante deles. Aquela era uma época de frio em Brasília, por isso, mesmo dentro de casa, todos estavam agasalhados. Era indiscutível o quanto Afonso e Adelaide estavam felizes; a alegria estava estampada em seus rostos.

— Estou melhor e acho que já tenho condições de voltar para o meu apartamento. Vocês me ofereceram uma acolhida típica de pais. Mas agora é hora de eu me organizar...

— Tem certeza de que já é hora disso? — atalhou Adelaide.

— Acho que o pior já passou, mamãe.

— Entendo. Mas como médica...

— O mais difícil, convenhamos, é a senhora saber onde termina a mãe e onde começa a médica — disse, voltando-se em seguida a Afonso: — Não acha, papai?

— Bem, você já é adulto e não podemos testificar à risca como se sente. Mas acho que se você diz que está melhor, devemos considerar.

— Ele está melhor, sim. Afinal, assegurei o melhor tratamento para ele. Mas não está totalmente bem ainda. Não pode voltar ao trabalho, por exemplo.

— Mas isso não me impede de voltar para minha casa.

— Ora, meu filho, veja bem. Por que você acha que está aqui?

Ele não tinha certeza do que a mãe queria ouvir.

— Nós te amamos, David. Você é tudo para nós.

— Certo, mas nem por isso devo ser um prisioneiro.

— Perguntei por que acha que está aqui. Não me respondeu. Está aqui porque não quero que corra risco de vida. Por duas vezes...

— Seja direta. Está falando sobre a minha tentativa de suicídio, não é?

— Também.

— Isso não se repetirá.

— Você acha que eu não tenho experiência com pacientes psiquiátricos; que eu não sei do que são capazes de fazer?

— Vai trabalhar sempre como se eu fosse um eterno louco?

— Nunca sugeri isso, você não é louco. Apenas convive com uma condição de saúde que, se tratada, pode ser controlada.

— Já cansei dessa ladainha. "Pode ter uma vida normal". Até enfermeiros contratou, certamente para me impedir de sair de casa e respirar ar puro. Quando terei de volta minha vida normal?

— Quando superar esse último episódio.

— Já se deu conta de que a superproteção pode ter atrasado minha melhora? Que, talvez, eu tenha sofrido mais do que deveria?

De repente ela começou a chorar. Agarrou-se ao marido, soluçando. Afonso tentou acalmar a esposa, sem qualquer êxito.

— Então, é isso que mereço por ter anulado minha vida por você? Por ter feito um curso superior unicamente por você? Por ter me dedicado a ser uma boa mãe? Por preservar você? Será que já posso dizer que meu único filho vivo é ingrato?

— Calma, Adelaide. David é adulto, independente. Passou por uma crise seríssima. Ficou calado esse período, mas se se diz melhor, por que não o ouvimos?

— Mamãe, esses dias aqui foram dias de inferno e de paraíso, para mim.

Ela saltou os olhos.

— Você me mimou, me cuidou; isso foi bom. Só que você me isolou do mundo. Não me deixou ver Tatiana.

— Ah, eu sabia! Eis a questão: não esqueceu da vagabunda!

Afonso suspirou e fechou os olhos por uns segundos.

— Essa mulher não faz mais parte da sua vida, meu filho. A esta altura já deve ter voltado para a família dela; para o marido dela.

— Pode ser, mamãe. Mas preciso confirmar isso com meus próprios olhos. E isso não acontecerá se a senhora continuar me trancando aqui. Saiba que durante todo esse tempo por nenhum momento deixei de pensar nela. Na verdade, foi ela que manteve viva dentro de mim a vontade de superar toda essa burrada que eu fiz a mim mesmo.

Afonso sentiu necessidade de pôr as palavras do filho em um nível próximo ao dos argumentos de Adelaide, mas tinha medo da reação da mulher, pois se ela achasse que ele estava pendendo para o lado do filho, a reação dela seria imprevisível.

— Você atravessa uma crise de depressão. De mais longe já veio; tudo indica que se livrará logo disso. Mas é preciso mais tempo.

— Sou adulto, mamãe. E só eu posso falar por mim. Nem mesmo um médico pode saber o que se passa dentro de mim.

— Ela voltou com o marido. Há fotos dos dois no Instagram.

— Mamãe, eu vou me certificar sobre isso.

— Se sair de casa agora, irá me matar. Pode estar certo disso.

— Isso já funcionou antes, mas não funcionará mais, mamãe. Vim para esta conversa preparado. Eu a amo, mas não posso mais me sabotar.

— Pois bem — disse Adelaide mudando rapidamente o rumo da conversa e limpando as lágrimas com as mãos. — Se diz que está recuperado para voltar a viver sozinho, vamos conversar responsavelmente. Por que quis se matar?

— Prefiro não falar sobre isso agora.

— Para uma abordagem terapêutica isso pode ser determinante para a resolução do caso. Como você pontuou, sou sua médica e acho fundamental discutirmos isso agora.

— Estou melhor, a senhora sabe. Além disso, somos vizinhos.

— Você é um bipolar que veio controlando seu problema até se tornar um irresponsável, o que lhe acarretou duas crises que, cada uma a seu modo, quase lhe custaram a vida. Não estou aqui para conversar sobre sua abstinência sexual, pode estar certo disso.

— Depressivos podem cometer suicídio. O que mais quer ouvir?

— Quando alguém com o seu problema incute uma coisa na cabeça, e isso não é tão raro como se imagina, as coisas se potencializam e a crise acontece. Você realmente não estava bem naquela ceia de Natal, mas, quando saímos de lá, você estava pior.

— Aonde você quer chegar?

— Você sentiu que Tatiana estava lhe escapando. E isso é simples de concluir. Negligenciando o remédio, você afundou em um poço de tristeza, e nesse caso é inevitável que a autoestima caia. No seu caso, falo de autoestima enquanto homem. Tatiana, cheia de problemas, precisava de um homem que a fizesse se sentir segura e não só a satisfizesse na cama. Do jeito que estava, sinto que você sentiu que deixava a desejar nos dois departamentos. Como Rogério compareceu à ceia, deu uma joia cara a ela e estava bem com os filhos, até com o que ele andou batendo, você entrou em parafuso. Era o que precisava para uma nova crise, só que agora com potencial para te matar.

— Respeito sua avaliação, mas prefiro resolver sozinho meus problemas com Tatiana. Ninguém pode interferir em minhas relações, nem mesmo a senhora.

— Como assim? Sou sua mãe e o acompanho desde que nasceu. Por acaso contesta que essa mulher só lhe trouxe má sorte?

— Preciso retomar minha vida. Ver gente, sair à rua, tomar sol.

— A única coisa que importa para mim é sua saúde. Depois de meses aqui conosco, se tratando com ajuda de quem realmente o ama, você acha que ela ainda o espera? Ela já se esqueceu de você, tomou o rumo dela. Esqueça essa mulher. Isso é uma súplica. Tudo o que fiz por você não pode ser jogado na lata do lixo.

— Estando melhor, preciso reaprender a cuidar de mim.

Adelaide e Afonso se entreolharam. David estava seguro e autoconfiante. Nada poderia lhe demover da ideia de voltar para o seu apartamento. E afora suas preocupações, a médica sabia que não poderia manter o filho naquelas condições para sempre.

— Voltando para sua casa, como posso ficar tranquila quanto aos seus remédios?

— Isso já passou. Agora estou em busca do meu reequilíbrio.

Ela lutou até o fim, mas foi derrotada. Perdeu aquela batalha.

— Então, eu concordo, mas desde que você nos autorize a entrar no seu apartamento a qualquer momento de qualquer dia.

— De acordo.

Capítulo 54

Antes de retornar para o seu apartamento, David pensou no que afirmara à mãe. Dissera-lhe que sua intenção era cuidar de si, mas isso era uma meia-verdade. Mesmo nos momentos que não tinha quase nenhuma energia, não conseguia esquecer Tatiana. Bastava liberar um pouco sua alma do sofrimento, para que ela despontasse em sua mente.

Nunca deixara de amá-la, e passar todo aquele tempo impedido de tê-la nos braços, quando dela mais precisava, fora certamente o pior dos castigos. Mesmo mal, em algumas ocasiões, pensara em escapar e ir ao encontro de Tatiana, mas logo afastava essa ideia, pois sabia que não conseguiria ficar diante dela no estado em que se encontrava.

Sua mãe gravitava perigosamente no terreno da crueldade, ao manter dois enfermeiros nos primeiros meses, vigiando-o em tempo integral. Dizia que era para atender suas necessidades, mas ele sabia que eles serviam também para impedi-lo de sair da casa dos pais. Mas ainda assim David precisava acreditar que ela errava tentando acertar, mesmo que tivesse contribuído para lhe afundar mais ainda naquela crise.

Sua vida, antes de Tatiana, pertencia mais à Adelaide do que a qualquer outra pessoa e, por mais urgente que fosse, não seria tão fácil romper com aqueles grilhões.

Mas agora era mais fácil escapar da escuridão em que se encontrava, debaixo dos lençóis, sem que tivesse ânimo para nada. E era justamente neste processo — de retomar o controle de sua vida e o encanto pela existência — que a ausência de Tatiana se tornava tão difícil para ele, pois havia chegado a hora de estarem juntos novamente.

Naquela noite, antes de dormir, Adelaide e Afonso se desentenderam como há muito não acontecia. Enquanto vestia a camisola e arrumava o cabelo, Adelaide falava ao marido, que estava deitado na cama, já de pijama, com o celular na mão.

— Se ele pensa que vai ficar à vontade, está muito enganado. Graças a Deus que você está do meu lado e sabe tão bem quanto eu o risco que ele corre na mão dessa louca. Foram duas vezes, Afonso, não vou esperar a terceira. Meu filho é precioso demais para eu ser condescendente com uma desgarrada dessa.

Afonso ergueu os olhos e, observando a esposa tirar os brincos e guardar na pequena caixa de joias, na penteadeira, disse:

— Você pegou pesado ao chamar Tatiana de vagabunda.

Voltou o corpo para o marido, sobrancelhas franzidas, e disse:

— Ao que me consta nem ele se queixou na ocasião sobre isso. Você por acaso virou advogado dela ou só lhe toma as dores?

— Mais um pouco e o magoaria. Já vem sofrendo demais com a doença. Não precisa que ofendamos sua companheira.

— Ele lhe deu procuração para falar por ele?

— Se acha adequado falar com sarcasmo, tudo bem, mas acho que o que ele mais precisa é de amor. Não percebe que ele precisa voltar a viver a vida dele?

— E ele não viveu a vida dele enquanto esteve aqui?

— Claro, mas com restrições. Os enfermeiros...

— Não venha com essa. A rigor, como alguém que tentou acabar com a própria vida, ele deveria ter sido internado em uma clínica psiquiátrica. O que ofereci para ele foi humanidade, embora vocês possam concluir que eu tenha sido a pior das mães.

— Não questiono isso. Falo sobre o direito de ele ter a vida dele de volta.

— Ele terá, com certeza. Eu serei a primeira a zelar por isso.

— Já é hora de ele escolher os próprios caminhos...

— Com certeza, logo que ele estiver bem. Mas ainda assim não permitirei que ninguém o empurre para nenhum precipício, o que inclui Tatiana, evidentemente.

— O que te faz pensar que tem esse direito, Adelaide?

— Dever médico, instinto materno, senso de humanidade. Chame como quiser.

— Por acaso falou com ela, procurou saber como ela está?

— Deus me livre! Sob a força da distância e do tempo, laços frágeis se desfazem por si mesmos.

— É assim então que você vê a relação dos dois? Frágil?

— As coisas são como devem ser, Afonso — disse a mulher, deitando-se na cama e virando-se para dormir.

David contou com a ajuda do pai para realizar a mudança para o seu apartamento. Na verdade, não tinha muito o que levar, só alguns livros, pares de roupa e objetos pessoais. Adelaide não acompanhou a mudança do filho alegando o trabalho no consultório, embora seus atendimentos estivessem suspensos.

Com as coisas mais ou menos arrumadas, Afonso juntou-se a David em um dos sofás na sala e percorreu com os olhos a casa do filho; aquele lugar repleto de livros, dispostos em estantes por tudo quanto era canto. Era como se o apartamento fosse uma extensão da personalidade do rapaz. Não conseguia imaginar David sem seu próprio universo, sem sua dose de exagero — pelo menos quando o assunto era livros. Mas a determinação do filho, de voltar para a própria casa, era um sinal claro, para Afonso, de que ele estava disposto a reassumir as rédeas de sua própria vida.

— E então, feliz por estar de volta a sua casa?

— Muito. Agora preciso comprar um celular novo, além de ter acesso à minha conta bancária e ver a questão da minha licença.

— Sim, sim. Você e sua mãe resolverão tudo isso. Só peço que tenha paciência com ela. Ela sabe que está melhor, mas bate na tecla de que ainda não saiu da depressão.

— A questão agora não é tanto minha saúde quanto Tatiana. Esses foram meses em que tive de me contentar só com a lembrança dela. Isso não é certo, pai.

— Eu sinto muito, meu filho.

— O senhor conhece Tatiana. Sabe o quanto ela é boa e como nos amamos. Não pode continuar cedendo à pressão da mamãe.

— Sempre procurei não me colocar entre você e sua mãe. Não tenho como me opor ao que ela diga ou faça quando o assunto é você. Às vezes, acho que ela sabe mais de você do que você mesmo.

— Só precisa me ajudar a mostrar para ela que não sou mais um menino. Vai comigo comprar o celular?

Afonso preferiu aguardar Adelaide, o que desapontou a David, que, apesar de se sentir melhor, percebeu que ainda não havia recuperado totalmente a confiança dos pais. Decerto, a inquietação, os olhos arregalados, a hesitação em torno de coisas simples, tornavam claro para ele o principal motivo por trás daquele excesso de cuidados: ainda era visto como um suicida em potencial.

Capítulo 55

Tatiana não aceitava a possibilidade de não tornar a ver David, e uma das formas encontradas por ela para lidar com a saudade, afora alimentar seus pensamentos com boas lembranças e imergir no trabalho, era pensar que vivia uma situação passageira. Ao acreditar na recuperação dele, Tatiana não só alimentava sua esperança como mantinha vivo o significado que ele mesmo a ajudou a encontrar para sua vida.

Se ele a ajudara em seu momento de prova, agora era sua vez de retribuir. Perdê-lo, portanto, significava fracassar como companheira, e isso ela não podia aceitar.

Adelaide atrapalhou o encontro de David com Alexandre, obrigando o amigo a voltar para Lisboa sem o ver. Dessa forma, acabou impedindo que chegasse a David o que Alexandre tinha a lhe falar. Sentia como se a médica tivesse aberto uma guerra contra ela, mas estava disposta a lutar por David até o exaurimento de suas forças.

Em casa, a acolhida daqueles que a amavam era, sem dúvida, um dos seus maiores trunfos. O envolvimento com os filhos lhe mantinha entretida por um tempo razoável, e os cuidados e conselhos dos pais e de Jandira vinha sendo fundamental.

Nesse contexto é que Tatiana sentiu-se atordoada quando a mãe a abordou, com seu jeito ameno, e disse que era chegada a hora de ela e Rodrigo voltarem para Belém.

Inconsolável, Tatiana perguntou:

— Mas por quê? Não estão gostando de estar conosco?

— Sabe que não se trata disso. Estar com você é uma benção. No entanto, estamos aqui há meses e precisamos voltar para cuidar das nossas coisas.

— Compreendo, mas é que já estávamos tão acostumados uns com os outros...

— Vamos continuar nos falando e vocês irão a Belém. Somos uma família, não há como nos livrarmos facilmente uns dos outros.

— Eu sei, mamãe, eu sei... — murmurou Tatiana sem acreditar que chegara o momento de se separar dos pais.

— Não pense que é fácil para mim lhe dizer que devemos partir quando você se encontra tão amuada por causa de David. Quanto a mim, sabe o que acho de tudo isso.

Voltou-se então para a mãe, sondando-lhe os olhos.

— Sendo racional, eu preferiria que não se envolvesse com alguém com tantos problemas, mas se o ama de verdade, como mãe eu lhe digo: não desista de sua felicidade, pois, se lutar e acreditar, voltará a sorrir como antes. O que é verdadeiro pode até estar escondido, mas um dia reluzirá, seu brilho aparecerá e sua força haverá de prevalecer.

Agarrou-se à mãe e desatou a chorar. Enquanto a abraçava, agradecia a Deus pelo privilégio de ter uma família e de poder contar com o amor de seus pais. Se tinha uma certeza era de que, mesmo depois que partissem, continuariam ao seu lado.

Embora buscasse, por meio de recordações, suprir a ausência de David, nem sempre Tatiana conseguia evitar a angústia que lhe sobrevinha quando a saudade se elevava acima de suas forças. Às vezes, até mesmo no gabinete, ou minutos antes de tomar assento nas sessões do Tribunal, ela sentia as lágrimas tomarem conta de seu rosto. Sabia que não havia como evitá-las, não tinha como interromper o que vinha do coração. Então, despejava o choro e depois tentava se recompor para seguir com sua vida diária.

No trabalho contava com a solidariedade de sua equipe, além da de Seu João, que, ao saber do que ocorrera a David, passara a estar sempre presente em seu gabinete, dedicando-lhe palavras carinhosas. Chegou até mesmo a trazer uma sobrinha evangélica, Marta, para orar em favor de David, o que emocionou Tatiana.

Tatiana ainda comparecia ao gabinete de David, quando ouvia da secretária que não havia novidade e que ele continuava de licença médica. Otávio, o assessor, respondia muito pacientemente às suas perguntas, mas suas respostas nada traziam de novo.

Compensando a ausência física de David, ainda que sob a veste da ilusão, Tatiana costumava vê-lo em sonhos. Ela sempre tentava escapar com ele, segurando-o pela mão, para que saíssem do sonho para a vida real, mas, toda vez, algo impedia a fuga dos dois. Como ele sempre parecia disposto a fugir, Tatiana se agarrava à ideia de que ele melhorava e não se esquecera dela.

Às vezes, suas amigas e até mesmo seu pai, quando falava de Belém, impacientes, sugeriam alguma medida judicial contra Adelaide. Alegavam que mesmo sendo mãe, não tinha o direito de fazer o que estava fazendo. Até concordava com eles e às vezes pensava em constituir um advogado, mas recuava por não saber exatamente o estado de saúde de David. Também temia despertar alguma reação indesejável por parte de Adelaide.

Tomada pela aflição e impotência, aquele foi o período de sua vida em que mais buscou Deus. Podia cair e esmorecer, mas Nele sempre encontrava força para se levantar e continuar. Nesse sentido, além da sobrinha de Seu João, que comparecia uma vez por semana em seu gabinete, Tatiana se reunia diariamente com Jandira, para orar.

Todavia, foi na capela do Hospital de Base, que Tatiana alcançou o nível de tranquilidade que procurava. Lembrando-se da serenidade que encontrara naquele lugar enquanto rezava por David, resolveu retornar a ele na esperança de obter a mesma paz de espírito. Era, portanto, ali, naquela simplicidade, consultando o livro que repousava sobre o púlpito, que as mais lindas mensagens de amor e benevolência vinham ao seu coração, e, assim, encontrava alívio e forças para viver dia por dia e renovar sua esperança.

Capítulo 56

Em um domingo de junho, Simone combinou de almoçar com o pai. Desde a ceia de Natal, Rogério passara a almoçar com mais frequência com os filhos. No entanto, notando que ultimamente vinha sendo evitado por Tatiana, resolveu diminuir sua presença no apartamento. Naquela ocasião, combinou de levar Simone a cantina italiana preferida da jovem, na Asa Sul.

Após estacionarem o carro, ao chegarem ao restaurante, surpreenderam-se com a lotação. Estava apinhado de gente, inclusive do lado de fora, aguardando para entrar e, especialmente naquele dia, era grande o falatório que vinha do interior da cantina.

Vagando uma mesa, foram levados para lá pelo garçom e sentaram-se um de frente para o outro.

— Está linda!

— Obrigada.

— Hoje vou de macarrão ao alho e óleo. Simples e gostoso.

— Quero ravióli — disse ela com o dedo no cardápio.

— Excelente — disse Rogério chamando o garçom.

Ao se aproximar da mesa, o garçom parecia exausto. Após anotar o pedido, ainda atendeu duas outras mesas antes de partir para a cozinha, sempre em grande velocidade.

— Como estão as coisas agora que seus avós viajaram?

— Bom por um lado, pois me livrei das provocações do vovô. Mas em compensação os dias têm sido tediosos.

— Mas não fique triste, pelo menos terá seu quarto de volta.

— É verdade — disse ela um pouco contrafeita com o barulho. — O senhor quase não vai mais em casa. Aconteceu alguma coisa?

— Não, só o trabalho que está um pouco puxado.

— Desistiu da mamãe?

— Que é isso? Tatiana é a mãe de vocês, jamais desistirei dela.

— Sabe perfeitamente em qual sentindo estou falando. Sabe... se voltassem, acho que as coisas melhorariam lá em casa.

— Vamos dar tempo ao tempo. Mas quero saber de você. Retomou a faculdade, concluiu a terapia, está bem mais corada...

O garçom reapareceu, abriu os refrigerantes, encheu a taça de cada um e saiu.

— Ouço tanto falar que na vida não adianta reclamar. Estou tentando fazer isso. Mas confesso que, às vezes, fico desolada. Sempre serei uma tola lá em casa.

— Ora, não pense assim!

— O que eu sou dentro daquela casa além de um fardo, de um amontoado de problemas, de alguém de outro planeta? Não consigo evitar os choques que provoco. A única pessoa com quem ainda converso, que ainda me entende, é você. Mamãe jamais me entenderá. Em casa eu só gero despesa de psicólogo!

— A adolescência é uma fase difícil, o que dizer quando se é inteligente como você. Jovens recebem uma visão atual de mundo. Você se insere na mudança do mundo e sabe que estamos nos livrando de certos atrasos e superstições. Pertencer a um mundo que resiste ao novo é atordoante mesmo. O rugido da juventude perturba os reacionários

— O senhor descreveu tudo pelo que eu passo.

— E sua mãe?

— Quando penso nela e em David, me sinto em um livro da era romântica. Permanecem sem se ver por causa do que aconteceu a ele, mas ela não dá nenhum sinal de quem quer desistir do relacionamento. Acredita que ela, às vezes, não come?

— Sua mãe é uma mulher boa, Simone.

— Esse é o problema dela; boa demais, se deixou influenciar.

— Bom, de fato, até David surgir, ela tinha a mente mais aberta...

— Sim, ele é o responsável pela deterioração dela. Fantasioso, ele nega o que acontece, porque diz que é errado. Já viu maior absurdo? Ora, o que acontece no mundo deve ser acolhido e estudado e não recusado. Mudanças sociais não são desprezíveis.

— O mundo continuará se modificando, queiram ou não os reacionários. Quando usam Deus para impedir isso, não fazem nada além do que negar a humanidade.

— Esse é o ponto. Deus foi criado unicamente para manter o estado de coisas que importa à direita. Quantos já não viram isso? Marx, Engels, Freud, Nietzsche.

— E enquanto isso a pobreza e a miséria se perpetuam.

— Querem nos convencer de que, rezando, tudo vai se resolver, mas a intenção verdadeira é conservar os pobres, pois assim mantêm sua própria condição. Para mim todos devem ser iguais e ponto-final. É cansativo acompanhar discursos de razoabilidade só para justificar a perpetuação de injustiças.

Após mais alguns minutos, o garçom ressurgiu colocando os pratos sobre a mesa.

— Uma coisa é certa, só vou voltar a dormir direito quando este governo passar. Fico chocada quando escuto que ele, bem ou mal, está aí para manter valores.

— Mas os valores mudam. Sabemos que nada pode ser admitido como absoluto. O ser humano é mutável, plástico. Posturas estanques são inconcebíveis.

Simone se sentia feliz de estar com o pai, que tinha uma forma de pensar tão parecida com a sua; nas ocasiões em que estavam juntos, sentia como se ele lhe devolvesse a sanidade, tão aviltada que era pela lei do extremo pudor que vigia em sua casa.

O almoço transcorreu como esperado. Cada um agradando ao outro em meio a conversas que giravam em torno de ideias comuns, com as quais não havia maiores discordâncias. Era o retrato exato e fiel do que, cada vez mais, vinha acontecendo naqueles tempos: de um lado ou de outro, instituía-se uma só forma de ver as coisas.

Prestes a terminarem o almoço, o celular de Rogério tocou. Era uma urgência. Como fazia barulho, saiu e foi atender à chamada do lado de fora.

Simone então prestou mais atenção no que acontecia ao seu redor. As conversas gravitavam quase sempre em torno de política e pandemia. De modo geral, cada mesa mantinha as mesmas opiniões, sem maiores divergências. Porém, onde havia altercações, essas eram acaloradas, e as ideias divergentes eram imediatamente ridicularizadas.

Era fácil acompanhar as conversas, pois, além da lotação, as mesas estavam próximas umas às outras. Por um momento ela temeu haver alguma briga.

Era incrível o quanto aquelas pessoas, a partir de seus próprios pontos de vista, eram convictas, cada uma ao seu modo, de que defendiam liberdade e democracia, embora a maior parte delas não tivesse o menor embaraço em impor seu modo de pensar, se assim fosse necessário, eliminando por completo uma ideia que fosse contrária à sua.

Aquela percepção, facilitada pela amplitude de sua visão, a partir do restaurante e de como as mesas eram dispostas, funcionou como um estalo que fez Simone ver melhor o que se passava **à** sua volta, e então concluiu estar diante de um microcosmo.

A forma díspar de pensar, com a qual Simone estava acostumada a conviver, era ali espantosamente amplificada. Ela observava com muita clareza que a maioria não conseguia suportar facilmente ideias contrárias. Percebeu então como ela mesma era assim, alguém que não dava chance ao contraditório.

Se o mundo está dividido entre fascistas e pessoas com mentes abertas, paciência, estamos em uma transição para um mundo melhor, pensava Simone, não se deixando impressionar pela cena diante de si.

Não ligava muito para os conceitos que os fascistas davam à liberdade e democracia; em sua mente, o que sobressaía eram os ideais de igualdade e justiça. Jamais aceitaria uma democracia discriminatória. Era por isso que, embora notasse o tumulto que tomava conta do país, com prisões e bloqueio de opiniões, não se perturbava. Era esperado, e até natural, o fim do debate com fascistas; era tempo de impor o pensamento certo, repor os fatos à concepção verdadeira. De mais longe já tinha vindo o mundo.

Simone tinha consciência de que ali estava o Brasil atual, dividido, refratário e intolerante. Embora alguns fossem instruídos e com condições financeiras, observava que muitos pareciam não saber diferenciar fato de tese, verdade de ilusão, enquanto outros, geralmente os mais velhos, inflexíveis e embrutecidos, aparentavam estar agrilhoados aos próprios preconceitos. Se um contingente como aquele encontrava dificuldade para se manifestar a respeito de temas tão caros, o que esperar das camadas menos favorecidas?

Em uma mesa próxima, a conversa estava mais acalorada. Um idoso, que usava um chapéu panamá cinza parecia falar aos seus ouvidos, de tão alto que bradava.

— Daí eu disse: "minha filha, quem pensa assim não percebe que, onde vige só um pensamento, não se vive em paz com a própria consciência, senão com a do ditador de plantão". Daí ela disse: "então fique aí com seu Bozo. O senhor deve mesmo gostar de palhaços". — Caíram na gargalhada. Em seguida, ele disse: — "esquerdistas não têm jeito. Sem argumento, nos chamam de fascistas, nazistas, eletricistas... E não enxergam que eles mesmos são uns... comunistas".

As risadas ecoaram novamente. Simone julgou aquilo uma inconveniência, e, enquanto torcia para o homem se calar ou ir embora, ele retomou a palavra:

— As universidades acabaram com esta geração. Movidos a maconha e andando nus no campus, os jovens não pensam mais. Não creem em Deus, o que é até coerente com a vida que levam, mas serem contra a liberdade é demais. Será que é possível uma democracia com pessoas sendo autorizadas a falar somente sobre determinados assuntos? E ainda dizem que o que está acontecendo é para defender a democracia. Mas isso é típico deles; mudam tudo. A língua. Conceitos. Enfim, até a natureza das coisas.

Simone foi ficando indignada com o que ouvia. Como ousava falar que a esquerda não respeitava a democracia? A esquerda não praticava *fake news* e tinha uma visão de democracia muito mais justa e verdadeira do que a daqueles ignorantes.

— Esses comunistas não aceitam ouvir ninguém — retomou o idoso. — Alguns sabem que um cacto, no deserto, pode matar a sede por meio da água que há em seu interior, o que pode ser obtido cortando o cacto com uma espada. Como recorrer ao cacto, porém, se ele ou a espada forem eliminados, seja porque a espada é uma arma e será retirada de circulação, seja porque ele contém espinhos e pode ferir? Se quem precisasse de água, nessas condições, só pudesse contar com a opinião de quem proibiu o uso da espada ou sumiu com o cacto, morreria. Precisamos de todas as possibilidades, de todas as concepções de mundo, pois só a análise de cada uma levará à verdade. Não há ideias totalmente corretas ou totalmente erradas. Isso é ridículo, infantil. Esse radicalismo está nos custando a dialética. Os filósofos antigos devem estar se contorcendo em suas tumbas.

Simone viu um contraponto significativo naquele argumento. Era como se aquele velho cômico, à beira da senilidade, a estivesse lembrando que não estavam mais discutindo ideias, mas, sim, direito a uma ideia e o perigo que poderia representar proibir de levar essa mesma ideia a debate. Embora estivesse certa de que, em geral, o que ouvira fora vazio, aquelas últimas palavras a fizeram refletir.

Estar naquele momento como expectadora de pessoas que divergiam era como sair do livro para o mundo real. Ela estava entre indivíduos com os quais poderia divergir e até mesmo partir para as vias de fato. Ou quem sabe sentar e conversar, para tentar encontrar uma ideia conciliatória, ou simplesmente aceitar e respeitar o outro posicionamento? Mas, de repente, como se houvessem acendido uma luz para si, percebeu que estava tomando um caminho errado. Como ceder diante de uma ideia fascista? Se as mudanças ainda estavam em curso, era porque a luta que a humanidade vinha travando ainda não acabara, e sabia que uma transformação efetiva passava por uma profunda mudança de mentalidade, por isso não podia recuar. Os que reclamavam de estarem sendo calados eram os mesmos que se indignavam com a retirada da doméstica da condição de semiescravidão, que olhavam com desprezo para gays, negros e pobres.

Ah, como ela queria que esses hipócritas, antes de reclamarem contra a censura que diziam sofrer, tivessem consciência do silêncio que até aquele momento ainda era imposto a certos grupos de pessoas. Fascistas nunca consentiram com o diálogo, por que agora queriam conversar? Não era tempo de debater, esse tempo ficou para trás; agora era tempo de fomentar a mudança, pouco importando se isso desagradasse a ordem vigente. Chamassem-na de revolucionária, do que quisessem, mas ela não arredaria o pé.

Capítulo 57

Enquanto explicava ao estagiário desapropriação indireta, em uma causa que versava sobre Direito Administrativo, Tatiana fora surpreendida com a visita de Otávio, o assessor de David. Imediatamente, pediu que ele se sentasse e liberou o estagiário.

— Bom dia, doutora.

— Aconteceu alguma coisa com David? — disse, apreensiva.

— Não! Chegou uma correspondência. Está no seu nome e no do doutor David, então pensei que a senhora pudesse receber, mas caso entenda diferente, não há problema.

— Pensei que fosse alguma notícia dele. Você não costuma vir aqui.

— Desculpe se não trago notícias do doutor. De qualquer forma, recebemos esta correspondência na semana passada e na correria acabamos não falando com a senhora.

— Certo. Posso mandar meu assessor ir apanhar com você.

— Mas precisamos que assine o livro do protocolo.

— Ah... Ok. Estamos no mesmo prédio, afinal.

Não conseguia compreender direito, mas havia algo fora do lugar. Se a correspondência a envolvia, por que ele não a trouxera? Podia ter trazido o livro do protocolo. O normal ali eram os servidores paparicarem os procuradores, e não o contrário.

Tatiana não se apressou em ir pegar o documento. Primeiro, concluiu um parecer do tipo que não costumava delegar para sua assessoria, atendeu a um advogado que já a aguardava há um tempo. Só então se dirigiu ao encontro de Otávio. Ao entrar na antessala, cumprimentou os servidores que viu pela frente. Após ser autorizada, entrou na sala do procurador. Quando procuradores se licenciavam, outros membros eram designados para responder pelo ofício, mas faziam isso de seus próprios gabinetes, o que significava que na sala em que Tatiana estava prestes a entrar só deveria estar Otávio e o estagiário.

— Oi, Otávio, perdoe a demora — disse Tatiana adentrando o lugar.

Otávio, que examinava uns papéis, voltou-se para ela e disse:

— Tudo bem, doutora. Por favor, aguarde. Já volto.

Ela se dirigiu aos sofás e, sentando-se, pegou o celular. Enquanto ia passando as notícias, pensou em David. Deixou então o celular de lado e, olhando em torno de si, começou a lembrar dele. Das vezes em que ele aparecia sem avisar em seu gabinete e a enchia de alegria e em como ela retribuía, indo ao gabinete dele.

Conhecia aquele gabinete tanto quanto o dela. O tapete, os móveis, os adornos, os códigos, a organização do ambiente. Aquelas não eram coisas que apenas evocavam ele; elas o representavam, assim como acontecia com o seu apartamento e seus livros.

Tatiana tentava se acostumar com a ausência de David, mas a saudade era tão grande que às vezes ela se sentia sufocada. Não estava só sem o ver, mas sem ter qualquer notícia dele, e já não serviam as desculpas que lhe apresentavam ou que ela mesma se dava para acalmar seu coração. Era por isso que mesmo administrando a ausência dele, não raro ela cobrava explicações do destino sobre o seu infortúnio. Também pensava sobre o que ele sentia, será que era o mesmo que ela sentia em relação a ele? Será que ele se lembrava dela em seus momentos de dor? Será que ele tinha dúvida a respeito do que ela sentia por ele? Esse, talvez, fosse o seu maior questionamento. Ah, onde fora Otávio, que lhe largara ali, obrigando-a a sentir tão intensamente a presença de David?

Voltou ao celular e neste momento a porta se abriu. Pensou que devia ser Otávio. Mas o modo de andar não parecia ser o dele. Ela forçou a vista rumo à porta, mas não conseguiu distinguir de quem se tratava, pois o sofá no qual estava ficava no outro canto da sala. Devia ser outro servidor do gabinete, talvez um estagiário, pensou ela.

A pessoa atravessou a sala e rapidamente ficou diante dela. Abriu-lhe um sorriso, aquele, bem conhecido, mas que por alguma razão, naquele momento não parecia completo. Tatiana sentiu o coração disparar, as mãos tremerem. Era evidente que era ele, mas como podia ser? Não fora avisada, não sabia de nada! Estava tão impactada que naquele momento não soube o que dizer ou o que fazer. Fitando-o, viu que não havia margem para dúvidas. Era David quem estava diante de si, embora algo lhe dissesse que ele precisava ainda empreender um certo esforço até completar o processo de cura.

— Meu Deus! — gritou Tatiana, levantando-se rapidamente, para abraçar David. Em sua agitação, ao mesmo tempo em que ria, explodia em lágrimas. Não acreditava que aquilo estivesse acontecendo. Era como se estivesse sonhando.

Lançou-se aos braços dele e o agarrou, não querendo largá-lo nunca mais. Em seguida, cobriu-o de beijos, enquanto o abraçava. Era ele! Estava ali, finalmente! Em carne e osso. Estava mais magro, parecia um tanto abatido! Sentira tanto sua falta que, naquele abraço, era capaz de ouvir as batidas do coração dele junto ao seu, a toada de sua respiração, e, lá no fundo, em um canto que nem todos conseguiam penetrar, a persistência de sua alma, para se livrar do tormento que teimava em não lhe abandonar.

— Foi muito tempo, muito.... Eu não te esqueci em nenhum momento... — balbuciava ela, recusando-se a largá-lo. Não queria que o destino os separasse de novo. Abraçá-lo daquele jeito era um meio de se certificar que isso não aconteceria novamente.

Diante das palavras e lágrimas de Tatiana, David viu que não se enganou a respeito de seus sentimentos e se sentiu exultante ao confirmar que ela não só mantinha o que sentia por ele, como demonstrava amá-lo na mesma medida que ele a amava.

— Eu sonhei muito com você...

— Não deve falar muito. Não quero que você se aborreça, nem se canse. Sente aqui ao meu lado. Precisa me escutar agora. Nunca deixei de amar você. Jamais poderia seguir sem você e nem consigo imaginar o que seria de mim se algo lhe acontecesse. Ah, será que tem noção de como estou feliz? Para mim é como estar vivendo um sonho!

Sentaram-se um ao lado do outro, o coração dela ainda descompensado.

— Você me fez falta — disse David. — Sei que estávamos ligados em espírito, mas ainda assim foi como se tivessem tirado uma metade de mim.

— Oh! Como você está agora, me diga, por favor...

— Estou mais confiante, voltei para o meu apartamento. Passar por isso não é nada bom, difícil até descrever. É como viver com um véu negro sobre os olhos. Da feita que acontece, se não tivermos consciência de que tende a passar e paciência de esperar, ficamos próximos de cometer uma loucura. Não é algo que dure uns dias ou semana; às vezes, a depressão fica conosco por mais de um ano. Mas não quero assustar você...

— Ah, como queria ter podido estar ao seu lado...

— Sim. Mas...

— O quê?

Ele hesitou. Depois disse:

— Vai ficar comigo mesmo depois de duas crises seguidas? Agora já sabe que comigo pode levar uma vida de instabilidade.

— Não consigo mais seguir sem você, David. O problema foi que não tomou o remédio. Uma vez juntos isso não acontecerá mais. Estarei ao seu lado para ajudar.

— Mas e Rogério?

— Você me provou que eu e ele jamais deveríamos ter nos casado. Ah... e quanto ao colar, saiba que devolvi no outro dia.

Tinha tanta coisa para conversar, mas estava tão emocionada que não sabia ao certo o que falar. Então, após um momento, disse:

— Como você conseguiu sair do apartamento dos seus pais?

— Quando a depressão finalmente melhora, fica mais fácil se impor. Mas enquanto ela está forte, ter uma mãe obstinada torna as coisas ainda mais difíceis. Papai me apoia, não compactua com os excessos da mamãe.

— Adelaide vê em mim um risco irremediável para a sua vida.

— Não falemos nela por enquanto.

— Ela ainda põe na sua cabeça besteiras envolvendo eu e Rogério?

Ele não respondeu.

— Não procede. Além disso, o fato de eu ser mãe, de ter tido um marido, não me impede de recomeçar, de acreditar que posso ser feliz e te fazer feliz. Quando meu casamento acabou, também encontrei meu fundo do poço. Foi você quem me ensinou que eu poderia superar minhas dificuldades; que, às vezes, os obstáculos não são tão intransponíveis quanto nos parece. Que, quando se tem fé e amor, muitas portas se abrem e sonhos ficam mais fáceis de serem concretizados. Você me ensinou sobre amor e espiritualidade. Você é definitivo em minha vida.

Deram-se as mãos. David achou Tatiana ainda mais encantadora. A integridade e a bondade que vinham daquela mulher, que sempre o fascinaram, permaneciam intactas.

— Parece bobo, mas, às vezes, vejo nós dois como uma coisa só. E quando um obstáculo surge para nos separar, eu sofro muito — disse David.

— Deus não permitiu que o pior lhe acontecesse.

— Eu sei. Também acredito nisso.

— Estamos aqui para aprender a levar nossa própria cruz. E é neste trajeto, caindo e levantando, que aprendemos o que é o amor. Acho que assimilei bem suas lições.

— Apenas tentei repassar o pouco que aprendi — disse ele sorrindo. Depois retomou: — De qualquer modo, sentir na pele é muito diferente de quando aprendemos na teoria. Pois sempre será um teste, independentemente do nível de nossa consciência sobre a adversidade e a dor. Nos piores momentos, quis saber por que vim ao mundo como bipolar. Por que fui escolhido para sofrer dessa forma.

Ela pensou por um momento, depois disse:

— Você lembra de quem perguntou a Deus, na cruz, por que foi abandonado? Há um propósito para nossas existências, sim. Sempre há um propósito. Não penso que estar no mundo seja um acaso. Acredito que haja um desígnio maior, mas precisamos abrir nossos corações para atentar para ele. Quanto a você, essas crises certamente te tornaram mais forte e te ensinaram muita coisa.

— Ensinaram o quê?

— A se conhecer melhor e buscar um ponto de equilíbrio. Veja bem, não estou dizendo que você é um desequilibrado. Estou falando que você tem uma enfermidade que te tira do centro. Você sente dificuldade de ficar na zona do equilíbrio justamente porque você veio ao mundo para encontrar esse meio-termo e, quando encontrar, a expectativa é que repasse a outras pessoas seu aprendizado, sejam elas bipolares ou não.

David ficou feliz em ver o quanto ela se detinha no seu problema e em como buscava lhe mostrar saídas para o seu estado de espírito.

— Se imaginarmos bem, o que não depende de equilíbrio? Pensei no mundo. Ele não lhe parece doente também? — disse David.

— Sim, mas acredito que ele também pode ser tratado, para se tornar um ambiente melhor. Há um remédio muito bom para isso.

— As pessoas já não creem em panaceias...

— A verdade é que as pessoas deixaram de acreditar em muita coisa. Porém, gostem ou não, há sim uma panaceia, e, dentre todas as imagináveis, essa é a mais poderosa. E o incrível é que ela não é novidade, sempre esteve ao nosso alcance. Na verdade, é um elemento à disposição das pessoas, que com ele tocam e são tocadas no fundo de suas almas, de uma forma tão tremenda, que é inegavelmente curativa. Entretanto, as pessoas usufruem cada vez menos desse remédio, pois, na verdade, a cada dia, ignoram mais seu poder terapêutico e regenerador. Hoje em dia, tornou-se clichê mencioná-lo. Os objetivos e palavras de ordem atualmente são outros. Isso nos levou a este estado doentio em que vivemos, fomentado por poderosos sem escrúpulos, que vão se aproveitando do ódio que toma conta do mundo, para nos manipular e dividir. Como trabalham pelo fim de Deus, solapam a panaceia, pois não há fonte maior desse remédio do que Deus. E por estarmos cada vez mais perdidos de nós mesmos, não conhecemos mais o seu significado. No entanto, quem dispõe o coração para sentir, quem tem um David para dividir experiências, percebe que a vida contém dores, sim, mas que o maior remédio, o maior antídoto para elas, para o que pode nos destruir, individual e coletivamente, é o amor, ressaltando que o mal com o qual mais convivemos não é o externo, mas aquele que habita dentro de nós. Onde há amor não pode haver mal, ou desiquilíbrio, por isso ele previne e remedia.

— Os corações tendem a se embrutecer e fechar. Antes, se falava em amor e se tinha dificuldade de implementá-lo; hoje, o amor se tonou um item fora de uso.

— Penso que o papel da sua doença é ensinar as pessoas a ser humanas, a amar mais. Quando estiver totalmente bem poderá devolver o equilíbrio e o aprendizado que conquistou, na forma de amor, a quem precisar; embora sejamos pequenos faróis, nada nos impede de inspirar a construção de outros, e estes de mais outros e assim por diante.

— Realmente, você conseguiu me impressionar — disse ele, sorrindo.

— Não é assim tão difícil transmitir mensagens bonitas quando, depois de algum tempo, se reencontra o grande amor da sua vida. Você me inspira!

Voltaram a se abraçar e beijar. Sonharam tanto com aquele reencontro que, naquele momento, temendo que não fosse real, desejaram ficar ali para sempre.

Naquele dia, Tatiana seguiu com David para o Sudoeste. À semelhança do que havia feito no gabinete, ao chegar no apartamento dele, passou em revista as coisas, verificou os livros, entrou no quarto, na biblioteca, até que em dado momento sentiu de repente um frêmito, uma espécie de desfalecimento, a lhe devolver via memória as sensações inefáveis que por tantas vezes compartilhou com ele naquele lugar.

Em meio à felicidade, principalmente por constatar que ele estava se recuperando, ouviu-o chamá-la. Estavam tomados pela saudade, pela necessidade de estarem um com o outro. Quando entrou no quarto, David já a estava aguardando. Deitou-se então ao lado dele e o deixou envolvê-la com seus braços. O fogo que tomava conta dos dois era abrasador e parecia impossível de ser refreado. Os olhos se mantinham fixos uns nos outros e não desviavam por nenhum instante. Ambos ansiavam por aquele reencontro. Ela logo o fez perceber o quanto também sentira a falta dele e precisava compartilhar aquele momento. Quando o amor teve vez de novo, foram tomados por um sentimento de ternura e perpetuidade; por uma gratidão por finalmente terem podido se reencontrar; pelo desejo de que o que sentiam um pelo outro se eternizasse na forma de um filho.

Quando Tatiana dormiu, David ainda estava acordado. Mal acreditava estarem juntos novamente. Ela agora fazia parte do seu processo de cura. Sem dúvida, já o ajudava a se recuperar, mostrando-lhe tudo de que o amor era capaz; se David ainda estava envolto em trevas, com Tatiana ao seu lado elas começavam a se dissipar mais rapidamente.

Como Tatiana lhe lembrava a todo instante do caráter passageiro de sua depressão, crescia dentro dele a esperança de se livrar logo da cortina cinza que ainda lhe cobria a visão. A dúvida, que de início o dominava, no sentido de achar que não conseguiria se livrar do peso da melancolia, agora cedia a uma confiança reconfortante. Se quando mais novo conseguira escapar daquilo, naquele momento, com ela ao seu lado, lançando luz sobre sua escuridão, seria muito mais fácil passar por aquele túnel escuro, pois, diferente da primeira vez, tinha agora um motivo verdadeiro para ficar bom.

Capítulo 58

Adelaide logo tomou conhecimento do reencontro de David e Tatiana. O porteiro do seu condomínio, fazendo por merecer a recompensa que lhe fora prometida, lhe disse o horário e a pessoa com quem o filho entrou no prédio. Não bastasse isso, ela soube, também, do reencontro dos dois, na Regional. Não que descartasse a possibilidade de eles voltarem a ficar juntos, era só que não se sentia preparada para algo assim, pois, para ela, Tatiana sempre seria um fantasma a assombrar suas vidas.

David tornara-se sua fixação desde quando tomara consciência de que, se o perdesse, não teria mais razão para viver. Nada na vida dele acontecia sem seu conhecimento e controle, até o aparecimento de Tatiana. Portanto, a perda do domínio sobre o filho, aliado aos infortúnios que recaíram sobre ele, faziam-na rejeitar Tatiana.

Pelo menos fora precavida quanto ao que podia acontecer e conseguira, com antecedência, um ajudante. Otávio era filho de João Antônio, colega de Afonso. Tornara-se assessor de David desde o momento em que este assumiu o cargo de procurador. Oferecera-lhe a assessoria, mas em troca combinou de receber informações de David no trabalho. Disse que ele não devia se preocupar, pois ela era a pessoa em quem David mais confiava. David nunca imaginou ter os olhos e ouvidos da mãe em seu gabinete.

Depois de saber que Tatiana voltara a frequentar o apartamento de David, Adelaide não se conformou. Aceitar aquilo era flertar com a morte, e isto ela não estava disposta a fazer. Os encontros entre eles vinham se repetindo e a atemorizavam cada vez mais. Até que, certa noite, deitados na cama, enquanto Afonso assistia à TV, ela falou:

— Estou angustiada.

Afonso não desviou os olhos da TV. Estava assistindo a um programa de comédia que não costumava perder por nada no mundo. De vez em quando dava uma gargalhada.

— Você está me ouvindo, Afonso?

— Eu? Sim... sim...

— Meu coração está inquieto.

Ele ria sem parar.

— Vai desligar a televisão para poder falar comigo ou não?

— É importante mesmo? Sabe o quanto gosto desse programa.

— Eis a questão. Nesta casa, até comédia é levada mais a sério que eu. Já não aguento mais. Às vezes, penso em cometer alguma loucura.

Desligando subitamente a televisão, ele se voltou para ela.

— Posso dizer uma coisa? Deixe David em paz agora. O que ele fez foi muito sério, reconheço. Mas passou, e ele precisa retomar a vida. Não estaremos aqui para sempre.

— Passou? Está louco? Ele ainda não saiu da depressão!

Ele suspirou.

— Sabe, você sempre foi forte, mas depois daquele acidente se tornou uma rocha tão indestrutível que, às vezes, acho que nem você mesma a desintegraria. Também sofri com a perda do Mateus. Não quero diminuir sua dor, mas devemos saber prosseguir.

— Reviver isso agora? Por quê? Você não tem esse direito!

— Lembro porque aquela tragédia ainda te faz sofrer. A vida é cheia de provações, mas temos a Deus, temos um ao outro. Mas você preferiu se fechar em si mesma.

— Não é justo o que está fazendo, Afonso — disse ela irrompendo em lágrimas. — Queria falar de David. Mateus não é problema meu, pelo menos não depois daquele acidente. Mateus nunca mais foi problema meu... Entendeu? Está me ouvindo?

Tentou abraçá-la, mas ela se esquivou e se levantou da cama.

— Não quis irritá-la ainda mais. Eu só quis mostrar como você viveu até aqui, mas não precisa viver assim para sempre. David está criado e tem uma mulher que o ama.

— Que o ama? — gritou ela. — Ele tem uma mulher pronta para acabar com ele! Não acredito que esteja tão cego a esse ponto.

— E você, me ama como Tatiana ama nosso filho?

Ela estacou, perplexa. Olhou-o, furiosa.

— Isso é alguma brincadeira?

— Você nunca mais permitiu que eu a amasse. Desde que...

— Desde que você matou meu filho, Afonso! Eu completo a frase para você, seu desgraçado. Ele era um bebê. Eu o amava tanto quanto a David. Quando o matou, você arrancou uma parte de mim e me transformou no que sou agora. Não era para ele ter ido com você; David estava doente. Pedi, implorei. Mas você preferiu ir encher a cara.

Afonso não conseguiu falar. Sempre temeu uma discussão como aquela. Sabia que no fundo ela atribuía a ele a perda de Mateus, embora nunca tivessem conversado mais profundamente sobre isso. De outro lado, não suportava mais conviver com a culpa que ela guardava em relação a ele e a si mesma, além da opressão que ela impunha ao filho.

— Vocês querem me destruir. David está fazendo a única coisa que eu peço para não fazer que é se envolver com uma mulher cujo marido está na cola dela.

— Como você pode saber disso?

— Otávio tem me dito tudo de que preciso saber.

Afonso franziu o cenho, chocado demais para dizer alguma coisa. Otávio ocupava um cargo de confiança com David, há anos. Conhecia-o desde menino. Como ela o convencera a cometer tamanha deslealdade? Daquela vez, ela fora longe demais.

— Isso mesmo. Tenho contado com a ajuda dele — disse ela, agitada.

Afonso se aproximou, para tentar levá-la de volta para a cama.

— Me deixe! Há muito tempo não preciso de você! — disse ela indo para a cama.

— Desculpe. Não devia ter falado nada do que disse.

— Palavras não voltam, Afonso. Assim como a vida.

— Acha que eu quis matar Mateus? Eu amava aquele garoto.

Afonso sentiu algumas lágrimas brotarem em seu rosto.

— Por que guardar certos rancores? Mágoas não nutrem; elas não prestam para nada, além de nos envenenar. O perdão, o amor, é que regeneram. Por que manter uma ferida aberta assim por tanto tempo?

— A dor da perda, a falta de quem se ama, isso nunca acaba. É para sempre. Só não enlouqueci, só não me matei, porque me sobrou David.

— O que não acaba não é a dor, é o amor, o perdão, insisto em dizer. Quanto a David, foi uma ilusão achar que ele a ajudaria a resolver problemas que você mesma deveria ter enfrentado. Essa obsessão lhe prejudicou. Você o criou para você e não para a vida. Sua vida não se resolveu, preciso dizer isso, porque não me perdoou e também não se perdoou, pois guarda a culpa de não ter conseguido evitar que eu levasse o menino.

— Cala a boca, pelo amor de Deus! Basta!

— Nunca quis conversar, desabafar. Sempre quis colocar a sujeira debaixo do tapete. Achou mesmo que ela não retornaria de tempos em tempos para lhe assombrar?

— Chega! Já disse!

Ficaram em silêncio por um instante.

— Ela voltou a se encontrar com ele — disse Adelaide, de repente. — Você já sabia disso, não é?

— Não exatamente, mas não duvido.

— Não vou aceitar, Afonso. Você me conhece muito bem. A união deles será demais para mim. Não suportarei.

— Na vida há coisas que precisamos saber aceitar, Adelaide.

— Essa mulher tem problemas demais. Sei que está se pondo do lado dele, mas você sabe tão bem quanto eu o risco que ele corre.

— Vejo diferente. Ele sofreu impacto com esse relacionamento por nunca ter amado alguém de verdade antes. Viveu inseguro, principalmente por causa da doença. Mas vai entrar no eixo.

— Você é muito tolo. Jamais darão certo, isso já está mais que demonstrado. Ele acha que a ama, mas não ama.

— Para mim, é claro que eles se amam, e ninguém que ama aceita ver o amado sofrer. E isso vale dela para ele e dele para ela.

— Se duas vezes é pouco para você, para mim não é. Tenho tido intuições ruins. Ele não pode ficar com ela. Não vou perder a outra metade do que Deus me deu.

Ela desligou o abajur.

Capítulo 59

Adelaide não cruzara com Tatiana nenhuma vez desde que David voltara para o apartamento dele e dava graças a Deus por isso. Encontrá-los, naquele momento, seria ter de reconhecer seu fracasso, e isso era inaceitável para ela. O fato de ele vir melhorando, inclusive já se sentindo bem para retornar ao trabalho, não a demovia da certeza de que ele não podia ficar com Tatiana. O que precisava, o quanto antes, a despeito dos encontros malsucedidos do passado, era conversar com a procuradora, e já sabia como fazer isso.

Soube por Otávio os dias em que Tatiana ia ao seu gabinete e comparecia às sessões no Tribunal. Então, sem avisar, apareceu em uma bela manhã para ver Tatiana.

Depois de anunciada, Adelaide foi cumprimentada por Tatiana e convidada a se sentar defronte à mesa da procuradora.

— Bom dia! — disse Adelaide. Usava um vestido estampado, algo bem diferente de seu estilo sóbrio. O cabelo estava bonito, e as unhas meticulosamente bem-feitas.

— Bom dia — disse Tatiana procurando disfarçar a apreensão.

— Espero que esteja tudo bem com você e sua família.

— Tudo bem, obrigada. E com seu Afonso?

— Ah, aquele vive em um mundo sem problemas. — disse Adelaide sorrindo — Estes gabinetes de vocês são grandes, não é? Pergunto-me, às vezes, qual a necessidade de tanto luxo para realizar um trabalho que pode ser executado com simplicidade.

— É. São coisas do Brasil.

— Mas não vim por isso.

— Sim.

— Estou aqui por David. Ele ainda está em depressão e...

— Ele está muito melhor, a senhora já deve ter notado.

Adelaide não decidiu se Tatiana estava sendo mais petulante ou ignorante. Conteve-se para não transparecer nenhum resquício da indignação que sentia por dentro.

— Depressão é um problema grave, Tatiana, e, quando ocorre no transtorno bipolar, é ainda mais desafiadora e difícil de tratar.

— Conversamos muito. Ele está levando o tratamento a sério.

— E o que a faz pensar que agora ele vai aderir ao tratamento?

Tatiana hesitou.

— Bom, ele agora parece mais consciente sobre sua saúde.

— Faz parte dos altos e baixos da doença.

— Sim, mas com o tratamento vem a eutimia, não é isso?

— Não é bem assim. A doença é para o resto da vida, mesmo com a medicação ele pode ter crises. É tudo muito imprevisível.

— Mas pelo que eu pesquisei sobre a doença...

— Na internet?

— Sim.

Adelaide achou graça e disse:

— Estudo essa doença há mais de vinte anos e digo: o último lugar no qual deve buscar informações sobre ela é na internet.

— Certo, mas o que a senhora está sugerindo, afinal?

— Não vou me estender neste assunto, Tatiana. Prometo que não bancarei a chata, pois acho que já tem uma boa noção do tipo de vida que lhe aguarda ao lado de um bipolar.

Não era uma abordagem nova. Tatiana preferiu ficar calada.

— Ele voltou para você, ignorando minhas recomendações. Aliás, você também não ligou muito para o que conversamos em nossos encontros.

— Não gostaria de entrar neste assunto no meu trabalho. O que a senhora precisa saber é que eu e David nos amamos.

— Sei e admito que devo me acostumar com a ideia. Precisaremos conversar outras vezes. Você não se importa, não é?

— Não! Eu e David inclusive estamos falando em nos casar. Então estar bem com a senhora seria como coroar este momento.

Casamento? Adelaide sentiu como que uma facada em seu coração. Então, ela estava certa. Se quisesse manter seu filho a salvo, precisava agir urgentemente.

— É mesmo? Bom, eu não sabia. Já há uma data?

— Ah, estamos conversando ainda.

— De qualquer modo, diante dessa notícia, agora faz mais sentido ainda a bandeira de paz que, no fundo, eu trouxe para lhe apresentar. Se isso ainda for possível, é claro!

— Ora, é possível, sim. Com certeza.

— Ah, que bom! Agora só me resta lhe convidar para estar comigo. Quero oferecer um lanche para você em minha casa.

— Posso, sim.

— Mas só peço uma coisa.

Tatiana olhou-a, curiosa.

— Não fale nada a David.

— Mas por quê?

— Como ele ainda está em recuperação, gostaria que não soubesse. Que não tivesse expectativas. Na verdade, penso em um encontro só da gente, só de mulheres.

— Bom, não vejo problema, mas se a senhora quer assim...

— Que bom. Vou lhe passar direitinho a data e o horário.

Após Adelaide deixar seu gabinete, Tatiana lembrou de como fora tratada na última vez em que esteve no consultório da médica. A despeito disso, e mesmo soando inusitada aquela visita, agradava-lhe a ideia de que aquele encontro pudesse resultar em uma harmonia para todos. Na verdade, torcia para que isso finalmente acontecesse.

Adelaide deixou a Regional tomada por um estado de revolta. Já estavam cogitando até casamento! Não havia mais tempo para divagações.

A ideia que vinha matutando, que encontrava respaldo naquela ferida eternamente aberta dentro de si, começava a tomar corpo. O ímpeto que vinha controlando tornara-se então impossível de ser detido. Sua consciência lhe informava que, ser uma psiquiatra, por si só, não a livrava de seus fantasmas. Ela era humana exatamente como seus pacientes e, no limite de suas forças, não havia nada mais humano do que liberar o que estava aprisionado dentro de si. Portanto, ou detinha de algum modo e de uma vez por todas Tatiana, ou então David seria penalizado. Precisava dar fim àquele romance, essa era uma decisão inarredável.

Desde que Tatiana voltou a se encontrar com David, sua casa mudou de ares. Ela conversava mais com os filhos, dava-lhes mais atenção, o que, de certo modo, os encantou. Jandira providenciava comidas que fossem do agrado de David. Seus pais, a distância, estavam radiantes e torciam para que ela e David ficassem em paz.

Embora contente pela mãe, Simone não aprovava a reaproximação. Para ela, isso representava risco ao equilíbrio do lar. As ideias de David não coincidiam com sua visão de mundo, e em sua concepção, o irmão, um homossexual oprimido no lar, não teria como sobreviver no ambiente que estava prestes a se estabelecer. Imaginava Deus por toda parte, rezas católicas, orações evangélicas, Jesus para cá, Jesus para lá, e o irmão e ela sendo tragados por tudo isso. Aquilo era suficiente para decidir buscar a ajuda do pai.

Encontrou-se com Rogério na Regional.

— Oi! Estou só finalizando uma denúncia. Como vai, querida?

— Tudo bem.

— Diga o que a traz aqui. Você me disse que era urgente.

— Mamãe e David estão juntos.

— Sim, já há burburinho disso por aqui.

— Mas o senhor entende que para mim e Lucas isso é terrível?

— Sim. Mas temos de admitir hoje que você tem uma mãe careta. Portanto...

— Não falo por mim, pois sei me defender. Minha preocupação é com Lucas. Ele é sensível e nas mãos de obscurantistas seria trucidado.

Terminando o que fazia, ele se voltou para a filha. Ela tinha olhos inteligentes. Não concordava que fosse uma versão feminina sua. Simone era uma versão dela mesma.

— Vocês moram com sua mãe. Não há como escaparmos disso, Simone.

— Papai, por favor! Esperei ouvir algo diferente. Que o mundo é mau, todos sabemos. Mas nem por isso o sofrimento deve ser reproduzido ou amplificado dentro de casa. Lucas precisa de apoio e compreensão. Mamãe está com esse cara, agora. Ela tem todo o direito de ser feliz, mas não pode usufruir isso às custas da gente.

— Estou aqui tentando imaginar o que se passa na sua cabeça.

— Vou ser direta. Mamãe e David vão se casar. Isso é questão de tempo e não deve demorar. O apartamento é de vocês dois. Ponha mamãe para fora e se instale lá como nosso pai. Já sou quase maior, e Lucas já tem idade suficiente para dizer o que é melhor para ele. Ela moraria com David onde quisesse, e assim ficaríamos em paz na nossa casa.

— Compreendo o seu sentimento. Mas, às vezes, as coisas não são tão simples de resolver como imaginamos. Há implicações... O que está me pedindo é que eu arranque vocês de sua mãe, e não sei se posso fazer isso, ou mesmo se tenho esse direito.

— Lógico que tem, é nosso pai, e concordamos com tudo.

— Seu irmão sabe disso?

— Disse que se não for impedido de ver a mamãe, ele aceita.

— Mas...

— Ela será feliz com o marido, já não liga para a gente mesmo.

— Não fale isso. De qualquer forma, ela jamais aceitaria isso.

A jovem se calou e se pôs a pensar. O que estava fazendo ali? Não conseguia entender por que recorrera ao pai, um homem que se dizia mente aberta, mas que no fundo era cheio de preconceitos, muitos dos quais não tinha consciência ou admitia. Mas ela sabia a razão de o ter procurado. Era a única pessoa a quem podia recorrer.

— Sabe por que desejei que o senhor voltasse com mamãe?

Ele a olhou curioso.

— Porque o senhor a salvaria e nos salvaria.

— Do que está falando? Cuidado para não ser agourenta.

Sentiu-se uma idiota por estar ali. Seu pai estava mais preocupado em manter as coisas sob controle do que em livrar os filhos de uma má influência.

— Acho você ambicioso, mas saiba que isso é bem diferente de ser forte ou corajoso. Eu pensei que fosse como você, mas vejo que não é bem assim. Você não é o que parece ser; na verdade, se esconde dentro de uma capa que criou para si mesmo. Por incrível que pareça, mesmo repugnando as ideias de David e mamãe, eu os admiro, não por terem a mente fechada, mas por serem eles mesmos e defenderem o que pensam. Eu os admiro muito mais que ao senhor. Eles merecem ser felizes, embora estejam errados em suas premissas, porque são verdadeiros um com o outro. Tomei muito seu tempo, agora preciso ir. Por favor, não se apegue demais a palavras ditas no calor das emoções.

Ela se levantou rapidamente, desculpou-se por qualquer coisa e saiu apressada.

Quando se recompôs, Rogério lembrou de sua vida com Tatiana. Era para a família que desejava voltar; era nela que queria se ajustar e se aquietar, sob os cuidados de sua mulher e a alegria dos filhos. Mas era tarde demais para recuperar o que deixara escapar. Se antes achava que o que tinha era pouco, agora tinha de se conformar com menos ainda.

Capítulo 60

Tatiana recebeu uma ligação de Adelaide no mesmo dia da visita da médica ao seu gabinete, informando que o lanche seria dali a dois dias. Adelaide disse que estava providenciando tudo com muito capricho para que, daquela vez, elas se acertassem definitivamente, pois, como mãe, não queria atrapalhar a vida dos dois, nem a felicidade de quem mais amava; gostaria apenas de se sentir tranquila quanto a algumas condutas de Tatiana em relação à doença do filho e para isso estava disposta inclusive a ajudá-la.

Para a ocasião, Tatiana procurou se vestir de modo despojado. Escolheu um vestido simples, sapatos joviais e se maquiou o mínimo possível. Olhando-se no espelho, ficou satisfeita com o que viu.

Após se vestir, pegou sua bolsa, para ver se estava levando tudo de que precisava. Abrindo-a, dentre outras coisas, encontrou sua caixinha de maquiagem, e, de repente, em uma costura interna que estava aberta, achou dois envelopes pequenos, um com o bilhete que David lhe dera no Parque e outro com um escrito novo.

Recostou-se na cama e começou a reler o primeiro escrito; ao terminar, sentiu os olhos marejados de lágrimas. David de fato já a amava desde antes de ficarem um com o outro. Casar-se-iam e viveriam juntos até o fim. Seu coração lhe dizia que isso estava mais perto de acontecer do que nunca, e os percalços não eram nada além de entraves a serem superados; e justamente com esse fim era que ela se encontraria com Adelaide.

Ao devolver o bilhete à bolsa, apanhou o outro escrito. Esse ela nunca tinha visto. Nele havia um clipe afixado com um papelzinho onde constava: “Isto estava em poder de papai. Quando ele me devolveu, eu hesitei, mas resolvi levar ao seu conhecimento. Embora tenha sido escrito em um dos piores momentos da minha vida, à parte a perturbação da minha alma, aqui você encontrará, ainda assim, um pouco do que sinto por você. Não há nada a meu respeito que você não deva saber. Eu te amo. David".

Então ela se pôs a ler:

"Estas palavras são dirigidas a você, Tatiana. Estou tomado por uma sensação difícil de descrever, uma mistura de tristeza e dor. No entanto, afora as dificuldades (até de escrever), você não me sai da cabeça. Vi seu esposo com você e seus filhos, na noite de Natal, e a forma como ele se comportou, a indicar uma possível reconciliação, devastou-me. Perdoe-me, é demais para mim, é demais para quem já se declarou, já desnudou a alma. Prometi não te fazer sofrer, mas o que estou prestes a fazer, se você me ama, como sei que sim, talvez te faça sofrer, mas é inevitável, me perdoe, meu amor. As contas que tiver de prestar, o farei com Deus e não sei qual será minha pena, mas, em nenhuma hipótese, independentemente de meus erros e pecados, você poderá duvidar do meu amor. Não estou bem, talvez, meu estado psíquico prejudique a concatenação de minhas ideias, e lhe dificulte a compreensão do que quero dizer, mas por trás de meus atos, repito, está minha devoção a você. E ainda que eu acabe em um lugar ruim, escuro, maldito, sei que o amor que eu sinto por você será mais que suficiente para me iluminar e fazer suportar minha penitência, onde tiver que ser, pelo tempo que for. Mas se porventura o mal não acontecer, se por acaso eu sobreviver, você me perdoar, e viermos a ficar juntos novamente, saiba que, para mim, isso será o maior dos milagres e que, uma vez nos reencontrando, acredito firmemente que nosso amor será capaz de arrostar qualquer obstáculo, por mais pesado e intransponível que possa parecer. E estarei contigo de uma forma tão irresistível que absolutamente nada me impedirá de te acompanhar neste plano até o fim, pois, aí sim, terá sido nosso destino ficar juntos. O amor é a única coisa que não perece sob os olhos de Deus, pois é sua porção divina, a matéria-prima com a qual Ele nos fez".

David, enquanto submergia na depressão, tentou se matar, mas no momento fatídico externou que sua verdadeira vontade era ficar com ela, caso em que nada os separaria, e a força de suas palavras foi tão poderosa que se converteu em um vaticínio contra o seu próprio definhamento. No fundo, sua vontade de viver era maior que a de morrer e, mesmo diante da morte, manteve acesa sua chama de amor e esperança por ela.

Pensou na parte em que ele falara de obstáculos. Então, sentiu um leve mal-estar, e enquanto tentou controlar certa opressão no peito, teve um mau presságio. Mas não podia ficar receosa depois de leituras que confirmavam o amor dele, malgrado escritas sob estado de espírito tão diferentes. Não poderia faltar ao encontro com Adelaide.

Consultou o relógio do celular, já estava na hora. Adelaide empreendera esforços para recebê-la. Apesar do que sentira ao ler a carta, não podia se atrasar ou deixar de ir.

Prestes a sair, chegou uma mensagem de David: "*Em nosso último encontro deixei algo em sua bolsa. Não me pergunte por que não lhe entreguei pessoalmente. Tinha que ser assim. A esta altura você já deve ter lido. Você saberá extrair somente as coisas boas. Você é a razão de eu estar melhorando. Te amo muito, muito*".

Com aquela mensagem, Tatiana desanuviou a mente e dissipou a sensação ruim. Despediu-se e disse que iria à casa de Adelaide. Saiu com um sorriso no rosto.

A despeito da satisfação com que Tatiana deixou o apartamento, Jandira sentiu a necessidade de fazer uma oração especial por ela.

Enquanto guiava o carro, Tatiana vislumbrou um céu mal definido, com nuvens esparsas. Não estava claro se iria chover ou se o tempo se manteria daquele jeito. Era como se o clima pudesse ficar indeterminado ou, então, estivesse se preparando para uma tempestade, o que, mais do que indesejável, era atípico naquela época do ano em Brasília.

Após percorrer a W3Sul, rumou para o Sudoeste. Chegando ao condomínio de David, estacionou diante do prédio. O tempo estava tão esquisito, àquela altura, que, se tivesse uma sombrinha, teria descido com ela. Cumprimentou o porteiro, que já a conhecia, e, antes de tomar o elevador, cruzou com Afonso.

— Olá, Tatiana, boa tarde! Tudo bem?

— Sim, e com o senhor?

— Ótimo — disse bem-humorado. — O lanche lhe espera.

— Sim, mas o senhor não estará presente?

— Infelizmente, não. Vou ao banco. Quem sabe mais tarde, talvez, nos vejamos?

— Tudo bem.

— Bom lanche.

Tatiana então tomou o elevador e apertou o botão do andar de Adelaide. Pensou em David enquanto subia; devia estar em seu apartamento, mas certamente não sabia de nada. Adelaide fora muito enfática para que Tatiana não contasse a ele do lanche.

Quando o elevador chegou, Tatiana desceu e tocou a campainha. Adelaide logo surgiu à porta e, sorridente, cumprimentou sua convidada e pediu que entrasse e ficasse à vontade. A médica vestia-se de modo austero e parecia ansiosa em agradar.

Ao entrar e se aproximar da mesa, Tatiana ficou impressionada com a variedade de comida e bebida. Havia chocolate quente, café, iogurte, suco de laranja, pão de queijo, tapioca, cuscuz, além de um empadão de frango. Tudo estava impecavelmente arrumado. Além de contar com uma bela toalha, a mesa estava repleta de louça e talheres finos.

Olhando mais detidamente, Tatiana viu um cartão de banco no outro extremo da mesa, entre uma cesta de frutas e uma bandeja. Mas Adelaide logo cortou sua atenção:

— Ah, minha filha, não se faça de rogada. Pode ir se sentando.

— Mas e a senhora?

— Não se preocupe comigo, já, já me juntarei a você — disse Adelaide, terminando de arrumar alguns itens na mesa.

— Com tanta comida, a senhora bem que podia ter chamado David e seu Afonso.

Rindo, Adelaide disse:

— Os homens devem passar longe de certos assuntos. Eles só sabem falar de seus próprios tópicos que são futebol e política; se bem que futebol saiu um pouco de moda e política já não é mais assunto exclusivo deles, não é mesmo, querida?

Tatiana sorriu, concordando com sua anfitriã. Por outro lado, embora parecesse simpática, Adelaide não soava natural, e isso intrigou Tatiana.

— Espero que goste. O empadão fui eu mesma quem fiz. David gosta muito.

— É, ele já me falou que aprecia este prato da senhora.

— Sim, sim. O pai também gosta. Mas não se preocupe, depois oferecemos a eles. No clube da Luluzinha, os meninos não entram.

Cogitou se a agitação de Adelaide era fruto de uma ansiedade natural com o lanche ou de alguma preocupação específica.

Então, não custou muito, Adelaide se uniu à Tatiana, que já estava sentada à mesa. Ambas se posicionaram uma próxima à outra, ficando Adelaide na cabeceira de frente para a porta de entrada e Tatiana ao seu lado direito. A anfitriã então indagou se Tatiana preferia café, chocolate ou chá, ao que Tatiana respondeu chocolate. Cuidadosamente, Adelaide apanhou a xícara de porcelana reservada para Tatiana e despejou o chocolate.

Tão logo recebeu a xícara de chocolate das mãos de Adelaide, Tatiana pegou um punhado de pães de queijo e iniciou o seu lanche.

Adelaide observava atentamente Tatiana degustar a comida que ela providenciara com todo cuidado. Quando a procuradora levantou os olhos, como que desejando saber se comeria sozinha, Adelaide então começou a lhe acompanhar no lanche.

— Vou ser bem sincera com você. Ainda não consegui conversar com David. Depois do que aconteceu, ele ainda não se sente capaz de me incluir em certos assuntos.

— É só o momento. As coisas vão se ajustar, a senhora vai ver.

— Eu sei, minha filha, e tenho certeza de que poderei contar com você. Costumo dizer a Afonso que você é boa e sábia. Não vejo altivez em você. Isso é muito bom em um mundo que não crê mais em Deus, um mundo onde humildade é fraqueza. Não acha?

— Obrigada, mas não acho que tenha essas qualidades.

— Ora, não seja modesta. Afinal, você sabe que minhas implicâncias se devem mais aos seus problemas familiares e à saúde de David do que a você mesma.

Sorrindo, Tatiana nada respondeu.

— Deve estranhar este lanche, depois de outros encontros tão malsucedidos. Mas não tenho dúvida de que você deseja ficar bem com a mãe de seu futuro marido.

— É tudo que quero! — disse Tatiana com os olhos brilhando, de repente.

— Desde quando estão falando sobre casamento? — disse Adelaide com a cautela dos que se aproximam aos poucos.

— Bom, depois que voltamos a nos ver, temos falado mais sobre isso. Se casarmos, acho que ele levará mais a sério o remédio.

— Veja só que visão acurada! Que ótima percepção!

— Sim, ficar com David é o que mais desejo, dona Adelaide.

— Sim... sim... E quanto aos termos do casamento?

— Bom, ainda não entramos nesses pormenores — disse Tatiana provando um pouco do cuscuz.

— Você está gostando, minha filha? Fiz com muito carinho!

— Ah, sim, bastante. Está tudo muito bom.

À medida que a conversa se desenvolvia, Adelaide relaxava mais. No entanto, continuava como que inquieta com alguma coisa. Ocorreu a Tatiana que, por alguma razão, ela poderia estar com receio de David ou Afonso chegarem de repente.

— Agora preciso lhe falar sobre uma coisa importante, Tatiana.

Tatiana ergueu os olhos, enquanto sorvia o chocolate quente.

— Está realmente certa de se casar com o meu filho, não é?

— Oh, sim. Eu aprendi muita coisa com o que aconteceu. Sei que a senhora no passado me fez acusações graves, mas...

— O passado entre nós não foi muito amistoso. Mas não queremos saber do passado neste momento, não é mesmo?

— Eu o amo e estou disposta a tudo por ele, dona Adelaide.

— Já lhe ocorreu que por conta da doença pode ser que ele não possa estar com você em suas dores, como você terá que estar nas dores dele?

— Quero viver com ele assim mesmo, pois acredito que o amor equilibrará nossa relação, nos ajudará com nossas questões.

— Por que você acha que ele surtou duas vezes com você?

Embora esperasse que a conversa entre elas seguisse por um rumo mais ameno, sem acusações, Tatiana respondeu:

— Dona Adelaide, só descobri que David é bipolar depois que comecei a me relacionar com ele. Não foi fácil para mim; eu nem sabia que alguém com uma doença séria como essa podia ocupar um cargo público. Eu podia ter desistido dele, e alguns achariam que isso teria sido a melhor coisa. Mas jamais faria isso, pois o amo. Embora tenha me sentido culpada pelas crises, hoje sei que não sou responsável pela doença dele.

— Esse transtorno não tem cura. Neurologistas e psiquiatras não passam de médicos que prescrevem paliativos. Não é tão fácil administrar essa doença.

— Mas há controle. O paciente pode viver normalmente.

— Pode, mas requer muita disciplina. Muita. O paciente tem de ter uma enorme consciência do seu problema. Quando estiver bem não pode deixar de tomar a medicação.

— Mas David tem desenvolvido consciência sobre isso.

— Antes de ele conhecer você, eu realmente não observava maiores problemas quanto a isso.

— Mas David não tem por que ter autopreconceito por minha causa.

— Ele gosta de você mais do que tudo no mundo. Creio que o que ele sente por você é mais intenso do que ele sente por mim.

— Não, dona Adelaide. São amores diferentes...

— Não, Tatiana. Sei do que falo. Ele se apaixonou por você e passou a se sentir bem, como jamais se sentiu, pensou não ser mais preciso se preocupar com remédio, já que vinha eutímico há tanto tempo... Não queria se apresentar como doente para você.

— Então, a senhora ainda me responsabiliza pelas crises dele?

— Em parte.

— Mas então o que a senhora espera de mim?

— Espero que entenda que ele pode viver uma vida normal, desde que tenha uma companheira equilibrada. Sua história de vida sempre me deixou insegura, mas ele já fez a escolha dele, e, nesses termos, só me resta aceitar a decisão dele e tentar ajudar vocês.

— Ah, mas não há nada mais que eu e ele possamos querer! — disse Tatiana, livrando-se de toda tensão e esboçando um sorriso, com os olhos cheios de ternura.

Sorrindo, Adelaide se levantou e foi até a procuradora, que ainda estava sentada à mesa, embora já tivesse terminado de comer, e lhe deu um abraço afetuoso.

Tatiana se sentiu acolhida naquele abraço, pois, além de inesperado, o gesto fora forte o suficiente para fazê-la sentir a outra mulher por inteiro. A sensação era de que ela estivesse finalmente nos braços de quem começava a querer o seu bem.

Quando a médica puxou a faca de cortar pão, do bolso de sua calça, e a ergueu, Tatiana não percebeu o que estava acontecendo. O primeiro golpe, direto, mas não tão profundo, atingiu a lateral da cabeça da procuradora, penetrando o couro cabeludo. Tão logo recebeu a batida, Tatiana soltou um grito, desequilibrou-se e caiu da cadeira, atordoada, sem distinguir o que estava acontecendo. Imediatamente pensou que estivesse sofrendo um derrame ou ataque cardíaco. Sua cabeça ardia, enquanto a dor irrompia no local onde fora alvejada. Sua vista ficou embaçada. Algo viscoso escorreu pelo seu cabelo e, ao passar a mão, viu o líquido vermelho; foi só então que percebeu que fora atacada.

Encarando-a de cima, ainda com a faca na mão, Adelaide, que estava ao lado da mesa, tinha os olhos cravados na procuradora.

Tatiana queria dizer alguma coisa, mas não conseguia articular palavra nenhuma; tinha dificuldade de concatenar as ideias. Sentia a cabeça girar e temia cair, sem se dar conta de que já estava no chão. Prestes a desmaiar, foi dominada pelo medo de morrer.

— Eu não a odeio — disse Adelaide. — Juro que não. Nunca quis seu mal ou de ninguém. Mas a vida, a saúde do meu filho, a felicidade dele são inegociáveis para mim. Como mãe que é, devia ter me entendido. Por não me entender, agora se vê nesse estado lamentável. Por sua teimosia de se recusar a desistir dele, é que está passando por isso.

Adelaide então se lançou sobre Tatiana com a faca na mão. Ia na direção do rosto da procuradora, quando esta, num reflexo, virou-se de lado e pôs as mãos sobre os olhos. A segunda facada então resvalou por seu rosto e se estendeu pelo seu braço esquerdo. A despeito do estado em que se encontrava, Tatiana chorava, pedindo por socorro.

Neste exato instante, Afonso passou a chave na porta e entrou para pegar o cartão do banco que havia esquecido sobre a mesa. Estacou com a cena da mulher sobre Tatiana, algo que lhe pareceu totalmente irreal.

Com os olhos vidrados, como se estivesse possuída, Adelaide olhava para Tatiana, inconsciente no chão. Ele teve a impressão de que Adelaide murmurava alguma coisa, mas não conseguia compreender o que ela dizia. Aproximando-se, reparou que o tapete estava ensopado de sangue; voltando-se para Tatiana, entreviu os ferimentos, um na cabeça, outro no rosto e outro no braço. Precisava agir logo, do contrário ela morreria.

Aproximou-se então da esposa, que o mirava com olhos de gelo; embora parecesse ausente, o semblante dela era o de quem não perdera totalmente a consciência. Arrancando-lhe a faca, sentou-a no sofá, e, em seguida, ligou para David, contando tudo.

David não esperou o elevador; tomou a escada e rapidamente chegou à casa dos pais. Deparando com Afonso sobre o tapete junto a Tatiana, lançou-se ao chão e se agarrou a ela. Chorando, dizia que a amava, que ela não se preocupasse, que não a deixaria morrer. Sem conseguir falar, com os olhos fechados, Tatiana só gemia de dor.

— Vamos chamar uma ambulância — disse Afonso atordoado.

— Até chegarem ela estará morta. Eu a levarei agora mesmo. Fique com mamãe.

Cuidadosamente, David pegou-a nos braços, como se estivesse carregando a joia mais preciosa do mundo, e deixou o apartamento; o pai ajudou-os a entrar no elevador.

O tempo que levou no elevador, com Tatiana nos braços, pareceu a David uma eternidade. Quando finalmente chegaram à garagem, ele seguiu com ela até seu carro, acomodou-a da melhor forma possível no banco ao seu lado, e rumou para o hospital. Em nenhum outro dia de sua vida dirigiu tão rápido quanto naquele. Enquanto seguiam para o hospital, esforçava-se para afastar os pensamentos ruins, tentando lembrar somente das coisas boas, dos sonhos, do que aprenderam um com o outro, da vontade de nunca se separarem. E quando não conseguia evitar pensar no pior, pedia a Deus que não a deixasse morrer e o levasse em seu lugar. E voltava a chorar, suplicando para que fosse atendido.

David não tinha como saber, mas, antes de perder os sentidos, Tatiana lembrara das últimas palavras que lera em seu escrito: "*O amor é a única coisa que não perece sob os olhos de Deus, pois é sua porção divina, a matéria-prima com a qual Ele nos fez*".

— Você se tornou uma assassina! — disse Afonso à mulher, na sala onde ainda se encontravam, sem conseguir se conter.

Adelaide ergueu os olhos e disse:

— Quem é você para me julgar, seu miserável? Não passa de um assassino impune há muito mais tempo que eu.

— Vai terminar seus dias na cadeia. Será que não percebe?

— Agora virou agressor psicológico de mulher, também?

— Você veio praticando o mal sob o manto da mãe devotada e preocupada. Isso encontrou um fim hoje. Por melhor que seja David, não sei como ele vai te enxergar daqui para frente. Como pode cuidar da lucidez dos outros se já não tem mais a sua?

— E quem tirou minha lucidez? Que tivesses morrido, não Mateus. Ficar contigo foi o próprio inferno para mim.

— Desde quando meteu na cabeça que queria ser médica vi o erro. Quem pode fazer uma escolha como essa, sem vocação, a não ser que seja para alimentar uma obsessão?

— Ah, é? E por que não buscou me trazer para a realidade? Sabe por quê? Porque és um covarde.

— Você está louca!

— Diga o que quiser. Mas pelo menos posso falar que, diferente de você, eu tentei salvar a vida do filho que me restou.

Afonso sentou-se próximo à esposa e enterrou as mãos no rosto. Não podia ter evitado o acidente, fora o caminhão que colidira com o carro. Era inocente, o inquérito atestara isso. Adelaide era quem nunca aceitara o infortúnio, nunca saíra do luto. Sua obsessão por David crescera e a dominara de um tal modo que agora nem ele conseguia acreditar que as coisas tivessem ido tão longe. Temia que ela tivesse arruinado de uma vez por todas a vida do filho.

Capítulo 61

Ao chegar ao hospital e entregar Tatiana aos socorristas, David assinou alguns papéis e, atordoado, começou a andar de um lado para outro, proferindo palavras desconexas a esmo, como se só as paredes pudessem ouvir seus lamentos e súplicas.

Resolveu então ir em busca da capela do hospital. Lembrou-se de Tatiana haver lhe dito que se sentira acolhida quando fora rezar por ele ali, enquanto estivera internado.

Ao encontrá-la, benzeu-se e entrou. Correndo os olhos pelo seu interior, viu que era simples e ao mesmo tempo sobranceira. Havia ícones pelas paredes laterais. Sentiu como se os olhos daquelas estátuas o observassem, naquele lugar vazio e silencioso.

Em seguida, atravessou o corredor central e, passando entre os bancos, dirigiu-se ao altar. Lá chegando, fechou os olhos e ajoelhou-se, pedindo perdão por suas faltas e agradecendo por sua vida. Na sequência, rogou encarecidamente pela vida de Tatiana.

Depois, levantando-se, deparou com uma *Bíblia* sobre o púlpito. Não fazia ideia da razão de aquele livro estar ali; imaginou que havia sido deixado naquele lugar para consulta livre. Lembrou de Santo Agostinho que, em suas Confissões, relatou haver recebido mensagens de Deus por meio de leituras aleatórias do Livro Sagrado.

Seguindo os passos do Santo, abriu a *Bíblia* ao acaso. Deu com um trecho da Primeira Epístola de São Paulo aos Coríntios: "Procurem o amor. Entretanto, aspirem aos dons do Espírito, principalmente à profecia. Pois aquele que fala em línguas não fala aos homens, mas a Deus. Ninguém o entende, pois ele, em espírito, diz coisas incompreensíveis. Mas aquele que profetiza fala aos homens: edifica, exorta, consola. Aquele que fala em línguas edifica a si mesmo, ao passo que aquele que profetiza edifica a assembleia. Eu desejo que vocês todos falem em línguas, mas prefiro que profetizem. Aquele que profetiza é maior do que aquele que fala em línguas, a menos que este mesmo as interprete, para que a assembleia seja edificada". Aquelas palavras de algum modo o fizeram serenar em sua angústia. Aquela mensagem o exortava ao autoconhecimento.

Passou mais um pouco os olhos pela mesma Epístola e encontrou no Capítulo 12: "Existem dons diferentes, mas o Espírito é o mesmo; diferentes serviços, mas o Senhor é o mesmo; diferentes modos de agir, mas é o mesmo Deus que realiza tudo em todos. Cada um recebe o dom de manifestar o Espírito para a utilidade de todos. A um, o Espírito dá a palavra de sabedoria; a outro, a palavra de ciência segundo o mesmo Espírito; a outro, o mesmo Espírito dá a fé; a outro ainda, o único e mesmo Espírito concede o dom das curas; a outro, o poder de fazer milagres; a outro, a profecia; a outro, o discernimento dos espíritos; a outro, o dom de falar em línguas; a outro ainda, o dom de as interpretar. Mas é o único e mesmo Espírito quem realiza tudo isso, distribuindo os seus dons a cada um, conforme ele quer". Aqui, David se sentiu integrado ao que o apóstolo dizia. Não era perfeito, mas sabia que era diferente dos demais. Nunca entendera seus dons, mas sentia, embora não fosse capaz de explicar, que havia expectativas sobre ele. A perda de Mateus, os encontros oníricos com o irmão, as predições em sonhos, os pressentimentos inexplicáveis e tantas outras coisas. Em alguns momentos, chegou a pensar que tudo não passava de imaginação; sua doença era o meio mais fácil de explicar o que lhe acontecia. No entanto, sempre que achava ter encontrado uma explicação factível em sua própria enfermidade, algo dentro dele o demovia dessa ideia. Sua autoconsciência era maior que qualquer ceticismo. O que não se conhecia não deixava, por si só, de existir. Ser bipolar não apagava a pessoa que ele era, a forma como Deus planejou que ele viesse ao mundo.

Sentiu que a tensão entre seus dons e sua doença, que sempre o consumiu, era agora pacificada em um contexto de amor. De fato, fora com Tatiana que experimentara a única coisa capaz de deixá-lo totalmente em paz consigo mesmo. Já não conseguia se dissociar dela, tampouco podia imaginá-la morrendo. Quando estava em sua companhia, era o mais feliz entre os homens. Porém, ao saber que aquele anjo delicado fora retalhado por sua própria mãe, seu coração foi ferido e continuava sangrando em seu peito.

Não conseguia derramar todas as suas lágrimas. Mas precisava ser o David de sempre, o que acreditava em Deus, o que sabia que por mais fraco que fosse o homem, por mais passageira que fosse a vida, nada poderia ser maior que o amor e a misericórdia divina. O que eram os homens diante da piedade de Deus? E por que Ele era tão piedoso senão por causa do seu amor e compaixão diante da nossa fragilidade? Embora não soubesse o que aconteceria, buscava entregar toda a sua angústia nas mãos de Deus.

Voltando a folhear a Carta de São Paulo, leu: "Mas não! Cristo ressuscitou dos mortos como primeiro fruto dos que morreram. De fato, já que a morte veio através de um homem, também por um homem vem a ressurreição dos mortos. Como em Adão todos morrem, assim em Cristo todos receberão a vida. Cada um, porém, na sua própria ordem: Cristo como primeiro fruto; depois, aqueles que pertencem a Cristo, por ocasião da sua vinda. A seguir, chegará o fim, quando Cristo entregar o Reino a Deus Pai, depois de ter destruído todo principado, toda autoridade, todo poder. Pois é preciso que ele reine, até que tenha posto todos os seus inimigos debaixo dos seus pés. O último inimigo a ser destruído será a morte, pois Deus tudo colocou debaixo dos pés de Cristo. Mas, quando se diz que tudo lhe será submetido, é claro que se deve excluir Deus, que tudo submeteu a Cristo. E quando todas as coisas lhe tiverem sido submetidas, então o próprio Filho se submeterá àquele que tudo lhe submeteu, para que Deus seja tudo em todos".

Então, ele pensou na vida e na morte, o que sem dúvida constituía o maior enigma da humanidade. Nenhum filósofo jamais soubera explicar essa que era a maior das contradições. Ele sabia, porém, que só na *Bíblia* havia explicação para aquilo e que a resposta estava na fé e no amor; pois nenhum outro caminho poderia levar à verdade. Refletiu ainda que não se perde quem se ama, por mais que essa pessoa deixe de existir no mundo físico. Essa era uma verdade que se impunha a ele, pois Deus não era visto a olho nu, contudo, nem que fossem somadas todas as almas do mundo, não se alcançaria quantidade de amor igual a Dele. Tatiana não era só sua companheira, era o canal que Deus lhe destinara para o amor, e esse canal não podia se fechar, pois, como ensinou São Paulo, a própria morte não subsistia diante do amor de Deus.

Aquele último pensamento lhe encheu de uma paz tão reconfortante que ele achou que fora carregado dali para outro lugar, uma paragem diferente, repleta de equilíbrio e paz e de uma música bela e melodiosa, onde ele podia encontrar alívio e esperança.

Ele já estava bastante tempo ali, lendo e abrindo seu coração para Deus. Era curioso notar que já conhecia aquelas passagens, mas, ao lê-las novamente, naquelas circunstâncias, surtiam outro efeito, apascentando seu coração e o encorajando.

Quando se sentiu mais fortalecido, descobriu que havia passado muito tempo ali. Deixou a *Bíblia* no lugar em que a encontrou. Conquanto mais confortado, o pensamento de que algo ruim pudesse ocorrer ainda pairava sobre sua cabeça. Porém, agora ele afastava essa ideia mais facilmente, até porque, após aqueles instantes, fortalecera sua esperança de que Tatiana fosse se recuperar; Deus seria misericordioso com eles.

Por fim, fitando por uma última vez os olhos do Jesus Cristo, ali no centro do altar, estendido na cruz, levantou-se, persignou-se, agradeceu profundamente e saiu da capela.

Tão logo chegou à sala de espera, lembrou-se de que não tinha comunicado o ocorrido à família de Tatiana. Sentiu-se um idiota por isso.

Após descobrir que Tatiana continuava na sala de cirurgia, ele se sentou em uma cadeira e redigiu a seguinte mensagem para Simone: "*Houve um acidente grave com sua mãe. Estamos no Hospital de Base*". Queria ter podido dizer que não era nada grave, mas isso era impossível.

David, que estava sentado em uma cadeira na sala de espera, viu quando Simone chegou com Rogério. Ela estava abalada e ele mantinha um ar grave. Não se aproximou dos dois, pois percebeu que pai e filha tinham se apresentado ao setor de informações e estavam colhendo notícias sobre Tatiana. Foi possível a David ver Simone suspirar de alívio quando ouviu do funcionário que a mãe estava finalizando uma intervenção cirúrgica, ela certamente devia estar esperando por uma notícia pior.

Após serem liberados e orientados a aguardar, Simone encontrou um lugar para se sentar; mas, de pé, Rogério esquadrinhava a sala. Parecia estar em busca de alguém.

David sabia que sua provação não se limitava à situação com Tatiana. Então, levantando-se, aproximou-se de Rogério, que tinha acabado de se sentar ao lado da filha.

— Boa noite, Rogério.

— Que bom que apareceu. Agora Simone saberá o que aconteceu à mãe dela — disse o homem com ironia.

David cumprimentou Simone, depois disse a Rogério:

— Para mim é até um pouco constrangedor, mas...

— Diga logo, seu doido filho da puta, antes que eu parta sua cara no meio. Sua vozinha de bom moço me enerva. Eu nunca engoli você, nunca! Tatiana ter caído nas tuas garras foi a desgraça dela, e é com isso que estamos lidando agora.

Calado, David encurvou-se, surpreso.

— Continue e fale de uma vez, seu doido de merda.

— Tatiana estava em um lanche com mamãe.

— No qual sua mãe convidou a minha. Até aí nós sabemos.

— Papai tinha saído; mas esqueceu seu cartão do banco. Quando voltou viu as duas brigando. Mamãe agrediu Tatiana e ainda não sabemos ao certo o que houve.

Simone fechou os olhos, em uma mostra de incredulidade e inconformismo. Rogério virou o rosto para o lado, como se assim pudesse processar melhor aquelas palavras. Depois falou:

— Então, tu tens a quem puxar essa tua loucura?

— Não sei o que aconteceu — disse David. — Ninguém mais ficou na sala. Não sabemos se brigaram por alguma coisa ou se...

— Ou se sua mãe louca premeditou tudo para matar Tatiana?

David acabrunhou-se. Não tinha como contestá-lo.

— Esta conversa está toda mal contada. Que teus pais devem ser loucos, isso é bem provável, pois algo tem de justificar a tua própria loucura. Tu deves estar envolvido nisso também.

— Como ousa? Eu a socorri imediatamente. Eu amo Tatiana.

— Ah, é, então, me diga: já foi à Polícia comunicar os fatos?

David tomou um impacto. Nem pensara nisso, sua prioridade era salvar Tatiana.

— Minha prioridade era salvar Tatiana.

— Grande desculpa. Diante de um crime grave, você protege a autora do crime, que por sinal é sua mãe. Talvez esteja protegendo a si mesmo. Embora o hospital já tenha reportado o fato à Polícia, vou denunciar vocês agora mesmo, seu desgraçado. Não vai escapar. Vamos, Simone, você já ficou tempo demais na presença de um assassino. Aconteça o que acontecer à sua mãe, ele está acabado.

Rogério pegou Simone pelo braço e sumiu da vista de David. Pela primeira vez ele pensou no que seria dele e de sua família se Tatiana morresse, diante de um caso em que o clamor popular tornaria fácil convencer qualquer júri a condenar quem quer que fosse. Sentou-se em um banco e enterrou as mãos no rosto, tentando manter a calma.

Rogério levou Simone até a cantina do Hospital. Cada um pediu uma garrafinha de água mineral e se sentou em uma das mesas que ficavam às proximidades do balcão.

— Esse safado com certeza está envolvido.

Simone bebeu um pouco da água e depois falou:

— Não descarto, mas acho que é mais prudente aguardar um pouco. Gostemos ou não dele, ele nunca demonstrou ser violento.

— Minha filha, não seja ingênua. A questão não é ser violento ou não. Ele é louco, você entendeu? Ele é maníaco-depressivo. Não sei nem como foi admitido no MPF.

— Essa doença não recebe mais este rótulo, papai. E diferente de outros transtornos mentais, não impede uma vida normal.

— Você o está defendendo e se colocando contra mim?

— Não! Mas parece que ele acaba de sair ou está saindo de uma crise, algo assim. E se ele não é violento e nem está em crise, tenho dúvida se possa ter tentado contra a vida de quem ama. Talvez a mãe dele tivesse motivos, mas quanto a ele, não se pode afirmar.

— É uma família de loucos. Sua mãe precisa de nossa ajuda.

— Claro.

Quando a cirurgia de Tatiana chegou ao fim, ela foi levada da sala de operações para a UTI. O médico plantonista, um homem de meia-idade com ar paciente e receptivo, chamou a família. David já estava presente; tiveram de aguardar Simone e Rogério. Tão logo chegaram, o médico foi passando paulatinamente as informações:

— Boa noite. Tentarei ser objetivo. Ela foi alvejada em três locais com uma faca...

Lembrando-se do que tentara fazer na Esplanada, Simone fechou os olhos. A vítima agora era sua mãe. Ainda incrédula, voltou a prestar atenção ao que o médico dizia.

— ...um dos golpes acertou a cabeça e causou uma laceração importante, o outro atingiu o braço esquerdo e o terceiro atingiu o lado direito do rosto, embora mais superficialmente. Ela perdeu muito sangue. Precisou de transfusão, o que foi realizado a contento. Ainda é cedo para sabermos se o golpe na cabeça afetou de alguma forma as competências cerebrais. Ela terá de passar por novos exames e novas avaliações, mas o médico da operação é neurocirurgião e consignou que, pelo local e forma da lesão, ela tem grandes condições de se recuperar. Portanto, no geral, o desfecho até aqui não é tão ruim. Porém, caso ela demorasse mais um pouco a ser socorrida, sem dúvida não resistiria.

David sorriu como um menino; era aquilo o que esperava ouvir. A salvação dela, para ele, não era nada além da misericórdia de Deus.

— Ela corre o risco de ficar com sequela? — disse Rogério.

— Sim, como falei, essa é uma possibilidade. Mas o neurocirurgião foi otimista, pois avaliou que a lesão não é tão séria.

— Ela vai ficar com alguma marca no rosto? — disse Rogério.

— Esse aspecto eu não posso responder com segurança, pois é necessária a avaliação de um cirurgião plástico.

Àquelas palavras, Rogério ficou cabisbaixo. Imaginar Tatiana com o rosto retalhado era desolador para ele. Sentiu pena dela.

— Só para eu me situar. O marido dela é qual de vocês mesmo?

— Ela não tem marido, doutor. Sou Rogério, o ex-marido dela.

— Mas faz tempo que o senhor e ela estão separados?

— Ah, sim. Faz mais de um ano.

— Então, ela deve ter um namorado, um companheiro?

— Sim, doutor. Sou eu, David — disse ele, timidamente.

O médico voltou-se para David, sorriu e assentiu com a cabeça.

— Bom, deixe então falar sobre a parte mais extraordinária dessa história e que também lhe abarca, seu David. Ela chegou aqui grávida, e pelo jeito o senhor não sabia.

De repente o ambiente foi tomado pela perplexidade. Simone ficou tão chocada que até sorriu de espanto. Rogério franziu mais ainda o cenho. E David achou que não ouvira direito o que o médico dissera.

— Por favor, doutor. Repita. Eu não entendi.

— Sim, está grávida. Toda a equipe ficou impressionada; a idade dela, os sustos, os golpes, e principalmente a perda de sangue. A chance de manter a gravidez nestas circunstâncias é quase nula. O normal é vermos mães perderem bebês por muito menos.

David sentiu-se arrepiar. Era como se sua alma estivesse sendo comunicada de algo verdadeiramente extraordinário. Seu coração começou a bater forte e sua respiração ficou levemente ofegante. Então, teriam um filho! Ele queria tanto!

— Como o senhor pode saber? — disse David.

— Ela murmurou. Fomos obrigados a examinar — disse o doutor. Diante da perplexidade de David, o médico perguntou: — Acredita em Deus?

— Sim!

— Pois então já tem um milagre para chamar de seu — disse o médico, sorrindo. — É seu primeiro filho?

David assentiu.

— Parabéns — disse o médico cumprimentando David. — Agora me deem licença, pois preciso voltar ao trabalho.

Ainda atordoado, depois que o médico desapareceu de sua vista, David olhou em torno de si. Estava sozinho. Então, voltou à capela. Seu coração estava exultante, tomado por uma alegria e emoção indescritíveis. Voltava ali para confirmar o que lhe parecia extraordinário, sobrenatural. Sentia sua graça, e isso era tremendo. Pôs-se a agradecer pela vida de Tatiana e por seu filho, sim, seu filho, cuja gestação ele desconhecia.

Aqui Tatiana encontrou paz para lidar com meu desatino. Aqui também Te busquei e encontrei serenidade. Pela graça obtida, agradeço-Te do fundo do meu coração.

Como a força que emergia daquela capelinha podia ser tão suave e apaziguadora, a ponto de arrancar toda a angústia e curar tudo por dentro? E como a leitura de algumas palavras, com o coração e a alma voltados para Deus, naquele lugar especial, podia ser suficiente para abrandar um espírito atormentado? Agora David sabia a resposta.

Afora sua própria experiência, agora ele voltava a atravessar o vale da morte, e, de repente, descobria que era capaz de passar por ele e reencontrar o amor no final. O que lhe acontecera fora inimaginável, e confessar algo assim era um privilégio. Aquela compreensão, aquela certeza eram tão fortes em seu coração, que ele pouco se importava se não acreditassem em seu testemunho. O que lhe importava era o encontro íntimo que tivera. Deus o salvara para Tatiana e, depois, a salvara para ele e, por fim, salvara a criança, para a família que eles começavam a formar. Deus transformara uma capelinha em um lugar possante porque não se tratava da capela, ou do lugar; tratava-se Dele e das pessoas. Se preciso fosse, Ele transformaria bares em capelas só para assegurar o encontro de quem quisesse estar com Ele. Mas não era só de coisas assim que Ele era capaz. Ele manteve a gravidez de Tatiana e não permitiu que o bebê perecesse. Tudo inexplicável à compreensão humana, mas compatível com os milagres que Deus era capaz de promover.

Com Tatiana a salvo, um filho e a família à vista, de repente, suas perspectivas mudaram. Mais que nunca, já não lhe afetavam tanto as coisas materiais, as loucuras do país ou do mundo; tudo cedia lugar para sua família. Era inevitável que ainda se angustiasse diante do caminho que o mundo trilhava e ficasse a ponto de cair em crise. Mas agora, com as bênçãos que Deus derramara sobre sua vida, embora essas coisas continuassem dignas de preocupação, já não eram suficientes para lhe fazer perder a sanidade. O que não se podia evitar, devia acontecer, pois estava sob o controle de Deus.

O universo tinha uma ordem, e essa era um mistério que se comunicava conosco da forma que melhor aprazia a Deus. Se o mundo era governado pelo mal, sob a aquiescência de Deus, e o mal avançava, destruindo princípios e valores cristãos, era porque essas provações tinham de acontecer e de fato constavam das Escrituras.

De outro lado, como se um clarão tivesse recaído sobre ele, percebeu mais facilmente o quanto o espírito estava acima de disputas mesquinhas em torno de controle e poder. Agora ficava mais claro para ele que não era no obscurantismo reacionário e nem na total inversão de valores que se encontrava a possibilidade de o ser humano viver em harmonia; na verdade, nenhuma ordem subsistia diante da degeneração das pessoas, da conspurcação dos valores ou da interdição do progresso. Compreendeu então que o problema jamais seria a posição política em si, senão o extremismo que a acompanhava.

Quando por fim entendeu o que realmente importava à vida humana, aquietou seu coração quanto a isso e voltou a pensar em Tatiana e no filho. E por causa destes, teve ânimo para acreditar ser possível colocar sua vida no eixo, pois agora sabia que o amor de Deus, dentre todos os outros, era o único capaz de curar as feridas mais profundas.

Capítulo 62

Quando a polícia chegou, Afonso estava com Adelaide na sala. Ele tinha dado um calmante à mulher, que estava dizendo palavras desconexas sobre David e Tatiana.

O delegado, um homem jovem e enérgico, estava na companhia de dois investigadores. Ele tentou explicar a Afonso qual era o padrão de conduta naquela situação, mas Afonso logo lhe informou sobre o seu cargo, poupando-lhe o tempo.

Então, o delegado e os policiais pediram licença e começaram a fazer seu trabalho, colhendo impressões digitais, mostras de sangue, a faca e isolando a área onde Adelaide atacara Tatiana. Em seguida, Afonso e Adelaide acompanharam o delegado até a delegacia de polícia do Sudoeste. Afonso orientou a mulher a ficar calada.

Quando inquirido, Afonso disse não ter presenciado o começo do embate e que ao retornar as duas mulheres já estavam engalfinhadas e Tatiana lesionada. Negou ter sabido que Adelaide planejara matar Tatiana ou que David soubesse de algo nesse sentido.

Enquanto o delegado ainda inquiria Afonso, David entrou na sala onde era tomado o depoimento, apresentando-se. Dispôs-se a falar, a despeito de suas prerrogativas legais, haja vista que se apresentava espontaneamente e declarava não ter qualquer envolvimento com o ocorrido. David respondeu a todas as perguntas do delegado, explanando desde quando conhecera Tatiana, a relação dos dois, o quanto se amavam e tinham planos de ficar juntos, de como fora surpreendido com o ato da mãe e de como obtivera êxito no socorro e salvamento da procuradora.

— Encerramos por ora a inquirição dos senhores. Em outro momento, poderão voltar a ser chamados, com exceção do senhor, doutor David, que pode indicar dia e hora. Quanto à dona Adelaide, ficará conosco até que o juiz se pronuncie sobre o flagrante.

David ficou atordoado. Era de sua mãe que ele falava. A pessoa que, embora rigorosa, amava-o mais que tudo na vida. Não podia permitir que ela fosse maltratada.

— Mas por quê?

— Sua mãe portava a faca utilizada para golpear a vítima. Não há qualquer erro formal ou material na lavratura do flagrante. Sinto muito, mas ela ficará presa. É a lei.

— O senhor a está indiciando por que crime?

— Homicídio tentado qualificado.

— Como podem concluir isso assim? Os exames ainda serão requisitados.

— Alguns resultados sairão em breve. De qualquer modo, independentemente de seu pai ter flagrado sua mãe sobre a vítima, para uma capitulação provisória basta o instrumento do crime e sua ligação à indiciada. Amanhã será a audiência de custódia dela.

David fechou os olhos e lembrou da mãe brincando com ele enquanto era criança, ensinando-lhe a ler, tomando-lhe as lições, esforçando-se para que não entrasse em crise.

— Não se preocupe, filho — disse Adelaide, de repente. — A última coisa de que preciso é da sua tristeza. Não pense que não sei o que fiz; sei muito bem, e o que fiz, fiz por você. Uma mãe não é mãe enquanto não dá a vida pelo filho. Afinal, não foi o que fiz a vida toda? Se tiver de pagar um preço, eu o pagarei. Agora vão embora, por favor.

— Mas mãe...

— Podem ir!

— Amanhã estaremos com um advogado no Fórum, fique calma — disse David.

De volta para casa, David tentava acalmar o pai, mas tudo o que dizia era em vão. Afonso se dizia culpado por não a ter submetido a um tratamento, o que acabou lançando Adelaide naquela obsessão. David preferiu deixá-lo desabafar. Naquela noite, dormiram juntos no apartamento de David; precisavam descansar para o que estava por vir.

Quando Simone chegou em casa com Rogério, já era noite. Encontraram Lucas e Jandira envolvidos em uma oração por Tatiana. Assim que ouviu Simone dizer que Tatiana estava fora de perigo, Jandira se abraçou com o menino, chorando e dando glória a Deus. Emocionaram-se ao saber da gravidez da procuradora. A aflição que até então os dominava transformou-se rapidamente em um sentimento pleno de alívio e alegria.

— Vejam como Deus é misericordioso. Salvou Tati e ainda nos deu um bebê! Este é o dia mais feliz da minha vida — disse Jandira, radiante.

— O que a mãe daquele louco fez merece punição, isso sim — disse Rogério.

— Quanto a isso, nada passa despercebido a Deus — disse Jandira calmamente.

— Quando mamãe virá para casa? — perguntou Lucas.

— Temos de aguardar mais um pouco — disse Simone.

— O que temos é de ser gratos a Deus — disse Jandira. — Ou você acha que a vida dela e desse bebê não representa um milagre?

— Não há bebê, Jandira. Ela está grávida de dois ou três meses.

— Ora, ela carrega no ventre um irmão seu, Simone.

— Você já falou com seus avós? — perguntou Rogério.

— Sim. Queriam vir; disse que por enquanto não é necessário.

— Fez bem — disse ele. — Pode ficar esta noite, Jandira?

— E ainda pergunta? É claro que sim.

— Você já não tem marido mesmo... — disse ele em tom de brincadeira.

— Tenho, sim. Só que ele é especial, me ama como eu sou e não se opõe que eu esteja com quem amo. Agora, com licença, tenho coisas a fazer — disse ela, retirando-se.

Sozinha na sala, com o pai, Simone se jogou no sofá.

— A vida da mamãe se transformou em uma novela mexicana.

— É verdade. Mas isso aconteceu por opção dela mesma. Ela não precisava ter escolhido uma pessoa tão problemática.

— Ela está vivendo sob tensão, mas, pensando bem, em maior ou menor medida, a vida não é assim mesmo, feita de altos e baixos? Acredito que mesmo quando David equilibrar sua saúde, continuará enfrentando oscilações, como todo mundo. Por isso, acho que o que sentem um pelo outro é maior que a doença que ele carrega com ele.

— É, pode ser.

Após um momento de silêncio, Simone disse:

— Ah, papai, tive tanto medo de perder mamãe!

Levantou-se e se dirigiu ao pai, enquanto as lágrimas fluíam.

— Não chore! Está tudo bem — disse ele, acolhendo-a em um abraço.

— Sei que, às vezes, me deixa triste o modo de ela pensar, mas é minha mãe. Eu a amo. Cheguei a pensar que ela poderia morrer. Imaginei que coisas assim acontecem o tempo todo, com todo mundo, mas nunca pensei que pudesse acontecer com ela.

Ele a deixou à vontade para falar e desabafar.

— Olhei para David, desesperado em busca do próprio senso de equilíbrio. Lutando como podia para se manter firme e pensei no quanto a fé o tornava forte. Achei que ter uma religião, acreditar em Deus, especialmente nestas horas, conforta, papai...

— Este, talvez, seja o principal motivo pelo qual a religião existe.

— Quando Jandira orou e agradeceu a Deus, com tanta fé, estranhei não acompanhar. Agradecia pela vida da minha mãe!

— Mas como você a acompanharia sem ter fé?

— Eu sei. Desde quando você deixou de acreditar em Deus?

— Já na sua idade comecei a ter dúvidas. Então, o materialismo acabou tomando conta da minha vida, e segui alicerçando minha razão nele. Não acredito no invisível, você sabe perfeitamente disso.

— Comigo foi diferente. Quando criança, que ia à igreja com mamãe, já não conseguia acreditar em nada daquilo, na cerimônia, nos rituais, no que falavam os padres. Era teatral demais. Uma coisa, porém, sempre me inquietou: os milagres.

— Noventa e nove por cento charlatanismo e um por cento fenômenos físicos, naturais. Entre extraterrestre e Deus, acho mais provável o primeiro.

— E se as duas coisas fossem uma coisa só e fizessem parte de um todo desconhecido?

— Para mim, verdades absolutas pregadas sobre o nada não fazem sentido.

— Mamãe mencionou certa vez que David tinha experiências extrassensoriais.

Rogério desatou a rir.

— Minha filha, David é maníaco-depressivo. Sempre foi conhecido na Regional como desequilibrado. É um louco completo. Não há cura para o que ele tem, e a doença dele gera alucinações. Ele lê Olavo de Carvalho; pode haver maior prova de insanidade? Ainda bem que aquele astrólogo morreu, sua influência era terrível.

— O senhor vai rir, mas a morte dele me despertou para examinar como ele levava a vida; no que ele acreditava.

— Ah, minha filha, você perdeu seu tempo com isso. Justo você?

— Não, papai. Não se preocupe. Não passei para o lado errado só porque tive curiosidade de investigar a vida dele. Na verdade, ele angariou ódio em vida porque ele mesmo se colocava em embate infundado contra a esquerda. Mas ele escrevia sobre outros temas além de política. Nada demais, tudo baboseira, salvo uma coisa.

— O quê?

— Ele achava isso tudo aqui, a terra, dinheiro, poder, bens, efêmero. Dizia que nossa matéria é finita, que esta realidade é ilusória e que as pessoas são imperfeitas, superficiais. Ele acreditava em Deus e abordava o amor como o que há de mais poderoso.

— Para mim isso tudo é fachada e só o torna mais desprezível.

— Pode ser, mas, às vezes, acho que ele morreu mais, em paz do que muitos que não têm fé.

— Deus não existe. Não se deixe impressionar pelo que aconteceu com sua mãe. O que ocorreu só ocorreu porque estava dentro das probabilidades.

— Eu sei. Mas não posso deixar de constatar só uma coisa.

— O quê?

— Enquanto David e mamãe buscam introduzir amor e Deus em suas vidas, pessoas como nós tendem a separar o que para eles é inseparável.

Capítulo 63

As custódias em Brasília eram realizadas por um juiz titular de uma Vara com competência exclusiva para inquéritos. O magistrado começava a ouvir os flagranteados às 8h30 da manhã e a audiência de Adelaide estava designada para às 10h.

David e o pai tinham contatado um advogado amigo da família, Dr. Bruno Ferreira, um homem alto, gordo, de cerca de 50 anos, conhecido no meio jurídico, o qual compareceu cedo ao Fórum e, após se reunir com Adelaide, juntou-se a David e Afonso para explicar a estratégia que adotaria.

Estavam os três sentados, naquele momento, em um banco disposto em frente à sala de audiência, no corredor daquela ala do Tribunal, aguardando serem chamados. David se esforçava para não deixar o pai nervoso, ao passo que Afonso, embora já tivesse passado por muitas audiências de réu preso, sentia-se impotente. Ninguém precisava lhe ensinar o quanto juízes e promotores podiam ser impessoais em audiências como aquela. Era por demais irônico que sua esposa estivesse passando por aquilo, justo ela, mãe e mulher de procuradores.

O advogado revia os papéis enquanto passava em mente o que falaria ao juiz. Aquela seria uma audiência rápida, pois tinha como fim, basicamente, averiguar a regularidade da prisão, a possibilidade de soltura e a configuração ou não de abuso policial. Era, portanto, uma oportunidade de ouro para soltar sua cliente. Com bons antecedentes e residência no distrito da culpa, não havia motivos para Adelaide continuar presa. Ela tinha, portanto, chances concretas de ser liberada naquele ato.

Passava um pouco das dez quando o serventuário da Justiça saiu da sala de audiências e fez o pregão. Adentraram então à sala o advogado, David e Afonso.

No centro da mesa, mais ao alto, estava a juíza, uma mulher jovem, com menos de 30 anos, mas que, a despeito de sua pouca vivência, transmitia firmeza e segurança na condução dos trabalhos. À sua direita tinha assento o promotor de justiça, um homem carrancudo, com cerca de 50 anos de idade. O advogado tomou assento na mesa enquanto Afonso e David se sentaram em algumas cadeiras desocupadas ao fundo da sala.

Aguardaram um pouco até Adelaide ser conduzida à sala de audiências pelas carcereiras do Sistema Penal. Ela entrou algemada no recinto, estava abatida e parecia não ter dormido à noite. O coração de David acelerou ao ver a mãe naquelas condições.

A juíza, demonstrando pressa para iniciar o ato, tomou a palavra e disse:

— Bom dia a todos. Passamos a realizar a terceira audiência de custódia do dia. Consta como flagranteada a senhora Adelaide Miranda, em razão da prática em tese do delito de homicídio qualificado tentado contra Tatiana Marins. Cumpre-me lembrar que esta não é uma audiência de instrução. Portanto, não serão revolvidos fatos e provas, ficando a análise do mérito reservada para a fase própria, caso o Ministério Público resolva oferecer denúncia em desfavor da indiciada.

Em seguida, a juíza pediu que Adelaide fosse colocada no local reservado aos indiciados, ordenando que lhe fossem retiradas as algemas. Embora tenha sido cientificada do direito ao silêncio, Adelaide disse que desejava responder às perguntas.

Diante disso, após qualificar a indiciada, a magistrada formulou perguntas quanto à prisão em si, no que Adelaide respondeu que sua prisão ocorrera dentro da lei e que era justa, pois, de fato, esfaqueara Tatiana. Mesmo não perguntada, seguiu afirmando que golpeara a procuradora, porque não aceitava a relação dela com o filho e que por isso planejou desfigurar o seu rosto, para que, assim, o filho nunca mais se aproximasse dela.

Exaltada, a juíza disse que aquele não era o momento de se examinar o mérito da causa e que Adelaide deveria responder somente às perguntas que lhe fossem dirigidas.

Adelaide não demonstrava nenhum respeito às determinações da juíza. O que queria era deixar bem claro que assumia tudo o que havia feito. Não podia mais guardar para si a motivação do seu ato, precisava colocar tudo para fora, fosse ou não compreendida. Na verdade, talvez o que no fundo desejasse era nunca mais sair da prisão.

David e o pai não acreditavam no que tinham acabado de ouvir. David olhava aturdido na direção do advogado. Qual, afinal, era a estratégia de defesa? Além de se incriminar em uma audiência que não tinha esse fim, ela dificultava a própria libertação.

Ao terminar de responder às perguntas formuladas pela magistrada, Ministério Público e Defesa, a juíza indagou de Adelaide se ela ainda tinha algo a dizer.

— Sim, Excelência. Obrigada pela palavra. Como mãe e esposa de dois membros do Ministério Público, conheço um pouco os meus direitos e sei que a senhora jamais os tolheria. Só gostaria de consignar que violei a lei e feri direitos de outra pessoa, mas o fiz pensando no melhor para o meu filho. Não agi imbuída de sentimentos mesquinhos — ela se virou e olhou para o filho —, porém não posso dizer que me arrependo, meu filho, de tentar lhe afastar dela, muito embora eu me ressinta por você, pois sei o quanto sofre neste momento. Sou culpada por isso também.

Na sequência, a juíza concedeu a palavra ao MP e à Defesa.

— Excelência — disse o promotor —, embora esta seja uma audiência de custódia, a indiciada espontaneamente deu detalhes de sua ação delitiva. Disse que teve a intenção de desfigurar a vítima, no entanto, os golpes só não levaram a vítima à morte em virtude do socorro prestado pelo filho da indiciada. A intenção real era de matar e, embora seja a indiciada primária e detentora de bons antecedentes, conceder-lhe liberdade agora é uma enorme temeridade. Além de poder fugir, muito provavelmente voltará a tentar matar a vítima. Assim, para resguardar a ordem pública e acautelar o meio social, requer o Parquet seja a prisão em flagrante convertida em prisão preventiva, mantendo-se a indiciada presa até ulterior deliberação deste juízo, por ser medida de justiça.

David ouvia chocado as palavras do promotor, incrédulo com os rumos que uma simples audiência de custódia estava tomando. A mãe deveria ser liberada, pois preenchia os requisitos legais, no entanto, ela mesma envidara esforços para ficar presa.

Tomando a palavra, o advogado requereu a imediata libertação de Adelaide, alegando primariedade, bons antecedentes, excelente vida pregressa, residência no distrito da culpa e ausência de intenção de matar e, caso não fosse este o entendimento, que ela fosse colocada em prisão domiciliar com monitoramento eletrônico.

Aquele era um caso estranho para a juíza, considerando a postura da indiciada, que visivelmente abrira mão de ser solta, e isso diante do marido e do filho. Porém, ela precisava decidir e assim o fez, seguindo os preceitos legais, nos seguintes termos:

— Acompanhando o parecer ministerial, hei por bem converter a prisão em flagrante em prisão preventiva, haja vista a periculosidade da detenta, que atentou contra a vida da vítima, golpeando-a no braço e na região da cabeça, admitindo, ademais, na presente audiência, que planejou o ato antes de praticá-lo, consciente e deliberadamente. Portanto, ante o risco concreto e real de a detenta reiterar na prática do ato, haja vista não ter sequer manifestado arrependimento, por ora, para resguardar a ordem pública, converto a prisão em flagrante em preventiva. Expeça-se mandado de prisão. Publicada em audiência. Podem levar a detenta.

Quando David viu algemarem sua mãe e a conduzirem para fora do recinto, sentiu a necessidade de entender o que tinha acabado de acontecer; precisava colher os motivos que a fizeram agir daquele modo. Ele e Afonso estavam totalmente desolados.

Ao passar diante do filho e do marido, Adelaide tinha o semblante vago e ambíguo. Aquela mulher, com feições duras e impenetráveis, que deixava a sala ladeada por agentes prisionais, como que brutalizada, despertava comiseração.

Tatiana recebeu alta da UTI dois dias após a operação e ainda ficaria internada até retirar as faixas de sua cabeça. David comparecia todos os dias para estar com ela, mas evitava cruzar com Rogério e preferia entrar no quarto quando este não estivesse cheio.

David conversou melhor com Tatiana no segundo dia de sua alta. Embora mantivesse a cabeça enfaixada, ela lhe parecia mais disposta, e ele tinha a impressão de que ela estava cada vez mais consciente.

Embora o contato dos dois se limitasse a gestos de carinho e a assuntos amenos, David sabia que ela mantinha conversas mais abertas com outras pessoas, e até mesmo com os pais e irmãos, por telefone.

No fundo, ele sabia que o seu comedimento não se baseava unicamente no resguardo da saúde dela, mas no constrangimento, na vergonha que tudo aquilo lhe trazia. Fora sua mãe que quase a matara. Por mais que não quisesse, em alguma medida, sentia-se culpado. Entretanto, precisava encontrar coragem para enfrentar o que aconteceu.

Ao entrar no quarto, David encontrou Jandira, Simone e Lucas em torno de Tatiana. Vendo-o ali, a procuradora solicitou ficar a sós com ele, no que foi atendida.

Quando saíram, David a beijou por cima das faixas e lhe deu o buquê de margaridas que havia trazido. Ela o pegou e, cheirando as flores, agradeceu. Em seguida, ele pôs o buquê na bancada próxima à televisão e depois voltou para a beirada da cama.

— São lindas as amarelas — disse, feliz por tê-lo ao seu lado.

— Têm a vitalidade e a força do amor.

— Eu preciso de tudo isso. Estranho o que estou passando...

Ele pegou sua mão, e disse:

— Tudo provisório. Já, já estará como antes.

Ela pensou no quanto ele estava errado. Até poderia sair daquela cama e retomar sua vida, mas jamais seria como antes.

— Expulsei a todos para ficarmos à vontade. Não quero mais ver você chegar e sair correndo, com medo de mim.

— Jamais teria medo de você. Como pode pensar isso?

Observou-o cuidadosamente. Ele estava mais bonito, a cada dia se livrava um pouco mais de sua depressão. Vestia-se jovialmente e continuava com seu jeito de menino, os olhos azuis por trás dos óculos, a manter seu ar de intelectual. E agora, com ela daquele jeito, será que ele estava sendo assediado? Será que sentia necessidade de sair com outras? Sabia de sua integridade, mas não conseguia evitar conjecturar essas coisas.

— Bem, não estou em condições de participar de nenhum concurso de beleza.

Ele ficou arrasado com aquela dose de acidez.

— Você ainda me ama? — disse ela.

— É evidente. Ouvir você perguntar isso me entristece.

— Você até aparece, mas mal conseguimos conversar direito.

— Quero poupar você. Jamais...

— Não é só isso.

— Quer me ouvir dizer que estou envergonhado pelo que aconteceu? Que estou arrasado por mamãe ter feito o que fez? Já lhe pedi desculpa, mas posso pedir de novo. Quantas vezes quiser.

— Não, David. Estou falando de mim. Ainda me quer?

Ele franziu o rosto em sinal de estranhamento.

— Ora, eu a amo. Você está esperando um filho meu.

— Você não precisa ficar comigo apenas pela criança.

— Estou tão feliz por nosso filho. Por que está fazendo isso?

As lágrimas brotaram no rosto dela, queria poder ser forte, mas naquele instante era impossível não pôr para fora o que sentia.

— Não chore, por favor — disse David começando a se agitar.

— Há algo que me angustia. Fui alvejada na cabeça e...

— Sim, mas não haverá sequelas. Os médicos já descartaram.

— Não se trata disso. Na cabeça a cicatriz será coberta pelos cabelos, mas um dos ferimentos foi no rosto.

— Não ligo para marcas exteriores, o que importa é o que trazemos conosco. Para mim as cicatrizes não passam de sinais das nossas lutas, prova de nosso heroísmo.

— Não tente reduzir isso, por favor.

— Estou falando a verdade.

— Adelaide queria fazer com que você não olhasse mais para mim. Acho que se ela tivesse realmente a intenção de me matar não teria me atingido só no rosto.

Sentou-se no sofá ao lado da cama e suspirou. Sabia que aquilo seria revolvido em algum momento. Lembrou-se do que sua mãe dissera no Fórum e, embora inequívoca sua intenção, continuava sem compreender como ela fora capaz de fazer aquilo.

— Não consigo pensar em rejeição, mas tenho de me preparar.

— Por Deus, Tatiana, basta! Eu amo você acima de tudo. Você sempre será linda para mim. Se houver uma marca, não será ela que me afastará da mãe do meu filho. Você fala como humana, eu compreendo. Mas veja por outro lado. Deus nos salvou.

Tatiana então estendeu os braços e os dois se abraçaram. Ele queria poder fazê-la perceber o quanto a amava.

— Eu o amo, David. Isso só se confirma dentro de mim.

— Eu também, meu amor. Eu também.

— Quero lhe dizer mais uma coisa.

— Fale.

— Não aprovo o que sua mãe fez, mas ela o fez querendo seu bem. Nunca se curou da perda do seu irmão, nem nunca soube perdoar seu pai, que assim como seu irmão não passou de uma vítima daquele acidente. Por isso, ela seguiu desse jeito. Não vou depor contra ela. Adelaide precisa de um tratamento médico e não de cadeia.

Emocionado, David foi tomado por um profundo sentimento de gratidão. A demonstração de bondade o afetara de tal modo que, abraçado a ela, ele chorou. Mesmo depois do que sofrera, ela continuava deixando claro o tamanho do seu amor por ele.

Enquanto deixava o hospital, e passava pelos funcionários e pacientes que iam de um lado para o outro, David tentou compreender sua jornada até ali. Lembrou do que passou nas mãos da mãe. À medida que recordava, ia enxergando mais claramente o desvario de Adelaide, o pavor de que, nas menores coisas, algo pudesse acontecer a ele, a desmesurada e sufocante superproteção que sempre envolveu a relação dos dois. Fora sufocado por ela o tempo todo e, como vivera daquela maneira a vida inteira, acabara sendo obrigado a acolher aquela opressão como algo normal. Quando se lembrava das proibições, dos controles imoderados, via o quanto fora prejudicado. Por tudo aquilo, acabara se tornando carente nas relações com os outros e ressentido emocionalmente.

E quando lembrava do pai, era impossível não notar o quanto Afonso fora fraco. Sem sua presença, sob as rédeas de Adelaide, David crescera cada vez mais retraído e inseguro. Tivera algumas namoradas, mas seus relacionamentos eram sempre fadados ao fracasso e normalmente isso ocorria sem que ele notasse a interferência da mãe.

Sobraram-lhe os livros, único meio encontrado para descobrir caminhos que lhe conferissem algum sentido na vida; e por meio deles seguiu a maior parte do seu percurso, ora recolhido em sua própria torre de marfim, ora viajando, a desbravar os recantos e segredos de um mundo de mistérios infinitos. Tudo regado a muito lítio e vigilância.

Quando Tatiana surgiu em sua vida, porém, foi como se a armadilha tivesse sido rompida e o encanto tivesse sido desfeito; de repente, fora chamado a experimentar outros sentimentos e sensações; fora apresentado ao amor e convidado a desfrutá-lo da forma mais intensa e profunda possível, como jamais lhe acontecera. E para tanto só precisou sair de seu esconderijo e começar a viver por si mesmo, com os pés fincados na realidade.

E agora tudo estava claro diante dos seus olhos. A despeito de alguns pequenos atos de resistência, aceitara ser dominado pela mãe a vida inteira, anulando-se em prol de uma obsessão. E o próprio fato de ela ter se tornado médica, no fundo, fora mais um sintoma de sua loucura do que uma medida tomada para o ajudar.

O transtorno bipolar tinha origem genética, mas podia ser desencadeado por gatilhos da vida. Não tinha como saber o quanto aqueles anos de sufocamento lhe fizeram mal a ponto de desenvolver essa doença, mas seu coração parecia lhe confessar que toda a severidade, o fatalismo da mãe, transformaram-no profundamente e de uma forma ou outra lhe impuseram aquele mal. Mas como culpá-la? Era possível ignorar a dor causada pela perda de um filho, o medo descontrolado de perder o outro, a dificuldade intransponível de se livrar do trauma, do sofrimento, dos quais nunca tentou se curar, quiçá porque agir como agiu tenha sido o único modo encontrado para lidar com a perda? Até onde outros em seu lugar não teriam se perdido nesse mesmo labirinto de desespero?

Então, era isso, afinal. Ele fora um escudo para a mãe, uma forma de conter o impacto da perda, de contornar um problema que ela nunca conseguira resolver. Em sua fixação, ela o protegia tanto quanto a si mesma. Mantê-lo a salvo foi a forma encontrada para seguir adiante, e foi desse modo, não dosando suas ações, que ela se radicalizou e que o ápice de sua loucura acarretou um mal pior do que o que ela queria evitar.

Capítulo 64

David decidiu suspender sua licença e retornar ao trabalho. Aquela série de acontecimentos lhe mostrava que, se antes necessitara de cuidado, agora era ele quem precisava estar bem para cuidar de Tatiana e seus pais. Àquela altura, sua consciência se expandira ao nível de prometer a si mesmo que nunca mais interromperia seu tratamento e assumiria definitivamente as rédeas de sua vida.

No segundo dia de retorno ao trabalho, David foi surpreendido por uma visita inusitada. Estava verificando a produtividade de seu ofício quando Otávio surgiu e disse que Rogério precisava lhe falar. David largou o que fazia e autorizou a entrada do colega.

— Olá. Deixa ir direto ao ponto. Temos diferenças abissais, e não estou nem aí para o que você pensa. No entanto, preciso me entender com você.

David ouvia com atenção o que dizia o homem à sua frente. Sabia bem como se comportavam tipos assim, impecáveis no vestir, afetados no portar e vazios na alma.

— Espero que entenda que eu e Tatiana estamos ligados por causa dos nossos filhos. Por isso, torço pela recuperação e felicidade dela.

— Temos planos de nos casar. Quando isso acontecer, saiba que procurarei tratar seus filhos como se fossem meus.

Rogério sentiu um nó na garganta. Não conseguia entender como alguém que era tratado com tanta frieza conseguia ser afável. Tatiana não podia ter ficado com alguém mais parecido com ela.

— Então é isso — disse Rogério, levantando-se — Ah, só mais uma coisa. Ela ter mantido a gravidez foi impressionante, mas é tolice falar em milagre.

— Nunca falei em milagre, embora não haja a quem agradecer, senão a Deus.

Rogério deu um sorriso sem graça, despediu-se e saiu. David pensou que Tatiana não era mais domínio dele; livre, agora, ela não era mais domínio de ninguém.

Em seguida, David chamou Otávio. Precisava falar sobre alguns processos com o assessor. Após resolverem cada uma das pendências, Otávio ia se levantando quando David disse:

— Ainda resta um ponto.

— Pois não, doutor?

Otávio estava no gabinete há mais de uma década e, desde o princípio, era alguém da absoluta confiança do procurador. Embora não fossem amigos íntimos, sempre conversavam sobre os mais diversos assuntos. Otávio tinha dois filhos e David gostava de saber como estavam. Otávio sabia que dificilmente encontraria um chefe como David.

— Com que frequência você falava com mamãe?

— Eu? — disse Otávio, surpreso. — Bom, você sabe, conheço dona Adelaide desde criança. Ela intermediou para eu estar aqui.

— Após começar comigo você continuou falando com ela?

Otávio jamais imaginou que algum dia pudesse estar sendo inquirido sobre aquilo. Conversava com Adelaide, obviamente. Pelo menos uma vez por semana levava notícias de David para ela. Mas aquilo era um pacto firmado entre eles, e o compromisso era que nenhum deles jamais falasse a respeito disso com ninguém.

— Eu não sei o que você quer saber exatamente...

— Só responda o que eu perguntei — disse David calmamente.

— Sim. Conversamos — disse Otávio, nervoso.

— Lealdade é algo que deve permear qualquer relação, Otávio.

— Posso pelo menos saber do que estou sendo acusado, para poder me defender?

— Não é um processo criminal, Otávio. Fique tranquilo. Você não precisa de garantias processuais. Não haverá julgamento contra você. A única coisa que está em jogo aqui é sua própria consciência, é a demonstração de sua capacidade de julgar a si mesmo.

David achou que Otávio estava suando do outro lado da mesa.

— Papai me contou; não achou certo eu manter um espião dentro do meu gabinete.

Fora descoberto e, como não esperava por aquilo, não tinha a menor ideia do que falar. Mentir não podia; falar, tampouco, pois naquele momento podia encarar tudo, menos a si mesmo. A vergonha tomava conta de todo o seu ser.

— Sei que você recebeu e não foi pouco. Por que, Otávio? Seu salário não é ruim, você vem de uma boa família. Você é humano, sim, isso é inegável, mas, por outro lado, certamente detém mais condições para escapar da tentação do que muitas outras pessoas. De que modo seus filhos reagiriam se soubessem como retribuiu a chance que lhe dei? Se se sentiu pressionado, bastava ter me dito. Jamais permitiria que perdesse o emprego.

O diálogo se tornou um solilóquio. Otávio se manteve em silêncio, sentia-se insignificante diante do seu interlocutor. E isso nada tinha a ver com subordinação.

— Agiu assim por tantos anos porque nunca achou que seria descoberto. O erro continuou, e você e mamãe o normalizaram; ela se escondendo atrás do amor dela, e você, atrás de uma confiança. Mas a verdade sempre vem à tona, e com ela a tomada de contas.

— Sinto muito, estou envergonhado. Vou deixar o gabinete.

David pensou no quanto o ser humano era fraco e miserável; no quanto as pessoas eram capazes de se vender por tão pouco; no quanto nunca era suficiente o que se tinha; no quanto uma tentação podia desperdiçar uma boa criação; no quanto o vazio humano necessitava ser preenchido pelo amor de Deus.

— Não vou demitir você. Nunca foi essa a minha intenção.

— O quê? — perguntou o assessor com os olhos arregalados.

— Se o fizesse estaria entregando você de bandeja ao mal que aderiu. Jamais o prejudicaria ou à sua família. Eu o quero comigo para ajudar você a perceber seu erro e o quanto faz sentido ter valores, o quanto nisso pode estar o significado de toda uma vida.

Otávio já estava preparado para se despedir e deixar o gabinete. Mesmo se tratando de David, aquilo parecia demais para ele. Toda a agitação, vergonha e consciência de sua própria falta, que ele guardava para liberar quando deixasse o gabinete, afloraram rapidamente e irromperam em um choro inesperado que nunca imaginou um dia ser capaz de acontecer. Fora perdoado, as coisas começariam do zero para ele, e assim era convidado a descobrir o que podia significar o perdão na vida de alguém.

Quando não estava na faculdade ou em visita à mãe no hospital, Simone ficava em casa. Continuava empolgada com o curso e seguindo suas próprias leituras, mas o ritmo de tudo aquilo havia arrefecido. De outro lado, convencia-se de que acompanhar a convalescência da mãe, por mais triste que fosse, era melhor do que a ter perdido, pois nessa hipótese não tinha menor noção de como reagiria.

Sua vida passava como um filme em sua mente. Não gostava de se arrepender, mas quando pensava nisso o primeiro de quem se lembrava era Marcos. No fundo, ressentia-se pelo jeito que tinha se afastado dele. Quantas pessoas haviam gostado dela como ele? Aquele veterano só servira para afastá-los um do outro. Como fora tola ao se permitir ser usada só para provar para si mesma que podia ser como os homens e se envolver com quem quisesse e como quisesse. Não que tivesse abandonado a ideia de que as mulheres deveriam ser tão livres quanto os homens, mas agora sentia que essa liberdade podia ser exercida com um pouco mais de reflexão sobre as consequências dos seus atos.

No entanto, havia algo que jamais deixara em paz a sua consciência, e era justamente o aborto que praticara com a ajuda do pai. Não havia sequer um dia que não meditasse a respeito. Posava como alguém que superara a questão, o que de fato não era verdade. A felicidade geral com a perspectiva de ter um novo irmão era algo com que não conseguia lidar. Se ela mesma decidira provocar um aborto em si, como podia ficar contente com um futuro irmão? Devia, por coerência, ter se mantido indiferente, pois, como mero embrião, não havia o que se falar em pessoa humana. Embora quisesse parecer estar segura sobre o que fizera, ainda que a contragosto, via mais claramente que, no final das contas, desobedecendo a mãe, interrompera sua gravidez sem maior reflexão ou convicção sobre o que estava fazendo, imbuída, unicamente, talvez, pelo desejo de se mostrar dona do seu nariz. Agora estava mais claro para ela que fora imprudente diante das consequências do aborto e que agira mal em não prevenir a gravidez.

Passara a sofrer escondida em seu quarto. Jamais imaginou as implicações de seu ato, o preço que teria de pagar. Continuava tentando se persuadir de que sua dificuldade de assimilar o que fizera decorria das convenções, da moral arcaica vigente. Mas, por mais que se esforçasse, não conseguia se convencer totalmente, e isso só ampliava a angústia que sua incerteza lhe gerava. Seu estado gravitava entre posições conflitantes: ora se achava estúpida, por ceder a um moralismo retrógrado; ora se sentia pecadora e criminosa, embora não acreditasse em Deus, nem na proibição do aborto. No entanto, a despeito do conflito que a moía, do sofrimento que parecia só aumentar, sempre se via no final lutando com todas as suas forças para se agarrar à convicção de que sofria não pelo que fizera, mas por ser de uma família antiquada e pertencer a uma sociedade hipócrita.

No campus, via as colegas de mãos dadas com os rapazes, sorrindo, sentindo-se felizes e realizadas. Ela mesma estava prestes a fazer 18 anos e não sabia o que era isso. Não, homens não. Bastava! A maconha era muito mais inofensiva do que eles. Homens só serviam para fazer as mulheres sofrerem, para empurrá-las para situações como o aborto. Ela começara a se afastar deles desde que interrompera sua gravidez; fechara-se para todo e qualquer homem. Magoara Marcos, que a havia amado de verdade, e se entregara esporadicamente para alguém cuja única coisa que lhe dera fora uma gravidez indesejada. Estava agora em uma concha, bem fechada e protegida. Não faria mais nenhum homem sofrer e tampouco permitiria que algum a fizesse sofrer.

Por essa resolução, talvez, tivesse se aproximado de Rosângela, colega de curso que conhecera há pouco tempo, com quem vinha estabelecendo uma amizade crescente. Com a amiga era como se toda a compreensão que lhe faltasse, fosse aos poucos sendo suprida. Ainda era difícil lidar com certas coisas, mas, sem Rosângela, seria muito pior.

Capítulo 65

A noite que antecedeu a alta de Tatiana foi uma das mais marcantes da vida de David. Seus sonhos não haviam cessado naquele período, porém aquele que havia tido naquela ocasião o lançou a uma experiência absolutamente arrebatadora.

Após desejar boa noite para Afonso, por volta das 10 horas, David foi para o seu quarto, onde, depois de tomar banho, adormeceu sem perceber.

Logo após perder os sentidos, David descobriu-se em um lugar que não conhecia. Encontrava-se no cume de um monte, o mais alto de todos, e dele era possível ver os cumes de outros montes. Enquanto espiava e tentava compreender o que havia nos planos abaixo, Mateus, como costumava acontecer, apareceu de repente, vestido de branco, totalmente resplandecente, e o conduziu pelo braço a uma parte específica do promontório, de onde tinha a intenção de lhe falar. Mateus, embora tivesse falecido criança, apresentou-se, como sempre fazia, como se tivesse a idade de David. David ouviu-o dizer: "Deus é bom, David, Ele é a ordem e a harmonia de todas as coisas. Nada pode ser mais magnífico que Ele, porque Ele é a exata expressão da perfeição. As pessoas, por si mesmas, não podem alcançar essa medida; no máximo, podem se aproximar dela. Nossa inteligência, maior que a do mais arguto dos animais, é uma pequena fagulha da inteligência divina. Ela não é suficiente para nos fazer acreditar em Deus, mas nos dá a capacidade de intuirmos a presença divina, pois a nossa razão, a compreensão que temos das coisas, nosso livre-arbítrio, vêm da mesma essência, da mesma matéria-prima de que é feito Deus. E nessa essência está contido o amor, e nada é maior que ele, pois nele está abarcada a verdade; para ele ser alcançado, porém, é necessária pureza, o que já não encontramos mais tão facilmente no mundo atual". David não se admirava da presença do irmão, pois já estava acostumado a encontrá-lo em seus sonhos; em algumas vezes eles conversavam, em outras, só Mateus falava ou vice-versa. Naquela ocasião, porém, era diferente. Mateus falava com muita ênfase e propriedade, e David sentia que, caso quisesse, poderia falar com ele. Nos sonhos em que se encontravam, em todos eles, David sentira como se fosse real, mas naquele ele não sentia só isso. Ele realmente estava vivendo aquela experiência, naquele lugar, com o irmão. Não perdia uma sílaba do que Mateus lhe dizia, não porque estivesse meramente interessado, mas porque, inexplicavelmente, sentia fome daquelas palavras. Mateus continuou: "cada vez mais corruptas, David, as pessoas estão sabotando a obra de Deus, deixando-se envolver e unir em trevas nefastas. A única forma de contornar o mal que se abateu sobre a terra é preservando a pureza". David observava como o irmão falava de modo articulado, preciso, cada palavra sendo proferida perfeita e naturalmente. Parecia um anjo, ali, daquele jeito; as vestes brancas refletiam a própria pureza de que ele falava. Ele prosseguia: "antes as pessoas guardavam em si ao menos um pouco de pureza. Hoje isso é raro, e a pureza é encontrada quase que unicamente nas crianças. Vendo isso as trevas se adiantaram e envolveram o mundo na cilada que o conduziu à atual degradação, e poderá destruí-lo. Para extirpar definitivamente a pureza do mundo, as trevas estão usando de vários ardis, sacrificando as crianças no ventre, corrompendo-as em tenra idade, submetendo-as à pedofilia, roubando o que é mais precioso para Deus: suas inocências. Se Jesus condiciona nossa entrada nos céus a sermos como os pequeninos, que perspectiva terá o mundo se as crianças forem todas corrompidas?". A cada palavra, David ficava mais angustiado. Mateus jamais lhe falara assim, nunca fora tão longe em suas conversas. Era como se, naquela oportunidade, Mateus estivesse lhe transmitindo uma verdade a que nem todos tinham acesso; alertas que nem todos eram capazes de ouvir ou compreender. O tom era de ultimato, e isso afligia David no fundo da alma. David então indagou: "o que fazer? O que fazer?". Em resposta, Mateus disse: "nem mesmo os que cruzam a fronteira da vida e da morte sabem tudo, mas eu tive por missão lhe transmitir estas palavras. A humanidade está sem rumo, perdeu a direção. Não só não há mais concórdia como também nenhuma intenção de se chegar a ela. As pessoas não se dão conta, mas esse é o ambiente, o campo perfeito para a guerra. E ela já está acontecendo, sob várias formas. A nova geração está se desenvolvendo sem nenhum receio de destruir todo um legado civilizacional que levou milênios para ser erguido, e, o que é pior, nada tem para pôr no lugar. E não se envergonham por isso. As pessoas estão se deixando levar por narrativas, ao invés de procurarem a verdade. Abandonou-se a beleza e se está a construir um mundo no qual o amor foi substituído pelo ressentimento. Perdido como está, o mundo só poderá se reencontrar quando redescobrir o amor de Deus, David. No seu caso esse caminho foi facilitado com Tatiana". Os olhos de David se arregalaram quando ouviu mencionar nome de sua companheira. "Deus salvou Tatiana e o seu filho e com isso concedeu mais um motivo para você e Tatiana serem leais não só a Ele como à sua obra, fugindo da degeneração do mundo, para agirem de forma condigna com o milagre que é a vida, servindo no mundo como archotes de Deus". David se impressionou com aquela mensagem. Era incrível Tatiana e o bebê terem sobrevivido ao atentado, e sentir como que penetrar em sua alma uma explicação que subitamente lhe parecia mais do que convincente era algo extraordinário. Da montanha onde estavam, do mais alto cume, Mateus se aproximou e, pedindo a atenção de David, indicou a seu irmão primeiro um lado e depois o outro. No primeiro campo de visão surgiu um mundo ordenado, com pessoas trabalhando em cooperação, sobressaindo a harmonia sobre desavenças menores. O sol brilhava no horizonte, a natureza estava preservada e cada um recebia conforme dava, conforme oferecia, conforme somava para o bem comum. Havia educação, cultura e valores preservados. Quem optava por tumultuar ou não colaborar, arcava com a falta de seu próprio senso de responsabilidade. Do outro lado, Mateus lhe mostrou um ambiente sombrio, escuro, o sol não se distinguia no horizonte e não se sabia ao certo qual era o turno do dia. Nesse lugar reinavam desordem, confusão, discórdia; as pessoas entravam em embates por pequenas coisas e odiavam-se mutuamente. A droga era utilizada aberta e indiscriminadamente, o trabalho era desvalorizado, as mães condenavam os filhos a não virem ao mundo, crianças eram profanadas, e tudo era permeado pela ausência de respeito e pudor. Aterrado, David perguntou o que significava aquilo, o que eram cada um daqueles lugares, ao que Mateus lhe disse: "o primeiro se aproxima da harmonia que vem de Deus. Embora desde as primeiras corrupções humanas nunca mais ele tenha se apresentado tal e qual, o mundo nunca esteve tão distante dele como agora. O segundo é aquele para o qual as pessoas se dirigem. É o fim, o ocaso, para o qual as próprias pessoas, insufladas, manejadas pelas trevas, caminham a passos largos. Neste mundo, não há praticamente mais nada da essência de Deus, ou seja, do amor". David ficou chocado com a segunda imagem e, cada vez que a olhava, era tomado pelo mais absoluto horror. "Mas, e agora, onde estamos eu e Tatiana e as pessoas de nosso tempo?". Mateus disse: "vocês estão exatamente na transição de um mundo para o outro. E as dores, angústias que muitos estão sentindo hoje, talvez causem mais sofrimento e confusão do que se observa em quem está no segundo mundo que lhe mostrei, pois nesse caso o mal já está estabelecido, as pessoas já estão submetidas, a liberdade e o amor já foram solapados e o fim já é conhecido e esperado". David perguntou angustiado: "e não há um meio, uma forma de salvarmos as pessoas?". Mateus respondeu como se a resposta estivesse na ponta da língua: "só há um caminho, o amor, pois ele é o único que pode nos conectar com Deus, nos devolver a transigência, o equilíbrio. Mas isso demanda empatia, gentileza, respeito, e essas não são as vias seguidas por quem quer destruir a obra de Deus". David indagou: "mas devemos então esperar pelo pior? Uma ou algumas pessoas podem não ser o bastante...". Mateus disse: "lembre-se, David, nossa vocação não é salvar o mundo; cada um deve tentar ser uma pequena luz até que a claridade seja suficiente para fazer enxergar. A salvação, porém, é individual e não está em salvar o mundo, mas em ter fé em Deus, fazendo o que está ao alcance pelos outros, sempre em paz com a própria consciência".

Quando o despertador tocou, eram sete horas. David precisava tomar o café e seguir para o hospital, pois aquele era o dia programado para a alta de Tatiana. Pulou da cama e dirigiu-se ao banheiro. Enquanto se barbeava, o sonho veio inteirinho em sua cabeça. Mateus parecera muito cintilante e estava preocupado em lhe fazer entender os rumos que o mundo tomava. Lembrou-se do desconsolo que sentira durante o sonho. Como ficaria com sua família em um mundo em ruínas? E por que aceitar ser uma dentre tão poucas luzes em meio à tamanha escuridão? Seria porque, diante do quadro traçado pelo irmão, as pessoas não deveriam se eximir de ajudarem umas às outras? Seria porque, no fundo, as trevas, fosse qual fosse sua extensão, não podiam impedir ninguém de fazer o bem? Mesmo que a humanidade se perdesse, que as pessoas destruíssem a obra de Deus, ainda haveria esperança se uma única pessoa se mantivesse fiel aos preceitos cristãos.

Observava sua imagem refletida no espelho, enquanto finalizava a barba, quando, de repente, sentiu um tremor e segurou-se na pia, para não cair. Então, um clarão explodiu diante dos seus olhos. Sentiu-se como se estivesse em vigília, complementando o sonho. Pessoas surgiam em um lugar distinto da terra, como que perdidas no espaço. Aquelas que se mantiveram íntegras durante sua vida conseguiam se unir a uma luz suprema, infinitamente maior que elas, que era Deus. Os que viveram unicamente para si, que não respeitaram o que Deus lhes deu, que se corromperam e ajudaram a corromper os outros, que não aceitaram as chances de se regenerar, estes não seguiam para a luz, desintegravam-se em cinza e, como pó, eram dispersos pelo universo, deixando de existir. O impacto daquela visão foi tão potente, embora tenha ocorrido de modo tão rápido, que David teve a sensação de ter tomado um choque e caído ao chão. Esgotado, foi consumido em suas energias. Agora não estava mais tendo sonho, a visão acontecia enquanto estava em vigília. Será que estava ficando louco? Seria aquilo uma crise? Mas ele estava tomando o remédio com a máxima diligência; jamais aderira tão voluntária e conscienciosamente ao tratamento. Sua razão mandava que pensasse assim, e ele parecia obedecer, como uma forma de escapar da loucura. Mas e se o sonho e aquela visão fossem só um sintoma de sua doença, isso mudava a mensagem por trás de tudo aquilo? Isso o fazia deixar de aceitar o amor, a fé, a verdade como valores essenciais? Por outro lado, devia afinal tomar aquela visão conforme ela se apresentara ou de modo simbólico? Jamais compreendera sua sensitividade, mas não podia ignorar o que estava acontecendo.

Ao sair daquele transe, apanhou o celular, que estava sobre a bancada do banheiro, e leu: “Bom dia. Espero você. Te amo”. A mensagem fora enviada há mais de uma hora. Perdera a noção de tempo. Estava atrasado. Respondeu: “Bom dia. Estou a caminho”.

Depois de concluir a barba, David olhou-se no espelho. Ainda não tinha 40 anos, mas a vida inteira sempre se sentiu um velho. E sabia que isso não era fruto só da repressão que sofrera. Estranhamente, sempre preferiu estar em meio a gente velha. Era como se precisasse colher lições que somente a experiência de vida pudesse lhe oferecer. E agora estava ali, prestes a constituir sua família, algo muito mais importante que os concursos que passou, que o dinheiro que tinha no banco, que sua bagagem intelectual. Sua alma velha lhe dizia isso, fazendo-o perceber que a base daquela mudança, o essencial, era Tatiana e a verdade do que sentiam um pelo outro.

David encontrou Simone com uma amiga diante do quarto de Tatiana, no hospital. Saudando-as, foi apresentado à outra moça, que se chamava Rosângela, uma jovem extremamente bonita, que deveria ter mais ou menos a idade de Simone. Em seguida, pediu licença e entrou no quarto. Tatiana estava na companhia de Lucas e Jandira.

— Olá! — disse David tentando parecer jovial.

Jandira cumprimentou David e, pedindo licença, saiu com Lucas. Em seguida, Tatiana, que estava sentada na cama, olhou aflita para David e disse:

— Cheguei a pensar que você não viria.

— Como eu poderia faltar no dia da sua alta?

— Viu Simone lá fora?

— Sim, ela me apresentou a amiga.

— Parece um pouco cansado. Dormiu bem esta noite?

— Bem, não muito...

— Já sei. É por causa de sua mãe.

— Também, mas não pense nisso agora. Feliz pela alta?

— Sim, mas... ah, você já sabe... ainda me sinto aflita...

— Sabe o que acho? Não acredito que seu rosto vá ficar marcado, e, se houver alguma marca, certamente será imperceptível.

Ela baixou a cabeça.

— Ela não queria me matar, já disse. Ela queria me desfigurar.

— Foi muito má e injusta, pois me nivelou a alguém que se relaciona com pessoas pela aparência. Deveria saber que o que mais importa para mim é o interior das pessoas.

— É fácil falar. Mas se ela tivesse me golpeado como queria, teríamos de ver qual seria sua reação quando visse o estado que eu ficaria. Seres humanos são imprevisíveis.

— Teme que eu a deixe por causa de uma cicatriz?

Ela fez que sim com a cabeça e desatou a chorar. Ele percebeu o quanto ela estava abalada e se surpreendeu ao constatar como o que transtornava uma pessoa podia ser irrelevante para outra. Estava inquieto por não conseguir demovê-la de sua preocupação.

— Não ceda a isso. Sejamos gratos pelo seu livramento. Será que não consegue se dar conta do perigo de vida que você e o bebê passaram?

— Eu sei, mas não sou tão perfeita assim, David. Sou uma mulher, tenho meus medos. Para mim, por exemplo, é mais fácil não guardar ódio de sua mãe do que lidar com isso. Atordoa-me a perspectiva de você não me querer mais. Você acha que eu não vi seus olhos quando falou sobre a amiga de Simone?

Ele arregalou os olhos e disse, perplexo:

— Não faça isso! Eu não elogiei ninguém...

— Não, não quero que me ache ciumenta. Não sou assim, você sabe. Ah, você deve estar achando que eu estou fazendo uma tempestade em copo d'água. Desculpe. Você já está com a questão da sua mãe na cabeça e ainda tem de lidar com minhas tolices.

— Também não a quero assim tão condescendente. O que ela fez foi gravíssimo.

— Não estou condescendente com o que ela fez. Só decidi que devo perdoá-la. E é o certo a fazer, pois sei que ela está perturbada.

Ele ficou em silêncio.

— Não era para ser tão boba tendo você ao meu lado, me desculpe.

Ele a abraçou e, neste momento, Simone adentrou o quarto com a amiga e disse:

— A enfermeira disse que o médico irá se atrasar um pouco.

Tatiana olhou de David para Rosângela, discretamente.

— Você tem novidades para a gente, Simone? — perguntou David.

— O presidente declarou luto pela morte de Olavo de Carvalho. Isso é algo ultrajante e de indignar qualquer um, já que o homenageado se trata de um fascista.

— Simone, você há de concordar que é muito fácil afirmarmos que uns são bons e outros maus. Só que as pessoas não podem ser classificadas ou divididas assim. Pois se fosse desse modo, bastaria dar um sumiço nos "maus", mais ou menos como Hitler quis fazer com os judeus, e assim o problema do mundo estaria resolvido, já que somente os "bons" povoariam a terra. Mas não é assim, não funciona assim! O bem e o mal habitam dentro de todos nós, em maior ou menor medida, e estão em luta constante. Ou você acha, por exemplo, que santos também não erravam, não cometiam pecado, não eram maus em alguns momentos? No entanto, eles são o maior exemplo de vida, e isso decorre de terem buscado se conhecer e melhorar por dentro, pois realmente só assim é possível se modificar e desenvolver condições de ajudar a si mesmo e ao próximo. Esse processo pode acontecer com ou sem espiritualidade, mas, num caso ou noutro, não prescinde do amor. Olavo foi execrado por falar o que pensava, mas, concordemos ou não com suas ideias — eu mesmo não concordo com tudo o que ele disse —, buscou uma vida espiritualizada. E sabe o que acho? Acho que ele foi bem-sucedido, pois sempre disse que a vida material é um caminho para a morte e que a vida de quem se dedica somente a esta passagem, como se fosse um fim em si mesma, ignorando Deus, não passa de uma ilusão.

Simone emudeceu diante do discurso de David. Ficou chocada com a defesa enfática daquele charlatão, porém, jamais admitiria que ele ou qualquer outra pessoa a comparassem aquele embusteiro.

David, por sua vez, ficou desolado ao ver como as pessoas não conseguiam mais discernir as coisas. A guerra de narrativas e a loucura que brotava do radicalismo confundiam a verdade com a mentira e, sem qualquer pudor, apagavam cada vez mais a linha que separava o certo do errado, e isso acontecia tanto na direita como na esquerda.

De repente, o médico entrou no quarto, distribuindo bom dia a todos. Era um homem na casa dos 50 anos, de estatura mediana e temperamento calmo.

— Tudo bem, Tatiana? — disse o doutor, ouvindo a paciente dizer sim.

Na sequência, enquanto verificava alguns exames, ele ia conversando descontraidamente com David e Tatiana. Logo os demais entraram no quarto e juntaram-se a eles.

Afirmando que os exames estavam normais, o médico disse que retiraria as faixas de Tatiana. A essas palavras uma certa tensão tomou conta do quarto. A despeito disso, porém, delicadamente, após lavar as mãos, ele começou a fazer o seu trabalho.

— Estou gostando do que vejo, Tatiana. O edema regrediu, e, se eu não estiver enganado, você está sentindo a região menos dolorida, certo?

— Sim.

O médico continuou a remover as faixas. David acompanhava os movimentos meticulosos do doutor, de cima para baixo e de modo circular. Antes de remover tudo, o médico abriu um espaço no qual os presentes pudessem observar o rosto da paciente.

— Bom, agora já podemos ter uma boa visão — disse ele, livrando-se das faixas.

Ansiosa, Tatiana maldizia-se por estar passando por aquilo, uma situação que beirava o ficcional, mas que, para a sua infelicidade, era exatamente o que o destino lhe reservara. Ao mesmo tempo em que sentia os olhos dos presentes cravados nela, não tinha como saber o que se passava na cabeça de cada um deles. Será que estava tão desfigurada assim? Com alguma marca ela deveria ter ficado, afinal essa fora a intenção de Adelaide.

— Por favor, falem alguma coisa. Estão me deixando nervosa.

— Tatiana, vou ser bem sincero. Seu rosto se recuperou muito melhor do que eu imaginava — disse o médico.

Ela não gostou daquela fala. Pareceu-lhe um eufemismo para algo ruim. Voltou-se para Jandira. A mulher não sorria espontaneamente, apenas erguia os lábios. Não conseguiu captar nada no semblante de David.

Lucas se aproximou e disse de modo espontâneo:

— A marca é pequena, mamãe. Quase não dá para notar.

Tatiana então começou a chorar, e David tentou acalmá-la, enquanto Lucas se afastou, assustado, para perto de Jandira. Rosângela cochichou algo no ouvido de Simone, e, em seguida, as duas saíram do quarto.

— Eu sabia que ficaria marcada para sempre. Eu sabia!

— Por favor, não superdimensione — disse David.

— Ainda me ama? Vai me aceitar assim? — disse ela sem a menor intenção de olhar a cicatriz naquele momento na frente dele.

David se voltou para o médico, como que buscando socorro.

— Ouça, Tatiana. Você sarou. Graças a Deus, não corre mais risco. Quanto ao seu rosto, de fato, do lado esquerdo, há sim a marca de uma pequena cicatriz. É perceptível? Depende. Se você utilizar maquiagem, não. Fica próxima da têmpora e é pequena. Você pode, sim, consultar um cirurgião plástico, mas sinceramente não vejo necessidade.

O que mais poderia ouvir dele? Acabara seu trabalho, e dali partiria para atender outros pacientes, deixando-a com sua cicatriz. Agora isso seria problema exclusivo seu.

— Bom, da minha parte você está de alta. E peço que reflita sobre o estado em que chegou no hospital. Muitas nas mesmas condições sequer chegam vivas — disse o médico se despedindo e se retirando.

David se aproximou de Tatiana e, segurando sua mão, disse:

— Na vida carregamos cicatrizes, umas mais profundas, outras mais superficiais; umas no corpo, outras na alma. Elas servem para nos lembrar o que passamos, como reagimos a cada acontecimento e, principalmente, como aprendemos com eles. Nossas cicatrizes são prova de que lutamos e vencemos. Fazem parte da nossa jornada.

— Sempre buscando palavras para me consolar...

— Entenda uma coisa de uma vez por todas, minha querida. Eu amo você, e só temos motivos para comemorar.

Ela sorriu para ele e deram-se as mãos. Em seguida, Jandira entrou no quarto, dizendo:

— Sua autorização saiu. Vamos com David?

— Sim.

Simone apareceu por trás de Jandira e disse:

— Mamãe, eu vou de ônibus com Rosângela.

— Tudo bem, filha. Nós nos vemos em casa. Tome cuidado.

Simone e Rosângela saíram enquanto Jandira separava as coisas de Tatiana para serem levadas para o carro de David.

Na parada, tão logo chegou a condução, Simone e Rosângela subiram no ônibus e tomaram assento, a primeira ocupando um lugar à janela e a segunda no corredor. Era meio-dia e o ônibus estava parcialmente ocupado.

Alguns rapazes que estavam na fileira ao lado cravaram os olhos nas duas moças, mas se detiveram em Rosângela. Simone não aceitava a objetificação da mulher. Achava repulsivo quando os homens exprimiam desejo sexual de forma animalesca, como faziam naquele momento. Aquilo, sem dúvida, só servia para justificar seus ideais feministas.

Rosângela puxou um espelho, verificou a maquiagem e depois o guardou na bolsa. Voltando-se à amiga, comentou:

— Sua mãe é linda. Terrível o que aconteceu a ela. Acha que ela ficará abalada por muito tempo por causa da cicatriz?

— Mais por David.

— Eles parecem se gostar muito.

— Sim. Depois que ficaram juntos, ela se transformou em outra pessoa. Ou quem sabe só tenha saído do casulo.

— Ouvimos dizer que as pessoas não mudam na idade dela.

— Verdade. Se quer que te diga, afora ter criado uma certa autoconsciência, ela continua a mesma bobona de sempre. Basta ver que Adelaide quase a matou e ela não só continua com David como quer perdoar Adelaide. Isso não é nada verossímil, convenhamos.

— Realmente. Mas acredita nessa intenção dela, ou acha que ela diz isso só para agradar o companheiro?

— Não, ela é tola mesmo. Para mim, bondade tem limite.

— Mas ele não parece constrangido com a situação de sua mãe.

— E não está mesmo, não, afinal, são iguais. Dificilmente encontraremos pessoas tão parecidas quanto esses dois. No fundo não passam de bobocas, picolés de chuchu.

Rosângela riu. Depois disse:

— E não fica feliz de sua mãe ser procuradora da república?

— Francamente, não. Não compreende sua missão institucional. Deveria envidar esforços para defender a democracia, no entanto se uniu a alguém pior que ela. Vou dizer uma coisa, mas, por favor, não comente com ninguém. Essa postura dela me deixa envergonhada. Ainda bem que eles são minoria entre os que podem fazer alguma coisa.

— Não seja tão rigorosa com sua mãe, Simone.

Com os olhos postados na janela, por onde observava a mudança de rostos e lugares, à medida que o ônibus seguia seu rumo, Simone torceu o nariz e riu debochada, como quem dissesse: "você não sabe da missa um terço".

— E a repercussão do caso; não é nada bom, não é?

— Alguns canais noticiam em rede nacional. David ignora tudo e pede para mamãe fazer o mesmo. Neste ponto ele está certo.

— Ele é bonito, não é?

Simone deixou a janela por um instante e disse:

— Você acha, é?

— Sim. Educado. Parece um Harry Poter mais forte.

Simone começou a rir.

— Você o antipatiza. Isso é claro — disse Rosângela.

— No começo, apoiei mamãe. Mas depois que vi as asneiras que ele plantou na cabeça dela, comecei a me opor à relação dos dois.

— As pessoas hoje em dia estão em busca de sua própria tribo, e ficar em tribos diferentes é como ficar separado por um abismo. Essa é uma realidade geral.

— Pode ser, mas eles estão na tribo errada. E quer saber mais? Estou de saco cheio. Para mim, só deveria ter voz quem não tivesse preconceitos. Ponto-final.

Rosângela riu.

— E seu irmão nisso tudo? Parece estar no meio de um furacão.

— De mais longe já veio. Papai e mamãe agem com mais compreensão; mas ele prefere não falar. Essa será sua sina até ser maior, mas o silêncio, nesse caso, é terrível.

— Mas sua mãe não me parece intransigente. Ela ama vocês.

— É verdade, mas não há como saber até onde ela não ficaria chorando pelos cantos, caso ele dissesse abertamente que é gay. É realmente tudo muito delicado, quando se trata desse assunto, pois o preconceito existe e ele é tão vivo quanto latente.

— Acho que o machismo é o que há de mais tóxico. Reclamam do feminismo, mas se esquecem da opressão que há tanto tempo nós e os gays sofremos na sociedade.

— Ah, Rosângela, sou tão grata por ter encontrado alguém como você, capaz não só de me dar força como de me entender e acolher.

Rosângela sorriu diante do comentário.

Com o balançar do ônibus, e o sobe e desce de passageiros, Rosângela se sentiu sonolenta e cochilou escorada em Simone, que, desse modo, pôde ver mais de perto a beleza da amiga. Detendo-se em seus lábios, viu o quanto eram bem-feitos. Carnudos e rosados!

Na fileira ao lado, alguns dos rapazes olhavam para elas e se divertiam, sem conseguir conter o riso.

Capítulo 66

Tatiana sentiu todos se alvoroçarem em torno de si, em uma mistura de saudade com alegria por vê-la em casa. Carol e Juliana, como prometeram, foram almoçar em sua companhia, o que tornou a ocasião ainda mais especial. Naquele dia o almoço foi caprichado, como era costume se tratando de Jandira.

Simone e Rosângela comeram no quarto de Simone, ao passo que os demais almoçaram na sala. Festejavam a alta de Tatiana e a dádiva de poderem continuar contando com sua presença.

Após a refeição, reuniram-se na sala, e as colegas colocaram Tatiana a par do que vinha acontecendo na Regional. David, um tanto quanto constrangido, ficou calado a maior parte do tempo. Embora não tivessem mencionado sua mãe, talvez até por causa de sua presença, não era fácil para ele lidar com a situação. A conversa rumou para o fato de a cicatriz ser imperceptível, bem como para a alegria que era a chegada de um bebê.

David se preparou para ir embora com Carol e Juliana. Antes de saírem, porém, Simone surgiu com a amiga, para se despedir. Ao vê-las, David teve um pressentimento.

Antes de ir descansar, Tatiana resolveu conversar com Jandira. Encontrou-a na cozinha terminando de arrumar as coisas.

— Estava tudo uma delícia.

— É a fome. Demoro a servir; com barriga vazia tudo é mais gostoso. Nunca perceberam meu truque. Engano vocês há anos...

Tatiana riu.

— Sobre qual dos meninos quer falar primeiro?

— Você já me conhece, não é?

— Ora essa, praticamente desde que nasceu — disse Jandira enquanto guardava a louça. — Com Lucas as coisas caminham bem.

— E Simone?

Jandira ergueu os olhos e fitou Tatiana, depois voltou ao que estava fazendo.

— Ela está bem. Desde o que aconteceu a você, essa moça, a Rosângela, está sempre por aqui. Algumas vezes até dormem juntas.

— É mesmo? Simone não me falou isso.

— Sim, algumas vezes. Sinto Simone menos ansiosa quando está na companhia dela. Parecem se entender muito bem.

— E aquele rapaz?

— O Marcos? É como se tivesse morrido. Simone nem fala mais nele. Acho que aquilo era fogo de palha.

— Ela andou desnorteada com esse aborto. Ah, Jandira, eu lutei tanto para evitar isso. Como uma jovem pode lidar com algo assim?

— Não se martirize. Quando Rogério se envolveu nisso as coisas ficaram impossíveis para você. Acredite em mim, você fez sua parte. Além disso, as pessoas são diferentes. Lucas ainda tem sua ternura, mas ela é mais obstinada.

— Você acha que ela ainda anda fumando maconha?

Jandira ficou calada. Tatiana disse:

— Já é quase maior. Daqui a pouco anuncia que vai nos abandonar. Não deve suportar viver no meio de tanta gente careta.

— Não pense no futuro, Tati. Pense no presente.

Tatiana sorriu.

— Você está certa. Agora vou descansar um pouco.

— Já era para ter ido — disse Jandira, observando-a se afastar.

Ao atravessar o corredor, parou diante do quarto da filha. Rindo, pareciam brincar a respeito de alguma coisa. Há quanto tempo não a via descontraída desse jeito? Seguiu para o seu quarto e, ao entrar, deu-se conta, finalmente, de que estava em casa. Permitiu-se então ser tomada ainda mais pela sensação libertadora de reaver sua vida.

Em seguida, criando coragem, entrou no banheiro. Diante do espelho, concentrou sua atenção na cicatriz localizada entre a parte superior do rosto e a região do olho. Não era grande, mas também não era pequena a ponto de passar despercebida. Por que permitia que aquilo tivesse um peso tão grande em sua vida? Afinal de contas, David não a amava? Certo, mas e se isso mudasse? Tudo mudava o tempo todo. Ele era mais novo, bonito e, além disso, após conhecê-la, tornara-se mais independente e autoconfiante. E se o seu papel na vida dele tivesse sido apenas o de libertá-lo do jugo de Adelaide? Havia o filho deles agora, isso era certo, mas desde quando filho mantinha relação? Tivera dois com Rogério e isso não impedira o fim do casamento deles. Ter tido mais experiências que ele também era algo que a inquietava, afinal, não fora esse um dos inúmeros argumentos de Adelaide, para separá-los? Aliás, com as facadas, Adelaide havia delineado muito bem seu repúdio de mãe desesperada. Será que tendo chegado ao ponto de esfaqueá-la no rosto, só para deformá-la, assumindo todos os riscos inerentes a isso, ela desistiria de tentar afastá-la de David? Por que, afinal de contas, decidira perdoar alguém que quase a havia matado? Por que, apesar da gravidade do que lhe acontecera, continuava sem conseguir imaginar sua vida separada da de David?

E então, de repente, convenceu-se de que David a amava mesmo com suas cargas e cicatrizes, assim como ela o amava e o queria, independentemente de sua bipolaridade.

Portanto, aquela cicatriz não era maior que a história deles; na verdade, ela fazia parte desta história, como prova do amor dos dois, e convenceu-se de que se ainda se assustava com ela, isso só persistiria até o momento em que sua humanidade se harmonizasse com o seu amor.

Quando o Habeas Corpus de Adelaide foi submetido a julgamento, não havia quem não soubesse do caso da médica que tentara contra a vida da companheira do próprio filho, mas a despeito do trânsito que Afonso tinha no Tribunal, haja vista os anos que atuara como procurador, sua influência não fora suficiente para obter a liberdade da esposa. O pedido fora apreciado por uma Turma Criminal composta por três desembargadores que, quando do julgamento, acanhados e influenciados pela mídia, seguiram o eco da opinião pública e mantiveram a prisão de Adelaide por 2 a 1.

David viu o pai definhar com o resultado do julgamento e, mesmo afirmando que não cessariam com os recursos, Afonso entrou em uma espiral de melancolia e prostração, fechando-se em si mesmo, em uma mistura de culpa e dor.

David procurava conciliar a assistência que precisava dar aos pais com a atenção a Tatiana. Ela terminou sua convalescência em casa, até sua cabeça e face desincharem totalmente. A cicatriz, no entanto, despontou de modo mais marcado. Embora não tivesse ficado tão extensa, seria uma marca que a acompanharia para sempre, um símbolo a lhe certificar sua vitória sobre a morte.

Quando estava prestes a voltar ao trabalho, David propôs que Tatiana o acompanhasse a um lugar. Quando ela perguntou que lugar era, ele explicou que não poderia falar, pois se tratava de uma surpresa.

Antes de levar Tatiana ao lugar que gostaria de lhe apresentar, David resolveu fazer uma visita à mãe, na penitenciária.

No dia da visita, vestiu uma calça jeans e uma camisa polo azul básica, além de calçar um tênis branco corriqueiro. Dirigiu-se à Unidade de Detenção Provisória da Papuda, que reunia quatro centros de detenções. Sua mãe estava na ala feminina. Após submeter-se à praxe da vistoria, aguardou para falar com ela.

Quando foi colocada à sua frente, parecia ainda mais abatida. Compungido, sentiu seu coração chorar ao vê-la naquele estado.

Ela se sentou à frente dele, os dois separados apenas por uma parede de vidro. Utilizavam microfones para se comunicarem.

— Por que veio de novo? Já basta seu pai, que não sai daqui.

— Não fale desse jeito, mamãe. Tenho necessidade de te ver, saber como vai. Hoje quis vir para estarmos só eu e a senhora.

— Tem sua Tatiana agora e mais um bebê, como sempre quis.

— A senhora errou, quem não erra? No entanto, não pode ficar aqui; não antes do julgamento. Por isso, lutamos por sua liberdade.

— Poupem o tempo e a energia de vocês. Não valho tudo isso.

— Quando falhamos, o que mais importa é o nosso arrependimento. Ele nos limpa, nos cura. E eu estarei sempre ao seu lado, ajudando-a a deixar isso para trás.

— Quem disse que quero sair daqui? Quem disse que acho que cometi algum ato do qual deva me arrepender?

— Você está apenas bancando a durona.

— Não, eu sou eu mesma. Não adianta querer me transformar em outra pessoa. Você é um bom menino, mas não sabe do que está falando. Aqui, não tem espaço para pessoas como você, ou para sentimentos mais elevados.

— Não há nenhuma prisão em nenhum mundo na qual o amor não possa forçar a entrada.

Ela hesitou ante a frase que ele acabara de citar.

— Isso é de um escritor, não é?

— Oscar Wilde

— Bonito, muito bonito, como tudo o que a sensibilidade dele produziu. Especialmente ele, que esteve preso por amor, como também estou. Mas, para mim, amor, beleza, não importam mais tanto assim. Lutei muito por amor, mas fui derrotada para nunca mais me erguer. Pensei ter perdido para Tatiana, mas na verdade eu perdi para mim mesma. E não quero mais recomeçar.

E começou a chorar, chamando a atenção dos funcionários. Uma carcereira se aproximou, perguntou se estava tudo bem, se Adelaide precisava de algo, e a médica então se levantou e disse que estava indisposta e queria ir para a cela. Virou as costas para o filho e saiu do parlatório com as carcereiras, à vista de todos.

Erguendo-se, David observou em volta e pensou que, por mais estruturado que fosse, aquele lugar jamais seria digno de ser habitado por um ser humano. Em seguida, saiu rapidamente dali, suspendendo o choro até o momento em que entrou no carro.

Capítulo 67

David escolheu um sábado de manhã para levar Tatiana ao lugar misterioso ao qual queria apresentá-la. Tomaram a W3Norte até o fim e rumaram para Planaltina. Seguiram conversando sobre o retorno de Tatiana ao trabalho e a respeito das estratégias jurídicas que estavam sendo envidadas para tentar libertar Adelaide.

Chegaram à Planaltina cerca de uma hora após deixarem Brasília. Tatiana não conhecia aquela satélite. Ficava numa região mística onde eram encontrados sítios como Vale do Amanhecer.

David entrou em uma via e seguiu por um caminho muito mal pavimentado, que parecia não ter fim. No trajeto viram pessoas humildes, crianças descalças brincando, casas em péssimo estado. Estavam passando pela pobreza, pela miséria, coisas com as quais as pessoas que ocupavam os palácios de Brasília não eram muito afeitas.

De repente, David parou diante de um terreno protegido por uma cerca de arame farpado, onde ficava uma edificação de alvenaria, e buzinou. Embora o prédio contasse com três pavimentos, a construção era precária e carecia de pintura.

— Onde estamos? — perguntou Tatiana impaciente.

Naquele momento, uma mulher com vestes compridas, de tonalidade azul clara, abriu a porta e dirigiu-se até a entrada. Com uma chave, abriu o portão, permitindo que David entrasse com o carro e o estacionasse em um lugar coberto, ao lado da casa.

— Vamos. Esperei muito por este dia e mal acredito que chegou o momento de o compartilhar com você — disse ele tão logo estacionou o carro. Em seguida, foram ao encontro da senhora. Era uma mulher de cerca de 60 anos, gorda e de pele morena.

— Bom dia, David. Estávamos todos ansiosos por sua chegada.

— Bom dia, irmã Estelita. Esta é minha futura esposa, Tatiana.

— Olá. Seja muito bem-vinda, Tatiana — disse a mulher, que agora, mais de perto, parecia ser uma religiosa: — vamos entrar?

Irmã Estelita foi na frente; David e Tatiana a seguiram. No trajeto até a porta de entrada, Tatiana olhou para David em busca de explicação, mas ele se manteve calado.

Quando chegaram à entrada, Irmã Estelita finalmente abriu a porta, e o casal de procuradores adentrou o recinto.

Tatiana ficou impressionada com o que viu. No interior do prédio, o lugar parecia mais bem cuidado. Arejado e limpo, havia um pátio grande, por onde se podia circular entre várias portas, que davam para diferentes dormitórios e compartimentos.

No centro da sala havia outra senhora, que também parecia ser uma religiosa, ladeada por várias crianças. Diante de um projetor, onde constava a letra de uma música, a mulher e os pequeninos estavam sentados. Quando ela deu com David, sorriu e disse:

— Podemos começar?

Ele fez que sim com a cabeça.

Ela então levantou a mão, como se fosse uma maestrina regendo sua orquestra. De repente aquele mar de crianças seguiu os comandos daquela velha mulher, como se fossem ordens mágicas, e começaram a entoar uma canção. Eram não só afinadas aquelas vozinhas que reverberavam unidas naquele lugar misterioso, mas ansiosas para demonstrar do que eram capazes. Transbordavam de alegria por causa dos visitantes.

Irmã Estelita, observando o fascínio de David e Tatiana, absortos na cantoria dos meninos, colocou duas cadeiras próximas ao coral e pediu que se sentassem. Felizes, as crianças quase não erravam, em um claro sinal de que haviam treinado muito. Encantada, Tatiana se concentrava na melodia, na emoção que vinha daquelas vozinhas.

Sentiu-se comovida ao distinguir a canção que eles executavam. Entoavam: "Quero ver você não chorar, Não olhar pra trás, Nem se arrepender do que faz, Quero ver o amor vencer, Mas se a dor nascer, Você resistir e sorrir". Ah, como cantara aquela música quando era como aqueles ali diante dela! Com o sangue subindo-lhe à face, foi tomada pela nostalgia, e esse sentimento se misturou ao estado de encanto e candura em que se encontrava. Pensou na criança que trazia no ventre e se emocionou mais ainda.

David apertou sua mão enquanto ouvia em sua companhia o pequeno espetáculo, preparado e executado especialmente para eles. Ela não entendia ao certo onde estava, quem eram aquelas crianças ou senhoras, só sabia que estava inserida naquilo e se permitia participar daquele momento, daquela experiência, não só para satisfazer a David, mas porque realmente lhe cativava aqueles pequeninos se esforçando para os agradar.

Quando a apresentação acabou, David se levantou e se aproximou da irmã que estava como maestrina, ocasião em que recebeu um abraço. Era gorda, como irmã Estelita, mas de estatura menor; tinha olhos azuis profundos e usava cabelos curtos.

— Belíssima e tocante apresentação, como sempre.

— Grata. Sua presença é sempre motivo de muita alegria.

— Obrigado, mas sou só um detalhe aqui.

— Pequeno grande detalhe — disse ela, sorrindo.

— Esta é minha futura esposa, Tatiana. Esta é irmã Faustina.

— A casa é sua, Tatiana.

Enquanto irmã Faustina conversava com os visitantes, as crianças ficaram na expectativa. Seus olhinhos demonstravam o tamanho da sua carência e a necessidade de serem acolhidas.

— E essa meninada não vai dar um abraço no padrinho? — disse David quando encontrou uma brecha na conversa com a irmã.

Tatiana ficou chocada quando viu aquele batalhão de crianças avançar sobre David, rindo, felizes, beijando-o, brincando com ele. Jogaram-no ao chão e não interromperam em nenhum instante a brincadeira. Ele ria até não poder mais, embalado pela alegria dos pequenos, que rolavam com ele no chão.

— Chega, chega. São muitos contra um. Não vão querer que o padrinho de vocês acabe sem vida. Calma! Moderação, crianças — disse irmã Estelita.

Eles não deram atenção a ela e continuaram brincando.

As irmãs se voltaram para Tatiana, sorrindo afetuosamente.

— É sempre assim. Eles o adoram como se fosse pai deles.

Tatiana não sabia o que dizer, pois era como se naquele dia tivesse saído com outro homem ou estivesse vivendo um sonho.

— Aceita água, café? Perdoe por nossa simplicidade. Mas saiba que o que nos falta de recursos materiais sobra de amor; pelo menos é para isso que nos esforçamos — disse irmã Estelita.

— Oh, por favor, não se preocupem. Estou muito bem.

— Ele é nosso benfeitor há anos — disse irmã Faustina.

— Você é companheira de um santo — disse irmã Estelita.

Ao ouvir aquilo, Tatiana ficou perplexa.

— Nunca fica um mês sequer sem vir aqui. Em regra, comparece semanalmente. Quando vem, costuma passar o dia com as crianças. Brincam de tudo. Jogam bola, leem. Ele até auxilia nas lições. Conhece quase todos pelo nome, acredita? Quando falamos que ele está chegando, a alegria é geral! — disse irmã Faustina.

Conseguindo se livrar dos pequenos por um momento, David apareceu, suado, com a roupa totalmente suja, dizendo, ofegante:

— Eles acabaram comigo!

Arrancou um riso das irmãs, e nem Tatiana conseguiu se conter.

— Depois tem mais. Suas coisas estão no seu quarto. Vá se lavar e trocar de roupa para podermos almoçar. Agora vamos à cozinha, Estelita — disse irmã Faustina, como quem comandasse o lugar. Voltando-se para Tatiana: — Aguardamos na cozinha.

No quarto, David tomou banho e depois apareceu limpo e com roupas novas. Simples, o local só tinha uma cama e uma TV.

— Vai dizer, afinal, onde estamos? — disse ela, sentada na cama.

— Estamos numa casa de acolhimento, Lar da Mãe de Deus.

— Isso eu deduzi, mas...

— Eu ajudei a levantar este lugar.

Ela o olhou, pasma.

— Mas... por que eu nunca soube disso?

— Nunca encontrei ocasião ideal para dividir com você.

— Mas por que me excluiu de algo tão importante para você?

— Jamais tive essa intenção. Não quis lhe espantar ou deixar confusa. Mas agora é hora de lhe apresentar o projeto. São meus filhos, todos eles. Acompanho o processo judicial de cada um. Não temos a melhor das estruturas, mas melhoramos sempre. Eu destino a metade da minha renda para cá.

Ela arregalou os olhos, perplexa com o que acabara de ouvir.

— Ah, não, mas não se preocupe. Nada faltará ao nosso filho. Tenho reservas e meus pais têm alguns bens. O que virá para mim será mais que suficiente para a gente.

— Não penso só nisso, David. Na verdade, estou atônita com tudo. O tamanho da sua dedicação. Mesmo partindo de alguém abnegado como você, não soa real.

— Gestos assim são incomuns, mas ainda existem. Lembra das doações da fogueira da LBV? Nosso abrigo estava incluído. Você doou dinheiro para cá.

Ela o abraçou e começou a chorar.

— Você sempre foi tão escrachado, alvo de zombaria e, no entanto, o que você faz pelos outros é muito mais do que faria qualquer dos que debocham de você. Seu coração é tão grande! Não há limite para o que se pode descobrir sobre você?

— Não exagere. Ninguém é tão perfeito que não tenha seus próprios pecados. Quanto às crianças, daria mais, se pudesse.

— Que espécie de pai nosso filho terá? Um santo?

Ele riu.

— Um santo bipolar, que tal? Na Rússia, havia a figura do Iuródivi, um ser santo e louco, que tinha o dom da visão. Talvez tenha nascido na época e no lugar errado.

— Como você as conheceu?

— As irmãs? Não acreditará. Irmã Faustina é irmã da mamãe.

— O quê? Mas elas não se parecem tanto assim.

— Faustina é meia-irmã. Teve o azar de nascer em uma época em que filhos ilegítimos eram renegados. Nunca foi reconhecida e passou parte da vida perdida. Conheceu irmã Estelita por acaso e foi tocada por Deus. Isso também não costuma ocorrer, mas acontece.

— Não tenho palavras.

— Depois que ingressou na ordem, começou a elaborar projetos e a se destacar. Mas não há hierarquia entre ela e irmã Estelita. Aqui, elas contam com cerca de cinco colaboradores, além de profissionais cedidos pelo Poder Público, que oferecem estrutura psicossocial. As despesas são arcadas pelo Poder Público e doações privadas.

— E você costumava conviver com sua tia desde pequeno?

— Não. Somente depois que vovô morreu e que se tornou religiosa é que ela voltou a viver em Brasília e se aproximou da mamãe. Após a morte de Mateus, a presença dela foi fundamental para mamãe voltar para a igreja. Quando ela teve a ideia de abrir este abrigo, todos lá em casa colaboramos, mas fui eu quem me envolvi mais diretamente.

— E como ela reage à prisão de sua mãe?

— Sofre muito, mas vive para as crianças. Entende ser essa sua missão. Aos demais reserva suas orações, mas sem se desviar do principal. Toda a sua vida está aqui.

Tatiana ficou em silêncio por um instante.

— Quando um pequeno desse encontra uma família, uma perspectiva de amor, comemoramos todos — disse ele.

— E quanto aos que não são adotados?

— Ficam até a maioridade. Tentamos encontrar uma colocação para eles. Ah, sim, montei uma biblioteca aqui. Quando chego eles logo perguntam o que vamos ler.

Naquele instante, enquanto observava o modo como ele falava, via o quanto de pureza e inocência havia nele. Dava-se bem com aqueles pequenos porque era como eles.

— O procurador que anda escondido pelos cantos, taxado de antissocial, neste lugar é um herói venerado por todos.

Estava sendo organizado o almoço para todos. Na cozinha havia uma mesa para Tatiana, David e as irmãs. No pátio havia uma mesa grande para a refeição das crianças.

Ao se sentarem, Tatiana viu sobre a mesa arroz, frango cozido e feijão, além de uma jarra de suco de carambola. Começou a se servir, no que irmã Estelita coçou a garganta, interrompendo-a. Em seguida, irmã Faustina fez uma oração de agradecimento pela continuidade daquela Casa, bem como pela saúde de todos.

— Podemos comer agora — disse irmã Faustina. — Você é um doce, Tatiana. David estava certo. Neste meio-tempo, já é possível ver o quanto você é uma pessoa boa.

— Muito obrigada.

— Você é simples, a despeito do cargo que exerce. Gente no mesmo posto que o seu costuma nos olhar de cima para baixo. A vida é tão breve e efêmera, tudo passa tão rápido, então, como ser presunçoso diante de um destino desse, não é mesmo?

— Sim. A senhora tem toda a razão, nesse aspecto.

— Quando conheci Estelita estava em um momento bem delicado da minha vida. Tinha me divorciado, havia perdido um filho. Estava como que uma ovelha desgarrada, mas quando aceitei o chamado de Deus, eu e ela resolvemos fundar esta Casa. As crianças desta casa estão em situação de risco. Embora algumas consigam retornar para a família de origem, ou para a família extensa, outras permanecem conosco até serem adotadas. Começamos este lugar do zero. Para levantarmos isto aqui foi necessário campanhas e mais campanhas. Mas lhe asseguro que sem David nada teria acontecido.

Tatiana olhou para o procurador, enquanto a irmã falava.

— Estamos há mais de uma década aqui.

— E pelo visto é muito recompensador — disse Tatiana.

— Ah, sem dúvida, é muito gratificante.

— Mas há um problema — disse irmã Estelita.

— Qual? — perguntou Tatiana.

— Continuam carentes, mesmo com nossos esforços. No total, não somos nem dez pessoas trabalhando aqui, e, no entanto, costumamos ter entre 20 e 40 crianças. Não há atenção para todos. O amor aqui jamais será excessivo — disse irmã Estelita.

— Você deve ter visto os olhinhos deles quando a viram. Eles falam com olhos, minha filha. É como se lutassem para arrancar o nosso afeto — disse irmã Faustina.

— Sim, mas o que fazem aqui é a maior prova de amor.

— Obrigada. Optamos por uma vida de doação. Mas é preciso despertar mais gente. Essas crianças precisam integrar uma família como a que você e David estão formando — disse irmã Faustina abrindo um sorriso intenso como o azul de seus olhos.

Após comerem, David voltou a brincar com as crianças, enquanto as irmãs conduziram Tatiana para os quintais, a fim de lhe mostrar como aproveitavam os fundos do terreno. Caminharam pelo verde, em meio a limoeiros, goiabeiras, mamoeiros e aceroleiras. Um pouco mais ao fundo, em meio a muito verde, era possível identificar uma piscina rasa, além de hortas e áreas ajardinadas.

— As crianças nos ajudam com os jardins e a horta. Para nós é essencial que elas tenham contato com a natureza — disse irmã Faustina.

Percorreram todo o quintal, e Tatiana se maravilhou de ver o quanto era grande e como tudo era organizado. No retorno, por um outro caminho, Tatiana seguiu lado a lado com as religiosas, respirando o ar puro, ao mesmo tempo em que apreciava cada detalhe da natureza, o canto dos pássaros, a luz do sol, a sombra das árvores. Distinguiu, ao longo do caminho, pés de laranja e jaca, além de uma horta com verduras como alface, tomate, cenoura, beterraba. Havia flores nas partes ajardinadas que ela mal conseguia distinguir. Tudo feito com muito capricho. Quando chegaram de volta à casa, irmã Faustina disse:

— Agora vamos ver o que eles estão aprontando.

Enquanto seguia as irmãs, Tatiana passava pelos colaboradores que lhe sorriam desejando boa tarde. Subiram as escadas e, passando por um corredor, entraram em um quarto grande. Era a biblioteca. Havia uma moça que fazia as vezes de bibliotecária. Irmã Faustina a cumprimentou e depois se voltou a Tatiana:

— Esta é Rose, que, dentre outras coisas, é nossa bibliotecária.

Após cumprimentá-la, Tatiana olhou em torno, impressionada.

— Recebemos doações, mas David nos dá a maioria. Ele escolhe a dedo cada livro. Ele mesmo os lê para os pequenos. Como ele faz isso com amor, as crianças adoram acompanhar as leituras.

Tatiana se aproximou das estantes. Eram contos de fadas, estórias de Monteiro Lobato, histórias bíblicas adaptadas e os mais diferentes livros infanto-juvenis.

— Deve se perguntar por que ele nunca lhe falou a respeito desta parte da vida dele — observou irmã Faustina, de repente.

— Não posso negar, irmã. Isso me deixa um pouco confusa.

— Ele sempre foi muito discreto. Jamais quis que ninguém soubesse deste seu engajamento. Ele costuma dizer que isto aqui não deve ser um palanque para nada, pois o que faz interessa apenas ao bem das crianças, à sua consciência e ao agrado de Deus.

— Jamais teríamos este lugar sem ele — disse irmã Estelita.

— Nunca me falou nada. Ele não parece ser deste mundo — disse Tatiana.

— Nenhum de nós é deste mundo, minha filha — disse irmã Faustina.

— Como assim?

— A rigor, somos de Deus e não do mundo.

Em seguida, foram até o quarto onde David estava e, da porta, o viram lendo um trecho de *Alice no País das Maravilhas*. Ele lia fazendo gestos, brincando, e as crianças morriam de rir. Depois, ele lhes perguntava sobre a estória, e elas faziam questão de responder; por fim, premiava com balas as que respondiam corretamente.

Tatiana então continuou sua visitação, conduzida pelas irmãs e, após ser levada aos demais compartimentos, desceu com as religiosas para a administração. Lá havia uma mesa, uma poltrona e um sofá. O ar-condicionado estava ligado, e Tatiana sentiu-se grata por isso, pois fazia calor naquele momento.

Sentou-se na poltrona, enquanto as irmãs ocuparam o sofá.

— Não sei se me achará invasiva em tocar neste assunto, mas quero lhe dizer que rezamos muito por você. Soube do que aconteceu. Adelaide jamais aceitou a perda de Mateus. Quando ele morreu eu senti muito, mas nunca imaginei que ela fosse reagir assim. Ficou fissurada em David e isso o prejudicou, a ponto de você acabar se tornando alvo dela. Mas agora penso que as coisas se encaminham para ficar sob controle.

— Sim. Mas o fato de ela ainda estar presa me angustia muito, pois acompanho de perto a dor e o sofrimento de David e Afonso, e isso me deixa arrasada.

Irmã Estelita trocou um olhar incrédulo com a outra religiosa.

— Que benção não carregar nenhum ressentimento! — admirou-se irmã Faustina.

— Isso é maravilhoso mesmo — disse irmã Estelita.

— Ela não estava em si quando me atacou — disse Tatiana. — Graças a Deus não aconteceu o pior comigo ou com o bebê. Agora preciso estar bem com a família de David, o que passa pela saúde mental de Adelaide. E é isso o que desejo.

— Perfeitamente. De qualquer modo, todos bem sabemos, do que ela fez, prestará contas diretamente com Deus — disse irmã Faustina.

Para trazer mais leveza à conversa, disse irmã Estelita, tentando mudar de assunto:

— O que achou de nossa casa?

— Extraordinária. Nunca tinha estado em um lugar assim. Estou encantada.

— Ah, minha filha, obrigada. É muito bom saber que nosso trabalho agrada a pessoas como você — disse irmã Faustina. — É tão delicado viver no mundo de hoje, no qual assistimos à obra de Deus ruir sob nossas cabeças. Cada um faz o que quiser sem prestar contas a ninguém. Ninguém luta mais por nada, pois se difunde a ideia de que devemos aguardar que outra pessoa ou instituição nos faça tudo. Viver sem propósito é horrível, mas pior que isso é viver sem Deus, achando que o mal está nos outros. Ora, o mal está em toda parte, e precisamos ser humildes para reconhecer isso e combatê-lo até mesmo em nós, em uma luta diária. Só amadurecemos quando identificamos nossas fraquezas e pecados e os superamos. O povo vive sem educação, roubando, estuprando, matando, enfim, fazendo tudo isso impulsionado pela droga, pela falta de humanidade, pela falta de fé. Jovens de periferia estão cada vez mais viciados, sem educação e voltados para a criminalidade. E os mais abastados? Viciados em droga também, mas, além disso, mimados e iludidos em busca de ideologias que salvarão o mundo. O mundo pode ser salvo por tudo, fé, amor, verdade, beleza, enfim, por muita coisa, menos por ilusões.

— Essas discussões vêm ganhando corpo nas redes sociais — disse irmã Estelita.

— Para mim este é o maior problema — disse irmã Faustina —, pois redes sociais dão voz a todos, e nem todos são preparados ou bem-intencionados; além disso, os donos dessas redes podem eles mesmos exercer censura a partir de sua própria ideologia.

— E é isso o que vem acontecendo — disse Tatiana.

— As coisas erradas são difundidas como certas, e as certas, como erradas — disse irmã Faustina. — Eu e Estelita fazemos vigília por essas crianças. Mas também pedimos pelo país, conscientes de que o mais importante é a atitude individual de cada um.

— Às vezes, nos prendemos a uma pessoa, mas de repente nos vemos decepcionados — disse Tatiana.

— Não devemos nos iludir com homens.

Irmã Estelita concordou com a cabeça.

— O que esperar deste mundo, então? — perguntou Tatiana.

— Muitos esperam desta ou daquela pessoa, mas, afora Deus, que é em quem devemos depositar nossa confiança, no mais, o mundo depende do despertar de cada um.

Tatiana ficou à vontade, para passar o resto do dia como quisesse. E assim o fez, brincando com as crianças junto com David, contagiada pelos risos alegres e a correria infantil. Depois se separou um pouco e andou por ali, a esmo, não só para conhecer alguém ou algum outro local, mas para sentir melhor a energia e o clima do lugar.

Quando pensava naquelas crianças, convivendo com mulheres tão devotadas, sentia como Deus podia ser bom. Nada daquilo era capaz de substituir uma família, mas na falta de quem pudesse criá-las, enquanto aguardavam uma colocação melhor, ter o acolhimento das irmãs era um acontecimento próximo a um milagre.

Por que era assim tão complicado encontrar pessoas como as irmãs, tão cheias de amor e dedicação ao próximo? O problema não estava em dinheiro ou riqueza; isso havia de sobra. A dificuldade era humana. As pessoas viviam no comodismo de suas vidas, na reclamação de suas misérias e no ressaibo de suas carências. Não conseguiam se libertar de si mesmos, e o que se via era um mundo ainda mais dividido em grupos e segmentos. Mas o que impedia esses grupos e parcelas da população de se unirem em prol de todos? Por que era tão difícil despertar o amor em toda sua plenitude nos corações humanos?

Quando a tarde se aproximava do fim, e as irmãs lhe disseram que era chegada a hora de partirem, pois não gostavam que David viajasse à noite, Tatiana conversou com ele, e então o procurador se despediu dos meninos, que lamentaram com o seu já conhecido "ah", enquanto ele dava tchau e ia tomar banho. Após tomar banho e se trocar, foi com Tatiana para o carro. Lá encontraram uma pequena multidão, aguardando-os.

Um menino de oito anos, soturno e calado quando chegou ali, mas que agora se soltara e se tornara um dos mais participativos nas brincadeiras, correu na direção de David. Estava ali por haver sofrido abuso sexual pelo padrasto. Ele disse:

— Tio, é verdade mesmo que o senhor é procurador da república?

— Sim, Júlio, mas aqui sou só um procurador de amigos.

— Quero ser um procurador da república quando eu crescer.

— Por quê?

— Porque eu te acho a pessoa mais legal que eu já vi, e acho que todos os procuradores da república devem ser assim também.

— Aqui, ninguém precisa ser procurador para ser legal. No entanto, vocês podem ser o que quiserem — disse David, sorrindo.

Quando quiseram cercar David, as irmãs exortaram as crianças a não fazer aquilo.

Uma garotinha de sete anos, chamada Ana Laura, que perdera os pais em um acidente de carro e não contava com irmãos ou parentes próximos, chegou perto e disse:

— Vocês são casados?

David olhou para Tatiana, que respondeu:

— Muito em breve nos casaremos.

— E quando tiverem seus bebês vão lembrar de nos ver?

O olhar daquela menina trespassou a alma de Tatiana de um modo tão potente que ela não conseguiu deter as lágrimas. Abraçou aquela pequena criatura com toda a força que tinha e pensou no quanto a presença deles havia aquecido aquelas alminhas.

Despediram-se pela última vez e entraram no carro. David fez a manobra, e saíram do Acolhimento. Tatiana estava contente por ele finalmente ter lhe revelado aquela parte de sua vida. Pensou no quanto ele e a tia poderiam ter tomado outro caminho, se não houvesse um Deus em quem acreditar ou crianças a quem destinar amor. Sim, pois aquele lugar era um canal para a caridade e o amor, além de um meio para curar e ser curado.

— Deve estar me achando um completo idiota, um maluco.

— Você não tem mais como voltar atrás do que é. Pouco importa o que eu ache.

— Isso é verdade — disse ele sorrindo.

— Ver seres humanos de verdade em ação é indescritível.

— Esse projeto me ensinou o quanto a vida faz sentido quando nos doamos pelos outros. É incrível, mas ao agirmos assim percebemos que o receber é mera consequência e que no doar é que está o ouro. Mas a mágica só acontece quando nossas ações ocorrem de modo verdadeiro, desinteressado. Você deve estar pensando: como abrir o coração das pessoas para isso? É mais simples do que imaginamos: ensinando a dar o primeiro passo.

— Ah, David. É realmente lindo o que fazem aqui. E o que dizer das irmãs? Eu as achei adoráveis.

— E são mesmo. Brinco que são uma dupla dinâmica.

— Sim — disse ela rindo. — E adorei a forma como leu com eles.

— Gostam mais de atividades lúdicas, então procurei introduzir brincadeiras. Esse projeto não salvará o mundo, mas é uma pequena célula. Você vai me ajudar não vai?

— É evidente que sim! E vamos criar nosso filho consciente. Para que possa valorizar o que tem e entender o tamanho de sua responsabilidade com as demais pessoas.

Ele riu.

— De que ri?

— É que certamente alguém de fora, se nos ouvisse, acharia que somos completamente doidos e que vivemos em um mundo de fantasia.

— Quem pensa assim ainda não tem o que nós temos.

Capítulo Final

David e Tatiana conseguiram encontrar o equilíbrio para suas vidas. Não que fugissem aos debates e polêmicas que dominavam o país; ignorassem as eleições polarizadas que se avizinhavam; ou que não se afligissem com certas perspectivas, mas era como se estivessem se beneficiando do resultado das experiências que acumularam.

David finalmente desenvolvera a consciência de que viver com Tatiana não o impedia de tratar sua enfermidade. No que tomar alguns comprimidos poderia diminui-lo? Cuidar de si representava conviver bem com as pessoas e aproveitar melhor a vida, como acontecera ao sentir a brisa do mar em seu rosto enquanto admirava, ao lado de Tatiana, as ondas se quebrarem na praia de Salinas, a 200 quilômetros de Belém.

Quanto a Mateus, David acreditava que seu irmão estaria sempre ao seu lado. E embora nunca tivesse conseguido entender bem suas experiências oníricas, já não se perturbava tanto com isso, pois agora sabia, mais que nunca, que compreender o fenômeno não era tão importante quanto captar a mensagem que vinha com ele.

A cada dia ele se convencia mais de que o que menos importava na vida era o aspecto material. Ao longo de sua existência, havia se sentido orgulhoso por ter estado no topo em algumas ocasiões. Embora pudesse ter tido algum mérito em suas conquistas, via que isso, no final das contas, não passava de vaidade. Sobre o homem doente, a alma que precisava de equilíbrio, a pessoa cuja solidão clamava por uma companheira, o ser humano que buscava explicações para a vida, talvez por aí é que fosse possível descobrir um pouco sobre ele. O mais relevante, portanto, David encontrou não em lugares pomposos, livros difíceis ou pessoas ilustres, mas em si mesmo, e fora como se tudo o que vivera tivesse se convertido no que realmente importava: naquilo que, mais do que tudo, abastece a fé e devolve a vontade de viver a quem se vê diante da desesperança.

Compreendia agora mais facilmente a importância de se saber escolher um caminho para a vida, um que pudesse pender um pouco para cima e para baixo, para um lado e para o outro, mas sempre voltando ao eixo, jamais se fixando em extremos. E decidira seguir assim com Tatiana, espalhando as sementes de amor que traziam consigo, para florescer a vida de quem porventura os seguissem em sua caminhada.

David e Tatiana casaram-se discretamente no civil. Como Tatiana ainda mantinha o casamento religioso com Rogério, estava provisoriamente impedida de se casar na Igreja Católica. Visando afastar o impedimento, porém, ela havia movido processo de anulação do seu casamento, no Vaticano. David, que até então vinha convivendo com o sentimento de pecado, por ter desejado Tatiana antes mesmo de ela se divorciar, também tinha expectativa com a decisão da Igreja. Desse modo, enquanto aguardavam o julgamento, tinham sua condição humana desnudada. Porém, em vez de diminuírem o que sentiam um pelo outro, fortaleciam a esperança de que, no tempo certo, conseguiriam se casar no religioso, como sonhavam.

Adelaide ainda passou um período presa. Seu habeas corpus havia sido negado em todas as instâncias. No entanto, após inúmeras tentativas, o advogado finalmente conseguiu convencer o juiz de que, com bons antecedentes, ela não representava risco à sociedade. O estado de espírito da médica, porém, não mudou após voltar para casa: ela se recusou a ir ao casamento do filho, alegando "já ter feito mal demais ao casal".

Adelaide não foi ríspida com David ou Tatiana. Ao contrário, agradeceu a bondade de ambos, mas explicou que preferia ficar sozinha com Afonso por um tempo. Mudaram-se para um pequeno sítio que tinham em Goiás e que não frequentavam havia anos. David não se importou com a decisão da mãe, mesmo quando os pais anunciaram que tinham vendido o apartamento de Brasília e depositado o valor integral em favor dele. Tatiana temeu que se tratasse de um afastamento definitivo, mas David achava que podia ser só uma prova da intenção da mãe de não interferir mais na vida dele.

Menos de um mês após se mudarem, porém, Adelaide caiu em uma depressão profunda. Afonso poupou o filho o quanto pôde, quanto ao estado de saúde da esposa, mas, certo dia, David recebeu um telefonema do pai dizendo que havia saído para fazer compras e que ao retornar não encontrara mais Adelaide. Segundo Afonso, ela não estava em lugar algum da casa. Gritando por ela, percorreu todo o terreno, até dar com Adelaide, pendurada, em uma corda, que descia de uma das árvores localizadas nos fundos do sítio. Enforcara-se enquanto ele se ausentara. Ela deixara um bilhete que dizia: "Perdoem-me. Eu queria ter podido fazer isso na prisão, mas não encontrei oportunidade. David é o único que talvez possa saber como se encontra minha alma. A vida, quando se põe apagada, sem perspectiva, como agora, é torturante demais. Queria poder deixar vocês com o meu amor, mas só consigo deixá-los com o meu alívio. Alívio da dor, alívio por dar cabo ao mal que sou para vocês. David, ao seu lado há alguém muito melhor que eu, alguém que você nunca desistiu, nem mesmo por mim. Sejam felizes. Afonso, eu o amei apaixonadamente até a morte de Mateus. Depois disso, nunca mais consegui retomar esse sentimento, acho que ele foi ofuscado pela dor da perda, por uma ferida que nunca deixou de sangrar e latejar dentro de mim. Nunca consegui te perdoar e nunca consegui voltar a viver totalmente em paz. Mas ainda assim não quero que se sintam culpados por nada; ninguém deve se sentir culpado por um mal que não deu causa ou pela loucura que se origina no outro. Eu parto ciente das contas que terei de prestar, mas se o inferno é o meu destino, prefiro ir ao encontro dele do que permanecer como estou aqui".

Tatiana teve muito medo de David cair em depressão, afinal, ele tinha apenas acabado de superar o episódio anterior, mas a adesão ao tratamento e a perspectiva da chegada do filho o ajudaram a se manter eutímico no luto. Encontraram nas orações a paz necessária para passar pela provação, embora Afonso, cada vez mais deprimido, não conseguisse encontrar consolo. Tatiana e David então o trouxeram para o Sudoeste.

O nascimento de Mateus foi o maior acontecimento da vida de David, e, embora não fosse o primeiro filho de Tatiana, sua chegada foi muito especial para ela também. O bebê nasceu com quase quatro quilos, cercado dos irmãos e de Jandira. A curiosidade sobre com quem ele parecia fora resolvida por Jandira assim que pusera os olhos no menino: "este aí puxou para os dois". De fato, embora fosse cedo para dizer, havia indícios de que o menino seria uma mistura dos dois; o castanho da mãe só era possível ver quando abria os olhinhos, e dava o ar de sua graça, enquanto a alvura da pele, que o aproximava do pai, era manifesta. Mateus chegara para ser a graça absoluta da casa.

O amor era um processo que, à medida que se desenvolvia, tornava-se mais forte. E foi assim que aconteceu com David e Tatiana em relação a eles mesmos e ao filho. A vida, que antes encontrava significado nos dois, agora se expandira e abarcava também aquele rebento, cujo choro mais alegrava e enchia a casa de ternura do que importunava. Aquela criança representava a vida, a continuidade, a perpetuação.

Como seus pais tinham um lote no Park Way, David propusera a Tatiana construírem uma casa mais ampla para poderem criar o filho e oferecer uma estrutura melhor para Simone e Lucas, o que de pronto foi aceito por ela. Até que a casa fosse finalizada, Tatiana e David se fixaram provisoriamente com Lucas no Sudoeste, enquanto Simone permaneceu na Asa Sul. Como ela havia atingido a maioridade, as coisas se tornaram mais práticas, mormente porque sua amizade com Rosângela evoluíra a um nível tal que a outra moça passara a dormir no apartamento. Ademais, Jandira, que se dividia entre as duas casas, passava relatórios para Tatiana. Contrataram uma babá, e o apartamento no Sudoeste vivia cheio de visitas; todos mimando o bebê. Quando com o filho, David era tomado de muita emoção, embora, às vezes, se lembrasse da mãe e, lastimoso, pensasse no quanto o bebê poderia tê-la ajudado a curar sua alma.

Após a morte da mãe e a emoção decorrente do nascimento do filho, David passou a sentir pequenas oscilações de humor e tinha consciência de que sua enfermidade poderia lançá-lo a uma variação de ânimo ainda maior, no entanto, procurava não se deter nisso, pois, além do remédio, era como se seu casamento, o amor por Tatiana e seu filho se convertessem em barreiras protetivas. Com a família, era mais fácil viver dia por dia e levar a própria cruz, pois agora tinha motivos ainda mais fortes para vencer os obstáculos.

Quando estava com Mateus, que o via sorrindo, Tatiana lembrava-se dos outros filhos. Amava-os a todos, porém, não era mais a mulher de Rogério. O novo filho, de um novo pai, receberia outra criação. E ela e David conduziriam sua educação com muito cuidado, visando sua humanidade e preservando sua autonomia.

Àquela altura, Tatiana estava certa de que as pessoas dificultavam a vida, e por isso sentia a necessidade de simplificá-la. Para ela, o problema dos indivíduos, a raiz de tudo, estava na falta de amor. Não havia como se obter uma vida melhor sem que antes cada um aceitasse o outro como era, procurando ajudá-lo em suas dificuldades, e juntos se esforçassem para construir um mundo melhor para todos. Sentia-se consciente de que mudanças eram necessárias, de que alguns necessitavam de mais inclusão, de que certos preconceitos e opressões deveriam ser abolidos, porém, caso esse processo fosse empreendido sem amor, não tinha a menor dúvida, as coisas piorariam, na medida em que, inevitavelmente, os meios para atingir fins justos, seriam, eles mesmos, injustos.

Às vésperas das eleições mais divididas desde a redemocratização, com o país incendiado pelas paixões políticas, Tatiana e David resolveram realizar o batizado de Mateus. Providenciaram que fosse na igreja Nossa Senhora das Graças, no Cruzeiro. O padre ficou surpreso ao reconhecê-los, mas aceitou realizar a cerimônia, que contou com a presença dos pais de Tatiana, que tinham vindo especialmente para a ocasião.

Após o batismo, Tatiana e David ofereceram um almoço no Sudoeste. O clima no apartamento de David era festivo, e as pessoas estavam contagiadas com a alegria dos procuradores, agora casados, com um filho, visivelmente felizes. Comemorava-se com muita efusão tanto o batizado de Mateus como o germinar da nova família.

Ao chegarem ao apartamento, os convidados foram se colocando à mesa de jantar. Não havendo espaço para todos, iam se servindo e buscando outros lugares para comer.

À medida que iam concluindo a refeição, as pessoas foram se acomodando nos sofás e poltronas. Estavam prontas para iniciar as conversas quando Simone apareceu de repente com Rosângela. Lucas estava com as moças, o que desagradou ao avô.

Dirigindo-se a David, Simone pediu licença a Alexandre e ao avô, com quem David conversava, e lhe entregou um livro.

— Podem se sentar — disse Alexandre, sem conseguir desviar os olhos de Rosângela, que vestia uma saia rosa e uma blusa branca decotada.

Simone quis impedi-lo, mas ele disse que "já estava cansado de conversar com aquele tedioso homem casado". Simone então ocupou o lugar, Rosângela sentando-se ao seu lado. Em outra roda, com as amigas, Tatiana observava a filha.

— Você me deu um livro. Agora sou eu que lhe dou este.

— Aí tem! — disse Rodrigo, sarcástico. — Cuidado, David!

David deu uma olhada no livro. *O Mundo Assombrado pelos Demônios*, de Carl Sagan. Ainda não o tinha lido, embora conhecesse o autor.

— Obrigado, Simone.

— Num mundo cuja queixa é o bloqueio ao debate, acho bom abrirmos canal de conversa, afinal, você faz parte da família agora.

— Mas vejam só, uma esquerdista democrática — disse Rodrigo, zombeteiro.

— Que bom! Mesmo quando não concordamos com o outro, o debate é sempre uma prova valiosa de ideias — disse David.

— Às vezes, me sinto um peixe fora d'água, como lá em casa, mas quando vejo pessoas como você, vovô, mamãe, que resistem à força da correnteza, às mudanças que no fundo sabem ser inevitáveis, percebo como a situação de vocês é pior que a minha.

— Opa, opa, uma recaída — escarneceu Rodrigo.

Não ligando para as provocações do avô, Simone continuou:

— Papai me convidou para morar com ele quando chegar o momento de ir para o Parque Way, mas preferi ficar com mamãe. Ela precisará de mim para ajudar com Lucas.

Ao ouvir seu nome ser pronunciado, Lucas, que perambulava pela sala, chamou Rosângela e os dois sumiram da vista de todos.

— Você valoriza sua família, Simone — disse David.

— Progressistas também amam. Talvez de um modo diferente, mais pé no chão, de olhos mais voltados para a vida real...

— Não há ser humano que não seja dotado da capacidade de amar — disse David.

— Só que o amor, para gente como eu, é vinculado à racionalidade. O amor me inspira a lutar por um mundo sem ilusões; um mundo onde todos tenham dignidade.

— Uau! — admirou-se Rodrigo, irônico.

Sentada na roda de Tatiana, Lúcia gritou:

— Rodrigo você não tem jeito mesmo!

— Você tem seus ideais, Simone. Isso é valoroso — disse David.

— Não precisa ser educado. Dizer que meus ideais são valorosos não significa que concorda comigo.

— Aí é que você se engana. Muitos dos nossos ideais são iguais. Diferente é só o modo de os alcançar. Não acha que devemos colocar certos ideais acima de brigas?

— Sim, acho. No entanto, a esquerda lida com injustiça social, e muitos se comportam como se certos grupos não existissem.

— Acho justa a luta por inclusão social, mas você não acha que o mundo hoje é preocupado com grupos e indiferente com pessoas?

— Sabe que para mim isso não passa de retórica.

— Mas já parou para pensar que o que importa são as pessoas, ou seja, que somos todos humanos, independentemente de qualquer circunstância e que, mesmo lutando por justiça social, não podemos relegar nossa individualidade? Será que não é justamente essa substituição exagerada do indivíduo pelo coletivo que está dificultando a integração das pessoas? Estou certo de que concorda que o resultado até aqui poderia ser melhor. Se cada um soubesse abrir seu coração não só para grupos, mas sobretudo para o próximo, seja ele ou não pobre, negro, gay, o mundo estaria mais leve e em paz. Duvido que discorde.

— Utópico. Se fosse fácil não precisaríamos dos movimentos sociais.

— Mas os movimentos sociais têm um papel importante a cumprir. Porém, não queremos viver em um mundo onde eles tenham que existir para sempre, não é?

— O que você fala é fantasioso. Não há como abrir mão da luta social. A mera cogitação disso poria a perder o que já ganhamos.

— A forma como o mundo de hoje se desenvolve é anti-humana. Não vemos mais o outro como ser humano, mas como componente de algum grupo, ou como comunista ou fascista. Será que essa situação pode perdurar sem uma guerra?

— Isso é exagero...

— De certo modo, já vivemos numa. Famílias, amizades, amores estão se desintegrando por política.

— Creio que quando a esquerda voltar ao poder, tudo melhore.

— Ou não, pois poderemos ficar com uma falsa sensação de pacificação até quem sabe a panela de pressão explodir de novo. Mas estou apenas conjecturando, pois, na verdade, acho que não precisamos de governos, de direita ou de esquerda, precisamos de entendimento, de amor. Precisamos acreditar em nós mesmos.

— Mas não são vocês que dizem que não se resolve a violência soltando pombinhas e que por isso a população deve se armar?

— Não sei a quem você se refere, mas quanto às armas, isso é um assunto que deve ser debatido na esfera competente. Entretanto, criando-se esse direito, isso não deve interferir nas relações pessoais. Vários países convivem com armas assim como o Brasil conviveu, antes do desarmamento, quando inclusive a violência era menor. Mas se conseguirmos atingir o ideal cristão de amor, as próprias armas perdem a razão de ser.

— É incrível como inverte as coisas. Amor não tem a ver com arma. Violência só traz mais violência. Por outro lado, vivem em função de Deus, com o que eu discordo.

— Nossa vida é bela e profunda. É como a continuação de algo transmitido diretamente do eterno para nossa alma. Falo de sentimentos, sensações, que, grosso modo, dão o tom a quem tem fé, espiritualidade. Como não dizer que é pobre e superficial, além de vazio e incompleto, achar que podemos apreender toda a realidade unicamente a partir do que podemos ver e tocar? Não se trata de fé cega, na contramão da ciência. Vai além. Tem a ver com ser humilde para reconhecer nosso total fracasso em responder a perguntas básicas e elementares como origem, dimensão e limites do universo, além de fenômenos, acontecimentos e realidades completamente intangíveis, embora estes ocorram diuturna e sagradamente sob nossos olhos. Trata-se de saber dispor o coração, bem como de elevar a alma para sentir o que transcende ao perceptível, mas que nem por isso é inexistente ou desconectado de nós. É saber que quanto mais nos desprendemos da mesquinhez do mundo, da transitoriedade da vida, mais nos aproximamos do que realmente importa, que é a harmonia e o equilíbrio, que só podem ser assegurados pelo amor, que, sendo a fonte primeva da vida, é o elemento que nos liga ao espírito do universo: Deus.

Rodrigo se levantou, começou a bater palmas, e entoou:

— Bravo, bravo! É isso aí, David!

— Não acha exagerado dizer que Deus não existe? — disse David.

— Não. Já li e refleti muito antes de firmar um entendimento, e não sou obrigada a seguir o pensamento ou a crença dos outros.

— Certamente, mas só porque não o vemos não quer dizer que Ele não exista. Não há prova material de sua existência ou inexistência. Sendo espírito, o esperado é que não o vejamos mesmo.

— Pauto minha vida pela racionalidade e ciência. Se afastarmos isso, o que sobra?

— Poderia ser Deus?

Ela olhou-o, chocada.

— Se colocássemos Deus acima da ciência e da razão, como era no passado, quantos séculos regrediríamos?

— Por que não harmonizar razão e ciência com Deus?

Ela olhou para o livro que ele segurava.

— Para quê? Para essa abstração continuar sendo usada para oprimir as pessoas, controlar a maioria e favorecer uns poucos?

— Não. Quem sabe para unir um pouco mais as pessoas.

— Quando vai entender que nem todos são como você e mamãe? Que nem todos se sentem à vontade acendendo velas e dobrando o joelho?

Como quem já estivesse farta daquela carolice, Simone pediu licença e foi atrás de Rosângela, que naquele momento ia passando da cozinha para o corredor.

Em seguida, David foi até a roda onde os demais estavam reunidos e, abraçando Tatiana, perguntou sobre o que conversavam. Alexandre, que estava entretido no celular, aproximou-se e ouviu Juliana dizer em tom jocoso que falavam sobre "coisas de mulher".

— E isso ainda vige nos tempos atuais? — disse Alexandre.

— O quê? — disse Juliana.

— Este negócio de "coisa de mulher" e "coisa de homem" — disse Alexandre em tom provocador.

— Vocês prometeram que não conversaríamos hoje sobre política nem ideologia — cobrou Tatiana.

Então, em uma roda composta em sua maioria por procuradores, conversaram animadamente sobre Mateuzinho, a nova casa no Parque Way e outras amenidades, até Rodrigo surgir com um cigarro na boca e um copo de cerveja na mão e dizer:

— E quanto às eleições, vocês acham que vai dar quem, hem?

Rindo, Tatiana agradeceu a Deus por Simone não estar ali naquele momento.

Aquele certamente foi um dos dias mais felizes de suas vidas. Quando os convidados foram embora, no fim da tarde, eles foram para o quarto, exaustos. Puseram Mateuzinho no berço posicionado ao lado da cama e em seguida se deitaram.

— Jandira me deu este envelope. Posso ler? — disse David.

— Claro.

— "Doutores David e Tatiana, em primeiro lugar, esta carta foi escrita por uma querida sobrinha minha, a Martha, que é professora. Sabem como é, eu não sou muito bom com as palavras, também sei que hoje em dia nem se usa mais carta, só que eu sou das antigas. Quero dizer que desde que soube do que aconteceu ao doutor e, depois, à doutora, eu tive certeza de que Deus cuida pessoalmente da vida de vocês. A doutora e o bebê não podiam partir, pois precisavam se unir ao doutor para formar a linda família que são hoje. Eu trabalhei na Regional por muitos anos e digo que nunca encontrei por aquelas bandas pessoas tão simples como vocês. O fruto dos dois, saibam bem, é só o começo de uma nova vida para vocês. Na verdade, ele salvou a vida de vocês e vai cada vez mais levá-los à paz e à felicidade. Eu testemunho tudo isso não só porque os conheço, mas porque também vivo, como vocês, um amor verdadeiro, diário e com o qual aprendo todo dia. Minha esposa continua o tratamento e vem respondendo bem. A foto que acompanha esta carta é minha e dela no hospital, muito gratos pela ajuda que nos deram para o tratamento. Mas, mais do que a ajuda financeira, o que de fato contou para mim foi a verdade por trás dos gestos, das ações, demonstradas por palavras gentis, pelo tratamento humano, pela consideração pessoal. Dos senhores, isso é o que ficará comigo, pois foi o que aqueceu meu coração e fez eu me sentir mais gente. Ah, como torço para outras pessoas cruzarem o caminho de vocês, só para sentirem o que é a bondade em pessoa. Mantenham vivo o amor e procurem ser felizes mesmo quando acharem que não há motivo para isso. Devem já ter ouvido os rumores e eu os confirmo, realmente pedi aposentadoria e me afastei definitivamente do trabalho. Acho que mereço um pouco de descanso após todos estes anos de dedicação. Mas não se preocupem, pois onde eu estiver, levarei os dois, ou melhor, os três comigo. Espero que apreciem esta carta, pois ela é o meu coração aberto para os senhores, reiterando minha admiração e gratidão. E não liguem para o que possa parecer excesso de formalidade, eu jamais poderia me comunicar de outra forma com os doutores. Parabéns pelo casamento e parabéns ao pequeno Mateus, a nova luz da vida dos senhores, que, agora, batizado, começa a dar o primeiro passo rumo a Deus. Adeus".

Ao concluir a leitura, David ergueu os olhos e encontrou-a chorando. Estava tão compenetrado lendo que mal se deu conta do quanto ele mesmo estava comovido.

— Sempre foi um senhor bom. Não sei explicar por que, mas quando o via, eu sentia necessidade de perguntar como ele estava, se lhe faltava algo. Imagine, ter chamado alguém só para escrever esta carta! Não importa o que recebeu, realmente gosta da gente.

— Sim — disse David, mostrando a foto. A mulher estava na cama, acompanhada de seu João, já sem os cabelos, por conta do tratamento. Ambos sorriam.

Fizeram uma prece pela saúde dela. Em seguida, abraçaram-se e assim ficaram até secar as lágrimas.

— Se contássemos nossa estória não acreditariam em nada do que enfrentamos, do que superamos, de como não desistimos para ficarmos juntos — disse ela.

— Tendemos a ver a vida como uma categoria que precisa de coerência, mas normalmente ela não é assim. Livros, por exemplo, precisam ser coerentes, mas isso só é possível porque não são a vida. Parece contraditório, mas por não haver lógica na vida é que o real muitas vezes nos soa irreal. Assim, embora costumemos buscar um significado para a vida, em boa parte, ela não tem sentido nenhum, exceto em Deus.

— Se ela fosse certinha do começo ao fim, talvez, não recorrêssemos à literatura.

— Exatamente. Livros são espelhos que nos apresentam a nós mesmos e nos auxiliam em nosso aprendizado. Mas, com você, inclusive, estou certo de que diante da incoerência e assimetria da vida, nada pode ser mais apropriado do que a fé e o amor. Ou você tem dúvida sobre o que nos fez enfrentar as adversidades para chegarmos até aqui?

Ela sorriu como que testificando cada palavra que ele dissera.

— Vi você falando sobre Deus com Simone. Lamento por esse assunto colocar vocês em lados tão opostos.

— Devemos concordar que acreditar em Deus é uma experiência muito particular, e isso é ainda mais especial e delicado quando se é jovem. Porém, apesar disso, é duro reconhecer que a humanidade nunca esteve tão afastada Dele como agora.

— É verdade. E eu entendo seu inconformismo, já que para encontrá-Lo não precisamos procurar em nenhum lugar que não seja dentro de nós mesmos.

— Sim, e embora tenhamos uma vida para isso, ela é muito curta, o tempo passa em um estalar de dedos. Acho incrível como somos capazes de desperdiçar uma experiência assim, de estragar algo único, por coisas banais, secundárias, como politicagem, poder, dinheiro. Ou seja, coisas com as quais, de um modo ou de outro, sempre vamos nos decepcionar. Penso que, quando despertarmos, descobriremos o que importa e veremos o quanto as coisas são simples. Será quando provavelmente desceremos de nosso pedestal de infalibilidade e finalmente enxergaremos o outro em sua individualidade e necessidade. Aí nos daremos conta de que a doação é o único bem que levamos quando partimos. Mas, para isso, é necessário que despertemos a tempo.

Tatiana o abraçou, e logo ele adormeceu em seus braços. Em seguida, foi sua vez de pensar em Deus. A angústia que ainda a assolava residia na contradição que ela sentia haver entre Ele e seus filhos. Amava-os profundamente, mas isso não lhe dava certeza plena de que eles estivessem no caminho certo. E sempre que se punha a refletir sobre este ponto, sentia uma agonia que a lançava aos maiores dilemas que já enfrentara na vida. Sua filha era uma ateia convicta, e seu filho um homossexual. Aproximar Simone de Deus era uma empreitada difícil, da qual jamais desistiria. Quanto a Lucas, era um menino sensível e religioso. Alguém pronto para se curvar a Deus e pedir perdão por seus pecados e iluminação em seus caminhos. Alguém que estava disposto a fazer o bem pelos outros. Deus certamente se agradava mais de pessoas assim, do que de outras cujos corações empedernidos só tinham espaço para o orgulho. E naquele momento, da profundidade de suas reflexões, sentiu como se lhe soprassem ao ouvido que a procriação não era a única missão das pessoas que habitavam a terra. Que aqui estavam, cada um a seu modo, destinados à maior de todas as missões, que era amar a Deus e aos outros. E seu filho jamais seria excluído de uma missão tão nobre, para a qual ele mesmo se dirigia, pois Deus não permitiria isso. E quanto à sua sexualidade, era algo que deveria reportar somente a Deus, não podendo ser diminuído ou estigmatizado por este motivo. E, sentindo-se tomada por esse lampejo de consciência, somado a tudo que se passava em seu coração, num dia tão especial como aquele, sentiu como se um peso fosse removido da sua alma.

Deslocou então o pensamento para a chaga do mundo naqueles últimos anos. A pandemia tinha ficado para trás, como um fantasma que passara assombrando e se dissipara no ar. As pessoas já eram vistas mais à vontade, a espontaneidade voltava ao seu lugar, a vida recuperava sua graça, a alegria retomava sua forma anterior. Sentiu que aquele vírus finalmente os deixava, sim, e, com ele, parte do medo e horror que ficaram marcados em suas almas. O mundo teria uma nova chance agora, ou seria melhor dizer um novo começo? O certo era que valia a pena prosseguir, sobretudo pelos que amava.

Dessa forma, já não importava tanto o rumo que o mundo tomava, a rapidez com que as coisas aconteciam ou quão imprevisível era o futuro. A vida sempre fora deste modo, inconstante e imponderável. O que interessava eram as vitórias conquistadas. Por isso, diante do que acumularam, eles poderiam, sim, deparar-se com o porvir, pois tudo de que ela e David precisavam, para fazer frente ao desconhecido, eles traziam consigo.

E ali, entre os seus queridos, Tatiana sabia mais que nunca, que todos debaixo do céu eram iguais em sua essência, por serem feitos à imagem e semelhança de Deus.

* * *